Die Straße der Ungeheuer

Prolog

Der Raum war eine eigene Welt aus Nebel und Dunkelheit. Ein Stück Unendlichkeit: ohne Form, ohne feste Körper, nur von tanzenden Schatten erfüllt, die unstet hin und her huschten und doch wieder eine Winzigkeit zu stofflich waren, um nur aus dem Fehlen von Licht zu bestehen.

Und sie waren auch mehr, wie jeder der acht wusste, die im Kreis auf dem Boden saßen. Dies war ihre ureigene, seit mehr als tausend Jahren versunkene Welt. Oder das, was davon geblieben war. Sie waren die Wächter der alten Zeit, die Mächtigsten des Ordens der Schwarzen Magier. Nur noch wenige, und längst nicht mehr so mächtig wie einst; und doch genug, und doch schrecklich.

»Im Namen Ch'tuons, des Herrn! Ihr wisst, was geschehen ist, meine Brüder. Einem unserer letzten Bollwerke droht Gefahr.« Es war Baarolam, der Mächtigste der acht – vielleicht der Mächtigste von allen –, der diese Worte in das bedrückende Schweigen hinein sprach. »Das magische Herz gerät außer Kontrolle. Uns bleibt keine andere Wahl, als es zu vernichten.«

Die Stille währte noch einige Sekunden, dann setzte das leise Summen wieder ein, mit dem der Kreis die Beschwörung begonnen hatte, steigerte sich zu einem tiefen, unangenehm dröhnenden Ton, der nach und nach den ganzen Saal zum Vibrieren brachte und schließlich in ihre Körper kroch, sich als dumpfer Schmerz einnistete. Sie schlossen ihre Hände noch fester zusammen.

Der Ring war stark, so stark wie lange nicht mehr, und trotzdem war sich Baarolam nicht sicher, ob er halten würde, denn auch das, was aus den Schatten herankroch und allmählich zwischen ihnen Gestalt anzunehmen begann, war stärker als alles, was er bislang erlebt hatte.

Mühsam verscheuchte er die Furcht und konzentrierte sich wie-

der auf seine Aufgabe. Was sie taten, stellte ein Risiko dar, aber es war unvermeidlich.

Die Schatten im Zentrum des Kreises bewegten sich deutlicher. Es war, als wolle sich ein Körper bilden, ein Ding aus Rauch und schwarzer, wogender Bewegung, das immer wieder auseinander gerissen wurde, kurz bevor es wirklich Substanz annehmen konnte. Baarolam spürte, wie das blinde Suchen und Tasten des Kreises plötzlich zielgerichteter, fordernder wurde. Und wie etwas *antwortete. Nicht zögernd, sondern so hart und gierig, dass er sich wie unter einem Hieb krümmte. Er vernahm einen lautlosen Todesschrei, der über die Brücke durch das Nichts, die er bis zu den Katakomben Der Letzten Nacht geschlagen hatte, direkt in seine Gedanken drang und die Beschwörung für Bruchteile von Sekunden störte.*

Sekundenbruchteile, welche die Katastrophe auslösten.

Ein sengender Blitz fuhr durch Baarolams Geist, als das Tor endgültig zwischen ihnen Gestalt annahm. Er fühlte, wie eine neue Macht nach ihm griff, eine Macht, die der seinen und der seiner Brüder grenzenlos überlegen war. Ein Schwall bösartiger, ungezügelter Kraft brach über sie herein und schien den Kreis zu sprengen. Plötzlich roch die Luft verbrannt. Etwas zischte, und dann sah Baarolam den aus dem Nichts entstehenden Flammenschlauch, der sich wie eine Schlange auf ihn zuwand und ihn zu packen versuchte. Er schrie auf, sank zu Boden und begann schreckliche, keuchende Laute auszustoßen. Der Flammenarm kroch weiter auf ihn zu, nicht mehr mit ungestümer Macht, sondern langsam und sich windend wie eine wirkliche Schlange, eine verbrannte, rauchende Spur hinterlassend. Etwas Schwarzes nahm dahinter Form an. Etwas, das zu grässlich war, als dass er es wirklich erkennen konnte.

Er schrie. Verzweifelt versuchte er, sich mit seiner geistigen Macht irgendwo festzuklammern, aber seine Kräfte reichten nicht. Wie durch eine Wand aus grellem Licht spürte er die Ruhe der Ewigkeit und die Kraft der Sterne auf sich einwirken; doch nichts vermochte seinen rasenden Fall zu stoppen. Gleichzeitig steigerte sich der Schmerz in seinem Inneren zu purer Agonie. Er fühlte die rasende

Wolfgang Hohlbein

Die Saga von Garth und Torian II

Die Straße der Ungeheuer

Die Arena des Todes

Der Tempel der verbotenen Träume

Drei Romane
in einem Band

BLANVALET

Umwelthinweis:
Alle bedruckten Materialien dieses Taschenbuches
sind chlorfrei und umweltschonend.

Blanvalet Taschenbücher erscheinen im Goldmann Verlag,
einem Unternehmen der Verlagsgruppe Random House GmbH.

Taschenbuchausgabe 8/2003

Umschlaggestaltung: Design Team München
Umschlagillustration: Agt. Luserke/Keel
Satz: deutsch-türkischer fotosatz, Berlin
Druck: Elsnerdruck, Berlin
Titelnummer: 24249
V. B. · Herstellung: Peter Papenbrok
Printed in Germany
ISBN 3-442-24249-5
www.blanvalet-verlag.de

1 3 5 7 9 10 8 6 4 2

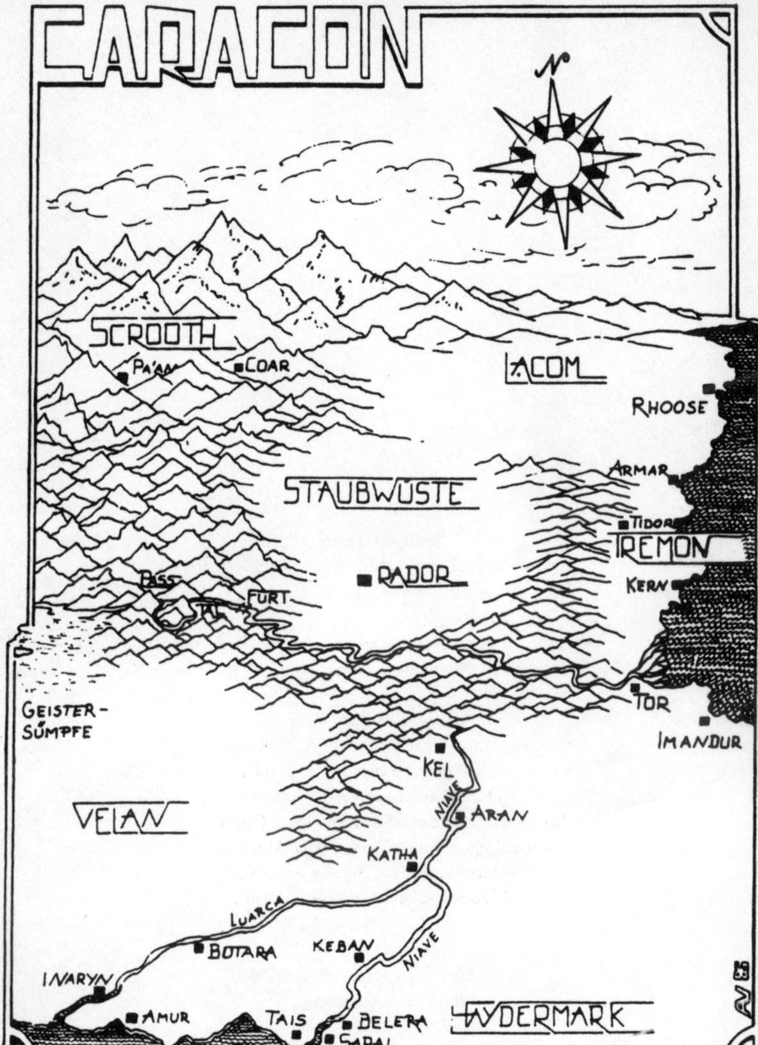

CARACON
N
SCROOTH
PA'AN
COAR
LACOM
RHOOSE
ARMAR
STAUBWÜSTE
TIDOR
TREMON
RADOR
KERN
PASS
FURT
TAL
TOR
IMANDUR
GEISTER-
SÜMPFE
KEL
NIAVE
ARAN
VELAN
KATHA
LUARCA
BOTARA
KEBAN
NIAVE
INARYN
AMUR
TAIS
BELERA
SARAI
WYDERMARK

Wut der fremden Macht, ihren Hunger, ihre Gier nach Vernichtung und Leben und sträubte sich nicht länger.

Das Schreien erstickte in einem röchelnden Seufzen. Einen Augenblick später wurde es in der Halle der Beschwörung still wie in einer Gruft. Aber es war eine böse Stille, ein drohendes, schweres Schweigen, wie die Ruhe vor einem entsetzlichen Sturm. Das in den Farben des Wahnsinns schimmernde Ding, das aus dem Nichts entstanden war, hörte auf zu wachsen, als es keine neue Nahrung erhielt. Es zuckte, wand sich hin und her –

– aber es verschwand nicht.

Stattdessen begann es damit, sich dort neue Nahrung zu suchen, wo es ursprünglich hatte entstehen sollen …

Sie saßen in der Falle, dachte Torian verzweifelt. Die Gasse war eine tiefe, von wogenden Schatten erfüllte Schlucht; an drei Seiten ragten fenster- und türlose, doppelt mannshohe Mauern auf – raue und halb verfallene Ziegelsteinmauern, aber die zahlreichen Fugen und Risse waren auch um genau die Winzigkeit zu klein, die nötig gewesen wäre, ihnen Halt zu bieten; und außerdem blieb ihnen gar nicht mehr genug Zeit, denn von der vierten Seite her näherten sich die Straßenräuber; ohne jede Eile, offen und in einer Reihe nebeneinander. Sie waren nur noch kaum zwanzig Schritte entfernt, sieben Schatten, die fast mit denen ihrer Umgebung verschmolzen, was sie unwirklicher und noch bedrohlicher erscheinen ließ. Nun ja, dachte Torian, *bedrohlich* waren sie sicherlich. Was das *unwirklich* anging, hatte er so seine Zweifel …

Er hätte wissen müssen, dass sie keinem Verfolger entkommen konnten, der in diesem Straßenlabyrinth jeden Winkel kannte. Vielleicht hätten sie im Kampf eine winzige Chance gehabt – aber selbst dafür war es zu spät. Die Übermacht war jetzt einfach zu groß. Langsam wich er zurück, bis er den feuchten Stein der Mauer in seinem Rücken spürte.

»Wenn wir ihnen keinen Widerstand leisten, lassen sie uns vielleicht am Leben«, flüsterte Shyleen.

Torian schüttelte den Kopf und bückte sich nach einer Latte, die vor ihm auf dem Boden lag. Ein kräftiger, armlanger Prügel aus fast steinhartem Holz, aber ein Nichts gegen die Schwerter, die in den Händen der Angreifer lagen. Dennoch fühlte er sich mit der Waffe in der Hand ein wenig wohler.

»Nicht, nachdem wir sie durch die halbe Stadt gehetzt haben.«

»Aber es sind zu viele, um gegen sie zu kämpfen!«

»Dann frag sie doch, ob sie so fair sind, nur zu zweit gegen uns anzutreten«, fauchte Torian. Er entdeckte noch eine Holzlatte, bückte sich danach und hob sie auf. Sie war kürzer als sein Knüppel, lag dafür aber besser in der Hand. Er reichte sie Shyleen. »Wir müssen versuchen, zwischen ihnen durchzubrechen.«

Er kam nicht mehr dazu, weitere ebenso schöne wie undurchführbare Pläne zu schmieden, denn in diesem Moment war der erste Angreifer heran. Und er griff sofort an.

Kaum eine Handbreit über Torian prallte die Klinge mit furchtbarer Wucht gegen die Mauer und schlug Funken aus dem Stein. Der Angreifer stieß ein schmerzvolles Keuchen aus, als ihm die Waffe aus den Fingern geprellt wurde, und presste die gestauchte Hand gegen den Leib. Aber es waren immer noch sechs übrig. Selbst für einen Mann wie ihn entschieden zu viel.

Aus den Augenwinkeln nahm Torian eine Bewegung neben sich wahr und riss instinktiv den Knüppel hoch. Die Klinge des Unbekannten riss fingerlange Späne aus dem Holz; und allein die ungestüme Wucht des Hiebes hätte Torian die Latte fast aus der Hand geschlagen. Ein furchtbarer Schmerz raste durch seinen Arm, aber auch sein Gegner wurde von der Wucht seines eigenen Angriffs zurückgeschleudert.

Für eine Sekunde hatte er Luft. Torian parierte einen weiteren Schwerthieb. Ein hartes Knacken ertönte, als der Knüppel dicht über seiner Hand von der Klinge durchtrennt wurde und er plötzlich nur noch einen nutzlosen Stumpf in den Fingern hielt. Mit einem triumphierenden Grinsen kam sein Gegner näher.

Torian vergaß seine Erschöpfung und die Schmerzen und konzentrierte jedes bisschen Kraft auf den Kampf. Es war eine nur geliehene Kraft aus seinem Unterbewusstsein, die ihm nur für kurze Zeit zur Verfügung stand und für die er einen hohen Preis würde zahlen müssen, denn sie würde seinen anschließenden Zusammenbruch nur noch beschleunigen, aber jetzt wandte er sie, ohne zu zögern, an. Instinktive Reflexe, in Jahren voller unzähliger Kämpfe herantrainiert, übernahmen die Kontrolle über seinen Körper. Er stieß sich von der Mauer ab und flog wie ein lebendes Geschoss durch die Luft. Noch im Sprung riss er die Beine hoch. Seine Füße durchbrachen scheinbar mühelos die Deckung des Unbekannten. Mit dem linken Fuß trat er dem Mann das Schwert aus der Hand, sein rechter Fuß streifte das breite Kinn des Burschen und löschte sein Grinsen nachhaltig aus.

Torian fiel, griff blitzschnell nach dem Schwert, das der Bandit fallen gelassen hatte, und kam mit einer einzigen fließenden Bewegung wieder auf die Beine. Fast blind schlug er nach der Waffe eines weiteren Angreifers.

Aber der Hieb kam schwerfällig und kraftlos. Er war ausgelaugt, völlig am Ende. Dieser, spätestens der nächste ernst gemeinte Angriff würde der letzte sein, das wusste er. Ein weiteres Schwert sauste heran, traf seine Waffe im unglücklichsten nur denkbaren Winkel und ließ sie wie Glas zersplittern. Torian ahnte den nachfolgenden Schlag des Unbekannten, und irgendwie gelang es ihm noch, sich im letzten Moment zur Seite zu werfen. Hart prallte er auf den Pflastersteinen auf. Instinktiv wälzte er sich zur Seite, als sich der Schatten mit vorgestreckter Klinge auf ihn stürzte, und er wusste selbst nicht, wie er der Schwertklinge hatte ausweichen können, die dicht neben seinem Kopf Funken sprühend auf das Pflaster klirrte und zerbrach. Ein Metallsplitter traf seine Schulter und biss tief und schmerzhaft hinein.

Er wollte aufspringen, aber die Hand des Fremden erwischte ihn am Arm und stieß ihn grob auf den Boden zurück. Der Mann warf sich auf ihn und nagelte ihn mit den Knien auf der Erde fest. Sein Schwert blitzte auf.

Torian schloss die Augen und wartete auf den letzten, alles auslöschenden Schmerz – aber er spürte nichts. Als er die Augen nach ein paar Sekunden wieder öffnete, kniete der Mann immer noch auf ihm, den Schwertstumpf zum tödlichen Stich erhoben – aber er stieß nicht zu. Er beachtete Torian nicht einmal, sondern starrte offenkundig entsetzt auf einen Punkt irgendwo hinter ihm.

Torian nutzte die Gelegenheit, seinem reglosen Gegner das Knie mit solcher Wucht in den Rücken zu rammen, dass der Mann über ihn hinweggeschleudert wurde, sprang auf die Beine – und erstarrte ebenfalls.

Der Anblick war unglaublich, so bizarr und fürchterlich zugleich, dass er für einen Moment selbst die Gefahr vergaß, in der sie noch immer schwebten. Etwas … *verschlang* die Wirklichkeit. Jedenfalls sah es so aus, dachte Torian verwirrt.

Der unheimliche Effekt betraf nur eines der Häuser hinter ihnen, aber er breitete sich mit rasender Geschwindigkeit aus. Es war, als hätte sich der Himmel auf das Haus herabgesenkt, es unter einer Decke aus Nacht begraben. Der Dachstuhl und fast das halbe Obergeschoss hatten sich bereits in nichts aufgelöst, und der gespenstische Prozess setzte sich immer weiter fort, lautlos und rasend schnell. Es war … gespenstisch. Wo gerade noch massives Mauerwerk gewesen war, wogte plötzlich Nebel oder jedenfalls *etwas wie Nebel,* und gleichzeitig streifte irgendetwas Torians Seele, wie ein düsterer Hauch aus einer fremden, unendlich bösen Welt. Der Anblick lähmte ihn.

Einer der Straßenräuber begann gellend zu schreien. *»Das ist Zauberei!«*

»Das Werk von Dämonen!«, kreischte ein anderer. Sein Ruf durchbrach den Bann. Die Männer erwachten aus ihrer Erstarrung und ergriffen in wilder Panik die Flucht. Nur der Bewusstlose und ein weiterer Mann, den Shyleen niedergeschlagen hatte, blieben zurück.

Am liebsten wäre auch Torian gerannt, so schnell er konnte, aber da war noch Shyleen. Sie lag reglos ein Stück entfernt auf dem Boden. Er überwand seine Furcht und taumelte auf sie zu, sich selbst mit letzter Kraft vorwärts schleppend. Als er sie erreichte, schlug sie die Augen auf und stöhnte leise. Sie hatte eine klaffende, heftig blutende Wunde davongetragen, und ihr Gesicht war grau vor Schmerz. Aber ihnen blieb keine Zeit, sich um die Verletzungen zu kümmern.

Torian packte Shyleen und zog sie mit einem Ruck auf die Beine, wobei er vor Schwäche beinahe selbst gestürzt wäre. »Wir müssen weg!«, schrie er. »Das Haus –«

Shyleen starrte ihn einen Moment lang aus weit aufgerissenen Augen und völlig verständnislos an, dann fiel ihr Blick auf den kaum mehr mannshohen Rest des Hauses – und plötzlich schien sie jeden Schmerz zu vergessen. Sie fuhr herum und begann zu rennen. Mit einem Male war *sie* es, die ihn hinter sich herzerrte, nicht umgekehrt.

Sie kamen nur einige Dutzend Schritte weit.

Der unheimliche Auflösungsprozess hielt keineswegs inne, sondern setzte sich fort, sehr viel schneller plötzlich und scheinbar vollkommen wahllos. Ein zweites Haus neigte sich, knisternd und stöhnend wie unter einer unvorstellbaren Last. Das ganze Gebäude schwankte ein kleines Stück zurück und dann wieder vor, bis es unter dem Hieb eines unsichtbaren Riesen in einer Wolke von hochgeschleudertem Staub und Gestein zerbarst. Trümmerstücke regneten wie tödlicher Hagel durch die Luft, und obwohl sich ein Teil von ihnen noch im Fall buchstäblich in nichts auflöste, stürzten andere in unmittelbarer Nähe der beiden Menschen zu Boden, zermalmten das Pflaster und gruben kleine, flache Trichter in den Boden.

»Zurück«, keuchte Torian. »Wir müssen –«

»Nein!« Shyleen deutete auf eine schmale Lücke zwischen zwei Häusern, gerade breit genug, dass sich ein Mensch hindurchzwängen konnte. Torian warf sich mehr in den Durchschlupf hinein, als dass er ging. Alles drehte sich vor seinen Augen; Schwäche drohte ihn zu überwältigen, und er blieb einige Sekunden keuchend liegen, bis Shyleen ihm ein paar Mal mit der flachen Hand hart ins Gesicht schlug und ihn so aus seiner Benommenheit riss.

»Wir müssen weiter!«, rief sie gellend, riss ihn hoch und versetzte ihm einen kräftigen Stoß, der ihn vorwärts taumeln ließ. Er schrammte sich die Handflächen an dem rauen Gestein blutig. Immer wieder drohte er zusammenzubrechen, doch Shyleen trieb ihn unerbittlich voran.

Und das unheimliche *Etwas* folgte ihnen. Es war jetzt schneller und nicht mehr lautlos – im Gegenteil: Torian hörte ein ungeheures Krachen und Bersten, begleitet von einem fast krampfartigen Zucken und Beben, das in immer kürzeren Stößen durch den Boden lief. Shyleen bewegte die Lippen und schrie etwas, ohne dass er einen Laut vernahm. Ihre Stimme ging in dem unbeschreiblichen Getöse des vorweggenommenen Weltunterganges einfach unter.

Sie gelangten auf einen schmutzigen, mit Unrat übersäten Hinterhof. Wieder bewegte sich etwas vor Torian, und ein faustgroßer Stein traf seine Schulter. Er heulte auf, stolperte über irgendetwas und stürzte zu Boden.

Diesmal stand er nicht mehr auf, sondern krümmte sich zu einem Knäuel zusammen, verbarg den Kopf zwischen den Armen und wartete mit angehaltenem Atem darauf, erschlagen zu werden.

Aber die Götter hatten noch einmal ein Einsehen mit ihm. Trümmer von Steinen und Dachziegeln und zerfetzten Balken regneten rings um ihn zu Boden, aber wie durch ein Wunder traf ihn nicht ein einziger. Irgendwann – er wusste nicht, ob Stunden oder nur Minuten vergangen waren – hörte es auf, aber er blieb immer noch liegen. Es dauerte lange, bis er die Kraft fand, wenigstens den Kopf zu heben und die Augen zu öffnen.

Was er sah, überraschte ihn nicht einmal besonders – aber es erschreckte ihn zutiefst.

Shyleen und er waren nicht mehr allein. Stiefel schälten sich aus dem grauen Nebel, der vor seinen Augen wallte, und als er mühsam nach oben blickte, sah er viele, sehr viele der blauen Umhänge, die charakteristisch für die Soldaten der Palastgarde waren. Und plötzlich war er gar nicht mehr so sicher, ob sie wirklich gerettet waren …

☆

»Ja – warum eigentlich nicht, bei Ch'tuon? Warum nicht?«

Der Mann, der diese Worte zum vielleicht fünfzigsten Male an diesem Abend vor sich hin murmelte, war ein wahrer Riese von Statur, das war trotz der nach vorne gesunkenen Haltung gut zu erkennen, in der er dahockte: die Schultern, die breit wie die eines Ochsen waren, wie unter einer unsichtbaren Last gebeugt, die nackten Unterarme auf dem Tisch aufgestützt, sodass die narbige Platte unter Wülsten von Fleisch zu versinken schien, und den Kopf auf die Fäuste gestemmt, außer wenn er ihn hob, um zu trinken – was oft vorkam –, wirkte der Fremde trotz seines riesenhaften Wuchses wie das sprichwörtliche Häufchen – nun ja, vielleicht schon eher ein ausgewachsener *Haufen* – Elend. Trotz des schlechten Lichtes im Inneren der Taverne – das Gasthaus hatte nur ein einziges Fenster, das gerade breit genug war, einer ausgehungerten Mücke Platz zu bieten, einem Lichtstrahl dann aber schon nicht mehr – war die ungesunde, kränkliche Tönung seiner Haut deutlich zu erkennen, das Zittern seiner fleischigen Finger und der trübe Glanz seiner Augen; obwohl Letzterer durchaus an den ungefähr zehn Litern Bier liegen mochte, die er im Verlauf des Abends in sich hineingeschüttet hatte.

»Warum eigentlich *was* nicht?«, fragte eine Stimme neben ihm.

Der Riese sah mit einer trägen Bewegung auf, blinzelte ein paar Mal und fuhr sich schließlich mit dem Handrücken über die Augen, wie um die Gestalt des Wirtes deutlicher erkennen zu können. Der Mann, kaum weniger fettleibig als er selbst, aber einen guten Meter kleiner geraten, war beinahe unbemerkt an seinen Tisch getreten und funkelte ihn mit einer Mischung aus angeborener Feindseligkeit und Neugier an. Da der Gigant noch immer nach vorne gebeugt dasaß, befanden sich ihre Gesichter auf gleicher Höhe, aber dieser Umstand schien dem Wirt entweder zu entgehen, oder er fühlte sich sehr sicher, hier auf seinem eigenen Boden. So oder so machte er jedenfalls keinen ernst gemeinten Versuch, seine wahren Gefühle dem Fremdling gegenüber zu verbergen: Er mochte ihn nicht. Sein bloßes Dasein stellte bereits eine Herausforderung dar. Allerdings war an dieser Feindseligkeit nichts irgendwie Persönliches – der Wirt hatte den betrunkenen Riesen niemals zuvor gesehen und kannte nicht einmal seinen Namen – wozu auch? –, aber hier, in der Hafengegend von Armar, mochte man eben Fremde nicht, basta. Wenn sie Geld hatten, ertrug man sie, bis sich eine Gelegenheit fand, es ihnen auf die eine oder andere Weise abzunehmen, aber das hieß nicht, dass man sie liebte. Der Fremde machte da keine Ausnahme. Der einzige Grund, weshalb bisher noch keiner der Gäste aufgestanden war, um ihm erst den Geldbeutel und dann den Kopf abzuschneiden (oder umgekehrt), war der, dass der

Fremde so aussah, als könne er es gut und gerne mit dem Dutzend Zecher gemeinsam aufnehmen, das die Taverne bevölkerte.

»Eh?«, nuschelte der Riese. »Waschmeinschu?« Er hatte Mühe, überhaupt zu sprechen. Seine Zunge war schwer vom Bier – was kein Wunder war; der Wirt hatte schließlich genug Schlafkraut hineingetan, um einen Ochsen zu betäuben, und eigentlich war er auch bloß gekommen, um sich davon zu überzeugen, dass das Mittel auch seine Wirkung tat – was all seinen Erfahrungen zum Trotz bislang offenbar nur begrenzt der Fall war. Unschlüssig knetete er seine Hände, dann hob er einen Finger und begann seelenruhig damit in der Nase zu bohren.

»Den halben Abend sitzt Ihr jetzt hier und fragt: *Warum eigentlich nicht?*«, antwortete er. »Was zum Teufel meint Ihr damit?«

Der Riese schwieg einen Moment, und für einen noch kürzeren Moment erschien auf seinem Gesicht ein Ausdruck, als wolle er wirklich antworten. Dann grinste er ein fröhliches Betrunkenengrinsen, stocherte mit dem Zeigefinger in die Richtung, in der er in dem Alkoholnebel vor seinen Augen das Gesicht des Wirtes vermuten mochte, und rülpste so lautstark, dass sich ihm ein halbes Dutzend Gesichter zuwandte. »Warum bringschu mir nich scheinfach noch einen Bsch… Bsch… Bescherbier?«, lallte er.

»Hast du denn Geld?« Der Wirt machte eine Kopfbewegung auf das gute Dutzend geleerter Tonbecher, die der Fremde vor sich aufgebaut hatte, in einem schon fast mathematisch präzisen, säuberlich abgezirkelten Halbkreis. Dabei nahm er sogar den Finger aus der Nase, aber nur, um damit mit gleicher Seelenruhe in seinen Zähnen herumzupulen, bevor er fortfuhr: »Bezahl erst einmal, was du schon getrunken hast, dann kannst du mehr haben!«

»Geld?« Anscheinend musste der Riese erst einen Moment intensiv über die Bedeutung dieses Wortes nachdenken, aber dann hellte sich sein Gesicht schlagartig auf. Seine Hand glitt in die Tasche, suchte einen Moment klirrend darin herum und kam mit einer kleinen, silbernen Münze wieder zum Vorschein. »Geld«, lallte er triumphierend.

Der Wirt runzelte ärgerlich die Brauen, als er die Münze sah.

»Das ist ein Silberheller aus Haydermark«, sagte er scharf. »Der reicht ja nicht einmal –«

Er sprach nicht weiter, denn in diesem Moment hob der Fremde die Münze zwischen Daumen und Zeigefinger in die Höhe – und knickte sie ohne ersichtliche Anstrengung in der Mitte zusammen, wie andere ein Stück dünnes Silberblech verbiegen mochten. »Waschisch mit meim Geld?«, lallte er. »Ischesch dir nisch gut genug, oder …?«

Der Wirt wurde noch ein bisschen bleicher, als er beim Blick der zusammengedrückten Silbermünze ohnehin geworden war, und schluckte sichtbar. »Nichts«, entgegnete er, während er die Münze – genauer gesagt, was davon übrig geblieben war – mit spitzen Fingern entgegennahm. »Es ist alles in Ordnung, Fremder, wirklich. Noch … noch ein Bier, sagst du?«

Der Riese nickte. »Aber ein richtiges, wenn ich … bitten darf. Kein scholsches Mindergesch… Schinderge… Kindergeschöff.«

»Vielleicht möchtest du auch etwas essen? Ist zwar schon spät, aber wenn du Hunger hast, mache ich dir gerne noch einen Happen.«

Irritiert starrte der Hüne ihn an und schien zu überlegen, aber dann fiel sein Blick auf den Zeigefinger, den der Wirt nun endlich aus dem Mund genommen hatte, und er schüttelte hastig den Kopf. »Nur'n Bier«, nuschelte er.

»Jawohl, Herr.« Der Schankwirt beeilte sich, die zusammengefaltete Münze in der Tasche verschwinden zu lassen, während er mit der anderen Hand bereits die leeren Becher einsammelte. Der Silberheller, den ihm der Fremde gegeben hatte, reichte nicht einmal aus, ein Zehntel dessen zu bezahlen, was er bisher getrunken hatte – aber der Wirt hatte das Klimpern von weiteren Münzen in der Tasche des Riesen gehört, und sein kundiges Ohr hatte ihm verraten, dass es sich um *sehr viele* Münzen handeln musste. Warum also sollte er diesem Narren nicht ein weiteres Bier bringen – selbstverständlich eines, das mit einer weiteren Portion Schlafpulver versetzt war? Mit einem angedeuteten Achselzucken und einem ganz und gar nicht mehr angedeuteten, dafür umso boshafteren

Grinsen wandte er sich um und schob seinen Schmerbauch durch das Gewühl der überfüllten Taverne auf die Theke zu. Mochten die Götter oder sonst wer wissen, welche Probleme dieser tumbe Riese hatte – am kommenden Morgen würde er vielleicht nicht sie, ganz bestimmt aber sein Geld los sein und dafür mächtige Kopfschmerzen haben. Vielleicht sogar nicht einmal mehr einen Kopf, der schmerzen konnte.

Der Wirt hatte sich kaum entfernt, als eine zweite, sehr viel schmalere Gestalt an den Tisch trat, einen Moment stehen blieb und sich zwei-, dreimal hintereinander so unecht räusperte, dass selbst der betrunkene Riese mühsam den Kopf hob und den Mann aus trüb glänzenden Augen musterte.

Was er sah, das hätte ihm wahrscheinlich nicht einmal gefallen, wenn er nüchtern gewesen wäre: Vor ihm stand ein hoch gewachsener, sehr schlanker Mann, dessen Gestalt allerdings mehr zu erraten als wirklich zu erkennen war, denn sie verbarg sich fast vollkommen unter den Falten eines erdbraunen, bis auf die Knöchel reichenden Mantels, der in einer tief in die Stirn gezogenen spitzen Kapuze endete. Trotzdem war das Gesicht darunter deutlich auszumachen, und es war – sehr vorsichtig ausgedrückt – nicht unbedingt ein sympathisches Gesicht. Farbe und Schnitt erinnerten an das einer Ratte, ein Eindruck, der von dem kleinen, ein wenig zu spitz geratenen Mund, den stechenden schwarzen Augen und der zerschlagenen Nase noch unterstrichen wurde. Ein Streifen etwas hellerer Haut zog sich um den Hals des Fremden, als hätte jemand versucht, ihn aufzuhängen. Jemand, der offenbar wenig von seinem Handwerk verstand.

Der Riese musterte die Gestalt nachdenklich. Einen Moment war er unschlüssig, ob er schlicht in Gelächter ausbrechen oder die Faust in das Rattengesicht schlagen sollte; oder beides, aber wenn, dann in welcher Reihenfolge.

»Wasch ... willschu?«, murmelte er schwerfällig. Ein dünner Speichelfaden lief aus seinem Mundwinkel und zog eine glitzernde Spur über sein Kinn, aber er schien viel zu betrunken zu sein, um das auch nur zu bemerken. Lediglich in seinen Augen blitzte für einen Moment so etwas wie Interesse auf; aber nur für den Bruchteil eines Herzschlags; dann trat wieder der trübe Glanz in seinen Blick, den der Alkohol hervorrief.

»Ist der Platz an Eurem Tisch noch frei, Herr?«, fragte der Mann mit dem Rattengesicht. Seine Stimme passte zu seinem Aussehen: Sie war hoch und schrill und eine Spur zu pfeifend, um irgendetwas anderes als misstönend sein zu können. Der Fremde wartete die Antwort nicht ab, sondern ließ sich mit einem flüchtigen Grinsen am Tisch nieder. Als er sich setzte, klaffte sein Mantel ein Stück auseinander, und man konnte erkennen, dass er gleich zwei Schwerter darunter trug: eine der langen, beidseitig geschliffenen Klingen, die für seine schmalen Hände viel zu wuchtig schien, wie sie aber hier in Armar üblich waren, und eine etwas kürzere, schmucklose Waffe. Beinahe hastig schloss er den Mantel wieder, beugte sich ein wenig vor und sah dem Riesen nachdenklich in die Augen, ehe er sich wieder umwandte und den Wirt herbeiwinkte.

»Heda, Halsabschneider!«, schrie er. »Bring einen Krug deines besten Weines und zwei saubere Becher. Aber verpansch ihn nicht, oder ich schneide dir die Nase ab.«

Der Wirt schenkte ihm einen bösen Blick, beeilte sich aber, zwei verbeulte Trinkbecher aus Zinn und einen Krug aus dem gleichen fleckig gewordenen Material herbeizuschaffen und beides auf dem Tisch zwischen den beiden ungleichen Männern abzuladen. Hastig wandte er sich um und wollte wieder gehen, führte die Bewegung aber nicht einmal halb zu Ende, denn der Mann mit dem Rattengesicht packte ihn grob am Handgelenk und zerrte ihn zurück. »Nicht so schnell, Freund«, sagte er kalt. »Du hast uns auch wirklich deinen besten Wein gebracht?«

In den dunklen Augen des Wirtes blitzte etwas auf, das sowohl Zorn als auch Schreck sein konnte. Wahrscheinlich war es beides. »Warum fragst du?«, gab er nervös zurück. »Du hast meinen besten Wein bestellt, und du hast ihn bekommen. Ich hoffe, du kannst ihn auch bezahlen«, fügte er trotzig hinzu.

»Das kann ich«, bestätigte der Fremde. Er lächelte noch ein wenig breiter – was sein Gesicht allerdings um keinen Deut freundlicher aussehen ließ –, goss mit der linken Hand einen großen Schluck Wein in einen der Becher und reichte ihn dem Wirt. »Ich hoffe, du kannst deinen eigenen Wein auch vertragen«, fügte er freundlich hinzu. »Trink.«

Der Wirt starrte ihn an, blinzelte verblüfft – und unterdrückte mit Mühe einen Schmerzensschrei, als der Fremde den Druck auf sein Handgelenk für einen Moment verstärkte. In den schmalen Händen schien sehr viel mehr Kraft zu liegen, als es den Anschein hatte.

»Was ist?«, fragte der Mann mit dem Rattengesicht, noch immer im gleichen durch und durch freundlichen Tonfall. »Schmeckt dir dein eigener Wein nicht, Bursche, oder ist am Ende gar etwas darin, was du lieber doch nicht trinken willst?«

Der Wirt schluckte ein paar Mal, griff mit zitternden Fingern nach dem dargebotenen Becher und leerte ihn mit einem einzigen wütenden Zug.

»Zufrieden?«, schnappte er und riss seine Hand los.

Das Rattengesicht nickte, bedeutete ihm mit einer affektiert wirkenden Handbewegung, dass er sich entfernen könne, und füllte umständlich die beiden fleckigen Trinkgefäße mit einem Wein, dem man schon an der Farbe ansehen konnte, mit wie viel Wasser er verdünnt worden war.

»Hier«, wandte er sich seinem Gegenüber zu, während er ihm einen der Becher hinhielt. »Nimm, Freund. Das schmeckt besser als die Pferdepisse, die dieser Halsabschneider als Bier anbietet. Außerdem ist weniger Betäubungsmittel drin.«

Die Lider des Riesen, der bisher weiter darauf beharrt hatte, so zu tun, als sei er im Sitzen eingeschlafen, hoben sich nun doch, und ein Augenpaar, das nicht halb so verschleiert vom Alkohol war, wie der Wirt und alle anderen Gäste glauben sollten, musterte den Mann mit dem Rattengesicht. Aber noch zögerte er, nach dem dargebotenen Becher zu greifen.

»Wer bist du?«, fragte er mit einer Stimme, die plötzlich gar nicht mehr wie die eines Betrunkenen klang, allerdings sehr leise war.

»Ein Freund«, antwortete der andere. »Ein guter Freund sogar, Garth, die –«

Der Rest seiner Worte ging in einem halb erstickten Keuchen unter, als der Riese nun doch den Arm hob – aber nicht, um nach dem Weinbecher zu greifen und zu trinken. Seine Hand schoss mit einer für einen Mann seiner Größe schon fast unglaublichen Schnelligkeit vor, packte den anderen an der Gurgel und drückte zu; so heftig, dass dessen Gesicht sich fast auf der Stelle rot zu färben begann.

»Wie hast du mich genannt?«, fragte er, sehr leise, aber in einem Ton, der jedem, der es noch nicht wusste, die Bedeutung des Ausdrucks *gefährlich leise* klar machte.

»Mit … deinem Namen«, röchelte der andere. »Das ist doch … dein Name … du … du bist doch … Garth, die … die Hand …« Er brach mit einem neuerlichen, nun vollends erstickt klingenden Laut ab, als sich die Hand des Riesen noch ein wenig fester um seine Kehle schloss und ihn gleichzeitig ein gutes Stück in die Höhe hob, bis seine Zehen kaum mehr den Boden berührten. Zwei, drei Gäste von den umliegenden Tischen sahen nun doch auf, und auch der Wirt blickte stirnrunzelnd in ihre Richtung – aber niemand machte ernsthafte Anstalten, sich in den drohenden Streit einzumischen. So etwas war hier nicht üblich. Wenn sich Fremde stritten, reichte es völlig aus, abzuwarten, wer den Streit gewann, um danach den Verlierer auszuplündern. Den Sieger natürlich auch, bevor er sich von dem Kampf erholen konnte.

»Wer bist du?«, fragte der Riese halblaut. »Und wer soll das sein, von dem du da sprichst – Garth, die Hand? Ich habe diesen Namen noch nie gehört.«

»Dann redest du offenbar selten mit Leuten, die dich kennen«, presste der Mann mit dem Rattengesicht hervor. »Du –«

»Sprich nicht in Rätseln, Rattenmaul!«, fauchte der Riese. »Wer bist du, und was willst du von mir?« Um seinen Worten den nötigen Nachdruck zu verleihen, verstärkte er den Druck seiner Pranke noch ein wenig, wodurch der andere nun vollends den Kontakt mit dem Stuhl verlor. Aus seinem Gesicht wich allmählich die dunkelrote Farbe, und es wurde bleich. Seine Augen quollen ein Stück weit aus den Höhlen. Als er sprach, waren seine Worte kaum zu verstehen. »Bevor … bevor wir weiterreden …«, brachte er mühsam hervor, »… solltest du vielleicht einen … Blick unter den Tisch werfen.«

Garth zögerte einen Moment. Der Ausdruck von Misstrauen in seinen Augen wurde noch intensiver, aber nach einigen weiteren Augenblicken beugte er sich doch zur Seite und tat, was das Rattengesicht ihm geraten hatte. Auch sein Gesicht verlor ein bisschen an Farbe, als er sah, *worauf* die Schwertspitze des anderen deutete.

»Ich gebe ja zu«, keuchte das Rattengesicht, »dass du mir wahrscheinlich das Genick brechen könntest, ohne dass ich es verhindern kann – aber dann verlässt du morgen die Bruderschaft der Diebe und trittst in die Schwesterpartei ein. Mein … Wort darauf!«

Garth wurde tatsächlich noch ein wenig bleicher. Trotzdem vergingen weitere drei, vier Herzschläge, ehe er sein rattengesichtiges Gegenüber endlich losließ. Der Mann sank röchelnd auf seinem Stuhl zusammen, rieb sich mit der linken Hand seine misshandelte Kehle und starrte Garth mit einer Mischung aus Zorn und widerwilliger Bewunderung an. »Alles, was recht ist«, murmelte er, »der Mann, der dich mir beschrieben hat, hat keineswegs übertrieben. Eher im Gegenteil.«

»Was willst du?«, fragte Garth, noch immer in diesem leisen, gefährlich ruhigen Ton. Aber zumindest hatte er es jetzt aufgegeben, den Betrunkenen zu spielen. Ganz im Gegenteil wirkte er wahrscheinlich sogar ein bisschen wacher, als es seinem Gegenüber recht zu sein schien.

»Mit dir reden«, antwortete das Rattengesicht. Er hustete, strich sich noch einmal mit der Hand über den Hals und griff nach seinem Becher. Seine Finger zitterten sichtlich.

»Ich soll dir Grüße ausrichten«, fuhr er fort, nachdem er einen kräftigen Schluck getrunken hatte. »Von einem Freund.«

»Einem Freund?« Garths Augen wurden schmal. »Ich habe keine Freunde«, stellte er klar. »Zumindest nicht hier.«

Das Rattengesicht seufzte, schüttelte den Kopf und trank einen weiteren Schluck, ehe er entgegnete: »Komisch – genau das hat er vorausgesagt. Wortwörtlich.«

»Genau *was* hat *wer* vorausgesagt?«, fragte Garth.

»Dass du das antworten wirst: *Ich habe keine Freunde*«, erwiderte der Fremde. »Und er hat mir aufgetragen, wenn du es tust, soll ich dich an eine gewisse Stadt in der Wüste erinnern. Und einen tausend Jahre währenden Traum – was immer das bedeuten mag.«

Garths Augen weiteten sich. »Du sprichst von –«

»Von einem Mann, dessen Namen man hier besser nicht ausspricht«, fiel ihm der andere ins Wort. »Es ist noch weniger ratsam, als den deinen zu nennen.«

Garth schüttelte verärgert den Kopf. Sein Gesicht verfinsterte sich. »Ich hätte wissen müssen, dass er nicht so schnell aufgibt. Aber es ist sinnlos, mein Entschluss steht fest. Gestern war ich ein paar Mal nahe dran, zu ihm zurückzukehren, aber ich werde es nicht tun. Soll er zusehen, wie er mit seinen Problemen fertig wird, richt ihm das aus. Er braucht kein Kindermädchen, das auf ihn aufpasst. Und ich auch nicht.«

Der Rattengesichtige lächelte sehr flüchtig, hob zum dritten Mal seinen Becher und tat so, als würde er trinken. In Wahrheit deutete er mit einer kaum sichtbaren Kopfbewegung auf den Wirt, der wie eine fette Qualle hinter seiner Theke stand und ihn und Garth voller unverhohlenem Hass anstarrte. »Dieser gierige Halsabschneider da ist scharf auf deine Geldkatze, Freund«, wechselte er das Thema. »Es war nicht besonders klug von dir, hierher zu kommen. Hat man dir nicht gesagt, dass Fremde hier im Hafen nicht gerne gesehen sind – und schon gar nicht nach Einbruch der Dunkelheit?«

»Doch«, antwortete Garth gelassen. »Aber ich weiß mich schon meiner Haut zu wehren, keine Sorge. Außerdem habe ich kaum eine andere Wahl, als den Hafen zu betreten, wenn ich ein Schiff nehmen will, oder?«

»Ein Schiff? Du willst weg?«

»So schnell wie möglich«, antwortete Garth mit einem grimmigen Nicken. »Und zwar weit weg.«

Rattengesicht leerte seinen Becher, stellte ihn auf den Tisch zurück und streckte die Hand nach dem Krug aus, als wollte er sich nachschenken. Aber dann führte er die Bewegung nicht zu Ende, sondern sah Garth, die Hand, nur sehr nachdenklich an.

»Dann bin ich ja wohl gerade noch rechtzeitig gekommen, scheint mir.«

»Rechtzeitig?« Garth legte den Kopf auf die Seite. »Wozu?«

»Dich zurückzuhalten«, entgegnete Rattengesicht ruhig.

»Zurückhalten?« Garth schnaubte. Er versuchte zu lachen, aber ganz gelang es ihm nicht. »Du?«, vergewisserte er sich. »Du glaubst, du könntest es?«

Rattengesicht nickte mit großem Ernst. »Wenigstens so lange, bis du dir angehört hast, was Torian mir aufgetragen hat, dir zu sagen.« Er lächelte unglücklich. »Ich muss es tun, weißt du? Er hat geschworen, mich in Stücke zu schneiden, wenn ich es nicht tue, und nach allem, was man sich erzählt, ist Torian Carr Conn ein Mann, der sein Wort noch immer gehalten hat.«

»Dann sprich«, forderte Garth ihn finster auf. »Aber sprich schnell. Sehr viel Zeit bleibt mir nämlich nicht mehr. Das Schiff legt um Mitternacht ab, und ich muss eine Stunde vorher an Bord sein.«

Rattengesicht seufzte. »Ich fürchte, es wird ohne dich absegeln«, bedauerte er. Garth wollte auffahren, aber der andere machte eine rasche besänftigende Handbewegung, füllte sich nun doch seinen Becher neu und beugte sich vor. »Ich bin nicht der Einzige, der dich sucht«, eröffnete er ihm lächelnd. »Auf dem Weg hierher traf ich zum Beispiel eine Dutzendschaft der Stadtwache, die Haus für Haus durchkämmte. Und am Hafen wimmelt es geradezu von Blauröcken. Ich wette, nicht einmal eine Maus käme ungesehen an Bord irgendeines Schiffes heute Abend. Geschweige denn ein Mann wie du.«

Er trank einen Schluck, ließ den Wein mit sichtlichem Genuss auf der Zunge zergehen und grinste noch ein wenig breiter. »Was hast du getan? Den Nachttopf des Statthalters gestohlen?«

»Wenn es nur das wäre«, murmelte Garth bekümmert. »Eine Dutzendschaft der Garde, sagst du? Und auf dem Weg hierher?«

»Nicht direkt«, antwortete Rattengesicht. »Ich glaube nicht, dass sie wissen, wo sie dich zu suchen haben. Aber sie sind sehr gründlich und schnell. Wenn sie nicht aufgehalten werden, kann es nicht mehr lange dauern, bis sie hier sind.«

»Verdammt noch mal, warum sagst du das erst jetzt?«, grollte Garth.

»Du hast mich nicht gefragt«, erwiderte Rattengesicht grinsend. Er leerte seinen Becher, lehnte sich zurück und strich fast versonnen mit dem Handrücken über seine Kehle. Garths Finger hatten deutliche rote Abdrücke auf seiner Haut hinterlassen. »Außerdem hattest du ja nichts Besseres zu tun, als über mich herzufallen, kaum dass ich Platz genommen hatte, nicht?«

Garth hob drohend die Hand, und Rattengesicht setzte sich mit einer fast schon zu schnellen Bewegung wieder gerade hin. »Aber du hast natürlich Recht«, fuhr er hastig fort. »Wir sollten uns einen anderen Ort wählen, um in aller Ruhe reden zu können. Ich traue weder dem Wirt noch seinen Gästen – ganz abgesehen davon, dass es hier in längstens einer halben Stunde von Blauröcken wimmeln wird.« Er hob abwehrend die Hand, als Garth nach seinem Geldbeutel greifen wollte, klaubte selbst eine flache Goldmünze aus den Tiefen seines unergründlichen Mantels und schnippte sie zielsicher quer durch die Taverne in den Spucknapf, der vor der Theke stand.

»Spesen«, bemerkte er grinsend, als er Garths erstaunten Blick sah. »Dein Freund war großzügig, weißt du? Außerdem hat man mir gesagt, dass Garth, die Hand, seine Zeche nur bezahlt, wenn er das Geld anschließend doppelt und dreifach wieder zurückstehlen kann – und dazu wirst du hier kaum Gelegenheit finden.«

Garth zog es vor, nicht darauf zu antworten. Er hatte seine Steckbriefe gesehen, und nicht einmal seine eigene Mutter hätte ihn anhand der Beschreibung darauf erkannt. Sie passte auf so ungefähr jeden zweiten Mann in Armar, aber dennoch war es besser, allen Scherereien von vorneherein aus dem Weg zu gehen. In der vergangenen Nacht hatte er zwar einen Reisenden aus Haydermark um sein Messer und seine wohl gefüllte Geldbörse erleichtern können, besaß aber immer noch keine Papiere. Ein Pass, dessen Angaben auf den einen Meter sechzig kleinen und spindeldürren Händler lauteten, nutzte ihm nicht gerade viel.

Sie standen auf. Wie durch Zufall bewegte sich Rattengesicht so, dass sein Mantel erneut auseinander klaffte, und wie durch Zufall genau so, dass der Wirt die beiden Schwerter sehen konnte, die er darunter trug. Aus dem wütenden Protest, zu dem der Bursche angesetzt hatte, wurde ein halblautes Stöhnen, und Garth war plötzlich sehr sicher, dass Rattengesichts Bewegung ganz und gar *kein* Zufall gewesen war. Aber gleichwie – niemand machte auch nur den leisesten Versuch, sich ihnen in den Weg zu stellen, als sie zur Tür gingen. Garths ungeheure Größe und die beiden Schwerter des neu hinzugekommenen Fremden reichten wohl aus, selbst die Geldgier des Wirtes zu dämpfen.

Sie hatten jedoch noch nicht die halbe Strecke bis zum Ausgang zurückgelegt, als die Tür so unsanft aufgestoßen wurde, dass die Gespräche im Raum für einen Moment verstummten und sich aller Aufmerksamkeit dem Eingang zuwandte.

Hintereinander betrat ein halbes Dutzend Männer die verräucherte Schankstube, und so unterschiedlich sie in ihren äußeren Erscheinungen sein mochten, gab es doch niemanden in der Taverne, der sie nicht sofort als Angehörige der berüchtigten Stadtgarde erkannt hätte. Dafür sorgten schon die knöchellangen, hellblauen Mäntel, das einzig Uniformähnliche an ihrer Kleidung, und die armlangen, doppelseitig geschliffenen Schwerter, die sie schwangen. Je zwei von ihnen nahmen rechts und links des Einganges Aufstellung, der Fünfte warf die Tür so lautstark wieder ins Schloss, wie sie zuvor aufgestoßen worden war, und lehnte sich mit vor der Brust verschränkten Armen dagegen, während der Sechste – offensichtlich so etwas wie der Anführer des kleinen Trupps – die Theke ansteuerte, wobei er mit seinem Schwert in der Luft herumfuchtelte, als gelte es, ein halbes Hundert unsichtbarer Gegner zu besiegen. Garth verdrehte die Augen, sagte aber keinen Ton, als er den warnenden Blick seines Begleiters bemerkte. Fast unmerklich nickte er. Es gehörte nicht besonders viel Fantasie dazu, auch von selbst darauf zu kommen, dass dies die Männer waren, von denen Rattengesicht gesprochen hatte.

Und weshalb sie gekommen waren.

Mittlerweile hatte der Anführer der Soldaten die Theke erreicht. Jetzt stocherte er mit seinem Schwert wie mit einem Zeigestock nach dem Wirt und machte gleichzeitig mit der anderen Hand eine befehlende Geste. »Bist du der Wirt hier?«, fragte er.

Der Angesprochene nickte und kam mit kleinen, trippelnden Schritten näher, achtete aber sorgfältig darauf, außer Reichweite des Schwertes zu bleiben. Die Männer der Stadtgarde waren nicht unbedingt für ihre Sanftmut bekannt. »Das bin ich«, antwortete er kleinlaut. »Was ... was kann ich für Euch tun, Herr? Ein ... ein Bier für Euch und Eure Männer vielleicht? Oder einen Krug Wein? Wir haben auch –«

»Wir sind nicht zum Trinken hier«, unterbrach ihn der Blaurock ungeduldig. »Meine Männer und ich suchen jemanden. Einen Fremden. Einen Dieb, um genau zu sein.« Er räusperte sich, um seinen Worten das nötige Gewicht zu verleihen, drehte sich einmal im Kreis und blickte dabei misstrauisch in jedes einzelne des guten Dutzends Gesichter, das die Taverne bevölkerte – auch in das von Garth, ohne dass in seinen Augen allerdings auch nur das mindeste Erkennen aufglomm. Ganz offensichtlich hatte er nicht die geringste Ahnung, wie der Mann aussah, den er finden sollte. Schließlich wandte er sich wieder an den Wirt. Das Rattengesicht hatte sich unauffällig abgewandt.

»Hast du einen Fremden gesehen heute Abend?«, fragte er.

Einen Moment lang schien es nicht nur Garth so, als würde der Wirt den Kopf schütteln. Dass er keine Sekunde gezögert hätte, ihm und Rattengesicht die Kehlen durchzuschneiden, nur um an ihre Geldbeutel zu gelangen, bedeutete nichts – die Blauröcke waren alles andere als beliebt in der Stadt, und unbeschadet aller gegenteiligen Behauptungen gab es *doch* so etwas wie Gaunerehre, auch in Armar.

Aber dann hob er doch die Hand und deutete anklagend auf Garth, der drei Schritte vor der Tür stehen geblieben war. »Dieser da, Herr«, sagte er. »Den habe ich noch nie hier gesehen. Er scheint eine Menge Geld bei sich zu haben.«

Der Hauptmann wusste es nicht, und er erfuhr es auch nie – aber die Tatsache, dass er sich sehr ruhig umdrehte und keinerlei Anstalten machte, etwa seine Waffe zu heben, rettete ihm in diesem Augenblick das Leben. Drei, vier Sekunden lang verharrte sein Blick auf Garths Gesicht, und Garth konnte direkt sehen, wie es hinter seiner Stirn arbeitete. Aber dann schien er zu dem Schluss zu kommen, dass es sich bei seinem Gegenüber wohl kaum um den Gesuchten handeln konnte. Garth, die Hand, war nicht nur in Armar mehr als ein bloßer Name; bei aller Bescheidenheit war Garth der wahrscheinlich bekannteste – und beste – Dieb und Beutelschneider im Umkreis von fünftausend Meilen, und diesen Mann mit einem mehr als zwei Meter großen und sicherlich zweihundertfünfzig Pfund schweren Koloss zu assoziieren, dessen Pranken eher dazu geeignet schienen, Türen aus Eichenholz einzuschlagen, statt die diffizile Arbeit eines Meisterdiebes zu erledigen, fiel wohl selbst dem mit Intelligenz nicht besonders reichlich gesegneten Gardisten schwer.

Er musterte kurz das Rattengesicht, das die Kapuze noch tiefer ins Gesicht gezogen hatte, zögerte einen Moment und wandte sich dann wieder Garth zu.

»Und was ist mit dir?«, schnappte er, ohne einen Moment aufzuhören, mit seinem Zahnstocher in der Luft herumzufuchteln.

Garth grinste den Gardisten blöde an und wirkte wieder ganz wie der betrunkene, harmlose Trottel, den er schon den ganzen Abend hindurch spielte. »Wasch willschu denn?«, nuschelte er.

Das Gesicht des Kommandanten lief rot an. »Deine Papiere will ich sehen, aber ein bisschen schnell, verdammt noch mal!«, brüllte er.

Garth legte den Zeigefinger an die Nase und tat so, als müsse er angestrengt nachdenken. Dann nickte er schwerfällig, griff in seine Tasche und trat einen Schritt vor, wobei er wie ein Blatt im Wind schaukelte und über seine eigenen Füße stolperte. Einige der Zecher an den umliegenden Tischen gingen sicherheitshalber in Deckung, als er auf sie zutaumelte und dabei bis auf zwei Schritte an die Gardisten herankam. Er richtete sich wieder auf, zog die Hand aus der Tasche, und ein silberner Blitz raste auf einen der Soldaten zu. Das Wurfmesser durchbohrte seine Schulter und nagelte ihn regelrecht an die Wand.

Einen Herzschlag später, noch bevor irgendjemand begriffen hatte, was geschehen war, erreichte Garth die anderen und stieß zwei mit den Köpfen zusammen, dass sie bewusstlos zu Boden sanken. Mit einer unglaublich schnellen Bewegung fuhr er herum, schlug die Waffenhand des Kommandanten beiseite, packte ihn am Kragen und schleuderte ihn mit aller Kraft gegen einen weiteren Soldaten.

Erst jetzt erwachten die anderen aus ihrer Erstarrung. Der Erste, der sich auf Garth stürzen wollte, stolperte stattdessen über den Fuß des Rattengesichtigen, der ihm plötzlich ein Bein gestellt hatte. Gleichzeitig fuhr der Unbekannte herum.

»Raus hier!«, brüllte er und riss die Tür auf.

Garth folgte ihm, so schnell er konnte. Er ließ sich nicht davon täuschen, wie leicht sie die Gardisten überwältigt hatten. Die Männer waren völlig überrascht worden, aber sobald sie sich von ihrem Schreck erholt hätten, würden sie unter Beweis stellen, dass die Stadtgarde nicht zu Unrecht berüchtigt war. Zudem würde der Lärm eines Kampfes rasch Verstärkung anlocken, und sobald die Soldaten die Umgebung erst einmal abgeriegelt hatten, würde auch eine Flucht unmöglich werden.

Die beiden Männer rannten, ohne auch nur einmal zurückzublicken, und blieben erst stehen, als sie das Viertel verlassen und fast eine halbe Meile Weg zwischen sich und die Schenke gebracht hatten.

»Danke«, knurrte Garth, als er wieder zu Atem gekommen war, und ihm war anzumerken, wie schwer es ihm fiel, das Wort auszusprechen. »Aber wenn du denkst, dass ich meinen Entschluss deshalb ändere, hast du dich getäuscht«, fügte er rasch hinzu. »Sag Torian, dass er alles noch eine Nacht überschlafen soll, dann wird er einsehen, dass ich nicht anders handeln kann. So, und jetzt gehe ich zu meinem Schiff, und ich kann nur jeden bedauern, der mich davon abzuhalten versucht.«

Ohne ein weiteres Wort wandte er sich um und stapfte davon. Erst als er hastige Schritte hinter sich hörte, blieb er stehen und drehte sich noch einmal um. »Verdammt, was willst du denn noch?«, fauchte er.

»Na, was schon?«, antwortete das Rattengesicht mit dem harmlosesten Lächeln der Welt. »Dich begleiten natürlich. Es gibt hier ziemlich viel zwielichtiges Gesindel, weißt du? Übrigens, ich heiße Bard.«

☆

Als er erwachte, war zuerst nichts als Dunkelheit um ihn herum; eine Schwärze, die nichts Beruhigendes hatte, sondern wie ein erstickender Mantel um seinen Körper und seine Erinnerungen lag. Es dauerte nicht lange, nur einen kurzen, schrecklichen Moment, aber diese wenigen Sekunden schienen sich zu Ewigkeiten der Qual zu dehnen, in denen er nicht einmal wusste, wer er war. Dann lichteten sich die schwarzen Nebel um seinen Geist, und mit dem Schmerz, der in ihm erwachte und seinen Körper wie ein feuriges Geflecht durchzog, kehrte auch ein Teil seiner Erinnerung zurück, sodass er wenigstens wieder wusste, wer er war. Nicht hingegen, *wo*.

Es war nicht völlig dunkel; durch ein schmales, vergittertes Fenster unter der Decke drang ein wenig Licht herein und ließ ihn erkennen, dass er auf dem Boden eines nicht besonders großen Raumes lag, der an einen Schweinestall erinnerte und auch so roch. Kälte hing wie unsichtbare Spinnweben in der Luft, und von den Wänden hallten die leisen, huschenden Echos von Rattenfüßen wider. Der Raum war von Schatten erfüllt, die seine Blicke nicht zu durchdringen vermochten. Seltsam, dachte er schaudernd. Es war, als … als verberge sich hinter den dunklen Schatten etwas, das die Helligkeit gierig verschlang.

Torian blinzelte und strich sich verwirrt mit der Hand übers Gesicht, dann richtete er sich vorsichtig auf. Und im gleichen Moment fiel ihm alles wieder ein.

Die Straßenräuber, seine Flucht mit Shyleen, das unbekannte *Et-*

was mit seinem großen Appetit auf Häuser und als letzte Wahrnehmung vor seiner Ohnmacht die Stiefel der Soldaten.

Jetzt war ihm auch klar, wo er sich befand. Die Gardisten waren sicherlich nicht so freundlich gewesen, einen völlig Fremden, den sie ohne Papiere antrafen und auf den die Beschreibung des meistgesuchten Mörders dieses Kontinents zutraf, in eine Nobelherberge zu bringen und womöglich noch die Unterkunft für ihn zu bezahlen. Immerhin aber hatte man seine Wunden versorgt und ihn so lange schlafen lassen, dass er sich wieder halbwegs wohl fühlte. Er musste den Rest der Nacht und fast einen ganzen Tag ohne Bewusstsein gewesen sein.

Torian schüttelte die Benommenheit ab und stand vollends auf. Ein stechender Schmerz fuhr unter der Belastung durch seinen linken Fuß. Das Gelenk war geschwollen, wahrscheinlich verstaucht, aber die Schwellung ging bereits zurück, und auch der Schmerz sank bald auf ein erträgliches Maß. Dennoch würde der Fuß ihn noch tage-, wenn nicht gar wochenlang behindern.

Die nächsten Minuten verbrachte er damit, die Kerkerzelle gründlich zu untersuchen. Das Fenster war zu hoch, um einen Blick hinauswerfen zu können, die einzige Tür bestand aus massiven Holzbohlen und war von außen verriegelt, und an den Wänden klebte anstelle von Verputz der eingetrocknete Dreck von Jahrzehnten. Das war alles, was er herausfand, und so hämmerte er mit den Fäusten gegen die Tür.

Es dauerte mehrere Minuten, bis sie geöffnet wurde. Zwei Männer in Uniform betraten die Zelle, während drei weitere vor der Zelle stehen blieben und ihn dümmlich angrinsten. Sie waren ziemlich jung, noch halbe Kinder, und möglicherweise wäre es Torian gelungen, sie zu überwältigen, da er sich inzwischen wieder stark genug fühlte, Bäume auszureißen. Zumindest ganz kleine.

Dennoch beschloss er, erst einmal abzuwarten, was man mit ihm vorhatte, wobei seine Entscheidung möglicherweise dadurch beeinflusst wurde, dass die Posten vor der Tür plötzlich Schwerter in den Händen hielten und Verstärkung durch noch zwei weitere Soldaten erhielten.

»Was soll das alles?«, blaffte Torian. »Weshalb hat man mich eingesperrt? Ich will sofort den Kommandanten sprechen.«

Ohne eine Antwort packten ihn zwei Soldaten an den Armen und schleiften ihn mit sich. Torian schrie auf, als sein Fuß gegen die Tür stieß, aber wieder entschied er sich, keinen Widerstand zu leisten. Es war besser, sich erst einmal schwächer zu stellen, als er tatsächlich war. Ohne Gegenwehr, aber lautstark fluchend, ließ er sich über einen langen, nur von Fackeln erhellten Gang führen, von dem zahlreiche andere Zellentüren ausgingen. Sie stiegen eine Treppe hinauf, und dann versetzte einer seiner Bewacher ihm einen derben Stoß in den Rücken, der ihn in ein großes, sehr amtlich aussehendes Zimmer hineintaumeln ließ. Ein Mann mit dunklem Haar und einem unsympathischen, rattenähnlichen Gesicht saß hinter dem Schreibtisch und musterte ihn kalt.

Die Männer, die Torian hergebracht hatten, folgten ihm nicht, sondern schlossen die Tür von außen, doch drei andere Soldaten hielten sich in dem Raum auf. Es gab zwei große Fenster, und Torian wog seine Chancen ab, sie zu erreichen und sich durch eines der beiden zu retten. Es könnte gelingen, wenn er schnell genug war, aber er war sich nicht sicher, ob sein verletzter Fuß mitspielen würde.

»Ich würde das an deiner Stelle nicht tun«, warnte der Mann hinter dem Schreibtisch, dem der Blick offenbar nicht entgangen war. Torian spürte, dass er ihn nicht unterschätzen durfte. Der Mann schien trotz seiner entspannten Haltung Gefahr wie ein unsichtbares Gift auszuströmen, und er musste ein sehr aufmerksamer Beobachter sein. »Vielleicht kämest du bis zum Fenster, aber ein Sprung aus zehn Meter Höhe dürfte dir schlecht bekommen«, fuhr er fort und deutete auf den leeren Stuhl vor dem Schreibtisch. »Setz dich lieber.«

Torian kam der Aufforderung nach. »Ich möchte wissen, weshalb man mich eingesperrt hat«, verlangte er scharf. »Ist das die tremonische Gastfreundschaft? Erst werde ich auf der Straße überfallen und ausgeraubt, dann sperrt man mich anstelle dieser Räuber ein. Ich bin ein Söldner aus Lacom und gekommen, um –«

»Um dich bei der tremonischen Armee anheuern zu lassen?«, unterbrach der Kommandant. Es klang belustigt, aber er wurde sofort wieder ernst. »Lassen wir die Spielchen, Torian Carr Conn. Ich bin Bard, Kommandant der Stadtgarde, und ich habe keine Lust, sinnlos über deine Identität zu streiten. Du kannst deinen scroothischen Akzent ohnehin nicht verbergen. Aber wie du weißt, führen wir Krieg gegen Scrooth, und es kann uns egal sein, welche Verbrechen man dir dort vorwirft. Die Anklage gegen dich wurde in Tremon längst fallen gelassen. Du hast also keinen Grund, dich als jemand anderes auszugeben. Ich will von dir wissen, was geschah, bevor meine Männer dich fanden. Das ganze Viertel sah aus wie ein Schlachtfeld. Hast du irgendetwas damit zu schaffen?«

Unbehaglich rutschte Torian auf seinem Stuhl hin und her. Er hatte längst vermutet, dass seine angeblichen Morde seit dem Ausbruch des Krieges in Tremon bedeutungslos geworden waren. Zumindest würde man ihn nicht ausliefern. Aber nur weil er in Scrooth gesucht wurde, bedeutete das noch lange nicht, dass man ihm hier besonders freundschaftlich gesonnen war. Und dieser Bard schien nicht nur mit einer guten Beobachtungsgabe, sondern zusätzlich auch noch mit einer gehörigen Portion Intelligenz gesegnet zu sein.

»Ich weiß nicht, wovon Ihr sprecht«, murmelte Torian, um Zeit zu gewinnen. »Die Baracken in den Elendsvierteln befinden sich alle in nicht besonders gutem Zustand.«

»Das stimmt«, bestätigte Bard. »Aber es ist schon seltsam, wenn ein ganzer Häuserblock binnen weniger Stunden in Schutt und Asche sinkt, ohne dass es eine Ursache dafür zu geben scheint. Und noch sonderbarer ist, dass es kaum Trümmer gibt, findest du nicht auch?«

Torians Nervosität stieg. Auch die scheinbare Gelassenheit des Kommandanten konnte nicht darüber hinwegtäuschen, dass dies alles andere als ein gemütliches Plauderstündchen war. Bard erwartete Antworten, und er schien entschlossen, sie unter allen Umständen zu bekommen; wenn nicht auf diese Art, dann auf eine andere, die Torian nicht unbedingt kennen lernen wollte. Trotzdem beschloss er, seinen Handlungsspielraum auszuloten.

»Ihr habt gesagt, dass mir hier keine Verbrechen vorgeworfen werden«, erinnerte er ihn. »Also bin ich ein freier Mann und nicht gezwungen, mich von Euch verhören zu lassen. Ich verlange, dass man mich unverzüglich freilässt.«

Bard seufzte. »Das ist so nicht ganz richtig«, korrigierte er. »Deine in Scrooth begangenen Verbrechen sind hier bedeutungslos, das stimmt. Aber wir sind recht fantasievoll, wenn es darum geht, Anklagen zu erfinden. Das Todesurteil für einen scroothischen Spion deines Namens wurde bereits unterzeichnet.« Er machte eine herrische Handbewegung, als er sah, dass Torian aufbrausen wollte. »Du brauchst mir nicht zu beteuern, dass du kein Spion bist; das weiß ich auch. Aber hier geht es nicht um Gerechtigkeit. Gerechtigkeit ist nur eine Frage der Macht. In den letzten Tagen hat es einige Aufregungen in Armar gegeben, und meine Aufgabe ist es, die Ruhe wiederherzustellen. Eine öffentliche Hinrichtung zur Unterhaltung des Volkes käme da gerade recht«, fügte er nachdenklich hinzu.

Er machte eine kurze Pause und tat so, als würde er überlegen. »Noch besser wäre es vielleicht, dich wieder freizulassen und einige Schauermärchen über dich zu verbreiten, damit der Mob deinen Kopf fordert und dich wie einen räudigen Köter jagt«, sprach er weiter. »Man muss der Meute etwas hinwerfen, damit sie nicht auf falsche Gedanken kommt. Das sind nur einige Möglichkeiten, um einen *freien Mann* wie dich loszuwerden. Es liegt allein an mir, die Vollstreckung des Urteils auszusetzen, also solltest du meine Fragen lieber beantworten. Noch einmal: Was ist in der vergangenen Nacht passiert?«

Torian sank ein Stück in sich zusammen. Er hatte gewusst, dass man ihn nicht so einfach freilassen würde, aber nicht erwartet, dass Bard so weit gehen würde, ihm unverhüllt mit Mord zu drohen. Doch der Krieg hatte auch in den weit von den Schlachtfeldern entfernt liegenden Städten einen Wandel der Einstellungen bewirkt. In Zeiten wie diesen war die Möglichkeit eines gewaltsamen Todes zu einem täglichen Bestandteil des Lebens geworden.

»Ihr sprecht nicht sehr achtungsvoll von Eurem Volk«, bemerkte er statt einer Antwort auf Bards Frage. Als er sah, wie sich das Gesicht des Kommandanten verfinsterte, fügte er hastig hinzu: »Aber ich weiß wirklich nicht, was geschehen ist. Zumindest nicht genau.«

»Zu schade.« Bards Gesicht wirkte wie aus Stein gehauen. »Einen Verletzten wieder zusammenzuflicken, nur um ihn anschließend aufzuhängen, ist eigentlich Verschwendung. Es sind schon viele Unschuldige gestorben, nur weil sie zu viel wussten. Nichts zu wissen kann ebenso tödlich sein. Aber du solltest mir wenigstens das wenige erzählen, bevor meine Geduld endgültig erschöpft ist.«

»Es ... es war Zauberei«, erklärte Torian hastig. »Es muss irgendetwas mit den Schwarzen Magiern zu tun haben. Die Häuser verschwanden einfach, mehr ... kann ich nicht sagen. Ihr solltet Eure verbündeten Magier hier in Armar konsultieren.«

Der letzte Satz war eine versteckte Frage, wie gut Bard über die Geschehnisse der letzten Tage informiert war. Es gab keine Magier mehr in der Stadt. Ihr Zirkel war in den unterirdischen Katakomben vernichtet worden, doch der Rattengesichtige ging nicht darauf ein, sondern knetete nur seine Unterlippe zwischen den Fingern. »Beschreibe, wie es vor sich ging«, verlangte er.

Torian kam der Aufforderung nach und berichtete, wie die Gebäude von unsichtbaren Gewalten zerschmettert und verschlungen worden waren. Es gab keinen Grund, dies vor dem Kommandanten geheim zu halten. Auch ihm bereitete das unheimliche Phänomen Angst.

Bard hörte ihm zu, ohne ihn einmal zu unterbrechen. Auch als Torian geendet hatte, schwieg er noch. »Das Gleiche hat deine Begleiterin auch berichtet«, eröffnete er ihm nach einigen Sekunden. »Es scheint zu stimmen, aber das ist jetzt nicht so wichtig.«

»Shyleen?«, keuchte Torian und sprang auf, ohne sich um die Soldaten in seinem Rücken zu kümmern, die drohend einen Schritt vortraten. »Ihr habt sie auch –«

»Natürlich haben wir sie ebenfalls festgenommen. Eine entflohene Tempelpriesterin Ch'tuons, die von den Magiern immer noch gesucht wird. Sie werden sich freuen, wenn wir sie ihnen übergeben. Fehlt nur noch der Dritte in eurem Bunde. Wo ist Garth, die Hand?«

»Ich kenne niemanden, der so heißt«, log Torian. Die Worte des Kommandanten mussten ein Bluff sein. Er konnte unmöglich von seiner Freundschaft mit Garth wissen, allenfalls etwas vermuten. Shyleen würde nichts verraten haben, dessen war er sich sicher.

»Nein, nicht schon wieder solche Spielchen«, seufzte Bard. »Du verkennst erneut deine Situation. Ich weiß alles über euch, von den Ereignissen in Rador über den Tod von Ch'tuons Götzen im Tempel des Toten Gottes bis hin zur Vernichtung und eurer Flucht aus den Katakomben. Du kannst mir also nichts vormachen. Ich will Garth, und ich werde ihn bekommen, hörst du!«

Torian atmete tief ein. Es klang wie ein unterdrückter Schrei. Die Gedanken überschlugen sich in seinem Kopf. »Woher –«

Der Rattengesichtige lächelte grimmig. »Ich habe eben auch meine kleinen Geheimnisse. Aber ich kann dich beruhigen, deine kleine Tempelhure hat nichts verraten. Abgesehen von ihrer Aussage die zerstörten Häuser betreffend, ist sie stumm wie ein Fisch, und selbst die Folter würde wohl nichts helfen.« Sein Lächeln vertiefte sich noch und war jetzt nicht viel mehr als eine Grimasse aus Hohn und Spott. »Außerdem sind wir ja keine Unmenschen.«

Torian schwieg, obwohl er gerade zu Letzterem eine etwas andere Meinung vertrat.

»Wie kommt Ihr darauf, dass ich Euch mehr verraten würde?«, fragte er nach einer Weile, in der sie sich nur stumm gegenseitig gemustert hatten. Das Rattengesicht wurde ihm von Minute zu Minute unsympathischer. »Und warum fragt Ihr überhaupt, wenn Ihr doch anscheinend schon alles wisst?« Es gelang ihm nicht, seiner Stimme den beabsichtigten Sarkasmus zu verleihen.

»Ich weiß vieles, aber eben leider nicht alles«, erwiderte Bard. »Zum Beispiel habe ich wirklich keine Ahnung, wo sich Garth zurzeit befindet. Aber ich werde es notfalls auch ohne deine Hilfe herausfinden; anders ginge es höchstens etwas schneller. Also?«

Torian schüttelte den Kopf.

»Ihr werdet Euch wohl auf den Notfall einrichten müssen. Selbst wenn ich wüsste, wo sich Garth aufhält, würde ich es Euch sicherlich nicht sagen. Aber ich weiß es nicht. Wir haben uns getrennt.«

Der Kommandant starrte ihn mit seinen dunklen Augen einige Sekunden lang durchdringend an.

»Vielleicht ist es ein Fehler, aber ich glaube dir.« Er trommelte mit den Fingern auf die Platte des Schreibtisches. »Im Übrigen liegt es mir fern, einen von euch hinzurichten. Im Gegenteil, ich fürchte, dass ich eure Hilfe brauche, um das auszubügeln, was ihr ungewollt angerichtet habt. Diese seltsamen Zerstörungen wurden ausgelöst durch den Untergang der Katakomben.«

»Was ... was hat es damit auf sich?«, fragte Torian. Seine Verwirrung stieg mit jeder Sekunde. »Was bedeutet das Verschwinden der Häuser?«

»Den Weltuntergang«, antwortete eine Gestalt hinter ihm, die unbemerkt die Tür geöffnet hatte und ins Zimmer getreten war. Torian fuhr herum und sank mit einem ächzenden Keuchen auf den Stuhl zurück.

Die Gestalt hinter ihm war ein Mann in einer dunklen Kutte, dessen Gesicht weitgehend im Schatten einer tief in die Stirn gezogenen Kapuze lag. Das Alter hatte tiefe Furchen in seine Haut gegraben, und sie wies einen blässlichen, ungesunden Farbton auf, sodass sie an vergilbtes, brüchig gewordenes Pergament erinnerte. Sein Mund war nicht mehr als ein schmaler, blutleerer Strich, und die Augen schienen von einem düsteren Feuer erfüllt zu sein. Doch ihnen schenkte Torian nur flüchtige Aufmerksamkeit. Sein Blick hing wie gebannt an den Kleidern des Mannes, der so jäh hinter ihm aufgetaucht war; ganz genau gesagt, an seinem Mantel.

Der Unbekannte trug die Kutte eines Schwarzen Magiers.

☆

Irgendwann gab es Garth auf, den Rattengesichtigen abschütteln zu wollen. Bard klebte an ihm wie ein Blutegel. Die einzige Möglichkeit, ihn loszuwerden, wäre Gewalt gewesen – ein Unterfangen mit sehr ungewissem Ausgang, zumal Bard immer noch seine Schwerter besaß, während Garth unbewaffnet war. Außerdem war er ihm trotz allem zum Dank verpflichtet, denn letztlich hatte er ihm geholfen. Also beschloss er, das Rattenmaul schlichtweg zu ignorieren, was ihm umso leichter fiel, da Bard entgegen seiner Ankündigung keinen weiteren Versuch mehr unternahm, ihn von seinem Vorhaben abzubringen. Er war einfach da, schweigend, ein schwarzer Schatten, der zwei Schritte hinter ihm ging und sich die größte Mühe gab, unbefangen zu wirken, und grinste, wenn Garth ihm von Zeit zu Zeit einen finsteren Blick über die Schulter zuwarf.

»Die Stadtgarde wird inzwischen das ganze Hafengebiet abgesperrt haben«, bemerkte er nach einer Weile, nicht besonders laut und ohne sonderliche Betonung, fast wie nebenbei.

»Kümmere dich um deinen eigenen Kram«, schnauzte Garth ihn grob an. »Du musst mich nicht begleiten, weißt du?«

»Die Soldaten werden jedes Schiff durchsuchen, das heute Nacht ausläuft«, fuhr der Rattengesichtige unbeirrt fort. »Und kein Kapitän wird es zu verschweigen wagen, dass ein Fremder ohne Papiere eine Passage bei ihm gebucht hat.«

»Dieser schon.« Garth grinste. »Lass das nur meine Sorge sein. Wenn du unbedingt die Amme spielen willst, dann kümmere dich lieber um Torian. Armar ist ein heißes Pflaster, und er kennt sich hier nicht aus. Er kann Schutz dringender brauchen – auch wenn er neuerdings nicht mehr sehr wählerisch in der Auswahl seiner Freunde zu sein scheint.«

»Aber, aber, keine Beleidigungen«, erwiderte Bard mit gespieltem Tadel in der Stimme. »Im Übrigen ist Torian schon längst nicht mehr in der Stadt. Er wartet an einem sicheren Ort außerhalb auf dich.«

»Dann mach ihm klar, dass es keinen Sinn hat, seine Zeit noch länger damit zu vergeuden. Mach, was du willst, aber geh mir endlich aus den Augen, Rattenvisage.«

»Du bist nicht sehr nett zu mir, weißt du das?«, hielt ihm Bard entgegen. Es klang eindeutig amüsiert.

Garth erwiderte nichts mehr, und schweigend gingen sie weiter. Garth war in Wahrheit nicht halb so selbstsicher, wie er sich gab. Es gehörte nicht viel Kombinationsgabe dazu zu erraten, was er vorhatte. Wahrscheinlich wimmelte der Hafen bereits von Soldaten. Kapitän Harlon war zwar vollkommen verrückt, aber auch der berüchtigtste Pirat der Umgebung. Er würde sich von der Stadtgarde nicht einschüchtern lassen, und im Falle einer Auseinandersetzung war ihm zuzutrauen, dass er die Architektur des Hafens mit den Katapulten seiner NOVATAN ein wenig veränderte. Mit Gewalt oder Drohungen würde niemand Harlon ein Wort entlocken können. Andererseits wäre der Freibeuter aber für eine Hand voll Münzen auch bereit, seine eigene Mutter zu verkaufen.

Dennoch war es nicht einmal dieses Wissen, das Garth Sorge bereitete. Er fragte sich, was Bard wirklich wollte. Er wusste vieles, was eigentlich nur Torian und Shyleen wissen konnten, aber für Garth war es trotzdem nicht vorstellbar, dass sich die beiden mit dem Rattengesicht angefreundet hatten.

Außerdem – es musste ihm einfach klar sein, dass Garth dem Rattenmaul eher die Tracht Prügel seines Lebens verpassen würde, ehe er seinetwegen seine Pläne änderte. Nein – irgendetwas stimmte hier nicht. Garth wusste nur noch nicht genau, was. Außerdem fiel ihm das Denken ungewohnt schwer. Vielleicht hatte er doch mehr Alkohol und Schlafkraut in sich hineingeschüttet, als gut gewesen wäre.

Missmutig stapfte er weiter. Die Straße war menschenleer. Dennoch fühlte er sich beobachtet. In Armar hatten selbst die Wände Augen und Ohren, aber von Soldaten war nichts zu sehen. Nur einmal entdeckte er eine Patrouille, die jedoch mehr als hundert Schritte entfernt die Straße überquerte, sodass er sich rechtzeitig in einen Hauseingang ducken konnte.

Die scheinbare Ruhe gefiel ihm nicht. Es war fast *zu* ruhig für seinen Geschmack. Armar machte den Eindruck einer ausgestorbenen Geisterstadt. Angst hing fast greifbar in der Luft.

Und noch etwas fiel Garth auf. Der Statthalter schien beschlossen zu haben, den größten Teil der Stadt einzureißen. Viele der

Häuser, die ihren Weg säumten, waren in sich zusammengestürzt, und selbst die Trümmer waren zum größten Teil bereits weggeschafft worden. Einen Moment überlegte der Dieb, ob es eine Folge des unterirdischen Bebens sein könnte, aber er verwarf den Gedanken gleich darauf wieder. Eine Felsdecke von fast einer Meile Stärke lag zwischen den Katakomben und der Stadt. Sie hatte alle Erschütterungen abgefangen. Die Verwüstungen, die ein Erdbeben anrichtete, waren anderer Natur als die, welche er hier sah.

Außerdem – er hatte andere Sorgen, als sich Gedanken über eingerissene Häuser in einer Stadt zu machen, die er in längstens einer Stunde für immer verlassen würde.

Sie waren dem Hafen inzwischen ziemlich nahe gekommen, und er konnte bereits den salzigen Geruch des Meeres wahrnehmen, ohne dass er auch nur einmal den Umhang eines Soldaten zu Gesicht bekommen hatte. Das Gefühl, geradewegs in eine Falle zu laufen, verdichtete sich immer mehr. Auch Bard wirkte nervös. Er schaute sich ein paar Mal zu oft um, und er hielt die eine Hand ein wenig zu nahe in der Nähe des Schwertgriffes, als dass es Zufall sein konnte.

Garth blieb stehen und entschloss sich, sein trotziges Schweigen zu brechen. »Irgendwer hat mir vor ein paar Minuten erzählt, im Hafen wimmele es nur so von Blauröcken«, knurrte er und ließ seinen Blick über die Kaianlagen schweifen. Mehrere Schiffe lagen hier vor Anker, einige hundert Schritte entfernt auch das größte von allen, die NOVATAN. Gedämpftes Lachen und Fetzen von Seemannsliedern und rauen Scherzen drangen an sein Ohr. Mit leisem Klatschen schlug das Wasser gegen die Mauern. Alles machte einen so normalen Eindruck, dass es schon wieder *nicht* mehr normal wirkte. Ganz und gar nicht. Aber vielleicht war er auch nur übernervös.

»Das verstehe ich auch nicht«, entgegnete Bard. »Du solltest nicht weitergehen. Das riecht alles ganz verdammt nach einer Falle, wenn du meinen Rat hören willst.«

Garth verkniff sich die Bemerkung, dass er dies ganz und gar nicht vorhatte. Er ging ein Stück weiter, sodass er die NOVATAN besser sehen konnte, blieb dann im Schatten einer Hauswand stehen und starrte weiterhin auf die Pier hinaus, an welcher der Kapersegler vertäut war. An Deck des Schiffes brannten einige Kohlefeuer, vor denen sich schemenhaft die Silhouetten von Matrosen abhoben. Nirgendwo war auch nur der Zipfel einer Uniform zu sehen.

»Irgendetwas stimmt hier nicht«, wiederholte Garth. Er seufzte, drehte sich halb zu Bard herum und sah ihn fragend an. »Kannst du schwimmen?«

»Schwimmen?« Bard schüttelte überrascht den Kopf. »Nein.«

»Gut«, sagte Garth. Dann fuhr er vollends herum, packte Bard am Kragen und hob ihn mit einer Hand mühelos ein Stück weit in die Höhe. Ebenso mühelos schlug er mit dem anderen Arm die Hand des Rattengesichtes zur Seite, als dieser nach seinem Schwert zu greifen versuchte. »Ich werde das dumpfe Gefühl nicht los, dass du etwas damit zu tun hast«, erklärte er, beinahe im Plauderton. »Ich würde dir raten, mir jetzt ganz schnell ein paar Fragen zu beantworten. Es sei denn, du möchtest ein Bad nehmen …« Er grinste, hob Bard ohne sichtliche Anstrengung noch ein Stück höher und schwenkte ihn gleichzeitig herum, bis seine strampelnden Beine über der Kaimauer hingen.

»Du bist verrückt«, keuchte Bard. »Lass mich runter. Hast du schon vergessen, dass ich dir das Leben gerettet habe?«

»Nein, das habe ich keineswegs, auch wenn ich es am liebsten täte«, knurrte Garth, ohne seinen Griff auch nur für eine Sekunde zu lockern. »Aber je mehr ich darüber nachdenke, desto sonderbarer kommt es mir vor. Ich bin vielleicht dumm, weißt du, aber nicht ganz so blöd, wie du aussiehst. Solch eine Schlafmütze kann der Kommandant der Stadtgarde doch gar nicht sein, dass er solche Trottel ausschickt, um Garth, die Hand, zu fangen.«

»Das ist er auch nicht«, würgte Bard hervor. »Aber er ist tot, wenn du ihn nicht sofort loslässt, und ich verspreche dir, dass du ihn nur um ein paar Sekunden überleben wirst.«

»Du –«

Garth war so verblüfft, dass er den Rattengesichtigen tatsächlich freigab. Bard kreischte, warf sich noch in der Luft herum und prallte eine Handbreit vor dem Kai auf den Boden. Garth richtete die Spitze des Schwertes auf seine Kehle. »Was soll das heißen?«, fragte er.

»Ich bin nicht nur Bard, sondern *Kommandant* Bard«, schnappte das Rattenmaul. Die Waffe, die auf seine Kehle gerichtet war, schien ihn eher wütend zu machen, als dass sie ihn in Schrecken versetzte. »Es hat wohl keinen Sinn, dir noch länger etwas vorzuspielen.«

»Aber dann –« Garth verstummte und blickte sich noch einmal um. Mit einem Mal glaubte er die Spitzen der Pfeile geradezu spüren zu können, die aus dem Dunkel auf ihn gerichtet waren. Sein Gefühl hatte ihn nicht getrogen. Es *war* eine Falle. Er überlegte, ob er Bard an sich reißen und als lebende Deckung nehmen sollte, verwarf den Gedanken aber sofort wieder. Nicht nur, dass er fünf Männer von der Statur des Rattengesichts gebraucht hätte, um sich dahinter zu verbergen, es war auch sinnlos, da er nicht einmal wusste, in welcher Richtung die Soldaten lauerten. Vielleicht überall.

»Warum diese Komödie?«, fragte er. »Wenn du mich umbringen willst, hättest du das leichter haben können. Deine Männer können mich vielleicht immer noch töten, aber dann wirst du mit mir zur Hölle fahren.«

»Wer spricht denn von umbringen?«, erwiderte Bard überrascht. »Im Gegenteil, wir haben die gleichen Ziele. Ich wollte nur sichergehen, dass du das Schiff tatsächlich nimmst. Weißt du, bei den Unruhen in der Stadt sind wir gar nicht mehr daran interessiert, dich festzunehmen. Das Beste ist, wenn du auf Nimmerwiedersehen aus Armar verschwindest, genau wie deine Freunde, die sich bereits auf dem Weg nach Lacom befinden. Also geh schon auf dein Schiff, und hau ab von hier.«

Zögernd blickte Garth zur NOVATAN hinüber. Bards Worte klangen logisch, und doch ... irgendetwas daran störte ihn. An Bord des Schiffes schien alles seinen gewohnten Gang zu gehen; wahrscheinlich ahnte nicht einmal jemand, was wenige Schritte neben ihnen geschah. Er fragte sich, ob er dem Kommandanten trauen konnte. Aber welche Wahl hatte er schon? »Gut«, sagte er widerwillig. »Ich werde mit der NOVATAN davonsegeln und Armar verlassen. Für immer.« Er lächelte grimmig. »Aber wenn wirklich alles so einfach ist, wie du mich glauben machen willst, dann hast du doch sicher nichts dagegen, bis zum Ablegen des Schiffes bei mir zu bleiben, nicht wahr?« Garth unterstrich seine Frage mit einer knappen Bewegung des Schwertes. »Und denk daran, dass ich immer noch genug Zeit finde, dir die Kehle durchzuschneiden, falls deine Schergen einen Fehler machen.«

Bard nickte. »Das hatte ich ohnehin vor«, behauptete er. »Nur um sicher zu sein, dass du dich beim Ablegen auch an Bord befindest. Gehen wir.«

Garth hielt die Schwertspitze ununterbrochen auf den Rücken des Rattengesichtes gerichtet, während sie hintereinander über die Pier schritten und sich der NOVATAN näherten. Auch jetzt blieb dort noch alles ruhig.

Erst als sie nahe genug herangekommen waren, dass man Garth erkannte, sah er, wie sich die gespannten Bögen einiger Männer hinter der Reling senkten. Auch die anderen saßen keineswegs nur so gelassen herum, wie es von weitem den Anschein erwecken sollte. Beinahe die gesamte Besatzung befand sich an Deck, und alle Männer waren bis an die Zähne bewaffnet, anstatt sich während der Ankerzeit in ihren Kajüten auszuruhen und neue Kraft für die bevorstehende Überfahrt zu sammeln. Garth spürte fast überdeutlich die nervöse Stimmung, die auf der NOVATAN herrschte.

Die Reihen der Männer teilten sich, und Kapitän Harlon trat an die Reling; in der herrschenden Dunkelheit nicht mehr als ein massiger Schatten, der sich schwarz gegen den Sternenhimmel und die wenigen Feuer auf dem Schiff abhob. »Wer ist dieser Mann, Garth?«, fragte er scharf. »Es war verabredet, dass du allein kommst.«

»Er ist ein guter Freund«, erwiderte der Dieb. »Keine Sorge, vor dem Auslaufen ist er verschwunden.«

»Ich mag keine Fremden auf meinem Schiff«, brummte Harlon, während zwei seiner Matrosen eine breite Laufplanke an Land schoben. »Aber meinetwegen. Wir warten ohnehin nur noch auf die Papiere der Hafenbehörde, dann lichten wir Anker. Irgendetwas Seltsames geht vor in Armar, und ich will so schnell wie möglich weg.«

»Nichts dagegen.« Garth verbarg das Schwert unter dem Mantel, da es wohl seltsam gewirkt hätte, einen ›guten Freund‹ mit Waffengewalt auf das Schiff zu treiben.

»Du gehst zuerst an Bord«, befahl er leise und bedeutete Bard weiterzugehen.

Bard nickte, machte einen Schritt und blieb mitten in der Bewegung stehen, so abrupt, dass Garth ihm um ein Haar das Schwert in den Rücken gestoßen hätte. Aber er schien den schmerzhaften Stich gar nicht zu spüren. Aus entsetzt geweiteten Augen starrte er auf einen Punkt nicht weit von der NOVATAN entfernt. Garth wandte den Kopf.

Und was er sah, ließ ihn aufschreien.

Die NOVATAN zerbarst vor ihren Augen. Die Masten zersplitterten, von einer geisterhaften Macht wie Streichhölzer geknickt, dann wurde das ganze Schiff wie von einer unsichtbaren Riesenfaust gepackt und ein gutes Stück weit in die Höhe gerissen, stürzte mit vernichtender Wucht ins Wasser zurück und begann wie ein Stein zu versinken. Alles war unglaublich schnell gegangen, und beinahe lautlos.

Schreckensstarr blickte Garth auf den Ort des Grauens. Eine riesige Flutwelle raste heran, doch noch bevor sie das schwer havarierte Schiff erreichte, fuhr der Kommandant der Stadtgarde herum, versetzte Garth einen Stoß und sprang selbst mit einem gewaltigen Satz an Land zurück. Garth schrie auf, krachte schwer auf das von Gischt überspülte Deck des Schiffes und rappelte sich mühsam wieder auf.

Und im gleichen Moment veränderte sich Bard.

Die rattenartigen Züge seines Gesichtes verschwanden. Er alterte in Bruchteilen von Sekunden um die gleiche Anzahl von Jahrzehnten. In seinen Augen glomm ein düsteres Feuer, während er die Faust wie einen Speer in Richtung der NOVATAN stieß.

Und um Garth herum erlosch die Welt …

☆

Stunden vergingen, bis man Torian wieder aus seiner Zelle holte und erneut ins Zimmer des Kommandanten führte. Bard und Cathar erwarteten ihn bereits, ebenso wie Shyleen und –

»Garth!«, rief Torian, schüttelte seine Bewacher mit einem Ruck ab und umarmte den Freund stürmisch. Garth ließ die Begrüßung reglos über sich ergehen. Nur in seinen Augen glomm ein seltsamer Ausdruck auf. Ein klein wenig Freude schwang darin mit – der Rest war eine Mischung aus Ärger und Verlegenheit und etwas anderem, das Torian nicht zu deuten vermochte.

»Dein Freund ist noch nicht ganz wiederhergestellt«, bekundete Cathar ohne jedes Gefühl in der Stimme. Mit einer Handbewegung scheuchte er Torians Bewacher hinaus, bevor er weitersprach: »Garth hat einen Schock erlitten, aber ich bin sicher, dass er schnell darüber hinwegkommen wird.«

»Was habt ihr mit ihm gemacht?«, fragte Torian. Er trat einen Schritt auf den Magier zu, blieb dann aber stehen und ballte in mühsam unterdrückter Wut die Fäuste.

»Nichts«, erwiderte Cathar ruhig. »Außer ihm das Leben zu retten. Dein Freund wollte die Stadt unbedingt verlassen. Ich hätte ihn höchstens mit Gewalt zurückhalten können, und das hätte nichts genutzt. Aber mir kam der Zufall zu Hilfe. Sein Schiff wurde ebenso von dem *Tor* verschlungen wie zuvor schon die Häuser. Ich konnte ihn gerade noch retten.«

»Und bei dieser Gelegenheit hast du ihn gleich noch in eine willenlose Puppe verwandelt«, fauchte Torian.

»Nein, das hat er nicht«, mischte sich Shyleen ein. »Es handelt sich wirklich nur um einen Schock. In ein paar Stunden wird er wieder wie vorher sein, keine Sorge.« Sie deutete auf Cathar. »Hören wir uns einfach an, was er will.«

Torian sah sich um. Diesmal hielten sich keine Soldaten mehr in dem Zimmer auf, aber durch Cathars Anwesenheit wurden sie auch überflüssig. Unbewaffnet einen Magier anzugreifen mochte vielleicht nicht die angenehmste, dafür aber die mit Abstand sicherste Methode sein, Selbstmord zu begehen.

»Also gut«, sagte er. »Was hat das alles zu bedeuten?«

»Ich brauche eure Hilfe«, begann Cathar.

»Hilfe?« Torian lachte böse. »Wieso sollten ausgerechnet *wir* dir helfen?«

»Weil das alles hier ohne euch nicht geschehen wäre«, erklärte Cathar ärgerlich. Er machte eine weit ausholende Handbewegung, welche die ganze Stadt einschließen sollte. »Ihr habt mit eurer Zerstörung der *Katakomben der Letzten Nacht* weit mehr angerichtet, als ihr ahnt. Es gibt viele Relikte wie die Katakomben aus der alten Zeit. Sie alle werden von unseren Brüdern überwacht, denn ihr wisst, dass wir diese Zeit wieder auferstehen lassen wollen. Aber es geht nicht nur darum.«

»So?«, bemerkte Torian höhnisch.

Cathar ignorierte seinen Einwurf. »Zugleich«, fuhr er fort, »müssen wir verhindern, dass die alte Macht in falsche Hände gerät. Bevor das geschieht, vernichten wir den jeweiligen Stützpunkt lieber. Der Untergang der Katakomben war nicht allein euer Werk. Kein Mensch allein wäre dazu in der Lage. Die Entscheidung trafen die Obersten Magier unseres Ordens.«

»Du lügst«, unterbrach Torian. »Alle Magier, die sich in den Katakomben aufhielten, sind tot. Das Höhlenlabyrinth brach zusammen, als ich das Herz des alten Armar zerstörte.«

»Wie du siehst, sind wir nicht alle tot«, erwiderte Cathar gelassen. »Im Gegensatz zu meinen Brüdern konnte ich mich retten – und andere.« Er machte eine wegwerfende Handbewegung, als Torian widersprechen wollte. »Es ist nicht nötig, dass jemand von uns anwesend ist, um einen Stützpunkt zu vernichten. Der Befehl wurde in der *Schattenburg* erteilt. Die Oberen schufen ein *Tor* – einen Durchgang zu einer anderen Welt, der alles verschluckt und dabei vernichtet, das in seine Nähe gerät.«

»Und das offenbar sehr gründlich«, ergänzte Torian. »Ich wusste noch nicht, dass die Altstadt Armars ebenfalls zu eurem Stützpunkt gehörte.«

»Sogar *zu* gründlich«, seufzte Cathar. »Das eben ist das Problem. Jemand ... hat einen Fehler begangen. Einen Fehler, der viele meiner Brüder das Leben kostete. Sie verloren die Kontrolle über das *Tor.*«

»Das heißt«, murmelte Shyleen, »das, was in Armar geschah –«

»Geschieht«, unterbrach sie Cathar. »Es geschieht noch, Shyleen. Das *Tor* existiert weiter. Es ... es zieht weiter planlos umher und zerstört dabei alles, was ihm im Weg steht. Und es wächst mit jeder Sekunde. Es wird ganz Armar verschlingen und sich dann weiter ausbreiten.«

»Und dann?«, fragte Shyleen. Ihre Stimme war kaum noch zu verstehen. Sie war sehr blass.

Cathar wich ihrem Blick aus. »Bis an die Grenzen Caracons«, antwortete er leise. »Und darüber hinaus, wenn niemand es aufhält.« Cathar schwieg, und auch Torian schluckte die spöttische Bemerkung hinunter, die ihm auf der Zunge lag. Er spürte instinktiv, dass der Magier die Wahrheit sprach, auch wenn noch viele Fragen offen waren und er längst nicht alles verstanden hatte.

Verwirrt sah er sich um. Bard saß mit ernstem Gesicht hinter seinem Schreibtisch, und auch wenn er die Füße in scheinbarer Lässigkeit auf die Tischplatte gelegt hatte, konnte das nicht darüber hinwegtäuschen, dass seine Nerven zum Zerreißen angespannt waren. Shyleen war blass geworden. Ihr Blick flackerte. Nur Garth starrte weiterhin mit ausdruckslosem Gesicht vor sich hin und schien überhaupt nicht zu begreifen, was um ihn herum geschah. Torian beneidete ihn fast.

»Ich nehme an, du willst, dass wir dieses *Tor* schließen«, murmelte Shyleen schließlich.

»Nicht ihr«, korrigierte Cathar. »Wir. Meine Macht allein reicht dazu nicht aus. Gemeinsam mit Bard und dreißig ausgewählten Soldaten der Garde aber können wir es schaffen.«

»Was, bei Ch'tuon?«, fragte Torian. »Was sollen wir tun, Cathar? Garth und ich sind keine Zauberer. Ich ... ich habe weder eine Ahnung, was dieses *Tor* sein soll, noch, wie man es schließen kann.«

»Lass dir die Einzelheiten von Shyleen erklären«, antwortete Cathar. Plötzlich wirkte er sehr ungeduldig. »Einzelheiten sind jetzt bedeutungslos. Ich brauche eure Hilfe nur, um den einzigen Ort zu erreichen, von dem aus man das *Tor* schließen kann.«

»Und wo ist das?«, fragte Torian.

»Dort, wo es auch geöffnet wurde. In der *Schattenburg*.«

Shyleen keuchte. Ihre Augen wurden dunkel vor Schreck. »Du bist verrückt. Niemand kann die *Schattenburg* erreichen. Du weißt genau, dass der einzige Weg dorthin über die *Straße der Ungeheuer* führt. Man weiß nicht einmal, wo sie beginnt.«

»Man vielleicht nicht. *Ich* weiß es«, widersprach Cathar. »Schließlich bin ich selbst ein Magier. Die *Straße* beginnt nicht einmal sehr weit von hier, an der Grenze zu Lacom. Aber du hast Recht – unter normalen Umständen wäre es unmöglich, sie zu erreichen. Aber die Umstände sind nicht normal. Und wir haben gar keine andere Wahl, als es wenigstens zu versuchen.« Er hob die Stimme ein wenig. Gleichzeitig wurden seine Worte fast beschwörend. »Ihr begreift immer noch nicht, scheint mir. Ihr könnt nicht einfach weglaufen und euch irgendwo verstecken. Es ... es wird bald nichts mehr geben, wohin ihr laufen könntet, Shyleen.«

»Trotzdem ist es Wahnsinn.«

»Ja«, gab Cathar ruhig zu.

»Was hat es mit dieser *Schattenburg* auf sich?«, fragte Torian leise, als Shyleen nicht weitersprach.

»Die *Schattenburg* ist die Festung der Schwarzen Magier«, antwortete sie, ohne ihn anzusehen. »Das Zentrum ihrer Macht, wenn du so willst. Und wahrscheinlich der bestgeschützte Ort dieser Welt. Wer sie gegen den Willen ihrer Herrscher erreichen will, muss über die *Straße der Ungeheuer*.«

»Das klingt ... nicht sehr beruhigend«, bemerkte Torian vorsichtig.

Shyleen lachte humorlos. »Das ist es auch nicht. Es ist ein perfektes System von Fallen, eine tödlicher als die andere. Nicht einmal alle Heere Caracons gemeinsam könnten die *Schattenburg* erstürmen.« Sie schnaubte und deutete auf Cathar. »Dieser Narr da glaubt offenbar, sie mit dreißig Gardisten im Handstreich nehmen zu können.«

»Unsinn«, mischte sich Bard ein, der bislang nur schweigend zugehört hatte. »Es kommt nicht auf die Zahl an. Ob dreißig oder dreihundert macht keinen Unterschied. Cathar kennt die *Straße der Ungeheuer,* und ihr habt bewiesen, dass ihr der Macht der Schwarzen Magier gewachsen seid. Deshalb ist es wichtig, dass ihr uns begleitet, aus keinem anderen Grund.«

»Wir haben bislang nur Glück gehabt«, wandte Shyleen ein. »Andere an unserer Stelle wären –«

»– längst ein Dutzend Mal gestorben«, führte Cathar den Satz zu Ende. »Glaubt ihr, es hätte in den letzten tausend Jahren nicht genug Narren gegeben, die unserer Macht zu trotzen versucht hätten? Vielleicht habt ihr wirklich nur Glück gehabt«, fügte er lächelnd hinzu, »aber warum solltet ihr dieses Glück nicht auch weiterhin haben?«

»Das ... das ist verrückt«, murmelte Torian. Er sah Cathar an. »Noch vor wenigen Stunden haben wir versucht, einander umzubringen, und jetzt ... jetzt willst du, dass wir Seite an Seite zu einem Selbstmordunternehmen aufbrechen, als wäre nichts gewesen. Der Witz ist nicht schlecht. Ich werde ihn mir merken.«

»Ich weiß, dass du mich hasst«, stellte Cathar gelassen fest. »Und wenn es das *Tor* nicht gäbe, würde ich dir ebenfalls mit dem allergrößten Vergnügen den Hals umdrehen.« Er lächelte kalt. »Natürlich könnt ihr ablehnen, aber ihr verurteilt nicht nur euch selbst, sondern alle Einwohner Armars, vielleicht ganz Caracon zum Tode.«

»Während dir daran gelegen ist, die Menschheit zu retten, wie?« Torian merkte, dass seine Worte längst nicht so sarkastisch klangen, wie er beabsichtigte.

»Nein«, widersprach Cathar ruhig. »Deine so genannten Menschen interessieren mich nicht. Aber das *Tor* stellt auch für mich eine Bedrohung dar. Für unseren ganzen Orden. Nur die *Schattenburg* gewährt uns das ewige Leben. Solange wir keinen Kontakt dorthin haben, altern wir wie jeder normale Sterbliche. Sogar schneller. Du hast die Möglichkeit, uns alle zu töten, aber du solltest dir überlegen, ob der Preis dafür nicht zu hoch ist. Ganz abgesehen davon, dass wir mit großer Wahrscheinlichkeit auch ohne euch die *Schattenburg* erreichen, selbst wenn es etwas länger dauern sollte. Die meisten meiner Brüder halten sich weit entfernt auf.«

»Glaub ihm kein Wort«, ließ sich Shyleen vernehmen. »Ich bleibe dabei, dass es Wahnsinn ist. Wir haben keine Chance, die *Straße der Ungeheuer* zu überwinden, nicht einmal, wenn uns ein Dutzend Magier begleiten würden. Niemand kann das!«

»Haben wir denn eine andere Wahl?«, fragte Torian leise.

»Ja, die haben wir.« Noch bevor Torian richtig begriff, was ihre Worte zu bedeuten hatten, oder bevor er gar einen Versuch machen konnte, sie festzuhalten, sprang sie auf und federte wie eine Raubkatze auf Cathar zu, um ihm die Augen auszukratzen. Sie erreichte ihn nicht einmal. Der Magier hob die Hand, vollführte eine komplizierte Geste und murmelte ein einzelnes düster klingendes Wort. Einen halben Meter vor ihm prallte Shyleen gegen ein unsichtbares Hindernis, schrie auf und wurde zurückgeschleudert. Regungslos blieb sie vor Cathars Füßen liegen.

»Keine Angst, ihr ist nichts passiert«, versicherte Cathar rasch. »Noch nicht. Aber sie könnte ebenso gut tot sein. Betrachte es als eine Warnung.« Er wandte sich an Bard. »Bring sie hinaus, und veranlasse, dass sie versorgt wird.«

Ohne Widerspruch stand der Rattengesichtige auf, hob Shyleen hoch und trug sie aus dem Zimmer.

»Ich habe ihn fortgeschickt, um mit dir unter vier Augen reden zu können«, begann der Magier, als sie allein waren. »Garth kann uns nicht hören. Ich weiß, dass du das, was in deiner Schulter sitzt, vor den anderen verbergen willst.«

»Woher … weißt du davon?«, fragte Torian verwirrt. Instinktiv hob er die Hand und tastete nach der kaum fühlbaren Ausbeulung unter seinem Wams.

»Das ist unwichtig. Die Brut der *Blutspinne* wurde vernichtet, aber etwas ist zurückgeblieben. Eine Art …« Er suchte nach Worten und zuckte schließlich eindeutig hilflos die Achseln. »Eine Art

Parasit, der sich in deinem Körper eingenistet hat und dich von innen her auffressen wird, wenn man ihn nicht entfernt. Nicht wahr?«

Torian starrte ihn hasserfüllt an. Er hatte versucht, es zu vergessen, mit aller Macht. Irgendwie hatte er sich damit abgefunden, sterben zu müssen, aber er hatte es geschafft, den Gedanken daran aus seinem Bewusstsein zu verdrängen. Er schwieg. »Nur ein Magier kann dies tun«, fuhr Cathar fort. »Dein Sterben wird sich über Wochen und Monate hinziehen, vielleicht Jahre. Und es wird unvorstellbar qualvoll sein. Du wirst dir tausendmal den Tod wünschen, aber der Parasit wird verhindern, dass du dich selbst umbringst. Und du wirst Dinge tun, die dich entsetzen.«

»Dann entferne ihn«, verlangte Torian ruhig. »Wenn du alles weißt, dann –«

»Ich werde mich hüten, etwas derart Dummes zu tun, bevor wir unser Ziel erreicht haben«, entgegnete Cathar mit einem kalten Lächeln. »Gerade er wird uns helfen, die *Straße der Ungeheuer* zu überwinden. Garth und Shyleen brauche ich nicht. Ich ... nehme sie nur deinetwegen mit, Torian. Vielleicht auch, weil ihr ein gut eingespieltes Team seid. Und die anderen, weil uns auch Gefahren drohen mögen, denen wir mit Magie allein nicht wirkungsvoll begegnen können. Du siehst also, dass ich dich gleich mehrfach in der Hand habe. Aber ich biete dir ein faires Geschäft an. Deine Hilfe gegen dein Leben.« Er machte eine ungeduldige Handbewegung. »Uns bleibt nicht viel Zeit, also entscheide dich. Jetzt und hier.«

Sekundenlang starrte Torian Cathar voller unverhohlenem Hass an. Aber das Lächeln des Magiers erlosch nicht. Er wusste zu genau, dass er gewonnen hatte. Schließlich nickte Torian. »Wann brechen wir auf?«

Cathar lächelte zufrieden. Und allein für dieses Lächeln, dachte Torian entschlossen, würde er ihn töten.

Aber er war sehr sicher, dass Cathar auch dies wusste.

☆

Cathar hatte ihren Aufbruch für den Abend des nächsten Tages festgelegt, aber die Lage in der Stadt zwang sie dazu, die Garnison bereits um die Mittagsstunde zu verlassen – heimlich und durch einen verborgenen Ausgang an der Rückfront des gewaltigen Gebäudekomplexes. Die Verwüstungen, die das *Tor* anrichtete, wurden immer verheerender, und die Angst der Menschen verwandelte sich in Hass auf ihre Herrscher, wie es oft der Fall war, wenn diese das Versprechen auf Schutz nicht einlösten, mit dem sie sich ihre Macht erkauft hatten. Eine vieltausendköpfige Menge hatte den Palast des Statthalters gestürmt und ihn aus dem Fenster gestürzt – freilich dem höchsten, das sie finden konnten. Anschließend waren sie weiter zur Garnison der Garde gezogen, diesmal allerdings nur, um sich an ihren Toren vorerst die Köpfe blutig zu rennen. Aber es konnte nur noch eine Frage von Stunden sein, bis auch diese fallen würde. Ihr Abmarsch aus Armar war mehr als alles andere eine Flucht.

Anders als geplant, verließen sie die Garnison nicht nur in Begleitung der dreißig Soldaten. Bard kommandierte hundert weitere Männer zu ihrem Schutz ab, die vorausritten und ihnen einen Weg durch die Menschenmenge bahnten, welche die Straßen verstopfte. Unruhig ließ er seinen Blick über die Fassaden wandern. Armar war schon jetzt eine Ruinenstadt, und das nicht mehr nur im Stadtkern oder in den weit ausgedehnten Elendsvierteln, sondern auch in den eher vornehmen, nahe der Mauer gelegenen Gegenden wie der, durch die sie gerade ritten. Schuttberge säumten den Straßenrand, überall schwelten Brände. Höchstens ein Drittel aller Häuser stand noch, und kaum eines war mehr unversehrt. Überall glaubte er schattenhafte, huschende Bewegungen wahrzunehmen. Armar starb. Einen schnellen, aber sehr qualvollen Tod.

Irgendwo, nicht weit entfernt, erscholl ein peitschender Knall, in den sich gleich darauf panikerfüllte Schreie und das Bersten von Gestein mischten. Die Pferde scheuten; sein und Shyleens Tier bäumten sich auf. Torian hatte Mühe, sich im Sattel zu halten. Voller Schadenfreude beobachtete er, wie zwei Gardisten weniger Erfolg hatten und abgeworfen wurden, aber der kleine Triumph kam ihm gleich darauf so billig vor, wie er in Wahrheit auch war. Er übertrug seinen gegen Cathar (und gegen sich selbst?) gerichteten

Zorn auf die Männer, und mochten sich auch noch so viele Sadisten und Mörder unter ihren Uniformen verbergen, so waren sie doch auch zu seinem Schutz da.

Er beugte sich im Sattel vor und half einem der Männer wieder auf die Beine, während er mit der anderen Hand nach den Zügeln des Pferdes griff und es mit einem harten Ruck zur Ruhe zwang. Der Gardist bedankte sich mit einem flüchtigen Kopfnicken, während er wieder in den Sattel stieg.

Das Menschengedränge auf den Straßen nahm zu, je mehr sie sich einem der Stadttore näherten, und immer häufiger wurden sie zu Umwegen gezwungen, da selbst Bard einzusehen schien, dass es nicht ratsam war, mit nicht einmal hundertfünfzig Soldaten Gewalttätigkeiten zu provozieren. Die Flüchtenden waren so von Panik erfüllt, dass sie alles niederwalzten, was sich ihnen in den Weg zu stellen versuchte, und mochten die vordersten auch vor den Peitschen und Schwertern zurückweichen, so würden sie doch von den Nachdrängenden erbarmungslos vorwärts getrieben werden. Dutzende, wenn nicht gar Hunderte, vor allem Kranke, Frauen und Kinder, die gestrauchelt und gestürzt waren, mussten bereits zu Tode getrampelt worden sein.

Torian fragte sich, wie sie unter diesen Umständen überhaupt aus der Stadt kommen wollten. Doch er begriff bald, dass das Haupttor gar nicht ihr Ziel war. Sie wichen in kleine, nicht so stark belebte Seitenstraßen und Gassen aus und entfernten sich auf diese Art immer weiter vom Tor. Ein Stück der Stadtmauer war in sich zusammengestürzt und bildete eine mehrere Meter breite Bresche.

Die Schuttberge waren mehr als mannshoch, sodass sie absteigen und die Pferde führen mussten. Dennoch war es ein halsbrecherisches Unterfangen, und sie brauchten fast eine halbe Stunde, um die Bresche zu durchqueren. Die Trümmer boten nur trügerische Sicherheit, und manche kamen unter ihrem Gewicht ins Rutschen. Besonders Torian hatte mit seinem verstauchten Fuß Schwierigkeiten und brauchte am längsten. Cathar hatte sich um die Verletzung gekümmert und eine heilende Salbe auf das Gelenk gestrichen, aber immer noch konnte Torian ihn nicht richtig belasten. Er war schweißgebadet, als er die andere Seite der Mauer erreichte, und seinen Begleitern erging es nicht anders, dennoch gönnte er ihnen keine Ruhepause, sondern trieb sie zur Eile an. Die Gefahr war noch nicht gebannt, solange sie sich in der Nähe der Stadt aufhielten, und so stiegen die Gardisten, ohne zu murren, wieder auf.

Sie ritten noch beinahe eine Stunde weiter. Die beiden Soldaten, die ihre Pferde verloren hatten, wurden von anderen mitgenommen. Erst als Armar mehrere Meilen hinter ihnen zurücklag, gab Torian das Zeichen zum Halten.

Torian begab sich zu dem Offizier, der die hundert Gardisten anführte, die sie entgegen dem ursprünglichen Plan bis hierhin begleitet hatten.

»Hier trennen sich unsere Wege«, erklärte er. Er deutete mit dem Kopf in die Richtung, aus der sie gekommen waren. »Es hat keinen Sinn, wenn ihr nach Armar zurückkehrt. Dort findet ihr höchstens den Tod. Warnt die Bewohner der nahe liegenden Gehöfte, dann kümmert euch um die Flüchtenden. Auch sie werden Schutz brauchen. Führt sie sicher nach Tidore oder in andere Städte.«

»Wie Ihr befehlt.« Der Stimme des Mannes war die Erleichterung anzuhören, nicht in die sterbende Stadt zurückreiten zu müssen. Torian bezweifelte ohnedies, dass er es getan hätte. »Aber gestattet mir und meinen Männern, noch ein paar Minuten auszuruhen.«

Torian nickte, drehte sein Pferd wortlos herum und ritt zu Shyleen zurück. Vielleicht war es das Beste, dem Beispiel der Männer zu folgen und ebenfalls eine kurze Rast einzulegen. Der Weg, der vor ihnen lag, war vielleicht nicht sehr weit, aber mit Sicherheit anstrengend. Er beobachtete, wie sich die Männer im Gras niederließen, stieg aber selbst noch nicht ab, sondern trabte einen niedrigen Hügel hinauf, von wo aus er einen guten Überblick über die Stadt hatte, die sie hinter sich gelassen hatten.

Es war das erste Mal, dass er das ganze Ausmaß der Verwüstungen überschauen konnte. Und beinahe wünschte er sich, es nicht getan zu haben.

Eine ungeheure Menschenmenge wälzte sich zwischen den Ruinen hindurch, und er glaubte die verzweifelten Schreie der Menschen bis hierher zu hören, auch wenn er genau wusste, dass es unmöglich war. Es war ein Anblick, der sich tief in sein Inneres grub und den er sein ganzes Leben lang nicht mehr würde vergessen können. Armar war verloren. Selbst wenn sie die *Schattenburg* erreichen sollten und es ihnen gelang, das *Tor* zu schließen, würde die Stadt bis dahin dem Erdboden gleichgemacht sein. Der Gedanke, dass es nicht die einzige Stadt bleiben sollte, sondern sich das *Tor* über ganz Tremon und darüber hinaus ausbreiten würde, wenn es nicht gestoppt würde, erschien ihm unfassbar. Es war … einfach absurd. Zu schrecklich, als dass er auch nur so etwas wie Furcht empfinden konnte.

Wenn er überhaupt etwas fühlte, dann einen tiefen, mit Hass gemischten Zorn auf Cathar und seine Brüder. Sie hatten dieses Grauen verursacht, auch wenn es sie selbst das Leben gekostet hatte. Und er würde diesen Hass nicht mehr unterdrücken, sondern ihn am Leben erhalten, auch wenn Cathar und er vorläufig zu Verbündeten geworden waren. Es änderte nichts daran, dass sie Feinde waren.

Todfeinde.

Torian wusste nicht, wie lange er auf die sterbende Stadt hinabgestarrt hatte, bis er sein Pferd mit einem unnötig harten Ruck herumriss und zu den anderen zurückkehrte.

Ruhe hatte sich über dem Rastplatz ausgebreitet. Die hundert Gardisten waren bereits fortgeritten, als Torian eintraf. Shyleen sah ihm entgegen, doch er wich ihrem Blick aus, stieg vom Pferd und ließ sich etwas abseits von den anderen im Schatten eines Baumes nieder. Er wollte mit niemandem sprechen, nicht einmal mit ihr. Er wollte allein sein. Zu viel war in den vergangenen Tagen auf ihn eingestürmt, das er noch längst nicht begriffen und verarbeitet hatte. Alles erschien ihm so bizarr, dass er glaubte, nur die Augen schließen und wieder öffnen zu müssen, um aus einem wirren Fiebertraum zu erwachen.

Aber es war Realität. Er sah Garth ein Stück entfernt im Gras sitzen und dumpf vor sich hin brüten. Gelegentlich runzelte er die Stirn und wedelte mit der Hand vor seinem Gesicht herum, als wollte er Fliegen verscheuchen. Obwohl Torian sich am liebsten zurückgelehnt und ein wenig gedöst hätte, drängte er die Müdigkeit zurück. Er hatte in der vergangenen Nacht kaum geschlafen, aber wenn er jetzt einnickte, würde er sich hinterher nur umso müder fühlen, denn es war noch zu früh, um sich eine längere Rast zu gönnen. So stand er nach kurzem Zögern auf und ging zu Garth hinüber. Der Dieb hob bei seinem Nahen den Kopf und lächelte unsicher. Torian setzte sich neben ihn.

»Wieder unter den Lebenden?«, fragte er und erwiderte das Lächeln. Dabei musterte er den Freund aufmerksam. »Wie geht es dir?«

»Ich habe Kopfschmerzen, als hätte ich zehn Tage durchgezecht, aber sonst geht es wieder. Was ist hier eigentlich los? Ich kann mich an überhaupt nichts erinnern.«

»Cathar behauptet, er hätte dir das Leben gerettet«, sagte Torian. »Erinnerst du dich an überhaupt nichts mehr?«

Garth massierte sich die Schläfen und schloss die Augen. »Ich wollte ... auf ein Schiff«, murmelte er dumpf. »Aber da war noch etwas. Dieses ... dieses Rattenmaul da drüben hat etwas damit zu tun.«

»Bard?« Torian lächelte flüchtig über den Beinamen, den Garth Bard gegeben hatte.

»Ja. Er ... er suchte mich. Gab vor, dass du ihn geschickt hättest. Ich ... es tut mir Leid, dass ich einfach so abgehauen bin, aber ich konnte nicht anders.«

»Schon gut, es war deine eigene Entscheidung. Sprechen wir nicht mehr davon.«

Garth nickte, dann versuchte er zu lächeln, doch es fiel sehr gezwungen aus. »Anscheinend ist es ohnehin unmöglich, von dir wegzukommen. Hast du diesen Kerl wirklich hinter mir hergeschickt?«

»Nein. Es war auch nicht Bard«, antwortete Torian. Er deutete zu Cathar hinüber. »Der Magier hat sein Aussehen angenommen. Ich hätte mir ein Wiedersehen auch unter anderen Umständen gewünscht. An was kannst du dich noch erinnern?«

Garth konzentrierte sich noch einmal, dann schüttelte er resignierend den Kopf. »Nichts mehr. Irgendetwas ist mit dem Schiff passiert, als ich an Bord gehen wollte, aber ...« Er zuckte mit den Schultern. »Ich weiß es einfach nicht mehr.«

»Ist auch nicht so wichtig. Ist mit dir wirklich alles wieder in Ordnung? Ich habe für eine Weile befürchtet, Cathar hätte dich unter seinen Willen gezwungen.«

Wieder lachte Garth gekünstelt. »Ich kann so frei denken wie immer, aber allmählich glaube ich, dass mit dir etwas nicht stimmt. Was hast du mit diesem Magier zu tun? Als ich wieder zu mir kam, hätte ich ihm im ersten Moment fast die Kehle durchgeschnitten. Und ich glaube, das werde ich auch nachholen, wenn mir jetzt nicht jemand ganz schnell eine wirklich gute Begründung liefert, warum ich es nicht tun sollte.«

»Weil du es nicht schaffen würdest«, erwiderte Torian ernst. Er berichtete mit knappen Worten, was sich zugetragen hatte, nur von dem Parasiten in seiner Schulter erwähnte er nichts. Garth hörte schweigend zu, nur sein Gesicht verdüsterte sich immer mehr.

Erst Minuten nachdem Torian geendet hatte, klärte sich sein Blick wieder, und er schüttelte ungläubig den Kopf. »Wenn mir jemand anders diesen ausgemachten Unsinn erzählt hätte, würde ich einmal kurz lachen und dann nach der Wahrheit fragen.«

»Es *ist* die Wahrheit.«

»Ich habe von dieser *Straße der Ungeheuer* gehört«, murmelte Garth. »Wenn auch nur ein Bruchteil dieser Gerüchte stimmt, fallen mir etwa zehntausend Orte ein, wo ich lieber wäre. Aber es ist nur eine Legende.«

»Sag das Cathar. Er behauptet, schon durch diese Legende gezogen zu sein.«

»Und du vertraust diesem Kerl? Torian, er ist ein Schwarzer Magier, und was das bedeutet, brauche ich dir nicht zu erzählen.«

»Von Vertrauen ist nicht die Rede«, korrigierte Torian. »Im Gegenteil. Seine Geschichte klingt für meinen Geschmack fast ein wenig zu überzeugend, um wahr zu sein. Wenn es ihm nur darum ginge, dieses *Tor* zu schließen, hätte er gewartet, bis einige seiner Brüder eingetroffen wären, und sich mit ihnen auf den Weg gemacht. Ich bin sicher, dass er etwas anderes vorhat.«

»Und trotzdem unterstützt du ihn.«

»Hast du einen besseren Vorschlag?«

»Wir sollten versuchen, ihn bei erstbester Gelegenheit zu überwältigen, und dann schnellstens abhauen«, knurrte Garth. »Ich schätze, dass sich auch diese nachgemachten Gardisten auf unsere Seite stellen werden.«

Torian schüttelte entschieden den Kopf. »Vergiss es. Cathar ist zu mächtig. Er traut mir so wenig wie ich ihm. Und er scheint nicht einmal Schlaf zu brauchen. Wir sind ihm ausgeliefert.« Er machte eine kurze Pause. »Aber das ist noch nicht alles. Ich weiß nicht, was er in der *Schattenburg* wirklich will, aber ich weiß, was *ich* dort will. Wenn wir dorthin gelangen, haben wir vielleicht die Möglichkeit, die Herrschaft der Schwarzen Magier endgültig zu brechen. Diese Burg ist das Herz ihrer Macht, und sie steht momentan leer. Sobald Cathar das *Tor* geschlossen hat, bin ich der Erste, der –«

Er brach ab, als er sah, wie sich Bard erhob und zu ihnen herüberkam.

»Wir sollten weiterreiten«, schlug er vor und verzog sein Rattengesicht zu einem Grinsen. »Wollt Ihr den Befehl zum Aufbruch selber geben, oder soll ich es an Eurer Stelle tun, hoher Herr?«

Torian musterte ihn wie ein besonders widerwärtiges Insekt, schnaubte verächtlich und stand auf. Bard hatte es immer noch nicht verwunden, dass Cathar ausdrücklich Torian die Befehlsgewalt über ihre kleine Armee übertragen hatte und nicht ihm. Er schob sich dicht an dem ehemaligen Kommandanten der Stadtgarde vorbei und schien nicht einmal zu bemerken, dass er ihm versehentlich fest auf den Fuß trat.

»Reiten wir«, entschied er grob.

☆

Sie ritten bis zum Abend. Erst als die Sonne völlig untergegangen war, schlugen sie im Schutz eines niedrigen Talkessels ein Nachtlager auf. Es sah nicht nach Regen aus, dennoch gab Torian Befehl, die Zelte aufzuschlagen. Das Wetter hier an der Küste war unberechenbar, und auch die bei Tage herrschende Hitze konnte nicht darüber hinwegtäuschen, dass sich der Sommer seinem Ende zuneigte. In den Nächten wurde es bereits empfindlich kalt, zumal der Wind vom Meer her wehte und kühle Seeluft über das Festland trieb.

Den ganzen Nachmittag hindurch hatte Torian kaum ein Wort gesprochen, sondern versucht, Klarheit über Garth zu gewinnen, ohne dass es ihm gelungen war. Der Dieb schien die Folgen des Schocks abgeschüttelt zu haben. Er sprach wie früher, seine Bewegungen besaßen wieder die alte, seinem Körpergewicht Hohn sprechende Geschmeidigkeit, und seine offenen Worte hatten bewiesen, dass sein Willen nicht von Cathar beeinflusst war.

Und doch hatte er sich verändert. Sie sprachen miteinander, als ob es niemals eine Trennung gegeben hätte, aber etwas war nicht so, wie es sein sollte. Ein winziger Teil dessen, was ihre Freundschaft ausgemacht hatte, war nicht mehr da. Torian spürte, dass sich plötzlich etwas wie eine unsichtbare Kluft zwischen ihnen aufgetan hatte. Aber er verstand nicht, warum. Etwas an Garth war ihm ... fremd geworden, doch vielleicht lag es nur daran, dass es dem Hünen doch noch nicht so gut ging, wie er vorgab.

Von kurzen Pausen abgesehen, verbrachten sie auch den folgenden Tag im Sattel. Sie folgten dem Verlauf der Küste nach Norden, hielten sich auf dem nur wenige Dutzend Meilen breiten Streifen fruchtbaren Hügellandes, der noch zwischen dem Meer und der Staubwüste im Herzen Caracons verblieben war, weil der feuchte Boden hier der Wüste trotz ihres unerbittlichen Ansturmes noch nicht erlaubt hatte, über das Gebirge im Westen vorzudringen. Torian sah die Gipfel der Berge als ferne Schemen, die immer weiter zurückwichen, je tiefer die kleine Gruppe nach Norden vordrang. Im gleichen Maße wurde das Land öder, und sie fanden auch kein Wild zum Jagen mehr, sodass sie auf ihre mitgeführten Vorräte zurückgreifen mussten.

Am Morgen des dritten Tages frischte der Wind auf und trieb vom Meer her formlosen Gespenstern gleiche Nebelfetzen heran, und mit dem Nebel kamen Kälte und Feuchtigkeit wie Vorboten des bevorstehenden Herbstes. Der Himmel zeigte sich in düsterem Grau, hinter dem sich die Sonne verbarg.

Die Feuchtigkeit war klamm und unangenehm, drang durch ihre Mäntel und selbst die umgehängten Decken hindurch und ließ sie den eisigen Biss des Windes besonders deutlich spüren. Das triste Wetter schlug sich auch auf die Stimmung der Menschen nieder. Eine Stunde ritten sie schweigend und bedrückt nebeneinander her, dicht zusammengerückt und über die Hälse ihrer Pferde gebeugt, um dem Wind möglichst wenig Angriffsfläche zu bieten, während die Wolken tiefer und tiefer sanken. Dann setzte der Regen ein, eine Wand aus Wasser, die auf sie herabstürzte und alles, was weiter als ein paar Schritte entfernt war, in undurchdringlichem Grau verschwinden ließ. Die Regentropfen wurden vom böigen Wind fast waagerecht in ihre Gesichter gepeitscht und stachen wie Nadeln in ihre Haut.

Schließlich bogen sie auf ein Zeichen Cathars hin nach Westen ab, sodass sie Wind und Regen den Rücken kehrten und weniger schmerzhaft spürten. Nach einem Ritt von zwei Stunden hatten sie das Unwetter hinter sich gelassen. Die Wolkendecke riss auf, und gelegentlich brach sogar die Sonne durch, bis sie ganz aus ihrem Versteck kletterte, ihre Kleidung rasch trocknete und ihre durchgefrorenen Körper wärmte. Schon bald stand sie hoch am Himmel, und nach der anfänglichen Erleichterung begann die Hitze jetzt fast schon wieder unangenehm zu werden.

Etwas Dunkles, Gewaltiges tauchte am Horizont auf. Torian ließ sein Pferd etwas zurückfallen, bis er sich auf gleicher Höhe mit Cathar befand.

»Ja, das ist der Flüsterwald«, sagte der Magier, bevor Torian seine Frage an ihn richten konnte. »Das war es doch, was du wissen wolltest, nicht wahr? Wir können ihn in einer knappen Stunde erreichen. Dort beginnt die *Straße der Ungeheuer*.«

»Gibt es keinen anderen Weg zur *Schattenburg* als diesen?«, fragte Torian. Der Anblick der gewaltigen dunklen Wand bereitete ihm Unbehagen.

Cathar schüttelte den Kopf. »Nein. Das heißt, wir können den Flüsterwald umgehen, aber es würde nichts ändern. Es wäre nur ein Umweg von mehreren Tagen, und die Gefahr würde dadurch nicht geringer.« Er sah Torian mit nachsichtigem Tadel an. »Ich fürchte, du machst dir immer noch falsche Vorstellungen von der *Straße.* Lass dich nicht von dem Namen täuschen. Es handelt sich keineswegs um eine befestigte Straße oder etwas dergleichen. Es ist einfach nur der Name für den ganzen Landstrich rund um die *Schattenburg.* Gleichgültig, aus welcher Richtung wir uns nähern.«

Torian sah sich demonstrativ um. »Die Vegetation sieht nicht gerade so aus, als ob hier ein Wald gedeihen könnte.«

Cathar lächelte und schwieg.

»Und was erwartet uns in diesem Wald?«, fuhr Torian gereizt fort.

Cathar zuckte in einer fast menschlich wirkenden Geste die Achseln. »Ich weiß es nicht. Aber wir werden es wohl herausfinden.«

Torian schluckte die böse Bemerkung hinunter, die ihm auf der Zunge lag, ritt wieder ein Stück vor und setzte sich an die Spitze der kleinen Kolonne.

Sie brauchten nur wenig mehr als die angenommene Stunde, um den Wald zu erreichen. Im Schatten der ersten Bäume befahl er eine Rast; einer der wenigen Befehle, die freudig und dankbar ausgeführt wurden. Der dreistündige Ritt durch das Unwetter hatte ihnen mehr abverlangt als die fast dreifache Wegstrecke, die sie in gleicher Zeit am Vortag zurückgelegt hatten. Obwohl sie jetzt seit mehr als zwei Tagen zusammen waren, blieben die Söldner für ihn eine anonyme, namenlose Gruppe. Er musste sich sogar dazu zwingen, sie als Soldaten zu betrachten, denn etwas in ihm sträubte sich immer noch, in ihnen etwas anderes zu sehen als das, was sie in Wahrheit waren: eine Bande von Mördern. Er weigerte sich instinktiv, aber beharrlich, sich ihre Namen einzuprägen; ein stummer, ebenso trotziger wie alberner Protest gegen ihre Anwesenheit. Sie mussten seine Ablehnung spüren, aber was er nicht verhindern konnte, war, dass er für sie zu einem Symbol der Hoffnung wurde. Genau wie er waren sie zu diesem Unternehmen gezwungen worden, und sie teilten auch seine Ablehnung gegen Cathar und Bard. Die Folge war, dass sie Torian in beinahe unterwürfiger Manier als Kommandanten akzeptierten und sich geradezu an ihn klammerten, auch wenn sie seine direkte Nähe mieden. Es war ihm unangenehm, da er nicht wusste, ob er diese Hoffnungen wirklich erfüllen konnte, und er sich weigerte, eine solche Verantwortung zu übernehmen, doch er war in diese Rolle hineingedrängt worden und konnte nichts dagegen tun. Wenigstens erwiesen sie sich als erstaunlich diszipliniert. Es hatte noch nicht den geringsten Zwischenfall gegeben.

Torian verdrängte diese Gedanken. Auch er fühlte sich erschöpft wie seit Tagen nicht mehr, doch obwohl er sich im spärlichen Gras ausgestreckt hatte, ließ ihn der Gedanke an das, was vor ihnen lag, keine Ruhe finden. Sie hatten die unbefestigte, nur mit in weiten Abständen aufgestellten Markierungssteinen angezeigte Grenze nach Lacom bereits überschritten. Es war ein armes, beinahe völlig von der Staubwüste erobertes Land, dessen Bewohner fast ausschließlich vom Kriegshandwerk lebten. Der Flüsterwald passte nicht hierher, und gerade der Widerspruch zu der Kargheit des umliegenden Landes zeigte Torian deutlicher als alles andere, dass der nur ein paar Dutzend Schritte entfernte Waldrand weit mehr als eine geologische Besonderheit war.

Er markierte den Durchgang zu einer anderen Welt.

»Die letzte Chance umzukehren«, vernahm er Shyleens Stimme. Unaufgefordert setzte sich die ehemalige Priesterin neben ihn. »Mit dem ersten Schritt in diesen Wald hinein verspielen wir diese Möglichkeit.«

»Sag das Cathar, nicht mir«, knurrte Torian. »Du weißt, was passieren würde, wenn wir es auch nur versuchten.«

»Ja«, antwortete Shyleen. »Aber vielleicht wäre der Tod gnädiger als das, was uns erwartet.«

Für dich und die anderen vielleicht, dachte Torian, sprach es aber nicht aus. Stattdessen strich er mit der Hand in einer unbewussten Bewegung über seine linke Schulter. Das Kribbeln darin verstärkte sich.

☆

Der Marsch durch den Wald war ungleich beschwerlicher, als Torian sich vorgestellt hatte. Während der ersten halben Stunde nach ihrer Rast genoss er die Kühle unter dem fast undurchdringlichen

Blätterdach, aber dann verdichtete sich der Wald immer mehr und schloss sich rings um sie herum zu einer düsteren Wand aus ineinander verwobenen Schatten und mannshohem Unterholz. Es gab keine Wege; nicht einmal einen Pfad oder Tierwechsel, sodass sie sich bald nur noch mühsam vorwärts kämpfen konnten, indem sie mit ihren Schwertern eine Bresche in die Wand aus Büschen und Schlingpflanzen hackten. An Reiten war nicht einmal mehr zu denken; einige Männer am Ende der Kolonne führten die Pferde am Zügel. Sie hatten alle Mühe damit, denn die Tiere waren unruhig, scheuten immer wieder und bäumten sich auf. Selbst sie hatten Angst. Etwas war ganz und gar nicht so, wie es sein sollte.

Besorgt richtete Torian seinen Blick wieder nach vorne. Der Boden unter seinen Füßen war aufgeweicht und morastig und schien bei jedem Schritt mit gierigen Händen nach seinen Schuhen zu greifen, sodass er die Füße oftmals nur gewaltsam freibekam. Obwohl sie kaum eine Stunde in dieser grünen Hölle unterwegs waren, hatten seine Muskeln sich bereits verkrampft und reagierten mit wildem Schmerz auf jede Bewegung.

Cathar hatte angeboten, ihm eine Trage bauen zu lassen, damit er seinen Fuß schonen konnte, aber er hatte es entschieden zurückgewiesen. Mittlerweile bedauerte Torian fast schon, das Angebot abgelehnt zu haben. Stolz war eine feine Sache, solange man ihn sich leisten konnte. Trotzdem – es hätte nicht gerade einen guten Eindruck gemacht, wenn ausgerechnet er, auf dem die Hoffnungen der meisten Menschen ruhten, ihnen auch noch zur Last gefallen wäre. Er, die lebende Legende. Das große Vorbild, dachte er spöttisch. Wenn sie wüssten, was er wirklich empfand!

Aber sie wussten es nicht, und sie durften es auch niemals erfahren. So schleppte er sich trotz des immer schlimmer werdenden Schmerzes in seinem Fuß aus eigener Kraft voran, und wie alle anderen – selbst Shyleen – trat er in regelmäßigen Abständen an die Spitze des Trupps, um mit seinem Schwert Gebüsch und Schlingpflanzen aus dem Weg zu schlagen. Und wie alle Übrigen war er jedes Mal dankbar, wenn er diesen Platz nach ein paar Minuten wieder an einen anderen abtreten konnte.

»Wie weit ist es noch?«, wandte er sich an Cathar.

Dem Magier schien der kräftezehrende Marsch nichts auszumachen. Seine Schritte waren noch ebenso federnd und elastisch wie beim Aufbruch. Er musterte Torian mit kaum verhohlenem Spott, der gerade noch vor der Grenze zur Unverschämtheit lag und unter anderen Umständen – und abgesehen von der bedauerlichen, aber unabänderlichen Tatsache, dass Cathar ein Magier war – für Torian Grund genug gewesen wäre, ihm das überhebliche Grinsen aus dem Gesicht zu schlagen.

Überhaupt hatte sich das Verhalten des Magiers geändert, seit sie Armar verlassen hatten. Offiziell galt Torian immer noch als Kommandant des Trupps, aber es gelang Cathar immer besser, ihn mit jedem Wort und jeder Geste fühlen zu lassen, dass es nur eine geliehene Macht war und er sich in Wirklichkeit als der wahre Herrscher fühlte.

»Etwas weniger als zwei Meilen. Wenn wir nicht zwischendurch schon auf ein paar gefräßige Drachen stoßen, können wir es also in drei bis vier Stunden schaffen«, antwortete er spöttisch. Torian war ziemlich sicher, dass es hier alle möglichen Schrecken gab, aber keine Drachen. Cathar machte sich nicht einmal mehr die Mühe, ihn wenigstens auf intelligente Weise zu verhöhnen.

»Willst du eine Rast? Wenn dein Fuß wehtut, kann ich auch immer noch eine Trage bauen lassen.«

Torian schüttelte wütend den Kopf. Die Schmerzen in seinem Fuß waren fast unerträglich geworden, aber Cathar wartete nur auf ein Zeichen von Schwäche, das wusste er. Mit zusammengebissenen Zähnen und ohne ein Wort quälte er sich weiter.

Einen Augenblick lang glaubte er, im Dickicht des Dschungels neben ihnen eine schwache Bewegung wahrgenommen zu haben, aber als er genauer hinsah, entdeckte er nichts als eine dichte grünschwarze Wand aus Schatten, Dickicht und Baumstämmen. Nach einem letzten zweifelnden Blick wandte er wieder den Kopf und stapfte weiter. Cathar würde es spüren, wenn ihnen Gefahr drohte; sie mussten sich wohl oder übel auf ihn verlassen. Torian war übermäßig nervös, und es konnte gut sein, dass ein Baumstamm oder der Schatten eines vom Wind bewegten Zweiges ihn genarrt hatte.

Eine weitere Stunde lang hielt er den mörderischen Marsch durch. Aber schließlich konnten auch die anderen nicht mehr weiter, und sie rasteten auf einer kleinen Lichtung, nachdem sie etwa die Hälfte des Waldes durchquert hatten. Erschöpft ließ sich Torian zu Boden sinken – und fuhr mit einem leisen Schmerzensschrei wieder hoch. Das knöchelhohe Gras hatte eine Dornenranke verborgen. Er schob sie mit dem Fuß zur Seite und ignorierte Cathars schadenfrohes Grinsen. Wütend massierte Torian seine schmerzenden Beine und lehnte sich mit geschlossenen Augen zurück.

Doch er fand keine Ruhe. Eine seltsame Vorahnung einer Gefahr erfüllte ihn. Etwas stimmte nicht mit diesem Ort, ohne dass er eine Ursache dafür erkennen konnte. Auf den ersten Blick schien sich nichts verändert zu haben. Es dauerte mehrere Minuten, bis ihm bewusst wurde, dass das Gefühl der Bedrohung nicht nur auf seine überreizten Nerven zurückzuführen war. Nach dem ununterbrochenen Knacken von Zweigen war jetzt Stille eingekehrt.

Totenstille …

Um die Lichtung herum lastete der Dschungel wie eine massive Mauer, die nicht nur den größten Teil des Lichts, sondern auch alle Geräusche in sich aufsog wie ein durstiger Schwamm das Wasser. Selbst das Heulen des Windes in den Baumwipfeln – in den letzten Stunden ihr ständiger Begleiter – war verstummt. Einzig die von den Leuten verursachten Geräusche waren noch zu vernehmen: gedämpftes Murmeln und Klirren von Metall, wenn jemand nach seinem Schwert griff; und natürlich das Schnauben der Pferde. Sie hatten die Tiere am Rande der Lichtung angebunden und ihnen zu fressen gegeben, aber sie rührten den Hafer nicht an, sondern scharrten nur unruhig mit ihren Hufen den Boden auf, zerrten am Zaumzeug und wieherten gelegentlich vor Angst.

Die Stille war nicht natürlich, sie wirkte auf eine Furcht erregende Art *fremdartig.* Zuvor hatte Torian nicht bewusst darauf geachtet, aber er war sicher, dass Vogelgezwitscher und auch das Brüllen ferner Raubtiere ihren bisherigen Weg begleitet hatten. Obwohl er sich keineswegs eine Begegnung mit irgendeinem der Wesen wünschte, die sich in diesem Wald verbergen mochten, irritierte ihn doch ihr plötzliches Verstummen.

Es war, als hätte die Natur den Atem angehalten – oder als hätte ihr stärker ausgeprägter Instinkt die Tiere von diesem Ort vertrieben, wie er auch die Pferde scheuen ließ.

Eine Falle!, dachte er. Diese ganze Lichtung war eine einzige Falle, auch wenn er die Bedrohung immer noch nur unterschwellig spüren konnte.

Er versuchte den verrückten Gedanken zu vertreiben, konnte ihn aber nicht völlig abschütteln. Wieder glaubte er, am Waldrand eine huschende Bewegung zu entdecken, und wieder hörte sie auf, als er genauer hinsah.

Doch er war nicht der Einzige, dem die unnatürliche Stille auffiel. Einige seiner Begleiter waren aufgesprungen und blickten sich unsicher um, die Schwerter kampfbereit erhoben. Torian wechselte einen raschen Blick mit Cathar, doch der Magier zuckte nur kaum merklich mit den Schultern. Shyleen hatte sich ein Stück von Torian entfernt neben Garth hingesetzt. Jetzt erhob sie sich und kam zu ihm herüber. Ihre arrogante Überheblichkeit war wie weggeblasen. Eine Hand lag auf dem Knauf des Schwertes, und als sie ihren Blick über den Rand der kleinen Lichtung wandern ließ, flackerte nur mühsam unterdrückte Angst in ihren Augen.

»Die Tiere«, flüsterte sie. »Es ist doch nicht normal, dass sie so plötzlich verstummen. Wir sollten so schnell wie möglich …«

Torian erfuhr nicht mehr, was sie noch sagen wollte. Er sah nur noch ein fingerdickes Etwas, das vor ihr plötzlich in die Höhe schnellte und sich um ihre Kehle schlang, bevor er ebenfalls von einer ungeheuren Kraft von den Füßen geholt wurde.

Ein scharfer Schmerz zuckte durch sein rechtes Bein. Er stürzte, versuchte instinktiv, seinen Sturz mit vorgestreckten Armen abzufangen, und prallte hart auf den Boden, als ihm die Hände noch in der Bewegung weggerissen wurden. Für einen Moment blieb er benommen liegen.

Etwas tastete beinahe sanft über seine Beine und kroch daran höher, während es wie mit winzigen Zähnen in seine Haut biss. Blindlings packte er zu. Er bekam etwas Dünnes, Nachgiebiges zu fassen, das sich als unerwartet zäh entpuppte, als er es wegzureißen versuchte. Jetzt erst erkannte er, dass er eine Dornenranke in der Hand hielt, die sich wie ein zu lang geratener Wurm zwischen seinen Fingern wand. Weitere Ranken krochen auf ihn zu. Er riss sein Schwert aus der Scheide und hieb mit aller Kraft zu. Die Klinge zerschnitt einige von ihnen. Die abgetrennten Enden fielen zuckend zu Boden und lösten sich binnen Sekundenbruchteilen in Asche auf.

Schreie drangen an seine Ohren. Noch einmal schlug er mit dem Schwert nach einer, die sich um seinen Arm wickeln wollte. Dann sprang er auf.

Die Lichtung bot ein Bild des Schreckens. Der Boden selbst schien zu brodelndem Leben erwacht zu sein. Das Gras lag unter einer Decke sich windender dunkler Ranken und Wurzelstränge begraben. Unbeschreiblicher Ekel stieg in Torian hoch. Es sah aus, als wäre die ganze Umgebung von einem riesigen lebenden Teppich pulsierender, ineinander verschlungener Schlangenleiber bedeckt. Er hatte noch Glück im Unglück gehabt, dass er sich so weit am Rande der Lichtung aufhielt, wohin sich bislang nur wenige Ranken vorgeschoben hatten.

Viele der anderen hatte es wesentlich schlimmer erwischt. Die meisten von ihnen waren trotz ihrer Vorsicht von dem Angriff überrascht und zu Boden gerissen worden; einige lagen bereits unter fast mannshohen Hügeln der dunklen, zuckenden Masse begraben. Die Pferde kreischten wie rasend, einige hatten sich losreißen können und stoben in wilder Panik davon, doch keines der Tiere wurde von den Pflanzen angegriffen.

Für die Dauer von zwei, drei Herzschlägen war Torian vor Entsetzen wie gelähmt, und um ein Haar wären es seine letzten Herzschläge gewesen. Die langsam und geradezu schwerfällig anmutenden Bewegungen des gesamten Pflanzenteppichs hätten ihn fast vergessen lassen, wie schnell sich die einzelnen Ranken zu bewegen vermochten. Ein Dornenstrang zuckte blitzartig hoch und peitschte nach seinem Gesicht. Im letzten Moment riss er den Kopf zur Seite. Die nadelspitzen Dornen verfehlten seine Stirn um kaum eine Handbreite, aber noch in der Luft drehte sich die Ranke in unmöglich anmutender Art, berührte seine Wange und riss ihm die Haut auf. Torian schrie vor Schmerz und hieb zu. Noch bevor die Ranke wieder zu Boden zurückklatschte, zerteilte er sie mit seinem Schwert.

Ein gurgelnder Schrei drang an sein Ohr. Shyleen hatte ihn ausgestoßen. Mit einem Sprung war er bei ihr und ließ die Klinge auf das Gewirr der Ranken niedersausen, die sie umschlungen hielten. Ein Wurzelstrang hatte sich um ihre Kehle gewunden und drohte sie zu erwürgen. Ihr Gesicht war bereits rot angelaufen. Verzweifelt schnappte sie nach Luft. Wie rasend hieb er auf die Stränge ein. Shyleen keuchte und fuhr sich mit der Hand über die Kehle. Die Ranke hatte einen dunkelroten Striemen hinterlassen. Blut rann aus unzähligen kleinen Wunden, welche die Dornen in ihre Haut gerissen hatten; nicht nur am Hals, sondern am ganzen Körper. Stöhnend kam sie auf die Beine.

»Wir müssen … weg«, keuchte sie.

Torian warf einen Blick zum Waldrand hinüber. Die grüne Wand lag nur wenige Dutzend Schritte entfernt, aber ebenso gut hätten es zehn Meilen sein können. Die unheimliche Pflanzenarmee hatte einen regelrechten Wall um die Lichtung gebildet, eine fast mannshohe lebende Mauer aus wabernder Dunkelheit und unsteter, kriechender Bewegung. Es war wirklich eine Falle, wie sein Gefühl ihm von Anfang an suggeriert hatte – obwohl er sich nicht mehr sicher war, dass es sich wirklich nur um ein *Gefühl* gehandelt hatte –, und sie hatte sich so um sie geschlossen, dass eine Flucht unmöglich geworden war.

Ein Schatten wuchs hinter Torian in die Höhe, und er riss instinktiv sein Schwert hoch. Im letzten Moment konnte er im Schlag innehalten, als er Garth erkannte. Auch der Dieb blutete aus zahlreichen kleinen Wunden. Keine einzige war mehr als ein harmloser Kratzer, aber in ihrer Gesamtheit mussten sie ungeheuer schmerzhaft sein. Mit ungestümer Kraft hackte der Hüne nach mehreren

Ranken, die sich um seinen Knöchel gewunden hatten. Torian konnte nicht einmal erahnen, wie es dem Dieb gelungen war, bis zu ihm vorzudringen. Er musste wie ein Berserker unter den Pflanzen gewütet haben, doch jetzt war er am Ende seiner Kraft angelangt. Seine Augen waren blutunterlaufen und glasig, und sein Blick schien ins Leere zu gehen. Worte einer Torian unbekannten Sprache quollen über seine Lippen, und immer wieder deutete er entsetzt auf die Mitte der Lichtung, ohne dass es dort etwas Besonderes zu sehen gab. Torian ahnte, dass Garth ihm etwas Wichtiges mitteilen wollte, aber er verstand nicht, was.

Er konnte sich nicht länger auf den Dieb konzentrieren. Shyleens Warnschrei kam fast zu spät. Er fuhr herum und schlug noch in der Drehung zu. Zehn, zwölf Ranken züngelten wie ein lebender Wald aus Tentakelarmen auf ihn zu. Die Klinge durchtrennte einige. In unmöglich erscheinenden Windungen wichen die anderen dem Schwert aus, als handele es sich nicht um Pflanzen, sondern um intelligente Wesen. Sofort peitschten sie wieder auf ihn herab. Allein schon die Wucht des Angriffs brachte Torian ins Taumeln. Ein Dorn bohrte sich in seine Wange und riss die Haut noch weiter auf. Ein schmetternder Schlag traf sein Handgelenk und prellte ihm das Schwert aus den Fingern.

Als hätten sie nur darauf gewartet, raste ein Dutzend weiterer Ranken heran. Ein harter Ruck an den Beinen ließ Torian endgültig zu Boden stürzen. Instinktiv riss er die Arme hoch, um seine Kehle und das Gesicht zu schützen, und er ignorierte den stechenden Schmerz, den der Biss der Dornen ihm zufügte. Das Gewicht der Pflanzenmonster presste ihm die Luft aus der Lunge, und immer neue Stränge schoben sich heran und umklammerten ihn. Er packte eine Ranke, die sich über sein Gesicht wand, um sie wegzureißen. Ebenso gut hätte er versuchen können, einen Berg mit bloßen Händen zu verschieben.

Garth und Shyleen hieben auf die Pflanzen ein, aber sie hatten keine Chance gegen sie. Die Ranken waren nicht besonders zäh und verdorrten, sobald sie abgeschlagen wurden, doch für jeden zerstörten Strang schoben sich zehn neue heran.

»Das Schwert!«, brüllte Torian.

Garth versuchte, die Waffe zu erreichen, doch wieder hatte Torian den Eindruck, als wären die Pflanzen intelligent und hätten die Gefahr erkannt. Sofort griffen sie ihn noch ungestümer an. Er packte sein Schwert mit beiden Händen und führte so schnelle Streiche, dass das Auge den Bewegungen der Klinge kaum noch zu folgen vermochte, aber trotz allem war sein Kampf aussichtslos.

Plötzlich tauchte ein weiterer Schatten in einer dunklen Kutte neben ihm auf. Mit bloßen Händen packte Cathar ein ganzes Bündel von Ranken, die sich um Torians Brust geschlungen hatten. Ohne sichtliche Kraftanstrengung riss er sie zurück. Unter der Berührung verdorrten die Pflanzen zu Staub. Der Magier packte das Schwert und warf es Torian zu, dann war er so plötzlich verschwunden, wie er aufgetaucht war.

Der Angriff – sofern man das Massaker, das die Pflanzenmonster anrichteten, überhaupt so nennen konnte – war in ihrer unmittelbaren Umgebung fast zum Erliegen gekommen. Nur zögernd huschten noch vereinzelte Ranken heran, zuckten jedoch jedes Mal vor ihnen wieder zurück, sodass Torian Gelegenheit fand, sich umzusehen. Die Überlebenden hatten sich zu einem engen Kreis zusammengeschlossen und hieben mit aller Kraft, die ihnen Verzweiflung und Todesangst verliehen, auf die Dornenranken ein, doch konnte ihre Gegenwehr für die ungeheure Masse der Pflanzen nicht mehr als Nadelstiche darstellen. Für die Dauer eines Herzschlages hoffte Torian mit aller Inbrunst, dass all die vielen einzelnen Stiche ausgereicht hatten, sie zur Aufgabe zu zwingen.

Dann sah er, dass dem nicht so war. Ganz und gar nicht.

Im Gegenteil.

Die Pflanzen änderten lediglich ihre Taktik und räumten damit jeden Zweifel aus, dass ihnen tatsächlich eine fremde, gefährliche Intelligenz innewohnte. Der eigentliche Angriff begann erst. Kaum sichtbare wellenartige Bewegungen liefen durch den lebenden Teppich. Die Masse hob und senkte sich wie im Rhythmus von Herzschlägen und schob sich ineinander. Dabei wuchs sie in unglaublichem Tempo in die Höhe und formte sich zu einer gewaltigen, finsteren Woge, die jeden Augenblick über ihnen zusammenschlagen konnte.

In stummer Verzweiflung starrte Torian auf das unglaubliche Bild, schloss für einige Sekunden die Augen und kämpfte gegen das Gefühl der Resignation an. Seine Hände begannen zu zittern. Er krampfte die Finger um den Knauf des Schwertes, als ob er es zerbrechen wollte. Die Nägel schnitten schmerzhaft in sein Fleisch, doch er nahm es kaum wahr. Wie hatte er sich nur jemals auf diese wahnsinnige Expedition einlassen können? Die unheimliche Woge, die sich in einem wie mit dem Zirkel gezogenen Kreis von wenigen Schritten Durchmesser um sie herum erstreckte, hatte inzwischen mehr als Mannshöhe erreicht. Es schien, als hätte die Nacht am hellen Tag Gestalt angenommen und wäre zu eigenem Leben erwacht, um sie zu verschlingen. Sie waren bereits in eine unentrinnbare Falle geraten, kaum dass sie die *Straße der Ungeheuer* nur betreten hatten. Wie hatte er sich jemals einbilden können, alles zu überwinden, was die Schwarzen Magier im Laufe der Jahrtausende zu ihrem Schutz errichtet hatten?

»Komm her!«, schrie Cathar und riss Torian damit aus der Erstarrung. »Komm zu mir, Torian. *Schnell!*«

Er hastete zu dem Magier. »Wir müssen eine Bresche durch den Wall schlagen«, rief er. »Wir müssen –«

»Schweig, du Narr.«

Cathar packte ihn und drehte ihn zu sich herum. Gleichzeitig tastete er mit der anderen Hand nach Torians Gesicht. Die gespreizten, spinnenartigen Finger pressten sich hart gegen seine Schläfen. Es war wie ein Blitz, der in seine Gedanken fuhr; unerwartet und grell und schmerzhaft und so warnungslos, dass Torian unwillkürlich zurückprallte und versuchte, die Hand zu heben, um den Griff des Magiers zu sprengen.

»Lass es«, stieß Cathar gehetzt hervor, »öffne deinen Geist.«

Torian wusste nicht, was der Magier vorhatte, nicht einmal, was er überhaupt tat, aber er sträubte sich nicht länger. Er schloss die Augen, doch es wurde nicht dunkel. Er sah *Bilder, die so fremdartig waren, dass er im ersten Moment glaubte, sich in einer völlig an-*

deren Welt zu befinden. Erst nach Sekunden begriff er, dass er immer noch die Lichtung sah, er sie jetzt aber durch Cathars Augen erblickte. Es gab keine Farben mehr, nur noch helle und dunkle Grautöne in allen denkbaren Schattierungen, die zugleich in ihr Gegenteil verdreht waren. Was dunkel sein musste, war hell, und umgekehrt. Um Torian herum herrschte nachtschwarze Dunkelheit, aus der sich die Gestalten der anderen unscharf abhoben. Doch er nahm nicht nur die Schatten wahr. Vor ihm erstreckte sich ein Gespinst dünner, weiß leuchtender Fäden, scheinbar wirr ineinander verwoben, doch je stärker er sich konzentrierte, umso deutlicher schälte sich ein kompliziertes, spinnennetzähnliches Muster aus der sinnverwirrenden Symmetrie, das an ein riesiges Speichenrad erinnerte. An zahlreichen Stellen kreuzten sich die Fäden und bildeten grell strahlende, pulsierende Knoten.

Torian zitterte vor Anstrengung und presste die Hände gegen die Schläfen, aber genau wie Cathar folgte er dem Verlauf des Musters mit seinem Blick, bis er gefunden hatte, was er suchte. Die Fäden, die nichts weiter als die Dornenranken und Wurzelstränge darstellten, trafen sich alle an einem einzigen Punkt. Sie waren nicht voneinander unabhängige Wesen, sondern lediglich Tausende Ausläufer einer einzigen Riesenpflanze, deren pulsierendes Zentrum wie ein gigantisches Herz in der Mitte der Lichtung lag.

»Zerstöre es!«, gellte Cathars Befehl. Torian hatte die Worte nicht normal gehört, sondern sie waren direkt in seinem Geist aufgeklungen.

Er schauderte, aber er hob sein Schwert und schleuderte es wie einen Speer. In steilem Winkel stieg es in die Höhe, erreichte seinen höchsten Punkt und senkte sich trudelnd wieder herab. Er spürte, wie Cathar den Flug wie mit unsichtbaren Händen beeinflusste, die Richtung ein wenig korrigierte und das Schwert genau ins Zentrum der strahlenden Helligkeit lenkte, dann konnte er es nicht mehr ertragen, mit dem Geist des Magiers verbunden zu sein. Er stieß ein ersticktes Keuchen aus, riss Cathars Hand von seinem Gesicht und taumelte zurück. Im gleichen Moment wurde die Welt um ihn herum wieder normal. Alles begann sich vor seinen Augen zu drehen. Er schwankte vor Schwäche und wäre gestürzt, wenn Garth nicht noch rechtzeitig zugegriffen und ihn aufgefangen hätte.

Ein dumpfes Beben lief durch die Masse der Pflanzen. In wildem Todeskampf peitschten sie noch einmal um sich, aber ihren Bewegungen fehlte schon jetzt die vorige Kraft. Dann, von einem Augenblick zum anderen, war es vorbei. Die Ranken erstarrten in der Bewegung und zerfielen in Sekundenschnelle zu Staub, nur vereinzelt zuckte noch ein Strang, bevor er sich ebenfalls auflöste. Ein Teppich aus grauer Asche bedeckte die Lichtung und wurde rasch vom Wind fortgewirbelt.

Torian nahm kaum noch etwas von dem wahr, was um ihn herum geschah. Was er während der wenigen Sekunden, die er mit Cathar verbunden gewesen war, erlebt hatte, war mehr, als sein Geist verarbeiten konnte. Die Welt des Magiers war für einen Menschen grenzenlos fremd, und der unweigerliche Preis einer längeren Vereinigung wäre der Wahnsinn gewesen. Rasende Kopfschmerzen peinigten ihn, und ihm wurde schwindelig. Er sank auf die Knie, kämpfte vergeblich gegen die Übelkeit an und übergab sich würgend. Es dauerte lange, bis die Kopfschmerzen verebbten und er sich mit Garths und Shyleens Hilfe wieder auf die Beine quälen konnte. Er taumelte auf Cathar zu und klammerte sich an der Kutte des Magiers fest, als die Schwäche ihn erneut übermannte.

»Was war das?«, krächzte er. »Bei allen Dämonen, *was hast du getan?*«

Aber er bekam keine Antwort. Und im Grunde war es auch gar nicht nötig. Er wusste nicht einmal, ob er wirklich eine Antwort hören wollte.

☆

»Nein!«, sagte Shyleen zum wiederholten Male innerhalb der letzten Minuten und schüttelte ebenfalls zum wiederholten Male stur den Kopf. Die überlebenden Gardisten hatten sich in einem Halbkreis um sie gruppiert, die Schwerter in den Händen und den gleichen Ausdruck trotziger Entschlossenheit im Gesicht. Angst flackerte in ihren Augen. Sieben der Männer waren tot, und kaum einer war ohne Verletzungen davongekommen. Der einzige Trost war, dass sie die Pferde schnell wieder hatten einfangen können. Schon nach wenigen Metern hatten sich die aufgebrachten Tiere im Unterholz verfangen und nicht mehr weiter fliehen können. Aber die meisten von ihnen waren verwundet.

Torian wechselte einen raschen Blick mit Bard. Auch der Rattengesichtige war blass geworden und hielt die Hand um den Schwertgriff gekrallt. Cathar stand mit vor der Brust verschränkten Armen zwei Schritte neben ihm, dicht am Waldrand. Er schien äußerlich völlig ruhig zu sein, doch Torian erkannte, dass er innerlich kochte.

»Ihr könnt allein weitergehen, wenn ihr unbedingt wollt«, fuhr Shyleen fort. »Keiner von uns wird euch mehr begleiten.«

»Und was ist mit dir?« Torian wandte sich an Garth, der bislang nur schweigend dagestanden hatte.

»Ich?« Garth schnaubte. »Ich finde diese ganze Diskussion ausgesprochen idiotisch. Ich will so schnell wie möglich und so weit wie möglich weg von hier.«

»Da siehst du es!«, rief Shyleen.

»Aber da wir es nicht können, schließe ich mich Torian an«, fügte er hinzu.

»Idiot!«, rief Shyleen wütend. »Genügt es nicht, wenn sich Torian mit diesem verfluchten Magier verbündet?«

»Ihr –«, begann Torian, doch Cathar unterbrach ihn mit einer raschen Handbewegung.

»Narren!«, sagte der Magier ruhig. »Torian und Garth scheinen die Einzigen zu sein, die sich ihren Verstand bewahrt haben. Ihr wisst, dass ich euch vernichten könnte, hier, auf der Stelle.«

»Dann versuch es«, entgegnete Shyleen hitzig. »Wir werden ja sehen, ob du wirklich so stark bist, wie du behauptest, Cathar.«

Cathar lächelte, aber es war nicht sehr viel Humor in diesem Lächeln. »Es wäre völlig unnötig, meine Kraft zu verschwenden«, erklärte er. »Meinetwegen geht. Ich werde euch nicht hindern. Aber ich fürchte, ihr werdet nicht sehr weit kommen.«

»Wie weit wir mit dir kommen, haben wir ja gesehen!«, hielt ihm einer der Männer vor.

»Zehnmal weiter als ohne mich«, fuhr Cathar ungerührt fort. »Ich gebe zu, dass ich auf diesen Angriff nicht gefasst war, weil ich mich zu sehr auf den Wald konzentriert habe. Ihr habt es allein mir zu verdanken, dass wir diese Lichtung überhaupt erreicht haben.« Er fuhr herum und deutete auf den Wald. »Seht!«

In den ersten Sekunden geschah gar nichts. Dann lief ein langsames, schwerfälliges Beben durch die graugrüne Wand. Einige Zweige bewegten sich plötzlich anders als zuvor, stärker, als dass allein der leichte Wind dafür verantwortlich sein konnte. In absurden Drehungen und Windungen bogen sie sich herab und nach vorne, griffen wie mit rauchigen Armen nach den Menschen auf der Lichtung.

»Hör auf«, stöhnte Torian.

»Ich *habe* aufgehört«, erwiderte Cathar. »Was ihr seht, ist die wahre Natur des Waldes. Er würde euch binnen weniger Augenblicke verschlingen, wenn ich ihn nicht mehr bändige.« Er machte erneut eine Handbewegung, und die Bewegungen des Waldes hörten auf. Die Pflanzen wurden wieder zu dem, was sie waren: eine unheimliche, von flüsternden Stimmen erfüllte Mauer um sie herum. Das mörderische Eigenleben, das sie gerade noch erfüllt hatte, war wieder erloschen. Nein, nicht erloschen, dachte Torian schaudernd. *Gebändigt,* und nur für kurze Zeit.

»Nun?«, fragte Cathar. »Wollt ihr immer noch umkehren?«

Shyleen starrte ihn hasserfüllt an, und einen Moment lang sah es so aus, als ob sie sich trotz allem auf den Magier stürzen wollte. Aber der gefährliche Augenblick verstrich.

Cathar maß die stumm dastehenden Gardisten noch einmal mit einem langen, verächtlichen Blick, dann griff er nach den Zügeln seines Pferdes, und nach kurzem Zögern taten es ihm die anderen gleich. Torian atmete erleichtert auf. Shyleen starrte ihn fast hasserfüllt an, aber auch sie sträubte sich nicht länger, sondern folgte ihnen, wenn auch mit dem finstersten Gesicht, das sie zu Stande bringen konnte.

Schon bald darauf hieben sie wieder mit ihren Schwertern auf das Unterholz ein und bahnten sich ihren Weg; schneller noch als zuvor. Die Angst trieb sie voran. Torian sah, dass die Gardisten immer wieder die Köpfe wandten und zurückstarrten, aber die Ranken folgten ihnen nicht, und auch der Wald blieb ruhig, sah man von dem ununterbrochenen bösen Flüstern ab, das sich für Torian immer mehr wie leise Stimmen anhörte.

Sie brauchten eine knappe Stunde, um das andere Ende des Waldes zu erreichen; eine Stunde, die sie jedes bisschen Kraft kostete, die sie noch aufbringen konnten. Dann plötzlich wurde es vor ihnen hell, und in einer geraden, wie mit dem Lineal gezogenen Linie ging der Wald in Wüste über.

Ohne dass es eines Befehls bedurfte, sprangen die Gardisten auf ihre Pferde und preschten los. Erst als sie sich zwei Meilen vom Wald entfernt hatten, befahl Torian eine Rast. Erschöpft ließen sich die Menschen zu Boden sinken. Viele schliefen auf der Stelle ein.

Vor ihnen erstreckte sich die Staubwüste, eine lebensfeindliche Einöde aus Sand und Felsen, silbernen Spiegelungen und tanzender Weite, die am Horizont mit dem Himmel verschmolz und sich noch Hunderte von Meilen dahinter fortsetzte, bis weit in das Bergland von Scrooth hinein. Der Wind hatte gedreht und wehte ihnen nun wieder entgegen: eine sanfte Brise, die Sand und feinen Staub herantrug und die Luft mit einem unheimlichen, an- und abschwellenden Röhren und Raunen erfüllte, wie das Geräusch zahlloser horniger Käferbeine, die sich aneinander rieben; da und dort ein helles Klirren, wenn Metall scharrte, das Schnauben von Pferden, Stimmfetzen, Gemurmel und das Rascheln von Stoff.

Torian hörte nichts von alledem. Sein Blick war nach Norden gerichtet, in die Staubwüste hinein, die er noch stärker als die meisten anderen Einwohner Caracons hassen gelernt hatte. Sein Herz schlug sehr langsam und schwer, und seine Lippen waren trocken, obwohl er vor wenigen Minuten erst aus der Feldflasche getrunken hatte. Irgendwann hörte er leise Schritte. Bard trat zu ihm und setzte sich unaufgefordert neben ihn.

»Die erste Hürde hätten wir genommen«, bemerkte er.

Widerwillig sah Torian auf. »Ja«, murmelte er. »Und sieben Männer sind bereits tot.«

»Aber wir haben den Flüsterwald überwunden, vielleicht die ersten Menschen, die das geschafft haben.«

»Soll ich vielleicht stolz darauf sein?«

»Es wäre ein Grund. Aber das Schlimmste liegt noch vor uns. Irgendwo in der Wüste liegt der Berg, von dem aus sich eine Brücke zur *Schattenburg* spannt. Von nun an werden wir unsere Vorräte und vor allem unser Wasser streng rationieren müssen. Aber das ist wohl noch der geringste Anlass zur Sorge. Die Wüste selbst ist harmlos.«

»So?«, fragte Torian gedehnt. »Du kennst die Wüste nicht besonders gut, nicht wahr?«

»Nein«, gestand Bard. »Ich habe fast mein ganzes Leben in Armar verbracht. Aber dafür bist du ja da.«

»Nur weil ich die Staubwüste schon einmal durchquert habe? Du solltest sie nicht unterschätzen«, warnte ihn Torian beinahe zornig. »Glaube mir, sie ist nicht nur ein Stück leerer Erde, auf dem zufällig Sand liegt. Das haben schon viele geglaubt. Die meisten sind jetzt tot.«

»Was ist sie dann?«

Torian schnaubte. »Sie ist ein Ungeheuer«, stieß er hervor. »Eine Bestie, wie du sie dir schlimmer nicht vorstellen kannst, auf ihre Art vielleicht tödlicher als die angeblichen magischen Fallen auf der *Straße der Ungeheuer.* Garth und ich sind ihr einmal mit viel, viel Glück entkommen. Ich möchte ihr ungern Gelegenheit geben, das Versäumte nachzuholen. Sie wird uns alle verschlingen, wenn wir sie unterschätzen und einfach so hineinmarschieren. Sie wartet nur auf uns.«

Bard schwieg einen Moment und ließ seinen Blick über die sandige Einöde wandern. Torians Worte hatten ihn offenbar nachdenklich gestimmt. »Du sprichst von ihr, als würde sie leben«, sagte er leise.

»Das tut sie auch!«, bestätigte Torian.

»Aber du sprichst in einem Ton von ihr, in dem man über einen Feind spricht. Und du übertreibst gewaltig. Diesmal sind die Voraussetzungen anders als während deiner Reise nach Rador. Wir haben genügend Proviant und Wasser für Wochen mit. Wenn die Wüste uns aufzuhalten versucht, dann werden wir sie bezwingen. Wir können sie uns unterwerfen.«

»Unterwerfen?« Torian stieß ein bitteres Lachen aus. »Du weißt nicht, wovon du sprichst. Du hast Recht, ich kenne die Staubwüste, und ich hasse sie. Ich übertreibe nicht, eher das Gegenteil. Ich fürchte sie wie die Pest – gerade weil ich sie kenne. Sie ist ein Ungeheuer, eine blutrünstige Bestie, die sich nur unter einem Mantel von Stille und Leblosigkeit verbirgt. Aber in Wahrheit bleibt sie ein Monstrum. Es ist Mord, auf gut Glück hineinzumarschieren.«

»Wir marschieren nicht auf gut Glück los, das weißt du«, tadelte Bard. »Und uns bleibt keine andere Wahl, also bringt uns diese Diskussion nicht weiter. Lass uns aufbrechen. Bevor wir unser Nachtlager aufschlagen, möchte ich möglichst weit von diesem Wald weg sein.«

Torian nickte schwerfällig. Er stand auf und wollte zu seinem Pferd gehen, doch der Rattengesichtige hielt ihn am Arm zurück.

»Auf ein Wort noch«, bat er. »Ich weiß, dass du mich nicht leiden kannst, Torian, aber ich möchte nicht, dass du mich für einen Speichellecker Cathars hältst. Ich unterstütze ihn nur, weil ich glaube, dass er das Richtige tut. Das bedeutet aber noch lange nicht, dass ich sein Sklave bin. Ich möchte, dass du das weißt.«

Einen Moment lang starrte Torian ihn verwirrt an, dann riss er seinen Arm mit einem Ruck los und gab das Zeichen zum Aufbruch. Unwilliges Raunen wurde laut, doch er kümmerte sich nicht darum, sondern stieg in den Sattel und wartete ungeduldig, bis auch die anderen aufgesessen waren. Er lenkte sein Pferd zu Shyleen und Garth.

»Irgendwie kommt mir diese Gegend bekannt vor«, bemerkte der Dieb. Es klang nicht halb so spöttisch, wie es klingen sollte. »Und irgendwie habe ich schlechte Erinnerungen an diese Wüste.«

»Immerhin hast du überhaupt welche«, gab Torian knapp zurück. »Bleibt ein wenig zurück und achtet darauf, dass keiner der Männer Dummheiten macht. Diese Narren scheinen alle nicht recht zu wissen, worauf sie sich einlassen.«

Ohne eine Antwort abzuwarten, sprengte er los und setzte sich an die Spitze der Kolonne. Cathar schloss zu ihm auf, doch anders als befürchtet versuchte der Magier nicht, ihn in ein Gespräch zu verwickeln, sondern gab nur mit einer knappen Handbewegung die Richtung an, an die sie sich halten mussten. Sie ritten langsam, und Torian hob eine Hand vor das Gesicht, damit die heranwehenden Staubschleier ihm nicht die Sicht nahmen, aber sie kamen trotzdem nicht gut voran. Der Sand war hier so fein, dass die Pferde bei jedem Schritt bis weit über die Fesseln in den Boden einsanken, und wie es aussah, würde das Tempo ihres Vorwärtskommens eher noch sinken.

Mit jedem Schritt, den sie sich weiter nach Norden bewegten und damit tiefer in die Wüste eindrangen, fühlte sich Torian unsicherer. Es war keine Angst vor dem Tod oder den namenlosen Schrecken, welche die *Straße der Ungeheuer* Shyleens düsteren Schilderungen zufolge für sie bereithalten mochte, sondern eine völlig andere, gestaltlose Art von Furcht, die mit dem Wind herantrieb, sich auf dürren Spinnenbeinen in seine Seele schlich und sie vergiftete. Eine Furcht, gegen die er wehrlos war. Er war sich nicht einmal sicher, ob sie wirklich etwas mit der *Schattenburg* zu tun hatte. Vielleicht war es einfach die Angst vor der unergründlichen Art von Leben, das dieser Wüste innewohnte und das er Bard – anscheinend mit wenig Erfolg – zu erklären versucht hatte.

Die Hitze wurde bald schon zu ihrem ärgsten Feind. In der mittäglichen Sonne wurde die Staubwüste zu einem einzigen gewaltigen Glutkessel, und nach einer halben Stunde sah Torian ein, dass sie nicht mehr weiterreiten konnten. Es wäre Mord gewesen, die Männer voranzutreiben. Das Kribbeln in seiner Schulter hatte sich verstärkt, und noch stärker als zuvor – so stark, dass es ihn selbst erschreckte – spürte er den Drang, die *Schattenburg* zu erreichen, ohne dass er wusste, woher dieses Verlangen kam und was er dort eigentlich wollte, außer den Parasiten loszuwerden. Dennoch war es sinnvoller, jetzt schon ein Lager zu errichten und erst in der Nacht den Marsch fortzusetzen.

Schweren Herzens gab er den Befehl dazu.

Zwei Tage und Nächte lang zogen sie durch die Wüste, ohne dass etwas geschah, das für sie Gefahr bedeutete. Gelegentlich wies Cathar auf Fallen hin, auf die sie eigentlich hätten treffen müssen, die aber offenbar wirkungslos waren, da sie von der *Schattenburg* aus nicht mehr überwacht wurden. Glücklicherweise ersparte er sich eine genauere Beschreibung dessen, was sie andernfalls erwartet hätte.

Sie ritten fast nur noch nachts. Die Kälte war leichter zu ertragen als die Gluthitze der Tage, während der sie in ihren Zelten geschützt schliefen. Allmählich stieg Torians Zuversicht wieder, und auch die Soldaten wirkten nicht mehr ganz so niedergedrückt. Selbst Shyleen hatte ihren Widerstand aufgegeben, zumindest protestierte sie nicht mehr wie bisher gegen jeden Befehl.

Gegen Ende der dritten Nacht, als sie ihr Lager bereits wieder im Schatten eines der niedrigen, in diesem Teil der Staubwüste typischen Tafelberge aufgeschlagen hatten und Torian sich in sein Zelt begeben hatte, wehte plötzlich ein gellender Schrei an sein Ohr, seltsam dünn und weit entfernt in der klaren Nachtluft. Die Stille, die ihm folgte, war beinahe noch schrecklicher, aber sie währte nur eine Sekunde. Dann begann eine zweite Stimme loszuheulen, gleich darauf eine dritte und noch eine vierte.

Torian fuhr hoch und lief aus dem Zelt. Irgendwo vor ihm, verborgen hinter den Schatten der Nacht, bewegten sich Körper, harte Stiefelsohlen trampelten über den Sand, Männer riefen aufgeregt durcheinander, Metall klirrte. Und dazwischen gellten immer noch diese entsetzlichen, nicht enden wollenden Schreie.

Er rannte weiter, aber eine Gestalt vertrat ihm den Weg. Es war Bard. »Bleib hier«, rief der Rattengesichtige hastig.

Torian wollte ihn einfach aus dem Weg schieben, aber Bard stand wie ein Fels da. Er wirkte sehr entschlossen und entwickelte Kräfte, die Torian ihm nicht zugetraut hätte. Er begriff, dass Bard nötigenfalls sogar Gewalt anwenden würde, um ihn am Weitergehen zu hindern. Das Schreien dauerte noch einige Sekunden an, bevor es abbrach, doch diesmal wurde es nicht still.

»Was geht dort vorne vor?«, fragte Torian scharf. »Werden wir angegriffen?«

Bard zögerte einen Moment, dann schüttelte er den Kopf. Trotz der herrschenden Dunkelheit konnte Torian deutlich den Schrecken sehen, der in seinem Gesicht geschrieben stand. »Nein«, flüsterte er. »Kein … Angriff. Es ist … Einige Männer haben sich von ihren Zelten entfernt und …« Er verstummte, starrte einen Moment lang aus weit geöffneten Augen ins Nichts und schien in sich hineinzulauschen, dann fuhr er herum. »Also gut«, keuchte er. »Komm mit.«

Sie liefen los. Im Lager war längst ein heilloses Chaos ausgebrochen. Die Männer drängelten sich am Fuße der mächtigen, sanft ansteigenden Düne, die das Lager nach Norden begrenzte. Dünne, aufgeregte Stimmen hallten durch die Nacht. Garth und Shyleen drängten die Männer zurück. Torian und Bard mussten sich mit Gewalt eine Gasse durch die Menge bahnen.

Als sie den Fuß der Sanddüne erreichten, verstand Torian den Schrecken des Rattengesichtes. Cathar kniete im Sand, und vor ihm lagen die Leichen von vier Soldaten. Ihre Kehlen waren durchgeschnitten.

In dem Moment, in dem Torian neben ihnen auf die Knie sank, erhob sich Cathar, nahm eine Hand voll Sand auf und wischte damit das Blut von der Klinge seines Schwertes. Voller Entsetzen begriff Torian, dass *er* es gewesen war, der diese vier Männer getötet hatte. Eine Sekunde lang starrte er den Magier in ungläubigem Schrecken an, dann eilte er weiter, blieb aber sofort wieder stehen, als Cathar hastig die Hand hob.

»Geh nicht weiter«, befahl der Magier, »oder dir geschieht dasselbe wie diesen vier.« Er deutete mit einer Kopfbewegung auf die Toten. In seinen Augen glomm Bedauern auf. »Es gab keine Rettung mehr für sie.«

»Aber was … was ist geschehen?«, stammelte Torian hilflos.

»Eine Falle«, antwortete Cathar. »Diese Narren haben sich zu weit vom Lager entfernt.« Er zuckte gleichmütig die Achseln. »Was weiß ich, was sie hier wollten.«

Instinktiv sah sich Torian um. Die Wüste lag reglos und still vor ihnen, so wie sie sich die ganze Zeit über präsentiert hatte.

»Komm.« Cathar streckte die Hand aus. »Das Beste ist, ich zeige es dir, dann wirst du begreifen. Geh weiter. Aber langsam.«

Zögernd gehorchte Torian, überwand seine Abscheu und griff nach der spinnenartigen Hand des Magiers. Er trat einen Schritt vor, doch nichts geschah. Sein Blick heftete sich auf die Gesichter der vier Toten. Aus ihren gebrochenen Augen starrte ihm der blanke Wahnsinn entgegen, ein Entsetzen, das menschliche Vorstellungskraft überstieg.

Er verstand plötzlich, dass es wirklich ein Akt der Barmherzigkeit gewesen war, als Cathar sie getötet hatte, auch wenn er immer noch nicht begriff, was geschehen war.

Torian zögerte erneut, umfasste instinktiv Cathars Hand noch fester und machte einen weiteren Schritt.

Im gleichen Moment bewegte sich einer der Toten.

Torians Herz schien einen entsetzlichen Sprung zu tun. Eine eisige Hand legte sich um seinen Nacken und glitt kribbelnd seinen Rücken herab.

Der Mann war eindeutig tot! Aber *er bewegte sich!* Langsam, unendlich langsam richte er sich auf, hob die Hände und starrte Torian aus seinen gebrochenen Augen an. Sein Mund klaffte wie eine geschlitzte Wunde. Etwas Schwarzes, Glitzerndes schien sich darin zu winden. Und dann begann er zu sprechen!

Du hast mich umgebracht, Torian!, krächzte er mit entsetzlich verzerrter, quäkender Totenstimme. *Du hast uns belogen, als du uns Schutz versprachst. Cathars Weg führt nur in den Tod!*

Und mit einem Male sprachen auch die anderen, stimmten in den grauenhaften, monotonen Singsang des lebenden Leichnams ein, schrien immer und immer wieder die gleichen Worte: *Du hast uns getötet, Torian!*

Torian wollte zurückweichen, aber das Grauen lähmte ihn. Unfähig, auch nur einen Muskel zu rühren, starrte er die furchtbaren Gestalten an. Entsetzen breitete sich in seinen Gedanken aus, ein Schrecken, der alles überstieg, was er jemals erlebt hatte.

Aber das Grauen hatte seinen Höhepunkt noch nicht erreicht. Die Toten veränderten sich. Ihre Gesichter zerfielen, wurden alt und zerbröckelten mit ungeheurer Geschwindigkeit. Was sonst Monate und Jahre dauerte, geschah in Sekunden. Ihre Haut wurde grau, riss auf und zerfiel zu zeitgewobenem Staub. Aber darunter kam nicht der Totenschädel eines Menschen zum Vorschein, sondern eine neue, grauenhafte Fratze mit einem scharfkantigen Papageienschnabel, dessen Klicken Torians Nerven fast zum Zerreißen brachte, und einem zyklopischen, rot leuchtenden Auge, in dem ein höhnischer Triumph loderte.

Sie sind mein!, kicherte die Fratze. *Jetzt gehören sie mir. Du hast sie betrogen und mir zum Geschenk gemacht. Ich danke dir dafür, und bald gehörst auch du für alle Zeiten mir. Du weißt, was ich bin? Ich bin der Parasit in deiner Schulter, und es dauert nicht mehr lange, bis wir ganz eins geworden sind.*

Der Sand stob auf. Nacktes Entsetzen überschwemmte Torians Denken, schuppenhäutige Dämonenhände griffen nach seinen Beinen, klammerten sich mit furchtbarer Gewalt daran fest und versuchten, ihn in den Sand herabzuzerren, den Sand und etwas Entsetzliches, Ewiges, das darunter bereits auf ihn lauerte.

Er schrie gellend auf, spürte, wie Cathar mit einem hastigen Schritt zurückwich und ihn dabei mitriss, und –

Und dann war es vorbei.

Von einer Sekunde auf die andere war der Sand wieder glatt, die chtonische Fratze und die Hände verschwunden, und die Toten lagen wieder so da, wie sie niedergestürzt waren, unverändert.

»Bei Ch'tuon, was … was war das?«, keuchte Torian. Er versuchte vergeblich, die entsetzlichen Bilder aus seinem Geist zu verdrängen. »Was war das?«, flüsterte er noch einmal.

»Dasselbe, was diesen Männern passiert ist«, erwiderte Cathar mit einer Geste auf die Toten. »Und was uns allen passieren würde, wenn wir weitergingen. Es ist eine Falle, die noch nicht ausge…«

Eine plötzliche Windbö schlug ihm die weiteren Worte von den Lippen. Die Bö war so heftig, dass sie Torian von den Füßen riss, in den Sand schleuderte und seinen Schreckensschrei verschluckte.

Er rappelte sich wieder auf, blieb einige Sekunden lang reglos stehen und starrte an Cathar vorbei, die Augen vor Schreck weit aufgerissen. Dann rannte er einige Schritte, so schnell er nur konnte, warf sich in den Schutz eines Felsens und barg den Kopf in den Armen.

Hinter ihm heulte der Urgroßvater aller Stürme heran.

☆

Der Sturm hatte eine Stunde vor Sonnenaufgang begonnen. Er war ohne jede Vorwarnung losgebrochen, und mittlerweile war sich Torian ziemlich sicher, dass er innerhalb der nächsten fünf Jahre nicht mehr aufhören würde. Wenn ihn sein Zeitgefühl nicht völlig trog, musste es fast Mittag sein, aber rings um sie herum herrschte tiefste Nacht. Der Himmel spannte sich wie ein Tuch aus brodelnder Schwärze über der Wüste; so tief, dass Torian glaubte, ihn berühren zu können, wenn er nur die Hand ausstreckte. Nur ab und zu zuckte ein greller Blitz auf und tauchte die felsige Landschaft in unheimliches, flackerndes Licht, und der Sturm erfüllte die Luft mit einem ungeheuerlichen Heulen und Brüllen, als hätten sich sämtliche Geschöpfe Ch'tuons zu einem apokalyptischen Chor zusammengefunden, um eine Hymne auf den Weltuntergang anzustimmen. Staubfein zermahlener Sand prasselte auf den Felsen, hinter den Torian sich geflüchtet hatte, verfing sich in seinem Haar, in seiner Kleidung, in seinem Mund und seinen Augen, in seinen Ohren und seiner Nase. Vorsichtig hob er den Kopf, schirmte die Augen mit der Hand ab und spähte für einen kurzen Moment hinter seiner Deckung hervor.

Der Sturm hatte ihr Lager innerhalb einer einzigen Minute so gründlich zerstört, dass jede Feuerechse vor Neid erblasst wäre, hatte die Überreste in einer weiteren Minute auf tausend Quadratmeilen verteilt und alles unter Tonnen und Tonnen von Sand begraben. Und er hatte ihre Pferde samt einem gut Teil der Ausrüstung auf Nimmerwiedersehen verschluckt und die fast mannstiefe Senke, in der sie ihr Lager aufgeschlagen hatten, derart mit Sand zugeschaufelt, dass sie bis an die Hälse darin versunken wären, hätten sie den Fehler begangen, sich auf den Schutz des felsigen Randes zu verlassen. Ein totes Pferd flog wie ein Geschoss heran, prallte gegen einen Felsen und blieb davor liegen. Binnen weniger Sekunden war es unter einem Hügel aus aufgeschüttetem Sand verschwunden.

Wieder wetterleuchtete es über ihnen, und wahrscheinlich erfolgte auch gleich darauf ein Donnerschlag, der aber im Heulen und Brüllen des Sturmes unterging. Immerhin sah Torian in dem kurzen weißblauen Flackern die verschwommenen Umrisse eines Menschen, der sich nur wenige Schritte neben ihm in den Schutz eines Felsens duckte. Vorsichtig erhob er sich hinter seiner Deckung, wartete ab, bis der Sturm für einen Moment innehielt – freilich nur, um danach mit doppelter Wucht wieder losschlagen zu können –, und rannte los. Es waren nur wenige Schritte; nicht einmal zehn Meter. Trotzdem hätte er es um ein Haar nicht geschafft. Eine gewaltige Bö packte ihn, als er drei Viertel der Strecke hinter sich gebracht hatte, hob ihn wie ein Blatt vom Boden hoch und schleuderte ihn drei, vier Meter weit durch die Luft. Wäre er auf Felsen statt auf weichen Sand gestürzt, hätte er sich zweifellos sämtliche Knochen im Leibe gebrochen, aber auch so kostete es ihn seine letzte Kraft, sich auf Hände und Knie hochzustemmen und in den Schutz des nächsten Felsens zu kriechen.

Der Umriss, den er im Licht des Blitzes bemerkt hatte, war Shyleen. Ihre Hand streckte sich ihm entgegen, als er auf den Felsen zurobbte, packte die seine und zog ihn mit erstaunlicher Kraft in die Deckung des Steines. Er nickte dankbar. Zum Sprechen fehlte ihm der Atem. Außerdem hätte das Heulen des Sturmes ohnehin jeden Laut verschluckt, denn als Shyleen den Mund öffnete und irgendetwas schrie, drang nicht ein Wort an seine Ohren, sodass er nur verständnislos mit den Schultern zucken konnte. Er starrte sie an und versuchte die Worte von ihren Lippen abzulesen. Shyleen packte seine Hand. Ihr Griff war so fest, dass Torian vor Schmerz die Zähne zusammenbiss. Mit der anderen Hand deutete sie auf den Berg hinter ihnen, dessen Flanke annähernd lotrecht über ihnen in die Höhe ragte, aber alles, was mehr als sechs oder sieben Meter entfernt war, verlor sich in tobender Bewegung und irrsinnig tanzenden Sandschwaden. Wieder bewegte Shyleen die Lippen, und diesmal glaubte Torian ihren Mund das Wort *Höhle* formen zu sehen.

Sie wartete nicht mehr ab, ob er verstanden hatte, sondern sprang auf die Füße, fuhr herum und zerrte ihn einfach hinter sich her.

Während der ersten paar Dutzend Schritte war es beinahe einfach, denn der Sturm schob sie geradewegs vor sich her, sodass sie nicht einmal hätten stehen bleiben können, würden sie es gewollt haben. Die zweite Hälfte des Weges wurde zu einem Spießrutenlaufen durch die Hölle. Der schwarze Granit des Berges tauchte so unvermittelt vor ihnen auf, dass sie keine Möglichkeit mehr fanden, das Unglück zu verhindern. Shyleen versuchte, stehen zu bleiben, aber als hätte der Sturm nur auf diesen Augenblick gewartet, fauchte in diesem Moment eine brüllende Bö heran, riss sie von den Füßen und nach vorne und schmetterte sie gegen den Berg. Ihr Gesicht verzerrte sich vor Schmerz. Mit haltlos rudernden Armen brach sie zusammen, hob schützend die Hände vor das Gesicht und keuchte gleich darauf ein zweites Mal vor Schmerz, als die nächste Bö auch Torian ergriff und ihn gegen sie schleuderte.

Benommen versuchte er aufzustehen, sah ein braunschwarzes Etwas auf sich zurasen und drehte hastig den Kopf, ehe der Sand, den die Sturmbö heranschleuderte, ihm das Gesicht wegschmirgeln konnte. Mit aller Kraft stemmte er sich in den Boden und war verzweifelt bemüht, irgendwo Halt zu finden, aber trotzdem wurde er in die Höhe und noch einmal gegen den Fels geschleudert, sodass ihm auch das letzte bisschen Luft aus den Lungen gepresst wurde und er das Gefühl hatte, jede einzelne Rippe in seiner Brust würde gleich mehrfach gebrochen. Er fiel, rollte instinktiv herum und barg den Kopf zwischen den Armen. Sein Mund und seine Nase waren voller Sand; seine Kehle brannte, als hätte er gemahlenes Glas eingeatmet. Er konnte nichts mehr sehen. Das Heulen des Sturmes stieg zu einem infernalischen Crescendo an. Blutige Kreise tanzten vor seinen Augen. Sein Herz raste zum Zerspringen. Erschöpft blieb er liegen und wunderte sich einfach nur darüber, dass er überhaupt noch lebte, bis er sich plötzlich gepackt und in die Höhe gerissen fühlte, diesmal aber nicht vom Sturm, sondern von menschlichen Händen. Mühsam öffnete er die Augen und erkannte ein verschwommenes, auf und ab hüpfendes Oval, das erst nach

Sekunden zu einem rattenähnlichen Gesicht wurde. Mit einem Ruck zerrte ihn Bard vollends auf die Füße, stieß ihn grob herum und gestikulierte wild in Richtung des Berges.

Die schwarze Wand war noch näher gekommen, und während Torian hinter Bard um den Berg herumtaumelte, steigerte sich der Sturm zu unbeschreiblicher Wut, als spürte die Wüste, dass die sicher geglaubten Opfer ihr doch noch zu entkommen drohten. Gegenüber dem Weltuntergang, der nun über sie hereinbrach, nahm sich alles Vorangegangene wie ein lauer Sommerwind aus. Funken stoben aus dem Fels, wo der Sand mit unvorstellbarer Gewalt gegen den Granit gepeitscht wurde. Torian spürte den Sand wie unsichtbare Fäuste auf seinen Rücken einschlagen und verstand selbst am allerwenigsten, woher er die Kraft nahm, sich auf den Beinen zu halten und immer noch an Bards Seite weiterzurennen. Kopfgroße Steine regneten herab und zerbarsten rings um sie, und plötzlich hob sich dicht vor Torians Füßen der Boden und klaffte zu einem halbmeterbreiten gezackten Schlund auf. Bard setzte mit einer verblüffend elegant anmutenden Bewegung über den Spalt hinweg und stürmte weiter. Torian folgte ihm mit einem verzweifelten Sprung, und dicht neben ihm landete Shyleen im Sand. Sofort rappelten sie sich wieder auf, und endlich sah Torian vor sich das niedrige dunkle Loch im Berg.

Kurz bevor sie die Höhle erreichten, drehte er sich im Laufen um und blickte in den Sturm zurück. Aber er sah nur Dunkelheit. Das Lager, die Felsen, hinter denen sie Deckung gesucht hatten, die Staubwüste, der Himmel – alles war verschwunden. Stattdessen brodelte dort etwas Gigantisches, Schwarzes, das rasend schnell herankam, Sand und Steine und mannsgroße Felsen wie dürres Laub in die Höhe reißend und zermalmend.

Mit letzter Kraft steigerte Torian sein Tempo und ließ sich in die dunkle Öffnung hineinfallen. Sekundenlang blieb er keuchend liegen und spürte Hände, die ihn weiter nach hinten zerrten, dann konnte er aus eigener Kraft weiterkriechen und blickte sich um.

Die Höhle war im Grunde keine Höhle, sondern zumindest am Eingang nur ein Riss im Fels, so schmal, dass zwei Menschen dort mit Mühe nebeneinander stehen konnten, aber durch eine Laune der Natur war der Berg so geborsten, dass wenige Schritte weiter eine Biegung und dahinter ein einigermaßen geräumiger Hohlraum entstanden waren. Selbst die Wut des Sturmes reichte nicht aus, diesen Knick mitzumachen, sodass nur vereinzelte Staubschleier bis hierhin hereinwehten und sie sogar wieder atmen konnten, ohne jedes Mal mehr Sand als Luft in Mund und Nase zu bekommen. Eine Unterhaltung hingegen war immer noch nicht möglich. Der Sturm schwoll zu einem wahrhaft apokalyptischen Inferno an, und sein Brüllen wurde so unerträglich, dass sie sich sogar hier drinnen die Ohren zuhalten mussten.

Irgendjemand hatte es tatsächlich geschafft, noch ein paar Fackeln zu retten und zu entzünden. Torian schaute sich um. Die Gesichter der Menschen waren grau und starr vor Angst, aber sie hatten sich alle in Sicherheit bringen können, wie Torian erleichtert feststellte. Er war am weitesten von der Höhle entfernt gewesen, als der Sturm losgebrochen war. Die anderen mussten sich schon wesentlich früher hierher geflüchtet haben. Der Orkan hatte sich mit ihrer Ausrüstung zufrieden gegeben und kein einziges Menschenleben gefordert.

Garth hockte in einer Ecke und starrte trübsinnig vor sich hin. Als er Torians Blick auf sich ruhen fühlte, schaute er kurz hoch und verzog das Gesicht zu einer Grimasse, die wohl ein Lächeln darstellen sollte, bevor er wieder in dumpfes Brüten verfiel. Eine Hand legte sich auf Torians Schulter. Er wandte den Kopf und blickte in Bards Gesicht, dessen dunkle Augen ihn besorgt musterten. Der Rattengesichtige musste die schützende Höhle unter Einsatz des eigenen Lebens verlassen haben, um ihm zu helfen, wie Torian plötzlich bewusst wurde. Eine Woge von Dankbarkeit stieg in ihm auf und verdrängte für kurze Zeit sogar fast seine Abscheu vor dem Mann. Er nickte knapp zum Zeichen, dass mit ihm alles in Ordnung war.

Langsam ließ der Sandsturm nach; das Lärmen und Toben nahm allmählich ab, als Torian eine Bewegung neben sich wahrnahm. Er sah eine Gestalt, die dicht an der Biegung des Einganges stand und sich einige Schritte weit vorwagte, als der Sturm plötzlich noch einmal mit voller Kraft zuschlug. Die Gestalt, die er nun als Shyleen erkannte, wurde wie von unsichtbaren Händen gepackt und nach vorne gerissen. Verzweifelt versuchte sie, sich irgendwo festzuklammern, aber ihre Kraft reichte nicht aus.

Ohne zu denken, sprang Torian auf, sah aus den Augenwinkeln, wie Bard ihn zurückzuhalten versuchte, wich den Händen des Rattengesichtigen aus und rannte hinter Shyleen her. Noch bevor er den Eingang erreichte, wurde auch er vom Sturm gepackt und aus der Höhle hinausgewirbelt. Der Orkan hatte zwar einen großen Teil seiner Kraft verloren, war aber immer noch schlimmer als jedes Unwetter, das Torian bislang erlebt hatte. Sandkörner stachen wie Nadeln in seine Haut, und halb blind taumelte er vorwärts. Eine Bö fegte ihn von den Füßen und schleuderte ihn in den Sand. Sofort stemmte er sich wieder hoch und taumelte weiter. Ein Stück vor sich sah er eine Bewegung. Er schrie, doch der Sturm riss ihm die Worte sofort von den Lippen.

Offenbar hatte Shyleen völlig die Orientierung verloren, denn sie rannte genau in die falsche Richtung, immer weiter fort von der Höhle. Torian folgte ihr, so schnell es der Sturm und der Sand zuließen, der bei jedem Schritt unter seinen Füßen nachgab, sodass er tief einsank. Und als der Sturm für kurze Zeit wieder mit aller Wut auf ihn einschlug und ihn immer wieder zu Boden schleuderte, kroch er weiter hinter ihr her, wieder und wieder ebenso lauthals wie vergebens ihren Namen schreiend.

Er wusste nicht, wie lange er sich hinter Shyleen durch die Hölle aus Sand und Hitze und Schmerz quälte. Ein paar Mal hätte er sie fast erreicht, doch sie bemerkte ihn nicht und stürmte wie eine Besessene weiter, obwohl der Sturm inzwischen merklich nachgelassen hatte. Irgendwann stürzte sie und blieb liegen, und Torian kroch die letzten Meter bis zu ihr. Sie lag reglos vor ihm. Behutsam, als wäre sie aus Glas, drehte er sie herum –

Und im gleichen Moment löste sie sich vor seinen Augen in nichts auf!

Der Sturm hatte sich gelegt, aber dafür war die Hitze wieder ins Unerträgliche gestiegen und ließ jeden einzelnen Schritt zu einer Qual werden. Torian versank bis über die Knöchel im Sand; Staub wirbelte in dichten Schwaden rings um ihn in der Luft, und das erbarmungslos grelle Licht gaukelte seinen Augen Dinge vor, die nicht vorhanden waren. Er hatte Durst; grässlichen Durst. Der Sand, durch den er stolperte, schien sich an seine Beine zu klammern und ihn festhalten zu wollen, und der Wind zerrte an seinem Haar und seinen Kleidern; ein heißer, böiger Wind, der seinem ohnehin ausgelaugten Körper auch noch das letzte bisschen Flüssigkeit zu entziehen trachtete. Überall war Sand, in seiner Kleidung, seinem Mund, der Nase, und sogar unter seinen Augenlidern scheuerten einige der winzigen, staubfeinen Körner. Irgendwo vor ihm erschien ein Berg inmitten der Wüste, als tauche er aus glasklarem, sprudelndem Wasser auf. Die Luft, die längst schon wieder vor Hitze flimmerte, ließ den gigantischen Pfeiler aus schwarzgrauem Granit flimmern und hüpfen, ein Schemen, wenig realer als eine Fata Morgana und in der klaren, heißen Luft über der Wüste in einer Entfernung, die nicht zu schätzen war: Es konnten genauso gut zwei wie zweitausend Meilen sein. Es machte keinen Unterschied mehr – Torian hatte weder die Kraft, das eine noch das andere zu schaffen.

Er wusste längst nicht mehr, wie lange er schon unterwegs war. Während der vergangenen Stunden hatten sich seine Muskeln zuerst in Pudding und dann in schmerzende, verkrampfte Bündel verwandelt, und jeder Schritt kostete ihn mehr Anstrengung als der vorangegangene. Die Sonne berührte als rot lodernder Flammenball den Horizont. Sie schien wie ein höhnisches Auge auf ihn herabzustarren und sich über seine sinnlosen Versuche zu amüsieren. Es musste Abend sein, aber seinem Gefühl zufolge taumelte er bereits seit einem Jahrhundert durch die Wüste, mindestens. Als sich Shyleen vor seinen Augen aufgelöst und er die Illusion endlich durchschaut hatte, war es zu spät gewesen. Er war so oft im Kreis gelaufen, dass er sich unmöglich an die Richtung erinnern konnte, aus der er gekommen war, und der Sturm hatte alle

Spuren wie mit einem riesigen Besen ausgelöscht. Alles, woran Torian sich hätte orientieren können, war der Berg gewesen, an dessen Fuß das Lager gelegen hatte, aber auch der war irgendwo in der endlosen Weite der Staubwüste verschwunden, und jetzt stolperte er durch eine gigantische Einöde aus glatt geschliffenen Felsen und Sand und Hitze und noch einmal Sand und noch mehr Hitze. Sein Herz schlug sonderbar schwer und langsam, und der Durst, der auf den ersten Meilen nur störend gewesen war, hatte die Grenze echten körperlichen Schmerzes längst erreicht und überstiegen.

Mit einem Mal begann die Wüste neben ihm zu brodeln; der Sand kräuselte sich, warf Blasen und sprudelte wie kochendes Wasser, und plötzlich griffen schwarze, peitschende Tentakel aus dem Gelbbraun des Bodens hervor, wickelten sich um seine Arme und Beine und zerrten mit grausamer Kraft an ihnen. Er schrie auf und warf sich zurück, aber der Griff der Tentakel war erbarmungslos und viel zu stark für ihn.

Keuchend fiel Torian auf die Knie. Er versuchte, den Sturz abzufangen, aber seine Hände versanken bis zu den Ellbogen im lockeren, staubfeinen Sand. Die Tentakel waren verschwunden, und er begriff, dass er sich wiederum nur etwas eingebildet hatte. Wäre er nicht zu schwach gewesen, hätte er in einem Anflug von Galgenhumor schallend gelacht, als ihm bewusst wurde, welch jämmerliches Ende er nehmen würde, und alles nur, weil er für einen kurzen Moment auf sein *Gefühl* gehört hatte statt auf das, was ihm sein logisches Denken sagte. Es war zum Wahnsinnigwerden. Er hatte gegen die Schwarzen Magier und sogar die jahrmillionenalten Geschöpfe Ch'tuons gekämpft – und sie besiegt! –, Geschöpfe, deren Macht der von Göttern gleichkam. Und jetzt würde er hier erbärmlich verdursten, besiegt von einer Wüste, über deren Gefährlichkeit er nur zu gut Bescheid gewusst hatte. Er stieß ein trockenes Schluchzen aus.

Irgendetwas bewegte sich vor ihm; vielleicht eine Windbö, die mit Sand und Staub spielte, um ihn zu narren, vielleicht auch nur ein weiterer grausamer Scherz seines Unterbewusstseins, das ihm

– warum auch immer – ganz offensichtlich den Krieg erklärt hatte. Aber dann wiederholte sich die Bewegung, sehr viel deutlicher als beim ersten Mal, und diesmal war er sicher, dass es mehr als eine Illusion oder das Spiel von Wind und Sand war.

Mühsam erhob sich Torian – was sich als gar nicht so einfach erwies, denn der lockere Sand gab immer wieder unter seinen Füßen nach –, sah sich instinktiv nach allen Seiten um und näherte sich der Stelle, an der er die Bewegung ausgemacht zu haben glaubte. Erst jetzt fiel ihm auf, dass er wieder an der Flanke eines der sonderbaren Geröllberge stand, die typisch für diesen Teil der Staubwüste waren. Offenbar hatte er ganz instinktiv diese Richtung eingeschlagen, um überhaupt irgendein Ziel zu haben und nicht blind von einer Sanddüne zur anderen zu stolpern.

Dicht vor ihm neigte sich der Boden in sanftem Winkel, und erst jetzt wurde Torian gewahr, dass er eine regelrechte Senke bildete, einen flachen, absolut gleichförmigen Trichter, an dessen tiefster Stelle der Sand vollkommen eben war. Irgendetwas an diesem Anblick alarmierte ihn, aber er wusste nicht, was, und wahrscheinlich wäre er in seinem gegenwärtigen Zustand ohnehin nicht mehr in der Lage gewesen, auf irgendeine Warnung seines Verstandes zu achten.

Einen Moment lang blieb er noch stehen und schaute sich um. Die Bewegung wiederholte sich nicht. Er trat bis ganz an den Krater heran, setzte behutsam einen Fuß auf die Trichterwand und prüfte die Festigkeit des Sandes. Sie war nicht gerade groß, würde ihn aber tragen, wenn er sich vorsichtig genug bewegte. Trotzdem schlitterte er mehr in den Trichter hinab, als er ging.

Der Boden unter seinen Füßen vibrierte ganz sacht nur, aber doch gerade noch spürbar. Torian blieb abrupt stehen, rutschte auf dem feinen Sand aber noch ein gutes Stück weiter und fand erst Halt, als er beide Beine und die Spitze seines Schwertes in den Boden stemmte.

Für einen Moment.

Das Zittern wiederholte sich. Plötzlich drang ein tiefes, machtvolles Grollen und Knirschen direkt aus dem Boden hervor, und dann explodierte der Trichter. Eine Sandfontäne schoss zehn, fünfzehn Meter weit in die Höhe, und in ihrem Zentrum wuchs etwas Gewaltiges, Glitzerndes heran, bäumte sich mit einem furchtbaren, gleichzeitig zischelnden wie grollenden Laut auf und fiel krachend zurück in den Sand. Einen Moment lang glaubte Torian, dass seine Nerven ihm wieder nur etwas vorgaukelten, aber er begriff sehr rasch, dass er alles andere als eine Illusion erlebte. Etwas Schlankes, Horniges zuckte wie eine Peitschenschnur in Torians Richtung, grub eine armlange Furche neben ihm in den Sand und zog sich wieder zurück. Entsetzt starrte er das Monstrum an. Die furchtbare Erschütterung hatte ihn von den Füßen gerissen und ein Stück weiter die Trichterwand hinabschlittern lassen, und noch immer regneten Sand und Staub auf ihn herab, aber trotzdem konnte er die Kreatur, die so urplötzlich aus dem Boden gebrochen war, deutlich erkennen. Und jetzt wusste er auch, woran der so harmlos erscheinende Trichter im Sand erinnert hatte. Nur kam diese Erkenntnis ein wenig zu spät ...

Das fast mannslange *Ding*, das ihn aus faustgroßen Augen anstarrte, war nichts anderes als ein Ameisenlöwe, einer jener hinterhältigen Insektenfresser, die in kleinen Sandmulden hocken und darauf warten, dass ihnen Ameisen und andere Kriechtiere in die Falle laufen; eine Falle, die aus nichts anderem als eben diesem Trichter besteht, dessen Wände so fein zerkaut sind, dass der Sand kaum fester als Wasser ist und ein Entkommen daraus schier unmöglich wird. Nur dass dieses Exemplar dieser unfreundlichen Gattung fast so lang war wie ein ausgewachsener Mensch und über Mandibeln verfügte, die Torian mit einem freundlichen Zwicken den Arm abtrennen konnten ...

Trotzdem schien das Ungeheuer zu zögern, einen Gegner von seiner Größe anzugreifen. Seine dunkelvioletten Augen musterten Torian mit stummer Wut, und die übermannslangen, dünnen Peitschenfühler, die beiderseits seines Maules aus dem Schädel wuchsen, zuckten nervös hierhin und dorthin und wirbelten den Sand auf. Aber es griff noch nicht an. Vielleicht war Torian ihm wirklich ein wenig zu groß als Zwischenmahlzeit, vielleicht war es auch nur irritiert, weil es noch nie eine Ameise mit Stiefeln und Lederwams gesehen hatte.

In jedem Fall schien Torian der Moment günstig, die Flucht zu ergreifen. Vorsichtig, um nicht auf dem lockeren Sand abermals den Halt zu verlieren und kopfüber zwischen die Zähne des Ungeheuers zu purzeln, stemmte er sich hoch und begann, rücklings den Trichter hinaufzukriechen. Genauer gesagt, er versuchte es. Der lockere Sand gab unter seinen Füßen nach wie Staub. Er fiel, schlitterte einen weiteren Meter in die Tiefe und kam mit einem entsetzten Keuchen wieder zum Stillstand. Der Ameisenlöwe stieß einen grollenden Laut aus. Seine chitingepanzerten Beine wühlten im Sand.

Panik stieg in Torian hoch. Er wälzte sich herum, krallte Hände und Füße in den lockeren Sand und begann mit verzweifelter Kraft, den Hang hinaufzuklettern. Ein Fehler, der ihn um ein Haar den Kopf gekostet hätte, im wortwörtlichen Sinne. Das Rieseninsekt war vielleicht zu dumm, um zu erkennen, dass er ganz und gar *keine* Ameise war – aber es war nicht zu dumm, seine reichlich lächerlichen Schwimmbewegungen als das zu erkennen, was sie darstellen sollten, nämlich als Flucht. Und es reagierte, wie ein Raubtier auf ein flüchtendes Opfer nun einmal reagiert. Die Bestie stieß ein fürchterliches Röhren aus und bäumte sich auf. Plötzlich klatschte einer ihrer Peitschenfühler auf Torian herab, bildete vor seinem Gesicht eine Schlinge und zog sich mit einem kurzen, harten Ruck zusammen. Hätte er nicht blitzartig den Kopf zwischen die Schultern gezogen und sich gleichzeitig wieder ein Stück nach unten rutschen lassen, wäre der Hunger des Ameisenlöwen wohl gestillt gewesen. Torian fuhr herum, sah einen titanischen Schatten auf sich zufliegen und riss instinktiv sein Schwert in die Höhe. Ein heftiger Schlag traf seine Arme und trieb seine Ellbogen bis zu den Handgelenken in den Sand. Das Schwert wurde ihm entrissen.

Dann schien ein ganzer Berg auf ihn herabzustürzen. Die Luft wurde ihm aus den Lungen getrieben. Er sah nichts mehr. Drei, vier Sekunden lag er vollkommen reglos da, bis die Erkenntnis, dass er noch lebte, ganz langsam in sein Bewusstsein drang. Das Zischeln und Grollen des Ungeheuers hatte aufgehört, und stattdessen hatte sich eine fast unheimliche Stille über den Sandtrichter gebreitet. Vorsichtig öffnete er die Augen und blickte direkt in das weit aufgerissene Maul des Ameisenlöwen. Die Zähne befanden sich nur noch wenige Handbreit von seinem Gesicht entfernt. Die beiden Mandibeln hatten sich beiderseits seines Kopfes tief in den Sand gewühlt, bereit, zuzuschnappen und nachzuholen, was seinem Peitschenfühler misslungen war.

Aber das Ungeheuer stellte keine Gefahr mehr dar. Es war tot. Sein eigener Sprung, mit dem es auf Torian gestürzt war, hatte das Schwert so tief in seinen Leib getrieben, dass die Spitze aus den zerborstenen Chitinplatten seines Rückens hervorragte. Es musste auf der Stelle tot gewesen sein. Hätte es auch nur eine halbe Sekunde länger gelebt oder hätten sich seine Muskeln im Todeskampf noch einmal zusammengezogen …

Torian verscheuchte diese wenig erfreuliche Vorstellung aus seinen Gedanken, schob ächzend die Hände unter den gepanzerten Leib des Monstrums und wuchtete es hoch. Es war leichter, als er angesichts der ungeheuerlichen Größe vermutet hatte. Der Stoß reichte aus, den Kadaver in die Höhe und bis auf den gegenüberliegenden Trichterrand zu schleudern. In einer Wolke von stiebendem Sand und Staub schlitterte die Bestie hinab, schlug einen grotesken Purzelbaum und begann im lockeren Sand des Trichterbodens zu versinken; zusammen mit Torians Schwert, das noch immer in ihrem Leib steckte. Mit einem keuchenden Schrei sprang er hoch, stolperte ihr nach und riss die Waffe aus ihrem Körper, wobei er sorgsam darauf achtete, nicht auf den runden Fleck von Treibsand zu treten, in dem das tote Monstrum versank. Sonderbarerweise klebte nicht ein Tropfen Blut an der Klinge seines Schwertes.

Erst jetzt, als der erste Schrecken vorüber war und seine Gedanken wieder in den gewohnt logischen Bahnen zu laufen begannen, fiel ihm auf, dass dies bei weitem nicht alles war, was hier nicht stimmte. Das Ungeheuer war viel zu leicht gewesen, und obgleich die Klinge des Schwertes aus gehärtetem Stahl bestand, hätte sie den Chitinpanzer normalerweise nicht durchdringen können. Aber der Kadaver des Ungeheuers war auf Nimmerwiedersehen im Treibsand verschwunden, und er würde dieses Rätsel nicht mehr lösen können. Ebenso wenig wie die Frage, wo dieser Albtraum von einem Ameisenlöwen herkam. Achselzuckend wandte er sich um, ließ sich behutsam auf Hände und Knie nieder und begann auf diese wenig elegante Art, die Trichterwand hinaufzukriechen. Es dauerte lange, bis er wieder auf sicherem Boden stand, und er war nicht sicher, ob es eine besonders kluge Entscheidung gewesen war, wieder hier heraufzukommen.

Er war nicht mehr allein. Wenige Schritte vor ihm krochen drei braunrote Ameisen aus einer Felsspalte. Es waren wahre Prachtexemplare von Ameisen, und sie waren ein wenig größer, als Formicidae normalerweise werden. Um genau zu sein – jede Einzelne von ihnen hätte eine prachtvolle Mahlzeit für den Ameisenlöwen abgegeben, dem Torian gerade mit Mühe und Not entkommen war …

Mit einem verzweifelten Sprung brachte er sich außer Reichweite der schnappenden Beißzangen und trat nach dem vordersten der Ungeheuer. Sein Fuß traf den Schädel des Insekts und zertrümmerte ihn wie eine Eierschale.

Fassungslos vor Unglauben blieb Torian mitten im Schritt stehen und starrte die tote Ameise an. So groß sie war, schien ihr Körper nicht wesentlich widerstandsfähiger als der einer normal gewachsenen Ameise zu sein. Sicher, er hatte mit der Kraft der Verzweiflung zugetreten, aber eine Ameise von der Größe eines Wolfes hätte – wären ihre Körperkräfte im gleichen Verhältnis mitgewachsen – mit Leichtigkeit ein ganzes Haus davontragen können!

Die beiden überlebenden Formicidae nutzten den Augenblick seines Staunens, sich mit schnappenden Kiefern auf ihn zu stürzen. Die handlangen Beißzangen der einen schlossen sich um seinen Oberschenkel, während die andere ihn schlichtweg ansprang; ein Verhalten, das bei einer normalen Ameise einfach undenkbar war. Instinktiv riss er den linken Arm hoch, um sein Gesicht zu schützen, schlug mit der anderen Hand zurück und spürte, wie der

Brustpanzer des Ungeheuers wie Glas zersprang. Mit zuckenden Beinen fiel es zu Boden. Torian fuhr herum, packte die Beißzangen der dritten Ameise, bog sie auseinander und brach beinahe versehentlich eine davon ab. Die Ameise sprang mit einem wütenden Zischen zurück und funkelte ihn an. Er zertrümmerte ihr den Schädel. Der ganze bizarre Kampf hatte nicht länger als eine halbe Minute gedauert. Torian zog sein Schwert aus der Scheide, packte die Waffe fester und drehte sich einmal im Kreis. Misstrauisch musterte er den Felsspalt, aus dem die drei Bestien herausgekrochen waren. In den finsteren Schatten dahinter bewegte sich etwas Großes, Glänzendes, Krabbelndes. Aber wenn dort noch weitere Riesenameisen hockten, hatten sie offensichtlich aus dem Schicksal ihrer drei Artgenossen gelernt. Torian war beinahe enttäuscht, dass sich keines der Rieseninsekten mehr blicken ließ. Trotzdem beendete er seine Drehung und musterte aufmerksam die Umgebung, ehe er sich vor einer der Ameisen in die Hocke sinken ließ und sie vorsichtig mit der Spitze seines Schwertes anstieß. Ihr Körper rollte wie eine leere Hülle hin und her. Wie bei dem Ameisenlöwen zuvor war nicht ein Tropfen Blut zu sehen.

Dafür kroch eine fette, schwarz behaarte Spinne aus dem zerborstenen Brustpanzer hervor. Eine eisige Hand schien über Torians Rücken zu fahren, als er das achtbeinige Kriechtier erblickte. Es sah aus wie eine Blutspinne, doch während die Ameisen und der Ameisenlöwe ins Gigantische vergrößerte Exemplare ihrer Art darstellten, war das Tier vor ihm nur die Miniaturausgabe einer Blutspinne, aber selbst dieses faustgroße Bündel aus schwarzen Haaren und Beinen reichte aus, unbeschreiblichen Ekel in Torian wachzurufen. Ihre ausdruckslosen Facettenaugen musterten ihn mit stummer Feindseligkeit.

Dann sprang sie ihn an. Wie ein pelziger Ball federte das widerliche Tier vom Boden hoch, verfehlte sein Gesicht um Millimeter und prallte gegen seine Schulter. Die Spinnenbeine hakten sich in den Stoff seines Wamses, und etwas Weiches, widerlich Flaumiges tastete über seine Wange und berührte seinen Mundwinkel. Ein stechender Schmerz zuckte durch Torians Wange, als die Spinne zubiss und ihr Gift in seinen Körper drang. Er schrie auf, warf sich zur Seite und schlug in heller Panik mit den Händen nach dem ekelhaften Tier. Er traf. Die Spinne wurde davongeschleudert, flog zwei, drei Meter weit durch die Luft und fiel mit einem sonderbar weichen Geräusch in den Sand. Einen Moment lang blieb sie benommen hocken, dann drehte sie sich herum und hielt aus blinzelnden Augen nach ihm Ausschau. Eines ihrer Beine war gebrochen; ein einzelner glitzernder Blutstropfen schimmerte in ihrem Fell, und die dünnen Fühler rechts und links ihres dreieckigen Insektenmaules zitterten erregt. Er brauchte all seine Kraft, den Ekel niederzukämpfen, der ihm die Kehle zusammenschnürte. Sein Gesicht fühlte sich besudelt und geschwollen an, wo ihn die Spinnenbeine berührt hatten, und wenn ihr Gift auch für einen Menschen ungefährlich war, so bereitete es ihm doch Schmerzen. Seine Lippe war taub, und allein der Gedanke, dass das leise Tasten, das er darauf verspürt hatte, die Berührung eines *Spinnenbeines* gewesen war, trieb ihn schier in den Wahnsinn. Wenn es etwas gab, das er wie die Pest hasste und gleichzeitig vielleicht noch mehr fürchtete als Ch'tuon und sämtliche Schwarzen Magier Caracons, dann waren es Spinnen. Wie jeder Mensch hatte auch er einen schwachen Punkt, etwas, bei dem ihm keine Logik und kein klares Überlegen mehr nutzte und bei dem irgendetwas in ihm schlichtweg ausrastete. Bei Torian waren es Spinnen, und das nicht erst, seit er auf eine Blutspinne getroffen und von ihr als Brutplatz für ihr Junges ausgewählt worden war. Wenn er die Wahl hätte, mit einer Spinne oder einem schlecht gelaunten Berglöwen ein Zimmer teilen zu müssen, würde er wohl den Berglöwen vorziehen.

Und es war, als lese die Spinne seine Gedanken. Ganz langsam, das gebrochene Bein wie ein lästiges Anhängsel nachschleifend, kam sie näher. Ihre Beine bewegten sich in einem komplizierten Takt, der Torian an das gleichförmige Rudern einer Sklavengaleere erinnerte. Die Augen der Spinne glitzerten, und die winzigen Beißzangen rechts und links ihres Maules zitterten gierig. Für einen Moment drohte Torian vollends die Beherrschung zu verlieren. Eine Woge brüllender Panik überschwemmte seine Gedanken.

Dann schien irgendetwas in ihm zu zerbrechen. Mit aller Kraft, die er aufbringen konnte, stürzte er auf das Tier zu und stampfte es mit dem Absatz seines Stiefels in den Boden. Ein trockenes Knacken erklang, dann ein unbeschreiblich widerwärtiges weiches Geräusch, als presse man einen voll gesogenen Schwamm aus. Mit einem gellenden Schrei sprang er zurück, den rechten Fuß, mit dem er die Spinne zertreten hatte, so weit von sich gestreckt wie möglich.

Es dauerte lange, bis Übelkeit und Furcht seine Gedanken so weit losließen, dass er sich seiner Umwelt wieder bewusst wurde. Sein Blick fiel auf die zersplitterte Hülle der Riesenameise. Sie war aufgebrochen, als hätte eine unsichtbare Kraft das glänzende Chitin von innen heraus gesprengt. Und aus dem gezackten Riss quollen weitere Spinnen: faustgroße, schwarz behaarte Spinnen.

Hunderte.

Und im gleichen Moment, in dem Torian mit einem krächzenden Schrei hochfuhr, formierten sie sich zu einer kribbelnden schwarzen Armee und bewegten sich mit wirbelnden Beinen auf ihn zu. Ein, zwei Sekunden lang starrte er von fassungslosem Entsetzen gebannt auf den pulsierenden Chitinteppich zu seinen Füßen, dann warf er sich mit unartikuliertem Brüllen herum und begann zu rennen, so schnell er nur konnte.

Die Spinnen folgten ihm. Hunderte, wenn nicht Tausende der widerwärtigen, krabbelnden schwarzen Ungeheuer, und immer noch quollen mehr und mehr der ekelhaften Viecher aus dem Chitinpanzer der Riesenameise. Der winzige Teil seines Denkens, der noch zu logischer Überlegung fähig war, sagte ihm, dass das vollkommen unmöglich war; die Zahl der Tiere, die in dem leeren Panzer Platz gefunden hätten, war bereits um das Zehnfache übertroffen, und noch immer nahm der wirbelnde Strom kein Ende. Aber dem anderen, weit größeren Teil seines Ichs war diese Logik herzlich egal. Die Spinnen waren da, ganz gleich, ob das nun nach allen Regeln des Verstandes möglich war oder nicht, und sie setzten ihm rasend schnell nach. Sein Vorsprung war auf vielleicht zwanzig Schritte angewachsen, und er dehnte sich beständig weiter aus. Selbst eine noch so wütende Spinne läuft nicht so schnell wie ein Mensch, dem die nackte Panik im Nacken sitzt. Aber es waren Tausende und Abertausende Tiere, und ihre Kräfte erlahmten nicht halb so rasch wie die seinen. Torians Atem ging schon jetzt so stoßweise und ungleichmäßig, dass er keuchte, und seine Beine schienen mit jedem Schritt schwerer zu werden. Zudem behinderte ihn der staubfeine Sand beim Laufen, sodass seine Kräfte mit fast jedem Schritt abnahmen.

Eine Ansammlung rund geschliffener, grauer Felsen tauchte vor ihm auf, und aus seinem Rennen wurde ein verzweifelter Zickzacklauf, der ihn abermals Kraft – und vor allem Zeit! – kostete, während die Spinnenarmee wie eine braunschwarze Flut einfach über die Felsen hinwegwogte und sein Vorsprung auf etwas weniger als die Hälfte zusammenschmolz. Der Anblick spornte ihn noch einmal zu größerer Schnelligkeit an. Er ignorierte die pochenden Schmerzen in seiner Brust, setzte mit einem Sprung, den er unter normalen Umständen niemals geschafft hätte, über einen weiteren Felsen hinweg – und versank bis zur Hüfte im Sand. Verzweifelt warf er sich zurück und gleichzeitig herum, streckte die Hände nach dem Felsen aus, über den er gerade hinweggesprungen war – und zog die Arme mit einem Schrei wieder zurück.

Auf dem Stein erschien der haarige Körper einer Spinne, dann eine zweite, dritte, vierte, fünfte ... Binnen Sekunden verschwand der halb mannshohe Felsbuckel unter einer schwarzen, wogenden Decke. Tausende ausdrucksloser Spinnenaugen starrten auf Torian herab. Ein furchtbares Rascheln und Zischen lag in der Luft. Mit verzweifelter Kraft versuchte er, sich aus dem Sand emporzustemmen, um den Spinnen zu entkommen. Es gelang ihm nicht. Seine Beine saßen fest, als würden in der Tiefe gierige Hände an seinen Füßen zerren.

Aber die Spinnen griffen auch nicht an, wenngleich ihre alleinige Anwesenheit ausreichte, Torian fast in den Wahnsinn zu treiben.

Rings um ihn erschienen weitere der widerwärtigen Insekten. Hunderte, schließlich Tausende, die einen dichten, schwarzen Teppich bildeten, der ihn von allen Seiten umschloss. Aber keine Einzige kam näher als einen halben Meter an ihn heran.

Und plötzlich begriff er auch, warum. Es war nicht seine Wenigkeit, die ihnen einen solchen Respekt einflößte – sondern der zwei Meter durchmessende Fleck von *Treibsand, in den er zielsicher hineingesprungen war!*

Etwas Unsichtbares, Weiches zerrte noch fester an seinen Füßen, und plötzlich glitt er eine Handbreit tiefer in den Sand. Er schrie auf, warf sich zurück und machte verzweifelte Schwimmbewegungen mit den Händen, aber alles, was er damit erreichte, war, noch tiefer in den Treibsand hineingezogen zu werden. Mit aller Kraft zwang er sich zur Ruhe. Sein Einsinken hörte dadurch zwar nicht auf, verlangsamte sich aber zumindest ein wenig. Sanfte Wellenbewegungen kräuselten die Oberfläche des Sandes. Einem unverständlichen Rhythmus gehorchend, huschten die Spinnen hierhin und dorthin. Das Zischeln und Rascheln, mit dem sie ihre haarigen Leiber aneinander rieben, nahm zu, und auch der Zug an seinen Beinen wurde immer noch stärker. Wieder sank er ein Stück weiter in den Boden. Der Treibsand reichte ihm jetzt bis an die Achseln, sodass er die Arme heben musste. Für einen Moment überlegte er ernsthaft, den Felsen zu ergreifen und sich lieber den Spinnen zum Kampf zu stellen, als hilflos im Sand zu ersticken, verwarf den Gedanken aber so rasch, wie er gekommen war. Er konnte es einfach nicht; alles in ihm schrie allein bei der Vorstellung vor Entsetzen auf. Wieder erfolgte ein sanfter, aber ungemein kraftvoller Ruck an seinen Beinen, und erneut sank er ein Stück tiefer in den Sand ein.

»Torian! Wach auf!«

Die Stimme klang ein Stück vor ihm auf, und es war eine Stimme, die er kannte. Shyleens Stimme. Er fuhr hoch – wodurch er so weit in den Sand hineinglitt, dass dieser ihm jetzt im wahrsten Sinne des Wortes bis zum Hals stand – und starrte aus schreckgeweiteten Augen in die Runde. Inmitten der Spinnenarmee war eine Gestalt erschienen, die Gestalt einer Frau mit dunklem Haar, die mit weit ausgreifenden Schritten auf ihn zugelaufen kam. Der lebende Teppich zu ihren Füßen schien sie dabei nicht im Geringsten zu irritieren, denn sie rannte einfach weiter, ohne auch nur im Schritt innezuhalten.

»Wach auf!«, schrie sie immer wieder. »So wach doch endlich auf!«

Aber die Angst hatte Torian viel zu fest in ihrem Griff, als dass er auch nur den Sinn dieser Worte begriff. Schreiend stemmte er sich noch einmal mit aller Gewalt gegen den saugenden Sand und streckte beide Arme in ihre Richtung. Shyleen kam herbeigerannt, stolperte plötzlich und fiel der Länge nach zwischen die Spinnen. Mit einer einzigen blitzartigen, wogenden Bewegung schloss sich die schwarze Decke über ihr.

Aber Torian blieb nicht einmal Zeit, einen Schreckenslaut auszustoßen, da sprang sie auch schon wieder auf, raste weiter und fiel dicht am Rande des Treibsandloches auf die Knie. Spinnen krabbelten über ihr Gewand, verfingen sich mit zitternden Beinen in ihrem Haar und tasteten nach ihrem Gesicht. Sie schien es nicht einmal zu merken, zumindest machte es ihr nichts aus. Mit einem verzweifelten Keuchen warf sie sich vor, fasste seine Hand und zerrte ihn mit einem unglaublich kraftvollen Ruck ein Stück aus dem Sand heraus. Ihre linke Hand griff nach seiner Schulter und krallte sich in den Stoff seines Wamses. Eine schwarze, fette Spinne fiel aus ihrem Haar auf die Schulter und raste mit wirbelnden Beinen über ihren Arm, direkt auf Torian zu. In ihren glitzernden Facettenaugen schien ein hämisches Lachen zu stehen, als sie in seine Hand biss.

Der Anblick ließ seine Selbstbeherrschung vollends zusammenbrechen. Er schrie auf, riss seine Hand los und schlug Shyleens Linke mit einem verzweifelten Hieb beiseite. Gleichzeitig kippte er wieder nach hinten, von der Kraft seiner eigenen Bewegung abermals in den Sand hineingestoßen. Diesmal versank er rasend schnell. Der Treibsand flutete wie scheuerndes Wasser an seinem Leib hinauf, erreichte sein Kinn, stieg weiter, überflutete seinen Mund, verschloss seine Augen; Sand kroch in seine Nase, zwängte sich zwischen seinen verzweifelt zusammengepressten Zähnen hindurch und floss seine Kehle hinab. Er wollte husten, konnte es aber nicht. Rote Ringe tanzten vor seinen Augen.

Plötzlich fühlte er sich erneut gepackt und mit unwahrscheinlicher Kraft in die Höhe gezogen, heraus aus dem Treibsand – und mitten hinein in den zuckenden Teppich aus Tausenden von Spinnenleibern.

Halb wahnsinnig vor Panik begann er um sich zu schlagen, als die Spinnen auf ihn zustürmten und ihre winzigen giftigen Zähne in seine Haut bohrten. Shyleen wollte seine Hand festhalten, doch das Entsetzen verlieh Torian schier übermenschliche Kräfte. Er schlug abermals ihren Arm beiseite, versetzte ihr einen Stoß, der sie rücklings taumeln und zum zweiten Male in die Spinnenarmee hineinstürzen ließ, fuhr herum und fiel ebenfalls auf die Knie. Spinnen krochen an seinen Beinen empor, hakten sich mit drahtigen Klauen in seine Kleider, krabbelten unter sein Wams, fingerten nach seinem Haar und seinem Gesicht. Torian schrie, sprang hoch und begann auf die Spinnen einzuschlagen. Dutzende von ihnen starben, aber für jede, die er erschlug, hasteten zehn neue herbei, und plötzlich lief eine schwerfällige, wogende Bewegung durch die gewaltige Masse der Tiere. Dann begann sich das Grauen erregende Heer rings um ihn zusammenzuziehen. Die Viecher bildeten einen regelrechten Wall um ihn, der mit jeder Sekunde höher wurde. Seine Beine verschwanden bis zu den Waden in der zuckenden schwarzen Masse, dann bis zu den Knien, den Oberschenkeln …

Eine Hand packte ihn an der Schulter und riss ihn grob herum. Er sah einen Schatten auf sich zurasen, zog instinktiv den Kopf ein und spürte den brennenden Schmerz einer Ohrfeige. Sein Kopf wurde in den Nacken geworfen. Er keuchte, verlor das Gleichgewicht und fiel nach hinten, mitten hinein in die wogende Masse der Spinnen. Ein zweiter Schlag traf ihn, als er aufspringen wollte. Wieder hörte er Shyleens Stimme irgendetwas schreien, aber er war wie von Sinnen vor Angst.

Plötzlich sah er etwas anderes vor sich: den dunklen Stoff einer Kutte, und darunter ein Gewimmel von schwarzem Horn und Haar anstelle eines Gesichts, mit Augen darin, die vor Zorn – aber auch Sorge – zu brennen schienen, aber er war noch immer zu sehr in Panik, um es zu erkennen. Blind vor Angst hob er die Fäuste und schlug danach. Das Letzte, was er bewusst wahrnahm, war

Cathars Schwert, das mit der flachen Seite gegen seine Schläfe hämmerte und ihn bewusstlos zusammensinken ließ.

☆

Es dauerte lange, bis er nach dem Aufwachen in die Wirklichkeit zurückfand. Auch ohne sich an den Inhalt des Traumes zu erinnern, war er sich des Umstandes, *dass* er geträumt hatte, vollends bewusst, aber es war ein Traum von der unangenehmen, hartnäckigen Sorte gewesen, dessen Einzelheiten unfassbar blieben und nur einen vagen Eindruck von Angst und Entsetzen hinterließen, der einen jedoch noch ein gutes Stück ins Wachsein verfolgt und einfach nicht begreift, dass er dort nichts verloren hat. Torian brauchte einige Augenblicke, um sich ganz davon zu lösen; umso mehr, als es dort, wo er sich wiederfand, noch genauso heiß war wie in der Albtraumwelt seines Traumes und sein Durst kaum weniger groß.

Er versuchte zu sprechen, aber seine Kehle war dafür viel zu ausgedörrt, und er brachte nur ein mühsames Krächzen zu Stande. Aber irgendwer in seiner Nähe reagierte darauf, und wenige Augenblicke später wurde sein Kopf sanft angehoben, und eine Schale mit kühlem Wasser berührte seine Lippen. Er leerte sie bis zur Neige, mit so tiefen, gierigen Schlucken, dass ihm fast sofort übel wurde und er all seine Kraft zusammennehmen musste, um sich nicht zu übergeben und die kostbare Flüssigkeit gleich wieder zu erbrechen.

»Immer mit der Ruhe, Torian«, mahnte eine Stimme irgendwo hinter ihm. »Du bist außer Gefahr.«

Diese Stimme kam ihm bekannt vor, aber er wusste nicht, woher. Ein weibliches Gesicht erschien vor ihm, als er aufsah, schmal, mit weichen Zügen, eingerahmt von schulterlangem, schwarzem Haar, und etwas sagte ihm, dass er auch dieses Gesicht sehr gut kennen musste. Aber irgendetwas stimmte nicht mit seinen Erinnerungen. Hinter seiner Stirn führten die Gedanken einen irren Tanz auf, Bilder, Namen, Erinnerungen und Fetzen von Gesprächen wirbelten wie verrückt durcheinander, gemischt mit Szenen aus dem Albtraum, dem er gerade entkommen war, ohne dass er sie zu fassen bekam. Stöhnend schloss er die Augen, ließ sich wieder zurücksinken und versuchte, sich mit Gewalt zur Ruhe zu zwingen – natürlich erreichte er so ungefähr das Gegenteil damit. Sein Herz begann wie wild zu pochen, und plötzlich war ihm heiß und kalt zugleich. Nur ganz langsam beruhigte sich sein rasender Puls.

Als er die Augen – nach einer Ewigkeit, wie es ihm schien – wieder öffnete, war das Gesicht noch immer über ihm, und diesmal erinnerte er sich auch an Shyleens Namen.

Woran er sich nicht entsinnen konnte, war, wie er hierher gekommen war – wo immer dieses *hier* auch sein mochte. Seine Gedanken begannen sich schon wieder zu verwirren. Er schloss erneut die Augen, presste die Lider so fest aufeinander, dass bunte Kreise vor seinen Augen erschienen, und atmete gezwungen tief ein.

»Alles in Ordnung?«, fragte Shyleen, als er die Augen wieder öffnete.

Natürlich war ganz und gar *nichts* in Ordnung, aber er nickte trotzdem, versuchte so etwas wie ein Lächeln auf seine Züge zu zwingen und setzte sich vorsichtig auf. Hätte ihn Shyleen nicht blitzschnell festgehalten, wäre er sofort wieder zurückgestürzt, denn in seinem Kopf begann sich augenblicklich wieder alles zu drehen.

»Nicht übertreiben«, warnte Shyleen. »Du bist noch ein bisschen wackelig auf den Beinen – vorsichtig ausgedrückt.«

Er lag auf dem Rücken, wie ein Kind im Schoße seiner Mutter mit dem Kopf auf ihren Oberschenkeln. Ihre Hand lag auf seiner Stirn, und er fühlte sich auf sonderbare Weise behütet und sicher; zumindest die zwei oder drei Sekunden lang, bis ihm die Spinnen und der Treibsand wieder einfielen und er mit einem gellenden Schrei in die Höhe fuhr.

Shyleen packte augenblicklich seine Arme, hielt ihn mit erstaunlicher Kraft fest und zwang ihn, sich zu entspannen. »Es ist alles in Ordnung, Torian«, wiederholte sie noch einmal. »Keine Angst, du bist in Sicherheit.«

Einen Herzschlag lang drohten ihn trotz ihrer beruhigenden Worte die Erinnerungen zu übermannen. Er glaubte, etwas

Schwarzes, Kriechendes zu sehen, das unter dem Sand grub und wühlte, sich mit dünnen, haarigen Beinen in seine Richtung arbeitete und ihn anstarrte: gierig, geifernd, mit schnappenden, winzigen Kiefern ...

Cathar, der neben Shyleen hockte, versetzte ihm eine schallende Ohrfeige. Der Schlag tat weh, aber er riss Torian auch in die Wirklichkeit zurück. Der Wahnsinn, der schon wieder nach seinen Gedanken hatte greifen wollen, zog sich übergangslos zurück, und er wurde sich seiner wirklichen Umgebung bewusst. Er lag nur wenige Schritte von der Stelle entfernt, an der er in den Treibsand geraten war, aber von der gewaltigen Spinnenarmee war keine Spur zu sehen. Auch spürte er nichts mehr von der Wirkung des Giftes. Verwirrt starrte er Shyleen an und ließ seinen Blick dann zu Cathar wandern. Obwohl er das Gesicht des Magiers nicht erkennen konnte, glaubte er, in den Augen stummen Zorn blitzen zu sehen. »Was ist ... geschehen?«, fragte er stockend.

»Das Gleiche wollte ich dich gerade fragen«, erwiderte Shyleen zornig. »Du musst von Sinnen sein, einfach blindlings in die Wüste hineinzulaufen.« Sie machte eine heftige Bewegung mit der geballten Faust. »Hätten wir dich nicht gefunden, wärest du jetzt tot.«

»Ihr habt ... mich gesucht?« Es war eine reichlich dumme Frage, wie ihm im gleichen Moment zu Bewusstsein kam, und Shyleen nickte auch wütend.

»Es war nicht sehr schwer, deine Spur zu finden, nachdem der Sturm einmal vorbei war«, grollte sie. »Und dich schreien zu hören.«

»Ich ... bin stundenlang gelaufen«, begann Torian stotternd. »Zumindest habe ich das geglaubt, aber ich bin wohl nur im Kreis herumgeirrt. Die Hitze –«

»Es war nicht die Hitze«, stellte Cathar ruhig fest.

Verwirrt brach Torian ab, und auch Shyleen runzelte die Stirn und blickte den Magier fragend an, aber Cathar dachte gar nicht daran, seine geheimnisvolle Andeutung zu erklären, sondern machte eine beschwichtigende Geste in ihre Richtung – oder das, was er dafür halten mochte, denn nichts, was er tat, übte nach Torians Meinung auch nur die geringste beruhigende Wirkung aus – und wandte sich dann wieder an ihn.

»Warum bist du fortgelaufen?«, fragte er.

Seine Worte brachten Torian noch mehr in Verlegenheit. Er ärgerte sich, dass es Cathar ständig gelang, ihn durch seine alleinige Anwesenheit nervös zu machen und sich wie ein kleiner Junge vorzukommen, den man beim Klauen erwischt hatte. »Ich ... muss wohl für einen Moment die Beherrschung verloren haben«, murmelte er. »Ich weiß, dass es ein Fehler war, aber –«

»Nur die Beherrschung verloren?«, bohrte Cathar nach. »War das wirklich alles? Du bist wie ein Verrückter in den Sturm hinausgerannt, nur weil dir für einen Moment die Nerven durchgegangen sind?«

»Nein«, gestand Torian. »Ich dachte, ich ...« Er brach ab, schüttelte den Kopf und nahm eine Hand voll Sand auf, um sie durch die Finger rinnen zu lassen. »Ach verdammt, ich habe fantasiert. Die Hitze, der Sturm und die ganzen Anstrengungen der letzten Tage waren wohl einfach zu viel. Wir sind alle erschöpft.«

Cathar schüttelte missbilligend den Kopf. »Nun lass dir nicht jedes Wort aus der Nase ziehen«, stieß er ungeduldig hervor. »Was soll das heißen? Was meinst du mit fantasiert?«

»Was man eben damit meint«, antwortete Torian kurz angebunden. Seine Nervosität war jäh aufflackerndem Trotz gewichen. In diesen Sekunden wurde ihm wieder überdeutlich bewusst, wie sehr er den Magier trotz ihrer erzwungenen Zusammenarbeit hasste. »Ich habe mir etwas eingebildet. Ich glaubte zu sehen, wie Shyleen von dem Sturm aus der Höhle gerissen wurde. Es war nur eine Illusion, die sich nach einer Weile in nichts auflöste, aber sie war echt genug, mich im ersten Moment zu täuschen.«

»Und da bist du prompt hinterhergerannt, um der angeblichen Shyleen zu helfen«, murmelte Cathar mit einem neuerlichen verständnislosen Kopfschütteln. »Ich verstehe immer weniger, wie es dir gelingen konnte, so viele meiner Brüder zu besiegen, von Ch'tuons Geschöpfen einmal ganz abgesehen.«

»Vielleicht gerade deshalb«, schnappte Torian zornig. »Deine

Rasse musste untergehen, weil bei euch nur das Recht des Stärkeren herrschte, während wir uns gegenseitig helfen. Gemeinschaft und das Vertrauen ineinander sind unsere Stärke, wobei ich mir nicht sicher bin, ob ich auch losgerannt wäre, wenn ich mir eingebildet hätte, du wärest fortgeschleudert worden.«

Ein flüchtiges Lächeln spielte um Shyleens Lippen, aber sie wurde sofort wieder ernst. »Du hast nicht fantasiert«, sagte sie ruhig. »Zumindest nur zu einem kleinen Teil.«

»Nicht –« Torian fuhr auf, starrte sie an und suchte vergeblich nach Worten.

»Ich habe es auch gespürt, und Cathar ebenfalls«, fuhr Shyleen fort. »Ich nahm ebenfalls eine Bewegung in der Wüste wahr, aber bevor ich irgendetwas tun konnte, ranntest du bereits los. Es muss ein ... so etwas wie ein Ruf gewesen sein, den wir empfangen haben. Eine Art magisches Locken, wenn du so willst.«

»Ich hätte es anders ausgedrückt, aber im Prinzip ist es richtig«, bestätigte Cathar. »Wir sind höchstens noch ein paar Meilen von der *Schattenburg* entfernt.«

»Wir sind –« Erregt sprang Torian auf und schaute sich um, aber wieder konnte er nichts erkennen als einige Felsen und hitzeflimmernden Sand.

»Bleib stehen!« Shyleen schrie mit so schriller, angsterfüllter Stimme, dass er mitten in der Bewegung verharrte.

»Was ist denn?«, fragte er. »Ich denke, wir haben unser Ziel fast erreicht?«

»Eben«, antwortete Cathar an ihrer Stelle. Er machte mit der Hand eine vage Bewegung nach Norden, dorthin, wo die *Schattenburg* liegen musste. »Aber eben nur fast. Wir können nicht mehr weiter; niemand kann es.«

»So?«, fragte Torian, leise und nur noch mühsam beherrscht. Er fühlte sich immer verwirrter, und im gleichen Maße stieg auch sein Zorn, weil er nicht eine einzige vernünftige Antwort, sondern nur unverständliche Phrasen zu hören bekam. »Und warum nicht, wenn unser Ziel so nahe liegt? Ich sehe nichts, das uns noch aufhalten könnte.«

»Weil –«, begann Shyleen, wurde aber sofort von Cathar unterbrochen, der mit einer fließenden, schlangenartigen Bewegung auf die Beine kam und seine Hand wie einen Speer in Richtung Norden stach.

»Probier es«, stellte er ihm ruhig anheim. »Ich habe schon einmal versucht, es dir zu zeigen, als ich die vier Soldaten habe töten müssen. Dies hier ist genau dasselbe.«

Einen Moment starrte Torian ihn an, bemühte sich vergeblich, sich zu konzentrieren, schürzte dann trotzig die Lippen, drehte sich mit einem entschlossenen Ruck um und machte einen Schritt in die angegebene Richtung. Nichts geschah. Er warf Shyleen und dem Magier einen halb wütenden, halb triumphierenden Blick zu und machte einen weiteren Schritt. Eine rasche, kaum wahrnehmbare Wellenbewegung schien durch die Wüste zu laufen. Es war, als würden zwei Bilder übereinander geschoben, die sich durch winzige, im ersten Moment nicht einmal sichtbare Details voneinander unterschieden. Dann …

Der Sand vor seinen Füßen begann sich zu bewegen. Ein leises Rascheln und Wispern erklang, und etwas Dünnes, schwarz Behaartes schob sich durch die körnige, weißgelbe Schicht. Eine riesige Hand griff nach Torians Nacken und fuhr prickelnd sein Rückgrat hinunter. Ein zweites Spinnenbein erschien neben dem ersten, dann ein drittes, ein viertes, und schließlich schob sich ein faustgroßer, pelziger Ball durch den Sand. Winzige, vielfach gebrochene Facettenaugen, in denen eine bösartige Intelligenz geschrieben zu stehen schien, starrten ihn in stummer Wut an, dann raste das Tier ihm blitzartig entgegen.

Ohne zu denken, trat Torian zu, doch die Spinne wich seinem Fuß mit einem blitzartigen Haken aus, schoss seinen Stiefel hinauf und grub ihre nadelspitzen Zähne durch den Stoff der Hose in seine Wade. Er schrie auf, schlug mit der Hand nach dem Tier und schleuderte es ein paar Meter weit zurück. Wieder lief eine rasche, wellenförmige Bewegung durch den Sand, und neben der ersten Spinne erschien eine zweite, die ebenfalls in grenzenloser Wut auf ihn zuraste. Und irgendwo, sehr weit entfernt, aber rasch näher kommend, begann etwas Schwarzes, Wirbelndes wie eine lebende Decke das Gelb der Wüste zu verschlingen …

Mit einem krächzenden Schrei prallte Torian zurück.

Und die Spinnen verschwanden. Von einer Sekunde auf die andere lag die Wüste wieder so still und tot da wie immer; nur der Sand tanzte in verspielter Bosheit im Wind, der bizarre Formen aus dem aufgewirbelten Sand und Staub schuf. Von den Spinnen war keine Spur mehr zu entdecken, nicht einmal von den beiden Tieren, die nur noch wenige Schritte von ihm entfernt gewesen waren.

»Was … was war das?«, murmelte Torian mit zitternder Stimme. Vergeblich versuchte er sich einzureden, dass es nur eine Täuschung gewesen war, nichts als ein Trugbild, das ihn gewarnt hatte, hervorgerufen durch die Hitze und den Durst und seine vollkommen überreizten Nerven.

»Ich weiß nicht, *was* du gesehen hast«, antwortete Shyleen mit einer Ruhe, die ebenso wenig echt war wie die Bewegungen im Sand, die er immer noch aus den Augenwinkeln wahrzunehmen glaubte. »Aber es war dasselbe, was dir zustieß, kurz bevor wir dich fanden.« Sie stand auf, trat an Torians Seite und machte eine Geste, als wollte sie ihm die Hand auf die Schulter legen, führte die Bewegung aber nicht zu Ende, sondern starrte nur mit brennenden Augen in die Wüste. »Das, was uns allen zustieße, würden wir weitergehen, auch wenn jeder von uns etwas anderes sähe«, fuhr sie nach einigen Sekunden fort. »Jeder würde in seine eigene, ganz persönliche Hölle geraten. Verstehst du, was ich dir erklären will?«

»Nein, kein einziges Wort«, knurrte Torian. »Aber ich dachte, ich –«

»Du dachtest, es wäre die Erschöpfung, die dich Dinge sehen ließ, die nicht da waren«, unterbrach ihn Cathar. »Du hast nicht fantasiert, Torian. Nichts von dem, was du gesehen zu haben glaubst, ist wirklich geschehen. Und doch wärest du gestorben, wenn wir dich nicht gefunden hätten, denn einzig der Treibsand war Realität. Alles andere diente nur dazu, dich dorthin zu locken.« Er deutete nach Norden. »Bei Ch'tuon, wir suchen die *Schattenburg,* du Narr, das Machtzentrum unseres Ordens, den bestgesicherten Ort Caracons, vielleicht der ganzen Welt. In tausendjähriger Arbeit haben die stärksten meiner Brüder die *Straße der Ungeheuer* angelegt, und wir haben gerade erst die ersten Schritte darauf gemacht. Du kennst nicht einmal einen Bruchteil unserer wahren Macht. Glaubst du wirklich, wir würden es zulassen, dass jemand, der einigermaßen gut mit dem Schwert umzugehen vermag, die Burg durch einen Zufall findet, wie man auf ein Wasserloch oder eine Goldmine stößt, wenn man nur lange genug danach sucht und sich seiner Haut zu wehren weiß?« Er lachte, aber es klang nicht besonders amüsiert. »Ohne mich wäret ihr alle bereits tot. Ich hatte gehofft, dass durch die ungebändigte Kraft des *Tores* auch dieser Teil der Schutzvorrichtungen ausgefallen wäre, aber dem ist nicht so, wie ich jetzt weiß. Die Burg wird durch einen Schirm geschützt, den kein denkendes Wesen zu durchdringen vermag. Nicht einmal ich.«

»Einen ... Schirm?«

Cathar nickte. »Vielleicht ist die Bezeichnung falsch, aber das ist im Augenblick unwichtig. Es geht nur um die Wirkung. Wer immer in den Bereich seiner Magie gerät, verliert den Verstand. Du hast es am eigenen Leib erlebt, der Wahnsinnsschirm ist undurchdringlich, selbst für mich. Da er noch besteht, ist unser Weg hier zu Ende. Wir können nicht mehr weiter.«

»Du meinst, die Spinnen waren nicht echt?«

Shyleen schüttelte den Kopf. »Es ist bedeutungslos, was du gesehen hast. Jeder von uns würde etwas anderes erleben, versuchte er, die *Schattenburg* auf diesem Weg zu erreichen. Jeder Mensch, jedes denkende Wesen, auch ich, hat irgendeinen Punkt, irgendein ganz persönliches Grauen, gegen das er hilflos ist. Bei dir scheinen es Spinnen zu sein, bei anderen wären es Ratten, Wölfe, die Angst vor großen Höhen ...« Sie machte eine weit ausholende Handbewegung. »Dies hier ist die Grenze, Torian. Was du gespürt hast, war nur ein winziger Teil des namenlosen Entsetzens, das dein Unterbewusstsein für dich bereithält. Ahnst du, was dich erwartet hätte, wenn du weiter vorgedrungen wärest?«

Es fiel Torian schwer, den Sinn ihrer Worte *wirklich* zu begreifen. Vielleicht lag es daran, dass er es in Wahrheit gar nicht wollte. »Du meinst, jeder, der ... der diesen Punkt überschreitet, gerät in den schlimmsten seiner geheimen Albträume?«, murmelte er. Shyleen nickte, dann fiel Torian der Fehler in ihren Worten auf. »Und ihr?«, fragte er. »Wieso geschieht euch nichts? Seid ihr immun gegen die Wirkung dieses ... dieses Wahnsinnsschirmes?«

Wieder schüttelte Shyleen den Kopf, traurig, wie es schien. »Nein«, entgegnete sie. »Als Tempelpriesterin habe ich es gelernt, magische Täuschungen zu erkennen und dagegen anzukämpfen, und Cathar hat einen eigenen Gegenzauber geknüpft. Unsere Kräfte reichen gerade aus, die üble Ausstrahlung der *Schattenburg* aufzuheben; hier, dicht an ihrer Grenze. Wärest du nur hundert Schritte tiefer in ihren Wirkungsbereich geirrt, hätten auch Cathar und ich dich nicht mehr retten können.«

»Aber es muss doch irgendeinen Weg geben!«, schrie er. Shyleen blieb ruhig. Sie wusste, dass seine Empörung nicht ihr galt. Torian spürte eine Mischung aus Zorn und fast körperlich schmerzender Enttäuschung wie selten zuvor. Und Hilflosigkeit. Hatten sie wirklich die schier unvorstellbaren Anstrengungen auf sich genommen, war mehr als ein Dutzend Menschen gestorben, nur damit sie jetzt, als das Ziel zum Greifen nahe vor ihnen lag, unverrichteter Dinge wieder umkehren mussten? Der Gedanke kam ihm wie bitterer Hohn vor. Sein Hass gegen Cathar flammte jäh wieder auf. »Du hast es gewusst!«, schrie er. »Du hast es von Anfang an gewusst und uns trotzdem in dieses wahnsinnige Unternehmen geschickt. Am liebsten würde ich dir auf der Stelle den Hals umdrehen!«

»Tu dir keinen Zwang an«, erwiderte Cathar mit unverhohlenem Spott in der Stimme. »Abgesehen davon, dass du es ohnehin nicht fertig brächtest, würdest du damit dein eigenes Todesurteil unterzeichnen. Ohne mich kämet ihr nicht einmal mehr aus der Wüste heraus.«

»Er hat Recht«, bestätigte Shyleen. »Wir haben unser Möglichstes versucht. Nur ein Dummkopf wirft sein Leben weg, wenn es nicht mehr die geringste Aussicht auf Erfolg gibt. Wir können froh sein, wenn uns der Rückweg gelingt.«

»Aber es muss irgendeine Möglichkeit geben«, beharrte Torian. »Alles, was geschaffen wird, kann man auch wieder zerstören. So muss es auch bei diesem Schirm sein.«

»Es gibt einen Weg«, sagte Cathar zögernd.

Torian fuhr herum. »Wo?«

»Irgendwo«, antwortete der Magier ernst. »Vielleicht hier, vielleicht hundert Schritte entfernt, vielleicht eine Meile, es bleibt sich gleich. Der Wahnsinnsschirm wird von geistlosen Dienerkreaturen, den Mho'Dhul, erzeugt. Sie befinden sich in gewaltigen Kavernen unter dem Wüstenboden. Jeder Mho'Dhul ist für einen bestimmten Teil des Schirms zuständig. Sie besitzen zwar keinerlei eigenen Verstand, nicht einmal Gefühle, sind aber in der Lage, die Empfindungen und Gedanken anderer zu empfangen. Sie saugen sie in sich auf und werfen sie tausendfach verstärkt zurück. So entstehen die Illusionen innerhalb des Schirms. Normalerweise können sie binnen weniger Minuten ersetzt werden, aber jetzt ist niemand mehr da, der es tun könnte. Schon der Tod eines einzigen Mho'Dhul würde uns reichen.«

»Dann müssen wir diese komischen Module finden«, stieß Torian aufgeregt hervor.

»Mho'Dhul«, verbesserte Cathar und machte eine weit ausholende Geste. »Such sie. Die Sache hat nur einen Haken: Die unterirdischen Kavernen befinden sich innerhalb des Schirmes, und die Einstiege sind gut getarnt. Nicht einmal ich weiß, wo sie sich befinden, aber selbst wenn ich es wüsste, könnten mich keine hundert Drachen dorthin bringen. Die Begegnung mit einem Mho'Dhul bedeutet unwiderruflich Wahnsinn und Tod. Niemand, weder ein Mensch noch jemand der Alten Rasse, ist ihrer verderblichen Ausstrahlung gewachsen.«

»Du hörst es«, mischte sich Shyleen ein. »Es wäre Wahnsinn, jetzt noch –«

»Kein größerer Wahnsinn, als jetzt umzukehren, so dicht vor dem Ziel«, unterbrach Torian sie wütend. »Bei Ch'tuon, ich denke gar nicht daran, jetzt kehrtzumachen, ausgerechnet jetzt, wo die *Schattenburg* zum Greifen nahe vor uns liegt. Wir müssten die

Straße noch einmal in umgekehrter Richtung durchqueren, und selbst falls wir es erneut schaffen sollten, wären wir verloren, wenn alles stimmt, was er über das *Tor* erzählt hat.«

»Wir haben keine andere Wahl«, erklärte Shyleen ruhig. Sie deutete nach Süden. »Der Sturm hat das Lager völlig verwüstet und uns aller Lebensmittel beraubt. Selbst wenn der Schirm nicht existierte, könnten wir nicht mehr weitersuchen. Wir haben gerade noch genug Wasser, zwei weitere Tage durchzustehen. Das reicht knapp, um bis zur Wasserstelle zurückzukehren, wenn wir uns beeilen. Jeder verschwendete Tag wäre reiner Selbstmord.«

Torian blickte sie lange, sehr lange an. Er sagte kein Wort.

☆

Er hatte geschlafen, viele Stunden lang, denn als er aufwachte, war es Nacht geworden, und der Mond stand bereits hoch am Himmel, wenn er sich nicht gerade hinter einer Wolke verbarg. Wie schon in den Nächten zuvor war es empfindlich kalt, und Torian fror, kaum dass er sich aus der Decke geschält hatte. Er machte einige Lockerungsübungen, um die Taubheit aus seinen Gliedern zu vertreiben, bevor er Harnisch und Umhang anlegte und die Plane seines Zeltes zurückschlug.

Die meisten Männer schienen sich bereits schlafen gelegt zu haben, nur wenige saßen noch um ein Lagerfeuer herum. Auch Shyleen hielt sich bei ihnen auf. Cathar hingegen war nirgendwo zu entdecken, aber Torian war sich sicher, dass der Magier irgendwo im Verborgenen lauerte und seinen Aufbruch beobachtete.

Er wartete, bis sich wieder eine Wolke vor das bleiche Antlitz des Mondes schob, dann huschte er lautlos vorwärts, zwischen den Zelten hindurch und tauchte in der tintigen Schwärze der Nacht unter. Abgesehen von den Menschen am Feuer gab es keine Wachen, sodass es ihm gelang, das Lager unbemerkt zu verlassen. Erst als er einen Dünenkamm überschritten hatte und sich nun unmittelbar vor der Grenze des Wahnsinnsschirmes befinden musste, blieb er stehen und kauerte sich in den Sichtschutz eines Felsens.

Totenstille lastete um ihn herum, sah man vom ewigen Säuseln des Windes ab, das er kaum noch bewusst zur Kenntnis nahm. Jetzt, wo er sich nicht mehr bewegte, kroch die Kälte unangenehm unter seine Kleidung und ließ ihn frösteln. Torian schaufelte mit den Händen etwas Sand zur Seite. Nur die oberste Schicht war abgekühlt, der darunter liegende Sand hatte noch die Hitze des Tages gespeichert, und Torian duckte sich tief in die Mulde.

Seine Geduld wurde auf eine harte Probe gestellt, aber vielleicht kam es ihm auch nur so vor, weil er nicht sicher war, ob seine Rechnung wirklich aufgehen würde, und fieberhaft darauf wartete, dass etwas geschah.

Aber schließlich vernahm er das gedämpfte Rascheln von Sand, und gleich darauf glaubte er wenige Meter entfernt eine Bewegung wahrzunehmen. Trotzdem hätte er die Gestalt, die in ihrer schwarzen Kutte beinahe völlig mit der herrschenden Dunkelheit verschmolz, fast übersehen. Erst als der Mond die Wüste wieder mit seinem kalten Licht übergoss, erkannte er, wen er vor sich hatte.

Lautlos stand er auf und näherte sich Cathar, doch mit seinen übermenschlich feinen Sinnen spürte ihn der Magier schon, als er noch mehrere Schritte von ihm entfernt war, und fuhr herum.

»Welche Überraschung, dich hier zu finden«, sagte Torian spöttisch. »Willst du die laue Nacht ebenfalls für einen Spaziergang nutzen?«

Die Augen des Magiers sprühten vor Zorn, wie Torian deutlich erkennen konnte, und er erwartete fast, dass er sich auf ihn stürzen würde. Doch er entdeckte auch Verwirrung in Cathars Zügen.

»Und wenn es so wäre?«, fragte der Magier nach einigen Sekunden.

»Wie wäre es denn, wenn wir diesen Spaziergang gemeinsam unternähmen? Es soll nicht ganz ungefährlich für einen allein hier draußen sein, habe ich mir sagen lassen.«

Wieder schien es für einen kurzen Moment so, als ob der Magier ihn angreifen wollte, doch dann nickte Cathar nur wütend. »Also gut. Du willst vor dem Schirm nicht kapitulieren. Natürlich liegt das in meinem Interesse, versuchen wir es gemeinsam. Was weißt du?«

»Ich weiß nichts«, erwiderte Torian. »Aber ich glaube, ich habe einen der Einstiege in die Kavernen entdeckt. Mit ein wenig Glück ist es wirklich einer.«

»Und mit ein wenig Pech sind wir in ein paar Minuten tot«, ergänzte der Magier ruhig. Dann lächelte er. »Ich habe etwas in dieser Art vermutet. Es liegt an dem Parasiten in dir. Ohne dass du es merktest, hat er dich wohl zu diesem Einstieg geführt.«

Torian schrak fast unmerklich zusammen. Er hatte bislang angenommen, es wäre Zufall gewesen, obwohl sein Verstand ihm erfolglos, aber hartnäckig zugeflüstert hatte, dass es *solche* Zufälle nicht gab. Etwas hatte die ganze Zeit über verhindert, dass sein Denken in diese Richtung irrte, und es war ihm nicht einmal sonderbar erschienen, dass er sich ohne weiteres zutraute, den Weg zum Trichter des Ameisenlöwen wieder zu finden, obwohl er in kopfloser Flucht von dort fortgerannt und auch ein Stück bewusstlos von Shyleen getragen worden war. Aber er *spürte* die Richtung, und wenn er die Augen schloss, konnte er den Trichter fast vor sich sehen.

Er zog eine Fackel unter dem Umhang hervor und entzündete sie. »Gehen wir«, forderte er ihn auf und wollte sich umdrehen, doch Cathar hielt ihn am Arm fest.

»Einen Moment noch«, erwiderte der Magier. »Da ist etwas, das ich dir sagen muss. Meine Macht reicht vielleicht aus, die Wirkung des Schirmes während des ersten Stückes Weg aufzuheben, aber mehr auch nicht. Wenn wir wirklich an einen Einstieg gelangen, kann ich sie allenfalls etwas mildern. Ich weiß nicht einmal, ob ich mich selbst vor der Ausstrahlung der Mho'Dhul abkapseln kann. Alles Weitere liegt dann an dir. Vielleicht kann dieses *Ding* in deiner Schulter dich schützen, denn wenn es dir heute Mittag nicht geholfen hätte, wärest du binnen weniger Sekunden wahnsinnig geworden. Aber es kann durchaus sein, dass es in den Kavernen selbst seine Macht verliert. Ich möchte, dass du das weißt.«

Torian schluckte und kämpfte seine Furcht nieder, dann nickte er. »Versuchen wir es«, entschied er und trat über die unsichtbare Grenzlinie. Alles, was er spürte, war ein leichtes Kribbeln, als würden Dutzende sanfter Hände über seinen Körper streichen; das war alles, und das Gefühl verflog so schnell, wie es gekommen war. Unsicher schaute er sich um. Von Spinnen, Riesenameisen oder irgendwelchen anderen namenlosen Schrecken, welche die Mho'Dhul ihm vorgaukeln mochten, war nichts zu entdecken.

Er machte einen weiteren Schritt und blieb wieder stehen, wandte sich um und wartete, bis Cathar an seine Seite getreten war. Das Gesicht des Magiers war angespannt, selbst er schien dem scheinbaren Frieden um sie herum nicht zu trauen. Langsam gingen sie weiter, schauten sich immer wieder in alle Richtungen um, und zumindest Torian wartete förmlich darauf, dass etwas passierte.

Um sich zu orientieren und die Richtung zu bestimmen, brauchte er seine Augen nicht einmal. Der Einstieg (wenigstens hoffte er, dass es sich um den Einstieg handelte und seine Nerven und die aufgeputschte Fantasie ihm nicht nur einen Streich spielten) zerrte wie mit unsichtbaren Händen an ihm und lenkte seine Schritte. Doch er spürte noch etwas anderes. Vielleicht war es nur eine Einbildung, weil er *fürchtete,* etwas zu spüren, aber er vermeinte immer wieder ein leichtes Gleiten und Huschen in der Wirklichkeit zu entdecken; flüchtige Bewegungen, die er nur aus den Augenwinkeln wahrnahm, gerade am Rande des Sichtbaren, und die verschwanden, sobald er sich genauer darauf zu konzentrieren versuchte, als ob sich eine zweite Realität über die ihm vertraute Wirklichkeit zu schieben und sie zu verdrängen trachtete und mit jeder Sekunde deutlicher wurde. Die den Wahnsinn bringende Ausstrahlung der Mho'Dhul.

»Wie weit ist es noch?«, fragte Cathar. Sein Gesicht war schweißüberströmt, seine Lippen bebten. »Es ... es wird stärker. Ich fürchte, es nicht mehr lange zurückdrängen zu können.«

»Ich weiß es nicht«, entgegnete Torian. »Aber ich glaube nicht, dass –«

Er kam nicht dazu, den Satz zu vollenden. Ein gigantisches, mehr als mannsgroßes Spinnenbein, einem Tentakel gleich, tastete aus dem Nichts nach ihm, wuchs in die Höhe und verschmolz mit einem ebenso gewaltigen, schwarz behaarten Leib. Mit einem heiseren Schrei prallte Torian zurück. Mit der Fackel schlug er nach dem Spinnenbein und packte mit der freien Hand den Knauf seines Schwertes, brauchte es aber nicht zu ziehen. Die finstere Säule und der monströse Schatten über ihm verschwanden so rasch, wie sie gekommen waren.

»Weiter«, stieß Torian hervor. Das Sprechen fiel ihm schwer. »Ich glaube, der Trichter liegt hinter der Sanddüne da vorne.« Er unterstrich seine Worte mit der entsprechenden Armbewegung.

Die Düne war höher als die meisten anderen, und er war sich sicher, dass sie am Nachmittag noch nicht da gewesen war. Aber das hatte in dieser ständigen Verformungen unterworfenen Wüstenlandschaft ja nicht viel zu bedeuten. Mühsam stiegen sie die Anhöhe hinauf. Sie sanken bis zu den Knien im staubfeinen Sand ein, der immer wieder unter ihren Stiefeln nachgab und sie ein Stück zurückrutschen ließ. Unter anderen Umständen hätten sie versucht, die Düne zu umgehen, aber hier, wo jede Sekunde kostbar war, schied diese Möglichkeit aus.

Nach Minuten, die Torian wie Ewigkeiten vorkamen, erreichten sie den höchsten Punkt der Anhöhe, und Torian stieß einen leisen Freudenschrei aus, als er in dem dahinter liegenden Tal wirklich den flachen Trichter liegen sah.

Der Abstieg gestaltete sich ungleich leichter als der Weg hier herauf. Torian konnte sich ein Grinsen nicht verkneifen, als Cathar in einer seiner Aura von Macht und Überheblichkeit spottenden Bewegung den Halt verlor und den Abhang in ganz und gar nicht würdevoller Haltung hinunterkugelte. Aber das Grinsen verging ihm, als er gleich darauf ebenfalls den Halt verlor und dem Magier auf gleichem Wege folgte. Noch während des Sturzes, als seine Konzentration auf die Umgebung erlosch, gewahrte er den schwarzen, von zuckender Bewegung erfüllten Teppich, der sich am Fuß der Düne ausbreitete.

Wieder schrie er voller Panik auf. Er versuchte seinen Sturz zu bremsen, doch alles, was er zu packen bekam, war loser Sand, und so rutschte er mitten in die Masse der Tausenden von Spinnen hinein. Blindlings drosch er um sich, hieb auf die faustgroßen, schwarzen Leiber ein, die wie eine Woge über ihm zusammenschlugen – und im nächsten Moment verschwanden.

Schwer atmend richtete sich Torian auf, schaute sich noch einmal furchtsam um und entspannte sich erst, als er sah, dass die Spinnen wirklich vollends verschwunden waren, wenngleich er sich klar war, dass es sich nur um eine Atempause handelte und die Ausstrahlung des Mho'Dhul ihn jederzeit erneut überwältigen konnte. Wieder musste er den Ekel, den die Berührung der widerlichen Biester in ihm ausgelöst hatte, gewaltsam unterdrücken. Auch wenn er wusste, dass alles nur eine Einbildung gewesen war, hatte er die Spinnenbeine auf seiner Haut *gespürt,* und seinem Gefühl war es so ziemlich egal, ob die Berührung Wirklichkeit oder nur eine Einbildung gewesen war.

Cathar musterte ihn besorgt. »Das war erst ein Vorspiel dessen, was dich dort unten erwartet«, warnte er. »Du musst dich besser beherrschen, sonst schaffen wir es nie.«

Torian nickte knapp. Sie traten an den Trichter, und jetzt erkannte er, dass er sich am Nachmittag nicht getäuscht hatte. Im Mittelpunkt der Mulde gähnte eine gemauerte, in die Tiefe führende Röhre von etwas mehr als einem Meter Durchmesser. Und jetzt fielen ihm auch die eisernen Steigeisen in der Wand auf. Wieder tauchten die peitschenartigen Fühler und anschließend der scheußliche Kopf eines Ameisenlöwen aus der für ein reales Wesen seiner Größe viel zu engen Röhre auf; diesmal nicht explosionsartig, sondern langsam, zögernd. Torian tötete das Wesen mit einem fast beiläufigen Hieb und warf es zur Seite.

»Ich gehe voran«, sagte er und setzte den Fuß auf die oberste Sprosse, ohne Cathars Antwort abzuwarten. Vorsichtig prüfte er die Festigkeit des Krampens, bevor er ihm sein ganzes Gewicht anvertraute und weiterkletterte. Das Schwert hatte er in die Scheide zurückgesteckt und sich dafür einen Dolch zwischen die Zähne geklemmt, denn auch wenn alle Gefahren, die sie erwarten mochten, nur Illusionen darstellten, verlieh die Waffe ihm ein wenn auch trügerisches Gefühl der Sicherheit.

Der Schacht war nicht besonders tief; nach kaum einer Minute hatte er bereits den Grund erreicht. Vor ihm erstreckte sich ein Stollen, der sich bereits nach wenigen Schritten in Finsternis verlor.

»Alles in Ordnung. Du kannst nachkommen!«, rief Torian nach oben. Ein Schatten fiel über die Öffnung des Schachtes, dann kam Cathar behände herabgeklettert.

»Für meinen Geschmack ging mir bislang alles ein wenig zu einfach«, murmelte Torian. Er hatte den Dolch inzwischen wieder weggesteckt und sein Schwert dafür gezogen. In der anderen Hand hielt er die Fackel, die einen kleinen Lichtkreis in die Dunkelheit um sie herum hineinfraß, sich an den rauen Steinwänden brach und ihre Augen mit bizarren Schatten narrte, die Bewegungen vorgaukelten, wo keine waren.

»Noch sind wir nicht am Ziel«, erwiderte Cathar gepresst. »Wenn es noch Leben in der *Schattenburg* gäbe, wären wir niemals bis hierher gelangt.«

Langsam drangen sie tiefer in den Stollen ein. Mit jedem Schritt verstärkte sich Torians Unbehagen. Ein paar Mal war er sich nicht einmal mehr sicher, ob die tanzenden Schatten an den Wänden wirklich allein durch das Licht der Fackel erzeugt wurden oder ob es nicht bereits Boten des Wahnsinns waren, der nach ihm zu greifen begann. Manchmal sah er Fratzen titanischer Ungeheuerlichkeiten, schattenhafte Tentakelarme, die aus dem Dunkel heraus nach ihnen züngelten, aber immer wieder zu nichts zusammenschmolzen, bevor sie ihnen wirklich gefährlich werden konnten. Mit aller Kraft hämmerte er sich ein, dass es sich nur um Illusionen handelte.

Plötzlich wurde es vor ihnen heller, die Wände wichen seitlich zurück, und sie gelangten in einen Felsendom von solcher Größe, dass Torian der Atem stockte. Was er sah, war schlichtweg unmöglich. Die Höhle war von einem schwachen Schimmer erfüllt, ohne dass ein Ursprung des düsteren Lichtes zu entdecken war, das gerade ausreichte, die Ausmaße des Felsendomes zu erkennen, nicht aber Einzelheiten, die sich darin befanden. Die Wände strebten fünfzig, sechzig Meter lotrecht in die Höhe und bildeten ein gewaltiges steinernes Dach, und das, obwohl der Grund der Höhle höchstens zehn Meter unter der Erdoberfläche lag!

Aber Torian kam nicht mehr dazu, sich darüber zu wundern. Die ohnehin bröckelnden Mauern um seinen Geist wurden mit unvorstellbarer Gewalt niedergerissen, und im gleichen Moment verschwamm die Welt vor seinen Augen.

Es war wie eine getreuliche Wiederholung des Wahnsinns, der ihn schon einmal gepackt hatte. Alles um ihn herum verschwand von einer Sekunde auf die andere, und er glaubte, sich auf einer gewaltigen, vollkommen leeren Ebene zu befinden. Leer, bis auf ein riesiges Netz, schimmernd wie versponnenes Silber.

Das Netz einer Spinne.

Er war in diesem Netz gefangen, verstrickt in die klebrigen Fäden, die nicht sehr viel dicker als Haare waren, ihn aber wie stählerne Taue festhielten. Und von überall her drängten die Spinnen heran, widerliche, gigantische Dinger mit Leibern so groß wie warzig aufgedunsene Köpfe, Beinen so lang wie ein menschlicher Unterarm und rasiermesserscharfen Fängen, die gierig klapperten. Mit unglaublicher Schnelligkeit turnten sie an den straff gespannten Seilen des Netzes heran, kamen von allen Seiten auf Torian zu. Er war sich der Tatsache vollkommen bewusst, dass dies alles nicht Wirklichkeit war, nur eine Illusion, der Wahnsinnsschirm eines Mho'Dhuls, der ihn mit den schlimmsten Schrecken seines Unterbewusstseins konfrontierte, aber dieses Wissen nützte rein gar nichts, denn er *sah* die Spinnen, hörte das Rasseln und Zischeln ihrer behaarten Beine, konnte ihren Geruch deutlich wahrnehmen, spürte, wie das Netz unter seinem Gewicht zu erzittern begann, als er sich hin und her warf. Er schrie so laut und gellend, dass seine Kehle zu zerreißen schien, zerrte mit aller Kraft an den klebrigen Fäden des gigantischen Netzes und verstrickte sich nur noch tiefer darin. Die Spinnen kamen näher, näher und näher …

Sie erreichten ihn nicht.

Eine Hand packte ihn und riss ihn fort, *irgendetwas* tastete nach seinem Geist und schirmte ihn erneut ab, wenn auch längst nicht mehr so stark wie zuvor. Das Netz war verschwunden, aber die

Spinnen waren immer noch da, doch auch sie bildeten nicht mehr als verschwommene, halb stoffliche Schatten, die zwar lauerten, aber nicht mehr auf ihn zukrochen. Es war alles nur Illusion!, dachte er verzweifelt. Nur eine *Illusion! Ein Trugbild!* Immer und immer wieder hämmerte er sich diese Worte ein, und ganz allmählich begann sich sein Herzschlag zu beruhigen.

Torian schaute sich um, doch Cathar war nirgendwo zu erblicken, obwohl sie sich gerade noch berührt hatten. Dafür sah er etwas in der Mitte der Höhle. Erst als er näher trat, erkannte er einen nackten, geschlechtslosen Körper, der reglos auf einer Art Altar lag. Die Gesichtszüge wirkten seltsam unwirklich, unfertig, als hätte ein Modellbildner mitten in der Arbeit die Lust verloren.

»Töte es!«, gellte Cathars Stimme von irgendwo her. Zögernd trat Torian bis ganz an den Unbekannten heran. Nichts an der Gestalt wirkte feindselig oder gar bedrohlich. Es schien sich um ein harmloses, trotz seiner Fremdartigkeit fast Sympathie erweckendes menschenähnliches Wesen zu handeln.

Aber dann schlug die Gestalt die Augen auf, und Torian prallte mit einem Entsetzensschrei zurück. Unter den Lidern wurden zwei zerfranste Löcher voll dunklen, kochenden Blutes sichtbar, in dem sich Würmer ineinander verknotet hin und her wanden. Aus den Augen rannen schleimige, fast schwarze Blutfäden, die die Haut wie Säure zerfraßen, wo sie sie berührten. Gleichzeitig richtete sich die Gestalt mit einem Ruck auf und stieg von dem Altar herunter.

»Töte es!«, schrie Cathar noch einmal, und diesmal konnte Torian den Magier sehen, der aus dem Hintergrund der gewaltigen Halle herangestürmt kam. Er zögerte nicht mehr länger, sondern stieß sein Schwert dem blutenden Ungeheuer, das mittlerweile jede Ähnlichkeit mit einem Menschen verloren hatte, in die Brust und riss es sofort wieder heraus. Ohne einen Laut brach die Kreatur zusammen.

Aber es war noch nicht vorbei.

Mit gespreizten Beinen stand Torian über dem Wesen, das er erstochen hatte. Seine Hände umklammerten das Schwert, und irgendetwas Finsteres, unglaublich Machtvolles umklammerte seinen Geist. Er verspürte mit einem Male das schreckliche Bedürfnis, seine Klinge zu nehmen und noch einmal in den reglosen Körper vor seinen Füßen zu treiben, immer und immer wieder. Natürlich tat er es nicht, aber es kostete ihn ungeheure Anstrengung, und er fühlte, wie dieses furchtbare Etwas in ihm stärker und stärker wurde. Es war wie ein Ungeheuer, das bis zu diesem Moment tief in seiner Seele geschlummert hatte und das nun erwacht war, ein schreckliches, namenloses Tier, das Blut geschmeckt hatte und nach mehr schrie.

Er stöhnte. Kalter Schweiß bedeckte seine Stirn. Seine Hände begannen zu zittern. *Töte!*, wisperte eine Stimme in ihm. *Töte! Töte! Töte!*

Torian schaute auf. Cathars Gesicht schien vor ihm auf und ab zu tanzen, immer wieder zu verschwimmen, als woge ein unsichtbarer Nebel vor seinem Blick. Aber er sah trotzdem, dass es dem Magier nicht anders erging als ihm. Auch in seinen Augen flackerte das Grauen.

»Was … was ist … das?«, flüsterte er. »Was geschieht mit uns?«

Cathar antwortete nicht, sondern stieß ebenfalls ein fast qualvolles Stöhnen aus. Blasiger Schaum erschien auf seinen Lippen, und für einen Moment verzerrte sich sein Gesicht. Torian begriff, dass der Magier die gleichen Qualen ausstand wie er selbst. »Jeder … sieht einen Mho'Dhul als … als ein Wesen seiner eigenen Rasse«, stieß Cathar schließlich hervor. »Sonst wäre …« Die weiteren Worte verstand Torian bereits nicht mehr. Das dunkle Etwas in seinem Geist wuchs, krallte sich in sein Bewusstsein und schaltete seinen Willen Stück für Stück aus. Und er war unfähig, sich dagegen zu wehren.

Dann war der Körper vor ihnen plötzlich verschwunden. Dafür erscholl hinter ihnen ein gellender, von rasender Wut erfüllter Schrei.

Sie fuhren in einer beinahe synchronen Bewegung herum. Die Monstergestalt stand hinter ihnen, und sie veränderte sich noch weiter. Die Hände verwandelten sich zu furchtbaren Klauen, die

Finger zu rasiermesserscharfen Krallen. Die Haut war am ganzen Körper aufgeplatzt, und dahinter nahm Torian wimmelnde Bewegung von unzähligen Spinnen wahr.

Torian wollte sein Schwert heben, kam aber nicht mehr dazu. Alles ging unglaublich schnell, und trotzdem nahm er jede noch so winzige Einzelheit mit beinahe übernatürlicher Klarheit wahr. Cathar sprang vor und streckte beide Hände nach der Kreatur aus. Ein kehliger, abgehackter Schrei kam über seine Lippen. Torian glaubte die zerstörerischen Kräfte wie einen Hauch der Hölle zu spüren, die der Magier gegen das Ungeheuer schleuderte.

Die Gestalt explodierte.

Für den tausendsten Teil einer Sekunde schien ihr Körper von innen heraus aufzuglühen, dann brach ein unglaublich grelles, gleißendes Licht aus ihm hervor und riss ihn auseinander. Nur ein teerartiger, Blasen schlagender Fleck auf dem Boden blieb von der Kreatur zurück.

Und irgendetwas in Torian stieß einen gellenden Triumphschrei aus.

Er schloss mit einem entsetzten Stöhnen die Augen und wandte sich ab. Aber das Bild der explodierenden Gestalt blieb vor seinem inneren Auge bestehen. Dies – und der Ausdruck lodernden Triumphes in den Augen des Magiers.

»Cathar«, flüsterte er entsetzt, »was hast du getan?«

Aber dann wurde das dunkle Etwas in ihm noch stärker, griff nach seinem Bewusstsein und fegte auch diesen Gedanken davon. Er spürte kaum noch, wie Cathar ihn hochhob und davontrug.

☆

Sie hatten drei Stunden gebraucht, um den Fuß des Berges zu erreichen, und fast eine weitere, um einen Weg hinauf zu finden. Regen und Wind hatten den Granit im Laufe der Jahrmillionen so gründlich glatt geschliffen, dass ein Versuch, den Berg zu besteigen, dem sinnlosen Unterfangen gleichkam, eine steil geneigte Glaswand hinaufzuklettern. Doch es gab einen Weg, eigentlich nur einen schmalen Pfad. Torian hatte die dunkle Linie zuerst für einen

Schatten gehalten, und erst als sie unmittelbar davor standen, hatte er erkannt, dass es in Wirklichkeit ein zerklüfteter Riss war, der wie eine gezackte, von einer gigantischen Axt geschlagene Wunde im Gestein klaffte.

Von unten aus betrachtet, hatte der Berg nicht einmal sonderlich hoch ausgesehen. Sicher, er war ein Koloss, massig und finster und schon durch seine Existenz beeindruckend; ein titanisches Monument, aber nicht sonderlich hoch. Wenigstens war es das, was Torian geglaubt hatte.

Aber es stimmte nicht. Sie quälten sich seit mehr als zwei Stunden über steile Pässe und Geröllfelder, aber der missgestaltete Schatten der Burg auf seinem Gipfel war keinen Deut näher gerückt, fast als wüchse der Berg im gleichen Maße über ihnen empor, in dem sie ihn erklommen. Torian lächelte über diesen albernen Gedanken, aber es gelang ihm nicht vollends, ihn dorthin zurückzutreiben, wo er hergekommen war. Etwas blieb zurück; eine Unsicherheit, die ihm fremd war, und ein Gefühl körperloser Bedrohung, das ihn ängstigte. Viel mehr, als er sich selbst gegenüber einzugestehen bereit war.

Um mit seinen Gedanken allein zu sein, war er ein Stück vorausgeklettert, während die anderen im Schutz einer überhängenden Felsnase ein Nachtlager aufgeschlagen hatten. Wieder starrte er in die Höhe.

Die Festung ragte wie eine zornig geballte Faust aus schwarzem Stein gegen den Nachthimmel empor. Der Wind hatte sich gelegt, aber die Umgebung war immer noch von Bewegung erfüllt. Ein Rascheln und Schaben hier, ein Huschen dort, ein leises Schleifen da … es war nichts Konkretes, nichts, worauf man deuten oder was man auch nur in Worte fassen konnte, aber es war da: ein lautloses, aber unüberhörbares Flüstern und Wispern irgendwo dicht jenseits der Wirklichkeit. Fast ohne dass er es selbst bemerkte, glitt Torians Hand zum Gürtel, strich über den Griff seines Schwertes und zog sich wieder zurück.

Es war noch nicht gänzlich dunkel geworden, und er konnte für kurze Zeit jede noch so winzige Einzelheit dort oben erkennen, denn die Luft war hier über der Wüste in den wenigen Minuten zwischen Tag und Nacht von geradezu fantastischer Klarheit. Und der Weg war auch nicht mehr weit: keine Meile mehr, die ihn und seine Begleiter von dem Kastell trennte.

Dort oben rührte sich nichts. Torian glaubte zwar zu spüren, dass misstrauische Augen jede noch so winzige Bewegung hier unten verfolgten, aber zu sehen war nichts. Nur der gigantische steinerne Drachen, der mit seinem Haupt den Turm im Mittelpunkt der Burg und mit seinen wie zum Sprung geöffneten riesigen Schwingen die Mauern des Kastells bildete, schien seinen starren Blick auf ihn gerichtet zu haben. Torian wusste, wie unsinnig dieser Gedanke war – aber für einen Moment glaubte er wirklich, den Blick dieser unheimlichen, aus uraltem schwarzem Granit gemeißelten Augen zu spüren. Einen Blick, der voller Bosheit und stummem Hass war.

»Nervös?«, fragte eine Stimme hinter ihm, die wohl spöttischer klingen sollte, als sie es tatsächlich tat.

Torian schrak aus seinen Grübeleien hoch, drehte sich herum und erkannte Cathar in der schlanken Gestalt, die sich wie ein Schatten vom nachtdunklen Hintergrund des Gesteins abhob. Er hatte den Magier nicht näher kommen gehört. Um Zeit zum Nachdenken zu gewinnen, antwortete er nicht gleich, sondern starrte den Magier nur an, der wie er im Schutze eines mächtigen Felsblockes niedergekniet war und zum Turm der kleinen Festung hinaufblickte. Die sonderbar geformten Zinnen des bizarren Bauwerkes erinnerten ihn an die Zähne eines riesengroßen Raubtieres, und die schmalen Fensteröffnungen schienen wie schwarze Augen zu ihnen herabzustarren. Aber Torian wusste, dass sie nicht in Gefahr waren, entdeckt zu werden.

Nach einer Weile nickte er. »Um ehrlich zu sein, ich habe sogar ganz erbärmliche Angst«, gestand er. »Ich habe immer mehr das Gefühl, dass dieser Berg eine einzige tödliche Falle ist.«

Cathar zuckte die Achseln. »Vielleicht.« Er deutete mit einer Kopfbewegung nach oben. »Aber ich bin sicher, dass dort oben nichts mehr lebt. Ansonsten wäre unser Unternehmen von vorneherein zum Scheitern verurteilt.«

Torian wusste, dass der Magier nur zu Recht hatte. Man musste kein Meisterstratege sein, um zu erkennen, dass diese an sich nicht sehr große, halb aus dem Fels herausgemeißelte Festung allein reichte, eine ganze Armee aufzuhalten. Der Pfad hier herauf war so schmal, dass zwei Männer nicht nebeneinander gehen konnten, und er verlief schnurgerade, ohne die allergeringste Deckung. Cathar hatte nicht übertrieben – ein einziger Mann, der hinter den Zinnen des Kastells stand, konnte eine Armee aufhalten, indem er nur mit Steinen warf.

»Nein, vor körperlichen Feinden habe ich keine Angst«, fuhr der Magier fort, ohne auf eine Antwort Torians zu warten. »Aber es gibt etwas anderes, das ich fürchte. Es ist dieses Land selbst. Die meisten der Narren dort hinten halten es einfach für ein Stück nutzloser Erde, auf dem es nur Sand und Steine und allenfalls ein paar giftige Spinnen und Skorpione gibt, aber wir wissen beide, dass es nicht stimmt. Du spürst es ebenso wie ich, nicht wahr? Dieses Land lebt. Und es registriert sehr genau, wer es betritt und was er tut.«

Torian erschrak ein wenig, denn Cathar hatte genau das ausgesprochen, was ihm selbst durch den Kopf ging, aber er entgegnete noch immer nichts. Stattdessen musterte er den Magier aufmerksam. Obwohl sie dicht nebeneinander kauerten, konnte er das Gesicht Cathars nicht richtig erkennen, denn die Nacht war sehr finster. Aber er spürte dafür umso deutlicher, dass sich der Magier nur äußerlich gelassen gab. Innerlich war auch er bis zum Zerreißen gespannt.

Torian schob den Gedanken mit Macht von sich, drehte sich wieder herum und blickte zu der Bergfestung hinauf, die irgendwo über ihnen aufragte. Trotz ihres unheimlichen und Angst einflößenden Äußeren war sie jetzt nur noch als Schatten auszumachen, wie ein kolossales schwarzes Loch in der Wirklichkeit. Man konnte nicht sehen, wo der natürlich gewachsene Fels aufhörte und das Mauerwerk des Kastells begann. Vielleicht lag es aber auch nur an den Schatten der Abenddämmerung, die sich nun immer rascher über das Land breiteten und in ihrem dämmerigen Licht ohnehin alles finsterer und bedrohlicher erscheinen ließen, als es tatsächlich war.

Nach einer Weile wandte sich Cathar schweigend um, bedeutete Torian mit einer Kopfbewegung, ihm zu folgen, und ging zum Lager zurück. Nicht der geringste Laut war von dort zu vernehmen, und selbst die Gestalten der Menschen schienen mit den Schatten der Nacht zu verschmelzen. Die Angst ballte sich wie eine finstere Wolke über dem Rastplatz, so deutlich, dass Torian glaubte, sie fast körperlich spüren zu können. Sein Blick huschte über die Gesichter der Menschen. Die meisten starrten mit steinerner Miene ins Nichts, warteten und hingen ihren Gedanken nach. Nichts schien sich seit seinem Aufbruch verändert zu haben.

Und doch ...

Er spürte die Anwesenheit des *Fremden* überdeutlich. Es war da, unsichtbar und lautlos, wie ein übler Geruch, der sich in der Wirklichkeit festgesetzt hatte, wartend, bereit, und mit einem Mal empfand Torian Hass gegen sich selbst, dass er es – abgesehen von Cathar – als Einziger fühlen konnte, während all die anderen ihrem Schicksal gegenüber blind und taub waren und allenfalls einen kleinen Teil dessen erahnen konnten, was um sie herum *wirklich* geschah.

Nicht einmal die Hälfte ihres Trupps war noch am Leben, seit einer der Männer auf dem Weg hier herauf an einem schmalen Felsgrat das Gleichgewicht verloren hatte und in die Tiefe gestürzt war. Torian fühlte sich schuldig am Tod jedes einzelnen Opfers, das diese Reise bislang gekostet hatte. Nicht deswegen, was er seit ihrem Aufbruch aus Armar getan hatte, denn das hatte er tun müssen, sondern weil er sich überhaupt auf dieses wahnsinnige Unternehmen eingelassen hatte. Die Menschen waren Cathar und ihm in blindem Vertrauen gefolgt, und wenn er ihnen auch niemals Hoffnungen gemacht hatte, von denen er nicht wusste, ob er sie erfüllen konnte, war er schon allein dadurch schuldig geworden, dass er den Plan des Schwarzen Magiers unterstützte. Aber er hatte nicht anders handeln können.

Er verscheuchte diese Gedanken, die ihn in letzter Zeit immer häufiger befielen, suchte sich einen geschützten Platz und schloss die Augen. Wenige Sekunden später war er bereits eingeschlafen.

☆

Über der Wüste wurde es Tag. Und wie immer hier, in diesem Teil der Welt, der vielleicht zu den menschenfeindlichsten und gefährlichsten überhaupt zählte, ging die Sonne mit ungeheurer Pracht auf. Der Horizont war in flammendes Rot getaucht, und die Kälte der Nacht wich bereits jetzt einem ersten warmen Hauch, der bald zu stickiger Hitze und nicht viel später zu unerträglicher Glut werden würde. Aber erst bald, noch war es reichlich kühl. Manchmal brachte der Wind Geräusche mit sich: das Rascheln des Sandes, ein leises Klirren, der schwer zu beschreibende Laut sorgsam eingefetteten Leders, das über hartes Lavagestein schleifte, wenn sich einer der Männer im nur wenige Schritte entfernten Lager im Schlaf umdrehte. Und dann war da die Festung: ein Koloss wie eine zornig geballte Lavafaust vor dem flammend roten Himmel.

Obwohl sich der Horizont jetzt bereits seit Minuten mit der Röte der Morgendämmerung überzogen hatte, war es noch immer nicht hell geworden, wenigstens nicht hier, auf der der Sonne abgewandten Seite des zyklopischen Berges, dessen Schatten wie ein ins Gigantische vergrößerter Zeigefinger in die Wüste hinauswies und das Licht auffraß. Der Wind, der aus der Wüste herüberwehte und Torian und den Mann neben ihm, mit dem zusammen er vor knapp einer Stunde den letzten Teil der Nachtwache übernommen hatte, mit einem beständigen Bombardement kleiner, spitzer Sandkörner überschüttete, war noch kalt und ließ ihn die Wärme des Felsens, auf dem er saß, umso deutlicher spüren. Es war eine unangenehme Wärme. Nicht die gespeicherte Sonnenhitze des vorangegangenen Tages, die der Stein jetzt allmählich wieder freigab, sondern eine eigenartige, irgendwie *schmierige* Wärme, als brodele tief unter dem Fuß dieses Höllenberges ein schwarzes Feuer, dessen tödlichen Hauch sie fühlten.

Torian versuchte den Gedanken abzuschütteln und sich auf seine eigentliche Aufgabe zu konzentrieren, aber es gelang ihm nur zum Teil. Das Kastell war irgendwo vor und über ihnen, denn obwohl er die Festung nicht sehen konnte, *spürte* er ihre Nähe wie einen üblen Hauch, der die ganze Umgebung erfüllte. Der Fels war so schwarz wie ein Stück gefrorener Nacht, und was er an Licht reflektierte, das schien der Riesenschatten des Berges aufzusaugen. Wenn es irgendwelche Wachen gab, hätten sie fünf Schritte vor ihnen sein können, und er hätte sie nicht gesehen.

Und das war etwas, das Torian noch mehr verstörte. Es war einfach nicht richtig.

Und es war unbegreiflich.

Er konnte die gleichförmig gewellten Sanddünen der Staubwüste erkennen, jenseits des Bergschattens, so klar, wie es nur hier in der Wüste möglich war, den schwarzen Lavastein, auf dem er lag – und dazwischen war nichts. Es schien, als existiere der Ausschnitt der Welt, der zwischen ihnen und dem Kastell lag, einfach nicht.

»Das … das ist Zauberei«, murmelte eine Stimme neben ihm. Torian wandte den Blick und starrte den Mann neben sich an. Nassan war ein dunkelhaariger Bursche von höchstens zwanzig Jahren, mit schmächtigen Schultern und einem etwas weichlichen, stets verschlossenen und düsteren Gesicht. Er gehörte zu der von Cathar gedungenen Mörderbande, aber irgendwie passte er nicht dazu. Er war still und in sich gekehrt, hielt sich meist ein wenig abseits von den anderen, und obwohl eigentlich nichts an ihm auffällig war, hob er sich schon durch seine bloße Anwesenheit so stark von ihnen ab, dass sich Torian sogar an seinen Namen erinnerte. Er hatte schon mehrfach überlegt, wie der junge Mann in diese Gesellschaft geraten konnte, war aber nie dazu gekommen, ihn zu fragen. Nach kurzem Zögern schluckte er den scharfen Verweis, der ihm auf der Zunge lag, hinunter. Im Grunde hatte Nassan nur ausgesprochen, was auch er insgeheim dachte. Was sie alle insgeheim dachten. Diese Licht fressende Schwärze dort vor ihnen war nur noch als Zauberei zu bezeichnen, wie diese ganze fremde Welt, die sie mit dem ersten Schritt in den Flüsterwald betreten hatten, von Magie durchdrungen zu sein schien.

»Wahrscheinlich ist es nur eine Illusion«, wiegelte er ab, ohne dass es ihm allerdings gelang, in seiner Stimme die Überzeugung mitklingen zu lassen, die diese Worte eigentlich verlangt hätten. »Wir dürfen uns davon nicht verrückt machen lassen.«

Nassan nickte, dann seufzte er und trat ein paar Schritte zurück, um aus dem Schatten des Felsens zu gelangen. Es war unglaublich, aber die Dunkelheit tiefster Nacht und die grelle Helligkeit des Tages lagen in der Tat nur wenig auseinander. Nassan hob die linke Hand über das Gesicht, um sich vor dem grellroten Sonnenlicht des Morgens zu schützen, wischte sich mit Daumen und Zeigefinger die Tränen fort, die ihm Müdigkeit und Licht in die Augen getrieben hatten, und blickte beinahe andächtig in die Wüste hinaus. »Ich habe mich in den letzten Nächten oft gefragt, ob ich den Sonnenaufgang noch einmal sehen würde. Vielleicht ist es heute das letzte Mal. Der Morgen vor der Schlacht ...« Er seufzte abermals. »Mein Gott, warum muss er immer so *schön* sein?«

Torian antwortete nicht. Was hätte er auch sagen sollen? Es *war* ein ausnehmend schöner Morgen, voller Ruhe und Frieden und einer schwer in Worte zu fassenden Sanftheit, und trotzdem hatte – vielleicht für alle außer ihm unsichtbar – der Tod bereits seine hässliche Klaue nach dem kommenden Tag ausgestreckt. Er lauerte in den Schatten, verbarg sich in den leise flüsternden Stimmen, die der Wind herantrug, und wartete dort oben in den finsteren Gewölben der Burg, die sich hinter der Wand unnatürlicher Dunkelheit verbargen. Und wenn dort oben wirklich etwas auf sie lauerte, dann würde es eine Schlacht geben, und dann würde vielleicht wirklich keiner von ihnen den nächsten Sonnenaufgang erleben. Er fragte sich, ob Nassan wohl mehr ahnen mochte, als er aussprach, aber er wusste auch, wie gefährlich Gedanken dieser Art waren und dass er sie nicht ohne Widerspruch hinnehmen durfte.

»Du bist ein Narr«, erwiderte er härter, als vielleicht notwendig gewesen wäre. »Dies ist kein Platz für Träumer. Wenn du dauernd nur an den Tod denkst, dann spring doch in die Tiefe, und du wirst ihn kennen lernen.«

Nassan schien widersprechen zu wollen. Für einen Moment flammte Trotz in seinem Blick auf, dann purer Zorn: Sein Gesicht verzerrte sich zu einer Grimasse, und er legte die Hand auf den Schwertknauf, aber dann schien er sich im allerletzten Moment zu besinnen, *wem* er gegenüberstand, und statt aufzufahren, atmete er nur lautstark aus.

»Schon gut, ich habe es nicht so gemeint«, lenkte Torian ein. Seine Worte erschreckten ihn selbst. Er hatte Nassan nicht beleidigen wollen, aber wieder hatte er für wenige Sekunden diesen erschreckenden Drang verspürt, Böses zu tun; seine innere Antwort auf die äußere Umgebung. »In meiner Heimat gilt eine alte Weisheit«, fügte er rasch mit sanfterer Stimme hinzu. »Sie besagt, dass man den Tod herbeilockt, wenn man allzu oft an ihn denkt. Konzentriere dich auf das, was vor uns liegt, nicht auf Grübeleien über den Tod. Nicht jetzt und nicht hier. Aber nun sei still.« Er machte eine befehlende Geste, um seine Worte zu unterstreichen, lächelte Nassan aber noch einmal flüchtig zu und wandte sich dann wieder dem Berghang und dem unheimlichen Schatten zu. Die Burg blieb, was sie war: ein düsterer, Unheil verkündender Flecken Schwärze. Wie ein Loch in der Wirklichkeit.

Torian fror mit einem Mal noch stärker als zuvor, und wie zur Antwort auf seine Unheil ahnenden Gedanken erscholl irgendwo hinter ihnen ein helles, trockenes Knacken. Er fuhr zusammen, packte sein Schwert und riss es aus der Scheide.

»Was war das?«, flüsterte Nassan. Seine Stimme kam Torian fremd vor, so sehr zitterte sie vor Furcht und nur mühsam unterdrücktem Entsetzen. Er antwortete nicht, sondern versuchte einige endlose Sekunden lang vergeblich, die Schwärze um sie herum mit Blicken zu durchdringen.

Dann wiederholte sich das Geräusch, und es war sehr viel lauter diesmal: ein helles Knacken, wie das Kollern eines Steins. Und eine Sekunde später glaubte Torian einen Schatten zu sehen, der sich ihnen aus Richtung des Lagers näherte. Wahrscheinlich einer der Männer, der schon früh aufgestanden war.

»Wer ist da?«, rief Torian.

Der Schatten antwortete nicht, aber er blieb stehen: ein großer, finsterer Umriss, gerade an der Grenze des Sichtbaren, jedoch unzweifelhaft der eines Menschen. Torian runzelte die Stirn, packte sein Schwert fester und trat einige Schritte vor.

»Wer ist da?«, fragte er noch einmal, sehr viel schärfer diesmal und mit einer Kraft in der Stimme, die ihm der Zorn gab. Er machte noch einen Schritt weiter nach vorn, und jetzt glaubte er die schwarze Kutte Cathars zu erkennen. Er atmete auf. »Bei Ch'tuon, was soll das?«, fragte er ärgerlich. »Warum antwortest du nicht?« Er ließ sein Schwert sinken.

Es war *beinahe* die letzte Bewegung seines Lebens und *tatsächlich* die letzte, die Nassan wahrnahm.

Die Gestalt verschwand blitzschnell und tauchte in der nächsten Sekunde wie ein Schatten wieder über ihnen auf; ein Dämon, den die Nacht ausgespien hatte und der lautlos und schnell wie der Tod war. Torian fand gerade noch Zeit, seinen schrecklichen Irrtum zu erkennen und herumzufahren, da blitzte es über ihm auf. Der Säbel der schwarz gekleideten Gestalt beschrieb einen engen, unglaublich *raschen* Halbkreis, trennte Nassans Kopf von den Schultern und hackte noch in der gleichen Bewegung nach Torians Kehle. Torian warf sich verzweifelt herum; trotzdem zerfetzte die rasiermesserscharf geschliffene Klinge sein Wams und das Kettenhemd darunter und hinterließ eine tiefe Wunde in seiner Schulter. Er brüllte vor Schmerz und Schreck, kam endlich auf die Füße und parierte den blitzschnell nachgesetzten Hieb des Angreifers mit seiner eigenen Waffe.

Es war, als hätte er auf Stahl geschlagen. Sein eigenes Schwert, ungeschickt und viel zu unkontrolliert in die Höhe gerissen, wurde ihm aus der Hand geprellt, und ein dumpfes Pochen zuckte bis in seine Schultermuskeln hinauf und verwandelte sie in ein nutzloses Bündel aus Schmerz und verkrampftem Gewebe. Aber wenigstens nahm er dem Hieb so genügend von seiner Kraft, dass die Klinge ihn zwar noch traf und auch aus dem Gleichgewicht brachte, sodass er abermals zu Boden fiel, sein Panzerhemd aber nicht mehr durchtrennte.

Torian reagierte, ohne zu denken, blindlings den Reflexen und Reaktionen gehorchend, die er sich selbst im Laufe endloser Jahre antrainiert hatte. Als der Angreifer herumfuhr und sein Schwert mit beiden Händen hob, um den vermeintlich hilflos vor ihm Liegenden zu töten, stieß er ihm den linken Fuß vor das Knie, vollführte mit dem anderen Bein eine blitzartige scherenförmige Bewegung und hakte seinen Fuß hinter den des Schwarzgekleideten. Der Krieger taumelte. Seine eigene Bewegung, mit der er Schwung geholt hatte, um Torian endgültig zu erledigen, wurde ihm zum Verhängnis.

Er fiel, stürzte jedoch nicht vollends, sondern sank nur auf ein Knie herab und fand im letzten Moment mit den Händen Halt an einem Felsen, aber der Augenblick reichte Torian, herum- und auf die Füße zu kommen und mit einem Sprung hinter ihm zu sein. Seine Gedanken überstürzten sich. Er hätte sich bücken und Nassans Schwert aufheben können, aber seine rechte Schulter war noch immer verkrampft und halb gelähmt von der ungeheuren Wucht, die im Schwerthieb des Angreifers gesteckt hatte. Er wusste, dass er dem Mann mit *dieser* Waffe nicht gewachsen war. Wer immer sich unter dem schwarzen Mantel verbarg, musste Körperkräfte besitzen, die sich mit denen von Garth messen konnten. Aber Torian hatte nicht nur mit dem Schwert zu kämpfen gelernt …

So kompliziert dieser Gedankengang gewesen war, er hatte nur den Bruchteil einer Sekunde in Anspruch genommen. Noch während der Mann vor ihm mit wild rudernden Armen um sein Gleichgewicht kämpfte, fuhr Torian herum, schlang den linken Arm von hinten um seinen Hals und tastete mit den Fingerspitzen nach dem Kinn, das sich unter dem schwarzen Stoff der Gesichtsmaske verbergen musste; gleichzeitig legte sich sein rechter Arm um den Schädel des Angreifers, die Armbeuge gegen die rechte, die gespreizten Finger gegen die linke Schläfe des Mannes gepresst. Der Unbekannte bäumte sich auf, als er begriff, was Torian tat. Seine Hände ließen das Schwert fallen, tasteten nach oben, zerrten einen Moment lang vergeblich an Torians Handgelenken und glitten weiter auf der Suche nach seinem Gesicht und den Augen.

Sie erreichten sie nie.

Torian atmete tief ein, konzentrierte sich nur auf seine Hände und stieß einen gellenden Schrei aus. Jedes bisschen Kraft, das in seinem Körper war – und es war eine Menge! –, lag in dieser einen blitzartigen Bewegung, in der er die Arme gegeneinander bewegte.

Unter dem schwarzen Stoff in seinen Händen erscholl ein Laut, als zerbreche ein trockener Ast. Der Körper in Torians Armen erschlaffte, und er ließ die Leiche zu Boden sinken. Im Lager musste man seinen Schrei und die Geräusche des Kampfes gehört haben, und er verstand nicht, wieso nicht längst jemand gekommen war, um nach ihm zu sehen. Furchtsam schaute er sich um, versuchte die Dunkelheit auf der Suche nach weiteren Angreifern mit den Augen zu durchdringen, und erst als er sich sicher war, dass ihm zumindest im Augenblick keine Gefahr mehr drohte, entspannte er sich, trat einige Schritte zurück und wollte sich nach seinem Schwert bücken, als er aus den Augenwinkeln eine Bewegung wahrnahm. Er fuhr blitzschnell herum. Nichts war mehr zu sehen, aber was er unter anderen Umständen vielleicht als Einbildung abgetan hätte, weckte jetzt erst recht sein Misstrauen. Sein Blick ruhte auf dem Körper des Unbekannten ein paar Schritte vor ihm, und er hatte den Eindruck, als hätte der Leichnam noch vor wenigen Sekunden ein wenig anders dagelegen.

Dann wiederholte sich die Bewegung. Torians Augen quollen vor Entsetzen ein Stück weit aus den Höhlen, und einen Moment glaubte er, schlicht und einfach den Verstand verloren zu haben. Was er sah, war undenkbar. *Undenkbar,* hämmerten seine Gedanken, immer und immer wieder. Es war *vollkommen undenkbar!* Er hatte *gehört,* wie das Genick des Mannes gebrochen war, hatte *gespürt,* wie sich sein Körper in einem letzten entsetzlichen Krampf aufbäumte und dann urplötzlich erschlaffte, als das Leben aus ihm wich. Er war tot; ohne jeden Zweifel tot!

Aber er bewegte sich.

Langsam, mit seltsam ziellos wirkenden, umständlichen Bewegungen, stemmte er sich auf Hände und Knie hoch, taumelnd und fahrig *(und tot),* aber er bewegte sich.

Torians Blick fiel auf die Hände des Mannes. Sie waren schwarz.

Sie steckten nicht in Handschuhen, und sie waren auch nicht dunkel von Schmutz oder geronnenem Blut, sondern *schwarz*, von einer Farbe, die das Licht aufzufressen schien, und es waren auch nicht die Hände eines Menschen …

Was Torian sah, waren Krallen, raubvogelartig gekrümmte, lederhäutige Krallen, die in zolllangen, rasiermesserscharfen Nägeln endeten, viel zu oft geknickt, als hätten sie ein paar Gelenke zu viel, und von nässenden Warzen und Pusteln übersät. Und sie bewegten sich! Der Unbekannte hielt die Hände vollkommen still, aber sie bewegten sich trotzdem, die Haut zuckte und bebte, zog sich zusammen und zitterte, als liefe eine Armee widerlicher kleiner Insekten darunter entlang.

Torian wich mit einem gurgelnden Laut vor der entsetzlichen Erscheinung zurück und hob beide Hände wie schützend vor das Gesicht, ohne sich dessen auch nur bewusst zu werden, während er dem unglaublichen Schauspiel folgte. Rings um ihn wich die Stille des Wüstenmorgens einem Chor überraschter Schreie und dann den Lauten eines rasch heftiger werdenden Kampfes, aber das registrierte Torian nur am Rand, mit einem Teil seines Bewusstseins, das wie durch ein Wunder noch zu rationalem Denken fähig, aber vollkommen machtlos über seinen Körper war. Für einen Moment spürte er den eisigen Griff des Wahnsinns in seinem Gehirn, als sich die Gestalt vor ihm vollends aufrichtete und ihr Schwert hob, noch immer mit diesen fahrigen, fürchterlichen Bewegungen.

Wie eine Marionette, deren Fäden durcheinander geraten waren, dachte Torian entsetzt.

Taumelnd bewegte sich die Gestalt auf ihn zu, das Schwert nur halb erhoben, der Kopf pendelnd, als hätten die Muskeln nicht die Kraft, ihn allein zu halten. Torians Angriff hatte das schwarze Tuch heruntergerissen, hinter dem sich das Gesicht des unbekannten Kriegers bisher verborgen hatte.

Er schrie. Nur ein einziges Mal und nicht sehr lange oder sehr laut, aber in seinem Schrei lag alles Entsetzen der Welt; und noch ein bisschen mehr.

Das Gesicht des Mannes war …

Torians Verstand weigerte sich, den Anblick als wahr zu akzeptieren. Etwas in ihm zerbrach mit einem hörbaren, schmerzenden Laut. Was er sah, war nicht das Gesicht eines lebenden Menschen, nicht einmal irgendeines fremdartigen Ungeheuers – sondern die Grauen erregende Fratze eines Mannes, der vielleicht schon vor Jahrzehnten gestorben war! Dünne, wie ausgetrocknetes Pergament gerissene Haut spannte sich über den Knochen, sodass er viel mehr Ähnlichkeit mit einem Totenschädel hatte als mit den Zügen eines lebenden Menschen. Die Augen waren eingesunken, ausgetrocknet und zu zerknitterten, halb durchsichtigen, dünnen Hautsäcken geworden, die wie trübe gewordene Glaskugeln haltlos in ihren Höhlen hin und her rollten, und aus dem Mund, der halb offen stand, hing ein zerfetzter Lappen, der einmal eine Zunge gewesen war.

Torkelnd kam die entsetzliche Kreatur näher und hob das Schwert, das sie mit einer der von schwarzem Eigenleben erfüllten Klauen führte. Und es war das Blitzen des tödlichen Stahles, das Torian wieder in die Wirklichkeit zurückriss. Mit einem entsetzten Kreischen sprang er zurück, wich der niederpfeifenden Klinge im letzten Augenblick aus und trat nach der Waffenhand des Angreifers. Noch vor einer Minute hätte er damit sein Leben aufs Spiel gesetzt, denn der Mann – *Mann?* – hätte zweifellos seinen Fuß gepackt und ihn zu Boden geworfen. Aber seine Reaktionen waren langsamer geworden, als müsse er sich von diesem zweiten Tod erholen, und Torians Fuß traf, zerbrach sein Handgelenk, und die Waffe wirbelte davon.

Der lebende Tote wankte. Einen Moment lang suchte er mit weit ausgebreiteten Armen nach seiner Balance, dann fiel er nach hinten, prallte gegen einen Felsen und begann sich mühsam wieder in die Höhe zu stemmen. Torian schleuderte ihn mit einem weiteren Fußtritt zurück und versetzte ihm rasch hintereinander drei, vier harte Hiebe, die einen lebenden Gegner zumindest gelähmt, wahrscheinlich aber sogar auf der Stelle getötet hätten.

Das Ungeheuer gab nicht einmal einen Laut von sich, sondern versuchte sofort wieder, auf die Beine zu kommen. Mit einem höhnischen Kichern trat der lebende Tote auf Torian zu und streckte seine schrecklichen Hände aus. *Wie sollte er einen Gegner töten, der längst nicht mehr lebte?*, dachte Torian verzweifelt. Sein Blick fiel auf den Leichnam Nassans, über den er gerade fast gestolpert wäre. Die Hand des Toten lag noch auf dem Schwert, das zu ziehen ihm keine Zeit mehr geblieben war. Torian unterdrückte den Widerwillen, den der Anblick des enthaupteten Jungen in ihm wachrief, bückte sich blitzschnell und schloss die Hand um Nassans Schwert. Wenn nötig, dachte er grimmig, würde er diese Schreckenskreatur in Stücke hacken.

Aber er kam nicht dazu. Er kam nicht einmal mehr dazu, das Schwert ganz aus der Scheide zu ziehen und sich wieder dem Untoten zuzuwenden.

Denn in diesem Moment bewegte Nassan den Arm, hob die rechte Schulter ein wenig und schloss die Finger um Torians Handgelenk!

Torian begann zu kreischen. Die Töne, die er von sich gab, hatten nichts Menschliches mehr an sich. Aber er versuchte nicht einmal mehr davonzulaufen, als sich Nassans schrecklicher kopfloser Torso vor ihm aufrichtete und mit der anderen Hand nach seiner Kehle tastete. Er wusste, dass er sterben würde, hier und jetzt, doch er registrierte den Gedanken nur, unfähig, in irgendeiner Weise darauf zu reagieren. Wie gelähmt starrte er das unmögliche *Ding*, das einmal Nassan gewesen war, an. Aber irgendetwas in ihm, vielleicht der Instinkt, der Tiere dazu treibt, sich selbst zu verstümmeln, um aus einer Falle zu entkommen, irgendetwas wehrte sich noch, als er Garths entsetzten Schrei hinter sich vernahm.

»Torian!«

Nicht er selbst, sondern nur noch der Rest seines unterbewussten Selbsterhaltungstriebes ließ ihn den Fuß hochreißen und Nassan zurückstoßen. Er hatte dabei das unbeschreiblich ekelhafte Gefühl, in eine weiche, schwammige Masse zu treten.

Im nächsten Moment klatschte etwas zweimal hart in sein Gesicht, und er sah verschwommen Garth vor sich, der ihn am Arm packte und mit sich zerrte. Nach einigen Sekunden erwachte Torian vollends aus seiner Erstarrung und schaute sich um. Cathar war nirgendwo zu erblicken, dafür wütete ein halbes Dutzend der Albtraumgestalten im Lager. Zwei der Menschen waren bereits gestorben und hatten sich in ihre Phalanx eingereiht. Verzweifelt versuchten die anderen, sie sich mit ihren Schwertern vom Leibe zu halten, aber die Kreaturen griffen immer wieder an, egal wie schlimme Wunden ihnen beigebracht wurden. *Es ist unmöglich, jemanden zu töten, der bereits seit Jahren tot ist!*, schoss es Torian durch den Sinn.

Direkt vor ihm, aus dem Sichtschutz eines Feuers heraus, wuchs einer der Toten in die Höhe. Torian schrie auf, prallte einen halben Schritt zurück und trat in die Flammen. Unter seinen Stiefeln zerbrach brennendes Holz. Flammen und Funken hüllten ihn ein, und sein Umhang begann fast augenblicklich zu brennen, aber er spürte den Schmerz nicht einmal. Blind vor Angst und von dem puren Willen erfüllt, einfach nur zu überleben, hob er sein Schwert und schlug nach dem entsetzlichen Wesen. Seine Klinge zerfetzte die Kleidung des Angreifers, biss tief in seine Seite und brachte ihn aus dem Gleichgewicht. Der Mann fiel, versuchte mit wild rudernden Armen sein Gleichgewicht wieder zu finden und stürzte endgültig, als Torian ihm einen Tritt versetzte. Ohne einen einzigen Laut fiel er nach vorne, die Arme weit vorgestreckt, um den Sturz abzufangen – direkt in die lodernden Flammen hinein. Sein Körper verschwand bis zum Gürtel in der weiß flammenden Hölle aus Feuer und Glut. Zerborstenes Holz und Funken stoben wie in einer lautlosen Explosion in die Höhe und senkten sich auf Torian herab.

Aber er spürte auch diesen neuerlichen Schmerz nicht, denn sein Blick war noch immer wie hypnotisiert auf den Angreifer gerichtet.

Er blieb nicht liegen.

Die Temperaturen dort, im Herzen des gigantischen Scheiterhaufens, mussten hoch genug sein, Eisen zu schmelzen, aber der Mann mit dem Albtraumgesicht *blieb nicht liegen!* Er bewegte sich, stemmte sich hoch und herum und stand wieder auf.

Das Vorderteil seines Gewandes und sein Haar waren fort, binnen Sekunden zu Asche zerfallen. Das dünne Gewebe aus Eisenringen, das sein Kettenhemd bildete, glühte hier und da in düsterem Rot. Grauer Dampf stieg von der entsetzlichen Gestalt hoch. Ihre Hände brannten. Torians Keuchen steigerte sich zu einem entsetzten Schrei, als die Gestalt ein meckerndes Kichern hören ließ und mit ihren furchtbaren brennenden Händen nach ihm griff.

Im nächsten Moment war sie verschwunden. Torians Schwert schnitt nur noch durch Luft und hätte fast Cathar getroffen, der neben ihn getreten war und die Schreckenskreatur mit den Händen berührt hatte. Mit einem grotesken Hüpfer brachte sich der Magier vor der Klinge in Sicherheit.

»Pass doch auf, verdammter Narr!«, zischte er.

Erst jetzt fiel Torian die Ruhe auf, die sich über das Lager gesenkt hatte. Die lebenden Toten waren verschwunden, vernichtet von Cathars magischer Kraft.

»Wo warst du?«, fauchte Torian. »Wenn du hier gewesen wärest, hätte –« Er brach ab und stieß sein Schwert mit einem übertrieben harten Ruck in die Scheide zurück. »Was waren das für Kreaturen? Und woher kamen sie?«

»Ich weiß es nicht«, erwiderte Cathar. Die Worte klangen gehetzt, und in seiner Stimme lag ein Unterton, der Torian schaudern ließ. Noch vor einer Stunde war er überzeugt gewesen, dass der Magier nicht einmal wusste, was Angst wirklich war, doch jetzt flackerte nackte Panik in Cathars Blick. »Ich habe etwas entdeckt, wogegen das hier vielleicht nur ein harmloser Auftakt war«, fuhr er hastig fort, bedeutete Shyleen und Torian mit einer Handbewegung, zu ihm zu kommen, und befahl den anderen Männern, an Ort und Stelle zu warten. »Kommt mit«, sagte er und wandte sich ohne ein weiteres Wort um.

☆

Es war sehr still auf der kleinen Plattform, auf die Cathar sie geführt hatte; eine halbrunde, in der Länge knapp zehn Meter durchmessende Fläche an der dem Lager entgegengesetzten Seite des Berges, die von einer brusthohen steinernen Brüstung begrenzt wurde. Vier turmartige, doppelt mannshohe und beinahe zwei Meter dicke Monolithe aus schwarzem Granit erhoben sich aus dem Steinring. So wie die ganze Plattform war auch die mächtige Brüstung ein wenig zu gleichmäßig, um allein aus einer Laune der Natur heraus entstanden zu sein. Sturm und Sand mochten sie im Laufe der Zeit glatt geschliffen haben, aber ebenso gut konnten es auch menschliche Hände gewesen sein. Letzteres erschien Torian wahrscheinlicher. Er trat an die Brüstung heran. Dahinter fiel der Fels Hunderte von Metern lotrecht in die Tiefe, um mit dem Wüstenboden zu verschmelzen.

Torian starrte in die Richtung, von der aus sie sich dem Berg genähert hatten, und im gleichen Moment wurde ihm klar, warum Cathar sie ausgerechnet hierher geführt hatte. Inmitten der Wüste, gerade noch am Rande des Sichtbaren, bewegte sich etwas Schwarzes, Gewaltiges, das Torian auch nicht erkennen konnte, als er das Gesicht mit der Hand abschirmte und die Augen zu schmalen Schlitzen zusammenkniff.

»Was ist das?«, fragte Garth, der genau wie Bard darauf bestanden hatte, sie zu begleiten, obwohl Cathar ihrer beider Anwesenheit für unnötig hielt bei dem, was er vorhatte, ohne dass Torian auch nur erahnte, worum es sich handeln mochte. Er zuckte mit den Schultern, erst dann bemerkte er, dass die Frage nicht an ihn, sondern an den Magier gerichtet war.

»Genau das möchte ich herausfinden«, antwortete Cathar. »Deshalb habe ich euch hierher geführt, und dafür brauche ich Shyleens und Torians Hilfe. Allein bin selbst ich zu schwach, um die Vergangenheit zu ergründen.«

Das Mädchen fuhr zu ihm herum. »Du willst –«

»Unser Leben hängt davon ab. Was immer das dort draußen sein mag, es kommt näher. Und es ist schneller als wir. Ich muss herausfinden, was es ist, um uns schützen zu können.«

»Aber warum Torian?«, begehrte Shyleen auf. »Ich bin die Tochter eines Magiers und kann dir helfen, aber er verfügt über keinerlei magische Kräfte. Es könnte seinen Geist vernichten.«

»Das wird es nicht. Unsere Kräfte allein reichen nicht aus, und er ist stärker, als du denkst. Schließlich habe ich meinen Geist schon einmal mit dem seinen verbunden.«

»Nein!«, stieß Torian hervor, der erst jetzt zu begreifen begann, was Cathar vorhatte. Der Magier sprach nicht aus, dass es ihm um die Kraft des Parasiten ging, aber Torian verstand auch so. Er erinnerte sich der entsetzlichen Sekunden auf der Lichtung im Flüsterwald, während deren er die Welt sekundenlang durch die Augen des Magiers gesehen hatte. Er würde lieber sterben, als sich noch einmal darauf einzulassen.

»Unser aller Leben hängt vielleicht davon ab«, beschwor ihn Cathar, als hätte er seine Gedanken gelesen. »Unseres und das der Männer im Lager. Dir wird nichts passieren, das schwöre ich. Uns bleibt nicht mehr viel Zeit.« Er griff in die Tasche seiner Kutte. Als er die Hand wieder herauszog, hielt er einen Stein zwischen den Fingern, rund und glatt wie eine Münze und von einem unglaublich tiefen Schwarz.

»Bei den Dämonen, was bedeutet das alles?«, fragte Garth. Seine Stimme hatte eine Winzigkeit von ihrer gewohnten Stärke verloren. Obwohl er nichts von Magie verstand, spürte wohl auch er, dass das, dessen Zeuge er wurde, mehr als außergewöhnlich war. Etwas Unheimliches, mit Worten kaum zu Beschreibendes ging von dem schwarzen Stein in Cathars Hand aus. Er bekam keine Antwort, stattdessen trat Cathar in die Mitte der Plattform. Der Stein war in seiner zur Faust geschlossenen Rechten verborgen.

Ein sonderbar angespannter Ausdruck lag auf seinen Zügen. Keine Furcht, dachte Torian schaudernd, aber doch etwas, das ihr sehr nahe kam.

Zehn, fünfzehn endlose Sekunden lang schwieg Cathar, und die Stille wurde fast greifbar. Dann ging er in die Hocke, legte den Stein vor sich auf den Boden und bedeckte ihn mit der flachen Hand. So verharrte er einen kurzen Moment lang, dann öffnete er die Hand. Seine Hände begannen zu zittern, aber sonst geschah nichts. Der münzförmige Stein lag einfach da, reglos und so tot, wie ein Stein nur sein konnte, von einem unheimlichen, Licht schluckenden Schwarz. Und doch schien er sie höhnisch anzugrinsen. Mit einem

Male war Torian kalt, entsetzlich kalt. Er versuchte sich einzureden, dass es nur die Kälte wäre, welche die Angst in seinem Inneren auslöste, aber er musste rasch erkennen, dass die Kälte keine Einbildung war, sondern Realität. Die Temperaturen sanken rapide, bis sein Atem als grauer Dampf vor seinem Gesicht erschien und seine Finger klamm und steif wurden.

Für endlose Minuten hockte Cathar einfach nur da, in fast absurder Haltung, scheinbar mitten in der Bewegung erstarrt, dann erwachte er schließlich mit einem Ruck aus seiner Lähmung.

»Eure Hände«, sagte er und richtete sich auf. Der Stein blieb vor ihm auf dem Boden liegen. »Bildet einen Kreis.« Shyleen gehorchte sofort. Sie ergriff die Hand des Magiers, und nach kurzem Zögern reihte sich auch Torian in den noch offenen Kreis ein und packte die schlanke Hand des Mädchens und Cathars dürre Finger. Sie fühlten sich kalt und trocken wie altes Pergament an. Torian verstand immer noch nicht völlig, was der Magier vorhatte, aber die Erinnerung an das Geschehene und ein Blick auf das, was sich ihnen aus der Wüste näherte, ließen ihn erkennen, dass jetzt nicht die Zeit für Fragen und lange Erklärungen – die er zum größten Teil wohl ohnehin nicht verstehen würde – war. Ob es ihm behagte oder nicht, er musste dem Magier wieder einmal vertrauen. Garth und der Rattengesichtige wichen in den hintersten Winkel der Plattform zurück.

»Jetzt schließt die Augen«, gebot Cathar leise. »Und lasst euch fallen. Ihr braucht keine Furcht zu haben.«

Torian schloss gehorsam die Augen. Im ersten Moment sah er nichts als Dunkelheit, und dann konnte er trotz seiner geschlossenen Augen wieder sehen. Sekunden vergingen. Dann eine Minute. Zwei. Drei. Dann begann die schwarze Scheibe zu wachsen.

Jedenfalls war es das, was Torian im ersten Moment dachte. Aber gleich darauf erkannte er, dass es nicht stimmte. Der Stein selbst blieb unverändert, aber er schien plötzlich von einem düsteren Halo aus schwarzem Licht umgeben, einer Aura der Finsternis und Kälte, die im gleichen Maße wuchs, wie das Licht der Sonne abnahm. Lautlos und rasch breitete sich die unheimliche Aura aus, bis sie auch den letzten Rest Helligkeit gefressen hatte.

Die Dunkelheit wurde noch tiefer, obgleich Torian dies nicht mehr für möglich gehalten hatte. Aber es *gab* eine Steigerung von Schwarz, und das war es, was er in diesen Sekunden erlebte, eine Finsternis, die nichts mehr mit der bloßen Abwesenheit von Licht zu tun hatte, sondern auf das Dasein von irgendetwas anderem, unsäglich Fremden zurückzuführen war. Es war, als wäre er aus der Welt heraus- und in einen Kosmos aus Leere und abgrundtiefer Schwärze hineingeschleudert worden. Sein Atem ging schneller, und sein Herz jagte. Er spürte, wie *irgendetwas* aus dem Nichts heraus nach ihm griff.

Gesichter erschienen um ihn herum. Unsichtbar und mit Linien aus widerlich zuckendem Schwarz auf finsterem Untergrund gemalt, aber trotzdem auf entsetzliche Weise sichtbar, höllische Fratzen, die böse Verhöhnung menschlichen Seins, dann blitzende Splitter von Rot, die von der Schwärze wieder aufgesaugt wurden, für den millionsten Teil einer Sekunde eine grässlich verzerrte Gestalt, ein grässlich aufgedunsener Balg mit viel zu vielen Armen, gewaltigen, vielfach gedrehten Hörnern und einem Kopf, dessen wahrer Anblick so tödlich wie ein Schwerthieb gewesen wäre. Torian wollte schreien, herumfahren und aus dem Kreis ausbrechen, aber er konnte es nicht. Das Entsetzliche, das ihn schier in den Wahnsinn trieb, lähmte ihn auch zugleich, machte ihn unfähig, irgendeinen klaren Gedanken zu fassen, geschweige denn, sich zu bewegen. Irgendetwas griff nach und in seinen Geist, wühlte sich wie eine gigantische glühend heiße Hand durch seine Gedanken und drang bis in die tiefsten, verborgenen Bereiche seiner Seele vor, las seine geheimsten Gedanken und kramte das Unterste zuoberst.

Und etwas in ihm starb. Er konnte das Grauen erregende Gefühl nicht anders beschreiben: Das *Etwas* erfüllte ihn mit Kraft, mit schier unglaublicher, übermenschlicher Stärke, aber es stahl ihm auch etwas dafür, verlangte einen Preis, den abzuschätzen er jetzt noch gar nicht in der Lage war. Irgendetwas, das bisher in ihm gewesen war, sein Leben lang, ohne dass er es auch nur gewusst hätte, war fort, als sich die unsichtbare Riesenhand zurückzog.

Einige Sekunden lang herrschte wieder nur Dunkelheit um ihn

herum, und er klammerte sich mit aller Inbrunst an den Gedanken, dass der entsetzliche Prozess vorbei wäre. Aber dem war nicht so, sondern das, was auch immer Cathar vorhatte, begann erst. Die Dunkelheit lichtete sich, und dann –

– dann war die Plattform wieder da, aber aus einem vollkommen fremden, Schwindel erregenden Blickwinkel und zu ungeheurer Größe explodiert, zersplittert in Tausende und Abertausende einzelner kleiner Bilder, die sich zu einem verwirrenden Kaleidoskop bizarrer Farben und Formen zusammenfügten. Er sah sich selbst und die anderen, wie sie dastanden, sich an den Händen haltend und einen kleinen Kreis bildend, zu absurden Ausmaßen aufgeblasene Ungeheuer, hässlicher als alles, was er jemals zuvor erblickt hatte; daneben Garth und Bard, groß wie Berge und mit Gesichtern wie zerklüftete Felswände. Dann kippte das ganze Bild nach rechts, begann zu torkeln und auf und ab zu hüpfen und war plötzlich verschwunden, als die Welt rings um ihn herum in einem unglaublich intensiven blauroten Licht zu erstrahlen begann.

Etwas fegte sein Denken mit ungeheurer Macht hinweg, und dann überfluteten die von Cathars Magie erweckten Bilder sein Bewusstsein.

Weit draußen, Meilen von der schwarzen Lavanadel des Berges entfernt, erstreckte sich die Wüste, leblos und starr wie seit Jahrmillionen. Scheinbar leblos. Es gab Leben hier, wenn es auch eines kundigen Auges bedurfte, es zu entdecken. Ein Nest kleiner, schuppiger Wüstenameisen, unsichtbar und sich nur durch die Spuren mikroskopisch kleiner Beinchen verratend, die der Wind, der stumme Verbündete des Wüstenlebens, beinahe so schnell wieder verwehte, wie sie entstanden, ein paar Käfer da, monströse Geschöpfe mit mächtigen Panzerplatten und Ehrfurcht gebietenden Scheren, winzig, aber in der miniaturisierten Welt, in der sie lebten, doch grässliche Monster. Auch größeres Leben – eine Spinne, hier und da sogar ein so komplexer Organismus wie eine Schlange, die gefürchteten Skorpione … Nein, die Wüste war nicht tot.

Und doch war die Bewegung, die den nördlichen Hang der Düne – sie unterschied sich durch nichts von der zu ihrer Linken oder Rechten oder von irgendeiner der Millionen und Abermillionen anderer Sanddünen, die diesen Teil der Staubwüste prägten –, und doch war die Bewegung, die einen Teil ihres Hanges zusammenrutschen und wie heißen roten Schnee davonstieben ließ, nicht auf irgendeinen Teil dieses Lebens zurückzuführen. Auch nicht auf den Wind.

Es war etwas in ihr.

Etwas, das unter ihr begraben gewesen war, seit langer, sehr, sehr langer Zeit, selbst für die Begriffe dieses Teiles der Welt, wo die Zeit mit einer anderen Elle gemessen wurde. Sie waren vor Tausenden von Jahren nach Caracon gekommen. Ein Volk, dessen Namen heute niemand mehr kannte und das diesen von der Alten Rasse beherrschten Kontinent zu erobern versuchte, lange bevor der erste Mensch das Licht der Sonne erblickte. Ihre Eroberung hatte in dem riesigen sandigen Sarg, den die Menschen zehntausend Jahre später Staubwüste nannten, geendet; auf der schon damals bestehenden, wenn auch längst noch nicht zur späteren Perfektion ausgebauten *Straße der Ungeheuer*, zu deren Bestandteil sie wurden. Das mächtige Reiterheer, mehr als fünfzehntausend Mann, das einen weitgehend leeren Kontinent erobern wollte, war dieser Leere zum Opfer gefallen, wie andere vor ihnen und sehr viele andere nach ihnen. Einige wenige hatten noch den Fuß des Berges erreicht, aber auch sie waren gestorben, alle, den grausamen, beiläufigen Tod, den die Wüste allen denen zudachte, die so vermessen waren, sich ihren Gesetzen nicht zu unterwerfen.

Aber sie waren noch da. Sand und Hitze und Trockenheit hatten sie konserviert, ein Heer von Mumien, zehnmal tausend Jahre alt und so tot wie der Sand, der sie zugedeckt hatte.

Bis jetzt. Bis zu dem Tag, an dem etwas, das stärker war als der Tod, in ihr dunkles, heißes Grab hinabgriff, sie berührte und mit einer neuen, schrecklichen Art von Leben, die gegen alle Gesetze der Natur verstieß, erfüllte. Sie erwachten aus ihrem Jahrtausende währenden Schlaf, gruben sich ihren Weg an die Erdoberfläche und richteten sich wie ein einziger Körper aus dem Wüstensand auf. Die wenigen, die vor ihrem Tod noch den Fuß des Berges erreicht hatten, fielen, von einem seelenlosen Hass erfüllt, der nicht ihr eigener war, als Erste über die Eindringlinge her, die ihre Ruhe gestört hatten. Die anderen näherten sich dem Berg, unaufhaltsam und tödlich, um den Befehl zu erfüllen, der in all den Jahrtausenden Sinn ihres nicht lebenden und nicht toten Daseins gewesen war. Es war wie eine grässliche Verhöhnung des Lebens selbst.

Torian öffnete mit einem Schrei die Augen und taumelte zurück.

Seine Bewegung zerbrach den kleinen Kreis. Auch Shyleen torkelte zur Seite, und selbst Cathar wankte, prallte gegen einen Felsen und blieb einen Moment um Atem ringend stehen. Auf seiner Stirn perlte Schweiß.

»Das ist ... Wahnsinn«, keuchte Torian. Es fiel ihm schwer zu sprechen. Obgleich er den entsetzlichen Anblick nur durch die fremden Augen Cathars gesehen hatte, in falschen Farben und auf unbeschreibliche Weise verzerrt und entstellt, wurde er ihn nicht mehr los. Aber plötzlich war er fast dankbar, das Bild nicht auf die gewohnte Weise gesehen zu haben. Hätte er es mit eigenen Augen und in aller Klarheit erblickt, hätte es ihn wahrscheinlich um den Verstand gebracht.

Für lange – sehr lange – Zeit sprach keiner von ihnen ein Wort. Sie alle – auch Garth und der Rattengesichtige – schwiegen, starrten aus weit aufgerissenen Augen vor sich hin und versuchten auf die eine oder andere Weise, mit dem Entsetzlichen fertig zu werden, das sie gesehen hatten oder zumindest erahnten. Schließlich war es Shyleen, die das lähmende Schweigen brach.

»Sie werden uns angreifen«, murmelte sie. »Wie lange werden sie brauchen, um hier zu sein?«

»Eine Stunde«, antwortete der Magier mit einer Nervosität, die Torian noch nie an ihm bemerkt hatte. »Vielleicht zwei. Sie ... sind nicht sehr schnell.«

»Zwei Stunden.« Torian seufzte. Es klang wie ein unterdrückter Schmerzenslaut. »Zu wenig. Viel zu wenig, um zu fliehen.«

»Dann vernichten wir sie«, entschied Cathar hart. »Uns bleibt keine Wahl mehr.«

Torian lachte schrill auf. »Vernichten?«, stieß er mit sich überschlagender Stimme hervor. »Wie denn? Es sind mehr als *zehntausend!* Sie werden uns einfach durch ihre Zahl überrennen!«

»Wir werden sie vernichten«, wiederholte Cathar, ohne auf die Frage zu antworten. »Vielleicht werde ich dabei selbst das Leben verlieren, aber es ist der einzige Weg, der uns noch bleibt.«

Das waren die letzten Worte, die für lange Zeit von ihm zu hören waren. Er blieb völlig reglos und mit versteinertem Gesicht stehen, den Blick in die Unendlichkeit der Staubwüste gerichtet, aus der sich das Heer der lebenden Toten wie ein gigantischer schwarzer Wurm heranwälzte. Die Spitze der entsetzlichen Kolonne war noch gut zwei Meilen entfernt, aber die klare Luft über der Wüste ließ den Eindruck entstehen, es wären nur mehr wenige hundert Schritte. Jetzt, nachdem es vollends hell geworden war, war es wirklich *heiß,* und die Luft flimmerte wie durchsichtiges Wasser, was den taumelnden Gang der Untoten noch schlimmer aussehen ließ. Ein Geruch wie nach heißem Stein wehte aus der Wüste herüber, aber in Torians Fantasie wurde er zum Gestank verwesenden menschlichen Fleisches, so wie das Raunen und Wispern des Windes in seinen Ohren zu schrecklichen, feuchten Schritten wurde. Für einen kurzen Moment hatte er das widerliche Gefühl, den Wind, der aus der Richtung der Untoten wehte, wie die Berührung einer narbigen Hand zu spüren. Es kostete ihn all seine Kraft, diese Vorstellung abzuschütteln. Er schauderte. Trotz der erdrückenden Hitze, die der Tag gebracht hatte, fror er mit einem Male. Mühsam riss er sich von dem Anblick der Schreckensgestalten los und blickte zu dem Schwarzen Magier hinüber.

Ganz langsam hob Cathar die Hände, bis er in einer fast absurden Haltung dastand, mit ausgestreckten Armen, weit gespreizten Fingern, die Augen geschlossen und jeden Muskel im Körper angespannt. Ein Ausdruck höchster Konzentration erschien auf seinem Gesicht. Seine Lippen begannen Worte zu murmeln; unglaublich kehlige, düstere Worte, die für menschliche Stimmbänder unaussprechlich waren.

Nichts geschah.

Der Wind heulte weiter, die Sonne brannte unverändert vom

Himmel, und das Heer der lebendigen Toten rückte näher. Vielleicht nahm der Wind ein bisschen zu, aber wenn, dann bemerkten es die Kreaturen nicht einmal, denn das, was anstelle eines Bewusstseins in ihren Schädeln war, hatte nur Platz für wenige, grausame Gedanken. Sie waren tot, und sie waren gerufen worden, um ihrerseits zu töten. Keinem von ihnen fiel auf, dass sich das Heulen des Windes ein wenig änderte, dass die Wüste, die sie durchquerten, mit einem Male auf unmöglich in Worte zu fassende Weise *anders* war.

Dann stolperte der Mann an der Spitze. Sein Fuß, zu einem mühsamen, schleppenden Schritt gehoben, senkte sich wieder auf den Sand, aber er fand plötzlich keinen Widerstand mehr, sondern sank weiter ein, versank wie in körnig geronnenem Wasser bis über die Knöchel, die Wade, schließlich bis ans Knie. Der Untote fiel nach vorne, mit beiden Händen Halt suchend, aber auch seine Arme verschwanden. Der Sand teilte sich unter ihm, brodelte und kochte einen Moment – und verschlang ihn. Unbeeindruckt schritten die hinter ihm Gehenden weiter. Ein zweiter Mann begann in die Tiefe gezogen zu werden, dann ein dritter, vierter. Aber die anderen marschierten weiter, unbeeindruckt, wie seelenlose Puppen, stiegen über die versinkenden Körper der anderen hinweg und setzten ihren Weg fort. Und die, welche bereits eingesunken waren, versuchten sich wieder auszugraben, wühlten mit rissigen Händen wie große, bizarre Tiere im Sand, plumpe Schwimmbewegungen vollführend, tot, nicht mehr in der Lage, noch einmal zu sterben, immun gegen den erstickenden Sand. Der Vormarsch der Albtraumarmee kam ein wenig ins Stocken, aber bald war die Grube, die sich so jäh gebildet hatte, mit Treibsand gefüllt, und der höllische Marsch ging weiter. Die Kette aus Leibern war jetzt zerbrochen, aber das änderte nichts.

Cathar starrte den Ungeheuern mit scheinbarer Ruhe entgegen. Seine Kraft war noch lange nicht erschöpft, wie Torian schaudernd bewusst wurde. Der eigentliche Angriff begann gerade erst.

Wieder war es beinahe unmerklich; zuerst. Eine große, auf sonderbare Weise schwerfällige Bewegung lief durch die Wüste, ein mühsames Zucken wie von einem ungeheuerlichen Körper, der sich in Krämpfen wand. Sehr weit von dem Berg und der Totenarmee entfernt rutschte eine Düne zusammen, eine andere explodierte, wie von einer lautlosen Gewalt auseinander gerissen, dann ging ein sanftes, aber lang anhaltendes Beben durch die Wüste. Sand begann zu knirschen, und zwischen den Dünen bildete sich, wie ein gefrorener gezackter Blitz, ein Spalt, zuerst nur eine dünne, kaum wahrnehmbare Linie, die von nachstürzendem Sand fast rascher wieder gefüllt wurde, als sie entstehen konnte.

Aber eben nur *fast.*

Ganz allmählich wurde die Linie breiter, wuchs zu einem fingerbreiten Spalt, dann einem Riss, schließlich einer klaffenden, bodenlosen Wunde, welche die Wüste spaltete, unendlich tief bis hinein in ihr steinernes Herz. Und der Riss wuchs auch in der Länge. Sein Ende raste in einem irrsinnigen Zickzack auf den düsteren Berg am Horizont zu, zerfetzte Dünen, verschlang Sand und Staub und Erde und wurde immer schneller und schneller.

Gleichzeitig begann der Sturm. Binnen Sekunden wuchs der Wind zu einem heulenden Höllenchor heran, der Tonnen von Sand in die Höhe riss und die Luft über der Wüste erst braun, dann schwarz färbte. Wie ein Heer unsichtbarer apokalyptischer Reiter schloss sich der Sturmwind dem dahinrasenden Riss an, Sand und Felsbrocken wie tödliche Geschosse mit sich reißend. Es sah aus, als näherte sich eine schwarze, kochende Mauer dem schrecklichen Heerwurm. Und als sie auf ihn prallte, war es wie ein Weltuntergang. Selbst hier oben, fast zwei Meilen entfernt und im Schutz der schwarzen Felsen, konnte Torian die dumpfe Erschütterung spüren, mit welcher der Orkan die Angreifer traf.

Unten war es die Hölle. Das heranmarschierende Heer verschwand von einer Sekunde auf die andere in einer schwarzen, kochenden Masse, die barmherzig verbarg, was in ihrem Innern vor sich ging. Die Männer wurden in die Höhe gerissen wie Spielzeuge, die plötzlich kein Gewicht mehr hatten. Der Sturm packte sie, schleuderte sie durch- und übereinander und schmetterte sie – Dutzende, wenn nicht Hunderte von Metern entfernt – auf den Boden zurück. Der Sand, mit der Geschwindigkeit und Wucht dieses Höllensturmes herangetragen, zerfetzte ihre Gewänder, ließ Funken aus den metallenen Teilen ihrer Waffen und Rüstungen stieben und schmirgelte Fleisch von den Knochen. Dann, eine Sekunde später, war der Riss heran.

Der Boden erbebte ein zweites Mal, und plötzlich klaffte die Wüste auseinander. Eine gigantische, von düster roter Glut erfüllte Wunde tat sich im Boden auf, verschluckte Sand und Felsen und hilflos rudernde Körper. Wie von einer unsichtbaren Macht angezogen, torkelten die Untoten in diesen Riss hinein und stürzten in die Tiefe, einer nach dem anderen, bis auf den letzten Mann. Dann schloss sich das riesige steinerne Maul wieder.

Von der Armee lebender Toter war nichts mehr geblieben, nichts bis auf ein paar Kleiderfetzen hier und da, Stücke von zerbrochenen Waffen, gebleichte Knochen, ein paar feuchte Flecke auf dem Fels …

Cathar taumelte einen Schritt zur Seite, nahm langsam die Arme herunter, öffnete die Augen und atmete hörbar ein.

Aber es war noch nicht vorbei. Die Wüste war wieder zu einem Stück scheinbar lebloser Erde geworden, der gewaltige Riss, den der Magier nur kraft seines Willens erzwungen hatte, war so spurlos verschwunden, wie er sich gebildet hatte – aber der Sturm tobte weiter. Er hatte sich ein Stück zurückgezogen, eine halbe Meile fort vom Berg und ihrer kleinen Gruppe, aber er war weiterhin da, wie ein gewaltiges lauerndes Tier, das Beute geschlagen hatte, aber noch nicht zufrieden war. Hinter der schwarzen Wand blitzte und funkelte es ununterbrochen, und Torian spürte selbst über die große Entfernung hinweg einen Hauch glühend heißer Luft.

Mit einem keuchenden Laut fuhr er herum und starrte den Magier an. »Cathar!«, schrie er entsetzt. »Was tust du?«

Aber der Magier schien seine Worte gar nicht zu hören. Er stand da, noch immer mit wie beschwörend erhobenen Armen und das Gesicht vor Anstrengung verzerrt, aber jetzt mit weit geöffneten Augen. Helle, irrsinnig klingende Töne kamen über seine Lippen. In seinen Augen loderte ein Feuer, das Torian mit vielleicht noch größerem Schrecken erfüllte als das, was er gerade gesehen hatte.

»Cathar!«, schrie er noch einmal. »Hör auf! Es ist vorbei!«

Aber sein entsetzter Aufschrei ging im Heulen des Sturmes unter, der sich wie ein brüllendes Ungeheuer den Berg heraufzuwälzen begann und ihn wie ein Hammerschlag der Götter traf. Torian sah die schwarze Wand einer gewaltigen Woge gleich herankommen, aufgeschreckt von einem dumpfen, rasend schnell lauter werdenden Grollen und Dröhnen, wie der Hufschlag von hunderttausend höllischen Reitern, die ihnen entgegenrasten: eine schwarze Wand, glitzernd wie poliertes Eisen, die den Fuß des Berges verschlang, wuchs und wuchs und wuchs und plötzlich ein gutes Drittel des Himmels verdeckte, ehe sie brüllend und tobend über der kleinen Plattform zusammenschlug und die Welt in ein Chaos aus Lärm und Schreien und zusammenstürzenden Felsbrocken verwandelte.

Hätte der steinerne Wall nicht die erste Wucht des Sturmes aufgefangen, wären die Menschen ohne Chance geblieben, auch nur die ersten Sekunden zu überleben. Der Sturm packte die Felsen, riss sie in die Höhe und schmetterte sie wieder zu Boden, wenn er sie nicht vorher schon in der Luft zermalmt hatte. Die Welt vor Torian erlosch übergangslos, als der Sturm die Sonne verdunkelte, ehe ihn die unsichtbare Faust eines Riesen traf und von den Füßen holte und gegen Garth schleuderte. Ein unheimliches Blitzen und Funkeln war zu sehen, wo Sand, rasend schnell und scheuernd wie das Schmirgelpapier des Teufels, Felsen glatt schliff und Flammen aus den Waffen und Rüstungen der Menschen schlagen ließ. Ein ungeheures Dröhnen und Kreischen marterte die Ohren der drei Männer, und plötzlich war überall Feuer: ein kaltes, unheimliches Feuer, das über den Boden raste, knisternd an Garths und Shyleens Schwertern emporlief und in Torians Augen stach. Die Luft stank nach Ozon und brennendem Fleisch.

Torian schrie vor Schmerz und Angst. Verzweifelt kämpfte er sich in die Höhe, aber die Beine gaben unter seinem Körpergewicht nach; er fiel erneut, schlug schwer auf dem Steinboden auf und sah das Gesicht von Garth wie eine verzerrte Grimasse vor sich auftauchen. Dessen Mund formte Worte, die vom Brüllen des Sturmes verschluckt wurden, ehe sie Torians Ohr erreichen konnten. Aber er verstand auch so, was Garth wollte. Mit aller Kraft, die ihm geblieben war, stemmte er sich hoch, keuchend vor Schmerz und Anstrengung, und versuchte, auf Knien und Ellbogen auf Cathar zuzurobben.

Es ging nicht.

Der Boden zitterte und bebte wie ein gewaltiges, tödlich verwundetes Tier. Der gesamte Berg schien zu schwanken; Risse liefen durch den Fels und brachen in Bruchteilen von Sekunden zu klaffenden Höhlen auf, ehe sie sich in derselben aberwitzigen Geschwindigkeit wieder schlossen. Ein gewaltiger Schatten, schwärzer noch als das Schwarz des Sturmes, neigte sich über die Plattform und verschwand, und eine Sekunde später erbebte der Boden ein zweites Mal unter einem noch gewaltigeren Schlag, als die steinerne Brüstung endgültig zusammenbrach und dem Sturm offenen Einlass gewährte. Torian glaubte den Berg selbst wie ein lebendes Wesen schreien zu hören, und obwohl er wusste, dass das vollkommen unmöglich war, hallte dieser Laut in ihm nach.

Plötzlich fühlte er sich gepackt und herumgerissen. Die Bewegung ließ einen entsetzlichen Schmerz durch seinen Körper rasen; er schrie, bäumte sich auf und schlug blindlings um sich, aber die Hände, die ihn hielten und ihn auf Cathar zuschleiften, ließen nicht locker. Ein schmales, blutüberströmtes Gesicht tauchte vor ihm auf, Garths Mund formte Worte, die der Sturm zu brüllendem Hohngelächter machte, und dann hatten sie den Magier erreicht.

Und das Toben des Sturmes erlosch.

☆

Nach dem höllischen Lärm der letzten Augenblicke traf das plötzliche Schweigen Torian wie ein Hieb. Er keuchte, sank kraftlos in Garths Armen zusammen und presste die Arme an den Leib. Sein Herz raste, und für einen Moment wurde der Schmerz so übermächtig, dass er glaubte, den Verstand verlieren zu müssen. Dann machte sich Cathar irgendwie an seiner Schulter zu schaffen. Der

Schmerz erlosch zwar nicht, aber er sank auf ein erträgliches Maß herab.

Stöhnend öffnete Torian die Augen und sah sich um. Der kleine Platz bot einen Anblick der Verwüstung. Torian konnte sich nicht entsinnen, jemals ein Bild so vollkommener Zerstörung gesehen zu haben. Um ihn herum erstreckte sich eine kleine, bizarre Landschaft aus zermalmtem, glatt geschmirgeltem Stein, wirr durcheinander geworfenen Trümmern und schwarzen Lavasplittern. Nur einer der gewaltigen Felsmonolithe stand noch; ein zerfranster Stumpf, der aus einer Verwehung klein gemahlenen schwarzen Steines ragte. Die anderen Felsen waren zerschmettert worden. Der Boden war seltsam schräg, als wäre die gesamte Flanke des Berges abgesackt, und fast die Hälfte der Plattform war abgebrochen und in die Tiefe gestürzt. Der noch verbliebene Rest der Brüstung glich einer gezackten Wunde, durch die der Sturm hereinfauchte, begrenzt von einer flammenden Lohe, wo Sand und Felsbrocken gegen den Stein prallten. Aber die Woge der Vernichtung endete schon nach wenigen Schritten, als gäbe es da eine unsichtbare, aber undurchdringliche gläserne Wand um Cathar, die ihn und die anderen schützte.

Torian verspürte einen raschen, eisigen Schauder, als er begriff, dass der Magier sie vom ersten Augenblick an zumindest zum Teil geschützt hatte. Der Sturm, der sie gepackt und umhergeschleudert hatte, hätte sie auf der Stelle in Stücke gerissen, wären nicht die magischen Kräfte Cathars da gewesen, sie vor dem Allerschlimmsten zu bewahren. So, wie sie auch jetzt einen unsichtbaren Schutzwall schufen, dem selbst die Gewalt des Sturmes nichts anzuhaben vermochte. Die Haare des Magiers waren nicht einmal zerzaust, aber in seinen Augen keimte langsam ein düsterer Schrecken auf, als er zu begreifen begann, was er angerichtet hatte.

Torian stemmte sich vorsichtig hoch, drehte sich herum und begann ungeschickt auf die fast völlig zusammengebrochene Brüstung zuzukriechen, wo er Shyleen und Bard im Schutz des Monoliths reglos liegen sah. Cathar folgte ihm, mit ausgestreckten Händen den Sturm zurücktreibend, der jetzt rasch an Kraft zu verlieren begann. Er war über die Plattform hinweggetobt und hatte sie zerstört, und jetzt raste er weiter, den Berg hinauf und auf das Kastell zu, das auf seinem Gipfel thronte und das Torian nun wieder als schwarzen Klotz inmitten des brodelnden Orkans entdeckte. Aber seine Kraft war gebrochen. Torian sah, wie die schwarze Woge über dem Klotz zusammenschlug, aber er erkannte auch, dass ihre Gewalt längst nicht mehr ausreichte, ihm Schaden zuzufügen. Vielleicht löste sie noch ein paar lockere Steine, aber die Mauern hielten ihr stand.

Zumindest dem ersten Ansturm.

Langsam, ganz, ganz langsam begann etwas Gigantisches aus den Schatten inmitten der Wolke aus Schwärze zu kriechen und sich über der Burg zu ballen. Es hatte fast das Aussehen einer sechsfingrigen Kralle, aber es war Torian unmöglich, Genaueres zu erkennen, und er war beinahe froh darüber. Er war sich nicht sicher, ob er den Anblick in allen grässlichen Einzelheiten ertragen hätte. Die Dämonenkralle berührte die Burg, tastete über Zinnen und Mauern, huschte über Dächer und Stein, sprühende Spuren aus blauem Elmsfeuer hinterlassend, glitt über das Tor und zurück, suchend.

Dann senkte sie sich auf das Haupt des gigantischen steinernen Drachen hinab, das den Turm im Mittelpunkt der Burg bildete.

Und erlosch.

Ein dröhnender Schlag traf den Turm. Torian konnte bis zu der Plattform herab spüren, wie das Gebäude in seinen Grundfesten erzitterte, sich in einer absurd langsamen Bewegung auf die Seite neigte und sich im letzten Moment wieder aufrichtete, bevor es vollends zerbrechen konnte. Ein Teil der südlichen Wand barst und verschwand, und plötzlich war die Luft voller Staub und fliegender Steintrümmer und ungeheuerlichem Lärm. Ein zweiter, noch härterer Schlag traf den Turm.

Das Kastell zerfiel. Rings um den Turm herum schien die Luft zu kochen – überall waren Staub und fliegende Steintrümmer, Teile der gewaltigen Wehrmauer waren bereits zusammengefallen, als die Klaue sie beinahe beiläufig berührt hatte, und der riesige Turm in Gestalt eines Drachen begann sich in diesem Moment zu neigen und zu –

Aber es war kein Turm mehr. Der Anblick ließ Torian erneut an seinem Verstand zweifeln.

Der Drache war lebendig. Der gigantische, mehr als dreißig Meter hohe Drache aus schwarzem Granit war *zum Leben erwacht!* Er bestand noch immer aus Granit; Torian bildete sich ein, die Fugen zwischen den einzelnen Steinen erkennen zu können, das grauenhafte Splittern und Bersten zu hören, mit dem sie auseinander brachen. Ein Stück seines hässlichen Maules zerfiel und Teile der Flügel – aber trotzdem bewegte er sich, reckte den gewaltigen Schädel in die Luft und spreizte die Schwingen zu einem ungeheuerlichen Schlag, der die Burg verwüstete und ihn selbst zermalmte. Das Leben des Ungeheuers währte nur wenige Sekunden. Seine gemauerten Schwingen zerbarsten, auseinander gerissen von einer Bewegung, für die sie nicht erschaffen waren – aber sie zerstörten dabei alles, was ihnen in den Weg kam.

Dann erst war es endgültig vorbei. Der Sturm legte sich so schnell, wie er ausgebrochen war, und wie immer nach einem besonders heftigen Ausbruch der Naturgewalten war eine fast unheimliche Ruhe über dem Berg eingekehrt. Aber die Luft über dem zusammengebrochenen Kastell war noch immer voller Staub und Sand, sodass der Blick nicht sehr weit reichte und alles sonderbar schemenhaft und unwirklich aussehen ließ.

Torian kümmerte sich nicht mehr darum. Er beugte sich über Shyleen und Bard, die ohnmächtig vor ihm lagen, wie zwei Liebende aneinander geklammert. So wie er und Garth hatten sie am ganzen Körper Abschürfungen und Prellungen erlitten, und ihr Atem ging schwach und unregelmäßig, aber ansonsten schien ihnen nichts zugestoßen zu sein. Er richtete sich wieder auf. Sein Blick tastete noch einmal über die zerstörte Felslandschaft, den zermalmten Monolith, dessen Südflanke, die dem Sturm zugewandt gewesen war, wie ein Spiegel glänzte, weiter über die zerborstenen Reste der steinernen Brüstung, und verharrte wieder auf den Gefährten.

»Das … ist Wahnsinn«, murmelte Torian. Es schien nicht nur so, sondern angesichts der Verwüstungen um sie herum *war* es ein Wunder, dass sie noch lebten. »Wahnsinn!« Er brabbelte es immer wieder vor sich hin, als wäre es das einzige Wort, das er kennen würde. Zumindest war es das einzige, das Platz in seinen Gedanken fand.

Stöhnend schlug Shyleen die Augen auf. Sie versuchte sich zu erheben und schaute sich um. Ihr Gesicht verzerrte sich vor Schreck. Minutenlang schweifte ihr Blick über das zerstörte Kastell und das, was von diesem Teil des Berges noch übrig geblieben war, und der Ausdruck des Entsetzens steigerte sich noch. Schließlich blieb ihr Blick an Cathar hängen, der immer noch reglos in der Mitte der Plattform stand und zu dem zerstörten Kastell hinaufstarrte, dann stemmte sie sich hoch und taumelte auf den Magier zu. »Du!«, schrie sie mit überschnappender Stimme. »Das ist dein Werk.« Sie hob die Hände, als wollte sie nach Cathar schlagen, aber der Magier schien sie nicht einmal wahrzunehmen. »Du hast das getan!«, kreischte Shyleen weiter. »Du hättest uns alle umbringen können. Oder war es das, was du in Wirklichkeit wolltest?«

Erst jetzt erwachte Cathar aus seiner Erstarrung. Auch auf seinem Gesicht lag Schrecken. Seine Lippen zuckten. Er öffnete den Mund, um etwas zu sagen, aber dann schüttelte er nur den Kopf, machte kehrt und ging mit raschen Schritten davon.

»Bleib stehen!«, schrie Shyleen. »Ich verlange wenigstens eine Erklärung von dir. Warum hast du das getan?«

»Lass ihn«, sagte Torian müde. »Es ist nicht seine Schuld.«

Shyleen keuchte. »Nicht seine Schuld? Was verstehst du davon? Sieh dir an, was er angerichtet hat! Er wollte uns alle umbringen!«

»Es ist nicht seine Schuld«, wiederholte Torian noch einmal, ein wenig schärfer und in eindeutig befehlendem Ton. Er wusste selbst nicht, woher er das Wissen nahm, aber er war sich plötzlich sicher, dass Cathar *das* nicht gewollt hatte.

Shyleen verstummte, aber ihr Blick sprühte vor Zorn und Trotz, als sie sich umwandte und ihn ansah.

»Glaubst du wirklich, dieser Angriff hätte *uns* gegolten?«, fragte Torian beinahe sanft.

»Es interessiert mich nicht, was er gewollt hat«, fauchte Shyleen. »Dieser verdammte Narr hat sich nicht mit diesen Toten zufrieden gegeben. Er hat versucht, die Burg ganz allein zu vernichten.« Sie ballte wütend die Faust. »Aber er hat uns getroffen, und es ist mir verdammt noch mal völlig egal, ob er nur einfach schlecht gezielt oder ob er die Kontrolle über den Sturm verloren hat! Es ist seine Schuld, und ich werde ihm die Rechnung präsentieren, mein Wort darauf!« Sie zog ihr Schwert. »Ich töte ihn, wenn noch die geringste Kleinigkeit passiert.«

»Du machst dich lächerlich. Wenn er es wirklich so vorgehabt hätte, wären wir alle nicht mehr am Leben. Und du willst ihn töten? Du kämest nicht einmal an ihn heran.«

»Wenn ich es will, dann schaffe ich es auch. Notfalls steche ich ihn von hinten nieder.«

»Das verbiete ich«, erklärte Torian streng und kam sich bei diesen Worten genauso lächerlich vor. War das wirklich er, der sich angesichts des gerade Erlebten wie ein Kind mit Shyleen stritt?

Sie lachte böse. »So, du verbietest es? Und wie willst du dieses Verbot durchsetzen?« Plötzlich verzerrte sich ihr Gesicht zu einer Grimasse, und mit einem Mal erinnerte sie Torian an ein Raubtier, das Blut geleckt hatte und seinen Durst nun unbedingt stillen wollte. Aber er spürte auch, dass es nicht sie selbst war, die diesen unsagbaren Hass entwickelte, sondern dass es etwas Fremdes in ihr war, das nach Blut und Gewalt schrie und stärker und stärker wurde, je länger sie sich auf der *Straße der Ungeheuer* aufhielten. Vielleicht würden sie alle irgendwann übereinander herfallen, wenn sie ihr Ziel nicht bald erreichten.

»Noch ist nicht alles verloren«, hielt er ihr entgegen. »Wir sind noch am Leben, und ich werde dafür sorgen, dass wir es auch bleiben. Cathar hat seine Kräfte überschätzt und die Beherrschung verloren. Er wollte uns nicht töten.«

»Ja«, fiel ihm Shyleen ins Wort. »Wahrscheinlich, weil er sich für uns etwas ganz Besonderes einfallen lassen will. Oder warum sonst hat uns der Sturm verschont, glaubst du?«

Weil Cathar selbst uns geschützt hat, dachte Torian bitter. Aber das sprach er nicht aus. Stattdessen wiederholte er seine befehlende Geste und starrte Shyleen so lange an, bis diese langsam ihr Schwert sinken ließ und der Hass in ihren Augen zu bloßem Trotz wurde. Dann trat so etwas wie Verwirrung in ihren Blick, und schließlich Schrecken, als ihr bewusst wurde, dass sie selbst die Kontrolle über sich verloren hatte. »Tut mir Leid«, murmelte sie und senkte den Kopf. Einige Sekunden lang blieb sie noch unschlüssig stehen, dann wandte sie sich um und ging zu Garth hinüber, der sich um den noch immer bewusstlosen Bard kümmerte.

Auch Torian verließ die kleine Plattform mit einem letzten Blick auf das Kastell und kehrte ins Lager zurück. Die Männer mussten auch etwas von dem Sturm mitbekommen haben, aber auf dieser Seite des Berges hatte er wenigstens keine Zerstörungen mehr angerichtet. Niemand fragte ihn, was geschehen war. Ein Stück entfernt sah Torian den Magier stehen, aber er wollte nicht mit ihm sprechen. So ließ er sich auf einen Felsen nieder und schloss die Augen. Einige Minuten lang döste er vor sich hin und versuchte, an überhaupt nichts zu denken, dann vernahm er leise sich nähernde Schritte, die unmittelbar vor ihm verstummten.

»Torian?«

Er öffnete die Augen, blinzelte und blickte mit einer Mischung aus Schreck und Neugier zu der hoch gewachsenen, schlanken Gestalt hoch, die im Schatten der Felsen stand. Er blinzelte, aber gegen die Sonne sah er nur einen schwarzen Umriss vor sich.

»Shyleen?«, fragte er.

Das Mädchen nickte. »Ja. Ich hoffe, ich störe dich nicht.«

»Das tust du nicht«, versicherte Torian, beinahe eine Spur zu hastig, und wischte sich über das Gesicht. »Ich bin wohl eingeschlafen. Wie lange stehst du schon hier?«

»Nicht sehr lange«, antwortete Shyleen, die den unausgesprochenen Tadel in seinen Worten sehr wohl gehört hatte. »Ich …« Sie brach ab, lächelte auf sehr sonderbare, beinahe wehmütige Art, schüttelte den Kopf und trat mit zwei, drei raschen Schritten neben Torian. Schwer stützte sie sich mit den Unterarmen auf den Fels, blickte sich kurz um und schüttelte den Kopf.

»Was willst du?«, murmelte Torian schläfrig. »Du hast dich bereits entschuldigt.«

»Mit dir reden«, erwiderte Shyleen. Ihre Stimme war eine Spur schärfer geworden, blieb aber immer noch freundlich. »Ich habe den Eindruck, dass das dringend nötig ist.«

Im ersten Moment hätte Torian sie am liebsten weggeschickt. Er war müde und wollte schlafen. Seine Gedanken verliefen wirr und ungeordnet; es fiel ihm mit jeder Minute schwerer, sich zu konzentrieren, und da er ahnte, worüber Shyleen mit ihm sprechen wollte, wusste er, dass er seine ganze Konzentration für das Gespräch brauchen würde, wollte er sich nicht von Anfang an in die Rolle des Unterlegenen drängen lassen.

Aber er spürte, dass Shyleen sich nicht würde abweisen lassen, und so nickte er nach kurzem Zögern, langsam und fast gegen seinen Willen. Er deutete auf den Platz neben sich, wartete, bis sie sich gesetzt hatte, und fragte: »Also, worum geht es?«

»Das weißt du doch genau«, antwortete Shyleen unwirsch. »Ich habe vorhin vielleicht die Beherrschung verloren, aber was ich gesagt habe, stimmt. Wir werden sterben, wenn Cathar am Leben bleibt.«

Torian seufzte.

»Ich dachte, dieses Thema wäre erledigt. Ohne ihn kämen wir niemals bis zur *Schattenburg*.«

»Eben«, entgegnete Shyleen. »Bislang habe ich gedacht, wir könnten dieses Land besiegen. Aber es gewinnt immer mehr Macht über uns. Du hast selbst erlebt, was vorhin passiert ist. Cathar hat sich von seinem Hass überwältigen lassen, und mir ist es genauso ergangen. Der fremde Einfluss wird stärker, je mehr wir uns der Burg nähern. Noch einen Tag länger hier, und keiner von uns wird sich mehr beherrschen können.«

»Aber wir werden keinen Tag mehr brauchen. In ein paar Stunden erreichen wir das Kastell, und dann brauchen wir nur noch über die Brücke und haben die *Schattenburg* erreicht.«

»Behauptet Cathar. Aber er erzählt schon die ganze Zeit über, wie nahe wir dem Ziel wären. Er hat uns nichts von dem Wahnsinnsschirm erzählt, und von den lebenden Toten wusste er nicht einmal. Und du glaubst ihm, dass uns jetzt nichts mehr zustoßen kann?«

»Nein.« Torian schüttelte zornig den Kopf. »Wenn ich dich so ansehe, dann fällt es mir schwer, daran zu glauben. Mach ruhig so weiter, dann passiert nämlich wirklich etwas. Ich kann dich nur noch einmal warnen, dich nicht mit Cathar anzulegen. Ich fürchte, dass er jetzt nicht viel Spaß versteht. Spar dir deine Kräfte lieber zum Klettern auf. Ich würde die *Schattenburg* ungern ohne dich erreichen.«

☆

Es war beinahe zu leicht.

Torian war der Erste, der über die zertrümmerten Überreste der Burgmauer kletterte, jeden Nerv bis zum Zerreißen angespannt. Aber seine Vorsicht erwies sich als überflüssig. Hier oben lebte nichts mehr, wenn es hier überhaupt jemals so etwas wie Leben gegeben hatte.

Eine Laune des Schicksals hatte die eiserne Toreinfassung stehen lassen, während die schwarzen Basaltmauern zu beiden Seiten niedergebrochen und die Torflügel selbst – fünfmal so groß wie ein Mann und jeder Einzelne sicherlich mehrere Tonnen wiegend – aus ihren Angeln gerissen und davongeschleudert worden waren, Dutzende von Metern weit, und wie Stücke aus verbogenem dünnem Kupferblech zwischen den Trümmern liegen geblieben waren.

Obgleich viele Stunden vergangen waren – sie hatten für das restliche Wegstück beinahe den ganzen Tag gebraucht, da der Weg durch den Sturm fast vernichtet und unter Tonnen von Sand und Staub begraben worden war –, seit die Festung in dem ungeheuerlichen Ausbruch magischer Energien ihren Untergang gefunden hatte, war die Luft noch immer voller Staub, der nur langsam herabsank, um sich wie ein körniges graues Leichentuch über die zerborstenen Mauern und Türme zu legen.

Es *war* ein Leichentuch, dachte Torian düster. Wer immer hier gewesen war, als sich die ungeheuerlichen Kräfte Cathars in einem schwarzen Blitz Gestalt gewordenen Hasses entluden – und er konnte immer noch nicht glauben, dass die Burg nur leer und nutzlos herumgestanden hatte –, musste tot sein, vernichtet von den brodelnden Energien des Schwarzen Magiers oder erschlagen von den Trümmern der zusammenbrechenden Wände und Türme. Es fiel ihm schwer, dieses Bild aus Chaos und Verwüstung mit der dräuenden schwarzen Zackenkrone zu assoziieren, als die sich das Kastell noch bei Tagesanbruch auf dem Berggipfel erhoben hatte. Diese Burg war alt gewesen, unglaublich *alt,* wie alles in diesem Land. Sie hatte schon hier gestanden, bevor es Menschen auf diesem Kontinent gab, möglicherweise auf der ganzen Welt. Weder die Jahrtausende noch die zahllosen Feinde, die wie das gigantische Heer von Toten am Fuß des Berges in ihrem Verlauf vor den Toren des Kastells erschienen waren, hatten ihr etwas anhaben können.

Cathar hatte sie vernichtet; in weniger als einer einzigen Minute.

Torian verscheuchte den Gedanken, stieg vorsichtig über ein zermalmtes Etwas hinweg, das aus Metall bestand, dessen ursprüngliches Aussehen er aber nicht einmal mehr zu erraten in der Lage war, und wartete, bis die ihm folgenden Leute ihrer Gruppe zu beiden Seiten ausgeschwärmt waren, um ihren weiteren Weg zu sichern. Sein Verstand sagte ihm, dass keines der Wesen, die diese Burg besetzt hatten, noch am Leben war. Aber auf der *Straße der Ungeheuer* war nichts undenkbar, und die Feinde, auf die sie möglicherweise *doch* noch stoßen mochten, würden schließlich keine Menschen sein. Möglicherweise lebten sie nicht einmal. Die Burg war vernichtet, aber das hieß nicht, dass die Gefahr vorüber war. Manchmal konnte man Feuer mit Feuer löschen, aber manchmal entfachte man bei diesem Versuch erst recht einen Großbrand. Das Böse war zäh, und in dieser Ruine mochten auch jetzt noch genug Schrecken verborgen sein, es neu und vielleicht schlimmer auferstehen zu lassen. In jedem Stein konnte es wie ein unsichtbares Gift schlummern. Torian spürte den Atem finsterer Magie überdeutlich, der noch immer zwischen den Trümmern der Burg hing.

Er verscheuchte auch diesen Gedanken, stieg umständlich über ein bizarres Gewirr von Stein- und Metalltrümmern hinweg und sah sich mit einer Mischung aus Furcht und Neugier um.

Es gehörte sehr viel Fantasie dazu, sich vorzustellen, wie diese Burg einmal ausgesehen hatte. Der rechteckige Innenhof des kleinen Kastells lag vor ihm, ein schwarzes Loch, dessen Boden nicht zu erkennen war. Der zyklopische Drachenturm war verschwunden; nicht einmal mehr Spuren waren zurückgeblieben, denn durch die magischen Kräfte, die den granitenen Drachen für Augenblicke zum Leben erweckt hatten, war jeder einzelne Stein regelrecht pulverisiert worden. Und die wenigen Sekunden, die der Gigant gewütet hatte, waren ausreichend gewesen, in der Festung im wahrsten Sinne des Wortes keinen Stein mehr auf dem anderen stehen zu lassen.

Torian empfand nicht die geringste Spur von Triumph beim Anblick all dieser Vernichtung. Einer der Gründe, aus denen er hierher gekommen war, bestand in der Vernichtung all dessen, was den Schwarzen Magiern ihre Macht verlieh, und das Kastell gehörte auch dazu. Dennoch spürte er auch nach den vielen Stunden immer noch nur Entsetzen über das Ausmaß der Zerstörung.

Garth deutete mit einer fragenden Geste auf das Hauptgebäude, das den Sturm noch am besten überstanden hatte. Torian nickte. Falls es noch Feinde gab, würden sie sich wahrscheinlich im Inneren aufhalten. Und wenn nicht, waren sie dort drinnen zumindest vor einer zufälligen Entdeckung sicher.

»Rührt nichts an, egal wie harmlos oder verlockend es erscheinen mag«, warnte er die anderen Männer. Es gelang ihm nicht ganz, seine Nervosität zu verbergen, und er wusste, dass seine Warnung im Grunde überflüssig war. Auch die anderen spürten den Atem finsterer Magie überdeutlich, der zwischen den Trümmern hing. Torian sah es ihren Gesichtern an, und auch ihre hastigen, unbehaglichen Bewegungen sprachen eine deutliche Sprache.

Er packte sein Schwert fester und trat als Erster durch die niedrige, vom Sand halb zugewehte Türfassung. Dahinter lag ein kleiner, bis auf eine fast meterhohe Sandschicht vollkommen leerer Raum. Das schwächer werdende Licht des Tages verlieh der Burgruine etwas Gespenstisches: Alles schien genau andersherum zu sein, als es sein sollte – die Schatten waren wie finstere Mauern, hinter denen sich Dinge bewegten, die sich nicht bewegen sollten, und die Schritte der Männer neben ihm kamen ihm irgendwie irreal vor. Der Raum war finster, erfüllt von wabernden Schatten, die ihm plötzlich eine Winzigkeit *zu* dunkel vorkamen, vom flüsternden Raunen des Windes, das etwas vom Geheul schattiger großer Wölfe hatte und in dem er mit einem Male düstere, höhnisch kichernde Stimmen zu hören glaubte, von raschelnder Bewegung, die nicht *nur* vom Wind aufgewirbelter Staub und Sand war …

Torian blieb stehen, blinzelte ein paar Mal, um den verwirrenden Effekt zu verscheuchen, und fuhr sich schließlich mit dem Handrücken über die Augen. Das Fremde, Beunruhigende, das sich in den Winkeln der Wirklichkeit eingenistet hatte, blieb trotzdem. Aber vielleicht war es auch nur Müdigkeit. Er war erschöpft und überanstrengt, und sein Fuß hatte wieder zu schmerzen begonnen. Erst als einer der Männer eine Fackel anzündete, fühlte er sich etwas wohler und trat weiter in den Raum hinein.

In der gegenüberliegenden Wand befand sich ein zweiter Durchgang, hinter dem die ersten Stufen einer steil in die Tiefe führenden Treppe sichtbar wurden. Zumindest war es einmal eine Treppe gewesen, aber jetzt nicht mehr als eine abschüssige Rampe aus Sand. Als Torian einen Moment lauschte, glaubte er wieder leise murmelnde Stimmen, dann ein kehliges, unendlich böses Lachen zu vernehmen, das aus der Tiefe des Treppenschachtes an sein Ohr drang, in ein Meckern überging, das vage an das einer Ziege erinnerte, aber mit Sicherheit keine war, und dann verstummte.

»Hast du das auch gehört?«, wandte er sich flüsternd zu Garth.

Der Dieb runzelte die Stirn. »Was meinst du?«

Torian überlegte einen Moment, lauschte und zuckte mit den Schultern, als er nichts mehr hörte. »Schon gut, es ist nichts«, murmelte er. »Allmählich bin ich auch der Ansicht, dass ich mir die Gefahren nur selbst einrede. Wenn dies eine Falle ist, dann jedenfalls die raffinierteste, die ich je gesehen habe.« Aber das nahm er nicht wirklich an. Es gab keinerlei Anzeichen für eine Falle, mit Ausnahme der Stimme in seinem Inneren, die sich einfach weigerte zu glauben, dass sie es geschafft hatten. Er hatte zu viele Kämpfe erlebt, um nicht einfach zu *fühlen,* ob er in einen Hinterhalt lief oder nicht. Und hier spürte er nichts.

Trotzdem bedeutete er Garth mit einer Geste, von nun an still zu sein, wechselte das Schwert von der rechten in die linke Hand und näherte sich auf Zehenspitzen der Treppe. Er blieb stehen, lauschte abermals und schlich weiter, noch immer mit angehaltenem Atem und jeden Augenblick auf einen Angriff gefasst.

Aber der kam nicht. Unbehelligt erreichten sie den Niedergang, schlichen die versandeten, gefährlich rutschigen Stufen hinab und blieben vor der letzten Biegung des eng gewendelten Schachtes stehen. Vorsichtig spähte Torian um die Ecke. Er sah einen langen Gang, von dem zahlreiche Türen abzweigten. Dieser Teil der Burg war von den Verwüstungen weitgehend verschont geblieben. Sie durchsuchten jeden Raum, jeden Winkel der Burg. Nirgendwo fanden sie etwas, das auf eine akute Gefahr hindeutete, dafür aber eine Menge anderer Dinge, die Torians düstere Vorahnungen zur Gewissheit werden ließen. Die Ruine des Kastells war voll gestopft mit Dingen voller übler Magie, die er zwar nicht verstand, aber dafür umso deutlicher spürte.

»Kein angenehmer Ort, nicht wahr?«

Die Stimme Cathars ließ Torian aufschrecken. Instinktiv riss er die Hand hoch. Sie waren wieder in den Hof zurückgekehrt, und an eine Mauer gelehnt, musste er für ein paar Sekunden eingenickt sein. Er nahm die Hand wieder herunter, lächelte verlegen und atmete hörbar ein. »Nein«, gestand er. »Und wir sollten uns hier nicht länger als unbedingt nötig aufhalten. Irgendetwas ist hier, das mir Angst macht.«

Cathar nickte. »Ich versuche die ganze Zeit, es zu ergründen, aber es gelingt mir nicht. Zumindest droht uns keine direkte Gefahr. Jetzt nicht mehr.«

Es klang wie eine Rechtfertigung für die Verwüstungen, die er ungewollt angerichtet hatte, und obwohl er ganz offensichtlich auf eine Bestätigung hoffte, reagierte Torian nicht darauf.

»Wie lange bleiben wir noch hier?«, erkundigte er sich stattdessen.

»Es gibt keine andere Möglichkeit, als hier ein Nachtlager aufzuschlagen. Direkt bei Sonnenaufgang gehen wir weiter.«

»Hier?«, fragte Torian erschrocken. »Du willst wirklich *hier* rasten? Das ist Wahnsinn. Keiner der Männer wird freiwillig die ganze Nacht hier verbringen wollen.«

»Kein Wahnsinn, sondern das einzig Vernünftige«, widersprach Cathar. »Ich sagte schon, hier droht uns keine Gefahr, außer wir machen uns selbst verrückt. Wie es außerhalb der Mauern ist, weiß ich nicht. Selbst wenn es nicht so scheint, werden die Mauern uns Schutz bieten.«

Mit dem Untergang der Sonne war es schlagartig ziemlich kühl geworden, und Torian raffte unwillkürlich den Umhang enger um den Körper. Cathar hatte Recht, vor der Kälte waren sie hier ein wenig geschützt. Aber es war besser, ein wenig zu frieren, als möglicherweise überhaupt nicht mehr aufzuwachen.

»Ich würde mich wohler fühlen, wenn wir direkt weitergingen«, murmelte er. »Du sagtest doch, dass die Brücke nicht mehr weit sei.«

»Das ist sie auch nicht, aber es ist unmöglich, sie im Dunkeln zu überqueren. Die Männer sind völlig erschöpft und brauchen unbedingt eine Rast. Sie haben alles gegeben, was ich erwarten konnte.«

»Ich weiß verdammt gut, dass sie eine Pause brauchen«, erwiderte Torian, von plötzlich aufflackernder Wut gepackt. Er machte eine weit ausholende Geste, die den kümmerlichen Rest ihrer Gruppe einschloss. »Die meisten haben diesem Wahnsinn bereits ihr Leben geopfert, und das ist verdammt viel *mehr,* als du erwarten konntest. Trotzdem wollen sie ebenso wenig wie ich hier übernachten.«

»Dann geht doch«, entgegnete Cathar sarkastisch. »Sucht euch meinetwegen eine Höhle, oder schlaft im Freien, aber beschwert euch nicht, wenn euch etwas zustößt. Ich jedenfalls bleibe hier.«

Torian bebte vor mühsam unterdrücktem Zorn. Einige Sekunden hielt er dem spöttischen Blick des Magiers stand, dann fuhr er abrupt herum und kehrte zu den anderen zurück, die in einer Ecke des Hofes zusammengetragenes Holz aufgeschichtet und ein Feuer entfacht hatten. Er setzte sich neben Garth.

»Ärger?«, fragte der Dieb knapp.

»Dieser Narr will die Nacht hier verbringen«, teilte ihm Torian mit. Obwohl er leise gesprochen hatte, fingen die Männer in seiner Nähe die Worte auf. Unwilliges Murren wurde laut, und selbst Bard zuckte überrascht zusammen. »Cathar meint, wir wären hier sicher«, fuhr Torian fort, diesmal so laut, dass alle ihn verstehen konnten. »Wem das nicht passt, der könnte gerne woandershin gehen. Allein deshalb würde ich es am liebsten schon tun.«

Das Raunen und Stimmengewirr um ihn herum wurde für einige Sekunden lauter, dann verstummte es und wich wieder der lähmenden, nur vom leisen Prasseln des Feuers unterbrochenen Stille. Die Gesichter der Leute versteinerten erneut. Obwohl sie nicht hier bleiben wollten, würden sie auch nicht ohne den Magier fortgehen. Torian wechselte einen knappen Blick mit Shyleen, die ein Stück entfernt saß. Sie schüttelte den Kopf.

Das Feuer brannte sehr hoch, und trotz der Kälte, welche die Wüstennacht gebracht hatte, war seine Wärme schon fast unangenehm. Die Flammen schlugen dreifach mannshoch gegen den Himmel, und Funken stoben wie Schwärme kleiner, brennender Käfer weit in die Nacht hinaus, ehe sie erloschen oder sich auf die Trümmerlandschaft herabsenkten. Trotzdem rückte Torian noch näher heran und warf noch Holz nach. Die Hitze trieb ihm den Schweiß auf die Stirn, und seine Hände und sein Gesicht brannten, aber er wurde nicht müde, mehr und mehr Holz auf den brennenden Stapel zu werfen und das Feuer zu immer höherer Flamme zu entfachen. Keiner der anderen protestierte auch nur mit einem Wort gegen sein scheinbar sinnloses Tun, obgleich ihnen die Hitze so unangenehm sein musste wie ihm. Aber sie schienen wie er zu spüren, dass irgendetwas mit dieser Nacht nicht stimmte, und wie er rückten sie Schutz suchend noch näher in den Kreis schattenloser, blendender Helligkeit hinein, den das Feuer in die Nacht stanzte. Dahinter lastete Schwärze. Eine solch absolute, alles umfassende Finsternis, wie sie selbst Torian fremd war. Und noch etwas anderes.

Die Angst.

Er verscheuchte den Gedanken, warf ein weiteres Scheit in das prasselnde Feuer und wischte sich gleichzeitig den Schweiß fort, den ihm die erbarmungslose Hitze auf die Stirn trieb. Seine Augen tränten und schmerzten von der gnadenlosen Helligkeit, die das Feuer verbreitete; trotzdem sah er nicht weg, denn den Blick vom Feuer zu wenden hätte bedeutet, in diese grauenhafte Dunkelheit zu starren, die dahinter lauerte.

Für einen Moment musste er mit aller Macht gegen die Vorstellung ankämpfen, dass diese Dunkelheit mehr war als das Fehlen von Licht, sondern etwas Großes, Finsteres, das mit unsichtbaren Zähnen an der schwankenden Front nagte, die ihm das Licht entgegenwarf. Er versuchte, auch diesen Gedanken abzuschütteln, aber es gelang ihm nicht ganz. Etwas blieb. Irgendetwas *war* in dieser Dunkelheit, das wusste er einfach, und wenn Cathar ihm tausendmal das Gegenteil versicherte.

Nervös blickte Torian sich um, doch er konnte den Magier nirgendwo entdecken. Cathar war nicht zu ihnen herübergekommen, sondern zog es offensichtlich vor, allein zu bleiben. Für einen Moment hoffte Torian mit aller Inbrunst, dass das, was er in den Schatten lauern zu spüren glaubte, Menschen verabscheute, dafür aber einen umso größeren Appetit auf großkotzige Schwarze Magier verspürte.

Nach einer Weile bückte er sich, um die nur noch halb volle Feldflasche mit seinem Wasser aufzuheben. Er zögerte einen ganz kurzen Moment, ehe er trank. Die Nacht war noch nicht zu einem Drittel vorüber, und der Wasservorrat würde nicht reichen, seinen Durst für die Zeit bis zum Morgen zu stillen, denn er wusste, dass er keinen Schlaf finden würde. Es gab zwar einen Brunnen, der wie durch ein Wunder nicht verschüttet worden war, als das Kastell zusammenbrach, aber er lag auf der anderen Seite des Hofes, hinter der Wand aus Finsternis und Angst, und nicht einmal der Durst konnte ihn zwingen, dorthin zu gehen. Aber dann trank er doch einige Schlucke, verschloss die Flasche wieder sorgsam und starrte weiterhin in die Flammen. Er konnte die Flasche morgen früh wieder füllen, bis dahin würde er seinen Durst eben bezwingen müssen.

Keiner von ihnen sprach, aber das war auch nicht nötig. Torian glaubte, die Gedanken der anderen hören zu können. Sie spürten alle dasselbe wie er, obwohl einige der Männer so in sich zusammengesunken dasaßen, dass sie vor Erschöpfung offensichtlich gegen ihren Willen im Sitzen eingeschlafen waren. Vielleicht war es das Beste, was ihnen passieren konnte, und er beneidete die Männer fast. Zugleich aber wusste er, dass er die Augen eher mit Hilfe zweier Stöckchen offen halten würde, als seinem eigenen Verlangen nach Schlaf nachzugeben.

Aber auch die festesten Vorsätze waren eine Sache, sie einzuhalten eine andere. Er merkte nicht einmal, dass die Erschöpfung ihn irgendwann doch übermannte und er einschlief.

☆

Torian wusste nicht zu sagen, was er beim Anblick des zerfransten Brückenstumpfes empfand. *Umsonst!*, hämmerte eine Stimme in seinen Gedanken. *Alles war umsonst!* Minutenlang stand er einfach nur reglos da und starrte ins Leere, dann trat er zwei Schritt weiter auf die Felsnase hinaus und beugte sich ein wenig vor; gerade genug, um einen Blick über den Rand zu werfen, ohne aber in Gefahr zu geraten abzustürzen. Dennoch begann sich beinahe augenblicklich alles vor seinen Augen zu drehen. Die Tiefe schien wie mit gierigen Händen an ihm zu zerren, und er trat hastig von dem Abgrund zurück. Bislang hatte er sich immer für schwindelfrei gehalten, aber nun musste er erkennen, dass es auch in dieser Hinsicht für jeden Menschen eine Grenze seiner Unempfindlichkeit gab. Die seine wurde hier um ein gutes Stück überschritten.

Tief, unendlich tief unter ihm erstreckte sich der Wüstenboden. Mannsgroße Felsen sahen aus dieser Höhe wie winzige Kiesel aus, aber es gab keinerlei Überreste der Brücke, keinen Stahlträger, nichts. Der Anblick überraschte Torian nicht, zumindest nicht wirklich. Wenn die Brücke eingestürzt wäre, hätten sie bereits am Fuße des Berges Spuren des Unglücks finden müssen.

Aber wie konnte sich eine ganze Brücke einfach in Luft auflösen?

Cathar hatte die ganze Zeit über kein Wort gesagt, sondern Torian nur spöttisch gemustert.

»Was ... was hat das zu bedeuten?«, fragte Shyleen verständnislos.

Cathar wandte sich zu ihr um. Der Ausdruck von Spott in seinem Gesicht vertiefte sich noch.

Das erste Stück war das schwerste. Der Berg lag noch keine zwanzig Schritte hinter ihnen, aber Torian hatte trotzdem das Gefühl, seit einer Ewigkeit über den schmalen, spiegelglatten Fels der Brücke zu balancieren. Der steinerne Pfad führte nicht nur steil in die Höhe, er fiel auch nach beiden Seiten in sanfter Krümmung ab, und zu allem Überfluss war der Felsen so rutschig, dass selbst seine groben Stiefel kaum ausreichend Halt fanden. Der Wind zerrte an seinem Haar und seiner Kleidung, und vor ihm, unendlich weit entfernt, am Ende der Brücke, wogten Schatten und gestaltlose finstere Dinge, die sich seinem Auge immer wieder entzogen, sobald er sich darauf zu konzentrieren versuchte.

Torian hatte Angst; eine Angst wie niemals zuvor in seinem an Gefahren nicht gerade armen Leben. In seinem Mund fühlte er einen bitteren Geschmack, und seine Kleidung klebte in großen, dunklen Flecken an seinem Körper. Er wusste, dass er stürzen würde, wenn er den Fehler beging, auch nur einmal in die Tiefe zu blicken. Vielleicht war es wirklich so, wie Cathar gesagt hatte: dass diese Brücke immer da war; unsichtbar und nur darauf wartend, dass jemand den Mut zu einem ersten Schritt ins scheinbare Nichts wagte. Für Torian jedoch war allein die Vorstellung, über einen Pfad zu gehen, den es in Wirklichkeit vielleicht doch nicht gab, grauenhaft.

Wie zur Bestätigung erscholl in diesem Augenblick hinter ihm ein gellendes Aufkreischen. Er wandte instinktiv den Kopf. Vor seinen entsetzt geweiteten Augen stürzte einer der Söldner durch den massiven Fels hindurch und verschwand schreiend in der Tiefe. Torian starrte auf die Stelle, wo der Mann gerade noch gestanden hatte. *Es stimmte doch!*, durchzuckte es ihn. *Diese Brücke existierte nicht! Sie war nichts als ein Trugbild: ein Spuk, der ihre Sinne narrte!*

Im gleichen Moment, in dem er diesen Gedanken dachte, begannen auch seine Füße in den Fels zu sinken. Torian heulte auf. Seine Augen quollen ihm vor Entsetzen aus den Höhlen, als er sah, wie seine Füße im schimmernden Gestein verschwanden, als wäre es plötzlich zu Morast geworden. Schneller und schneller sank er in den massiven Fels ein. Unter ihm war kein Boden mehr, nur noch ein schwammiges, weiches Etwas, das immer rascher unter seinem Körpergewicht nachgab. Schon war er bis an die Knie eingesunken, dann bis an die Oberschenkel.

Niemand kümmerte sich um ihn. Nicht einmal Garth oder Shyleen, die ein Stück vor ihm gingen, wandten den Kopf, denn sie wussten, dass es ihr eigenes Ende bedeuten würde, so wie Torian den Fehler begangen hatte, den abstürzenden Mann anzusehen. Jeder von ihnen empfand die gleiche lebensgefährliche Angst, und jeder Anlass, der ihnen die ungewisse Existenz der Brücke vor Augen führte, stellte eine tödliche Bedrohung dar.

»Torian!« Bards Stimme klang schrill und überschlug sich fast. »Du darfst nicht zweifeln! Bei Ch'tuon, du darfst nicht an der Existenz der Brücke zweifeln! Sie trägt dich, der Fels ist massiv!«

Torian warf sich mit einem Schrei herum. Seine Hände scharrten über den Fels, suchten verzweifelt Halt, aber da war nichts: Seine Finger glitten durch den schwarz schimmernden Granit hindurch, und er sank immer noch tiefer in den Fels ein, war jetzt schon bis zu den Hüften darin verschwunden und stürzte weiter.

Eine Hand packte ihn an den Schultern, riss ihn zurück und nach oben. »Du darfst nicht zweifeln!«, keuchte der Rattengesichtige noch einmal. »Es ist nur die Magie der *Schattenburg.* Die Brücke existiert, aber sie verschwindet, wenn du nicht daran glaubst!«

»Nein!«, kreischte Torian. Verzweifelt schlug er um sich, noch immer irgendwo Halt suchend, und hätte Bard, der ihn hielt, dabei um ein Haar in die Tiefe gefegt. Er schloss die Augen und klammerte sich mit aller Kraft an die Vorstellung der Brücke, wie er sie gesehen und in Erinnerung hatte. Gleichzeitig fanden seine Hände wieder Halt; er spürte den harten Stein und zog sich mit einem Ruck auf den Felsen hinauf. Einige Sekunden lang blieb er liegen und starrte zu den Wolken hoch, die vom Wind über den Himmel getrieben wurden – und verdrängte jeden Gedanken an das, was diese Brücke *wirklich* sein mochte.

Bard war bereits weitergegangen, ohne sich noch einmal zu ihm umzuwenden. Torian blickte ihm nach und wurde sich bewusst, dass er dem Rattengesichtigen erneut sein Leben verdankte, und diesmal war es ganz eindeutig nicht nur aus Berechnung geschehen. Der Parasit in seinem Körper mochte ihnen bei einigen der überwundenen Fallen von Nutzen gewesen sein, jetzt hingegen war sein Leben nicht mehr wert als das irgendeines der anderen. Er wurde aus dem Mann mit dem Rattengesicht nicht schlau, aber dies war kaum der richtige Moment, darüber nachzugrübeln.

Torian richtete jedes bisschen Kraft, das er noch aufbringen konnte, darauf, einen Fuß vor den anderen zu setzen, sich schräg gegen den Wind zu stemmen und einfach nur vorwärts zu gehen: über massiven, harten Untergrund zu schreiten, über Fels, dessen Härte er durch die Stiefelsohlen spürte, der den Wind brach, sodass er heulte und wimmerte wie eine Meute unsichtbarer Wölfe, der *da war,* so massiv und kompakt, wie ein Stück Felsen nur sein konnte. Er konzentrierte sich auf jede noch so winzige Einzelheit, ertastete mit halb geschlossenen Augen jede feine Unebenheit der kühn geschwungenen Brücke, jede raue Stelle, jeden haarfeinen Riss im Stein, klammerte sich an jeden Schatten, jede Lichtspiegelung auf dem glatt polierten Felsen, alles, was sein Denken davon überzeugen konnte, dass dieser Fels wirklich da war und nicht nur ein Trugbild. Eine Ewigkeit – die in Wahrheit sicher nicht mehr als zehn, allerhöchstens fünfzehn Minuten andauerte – schleppte er sich so über den schmalen Felsbuckel.

Der Wind hatte an Kraft zugenommen und erschwerte es zusätzlich, auf dem glatten Untergrund der Brücke nicht den Halt zu verlieren und einfach wie ein trockenes Blatt davongeweht zu werden. Vielleicht aber war es gerade das, was ihm das Leben rettete, weil das Gehen seine ganze Aufmerksamkeit in Anspruch nahm und so verhinderte, dass seine Gedanken in eine gefährliche Richtung irrten. Vielleicht waren es auch seine Gebete, die er in den letzten Minuten an sämtliche Götter gerichtet hatte, von denen er jemals gehört hatte, ohne an sie zu glauben. Vielleicht beides.

Der wogende Schatten am Ende dieser Wahnsinnsbrücke wuchs allmählich, wurde jedoch nicht deutlicher. Nach einer Weile bemerkte Torian, dass sich die Brücke wie ein bizarrer Viadukt wieder nach unten neigte, und schon wenige Augenblicke später begann ein gewaltiger Schatten aus der nebeligen Entfernung heranzuwachsen. Im ersten Moment glaubte er, es wäre die *Schattenburg*, doch dann erkannte er, dass es sich nur um einen Felspfeiler handelte. Es war ein sehr sonderbarer Pfeiler; ein schwarzer, beinahe lotrecht aufstrebender Steingigant, der sich an seinem oberen Ende wie ein riesiger Pilz wölbte, dessen Fuß hingegen in milchigem Nichts verschwand. Dahinter setzte sich die Brücke fort, wie es schien ins Unendliche. Und vielleicht stimmte das ja auch, obwohl Torian irgendwo vor und über ihnen ein nebeliges *Etwas* zu sehen glaubte, das ein wenig zu kompakt war, um allein seiner Einbildung zu entspringen.

Das Gebilde vor ihnen war jedenfalls nur eine Zwischenstation auf ihrem Weg, dennoch beschleunigte Torian instinktiv seine Schritte. Nichts sprach dafür, dass dieser Felspfeiler in irgendeiner Form realer sein sollte als die Brücke, über die er ging und die sich dahinter fortsetzte, aber allein die Illusion, dass er mit dem Boden verbunden war, dass unter ihm irgendetwas *war* außer saugender Leere, erschien ihm wie eine Erlösung.

Als sie näher kamen, sah Torian, dass es sich nicht um einen gewöhnlichen Pfeiler handelte. Der schmale Steg, der in kühnem Bogen zu ihm hinführte, verbreiterte sich zu einer runden, vielleicht fünfzig Schritte messenden Plattform, an deren beiden äußeren Enden zwei bizarr geformte Türmchen wie Tropfen aus erstarrter, glitzernder Lava standen. Der Anblick erinnerte ihn auf unangenehme Weise an ein Bollwerk. Etwas daran war aggressiv, auf schwer in Worte zu fassende Weise, und irgendwie spürte er, dass die Türmchen nicht einfach nur Steinmonumente waren. Es war das Gefühl, von ihnen angestarrt, schlimmer noch, *belauert* zu werden. Die nervösen Blicke, welche die anderen, einschließlich Cathar, auf die sonderbaren Gebilde warfen, zeigten ihm deutlich, dass er mit diesem Gefühl nicht allein war.

Er wechselte einen knappen Blick mit Cathar, und ohne das Tempo auch nur zu verlangsamen, überquerten sie die Plattform. Keiner der Männer, die sich genau wie Torian beim ersten Anblick des Pfeilers wahrscheinlich auf eine Ruhepause gefreut hatten, murrte. Viele schritten sogar schneller aus als vorher.

Sie gingen weiter, immer weiter.

Torian hatte längst jedes Gefühl für die Zeit verloren. Die *Schattenburg* war unendlich langsam näher gekommen. Wo zu Anfang nur wogende, undeutliche Entfernung irgendwo im Nichts vor ihnen gewesen war, zeigten sich bald Schatten, etwas wie eine riesige Wolke aus grauem Nebel, dann ein gigantischer, auf unheimliche Weise falsch wirkender Umriss, der mit jedem Schritt um eine Winzigkeit heranwuchs, aber auf absurde Weise nicht deutlicher wurde. Jetzt lag die Burg nur noch wenige hundert Schritte vor ihnen, allein getrennt durch ein letztes Stück der Wahnsinnsbrücke, die als wirklich existent anzuerkennen Torians Verstand sich immer noch weigerte, und den letzten der gewaltigen Felspfeiler, welche die bizarre Konstruktion trugen.

Er war ganz ruhig. Sie standen dicht vor dem Ende ihrer unglaublichen Reise, zu der sich vor ihnen bereits Hunderte von Menschen – und nicht nur Menschen! – aufgemacht hatten, ohne dass auch nur einer das Ziel erreicht hatte, wenn Cathar und die alten Legenden Recht hatten. Aber Torian fühlte weder Erregung noch Nervosität, nicht einmal mehr Furcht. Allenfalls ein wenig Verwunderung, dass sie tatsächlich bis hierher gelangt waren, ohne in den zurückliegenden Stunden auf dem Marsch über die Brücke mindestens ein Dutzend Male auf ebenso viele verschiedene Arten umgebracht worden zu sein.

Oder wenigstens angegriffen. Nach dem unglaublichen Aufwand, den die Schwarzen Magier betrieben hatten, um das Zentrum ihrer Macht zu schützen, fiel es ihm schwer zu glauben, dass sie ausgerechnet das letzte Stück der *Straße der Ungeheuer* ausgespart haben sollten, wo jeder ungebetene Besucher einem Angriff auf der Brücke fast hilflos gegenübergestanden hätte. Aber vielleicht schien ihnen die Brücke allein bereits Schutz genug zu sein, wenngleich Torian bei jedem weiteren Pfeiler das gleiche Unbehagen wie beim ersten überkommen hatte.

So auch diesmal, und doch fühlte er wie die vorangegangenen Male auch eine so grenzenlose Erleichterung, massiven Fels unter sich zu spüren, dass er sich am liebsten niedergeworfen und den Boden geküsst hätte. Mit eisigem Griff hielt ihn immer noch die Angst gefangen, die ihn fast um den Verstand gebracht hätte, aber er schämte sich dieser Angst nicht. Er hatte schon vor langer Zeit erkannt, dass Furcht etwas Natürliches, ja Nützliches war, dessen man sich nicht zu schämen brauchte, sondern dessen man sich im Gegenteil sogar bedienen konnte, und das hatte er in den letzten Stunden ausgiebig getan. Nur die Furcht hatte ihn davon abgehalten, auf der Brücke stehen zu bleiben und über die wahre Natur des Bodens unter seinen Füßen nachzudenken.

Er zwang sich, die Plattform zu überqueren – und im gleichen Moment, in dem er als Erster die unsichtbare Grenzlinie zwischen den beiden Lavatürmchen überschritt, schälte sich vor ihm die *Schattenburg* wie ein fürchterlicher Spuk aus dem Nichts. Die grauen Schwaden trieben auseinander, als wäre eine Sturmbö in sie gefahren, und offenbarten ein so ungeheuerliches, erschreckendes Bild, dass Torian zurückprallte und einen entsetzten Schrei ausstieß, in den wenige Sekundenbruchteile später auch seine Begleiter einstimmten.

Die Burg war ein Albtraum, obwohl ihre genaue Form auch jetzt noch unmöglich zu erkennen war. Die zahllosen, auf schier unvorstellbare Weise ineinander verschachtelten Türmchen, Erker, Zinnen, Wehrgänge, Dächer und Mauern, die in Schwarz und schmutzigem Gold und grau gewordenem Silber schimmerten, folgten keiner einheitlichen Linie oder gar etwas, das auch nur annähernd mit dem Wort Architektur hätte beschrieben werden können. Sie sahen aus, als hätte ein Gigant diese Ansammlung bizarrer Gebäude gepackt und so lange geknetet und ineinander gestaucht, bis dieses Albtraumgebilde daraus entstanden war, ein entsetzliches Ding, dessen bloßer Anblick Torian mehr schwindeln ließ als ein Blick vom Rande der Brücke in die Tiefe. Und was er sah, war nur ein kleiner Teil der *Schattenburg,* da sich sein Verstand schlichtweg weigerte, all die unbeschreiblichen *Dinge* zu erkennen oder gar zu begreifen. Die wahre Konstruktion des riesigen Komplexes vor ihm würde ihm immer fremd bleiben, und wenn er versuchte, sich näher mit ihr zu befassen, konnte das Ergebnis nur aus Wahnsinn bestehen, denn sie war nicht für menschliche Augen und Gehirne gemacht, sondern gehorchte der sinnverdrehenden Symmetrie der Alten Rasse.

Minutenlang stand Torian einfach nur da und starrte genau wie die anderen das Gebilde an, dann riss ihn irgendetwas in die Wirklichkeit zurück. Gleichzeitig verdichtete sich das vage Gefühl von Furcht, das er bislang auf jeder Plattform verspürt hatte, aber diesmal war es nicht nur ein Gefühl. Neben ihnen öffneten sich kleine Türen in den Türmen, und etwas wie ein wirbelnder Schatten huschte heraus. Torian blieb verblüfft stehen. Im ersten Moment war er nicht sicher, ob er *wirklich* etwas sah oder ob ihm seine überreizten Nerven schlicht und einfach einen Streich spielten, aber dann kamen die Schatten näher, mit sonderbar gleitenden, flatternden Bewegungen. Ein Splitter von Rot blitzte im wirbelnden Grau auf. Für Bruchteile von Sekunden glaubte Torian ein verzerrtes Gesicht auszumachen; eine apokalyptische Fratze, schmal, von der Farbe der Nacht und mit einem höhnisch verzerrten dreieckigen Insektenmaul anstelle eines Mundes. Viel zu viele tentakelartige Arme wuchsen aus dem Rumpf der Kreatur und peitschten unruhig durch die Luft.

Mit aller Kraft verscheuchte Torian die Vorstellung, und im gleichen Moment wurde der Schatten wieder zu einem flackernden grauen Schemen mit den ungefähren Formen eines menschlichen Körpers. Nur größer. Und erheblich drohender.

Lautlos trieben die Schattenwesen ihnen entgegen, wie Nebel, den der Wind vor sich herjagt. Torians Hand griff nach dem Schwert, obwohl er wusste, dass es ihm gegen diese Schattenwesen ohnehin nichts nutzen würde.

»Bleibt ruhig«, befahl Cathar. »Sie sind harmlos und werden uns nichts tun.«

Im gleichen Moment griffen die Schatten an, als wollten sie den Worten des Magiers Hohn sprechen. Es ging so schnell, dass Torian sich nicht einmal sicher war, in welcher Reihenfolge sich die Ereignisse wirklich abspielten. Von einem Augenblick auf den anderen waren sie von Schatten umkreist, wirbelnden Fetzen aus grauem Nichts, die mit gierigen Armen nach ihnen zu greifen schienen. Kälte hüllte sie ein, und dann berührte einer der Fetzen Garths Gesicht. Der Dieb schrie auf, schlug die Hände vor die Augen und brach in die Knie.

Torian fuhr herum, um ihm zu Hilfe zu eilen, aber im gleichen Augenblick erreichten die wirbelnden Fetzen auch ihn. Er schlug mit dem Schwert zu, doch die Klinge schnitt durch die Nebelwesen hindurch, als wären sie überhaupt nicht vorhanden. Sie berührten ihn. Das Gefühl war unbeschreiblich ekelhaft. Die Schatten schienen mit feuchten, morastigen Händen über seinen Körper zu streichen, drangen in seinen Mund und seine Nase ein. Er hatte den Eindruck, sein tiefstes Inneres würde durchwühlt und überprüft, ob er würdig war, die *Schattenburg* zu betreten. Aber Cathar hatte Recht, abgesehen von dem Ekelgefühl, mit dem die Schatten Torian erfüllten, schienen sie harmlos zu sein und zogen sich nach einigen Sekunden wieder zurück.

Aber wenn sie von den seltsamen Fetzen wirklich untersucht worden waren, dann schienen sie die Prüfung ganz offensichtlich nicht bestanden zu haben, denn im gleichen Augenblick platzten die beiden Lavatürme wie unter unsichtbaren Hammerschlägen auseinander, und aus ihrem Inneren quollen die entsetzlichsten Wesen, die Torian je gesehen hatte: groteske, mehr als zwei Meter große Karikaturen menschlicher Gestalten, vierarmig, grün geschuppte Dinger ohne Gesichter, die nur aus Zähnen und Klauen zu bestehen schienen. Und es wurden immer mehr, die aus den Türmen wie aus gigantischen Eiern herausquollen.

Bard, der den neu aufgetauchten Angreifern am nächsten war, zerrte sein Schwert aus dem Gürtel und stürmte auf das erste der Scheusale los. Das Ungeheuer taumelte, als die stählerne Klinge seine Schulter traf, aber anstatt zusammenzubrechen oder wenigstens zurückzutorkeln, schlug es mit dem anderen Arm nach dem Angreifer, prellte ihm die Waffe aus der Hand und streckte ihn mit dem nächsten Hieb nieder. Mit einem triumphierenden Kreischen setzte es ihm nach, die Krallen zum entscheidenden Schlag erhoben.

Es war Garth, der das Rattengesicht rettete. Ohne einen Laut stürzte er vor, umschlang die Bestie von hinten mit den Armen, riss sie in die Höhe und schleuderte sie mit einem einzigen Ruck seiner gewaltigen Muskeln weg. Das Ungeheuer prallte gegen eines der anderen Monster und riss es mit sich von den Füßen. Aber es war nur eine kurze Atempause, denn schon stürmten die anderen Bestien heran.

Torian stellte sich einer von ihnen mit gezogenem Schwert in den Weg. Es war ungefähr so aussichtsreich wie der Versuch, einen wütenden Elefanten mit einem Zahnstocher aufhalten zu wollen. Die Bestie walzte heran, rannte geradewegs in seine vorgestreckte Schwertklinge hinein – und lief weiter. Die Spitze seiner Waffe vermochte ihre Panzerhaut nicht einmal zu ritzen! Die Klinge bog sich ein wenig durch und mit einem sirrenden Laut zur Seite, und das Schwert wurde ihm aus der Hand gerissen. Im nächsten Moment traf ihn eine Klaue des Monstrums mit der Wucht eines Hammerschlages an der Schulter und schmetterte ihn zu Boden. Er hatte noch ungeheures Glück, dass die Bestie ihn nur mit dem geschuppten Handrücken traf, statt ihm den Arm kurzerhand auszureißen. Instinktiv zog er den Kopf zwischen die Schultern, wälzte sich herum und hörte, wie harte Krallen den Fels aufrissen, genau dort, wo er eine halbe Sekunde zuvor noch gelegen hatte. Er versuchte hochzukommen und zu seinem Schwert zu gelangen, wurde von einem zweiten, ebenso wuchtigen Schlag davongeschleudert und sah den missgestalteten Leib einer weiteren Albtraumkreatur über sich aufragen. Ihre Arme waren gespreizt, die Krallen wie Zinken einer stählernen Gabel auf sein Gesicht gerichtet.

Aber der Hieb, auf den er wartete, kam nicht.

Stattdessen erstarrte das Ungeheuer. Aus seiner Brust ragte ein fingerlanges, stählernes Dreieck. Langsam, als würde es von unsichtbaren Fäden wie eine Marionette gehalten, brach es in die Knie, drehte sich halb um seine Achse und fiel schließlich nach vorne.

Die anderen Monstren überlebten es nur um Sekunden. Verblüfft glotzte Torian das halbe Dutzend Männer an, die wie aus dem Nichts aufgetaucht und zwischen die Ungeheuer gefahren waren. Sie ließen ihnen nicht den Hauch einer Chance. Ihre Schwerter durchbrachen die Panzerhaut der Bestien und töteten sie auf der Stelle.

Torian stemmte sich in die Höhe und betrachtete die Unbekannten genauer. Sie waren von Kopf bis Fuß in graue, eng anliegende Tücher gehüllt, die nur einen kaum fingerbreiten Streifen über den Augen und der Nasenwurzel freiließen. Der Streifen Haut, den Torian sah, war so weiß, als wäre er noch nie von einem Sonnenstrahl getroffen worden, die Augen groß und stechend. Als er den Blick eines der unbekannten Krieger auf sich ruhen sah, fühlte er sich sofort unbehaglich. Die Gestalten sahen seltsam unwirklich, fast gespenstisch aus, aber das konnte auch an der Art ihres Auftauchens und an ihrem Verhalten liegen. Die Männer hatten ihnen das Leben gerettet – das erste Mal, seit sie die *Straße der Ungeheuer* betreten hatten, dass ihnen Hilfe zuteil wurde, und vielleicht reagierte Torian gerade deshalb mit Misstrauen auf ihr unerwartetes Erscheinen. Es war nicht sicher, dass die Krieger ihnen wirklich freundlich gesinnt waren; noch bestand die Möglichkeit, dass sie vom Regen in die Traufe geraten waren.

Doch die Unbekannten zeigten keine feindliche Absicht, sondern steckten im Gegenteil sogar ihre Schwerter weg, traten auf Garth zu –

Und sanken vor ihm auf die Knie!

»Seid willkommen in der *Schattenburg*, Herr«, murmelten sie wie aus einem Munde.

Torian glaubte seinen Augen und Ohren nicht zu trauen. Neben ihm stießen Shyleen und Bard gleichermaßen ein überraschtes Keuchen aus. Er nahm es nur unterbewusst wahr. Wie gebannt fixierte er Garth, der die demütige Unterwerfung der Krieger mit einem zufriedenen Lächeln quittierte, dann ließ er seinen Blick fassungslos zu Cathar weiterwandern. Das Gesicht des Magiers war bar jeden Ausdrucks; mit leeren, an Glaskugeln erinnernden Augen starrte er ins Nichts.

Und dann verschwand er.

Seine Gestalt begann zu flimmern, wurde unscharf und durchscheinend. Gleichzeitig verwandelte sich Garth. Auch seine Konturen verschwammen für Sekunden und festigten sich neu nach Cathars Ebenbild, während sich der Körper des Magiers in nichts auflöste.

Genauer – das, was sie die ganze Zeit über für seinen Körper gehalten hatten.

Torian stöhnte auf und begriff nicht, wieso er die Wahrheit nicht schon längst erkannt hatte. Mit einem Mal war alles völlig klar. Cathar hatte sie die ganze Zeit über getäuscht.

»Was … was soll das bedeuten?«, stieß Bard hervor. Auch in seiner Stimme lag plötzlich ein Unterton, der Torian fremd war.

Cathars Aussehen hatte sich inzwischen gefestigt. Nichts an ihm erinnerte mehr an das Trugbild, das er ihnen vorgegaukelt hatte. Immer noch lächelnd wandte er sich um und musterte den Rattengesichtigen wie ein lästiges Insekt.

»Das ist doch ganz einfach: Man heißt den neuen Herrscher der *Schattenburg* willkommen, wie du gehört hast. Oder fragst du, was mit diesem Körper geschah? Wenn man mit einem Mann wie Torian Carr Conn gemeinsam reist, kann man nicht vorsichtig genug sein. Es gibt nur einen Menschen, von dem ich wusste, dass er nie sein Schwert gegen ihn erheben würde. Also nahm ich sein Aussehen an. Ohne ihn wäre keiner von uns hierher gekommen.«

»Vergesst nicht das Blutopfer für die Festung, Herr«, gemahnte einer der Krieger.

»Richtig«, erwiderte Cathar und machte eine Handbewegung in

Richtung der acht noch lebenden Gardisten. »Ihr fragt euch vielleicht, welche Rolle euch in diesem Geschehen bestimmt ist. Ich musste so viele von euch mitschleppen, nur um sicherzugehen, dass wenigstens einige von euch bis hierhin durchkommen. Die *Schattenburg* fordert ihren Preis, wenn man sie betreten will. Nehmt sie.«

Und die grauen Krieger nahmen sie. Drei von ihnen waren zwischen den Gardisten und töteten sie mit ihren Schwertern, noch bevor die Männer begriffen, was Cathars Worte zu bedeuten hatten. Ohne einen Laut brachen sie zusammen.

»Verrat!«, keuchte Bard und zog sein Schwert. Einer der Krieger trat drohend auf ihn zu, doch er beachtete es nicht einmal. »Du hast uns alle verraten. Es ging dir gar nicht darum, das *Tor* zu schließen. Du wolltest nur die *Schattenburg.* Und ich habe dir vertraut!«

»Das ist schließlich deine eigene Schuld«, höhnte Cathar. »Ich habe dich zu nichts gezwungen, und du lebst nur noch, weil du mir bislang treu gedient hast. Entscheide dich: Willst du ebenfalls sterben oder mir weiterhin gehorchen?«

»Niemals!«, schrie Bard. »Du wirst für deinen Verrat bezahlen. Zeig wenigstens so viel Mut, mit mir zu kämpfen!«

»Kämpfen?« Der Magier schien einen Moment zu überlegen, dann schüttelte er den Kopf. »Wie überflüssig.« Er drehte sich um und machte einige Schritte auf die Burg zu, dann wandte er noch einmal den Kopf. »Ach, ehe ich es vergesse«, fügte er in fast beiläufigem Tonfall hinzu, »die Brücke, auf der du zu stehen glaubst, die gibt es in Wahrheit gar nicht, weißt du?«

Bard keuchte vor Schrecken, blickte instinktiv nach unten –

Und stürzte wie ein Stein in die Tiefe!

☆

Torian starrte Bard mit vor Entsetzen geweiteten Augen nach. Der Rattengesichtige kam nicht einmal dazu, einen Schrei auszustoßen. Der scheinbar so massive Fels war von einem Sekundenbruchteil auf den anderen nur auf dem kleinen Stück, auf dem er gestanden hatte, verschwunden. Er fiel und fiel, hinein in die Decke aus Wolken und Nebel, die sich unter der Brücke spannte und nirgendwo zu enden schien.

Torian wusste nicht, was er empfand. Bis zuletzt hatte er Bard nur als einen unterwürfigen Diener Cathars betrachtet, ungeachtet dessen, was der ehemalige Kommandant ihm gesagt hatte. Sie alle waren von dem Magier betrogen worden, aber Bard vielleicht am allermeisten, weil er wohl der Einzige von ihnen gewesen war, der Cathar vollends vertraut und aus Überzeugung gehandelt hatte. Bis zuletzt, und obwohl Bard ihm das Leben gerettet hatte, war er Torian unsympathisch gewesen, aber dieses Ende hatte auch das Rattengesicht nicht verdient. Er stand einfach da und starrte in die Richtung, in die Bard gestürzt war, bis einer der Schattenkrieger ihn unsanft an der Schulter rüttelte und damit aus der Erstarrung riss. Der Blick seiner Augen war völlig ausdruckslos.

»Folgt uns jetzt«, wurde er aufgefordert. »Unser Herr wartet nicht gerne.«

Schweigend nahm das halbe Dutzend grau gekleideter Mörder Shyleen und ihn in die Mitte und geleitete sie das letzte Stück Weg zur *Schattenburg* hinauf, aber Torian nahm es kaum wahr. Er war immer noch wie betäubt.

Hinter ihm blieben die toten Gardisten zurück und eine Brücke, die es in Wirklichkeit vielleicht gar nicht gab. Möglicherweise auch alle Hoffnungen, die er jemals gehabt hatte. Das dumpfe Krachen, mit dem das titanische Portal hinter ihnen ins Schloss fiel, erinnerte ihn an das Zuschlagen eines Sargdeckels. Er schauderte. Für einen kurzen Augenblick hatte er das Gefühl, von den nachtschwarzen Wänden erdrückt zu werden. Selbst das zuckende rote Licht der Fackeln, die in regelmäßigen Abständen in Halterungen an den Wänden steckten, wirkte unnatürlich krank und schien in dem schwarzen Granit zu versickern.

Torian versuchte die Vorstellung abzuschütteln, aber statt in die verborgenen Winkel seiner Fantasie zurückzukriechen, aus denen sie gekommen waren und in die sie gehörten, wurden die Visionen eher noch schlimmer. Für ein paar Sekunden glaubte er, das Gewicht der zahllosen Tonnen Fels und Mauerwerk, das sich über seinem Kopf türmte, beinahe körperlich zu spüren. Seit sie das Tor der *Schattenburg* durchschritten hatten, war eine sonderbare Veränderung mit ihm vonstatten gegangen. Er hatte das Gefühl, zweimal zu existieren: Es gab einen Torian, der halb wahnsinnig vor Angst war und sich ebenso verzweifelt wie ergebnislos fragte, welcher Dämon ihn geritten haben mochte, freiwillig hierher zu kommen; eine Entscheidung, die etwa der gleichkam, freiwillig die Hand ins Maul eines mürrischen Haifisches zu legen und ihn am Gaumen zu kitzeln.

Aber es existierte noch ein anderer Teil in ihm, der alles, was bisher geschehen war – und alles, was noch geschehen *mochte!* –, mit beinahe stoischem Gleichmut betrachtete. Der Tod Bards und der Gardisten, ihr eigenes Schicksal, das bevorstehende erneute Zusammentreffen mit Cathar und die einzig wahrscheinliche Konsequenz daraus – nämlich ein rasches, aber höchst unerfreuliches Ende –, das alles ließ ihn vollkommen unberührt.

Es gab nur noch einen Gedanken, der für diesen Teil seines Ichs von Bedeutung war – nämlich den, dass er nach Hause zurückgekehrt war, so unbegreiflich dieser Gedanke auch dem wahren Torian war. Das Kribbeln in seiner Schulter war zu fast schmerzhafter Intensität angestiegen, und es war ein eindeutig *freudiges* Kribbeln. Torian warf Shyleen ein nervöses Lächeln zu und versuchte, sich auf die Umgebung zu konzentrieren.

Viel war da nicht zu sehen. Der Gang, durch den sie die Schattenkrieger führten, verlief fenster- und türenlos dreißig, vierzig Schritt weit geradeaus und endete vor einem schmucklosen, aber äußerst massiven Tor, das halb offen stand. Er erinnerte mehr an einen direkt aus dem Berg gehauenen Stollen als an den Korridor eines künstlich errichteten Gemäuers, aber vielleicht war er das auch, denn ein gut Teil der bizarren Burg schien mit Urgewalt direkt aus dem Fels herausgemeißelt zu sein. Möglicherweise befanden sie sich in Wahrheit schon tief unter der Erde statt auf dem Gipfel des Berges. Möglicherweise auch nicht einmal mehr in Caracon oder irgendeinem anderen Teil der ihnen vertrauten Welt.

Torian hatte den Berg von der Brücke aus in seiner ganzen Größe gesehen. Er war ein Gigant, ein zyklopischer Kegel aus schwarz erstarrter Lava und Granit, zwei Meilen hoch und mit Flanken, die wie glatt poliertes schwarzes Glas schimmerten. Und das war nur der obere, über den Wolken sichtbare Teil des Berges. Hätte es ein solches Riesending irgendwo in der Staubwüste tatsächlich gegeben, hätten sie es entdecken müssen, schon über Dutzende von Meilen Entfernung.

Nein – Torian war sich ziemlich sicher, dass diese Burg *nicht* in der Staubwüste lag. Der Weg zu ihr hatte in den hitzedurchglühten Weiten begonnen, aber das war auch alles. Und als er an diesem Punkt seiner Überlegungen angelangt war, beschloss er, den Gedanken nicht weiterzuverfolgen. Es wäre müßig gewesen. Die Chance, lebend wieder von hier zu entkommen, stand ungefähr eine Million zu eins. Aber die Schätzung war eher zu optimistisch.

»Eure Schwerter«, forderte einer der Schattenkrieger von ihnen und machte mit der Rechten eine bestimmte Bewegung, um seine Worte zu unterstreichen. Sie händigten ihm ohne Widerstand ihre Waffen aus. Der Krieger nahm sie entgegen, wandte sich um und trat als Erster durch das Portal. Torian und Shyleen folgten ihm.

Die Halle, in die sie kamen, war gigantisch, selbst für diese Burg, die sich nicht mit menschlichen Maßstäben messen ließ. Ihre spitz zulaufende Decke bildete hundert, hundertfünfzig Meter über ihren Köpfen ein steinernes Dach, und in zweien der vier Wände gab es sogar Fenster, aber irgendetwas Düsteres, Unsichtbares lag in der Luft, das das einfallende Licht schon nach wenigen Metern aufsaugte, sodass auch hier Fackeln und lodernde Kohlebecken für eine unheimliche, düster-rote Beleuchtung sorgen mussten.

In der Mitte der Halle stand ein Gebilde, das wie ein ins Absurde vergrößerter Altar aussah, ein schwarzer Monolith aus Licht schluckendem Stein, so groß, dass ein gutes Dutzend Stufen zu seiner rechteckigen Plattform hinaufführten. Darauf errichtet war eine Art steinerner Baldachin, getragen von vier gewaltigen schwarzen Säulen, die auf widerwärtige Weise zu leben schienen, denn irgendetwas auf oder besser gesagt *unter* ihrer Oberfläche zuckte und bebte ununterbrochen. Für einen kurzen Moment glaubte Torian, Gesichter zu erkennen, menschliche Gesichter, zu schrecklichen Grimassen verzerrt. Und zwischen den lebenden Steinsäulen erkannte er etwas, das ihn verdächtig an einen Sarg erinnerte.

Er wandte den Kopf mit einem Ruck und konzentrierte sich auf das, was er hinter dem Gebilde, an der Stirnseite der Halle sah. Nicht dass der Anblick wesentlich angenehmer gewesen wäre.

Cathar hatte seine schlichte Kutte abgelegt und trug jetzt ein dunkelgrünes, mit barbarischen Ornamenten versehenes Gewand, das wie trockene Haut raschelte, ohne dass er sich bewegte, aber ansonsten hatte er sich nicht verändert. Als sie die Hälfte der Halle durchquert hatten, lächelte er dünn, erhob sich mit einer übertrieben kraftvollen Bewegung und sprang von seinem Stuhl herunter. Erst jetzt wurde Torian gewahr, dass es sich in Wahrheit eher um einen Thron handelte – ein gewaltiges Monument, das zur Gänze aus Knochen und schimmerndem Gebein gefertigt war. Da und dort glaubte er einen menschlichen Totenschädel vor sich zu haben, aber auch die Knochen von Tieren und eine Menge anderer Dinge, die er sich lieber nicht näher besah.

»Ich weiß, was du jetzt denkst, Torian«, wandte sich der Magier an ihn, und in seinen Augen blitzte es amüsiert auf. »Du überlegst, wie du mir den Hals umdrehen kannst, nicht wahr?«

»Ich hätte es etwas weniger gepflegt ausgedrückt, aber es trifft den Kern der Sache, ja.«

Cathar lächelte kalt. »Aber, mein lieber Torian, bitte keine Beleidigungen. Ich weiß, dass du mich hasst, mehr noch als zuvor, aber du tust mir Unrecht. Wenn ich euch umbringen wollte, hätte ich es längst tun können.«

»So wie Bard?«, fauchte Shyleen.

»Ganz genau so. Betrachtet sein Schicksal als Warnung. Aber er hat es selbst verschuldet.« Er trat noch einen Schritt näher auf sie zu. »Ich habe euch ein Geschäft vorzuschlagen.«

»Ein Geschäft«, echote Torian spöttisch. »In Ordnung. Wie viel muss ich zahlen, damit du dich freiwillig vom höchsten Turm dieser Burg stürzt? Ich bin nicht gerade reich, aber für diesen Zweck werde ich bestimmt jede nötige Geldsumme aufbringen.«

Cathar lachte nicht. Seine Rechte ballte sich in einer raschen, zornigen Bewegung zur Faust, aber das war seine einzige Reaktion. »Wie du meinst«, sagte er. »Kommen wir zur Sache, es ist schon genug Zeit vergeudet worden. Es gibt etwas, das ich besitze und das du gerne wiederhättest. Ich habe auf dem Weg hierher nicht einfach nur Garths Aussehen angenommen. Er ist ebenfalls hier.«

»Hier?«, wiederholte Torian ungläubig. »Aber wie –«

»Ich hatte meine eigene Methode, ihn hierher zu bringen, als sein Schiff versank. Leider war mir selbst dieser Weg versperrt, sonst wäre ich überhaupt nicht auf eure Hilfe angewiesen gewesen.«

Er stieg die Stufen des altarähnlichen Gebildes hinauf. Torian sah, dass sein erster Eindruck ihn nicht getäuscht hatte. Das Ding auf der Plattform, auf das Cathar mit kaltem Lächeln deutete, war ein Sarg; ein zwei Meter langer, aus einem sonderbar glitzernden, nicht ganz durchsichtigen Glas gefertigter Sarg, durch den der Körper des darin aufgebahrten Mannes nur als verschwommener Schemen sichtbar war.

Es war Garth.

»Was … was hast du mit ihm gemacht?«, stieß Torian hasserfüllt hervor.

»Er ist nicht tot«, versicherte Cathar rasch. »Nur bewusstlos. Aber glaube nicht, dass du ihn einfach so aufwecken könntest. Er liegt in magischem Schlaf, und nur ich allein kann ihn daraus erwecken. Es liegt in eurer Hand, ob ich es wirklich tue.«

»Warum … zeigst du uns das?«, fragte Torian, sich mühsam beherrschend. Seine Zunge war so trocken, dass er kaum sprechen konnte. Die eigene Stimme klang fremd in seinen Ohren. Der Anblick des in todesähnlicher Starre daliegenden Freundes ging beinahe über seine Kräfte.

»Wie gesagt, ich habe euch ein Geschäft anzubieten«, erwiderte Cathar und ließ sich in einer lässigen Bewegung auf die Kante des Glassarges sinken. Der Blick, mit dem er sie maß, wirkte beinahe ehrlich. »Das ist auch der Grund, weshalb ihr noch lebt. Es war beachtlich, was ihr bisher geleistet habt. Ihr seid die einzigen Menschen, die unserem Orden ehrliche Schwierigkeiten bereitet haben.

Aber die Zeiten dieses Ordens sind vorbei. Baarolam und die anderen waren zu unentschlossen und schwach. Deshalb wollte ich die Macht über die *Schattenburg.* Die Zeiten werden sich ändern, wenn Ch'tuon endgültig aus seinem Schlaf erwacht, und es liegt an euch, ob ihr diese Veränderungen überlebt. Ich biete euch – auch Garth – das Leben. Ein Leben in Wohlstand und Sicherheit; sogar Unsterblichkeit – zumindest nach menschlichen Maßstäben. Und größere Macht, als ihr euch jemals erträumt habt.«

»Du bist vollkommen verrückt«, murmelte Torian. »Ein Leben als deine Sklaven und Diener von Ch'tuon und seiner Brut?«

»Als Diener Ch'tuons, ja«, bestätigte Cathar. »Als meine Sklaven nicht. Als meine Verbündeten. Was ist so schlecht daran? Ich werde nichts von euch verlangen, was eurer albernen Menschlichkeit zuwiderläuft. Ich werde nicht von euch fordern, jemanden zu töten oder auch nur irgendeinem Wesen ein Leid zuzufügen. Und was ist so schlimm an Ch'tuon? Du kennst ihn ja nicht einmal. Er ist ein Gott, und vielleicht mag er dir grausam erscheinen, aber er ist es nur zu seinen Feinden. Seinen Freunden hingegen kann er beinahe jeden Wunsch erfüllen. Überlegt euch eure Antwort gut. Ein Leben voller Wohlstand und Macht ist mehr, als die meisten anderen bekommen. Und ihr könnt euch immer noch überlegen, ob ihr die Seiten wechseln wollt.«

»Er lügt«, stellte Shyleen ruhig fest. »Wer sich einmal für seine Seite entschieden hat, kommt nicht mehr von ihm los.«

Cathars Kopf flog mit einem Ruck herum. Für einen Moment verzerrte sich sein Gesicht vor Hass, dann hatte er sich wieder in der Gewalt. »Ich verlange keine Gegenleistung von euch, wenn ihr die angebotene Macht nicht wollt. Alles, was ich erwarte, ist, dass ihr aufhört, uns zu bekämpfen, und uns unterstützt.«

»Was du verlangst, ist unmöglich!«, protestierte Torian, sehr viel heftiger, als notwendig gewesen wäre. »Du willst, dass ich dir helfe, aus den Menschen ein Volk von Sklaven zu machen!«

»Dienern«, verbesserte ihn Cathar. »Und ist der Diener eines Königs nicht mehr zu beneiden als der König eines Volkes von Bettlern?« Er hob die Hand und ließ sie wuchtig auf den Deckel des Sarges klatschen. »Muss ich dich daran erinnern, dass es Menschen waren, die den Krieg in Caracon angefangen haben?«, fragte er. »Die Herrscher von Srooth haben Tremon den Krieg erklärt, um uns Magier zu vernichten, und sie haben alle anderen Länder in diesen Krieg hineingezogen, einen Weltbrand entfacht. Wie viele Unschuldige sind dabei bereits gestorben? Zehntausend? Zwanzig? Wie viele, Torian?«

Torian schwieg. Er wusste, dass Cathar Recht hatte, was die Grausamkeit der Menschen betraf, aber es gab auch einen logischen Fehler in seinen Überlegungen. Die Herrschsucht der Menschen war kein Grund, andere, noch grausamere Wesen heraufzubeschwören. Vor seinem inneren Auge stieg eine entsetzliche Vision auf: Er sah Länder voller Toter, brennende Städte und kochende Flüsse, Meere, die unter unglaublicher Glut verdampften, und Wolken, aus denen Feuer auf ein verbranntes Land herabregnete ...

»Nein«, würgte er hervor. »Niemals!«

Cathar wurde nicht zornig, wie er erwartet hatte. Stattdessen stand er auf, stieg die Stufen hinab und führte sie auf eine Tür im Hintergrund der Halle zu. »Es wundert mich, dass noch niemand von euch ein Wort über den ursprünglichen Grund unserer Reise verloren hat«, sagte er und stieß die Tür auf. Dahinter lag eine weitere Halle, nicht ganz so groß wie die erste, aber immer noch beeindruckend.

Und sie war nicht leer.

Torian schrie auf, als sein Blick auf das grün leuchtende, wabernde *Etwas* fiel, das hinter der Tür zum Vorschein kam und den hinteren Teil der Halle beinahe von einer Wand zur anderen ausfüllte. Im ersten Moment glaubte er, in einen Tunnel zu blicken, einen Tunnel von unbestimmbarer Form und Länge, der sich auf schier unmögliche Art drehte und wand und wie unter einem unheimlichen inneren Feuer leuchtete. Aber dann bewegte sich der wabernde Schlund; ein schweres, geradezu schluckendes Zusammenziehen und Strecken seiner Wände, ein Teil des vermeintlichen Stollens kippte zur Seite. Wesenlose grüne Nebel trieben durch das Bild, und etwas Dünnes, Peitschendes griff aus der Decke, ringelte sich wie eine blind tastende Schlange hierhin und dorthin und verschmolz wieder mit dem grün leuchtenden Etwas.

»Es … es *lebt*!«, kreischte Torian mit schriller, überkippender Stimme.

»Nein«, widersprach Cathar ruhig. »Aber es ist auch nicht tot.«

Entsetzt starrte Torian den Magier an. »Was … was ist das?«, keuchte er, obwohl er die Antwort bereits ahnte.

»Das *Tor«,* bestätigte Cathar. »Es wütet immer noch in Armar, aber für uns hier ist es mittlerweile harmlos geworden.« Er legte die Hände zusammen, konzentrierte sich einige Sekunden lang und murmelte Worte einer unbekannten Sprache. Die Luft im Raum schien schlagartig kälter zu werden.

Die Bewegungen und das Leuchten des *Tores* verstärkten sich. Es strahlte in grellem Licht auf – und dann verschwand es von einer Sekunde zur anderen.

»Das wäre diese Sache«, bemerkte Cathar. »Wie ihr seht, halte ich mein Wort.« Seine Miene war völlig ausdruckslos, nur in seinen Augen glühte ein düsterer Triumph. Torian wollte etwas erwidern, aber Shyleen legte rasch die Hand auf seinen Arm und drückte kurz und warnend zu. »Und was mein Angebot betrifft«, fuhr der Magier fort, »so erwarte ich jetzt noch keine Antwort von euch. Ich biete euch bis morgen meine Gastfreundschaft an. Denkt in Ruhe über meine Worte nach. Aber ich kann euch nur raten, wirklich *sehr gut* darüber nachzudenken.«

☆

Er wartete.

Längst schon wusste er nicht mehr zu sagen, wie viel Zeit verstrichen war. Stunden? Tage? Wochen? Vielleicht sogar Jahre, seit – ja, seit was eigentlich? Seine Gedanken rannen zähflüssig; er war sich bewusst, dass er lebte und dass es einmal etwas anderes gegeben hatte als dieses regungslose Warten, aber seine Erinnerung lag hinter dem gleichen undurchdringlichen Schleier verborgen wie seine Umgebung. Er wusste weder, wo er sich befand, noch, wie er hierher gekommen war, nicht einmal, wer er war.

Manchmal spürte er, wie etwas, das hinter diesem Schleier lag, mit ihm Kontakt aufzunehmen versuchte, und er war sich bewusst, dass es unsagbar fremd war, ohne seine Natur ergründen zu können. Aber das Fremde war da, und es wurde beständig stärker.

Er wartete, während er fühlte, wie die Kerkermauern um seinen Geist langsam brüchig wurden. Das fremde Etwas sprach zu ihm, und wenn er auch unfähig war, die Worte zu verstehen, so begriff er doch ihren Sinn. Er erfuhr Dinge, die so schrecklich und fremd waren, dass sie seinen Geist in den Wahnsinn gestürzt hätten, wenn er nicht immer noch wie betäubt gewesen wäre und die fremde Macht ihn nicht gleichzeitig geschützt hätte.

Und dann, irgendwann, zerbrachen die Mauern seines Kerkers unter ihrem Ansturm endgültig, sodass er sich wieder frei bewegen konnte. Er wusste wieder, wer er war, und er wusste, was er zu tun hatte.

Lautlos erhob sich Garth.

☆

Draußen, vor den unverglasten, aber vergitterten Fenstern war die Sonne längst untergegangen, und bei aller Pracht, mit der die Kammer eingerichtet war, gab es keine Möglichkeit, Licht zu machen.

Torian fand keinen Schlaf. Die bizarre Unterhaltung hatte nicht mehr sehr lange gedauert. Cathar hatte verkündet, dass er ihnen eine Nacht Bedenkzeit geben wolle, um in aller Ruhe über sein Angebot nachzudenken, und sie von vier seiner grau vermummten Diener fortschaffen lassen. Die Schattenkrieger hatten sie sehr höflich behandelt, aber es war jene Art von Höflichkeit gewesen, hinter der sich Unnachgiebigkeit verbarg. Torian hatte protestiert, als er begriff, dass Shyleen und er die Nacht getrennt verbringen sollten, aber natürlich hatte es nichts genutzt; er war hierher gebracht worden, in einen sehr behaglich, ja schon fast verschwenderisch eingerichteten Raum, dessen einziger Schönheitsfehler vielleicht die Tatsache war, dass seine Tür auf der Innenseite keine Klinke aufwies, dafür aber einen sehr massiv aussehenden Riegel auf der anderen.

Und trotzdem war selbst der Zorn, mit dem ihn der Anblick erfüllte, nicht wirklich echt gewesen.

Später, eine Stunde, vielleicht auch zwei, nachdem man ihn hier allein gelassen hatte, waren noch einmal zwei von Cathars Schattenkriegern erschienen und hatten ein Tablett mit Wein und einer sehr großzügig bemessenen Mahlzeit auf dem Tisch abgestellt.

Es stand noch immer dort, und es war noch immer unberührt. Torian hatte Hunger und Durst, und er war müde, aber er fühlte sich wie gelähmt; unfähig, an die profanen Bedürfnisse seines Körpers auch nur zu denken, geschweige denn, sie zu befriedigen. Hinter seiner Stirn tobte ein wahrer Vulkan von Gefühlen.

Garth lebte. Ein Wort von ihm, ein winziges, aus nur zwei Buchstaben bestehendes Wort, und der Dieb wäre frei, aber der Preis war dennoch zu hoch. Er konnte Cathar nicht gehorchen. Es konnte keine Partnerschaft geben. Er würde zu einem Sklaven des Magiers werden. Aber sein Angebot auszuschlagen würde den Tod für sie alle bedeuten.

Und was, flüsterte eine dünne, boshafte Stimme irgendwo in Torians Gedanken, wenn der Magier Recht hatte? Was, wenn er dieses eine Mal *nicht* log? Cathar war ein Ungeheuer – aber was, wenn er nicht log, sondern die Wahrheit gesagt hatte? Vielleicht war er ja nur das kleinere von zwei Übeln, und vielleicht … Vielleicht, vielleicht, vielleicht. Verdammt, es waren einfach zu viele *Vielleichts,* um Hoffnungen darauf zu bauen, und vielleicht war dies auch eine der Situationen, von denen er gehört, die er aber nicht wirklich für möglich gehalten hatte. Eine Lage, in der alles, was man tun konnte, falsch war. Ganz gleich, wie er sich entschied – es würde ein Fehler sein.

Aber vielleicht gab es ja doch noch eine völlig andere Möglichkeit, auf die er bislang nicht gekommen war, die jetzt aber möglicherweise der einzige Ausweg sein mochte. Torian fuhr so heftig hoch, dass er mit dem Kopf gegen die über seinem Bett nur niedrige Decke stieß. Fluchend verdrängte er den Schmerz und spann den Gedanken weiter, der in ihm aufgekeimt war. Das Kribbeln in seiner Schulter dauerte bereits an, seit er die *Schattenburg* betreten hatte; der Parasit in seinem Körper spürte die magischen Kräfte, die jeden Stein dieses Bauwerks erfüllten. Er war, als er mit Cathars Geist verschmolzen war, unglaublicher Dinge fähig gewesen. Seine Kräfte hatten nichts mehr von der finsteren Macht, die ihn beherrschte, während die Brut der *Blutspinne* in seinem Körper herangewachsen war, aber mit dem Parasiten war noch ein winziger Rest davon in ihm zurückgeblieben.

Nun konzentrierte sich Torian mit aller Kraft darauf. Es war schwer; unendlich schwer. In den ersten Minuten spürte er nichts; nichts außer Kälte und der widerlichen Feuchtigkeit der gemauerten Wand in seinem Rücken, aber beides sehr viel intensiver, als normal gewesen wäre. Dann …

Es war, als erwache er – oder etwas in ihm – *aus einem tiefen Schlaf und öffnete die Augen, aber wenn, dann tat er es in einem Raum, der vollkommen finster war. Mühelos löste er seinen Geist aus dem Gefängnis seines Körpers, drang durch die massive Mauer hindurch, als wäre diese gar nicht vorhanden, und entdeckte den Wächter seines Kerkers.*

Er sah den Schattenkrieger, der auf dem Gang auf und ab ging, deutlich vor sich: Aber er gewahrte nicht nur ihn, sondern auch die Helfer, die seine Flucht ermöglichen würden, und verstärkte seine Anstrengungen noch. Der Wächter merkte nichts davon, sondern setzte seine ruhelose Wanderung fort. Er war nicht sehr aufmerksam, denn seine Wache hatte mehr symbolische Bedeutung als irgendeinen praktischen Nutzen. Der Gefangene war eingesperrt, sicherer als an irgendeinem anderen Ort auf der Welt. Trotzdem erfüllte der Schattenkrieger seine Aufgabe gewissenhaft, wenn auch mit mäßiger Anteilnahme.

Aber vermutlich wäre ihm der kaum daumengroße Schatten, der hinter ihm über den Boden huschte und auf dürren Beinchen hinter ihm hertrippelte, auch entgangen, wenn er wachsamer gewesen wäre.

Der Skorpion lief mit einer für seine Art vollkommen untypischen Zielsicherheit auf den hoch gewachsenen Mann zu, verhielt aber dann plötzlich mitten in der Bewegung, gelenkt von einem

Willen, der nicht der seine war. Seine Fühler zuckten nervös hin und her, und vielleicht begriff er auch mit seinem primitiven Verstand, dass er etwas tat, wofür er überhaupt keinen Grund hatte. Aber seine Intelligenz reichte bei weitem nicht aus, sich gegen den Zwang dieses fremden Willens aufzulehnen.

Er hatte auch nicht genug Geist, sich zu wundern, als plötzlich ein zweiter und dritter Schatten neben ihm erschienen, beide kaum größer als er selbst: ein weiterer Skorpion und neben ihm, in friedlicher Eintracht, eine haarige graue Wüstentarantel, nur halb so groß wie eine Kinderfaust, aber ebenso giftig wie die beiden Skorpione.

Die Tiere warteten, während der Wächter seine Runde beendete, am jenseitigen Ende des Ganges einen Moment stehen blieb und sich dann umwandte, um gemächlich zurückzugehen, bis er vor einer gemauerten Nische in der Wand verharrte und sich setzen wollte.

Als er noch zwei Schritte von den drei winzigen Killern entfernt war, nahm er eine Bewegung aus den Augenwinkeln wahr. Er hielt inne, runzelte die Stirn und beugte sich vor, um aus zusammengepressten Augen auf die beiden Käfer herabzublicken, die vor ihm in der Nische aufgetaucht waren.

Es waren ausgesprochen hässliche Biester – zehn Zentimeter lange Miniatur-Ungeheuer mit scharfen Zangen und langen, glänzenden Beinen, die sehr selten waren und in diesem Teil der Wüste im Grunde nichts verloren hatten, noch weniger aber in der Schattenburg. Der Mann wusste, dass die Tiere nicht ungefährlich waren: Schon der Biss eines einzigen konnte zu schwerem Fieber und Krämpfen führen. Aber er war kein bisschen beunruhigt, sondern allerhöchstens verwundert. Und fast dankbar für die Abwechslung im monotonen Einerlei seiner Wache.

Einen Moment lang betrachtete er die beiden Käfer, dann zog er einen Dolch aus dem Gürtel und stupste eines der Tierchen behutsam mit der Spitze an.

Im gleichen Moment kroch der erste Skorpion in sein rechtes Hosenbein.

Der Mann bemerkte es nicht einmal. Ein dünnes, schadenfrohes Lächeln erschien auf seinen Lippen, während er den Käfer auf den Rücken warf und zusah, wie er hilflos mit den Beinen strampelte.

Der zweite Skorpion kroch in sein linkes Hosenbein, während die Spinne an seinem Umhang emporzuklettern begann und sich lautlos seinem Nacken näherte.

Auch das entging ihm. Er war viel zu sehr damit beschäftigt, den zweiten Käfer mit dem Dolch auf die Kante der Nische zuzutreiben, wo er in die Tiefe stürzen musste.

Aber er kam niemals dazu, sein grausames Spiel zu Ende zu bringen. Ein dünner, aber sehr tief gehender Schmerz schoss plötzlich durch seine rechte Wade. Er keuchte, fuhr herum und schlug instinktiv mit der flachen Hand nach der schmerzenden Stelle. Irgendetwas knackte; sehr leise, aber deutlich, dann rutschte ein winziges hartes Etwas an seinem Bein hinab und kollerte über den Boden.

Die Augen des Mannes weiteten sich entsetzt, als er den zerquetschten Skorpion erkannte. Ein halblauter, krächzender Schrei kam über seine Lippen.

Dann stach der zweite Skorpion zu.

Der Wächter stöhnte auf, machte einen Schritt nach vorne und fiel. Seine Beine hatten mit einem Male nicht mehr die Kraft, das Gewicht seines Körpers zu tragen. Mühsam wälzte er sich herum, versuchte sich auf Hände und Knie hochzustemmen und stürzte abermals nach vorne. Die Decke, der Boden und die Wände begannen sich vor seinen Augen zu drehen. Ihm wurde übel. Hitze und Kälte rasten in rasch aufeinander folgenden Wogen durch seinen Körper.

Plötzlich berührte etwas seinen Nacken. Ganz leicht nur, beinahe sanft.

Aber nur für eine Sekunde. Dann schoss ein entsetzlicher Schmerz durch seinen Hals, raste bis in seinen Schädel hinauf und explodierte dort zu grausamer Agonie.

Der Mann bäumte sich auf. Er wollte schreien, aber seine Kehle war wie zugeschnürt. Dem Schmerz folgte eine Woge betäubender

Lähmung. Er konnte nicht mehr atmen. Seine Muskeln verkrampften sich. In einem letzten, verzweifelten Versuch warf er sich herum, griff in seinen Nacken und spürte etwas Kleines, Haariges zwischen den Fingern. Er zerquetschte es.

Aber er war tot, ehe er auch nur begriff, was ihn umgebracht hatte.

Torian ließ sich zurücksinken. Er zitterte am ganzen Körper. Sein Geist und sein Körper waren wieder zu einer Einheit verschmolzen. Trotzdem hatte er das Gefühl, nicht mehr in seiner Zelle zu sein, sondern ...

irgendwo

gefangen und doch frei

eingesperrt in einen Kerker aus Unendlichkeit

gefesselt in einem Netz, das aus den Stricken des Wahnsinns gewoben war und in dessen Herzen die Spinne Einsamkeit hockte, lauernd und gierig und mit gigantischen Fängen

eine Spinne mit Cathars Gesicht

Mit einem Schrei öffnete Torian die Augen, fuhr hoch und krachte erneut gegen die Decke. Diesmal spürte er den Schmerz überdeutlich, und trotzdem genoss er ihn beinahe, denn er holte ihn endgültig in die Wirklichkeit zurück. Stöhnend sank er zusammen, presste die Hand gegen seinen schmerzenden Schädel und fühlte ein wenig Blut unter den Fingern. Gleichzeitig fuhr er sich mit der anderen Hand immer und immer wieder durch das Gesicht. Er wurde das Gefühl, sich besudelt zu haben, nicht los. Es war, als wäre das widerwärtige Netz Wirklichkeit gewesen, und er glaubte die stinkenden, klebrigen Fäden noch immer auf seiner Haut zu spüren. Und war da nicht ein leises, aber furchtbar widerwärtiges Rascheln und Raunen, dicht neben seinem linken Ohr? Und dann die Berührung von etwas Weichem, Dünnem, Flaumigem ...

Er musste all seine Kraft aufbieten, um nicht abermals dem Wahnsinn zu verfallen, und diesmal endgültig. Er ballte die Fäuste, presste die Kiefer so fest aufeinander, dass seine Zähne zu schmerzen begannen, und spannte jeden einzelnen Muskel in seinem Körper an, so fest er nur konnte!

Es half.

Langsam, ganz langsam zogen sich die grauen Spinnweben aus seinem Geist zurück. Sein Herz hörte auf, wie ein außer Kontrolle geratenes Hammerwerk zu arbeiten, und die Geräusche, die er hörte, waren jetzt nur noch das Rauschen seines eigenen Blutes und seine eigenen schnellen Atemzüge. Länger als zehn Minuten saß er so da, angespannt bis zum Zerreißen, aber wieder in der Wirklichkeit zurück, und je mehr sich sein aufgewühltes Inneres beruhigte, desto lauter wurde auch die dünne, gehässige Stimme in seinen Gedanken, die ihm zuflüsterte, dass er sich – nicht unbedingt zum ersten Mal – wie ein kompletter Idiot benommen hatte. Bei Ch'tuon, dies hier war die *Schattenburg*! Das Herz der Macht der Schwarzen Magier, das nun Cathar kontrollierte! Und Cathar war ein Magier, dessen Macht Torian sich nicht einmal im Traume vorzustellen vermochte!

Und er hatte sich wirklich eingebildet, ihn mit seinen eigenen bescheidenen Fähigkeiten auf diesem Gebiet übertölpeln zu können! Natürlich wusste Cathar um sie, und ebenso natürlich hatte er Vorsorge getroffen, dass sie sich als nutzlos erwiesen. Er hatte Torian ja sogar indirekt gewarnt, keinerlei Magie anzuwenden, solange er sein ›Gast‹ war. Wahrscheinlich, dachte Torian düster, hatte er Glück, dass er überhaupt noch lebte.

Aber das war auch nicht die Wahrheit, zumindest nicht die ganze, wurde ihm klar, und er schauderte.

Die Wahrheit war, dass es ihm viel zu leicht gefallen war, Macht über den Willen der Tiere zu erlangen. Und dass er noch niemals zuvor eine solch grausame Freude am Töten verspürt hatte wie heute. Ein winziges Stückchen von ihm war im Geist der fünf Tiere gewesen, die den Schattenkrieger getötet hatten.

Und er hatte es genossen!

Bei Ch'tuon, dachte er. *Was geschieht mit mir?*

Aber er bekam keine Antwort.

Nur tief, sehr, sehr tief in sich glaubte er ein dunkles, böses Lachen zu hören, und dann drang ein leises Scharren in seine Gedanken.

Er sah auf, blickte sich suchend um, konnte aber nichts Verdächtiges oder Außergewöhnliches erkennen und wollte sich schon zurückfallen lassen, als er den Laut ein zweites Mal vernahm, ein wenig deutlicher jetzt, sodass er die Richtung auszumachen vermochte, aus der er kam; von der Tür her nämlich. Misstrauisch setzte er sich ganz auf, schwang die Beine vom Bett – und erstarrte mitten in der Bewegung.

Die Tür schwang lautlos auf, und ein massiger – sehr massiger – Schatten huschte in sein Gefängnis. Einen Moment lang blieb die Gestalt stehen, als überzeuge sie sich davon, nicht bemerkt worden zu sein, dann drückte sie die Tür hinter sich zu und wandte sich zu Torian um. Für einen ganz kurzen Moment lag das Gesicht der Gestalt im silbernen Licht des Mondes, das durch die schmalen Fenster hereinströmte.

Torian unterdrückte im allerletzten Moment einen Schrei.

Es war *Garth*!

»Garth!«, keuchte er. »Du? Du bist frei! Aber wieso –?«

Beinahe kam er sich bei diesen Worten selbst albern vor – und nicht unbedingt zu Unrecht –, aber es war einfach das Einzige, was er im Moment hervorbringen konnte. Er war wie gelähmt vor Freude und Erleichterung. Es war ein Gefühl, das sich nicht in Worte kleiden ließ.

Garth legte warnend den Zeigefinger über die Lippen und machte mit der anderen Hand eine erschrockene Geste. »Nicht so laut«, flüsterte er. »Wenn Cathar merkt, dass ich hier bin, ist alles verloren!«

Torian verstummte gehorsam – was allerdings mehr an seiner Überraschung lag als etwa daran, dass er in diesem Moment etwa begriffen hätte, was Garth sagte. Und dem Dieb schien es kein bisschen anders zu ergehen.

Er blickte noch einmal zur Tür zurück, dann trat er vollends auf Torian zu, blickte ihn einen Moment lang auf seine unnachahmlich spöttische Art an, aber dann lachte er und streckte die Arme aus, und für endlose Augenblicke taten sie nichts anderes, als sich gegenseitig zu umarmen und auf die Schultern zu klopfen, zwei alte

Freunde, die sich nach einer Ewigkeit – wie es Torian vorkam – wieder gefunden hatten.

Aber wie meist war Garth derjenige von ihnen, der zuerst auf den Boden der Realität zurückfand. Sanft, aber sehr entschlossen löste er sich aus der Umarmung, schob Torian ein Stück weit von sich und deutete auf die Tür. »Wir haben nicht viel Zeit«, murmelte er.

»Und was sollen wir tun?«, fragte Torian. »Cathar wird uns kaum freiwillig gehen lassen. Und ein offener Kampf gegen seine Krieger wäre Selbstmord. Wir sind hier im Zentrum seiner Macht, aber das weißt du wohl selbst besser als ich. Er kann uns mit einer Handbewegung vernichten.«

»Und er würde es tun, wenn er wüsste, dass ich hier bin«, fügte Garth hinzu. »Aber ich habe einen Plan. Morgen früh, wenn –«

Er brach erschrocken ab und blickte zur Tür, und auch Torian sah auf, denn in diesem Moment wurden draußen auf dem Gang harte, polternde Schritte laut, und eine Stimme begann in einer ihm fremden Sprache Befehle zu erteilen.

»Cathar!«, keuchte Garth. »Er ... er kommt hierher!«

Wie um seine Worte zu bestätigen, brachen die Schritte mit einem Male ab, und dann ertönte ein dumpfes Poltern und Knirschen, als der mächtige Riegel auf der anderen Seite der Tür zurückgeschoben wurde – ohne dass Torian sich vorstellen konnte, wie er nach dem Eintreten des Diebes überhaupt wieder in seine Halterung geglitten war.

»Halte ihn auf!«, flüsterte Garth entsetzt. »Wenn er mich hier findet, tötet er uns beide. Schnell!« Und damit versetzte er Torian einen Stoß, der ihn in die Höhe und auf die Tür zutaumeln ließ, noch ehe er überhaupt begriff, wie ihm geschah.

Die Tür wurde aufgestoßen, noch ehe er sie erreichte. Zwei von Cathars grau gekleideten Schattenkriegern stürmten in den Raum, beide mit gezückten Klingen. Der eine versetzte ihm einen Stoß, der ihn zur Seite und gegen die Wand prallen ließ, während der andere mit zwei, drei raschen Schritten das Zimmer durchquerte und mit gespreizten Beinen hinter Torian Aufstellung nahm.

Dann trat Cathar selbst ein.

Anders als am Tage zuvor trug er ein einfaches schwarzes Gewand aus Seide, dessen einziger Schmuck eine barbarische Gürtelschließe aus Silber war. Er sah müde aus. Unter seinen Augen lagen dunkle, tief eingegrabene Ringe, und seine Haut hatte einen ungesunden grauen Schimmer. Er wirkte wie ein Mann, der unvermittelt aus dem Schlaf gerissen worden war.

Und entsprechend war auch seine Laune.

Ohne Torian mehr als eines einzigen, allerdings alles andere als freundlichen Blickes zu würdigen, ging er an ihm vorbei, hielt in der Mitte des Zimmers inne und drehte sich einmal im Kreis. Torians Herz machte einen schmerzhaften Hüpfer bis direkt in seinen Hals hinauf, als er sah, wie der Blick des Magiers auf dem Bett haften blieb. Von Garth war keine Spur zu entdecken, aber die Auswahl an Verstecken war nicht sonderlich groß – er musste sich entweder unter dem Bett verkrochen haben oder hinter dem Vorhang stehen, der einen Teil der Wand verdeckte.

Cathar wandte sich wieder an Torian. Sein Blick war hart wie Stahl und das Lächeln in seinen Augen eine reine Farce. »Verzeih mir die Störung«, sagte er kalt. »Ich hoffe, ich habe dich nicht geweckt.«

»Nicht direkt«, antwortete Torian nervös. Sein Herz raste wie ein Hammerwerk. Cathar musste schon blind und taub sein, um nicht zu merken, dass hier etwas nicht stimmte! »Was ist geschehen?«

»Mir scheint, das Bett ist nicht ganz bequem«, gab der Magier vor. Er drehte sich um, trat ganz dicht an das Bett heran, streckte die Hand danach aus, führte die Bewegung aber nicht zu Ende, sondern sah Torian über die Schulter hinweg an und lächelte dünn. »Du gestattest, dass ich kurz prüfe, ob auch wirklich alles damit in Ordnung ist?«, fragte er.

Mit einem einzigen Ruck hob er das Bettgestell an, stemmte es in die Höhe und kippte es um. Der Boden darunter war leer.

Während sich der Raum ganz allmählich um Torian herum zu drehen begann, blickte Cathar einen Moment lang mit zornig zusammengepressten Lippen auf den kahlen Steinboden hinab, fuhr plötzlich herum und starrte den Vorhang an, das einzige Versteck im Zimmer, das groß genug war, mehr als einen kleinen Hund zu verbergen. Wieder sah er Torian an, und wieder erschien dieses kleine, böse Lächeln auf seinen Lippen. Dann ging er auf den Vorhang zu und hob die Hand.

»Cathar!«

Der Magier blieb stehen. Torian sah, wie sich seine linke Hand fast unmerklich bewegte. Hinter ihm waren plötzlich ganz leise Schritte.

»Ja?«, fragte er lauernd. »Wolltest du mir etwas sagen, oder habe ich mich getäuscht?«

Torians Kehle war wie zugeschnürt. Nervös fuhr er sich mit der Zungenspitze über die Lippen. Er war sich durchaus der Tatsache bewusst, dass er sich so auffällig benahm, wie es überhaupt nur möglich war. Aber wenn Cathar diesen Vorhang herunterriss, dann würde er Garth entdecken!

»Was willst du hier?«, fragte er. »Warum kommst du mitten in der Nacht hierher und weckst mich auf?«

»Reine Gastfreundschaft, Torian, reine Gastfreundschaft«, erwiderte Cathar lächelnd. »Ich möchte mich nur persönlich davon überzeugen, dass du auch gut untergebracht bist. Sieh mal, dieser Vorhang hier zum Beispiel – wie leicht könnte sich irgendwelches Ungeziefer dahinter verbergen? Eine Spinne oder eine Ratte – oder gar ein Einbrecher?« Und damit zerrte er den Vorhang samt einem Teil der Messingstange, die ihn hielt, herunter.

Aber dahinter war nur die Wand. Garth war fort.

☆

Cathar wechselte kein Wort mehr mit ihm, bis sie den Thronsaal erreicht hatten, aber das Benehmen des Magiers und seiner beiden Begleiter ließ keinen Zweifel an der Tatsache, dass Torian nun wirklich sein Gefangener war. Torian hatte ein paar Mal versucht, die Ursache für diesen plötzlichen Sinneswandel herauszufinden, aber keine Antwort erhalten.

Nicht dass er sich den Grund nicht denken konnte. Cathar

musste Garths Verschwinden bemerkt haben. Und es gehörte sicherlich nicht allzu viel Fantasie dazu, sich auszurechnen, *wo* er den Dieb zu suchen hatte. Der Magier musste reichlich frustriert sein, ihn nicht im Zimmer gefunden zu haben. Warum das allerdings so war, konnte sich Torian in diesem Moment wohl am allerwenigsten erklären. Garths so spurloses Verschwinden war ihm schlichtweg rätselhaft. Und er war sich auch nicht sicher, ob er die Erklärung dafür wirklich wissen wollte. Wenn es Garth gelang, binnen einer einzigen Sekunde aus einem vollkommen verschlossenen Zimmer zu verschwinden, dann mussten sich während der Zeit, die er in der *Schattenburg* verbracht hatte, eine Menge Dinge verändert haben. Dinge, vor denen selbst Torian sich fürchtete.

Sie erreichten einen weiteren langen Gang, wo sich ihnen ein halbes Dutzend grau vermummter Krieger anschloss, aber sie blieben nicht dort, sondern gingen gemeinsam mit Torian weiter, bis sie die Halle erreichten, in der Garth am Nachmittag noch gelegen und Cathar sein verrücktes Angebot gemacht hatte.

Sie war nicht leer. Mehrere Dutzend Fackeln verbreiteten rotes Licht, und am Fuße der schwarzen Empore, auf welcher der gläserne Sarg stand, hielten sich gute zwei Dutzend weiterer Schattenkrieger auf.

Zusammen mit Shyleen. Auf dem Gesicht des Mädchens erschien ein erschrockener Ausdruck, als es Torian erblickte, wie er zwischen Cathars Männern einherstolperte, halb nackt und mehr von den grau vermummten Kriegern gestoßen als aus eigenem Antrieb gehend.

Cathar machte eine befehlende Geste, und einer seiner Männer antwortete mit einem groben Stoß zwischen Torians Schulterblätter darauf, der ihn haltlos nach vorne stolpern und direkt vor Shyleens Füße auf Hände und Knie fallen ließ. Mühsam rappelte er sich auf, warf dem Schattenkrieger einen zornigen Blick zu und wandte sich an Shyleen.

»Was ist geschehen?«, fragte sie.

»Dasselbe wollte ich dich gerade fragen«, gab er zurück. »Wieso bist du hier?«

»Vielleicht kann ich diese Frage beantworten?«, mischte sich Cathar ein.

Torian drehte sich herum, blickte ihn an und zauberte den ärgerlichsten Ausdruck auf seine Züge, zu dem er im Augenblick noch fähig war. »Das wäre außerordentlich zuvorkommend«, entgegnete er böse. »Oder ist das deine normale Art, Gäste zu behandeln?«

Cathar verzog abfällig die Lippen. »Mitnichten, mein lieber Torian. Aber normalerweise habe ich auch keine Gäste, die mich hintergehen.« Er brach ab, starrte erst Shyleen, dann Torian an und machte eine zornige Handbewegung, als dieser abermals zu einer Antwort ansetzte.

»Spar dir die Mühe, deine Unwissenheit zu beteuern«, fuhr er ihn wütend an. »Ich habe euch ein Angebot gemacht, euch beiden, und ich habe es ehrlich gemeint. Aber irgendeiner von euch hat mich betrogen.«

»Verdammt noch mal – was soll das?«, fauchte Torian. Er begriff überhaupt nichts mehr. Und genau das gab er dem Magier auch zu verstehen.

Cathar seufzte. »Bitte. Wenn du beliebst, Spielchen zu spielen …«Er deutete auf den gläsernen Sarg vor sich. »Irgendjemand hat im Laufe der Nacht diesen Raum betreten und meinen Gefangenen befreit«, hielt er ihm vor.

»Garth?«, murmelte Torian mit gespielter Verblüffung. »Er ist …«

»Er ist wach«, bestätigte Cathar und nickte voller Zorn. Er starrte Torian an und hob die Hand, schlug ihn jedoch nicht, sondern ergriff seine Schulter. Seine dürren Finger krallten sich so fest in den Stoff seines Gewandes, dass Torian vor Schmerz zusammenzuckte. Cathar zerrte ihn die Stufen hoch und drehte ihn herum, sodass er das niedrige Podest anschauen musste. Der Glassarg war zerborsten. Das obere Drittel des Deckels war schlichtweg verschwunden, als wäre es unter einem ungeheuren Hieb regelrecht pulverisiert worden. Breite, wild gezackte Risse zogen sich durch den Rest des kristallenen Gebildes, und auf dem blauen Samt, mit dem es ausgeschlagen gewesen war, waren hässliche braunrote Flecke. »Ich glaube, ich täusche mich nicht, wenn ich dich für den Verantwortlichen dafür halte«, fauchte der Magier.

»Du bist verrückt, Cathar«, verwahrte sich Torian. »Wie hätte ich das wohl bewerkstelligen sollen? Ich war eingeschlossen! Und bewacht von deinen Prügelknaben!«

Cathar seufzte. »Spiel doch nicht den Narren, Torian«, entgegnete er. »Aber bitte – wenn es dir Freude macht ... Spielen wir ein Spielchen, das du sicher auch kennst.« Er lächelte, aber es wirkte nicht besonders humorvoll. »Ich will wissen, wo Garth ist. Stellt sich der Schuldige freiwillig, wird er bestraft, und dem anderen geschieht nichts. Schweigt er, töte ich euch alle beide. Alle drei, besser gesagt«, fügte er mit einem süffisanten Grinsen in Torians Richtung hinzu. »Wir wollen deinen geschätzten Freund schließlich nicht vergessen. Irgendwann finde ich ihn schon.«

»Das wagst du nicht!«, keuchte Torian.

»Nein?«, fragte Cathar harmlos. »Und was sollte mich daran hindern? Oder wer, besser gesagt? Ich glaube nicht, dass –«

Er kam nicht weiter. Draußen auf dem Gang erscholl ein lautstarkes Gebrüll, Metall klirrte, und plötzlich wurde die Tür so heftig aufgestoßen, dass Cathar mitten im Wort abbrach und herumfuhr.

Ein Schattenkrieger stolperte herein, fiel zwei Schritte vor ihm auf die Knie und senkte den Kopf. Sein Atem ging so schnell, als wäre er eine Meile aus Leibeskräften gerannt.

»Was fällt dir ein, Kerl?«, fauchte Cathar. »Wer hat dir erlaubt, hier einzudringen?«

»Feinde, Herr!«, keuchte der Schattenkrieger. Er sah auf. Sein Gesicht glänzte vor Schweiß, und in seinen Augen flackerte die pure Angst. »Es sind Feinde in der Burg!«

Cathar erstarrte. Eine Sekunde lang starrte er den Krieger ungläubig an, dann schrie er auf, packte ihn an der Schulter und riss ihn grob in die Höhe. »Was sagst du da?«, brüllte er.

»Aber es ist wahr, Herr!«, wimmerte der Krieger. »Ich habe es mit eigenen Augen gesehen!«

»Was hast du gesehen?!«, schrie Cathar.

»Tote, Herr! Zwei meiner Brüder. Sie sind erschlagen worden.«

»Garth!«, knirschte der Magier. »Es kann nur Garth gewesen sein. Aber er wird dafür büßen. Ihr alle drei werdet bezahlen!« Er machte eine herrische Geste. »Bringt sie in ihre Zellen zurück. Aber diesmal werdet ihr sie nicht nur einsperren, sondern bei ihnen bleiben und sie bewachen.«

Torian wurde von harten Händen gepackt, aber wenigstens verzichteten seine vier Bewacher diesmal darauf, ihn mit Gewalt zwischen sich herzuschleifen. Sie erreichten die Treppe, gingen durch einen schier endlosen Gang und stiegen eine weitere, sehr steile Steintreppe hinauf, an deren oberem Ende eine Tür geöffnet wurde, als sie auf halber Höhe waren. Für einen Moment sah er helles Kerzenlicht hinter der Öffnung, vor der sich der Umriss eines Schattenkriegers wie ein drohender Schemen abzeichnete; dann schloss sich die Tür wieder, der Mann kam mit raschen Schritten auf sie zu und hob die Hand zum Gruß, als er zwei Stufen über ihnen war. Einer von Torians Begleitern erwiderte die Geste.

Vielleicht hätte er es besser nicht getan, denn der Schattenkrieger packte seinen grüßend erhobenen Arm, verdrehte ihn mit einem ungeheuer schnellen, harten Ruck und versetzte seinem Besitzer einen Stoß, der ihn zuerst gegen die Wand schleuderte und ihn dann kopfüber die Treppe hinunterstürzen ließ. Noch bevor er ihn richtig losgelassen hatte, fuhr er herum, trat einem anderen wuchtig in den Leib und riss das Knie hoch, als der Mann sich krümmte. Der Krieger keuchte, prallte rücklings gegen die Wand, verharrte jedoch nur einen Sekundenbruchteil in dieser Stellung, ehe er vollends hinter dem ersten herflog und dabei noch einen weiteren Krieger mit sich riss, während sich der vierte mit einem zornigen Knurren auf den so plötzlich aufgetauchten Angreifer stürzte.

Das hieß – eigentlich stürzte er wohl mehr über Torians plötzlich ausgestreckten Fuß.

Auch er fiel, fand zwar mit erstaunlicher Behändigkeit auf den steil abfallenden Stufen Halt, aber der Angreifer gab ihm keine zweite Chance. Blitzschnell war er neben ihm, riss seinen Kopf in den Nacken und versetzte ihm einen Handkantenschlag gegen die Kehle. Ohne einen weiteren Laut stürzte der Mann nach hinten, kollerte ein Stück weit die Treppe hinab und blieb mit ausgebreiteten Armen liegen. In seinem grauen Gewand sah er aus wie eine vom Himmel gefallene Fledermaus.

Langsam wandte Torian sich um. Er wusste, wen er vor sich hatte. Es gab nur einen Mann in dieser Festung, der sich die Kleidung eines Schattenkriegers hatte besorgen können und auf seiner Seite stand. Und trotzdem gelang es Torian nur mit Mühe, einen erfreuten Ausruf zu unterdrücken, als der Graugekleidete die Hand hob und das Tuch fortnahm, unter dem sich sein Gesicht verbarg.

»Wir müssen hier weg«, stieß Garth hervor und deutete auf die Toten. »Jeden Moment kann Verstärkung eintreffen. Wenn Cathar uns erwischt, wirst du dir wünschen, niemals geboren zu sein.«

Er drehte sich um, um die Treppe wieder hinaufzusteigen, und zog Torian dabei am Arm mit sich, aber Torian blieb stehen und deutete in die Richtung zurück, aus der sie gekommen waren. »Shyleen«, sagte er. »Wir müssen zurück und sie befreien. Cathar wird sich an ihr rächen, wenn er meine Flucht bemerkt.«

Garth hielt tatsächlich inne, aber in seinem Blick war plötzlich etwas, das Torian gar nicht gefiel. »Cathar hat im Moment anderes zu tun«, erklärte er ausweichend. »Und Shyleen ist ohnehin ... nicht mehr dort unten.«

Das unmerkliche Zögern in seinen Worten entging Torian keineswegs. Er hatte plötzlich das sichere Gefühl, dass Garth in Wahrheit etwas ganz anderes hatte sagen wollen. »Was soll das heißen?«, fragte er scharf.

Garth sog hörbar die Luft ein. »Das soll heißen, dass sie nicht mehr dort unten ist«, antwortete er unwillig. »Wir können uns später um sie kümmern, im Augenblick können wir ihr nicht helfen. Und nun komm, verdammt noch mal. Ich kenne ein paar Verstecke, in denen wir sicher sind. Aber nur, wenn wir sie auch lebend erreichen.«

Diesmal widersprach Torian nicht mehr, sondern schloss sich

dem Dieb hastig an. Schweigend eilten sie nebeneinander durch einen schier endlosen, nur schwach erhellten Gang; einen von zahllosen gleichförmigen Gängen, welche die *Schattenburg* durchzogen. Sie bildete in ihrem Innern ein Labyrinth aus buchstäblich Hunderten von Räumen und Sälen, unzähligen Korridoren und Treppenfluchten. Und dieses Labyrinth setzte sich tief in den Berg hinein fort. Torian begriff kaum, wie endlos tief sich die eng gewundene steinerne Treppe in die Erde bohrte, die Garth ihn hinabführte. Eine Stufe folgte der anderen, ein Absatz dem nächsten, bis sie sich endlich in einem winzigen, halbrunden Raum mit kuppelförmiger Decke befanden.

Verwirrt sah sich Torian um. Diese finsteren Gewölbe, die von Schatten und drückender Schwüle und dem Geruch nach faulendem Wasser erfüllt waren und deren von Schimmel überzogene Wände das Licht der Fackel in sich aufzusaugen schienen, erfüllten ihn mit Furcht. Falls Garth die unheimliche Atmosphäre ebenfalls wahrnahm, dann ließ er sich zumindest nichts anmerken. Ungerührt öffnete er die einzige Tür der Kammer und schritt hindurch.

Sie mussten eine halbe Meile und mehr durch einen niedrigen Stollen gelaufen sein, bis Garth abermals stehen blieb und auf eine Tür deutete, die ihnen den weiteren Weg versperrte. Torian fiel auf, wie überaus massiv sie war: Aus oberschenkelstarken Bohlen gefertigt und mit gewaltigen Nägeln zusammengehalten, erschien sie ihm stabil genug, selbst einem wütenden Drachen zu widerstehen. Aber sie war nicht verschlossen, und sie war nur eine von vielen ebenso starken Türen, welche die Wände des nach Moder und Fäulnis riechenden Ganges durchbrachen.

»Das reicht«, flüsterte Garth nach einer Weile. »Wenn wir hier nicht sicher sind, dann nirgends.« Er drehte sich herum, sah Torian einen Moment lang an – wieder mit seinem unvergleichlichen, spöttisch-freundschaftlichen Lächeln –, wurde aber sofort wieder ernst und deutete auf den niedrigen Eingang, durch den sie die Höhle betreten hatten. Es *war* eine Höhle, keine Halle, so wie der Gang, durch den sie die letzte Viertelstunde ihrer Flucht geführt hatte, eher einem Bergwerksstollen glich als einem gemauerten

Korridor. Wäre nicht ab und zu eine Tür oder eine roh aus dem Boden geschlagene Treppe da gewesen, hätte Torian kaum mehr geglaubt, sich noch im Inneren eines künstlich geschaffenen Bauwerkes zu befinden. Aber auch so war er sich nicht sicher, ob sie wirklich noch im Inneren der *Schattenburg* waren. Der Weg, den sie während der letzten halben Stunde genommen hatten, hatte fast ununterbrochen nach unten geführt. Sie mussten sich tief – sehr tief – unter den Grundmauern der bizarren Burg aufhalten.

»Was ist das hier?«, fragte er. Seine Stimme zitterte vor Anstrengung, und er hatte nur noch die Kraft zu flüstern. Er war noch immer nicht unbedingt im Vollbesitz seiner Kräfte, trotzdem registrierte er, dass das Geräusch seiner Stimme nicht verklang, sondern als leises, lang nachhallendes Echo zurückgeworfen wurde. Jenseits der Mauer aus finsteren Schatten, die wenige Schritte hinter Garth lag, musste der Raum noch sehr viel größer sein, als er ohnehin bisher angenommen hatte.

»Ein Teil der Anlage, von deren Existenz selbst Cathar nichts weiß«, antwortete Garth und fügte hinzu: »Wenigstens hoffe ich es.«

Die Art, in der er das Wort *Anlage* aussprach, ließ irgendwo tief in Torians Innerem eine Alarmglocke anschlagen, aber er war viel zu erschöpft, um den Gedanken weiterzuverfolgen. »Und wenn nicht?«, fragte er.

»Dann ändert es auch nichts«, erwiderte Garth ernst. »Er würde niemals hierher kommen.«

»Warum nicht?«

Garth seufzte; auf jene ganz bestimmte Art, auf die man jemandem sagt, dass er einem gehörig auf die Nerven zu gehen beginnt. Aber er antwortete trotzdem, und wieder tat er es mit jenem sonderbaren Ernst, der Torian schaudern ließ, ohne dass er wusste, warum. »Weil er Angst davor hätte, deshalb.« Er hob rasch die Hand, um weitere Fragen abzuwürgen, bewegte sich ein paar Schritte zurück und blieb wieder stehen. Erst jetzt fiel Torian auf, wie abgehackt und fahrig seine Bewegungen waren: *müde.* Ja, das war es – Garth bewegte sich wie ein Mann, der am Ende seiner Kräfte angelangt war, und es handelte sich weder um eine normale Müdigkeit noch um Erschöpfung.

»Was ist passiert, Garth?«, fragte er leise. »Ich meine – bevor du mich befreit hast. Wer hat dich geweckt?«

»Geweckt?« Garth lächelte, aber es war ein sehr bitteres Lächeln. »Niemand, Torian. Ich war die ganze Zeit wach.« Er stockte. Sein Adamsapfel bewegte sich ruckartig auf und ab, Torian spürte, dass er mit aller Macht um seine Beherrschung kämpfte, als er weitersprach. »Cathar hat sich einen kleinen Scherz ausgedacht, ganz persönlich für mich. Ich war ...« – er machte eine schwer zu deutende Handbewegung – »...gelähmt, könnte man es wohl nennen. Mein Körper war gelähmt. Aber ich war wach. Die ganze Zeit über.«

Seine Worte jagten Torian einen eisigen Schauer über den Rücken. »Wie lange ... war das?«, fragte er.

Garth zuckte mit den Achseln. »Tage ... Wochen ... ich weiß es nicht. Sehr lange. Seit wir uns in Armar getrennt haben. Es war ... nicht besonders schön. Aber ich habe dich nicht hier heruntergebracht, um dir mein Leid zu klagen, Torian. Wir haben Wichtigeres zu tun.« Er kam auf ihn zu, ergriff ihn am Arm und schob ihn mit sanfter Gewalt zur Wand zurück, wo sie sich beide im Schneidersitz niederließen. Erneut fiel Torian auf, dass der Dieb ganz kurz in die Höhle zurücksah. Er war nervös.

Irgendwo hinter der schwarzen Wand aus Schatten schien etwas zu sein, das ihm Angst machte.

»Ich habe jedes Wort gehört, Torian«, begann er. »Als du mit Cathar gesprochen hast. Du hast einen Moment ernsthaft überlegt, sein Angebot anzunehmen, nicht? Obwohl du weißt, dass er dich betrogen hätte.« Es war keine Frage, sondern nur eine Feststellung. Und sie war auch frei von allem Vorwurf.

Torian nickte, und plötzlich hob Garth die Hand und berührte ganz leicht seine linke Schulter. »Es ist dieses *Ding*, nicht wahr? Deshalb bist du hergekommen. Etwas von der *Blutspinne* steckt immer noch in dir.«

Jeden anderen Mann, der ihm diese Frage gestellt hätte, würde

Torian in diesem Moment belogen haben; allenfalls hätte er gar nicht geantwortet. Bei Garth konnte er es nicht, genau wie Garth eigentlich nichts von dem Parasiten wissen konnte. Etwas war während der Zeit der Gefangenschaft mit dem Dieb vorgegangen, das ihn verändert hatte, sodass er Torian mittlerweile wieder fast ebenso fremd vorkam wie draußen, als Cathar sein Aussehen angenommen hatte. Lange, endlos lange Sekunden starrte er Garth an, dann senkte er den Blick, atmete tief und hörbar aus – und nickte. »Ja«, gab er zu, so leise, dass der Dieb das Wort kaum hörte, obwohl er unmittelbar neben ihm saß. »Es … es frisst mich von innen her auf. Manchmal weiß ich kaum noch, was ich tue, und vor allem, was ich denke.«

»Aber es ist auch dein Schutzengel. Es hat dich sicher hierher geleitet. Cathar weiß davon, und es flößt ihm mehr Angst ein, als er zugeben will«, fuhr Garth fort und wechselte dann übergangslos das Thema: »Wer, denkst du, hat mich befreit?«

Torian starrte ihn einen Moment lang verständnislos an, dann winkte Garth ab. »Das ist im Augenblick nicht wichtig. Aber es gibt etwas, das wir tun müssen.«

»Ja«, erwiderte Torian. »Hinaufgehen und diesem Ungeheuer endlich den Hals durchschneiden.«

Garth lächelte, aber nur für eine Sekunde, dann wurde er sofort wieder ernst. »Das würde nicht viel nutzen«, bemerkte er.

Diesmal war Torian wirklich sprachlos.

Garth nickte, um seine eigenen Worte zu bestätigen. »Es ist nicht Cathar, gegen den wir kämpfen.«

»Nicht … Cathar?«

»Natürlich ist es Cathar«, stellte Garth klar. »Aber er ist nur eine Marionette, an deren Fäden ein anderer zieht. Ihn zu töten, ja selbst diese ganze Burg zu vernichten – wenn wir es könnten –, würde nicht viel ändern. Glaubst du wirklich, er wäre noch am Leben, wenn damit alles erledigt wäre?« Garth lachte. Es klang böse. »Er ist von diesen seltsamen Kriegern umgeben, und diese Burg ist gespickt mit Fallen, aber wenn ich wirklich gewollt hätte, wäre ich an ihn herangekommen. Vermutlich hätte es mein eigenes Leben gekostet, aber ich hätte ihn erwischt, und du kannst mir glauben, ich hätte es getan. Aber es würde nichts nützen. Wir hätten allenfalls eine Atempause gewonnen, nach der alles nur noch viel schlimmer geworden wäre. Er ist nur eine Marionette. Er weiß es vielleicht nicht einmal selbst, aber an den Fäden, an denen er hängt, zieht längst ein sehr viel Mächtigerer.«

»Und wer?«, fragte Torian.

»Diese Burg selbst ist es. Sie benutzt ihn mindestens ebenso sehr wie er sie. Aber das kannst du nicht verstehen, denn du kennst sie nicht.«

»Kennst du sie denn?«

Garth zögerte einen ganz kurzen Moment, dann nickte er. »Jedenfalls besser als du«, behauptete er. »Vergiss nicht, dass ich länger als eine Woche hier gefangen war.« Seine Stimme zitterte bei diesen Worten. Torian fragte sich, was der Dieb erlitten haben mochte in dieser Woche. Was musste er ausgestanden haben, eingekerkert in seinem eigenen Körper, nichts als ein Geist, abgeschnitten von allen äußeren Eindrücken? Torian versuchte sich vorzustellen, wie es sein musste: blind, taub, gelähmt, unfähig, irgendetwas zu empfinden oder zu fühlen, eine Ewigkeit lang, zu der sich in dieser Situation jeder Tag dehnen musste. Der Gedanke war so entsetzlich, dass sich etwas in ihm dagegen sträubte, ihn auch nur zu denken.

Aber er fragte Garth nicht danach, und nach einer Weile redete der Dieb von sich aus weiter.

»Cathar hat mich in diesen magischen Schlaf versetzt«, begann er. »Aber ich habe nicht geschlafen. Etwas hat … ich weiß nicht, was, und ich weiß nicht, wie ich es beschreiben soll, aber irgendetwas hat wohl versucht, so etwas wie einen geistigen Kontakt mit mir herzustellen. Vielleicht, um mehr über mich oder dich zu erfahren. Ich glaube, es war die *Schattenburg* selbst. Aber dabei habe ich auch eine Menge über sie in Erfahrung gebracht. Ich weiß nun, was sie wirklich ist.«

»Was sie *wirklich* ist?«, wiederholte Torian verwirrt. »Was willst du damit sagen?«

»Sie lebt, Torian, und ist alt, uralt.«

»Ich weiß«, antwortete er und begriff noch immer nicht wirklich, worauf Garth hinauswollte. Vielleicht wollte er es auch nicht begreifen. »Sie muss Jahrzehntausende alt sein.«

»Jahrzehntausende?« Garth lachte, aber es klang nicht sehr amüsiert. »Jahrmillionen käme der Sache wohl näher. Und sie lebt. Sie ist älter als jedes andere Lebewesen in Caracon, vielleicht sogar älter als diese Welt selbst.«

Eine Sekunde lang starrte Torian ihn an, unfähig zu begreifen, was der Dieb gerade gesagt hatte. Er rückte ein Stück von ihm weg und sah ihn fassungslos an. »Willst du damit andeuten, dass sie … nicht *erbaut* wurde?«, keuchte er. »Nicht erbaut, sondern *geboren*?«

»Auch das stimmt nicht ganz, aber es kommt der Wahrheit nahe.«

»Aber wenn … wenn das stimmt«, stammelte Torian, »dann ist alles sinnlos!«

»Nein«, widersprach Garth. »Auch sie kann besiegt werden. Ich weiß nicht, wie, und ich weiß nicht, womit und wann, aber nichts, was irgendwie lebt oder auch nur existiert, kann nicht auch irgendwie zerstört werden. Ein Zeichen dafür sind die Schattenkrieger. Sie leben nicht wirklich, zumindest nicht in unserem Sinne, und doch können sie sterben. Sie sind ein Teil dieser Burg, und wenn Cathar es wollte, könnte er Millionen von ihnen herbeirufen, solange er der Herr der *Schattenburg* ist. Aber all seine Macht ist nur geliehen. Du wirst es begreifen, schon bald.«

Er stand auf und deutete mit einer Kopfbewegung auf die Mauer aus dräuenden Schatten vor ihnen.

»Komm mit«, forderte er ihn auf. »Ich werde dir zeigen, was diese Festung ist. Dann wirst du mich besser verstehen.«

Der Weg war nicht sehr weit. Und die Wand aus Schwärze – von der Torian nun sehr sicher war, dass es sich *nicht* nur um Dunkelheit handelte – wich im gleichen Maße vor ihnen zurück, in der sie sich ihr näherten. Aber schon nach kurzer Zeit tauchte etwas anderes, viel Finstereres vor ihnen auf, etwas, das nicht vor ihnen zurückwich, sondern im Gegenteil immer größer und größer wurde, bis es sich schließlich als eine Art See entpuppte, der den allergrößten Teil der Höhle einzunehmen schien, denn seine Ufer verloren sich rechts und links in wogender Finsternis.

Zwei Schritte vor seinem Ufer blieben sie stehen. Der See enthielt kein Wasser, sondern eine schwarze, irgendwie zäh aussehende Substanz, die Torian ein wenig an flüssigen Teer erinnerte und von der ein entsetzlicher Gestank emporstieg.

Er wollte sich weiter nähern, aber Garth hielt ihn mit einer raschen warnenden Handbewegung zurück und schüttelte zusätzlich den Kopf.

»Was ist das?«, fragte Torian verwirrt.

»Unser Feind, wie wir bislang gedacht haben, Torian«, antwortete Garth leise. »Dies ist Ch'tuon!«

☆

Er musste wohl länger als fünf Minuten wie versteinert dagestanden haben, ohne einen klaren Gedanken fassen zu können – wenn er in diesen Minuten *überhaupt* irgendetwas dachte –, denn das Nächste, woran Torian sich erinnerte, war Garths Hand, die ziemlich unsanft an seiner Schulter rüttelte, und die Stimme des Diebes, die immer wieder seinen Namen rief. So mühsam, als müsste er gegen unsichtbare Stricke ankämpfen, wandte er sich von der entsetzlichen schwarzen Masse zu seinen Füßen ab, setzte dazu an, etwas zu sagen, brachte aber nur einen unverständlichen würgenden Ton hervor und schüttelte ein paar Mal den Kopf.

»Alles in Ordnung?«, fragte Garth besorgt.

Torian nickte – was eine glatte Lüge war –, atmete tief ein und spürte plötzlich Übelkeit in sich aufsteigen. *Ch'tuon. Oberste finstere Gottheit der Schwarzen Magier!* Das war alles, woran er denken konnte. Immer und immer wieder.

»Aber es ist unmöglich«, flüsterte er schließlich. »Ch'tuon ist ...«

»Was?«, unterbrach Garth ihn. »Ein überirdisches Wesen, das in irgendwelchen Sphären jenseits unserer Welt haust?« Er schüttelte den Kopf, lachte leise und humorlos und deutete auf den schwarzen See. »Wenn dieses Wesen wirklich ein Gott ist, dann wird es wohl Zeit, unsere Vorstellung von Göttern gründlich zu überdenken. Ich habe während meiner Gefangenschaft Kontakt mit ihm gehabt. Er hat mich aus Cathars Bann befreit.«

»Er? Dann ist er also doch erwacht«, murmelte Torian matt. Er fühlte – nichts. Nur Leere. Alles erschien ihm plötzlich so sinnlos. Alles, was er getan, all die Gefahren und Entbehrungen, die er überstanden hatte, all die entsetzlichen Dinge, die er mit angesehen hatte und die Unschuldigen widerfahren waren, stellten sich nun als vollkommen sinnlos heraus. Das Ungeheuer lebte. Es existierte. Und wenn es das nicht bereits gewesen wäre, dann hätte es sich wahrscheinlich über ihre albernen Anstrengungen schwarz gelacht.

»Nein, er ist nicht erwacht«, widersprach Garth. »Und ich bin nicht sein Diener oder sein Werkzeug geworden. Warum sollte ein Gefangener dem anderen nicht helfen? Dieses Wesen da ist alt, vielleicht älter als diese Welt. Ich weiß nicht, woher es kam, aber ich weiß, dass sein Kommen eine Art … Unfall darstellte. Ch'tuon ist nicht das, was wir in ihm gesehen haben. Er ist stark; seine Dienerkreatur im *Tempel des Toten Gottes* war ein Nichts gegen seine Macht. Ch'tuon ist stark genug, ganz Caracon ohne Mühe zu verwüsten, aber es gäbe keinen Grund für ihn, das zu tun. Cathar hat dich nicht belogen, wenn es auch nicht ganz der Wahrheit entsprach, als er behauptete, die Magier würden sterben, wenn sie die *Schattenburg* nicht bewachten. Aber es ist nicht die Burg. Es ist Ch'tuon. Er schläft, und deshalb konnten sie ihn sich durch falsche Versprechungen unterwerfen. All ihre Macht ist in Wahrheit die seine. Er und wir – wir sind Verbündete.«

»Verbündete?«, stieß Torian schrill hervor und blickte wieder auf die schwarz glänzende Masse zu seinen Füßen herab. Es war ein unbeschreiblich widerwärtiger Anblick – ein glatter, matt glänzender Spiegel, der nur auf den ersten Blick leblos zu sein schien. Sah man genauer hin, gewahrte man ein ganz sanftes Pulsieren und Beben, ein Zucken wie von einem riesigen fauligen Organ, das sich dicht unter der Oberfläche dieser Albtraummasse verbarg. »Diese Kreatur verkörpert alles, was wir bekämpft haben. Ch'tuon ist –«

»Böse?« Garth ergriff ihn abermals bei der Schulter und schüttelte ihn. »Torian – hör mir zu!«, bat er beschwörend. »Wir haben nicht mehr viel Zeit! Dieses Wesen ist nicht böse. Es ist uns nur fremd. Es gehorcht einer anderen Moral. Begreifst du, was ich dir sagen will?«

Torian nickte, aber es war nur ein bloßer Reflex auf den Klang der Stimme, keine wirkliche Antwort. Trotzdem fragte er: »Können wir es töten oder zerstören?«

Garth trat einen halben Schritt zurück und ließ resignierend die Arme sinken. »Du verstehst gar nichts«, beklagte er dumpf. »Vielleicht könnten wir es wirklich vernichten. Wir könnten es beispielsweise verbrennen. Oder die Ausgänge dieser Höhle verstopfen, sodass es erstickt. Es ist lebende Materie. Es muss atmen. Aber es würde nichts nützen. Und es gäbe auch keinen Grund, dies zu tun.«

Seine Worte versetzten Torian jäh in Zorn, der wahrscheinlich nichts als eine Schutzreaktion seines Geistes war, damit er nicht gänzlich den Verstand verlor. »Wie bitte?«, keuchte er. »Es würde nichts nützen? So wie bei Cathar? Oder –«

»Torian, bitte!«, unterbrach ihn Garth scharf. »Ich will es dir ja erklären. Hör mir zu. Hör mir nur eine Minute zu. Es gibt keinen Grund, etwas nur deshalb zu zerstören, weil es fremd ist. Damit würde deine Moral noch unter die der Schwarzen sinken. Und es würde nichts nützen, Ch'tuon zu vernichten.« Wieder huschte ein fast wehleidiges Lächeln über Garths Züge. »Es ist so schwer zu verstehen«, murmelte er hilflos. »Ich weiß auch nicht viel; nicht mehr, als Ch'tuon mir verraten hat, und das war wenig genug.«

»Und du glaubst ihm so einfach?«, presste Torian hervor.

»Es war kein … Gespräch im eigentlichen Sinne. Es schloss allein die Möglichkeit einer Lüge aus. Das hier« – Garth wies auf den See – »ist nicht mehr als vergängliche Materie. Ein Teil des wirklichen Ch'tuon, das« – er suchte nach Worten – »in unsere Welt hineinragt. Würden wir versuchen, es zu vernichten, würde er mit höchster Wahrscheinlichkeit erwachen, uns als Feinde betrachten und töten. Aber selbst wenn wir ihn vernichten könnten, würde er irgendwo neu entstehen.«

»Irgendwo?«

Garth zuckte mit den Achseln. »Hier, in der Burg, in einer anderen Stadt – vielleicht am anderen Ende der Welt. Aber er würde sich an uns rächen, und er würde uns finden. Deshalb wäre es nicht nur sinnlos, sondern auch gefährlich, das hier zu zerstören. Außerdem würde es Cathar verraten, wo wir sind.«

»Warum hast du mich dann hierher gebracht?«, fragte Torian zornig. »Während wir hier herumstehen, tötet Cathar vielleicht Shyleen.«

»Das wird er ganz bestimmt nicht tun«, widersprach Garth. »Er braucht sie als Druckmittel gegen uns, aber das wird ihm nichts helfen. Ich habe dich aus einem ganz bestimmten Grund hierher geführt. Ich möchte dir etwas zeigen. Du sollst begreifen, dass nicht Ch'tuon, sondern Cathar unser wahrer Feind ist. Ch'tuon braucht uns als Verbündete, um sein Ziel zu erreichen, und wir brauchen ihn. Deshalb muss ich dir etwas zeigen.«

Etwas in seiner Stimme ließ Torian alarmiert aufschauen. Etwas, das ihm ganz und gar nicht gefiel. »Und was?«, fragte er.

»Dies hier«, antwortete Garth. Und damit ergriff er Torians Hand, so schnell, dass dieser keine Gelegenheit mehr fand, sich zu widersetzen.

Es war ähnlich wie die Male zuvor, als Torian durch Cathars Augen geblickt hatte. Die Welt kippte um, aus Weiß wurde Schwarz, aus Schwarz Weiß, alle Farben waren fort, aber statt ihrer vermochte er andere Dinge zu sehen, Dinge, die dem normalen menschlichen Auge auf immer verborgen blieben: die pulsierenden Kraftlinien des komplizierten Gefüges, das alles durchdrang, und die düsteren, spinnwebartigen Linien magischer Ströme, an denen sich die Magier zu orientieren vermochten, weil sie ein Teil ihrer Welt waren.

Aber diesmal war es schlimmer als je zuvor. Die Halle war durchzogen von schwarzen, auf entsetzliche Weise pulsierenden

Strängen, einem irrsinnigen Spinnennetz gleich, aus Tausenden und Abertausenden einzelner Stränge geflochten, die in den Wänden zerfaserten, mit ihnen verschmolzen und auf diese Art die ganze Festung von den Grundmauern bis zu ihrem höchsten Turm durchdrangen.

Und sie alle endeten in dem gewaltigen schwarzen See zu ihren Füßen.

»Sieh!«, gebot Garth.

Gehorsam hob Torian den Blick und starrte den zuckenden dünnen Energietentakel an, auf den die ausgestreckte Hand des Diebes deutete. Der Anblick war so entsetzlich, dass er aufschrie und sich mit aller Gewalt aus Garths Griff losriss. Er taumelte zurück, fiel und wäre um ein Haar in die schwarze Gallertmasse gestürzt. Garth wollte ihm aufhelfen, aber Torian schlug seine Hand beiseite, heulte abermals wie unter Schmerzen auf und krümmte sich am Boden. Inmitten der wabernden Wand erschien ein Gesicht, eine entsetzliche, sinnverdrehende Fratze mit sich ständig verformenden und ineinander fließenden Konturen, in der nur die an die Mho'Dhul erinnernden Augen gleich blieben.

Im gleichen Augenblick vernahm Torian die Stimme. Sie dröhnte mit unglaublicher Macht direkt in seinen Gedanken auf; so laut, dass er im ersten Moment glaubte, sein Kopf würde zerspringen. Die Stimme sprach zu ihm, und obwohl er die Sprache nicht verstand, begriff er doch den Sinn der Worte. Er lernte die Geschichte Ch'tuons kennen, spürte die Hilflosigkeit und den Hass der Kreatur gegenüber ihren Peinigern und begriff, wie sehr er unbemerkt schon die ganze Zeit über ihr Werkzeug gewesen war, aber er war unfähig, noch Zorn darüber zu empfinden.

Dann hatte er plötzlich das Gefühl, als würde sein Blick von dem magischen Strang aufgesogen. Er konnte sich nicht dagegen wehren. Es war wie ein Sturmwind, der ihn packte und mit sich riss, in einer rasenden, unglaublich schnellen Fahrt. Die Halle sackte unter ihm weg, dann war er plötzlich wieder in einem anderen Teil der Burg, durchquerte Räume und Hallen und Gänge – und dann stand Cathar unter ihm. Cathar, der hoch aufgerichtet in einer winzigen Turmkammer neben Shyleen stand, die Hand in einer fast väterlichen Geste auf ihrer Schulter. Auf seinem Gesicht lag ein kaltes Lächeln, als wüsste er genau, dass er beobachtet wurde, und in der Hand hielt er einen Dolch, der genau auf Shyleens Kehle zielte.

Die ganze Zeit über hämmerte die Stimme in Torians Gedanken; und erst jetzt, da das Bild des Turmzimmers verblasste und wieder dem der unterirdischen Höhle Platz machte, wurde sie leiser und verstummte schließlich ganz. Auch die magischen Stränge verblassten, aber etwas von ihnen blieb in seinem Geist zurück, und das Letzte, was Torian noch wahrnahm, bevor er die Umgebung wieder allein durch seine eigenen Augen sah, war der fingerdicke Strang, *der an einer Stelle dicht unter dem Herzen in seinen Körper eindrang.*

Und er wusste, was er zu tun hatte!

☆

»Das ist die Wahrheit, Torian«, murmelte Garth, aber er sprach die Worte wohl nur aus, um überhaupt etwas zu sagen und so das immer unerträglicher werdende Schweigen zu brechen, denn obwohl er der Auslöser gewesen war, hatte er nicht gesehen, was Torian geschaut hatte, und auch von dem auf geistiger Basis ausgetragenen Gespräch war er ausgeschlossen gewesen. Seine Stimme schien von weit, weit her zu kommen, obgleich sein Mund nur Zentimeter neben Torians rechtem Ohr war, denn er hatte sich neben ihm niedergekniet und den Arm um seine Schulter gelegt. Aber Torian hörte sie kaum. Was er gesehen und gehört hatte, *durfte* einfach nicht sein. Nicht *das.*

Mühsam schaute Torian auf, atmete die stinkende Luft der Höhle ein und blickte Garth an. Für einen Moment schien sein Gesicht vor ihm zu verschwimmen, dann erst begriff Torian, dass es seine eigenen Tränen waren, die seinen Blick verschleierten. Für ihn war mehr zusammengebrochen als nur eine Illusion, der er in den letzten Monaten nachgehangen hatte. Er hatte das Gefühl, die Welt, in der er bislang gelebt hatte, wäre eingestürzt, und etwas hätte ihn gepackt und in eine neue, *andere* Realität hineingeworfen, in der sich zurechtzufinden ihm unmöglich war. Alles, was sein bisheriges Leben bestimmt hatte, seine Hoffnungen, seine Ängste – alles war bedeutungslos geworden. Vielleicht würde er sterben, wenn alles vorbei war, aber auch das erschien ihm mittlerweile unwichtig. Er war dazu bereit.

Mit einer ungelenken, hölzern wirkenden Bewegung richtete er sich auf. Garth verstärkte seinen Griff noch, doch war die Berührung jetzt nicht mehr als Trost gedacht, sondern entsprang jäh aufgekeimtem Misstrauen. »Was hast du nun vor?«, fragte er.

Torian lächelte kalt. »Kannst du dir das nicht denken?«, erwiderte er ohne einen Funken Gefühl in der Stimme. »Das, wofür ich schließlich hergekommen bin. Die *Schattenburg* zerstören und Cathar umbringen. Was denn sonst?«

Garths Augen weiteten sich. »Du … du bist verrückt«, keuchte er. »Cathars Killer werden dich erwischen, bevor du auch nur die eigentliche Burg erreichst.« Er lachte unecht, griff in seinen Gürtel und zog einen gekrümmten zweischneidigen Dolch hervor, den er Torian mit dem Griff voran hinhielt. Verstört blickte Torian die Waffe an.

»Was soll ich damit?«, fragte er.

»Dir die Kehle durchschneiden«, antwortete Garth in vollkommen ernstem Tonfall. »Das geht schneller und ist weitaus weniger unangenehm als das, was dich erwartet, wenn Cathar dich noch einmal in die Finger bekommt. Denkst du, er weiß mittlerweile nicht, dass du geflohen bist? Er weiß sogar, dass du hier bist, zumindest vermutet er es.«

»Na und? Geh mir aus dem Weg, Garth!«

Etwas an der Art, in der er die Worte aussprach, schien den Dieb zu warnen, denn er trat einen halben Schritt zurück, schüttelte dann aber stur den Kopf. »Ich lasse nicht zu, dass du in dein Verderben läufst.«

»So? Lässt du das nicht?« Noch bevor Garth begriff, was die Worte zu bedeuten hatten, oder er gar eine Abwehrbewegung machen konnte, holte Torian aus und versetzte ihm einen fast beiläufigen Hieb, der den Zwei-Zentner-Hünen zurückschleuderte und dicht am Ufer des schwarzen Sees zu Boden stürzen ließ. Benommen blieb Garth liegen.

Torian widmete ihm nur noch einen flüchtigen Blick, bevor er die Höhle durch die gleiche Tür wieder verließ, durch die sie hereingekommen waren. So schnell er überhaupt konnte, ohne sich in der beinahe absoluten Finsternis hier unten den Schädel irgendwo einzurennen, stürmte er aus der Höhle und den Gang wieder hinauf. Er hatte sich den Weg hier hinunter nicht gemerkt – dazu war er viel zu aufgeregt gewesen –, aber er wandte sich einfach immer nach oben, wenn er an eine Abzweigung oder eine Treppe kam, und nach einer Weile glaubte er, hier und da eine bekannte Stelle zu sehen, eine absonderlich geformte Tür, eine seltsam schräg anmutende Treppe oder Rampe. Die sinnverdrehende Architektur der *Schattenburg* kam ihm nun zugute, denn es gab praktisch keinen Quadratzentimeter, der einem anderen glich, und vieles war so bizarr, dass man es einfach nicht vergessen *konnte.* Aber eigentlich wären diese Hilfen nicht einmal nötig gewesen.

Er fand den Weg hinauf in Cathars Kerker erstaunlich schnell – und wäre um ein Haar gegen einen grau vermummten Schattenkrieger geprallt, der mit vor der Brust verschränkten Armen vor einer verschlossenen Zellentür Wache stand.

Torian wusste nicht, wer überraschter war – er oder der Krieger. Und er vermochte auch hinterher nicht zu sagen, wieso er die nächste Minute überlebte.

Vielleicht war der Schattenkrieger einfach zu fassungslos, um im Ernst anzunehmen, dass er tatsächlich die Dreistigkeit besitzen würde, ihn anzugreifen.

Aber Torian hatte sie.

Er hatte sogar die Frechheit, auf ihn zuzuspringen und ihm mit aller Wucht in den Leib zu treten, und dann brachte er noch dazu die Unverschämtheit auf, seinen Ellbogen mit aller Gewalt in seinen Nacken krachen zu lassen, als der Mann sich krümmte. Das alles hätte er vielleicht noch hingenommen, aber das, was Torian sich dann leistete, traf ihn wohl doch ernstlich – Torian riss nämlich das rechte Knie in die Höhe, als der Krieger japsend zu Boden fallen wollte, und das war wohl etwas, das sowohl dem Fass den Boden als auch ihm ein paar Zähne ausschlug. Ohne einen weiteren Laut stürzte er nach hinten und blieb regungslos liegen. Nein, dachte Torian in einem Anflug von Galgenhumor, die feine Art war das nicht gewesen. Aber dafür eine äußerst wirksame.

Er beugte sich zu dem Bewusstlosen hinab, überzeugte sich davon, dass er für mindestens eine Stunde außer Gefecht gesetzt war, und drehte ihn vorsichtshalber auf die Seite, damit er nicht an seiner eigenen Zunge erstickte, bevor er wieder zu sich kam.

Die Burg schien so gut wie verlassen zu sein. Er fand den Weg hinauf ans Licht leichter, als er befürchtet hatte, auf die gleiche Weise, auf die er den Weg aus Ch'tuons Höhle gefunden hatte: indem er einfach nach oben ging. Er traf nur noch auf einen einzigen von Cathars Kriegern. Der Mann blieb nicht lange genug bei Bewusstsein, ihn auch nur mit einem erschrockenen Schrei zu verraten.

Über der Burg herrschte heller Tag, als Torian endlich wieder aus dem Bauch der Erde hervorkam und auf den Hof hinaustrat. Das ungewohnte Licht schmerzte in seinen Augen, im ersten Moment war er fast blind. Er blinzelte, blieb stehen und sah sich aus tränenden Augen um. Der Anblick hatte nichts von seiner bedrückenden Fremdartigkeit verloren, aber alle Schatten kamen ihm ein wenig härter vor, die Linien noch etwas fremdartiger, der Odem des Bösen, der über dieser verfluchten Burg hing, ein wenig deutlicher.

Er verscheuchte den Gedanken, drehte sich einmal um seine eigene Achse und entdeckte den Turm, von dem Garth gesprochen hatte – ein korkenzieherartig gedrehtes, vollkommen absurdes Ding, das in einer obszön geformten Spitze endete. An seinem Fuß befand sich eine Treppe mit unterschiedlich hohen Stufen, die zu einer einladend offen stehenden Tür von der Form eines aufgerissenen Drachenmaules führte.

Als er sie hinaufstieg, vertrat ihm ein weiterer grau gekleideter Krieger den Weg. Torian packte ihn, brach seine Hand, die das Schwert hob, warf ihn gegen die Wand, nahm seine eigene Waffe auf und tötete ihn. Es ging so rasch und mühelos, dass er fast selbst erschrak – nicht über die Leichtigkeit, mit der er mit dem Schattenkrieger fertig geworden war. Er hatte nichts anderes erwartet. Er befand sich in diesen Momenten in einem Zustand, der nicht mehr normal war; jene Art von kalter, berechnender Raserei, in dem die Berserker der Frühzeit mit bloßen Händen Ochsen getötet hatten oder in dem manche Soldaten noch weiterkämpften, während sie schon längst zu Tode verwundet waren. Er hätte den Krieger auch besiegt, wenn dieser ihm sein Schwert durch die Brust gebohrt hätte. Aber was ihn erschreckte, war die Kälte, die er dabei verspürte. Er tötete ein denkendes, menschenähnliches Wesen mit der Beiläufigkeit, mit der man eine Mücke erschlug. Dann ging er weiter.

Der Turm war dunkel. Durch absurd geformte Fenster fiel zwar Licht auf die eng gewundene Treppe, die sein Inneres ausfüllte, aber irgendetwas schien die Helligkeit aufzusaugen, wie finsterer Nebel, der in der Luft hing. Trotzdem setzte er seinen Weg fort, ohne auch nur im Schritt zu stocken, erreichte rasch den ersten Treppenabsatz und trat gebückt durch eine niedrige Tür.

Eine Sekunde später sah er sich dem nächsten Schattenkrieger gegenüber, der in der winzigen Kammer dahinter an einem Tisch saß und offensichtlich auf seinen Kameraden wartete, dem er unten begegnet war. Bei seinem Eintreten fuhr er zusammen, griff nach seinem Schwert und versuchte aufzuspringen.

Torian half ihm ein wenig dabei, und noch bevor der Krieger zwanzig Stufen unter ihm auf der Treppe aufschlug, hatte er die Kammer bereits durchquert und nahm den nächsten Treppenabsatz in Angriff. An seinem Ende befand sich eine weitere, etwas größere Kammer – und in ihr warteten nicht nur eine, sondern gleich drei von Cathars grau vermummten Kreaturen.

Und sie waren nicht annähernd so überrascht wie die, auf welche er bislang gestoßen war. Ganz im Gegenteil.

Er sah einen Schatten vor sich aufragen, riss instinktiv die Fäuste in die Höhe und spürte, dass er traf. Der Mann torkelte zurück und prallte gegen den Tisch, aber fast im gleichen Moment griff eine Hand nach Torians Arm und drehte ihn auf den Rücken, eine zweite, erbarmungslos starke Faust krallte sich in sein Haar und riss seinen Kopf zurück. Eine halbe Sekunde später tauchte ein grau verhülltes Gesicht vor ihm auf. Dunkle, grausame Augen musterten ihn ohne eine Spur von Gefühl. Metall blitzte.

Zum ersten Mal, seit er die unterirdische Höhle verlassen hatte, spürte er wieder Angst, als sich die rasiermesserscharf geschliffene Klinge seiner Kehle näherte. Panische Angst. Plötzlich begriff er, dass er sterben würde. Hier und jetzt. Er hatte verloren. In seiner Raserei war er Cathars Männern direkt in die Arme gelaufen.

Ganz genau, wie Garth es ihm prophezeit hatte.

Doch dann geschah … *irgendetwas.*

Der Schattenkrieger bewegte sich unglaublich schnell. Er hatte nicht vor, lange mit seinem vermeintlichen Opfer zu spielen, sondern schien entschlossen, der Sache ein rasches Ende zu bereiten, mit einem blitzartigen Schnitt durch Torians Kehle. Aber wie so oft, wenn einen echte Todesangst gepackt hat, schien die Zeit plötzlich stehen zu bleiben. Aus der rasenden Bewegung des Dolches wurde ein ganz langsames Gleiten, der helle Kampfschrei des Kriegers wurde zu einem unerträglichen Grölen und Dröhnen in Torians Ohren –

Und irgendwo tief in ihm erwachte etwas.

Etwas Böses und ungeheuer *Mächtiges,* das er aus der Höhle mit sich geschleppt hatte.

Es war wie eine Eruption aus schwarzem Schlamm, die plötzlich irgendwo in den finstersten Tiefen seiner Seele erfolgte, eine lautlose, aber unglaublich kraftvolle Explosion pechschwarzer Energie, tausendmal stärker als das lächerliche Etwas, das bisher in seiner Schulter gelebt hatte.

Kraft strömte durch seinen Körper, eine unglaubliche, unwiderstehliche Kraft. Irgendetwas ergriff Besitz von ihm, rasch und lautlos. Der Dolch raste heran, schnitt mit einem widerwärtigen Geräusch durch sein Wams und ritzte seine Kehle, aber seine Bewegung schien mit einem Male lächerlich langsam. Torian packte die Klinge mit bloßen Händen, zerbrach sie und tötete den Angreifer noch in der gleichen Bewegung, so schnell, dass dieser wohl nicht einmal begriff, was ihm widerfuhr. Dann riss er seinen Arm aus der Umklammerung des anderen los, schoss herum und versetzte ihm einen Stoß, der ihn aus der Tür und rücklings die Treppe hinunterfliegen ließ.

Der dritte Schattenkrieger versuchte, ihn anzuspringen. Seine Bemühungen erschienen Torian fast albern. Beinahe gemächlich wich er aus, schlug die vorgestreckten Beine des Kriegers zur Seite und sah zu, wie der Mann auf dem Boden aufschlug und sich das Genick brach.

Dann wandte er sich um und trat auf die Tür zu, welche die drei Krieger zu bewachen gehabt hatten. Mit einem einzigen Tritt sprengte er sie auf und stand vor einer weiteren, allerdings sehr kurzen Treppe. An ihrem oberen Ende lag eine wuchtige Tür, mit Eisen verstärkt und mit fremdartigen Zeichen gesichert. Er spürte den finsteren Einfluss der magischen Schutzformeln, aber sie prallten von ihm ab, beiseite gefegt von dem schwarzen Etwas, das in seiner Seele brodelte und ihm Kraft gab. Jeden anderen Menschen – auch unter normalen Umständen – hätte der bloße Anblick dieser Symbole getötet oder um den Verstand gebracht, aber in diesem Augenblick, geschützt von der ungeheuren magischen Kraft Ch'tuons, nötigten sie ihm nicht einmal ein Lächeln ab. Ohne auch nur innezuhalten, stürmte er los, auf die Tür zu. Dahinter war Cathar. Er wusste es mit solcher Gewissheit, als wäre sie aus Glas.

Die Treppe versuchte nach ihm zu beißen. Aus den Stufen wurden klaffende Dämonenmäuler, gespickt mit fingerlangen Zähnen, von denen Säure troff. Er brach die Zähne ab, trat die Mäuler mit seinen Stiefeln zu und stürmte weiter. Eine mannsgroße Spinne materialisierte mitten in der Luft vor ihm und griff ihn an. Er brach ihr die Beine, schleuderte sie die Treppe hinab und sah sich von einem ganzen Wald peitschender Tentakel attackiert, die er einen nach dem anderen ausriss oder miteinander verknotete.

Nichts davon geschah wirklich. Was er zu erleben glaubte, in diesen wenigen endlosen Sekunden, in denen er die Treppe hinaufstürmte, war nichts als ein simpler hypnotischer Angriff, eine letzte teuflische Falle Cathars, aber für ihn war es Realität, und hätte ihn das *Ding* in seinem Inneren nicht geschützt und ihm die Kraft eines tobenden germanischen Gottes gegeben, wäre er in Stücke zerfetzt worden. Aber es schützte ihn. Cathars geistige Attacke verpuffte wie ein Wassertropfen, der in den Krater eines Vulkans fällt.

Dann hatte Torian die Tür erreicht. Beinahe ohne sein Zutun begannen sich seine Hände zu bewegen, löschten die schrecklichen Bannzeichen aus und zerbrachen den Riegel. Die Tür bewegte sich noch immer nicht, aber aus seinen Fingerspitzen strömte plötzlich Glut, grellweiße, wabernde Glut, die das Metall der Tür aufflammen und in brodelnden Tropfen herablaufen ließ.

Mit einem wütenden Brüllen riss er die sicher eine Tonne wiegende Eisentür aus den Angeln, schleuderte sie die Treppe hinab und stürmte in den dahinter liegenden Raum.

Direkt in den Wahnsinn hinein.

Im gleichen Moment, in dem Torian das kleine Turmzimmer betrat, erlosch wieder die Welt um ihn herum. Erneut sah er sie, wie die Magier sie wahrnahmen, die Magier und Ch'tuon, dessen Welt es in Wahrheit darstellte. Er wusste nicht, wie er das, was in diesen Sekunden geschah, mit seinen eigenen Augen wahrgenommen hätte, und vielleicht war es eine Gnade, dass er es nicht erleben musste.

In dem winzigen Sekundenbruchteil, in dem er das Zimmer noch durch seine eigenen Augen erblickte, erkannte er Cathar und Shyleen. Immer noch hielt der Magier ihr den Dolch gegen die Kehle, als hätte er die ganze Zeit über regungslos abgewartet. Nun verzerrte sich sein Gesicht vor ungläubigem Entsetzen. *»DU!«*, kreischte er. Nur dieses eine Wort, aber in ihm lag aller Hass, aller Zorn, zu dem er nur fähig war. Sein hässliches Gesicht hatte sich zu einer abstoßenden Grimasse verzerrt, eine widerliche, sabbernde Visage, dem Wahnsinn näher als der Normalität. Seine Augen flammten vor Hass. Kleine, grünliche Blitze umspielten seine Gestalt, aber er tötete Shyleen nicht, obwohl er in diesem Moment die Gelegenheit dazu gehabt hätte. Stattdessen versetzte er ihr einen

Stoß, der sie auf Torian zutaumeln ließ, und fuhr selbst herum, um sich auf ihn zu stürzen.

Er führte die Bewegung nie zu Ende.

Bislang hatten die glitzernden Stränge, die den größten Teil der *Schattenburg* durchzogen, in diesem Zimmer gefehlt. Nun brachen die magischen Kräfte explosionsartig *aus Torian heraus.* Ein kaum fingerdicker Strang schoss aus seiner Brust, fächerte in Bruchteilen von Sekunden auseinander und legte sich wie ein unendlich feines Spinnennetz über die Wände, breitete sich weiter aus und durchzog den gesamten Raum mit wabernden, grell leuchtenden Linien, die sich wie Schlangen wanden und unstet hin und her tasteten.

Cathar schrie gellend auf, als er begriff, was es zu bedeuten hatte. »Du hast es hergebracht!«, kreischte er mit überschnappender Stimme. »Du … du hast Ch'tuon befreit, verdammter Narr!«

»Ja«, bestätigte Torian ruhig. Die Welt nahm wieder ihr gewohntes Aussehen an, nur ganz schwach lag noch ein Flimmern in der Luft. Er vergewisserte sich mit einem raschen Blick, dass Shyleen nichts passiert war.

»Aber auch das wird dir nichts nutzen!«, brüllte Cathar. Er streckte die Arme aus und stieß einige düstere, stimmbandverdrehende Worte hervor. Ein sengend heißer Blitz zuckte aus seinen Fingerspitzen. Wie von einem Faustschlag getroffen, taumelte Torian zurück, schreiend vor Schmerz. Aber das unerträgliche Brennen und Reißen hörte fast so schnell auf, wie es begonnen hatte, und er spürte, wie das *Ding,* das noch immer in seinem Inneren tobte, die frische Kraft gierig aufsog und zu seiner eigenen machte. Gleich darauf wankte Cathar zurück, als hätte ihm jemand einen Schlag versetzt. Alle Farbe wich aus seinem Gesicht. Er heulte auf, aber diesmal vor Schmerz, als Torian ihn mit unsichtbaren Händen packte und mit grausamer Wucht gegen die Wand schleuderte. Cathar sank daran entlang zu Boden. Er war auf seine linke Hand gefallen. Sie musste gebrochen sein, so wie er sie hielt, und wahrscheinlich nicht nur seine Hand.

Und dann spürte Torian, wie sich die unsichtbare Macht in seinem Inneren ballte, zu einer finsteren, brodelnden Faust aus Hass werdend, bereit, auf Cathar hinabzufahren und ihn zu zermalmen. Er hatte ihn vor sich. Der Mann, der ihn betrogen hatte und ihn, ohne mit der Wimper zu zucken, töten würde, hätte er noch die Macht dazu, der für den Tod so vieler Menschen verantwortlich war – er befand sich in Torians Gewalt. Eine Bewegung, ein *Gedanke* von ihm reichte, den Magier zu vernichten. Der Albtraum hätte ein Ende.

Aber er tat es nicht.

Er konnte es nicht. Torian wollte es tun, mit jeder Faser seines Seins, aber er konnte es nicht. Cathar lag vor ihm, hilflos, mit gebrochenen Gliedern und die Augen voller Angst, aber Torian *konnte* ihn nicht töten. Er war nicht der Richter des Magiers. Cathar gehörte einem anderen.

Und plötzlich sah Torian ihn, wie er wirklich war – nichts als ein schmutziger, alter Mann, mit dem man fast Mitleid haben konnte. »Meine Magie«, jammerte Cathar. »Ich habe meine Kraft verloren!«

»Ihr habt mehr verloren als nur das, du und deine Brüder«, entgegnete Torian. »Euer Reich ist für immer untergegangen. Es wird niemals wieder auferstehen.«

Cathar wimmerte. Sein Gesicht zuckte vor Hass. »Nein«, stöhnte er. »Wir … werden siegen. Das alles hier gehört uns. Ihr seid die Eindringlinge! *Ihr habt uns unsere Welt gestohlen!*«

Torian lächelte beinahe sanft. »Euer Traum von Macht hat ein Ende«, hielt er ihm entgegen. *Und vielleicht,* fügte er in Gedanken hinzu, *vielleicht war er in Wahrheit nichts als ein Albtraum gewesen, auch wenn er Jahrtausende gewährt hatte.*

»Du sprichst irre«, keuchte Cathar und quälte sich auf die Beine. »Vielleicht werde ich sterben, aber es werden andere kommen, die stärker sind als ich. Sie werden den Bann über Ch'tuon erneuern, und wir werden weiterhin über seine Kraft gebieten. Ich werde in meinen Brüdern weiterleben, aber wenn ich sterbe, so wirst du es nicht mehr erleben.«

Mit diesen Worten riss er seinen Dolch hoch und sprang mit einer Kraft, die überhaupt nicht mehr in seinem Körper sein durfte, auf Torian zu. Shyleen schrie erschrocken auf, doch Torian unternahm nicht einmal einen Versuch, dem Magier auszuweichen oder sich zu wehren. Es war auch nicht nötig. Ein schwerfälliges Zittern glitt durch die Wände des Raumes, dann bäumte sich der Boden vor Cathars Füßen auf. Die Steinfliesen zerflossen zu gewaltigen, rauchigen Händen, die nach dem Magier griffen, ihn umklammerten und mit sich fort ins Nichts rissen.

»Was ... was hat das alles zu bedeuten?«, fragte Shyleen fassungslos. Unsicher starrte sie auf die Stelle, wo Cathar gerade noch gestanden hatte. Der Boden hatte sich wieder geglättet, und nichts deutete darauf hin, was mit dem Magier geschehen war.

»Nichts, was dich zu beunruhigen braucht«, antwortete Torian. Seine eigenen Worte kamen ihm fremd und unnatürlich vor, als würde nicht er selbst sprechen, sondern etwas sich immer noch seines Körpers bedienen. Vielleicht war es auch so. Die Taubheit in seinem Geist hatte sich immer noch nicht völlig gelichtet, er war zu benommen, sich über seine eigene Situation klar zu werden.

»Aber ... Cathar«, fuhr Shyleen fort. »Wo ist er? Was ist mit ihm geschehen? Und was hat dieses Gerede über Ch'tuon zu bedeuten?«

»Du wirst alles begreifen«, vertröstete sie Torian. »Ch'tuon hat den Magier zu sich geholt. Wir werden ihm auf gleichem Weg folgen. Hab keine Angst.« Er griff nach ihrer Hand, doch sie wich furchtsam vor ihm zurück. »Bitte, Shyleen«, sagte er. »Vertrau mir! Dir wird nichts geschehen. Wir treten nur in einen anderen Raum, aber es würde zu lange dauern, auf normale Weise dorthin zu gelangen.«

Das Mädchen zögerte, rang kurz mit sich und nickte schließlich, wenn auch sein Misstrauen längst noch nicht ausgeräumt war. Aber es reichte ihm die Hand. Torian ergriff sie, und dann verschlangen die Schatten auch ihn. Dunkelheit umgab ihn. Für den Bruchteil einer Sekunde hatte er das Gefühl, schwerelos in der Luft zu hängen, dann begann er zu stürzen, sah schwarzen Fels auf sich zurasen und schlug mit grausamer Wucht auf. Für eine Sekunde verlor er das Bewusstsein, erwachte aber schon wieder, ehe er vollends zur Ruhe kam. Neben ihm rappelte sich Shyleen hoch, und nur wenige Schritte entfernt stand Garth. Cathar hing wie eine Puppe in seinen Händen. Der Riss in der Wirklichkeit hatte sie wie erwartet in die Höhle Ch'tuons zurückgeschleudert.

Benommen richtete sich Torian auf. Etwas hatte sich verändert, im gleichen Moment, in dem er den Schritt durch das Nichts getan hatte. In seinem Kopf herrschte ein sonderbares Gefühl der Leere und Taubheit, und es dauerte einige Sekunden, bis ihm bewusst wurde, worin die Veränderung bestand.

Die unsichtbare Nabelschnur, die ihn bislang mit Ch'tuon verbunden hatte, war zerrissen. Er war wieder Herr seines eigenen Willens, zum ersten Mal seit Wochen. Alles, was getan werden musste, hatte er getan, und die dämonische Kreatur hatte ihr Wort gehalten und ihn zum Dank wieder freigegeben. Auf Dämonen war eben mehr Verlass als auf Menschen oder Schwarze Magier, dachte er zynisch und tastete nach seiner Schulter. Auch die winzige Schwellung, die bislang die Existenz des Parasiten verraten hatte, war verschwunden.

Shyleens Schrei riss ihn endgültig aus der Benommenheit. Er fuhr herum und starrte an das Ufer des schwarzen Sees. Die teerartige Masse sprudelte und warf Blasen. Sie verdichtete sich, wuchs in die Höhe und bildete die Umrisse eines Körpers, der sich wie eine Karikatur menschlichen Lebens ausnahm. Die Kreatur war nicht größer als ein Gnom, der Körper verwachsen und mit viel zu vielen dünnen, tentakelartigen Armen. Die im Vergleich zu kurzen und viel zu dicken Beine endeten in vogelartigen Krallen, die sich bei jedem Schritt in den Boden gruben, als das Wesen ans Ufer kroch und langsam auf die Menschen zutaumelte. Die Schritte klangen nicht annähernd wie die eines Menschen, sondern wirkten entsetzlich falsch; wie ein Platschen, ein schreckliches, irgendwie nasses Geräusch, das sich anhörte, als würde es von einem gewaltigen, viel zu massigen Körper stammen, nicht von dem kaum halb mannsgroßen Gnom. Wo er entlangschlich, glühte das Gestein unter seinen Füßen auf und erstarrte sofort wieder zu dunkelbraunem, schmierig aussehendem Fels.

Shyleen schrie noch einmal auf, packte ihr Schwert und riss es aus der Scheide. Torian drückte ihren Arm herunter. »Nicht«, stieß er hervor. »Es wird uns nichts tun.«

»Aber das …«

»Es ist eine Erscheinungsform Ch'tuons. Aber er ist uns nicht feindlich gesonnen. Er will nur Cathar.«

Er deutete auf Garth, der den Magier vor sich auf den Boden gelegt hatte und einige Schritte zurücktrat. Sein Gesicht war vor Anspannung verzerrt. Schweiß perlte auf seiner Stirn. Seine Hand lag auf dem Knauf des Schwertes. Auch er war wieder aus dem Bann Ch'tuons erwacht, schien der Kreatur aber nicht völlig zu vertrauen.

»Nicht!«, warnte Torian hastig. »Rührt euch nicht!«

Die Kreatur sah beim Klang seiner Stimme auf, und etwas … änderte sich im Blick ihrer entsetzlichen Augen. Für Sekunden, die für Torian zu Ewigkeiten wurden und die er nie, nie mehr im Leben vergessen sollte, begegneten sich ihre Blicke, und für die gleiche Zeitspanne *verstand* er; begriff er die wahre Natur dieses unendlich fremden Wesens, von dem er ein winziger Teil gewesen war, ohne es zu wissen.

Ch'tuon war nicht böse. Oh, er war schrecklich, ein Wesen von ungeheuerlicher Macht, das die Bedeutung des Wortes Mitleid nicht kannte und dessen Kraft ausreichte, mit einem einzigen Gedanken eine Welt zu vernichten, ein Volk auszulöschen, den Lauf der Geschichte zu verändern. Aber er war nicht *böse,* denn er kannte die Bedeutung dieses Wortes nicht einmal. Gefühle waren ihm fremd. Er war nur … nur das Werkzeug gewesen, begriff er. Das Werkzeug für Cathar und die anderen Schwarzen Magier. Irgendwann vor Jahrtausenden – wie, erfuhr er nicht von Ch'tuon, und es spielte auch keine Rolle mehr – war es ihnen gelungen, ihn aus seiner Welt herauszureißen und gefangen zu setzen, damit sie sich seiner Kräfte bedienten. Alle Magie, alle schwarzen zauberischen Künste Caracons waren in Wahrheit *seine* Kräfte, Ch'tuons Magie, von den Schwarzen missbraucht.

Und es war vorbei, auch das begriff Torian mit unerschütterlicher Sicherheit. Ch'tuon war erwacht, aber er war es nicht, um eine neue Schreckensherrschaft über diese Welt anzutreten. Er würde heimkehren, in jene entsetzliche fremde Welt zwischen den Dimensionen, aus denen die Schwarzen Magier ihn vor so langer Zeit herausgerissen hatten, und der Albtraum hatte ein Ende.

☆

Später, sehr viel später – denn über der *Schattenburg* ging bereits die Sonne eines neuen Morgens auf, und Torian erinnerte sich kaum, wie Garth, Shyleen und er den Rückweg ans Tageslicht geschafft hatten –, erzählte er Garth und der ehemaligen Tempelpriesterin alles. Fast alles, denn manches war in ihm ein Wissen, das so tief und schrecklich war, dass sich ein Teil seiner menschlichen Seele noch immer krümmte bei der bloßen Erinnerung an all die entsetzlichen Geheimnisse, die er erfahren hatte, und vieles würde er niemals aussprechen können, weil es einfach zu schrecklich dazu war und weil ihm in seiner menschlichen Sprache die Worte fehlten, die Dinge zu beschreiben, die er durch Ch'tuons Augen gesehen hatte. Aber er hatte ihnen alles erzählt, was sie wissen mussten, und ohne dass es langer Erklärungen bedurft hätte, hatte er gespürt, dass die beiden ihm glaubten, auch wenn sie vieles – vielleicht das meiste – niemals verstehen würden.

»Du meinst, es ist ... vorbei?«, fragte Shyleen zögernd. In ihren Augen war noch immer Angst. Aber auch ein schwacher Funke von Hoffnung, dass der entsetzliche Albtraum endlich, endlich zu Ende sei. »Die Schwarzen sind tot, und wir –«

»Nicht tot«, vollendete Torian. »Ch'tuon hätte sie vernichten können, aber warum sollte er das tun?« Sie begriff immer noch nicht, dachte er. Ch'tuon war kein Wesen dieser Welt. Begriffe wie Rache – oder auch nur Gerechtigkeit – waren ihm fremd. »Sie leben, irgendwo unter uns, aber sie ...« Er hob hilflos die Hände, suchte einen Moment nach Worten und beließ es dann bei einem stummen Kopfschütteln.

»Du meinst, sie haben ihre Zauberkraft verloren«, vermutete Garth schließlich.

Torian nickte. Das war nicht ganz die Wahrheit, aber es kam ihr nahe. »Ja.«

»Dann sind wir frei?«, fragte Shyleen unsicher.

Diesmal antwortete Torian gar nicht. Frei ... Er wusste nicht, ob er jemals *frei* sein würde. Vielleicht war niemand frei. Es gab nicht nur Ch'tuon. Auch das hatte er gelernt, während er mit dem Geist des *(Gottes?)* Unheimlichen verschmolzen gewesen war. Die Welt war mehr, viel mehr, als sie erkennen konnten. Es gab andere Wesen, die vielleicht noch schlimmer als Ch'tuon waren.

»Sieht so aus«, murmelte Garth, als er nicht antwortete. Er seufzte, drehte sich einmal im Kreis und fuhr sich mit einer seiner gewaltigen Pranken durch das Gesicht. Dann deutete er auf den zerborstenen Stumpf der Brücke, die vom Tor der *Schattenburg* aus in Nichts führte. Auch *diese* Magie war erloschen, mit Ch'tuons Verschwinden.

»Hat einer von euch eine Ahnung, wie wir jetzt da rüberkommen?«, wollte er erfahren.

Torian seufzte. Aber dann, ganz plötzlich, musste er lachen. Garths Frage kam ihm beinahe rührend vor.

»Was ist so komisch?«, fragte Garth verwirrt.

»Nichts«, antwortete Torian hastig. »Wirklich, Garth, es ist nichts.« Außer vielleicht der Tatsache, fügte er in Gedanken hinzu, dass Garth immer noch nicht begriffen zu haben schien, was geschehen war. Garth, mein Freund, dachte er. Wir haben einen Gott besiegt. Was sollte uns jetzt noch aufhalten können?

Die Arena des Todes

Sie wurden überfallen, als sie sich noch keine zwei Meilen von Burg Conn entfernt hatten.

Torian achtete kaum auf das leise Rascheln in den Büschen rechts des Weges, aber er hätte wahrscheinlich ohnehin zu langsam reagiert, wenn ihm nicht Marubur im gleichen Moment einen so harten Stoß versetzt hätte, dass er fast vom Pferd gestürzt wäre. Kaum einen Sekundenbruchteil später hörte er das helle Sirren einer Bogensehne. Der Pfeil zog eine Spur aus brennendem Schmerz über seinen linken Arm. Torian schrie auf und glitt nun wirklich vom Pferd.

Die Bewegung rettete ihm das Leben. Drei, vier weitere Pfeile zischten heran und verfehlten ihn so knapp, dass er noch den Luftzug spürte, dann schien der Boden mit ungeheurer Geschwindigkeit auf ihn zuzurasen. Er wusste selbst nicht, wie er es schaffte, den Sturz mit den Händen gerade noch abzufangen. Dennoch war der Aufprall so hart, dass er sekundenlang wie betäubt liegen blieb.

Mit einem hastigen Ruck riss Marubur ihn wieder auf die Beine. Benommen starrte Torian den Nork an, der mit seinem dunklen Fell und den einfältigen Gesichtszügen an einen plumpen, zu groß geratenen Affen erinnerte. Alles war so schnell gegangen, dass er noch gar nicht richtig begriffen hatte, *was* eigentlich geschehen war.

Seine Benommenheit schwand jedoch mit einem Schlag, als er fünf weitere Norks mit Schwertern und Beilen in den Händen aus dem Gebüsch brechen sah. Ihr Fell war zerzaust, und die blanke Mordlust in ihren Augen verriet nur zu deutlich, dass sie sich weder mit Torians Habe zufrieden geben würden noch Interesse an Gefangenen hatten. Sie wollten ihn töten, allein schon deshalb, weil er der Sohn Fürst Limahrts war. Ein Speer verfehlte ihn nur um Haaresbreite und fuhr mit einem pfeifenden Geräusch in den Boden. Blitzschnell zog Torian sein Schwert, und dann waren die Norks auch schon heran.

Er parierte einen Hieb, der ihm fast die Waffe aus der Hand geschlagen hätte, und trieb den Nork mit einem Fußtritt zurück. Fast gleichzeitig fuhr er herum und wehrte einen weiteren Streich ab. Das Schwert des Angreifers traf seine Klinge mit solcher Wucht, dass er mehrere Schritte weit zurücktaumelte. Sein Fuß blieb an einer Baumwurzel hängen, und mit wild rudernden Armen versuchte er das Gleichgewicht zu halten. Vielleicht wäre ihm das sogar gelungen, wenn ihm der Nork nicht sofort nachgesetzt hätte. Wieder gelang es Torian nur mit knapper Not, sein Schwert hochzureißen. Funken stoben auf, als die beiden Klingen aufeinander prallten. Ein entsetzlicher Schmerz zuckte durch Torians Arm. Die Waffe wurde ihm aus den Fingern gerissen, und er fühlte sich von der Hand eines unsichtbaren Riesen gepackt und durch die Luft gewirbelt.

Der Aufprall auf den steinharten Boden trieb ihm die Luft aus den Lungen, und er sah alles wie durch einen blutigen Schleier. Der Nork wuchs wie ein Berg vor ihm auf und ließ sein Schwert niedersausen.

Verzweifelt wälzte sich Torian zur Seite. Die Klinge des affenartigen Wesens zersplitterte, als sie genau dort auf den Boden prallte, wo sich gerade noch Torians Kopf befunden hatte, doch wenn der Nork überhaupt Schmerz verspürte, zeigte er es nicht. Mit einer blitzschnellen Bewegung warf er den nutzlosen Stumpf des Schwertes fort und riss dafür einen Dolch aus dem Gürtel.

Torian hörte auf zu denken, sondern handelte nur noch rein instinktiv, wie es ihn die Waffenmeister seines Vaters gelehrt hatten, wieder und wieder, in den endlosen Trainingsstunden, die er schlagartig nicht mehr so überflüssig fand wie sonst oft in den letzten Jahren. Er ließ seine Füße vorschnellen, schloss seine Beine wie eine Zange um die Knie seines Gegners und riss sie mit aller Kraft zurück. Der Nork stürzte, und sofort warf sich Torian auf ihn. Er verkrallte seine Hände in das Fell und schlug den Kopf ein paar Mal mit aller Kraft auf den Boden. Erst beim vierten Schlag erschlaffte der Nork, und Blut sickerte aus seinem Hinterkopf.

Als Torian kaum wieder auf den Beinen war und herumfuhr, sprang eine weitere der Kreaturen mit einer gewaltigen Streitaxt in den Händen auf ihn zu. Erneut versuchte er sich mit einem raschen Satz zur Seite zu retten, aber mit Entsetzen erkannte er, dass er es nicht mehr schaffen konnte. Die blitzende Klinge der Axt sauste auf ihn zu und hätte ihm mit einem einzigen Hieb den Kopf von den Schultern getrennt, doch plötzlich verharrte sie in der Luft. Ein Zittern durchlief den Nork, und ein ungläubiger Ausdruck trat in seine Augen, dann entglitt die Axt seinen Händen, und er stürzte wie ein gefällter Baum zu Boden. Aus seinem Rücken ragte der Griff eines Dolches.

Er war der Letzte der Angreifer gewesen. Mit einer gleichgültigen Bewegung zog Marubur seinen Dolch aus dem Leichnam, säuberte die Klinge am Fell des Toten und steckte ihn wieder ein.

»Danke«, stieß Torian Carr Conn hervor und kam sich unsagbar albern dabei vor, sich bei einem Sklaven zu bedanken. Schließlich war es Maruburs Pflicht, ihn zu beschützen, aber er fühlte trotzdem ein kurzes, heftiges Gefühl der Dankbarkeit. Erst jetzt, da alles vorbei war, wurde ihm mit Entsetzen bewusst, wie knapp er dem Tod entronnen war. Er begann am ganzen Körper zu zittern und ließ sich auf einen Felsbrocken am Wegrand sinken, weil er plötzlich das Gefühl hatte, dass seine Beine ihn nicht mehr trügen. Es war doch etwas anderes, Kampfübungen mit Männern zu absolvieren, die seine Freunde waren, als wirklich um sein Leben zu kämpfen.

»Sie werden immer dreister«, murmelte Marubur. »Irgendwann stellen sie sich direkt neben das Portal der Burg und warten, bis jemand herauskommt, um ihn zu erschlagen. Aber Euer Vater glaubt ja nicht, dass von den Aufständischen wirklich Gefahr droht. Vielleicht wird ihm das zu denken geben.«

Torian verstand den leisen Tadel in den Worten des alten Norks. Natürlich hatte er schon davon gehört, dass sich einige Norks gegen die Sklaverei auflehnten, aber auch er hatte sie bislang nicht ernst genommen. Marubur hatte ihn schon mehr als einmal gedrängt, die Burg nicht ohne Eskorte zu verlassen, aber er hatte über diesen Rat nur schallend gelacht. Das Ergebnis sah er nun vor sich, und ihm war plötzlich gar nicht mehr zum Lachen zu Mute.

»Du hast Recht«, sagte er, nur um überhaupt etwas zu sagen. »Ich werde mit meinem Vater sprechen, damit er eine Strafexpedition unternimmt. Wir werden diese Rebellen aus dem Land scheuchen, dass ihnen Hören und Sehen vergeht.«

Marubur antwortete nicht, dafür zeigte sein Gesicht deutlich, dass er Torians Optimismus in diesem Punkt keineswegs teilte. Torian lagen bereits einige scharfe Worte auf der Zunge, aber er schluckte sie hinunter. Dies war kaum der richtige Ort zum Streiten und Marubur kaum der richtige Gesprächspartner. Auch wenn der Nork ihm gerade das Leben gerettet hatte – sogar gleich zweimal –, so blieb er doch nichts anderes als ein Angehöriger einer Rasse zu groß geratener Affen, die durch eine Laune der Natur gerade intelligent genug waren, den Menschen als Sklaven zu dienen. Mehr nicht.

Er ging auf sein Pferd zu und schwang sich mit einer übertrieben kraftvollen und dadurch – wie er selbst wusste, und das machte ihn noch zorniger – beinahe lächerlichen Bewegung in den Sattel. »Komm schon«, fauchte er. »Oder willst du hier Wurzeln schlagen?«

»Ihr seid verletzt, Herr«, sagte der Nork.

Unwillkürlich blickte Torian an sich hinab. Er hatte die Pfeilwunde fast vergessen, und erst jetzt, als Marubur ihn darauf aufmerksam machte, spürte er wieder den Schmerz. Ziemlich starke Schmerzen sogar, und er erschrak, als er auf seinen Arm blickte. Er hatte Glück gehabt, denn ihn hatte nur ein Streifschuss getroffen. Die Wunde war nicht sehr tief, aber sie blutete stark und tat höllisch weh.

»Ich kenne einen Heiler, hier ganz in der Nähe«, fuhr Marubur fort. »Er kann sich um Eure Verletzung kümmern.«

Torian runzelte die Stirn. »Ein Heiler? Hier in der Gegend?« Er blickte sich demonstrativ um. Alles, was er hier sah, waren die Wiesen des Talkessels und die sanften Ausläufer der Berge. Abgesehen von Burg Conn am einen und Burg Pa'an am anderen Ende des Tales gab es im Umkreis von mehr als einem Tagesritt keine menschliche Siedlung.

»Zumindest war Kelysar einmal Heiler«, verbesserte Marubur. »Er hat sich in die Einsamkeit zurückgezogen und ist etwas …«, er stockte kurz, »etwas *sonderbar* geworden.«

»Was heißt *sonderbar*?«, fragte Torian, bewusst den Tonfall des Norks nachahmend.

Marubur zuckte in einer fast menschlichen Geste mit den Schultern. »Das kann man schlecht beschreiben. Soll ich Euch zu ihm bringen? Es dauert wirklich nur wenige Minuten.«

Torian überlegte kurz. Eigentlich wollte er Pa'an so schnell wie möglich erreichen. Schon jetzt konnte er es kaum erwarten, Lyn endlich wieder zu sehen. Andererseits würde er mit seinen schmutzigen Kleidern sicherlich nicht den besten Eindruck machen. Bei diesem sonderbaren Einsiedler würde er sich nicht nur verbinden lassen, sondern auch säubern können. Dazu kam, dass er ganz einfach neugierig auf diesen Kelysar geworden war.

»Also gut«, stimmte er zu.

Marubur nickte zufrieden und stieg ebenfalls auf sein Pferd. Sie ritten ein kurzes Stück den Weg entlang, dann deutete der Nork auf einen fast unsichtbaren Trampelpfad, der Torian noch nie zuvor aufgefallen war und den er ohne Marubur gewiss auch dieses Mal wieder übersehen hätte. Sie drangen in das Gebüsch ein, bis das Unterholz so dicht geworden war, dass sie die Pferde zurücklassen und zu Fuß weitergehen mussten. Der Pfad schlängelte sich in sanften Windungen durch das Gehölz, kreuzte Tierwechsel und wurde manchmal so schmal, dass Torian ihn allein sicherlich schon mehrmals aus den Augen verloren und sich verlaufen hätte. Der Boden war hart und uneben; immer wieder griffen knotige Wurzelfinger nach seinen Füßen und ließen ihn straucheln. Mehrmals wäre er fast gestürzt, wenn Marubur nicht rechtzeitig zugegriffen und ihn aufgefangen hätte. Dennoch steigerte dies seinen Zorn auf den Nork eher noch. Marubur war ihm in diesem Gelände deutlich überlegen, und Torian hasste es, ausgerechnet vor einem Sklaven seine Schwäche zeigen zu müssen. Da half es auch nichts, wenn er sich sagte, dass der Kampf ihn geschwächt hatte. Allmählich fragte er sich, ob dieser Abstecher wirklich eine gute Idee gewesen war.

Etwas stimmte mit diesem Gehölz nicht, wenn er auch nicht wusste, was ihn beunruhigte. Dies schien eine fremde Welt zu sein, ganz anders als die, aus der er stammte. Es fiel ihm schwer, sich vorzustellen, dass sie nur wenige Meilen von Burg Conn und nur ein paar Dutzend Schritte von dem Weg entfernt waren, den er schon Hunderte von Malen entlanggeritten war. Hier waren sie Eindringlinge, die nicht hierher gehörten; er noch stärker als sein Begleiter. Die Umgebung schien ihnen ihre Ablehnung und Feindschaft geradezu entgegenzuschreien. Der Wind säuselte wie eine leise, warnende Stimme in den Blättern. Das Unterholz wurde immer dichter und ragte wie eine düstere Wand aus ineinander verwobenen Schatten ringsum auf. Torian hatte jetzt fast das Gefühl, als würden die Zweige wie böse, von Intelligenz beherrschte Wesen nach ihm schlagen, um ihn zu vertreiben.

Unsinn, schalt er sich ärgerlich. Seit wann hatte er Angst vor ein paar *Büschen*?

Als wäre dieser Gedanke ein Stichwort, endete in diesem Moment das Gestrüpp, und sie erreichten eine kleine Lichtung mit einem Haus in der Mitte.

Torian schluckte. Was er vor sich sah, konnte man kaum als Hütte bezeichnen, geschweige denn als Haus, in dem ein Mensch leben konnte. Es war ein grober Verschlag, aus morschen Brettern und Latten notdürftig zusammengefügt, die Ritzen mit Moos und Grasbüscheln verstopft. Eine Tür – konnte man dieses halb verfaulte Brett wirklich *Tür* nennen? – wurde geöffnet, und ein weißhaariger Greis trat heraus. Sein Gesicht war von tiefen Falten gezeichnet, und sein Blick flackerte irr. Er reichte Torian kaum bis zur Brust und trug nur ein schmutziges, zerrissenes Leinengewand, aber trotzdem hatte der Mann etwas an sich, das Torian schaudern ließ. Einen Moment musterte er sie, dann fragte er mit einer unangenehm schrillen Stimme: »Was wollt ihr hier, dummes Gesindel?«

Torian wollte schon aufbrausen, doch Marubur legte ihm in einer vertraulichen Geste, die unter anderen Umständen Torians Zorn erweckt hätte, die Hand auf den Arm und bedeutete ihm auf diese Art zu schweigen. Dann trat er auf den Greis zu und breitete die Arme aus. »Erkennst du mich nicht, Kelysar? Ich bin es, Marubur.«

»Einer von euch Norks sieht für mich wie der andere aus«, murmelte der Greis, doch etwas in seinem Blick änderte sich und zeigte, dass er den Nork sehr wohl erkannte. »Also sagt schon, was ihr wollt, oder verschwindet wieder, und lasst mich in Ruhe. Ich bin damit beschäftigt, die Sterne zu zählen, also haltet mich nicht unnötig auf.«

Unwillkürlich richtete Torian den Blick zum wolkenfreien blauen Himmel auf und begann zu begreifen, was Marubur mit *sonderbar* gemeint hatte.

»Dieser Mann ist Torian Carr Conn, der Sohn Fürst Limahrts«, erklärte der Nork. »Er ist verletzt und braucht deine Hilfe.«

Einige Sekunden lang herrschte Schweigen, dann drehte sich der Alte um und schlurfte in die Hütte zurück. »Also gut, kommt rein«, brummte er.

Marubur wollte ihm folgen, doch diesmal hielt Torian ihn zurück. »Das gefällt mir nicht«, sagte er. »Dieser Ort gefällt mir nicht, die Hütte gefällt mir nicht, und dieser Kerl gefällt mir schon gar nicht. Wer ist dieser Narr, dass er nicht einmal weiß, wie er den Sohn seines Fürsten zu grüßen und zu behandeln hat?«

»Ihr dürft nicht zu streng über ihn urteilen, Herr. Sein Geist ist verwirrt. Deshalb habe ich niemals von ihm erzählt, und ich hätte Euch auch jetzt nicht hergeführt, wenn Ihr nicht verletzt wärt. Aber ich versichere Euch, dass er viel von der Heilkunst versteht.«

»Das hoffe ich für dich«, stieß Torian hervor. Einen Moment starrte er den Nork noch zornig an, dann ließ er ihn los und trat auf den Verschlag zu. Marubur folgte ihm nicht, sondern blieb auf der Lichtung stehen.

Der Türsturz war so niedrig, dass sich Torian bücken musste, um nicht mit dem Kopf anzustoßen. Im Inneren der Hütte herrschte schattiges Halbdunkel. Es gab nur ein winziges Fenster, durch das kaum genug Licht dafür hereinfiel, die spartanische Einrichtung zu erkennen. Erst als sich Torians Augen an die Dunkelheit gewöhnt hatten, sah er ein einfaches Strohlager, eine Feuerstelle, eine klobige Kiste und einen wackeligen, mit mehr gutem Willen als handwerklichem Können gezimmerten Tisch mit einem ebenso wackeligen Stuhl.

Der Heiler schaute Torian an und deutete mit einer knappen Handbewegung auf den Stuhl: »Setz dich.«

Torian trat auf ihn zu und legte in einer drohenden Geste, bei der er sich dem alten Mann gegenüber gleichzeitig merkwürdig lächerlich vorkam, die Hand auf den Knauf des Schwertes. »Merk dir eines, Kerl«, sagte er eisig. »Du solltest deine Zunge besser hüten, sonst wirst du sie bald verlieren. Ich bin nicht irgendein dahergelaufener Bursche, mit dem du umspringen kannst, wie es dir beliebt, sondern der Sohn Fürst Limahrts, und als solcher verlange ich auch behandelt zu werden. Du hast mich mit *Herr* anzureden, hast du das verstanden?«

Der Greis schaute ihn ungerührt an, und wie schon zuvor lag etwas in seinem Blick, das Torian mit Unbehagen erfüllte. Er fühlte sogar ein sonderbares Gefühl der Demut und Achtung vor dem Heiler, das ihm bislang völlig unbekannt gewesen war.

»Es ist mir egal, wer du bist«, antwortete Kelysar nach einer kurzen Pause. »Ich habe dich nicht gerufen. Du bist gekommen, weil du Hilfe brauchst, und die werde ich dir geben. Aber deshalb werde ich dich nicht anders behandeln als jeden anderen, der an meine Tür klopft, um Hilfe zu erbitten. Von einem großmäuligen Grünschnabel lasse ich mir nichts vorschreiben, auch wenn er der missratene Sohn eines Fürsten ist. Wie alt bist du?«

»Achtzehn«, antwortete Torian automatisch. Er war so perplex, dass er für einen Augenblick sogar seinen Zorn vergaß. Abgesehen von seinem Vater hatte noch niemand so mit ihm zu reden gewagt, und zweifellos wäre es niemandem sonst gut bekommen. Aber schon im nächsten Moment schoss die Wut darüber in ihm hoch, wie ein kleines Kind behandelt zu werden. Er riss sein Schwert hervor und drückte die Spitze gegen Kelysars Kehle; so fest, dass die Klinge die Haut ritzte und ein Blutstropfen hervorquoll. »Ich sehe, du hast mich noch nicht ganz verstanden«, sagte er hart. »Ich werde dir wohl erst Manieren beibringen müssen.«

Torian drückte noch fester zu, doch die Klinge traf auf keinen Widerstand mehr. Verblüfft starrte er auf den leeren Platz vor sich, wo der Alte gerade noch gestanden hatte. Ein leises Kichern ertönte hinter ihm und ließ ihn herumfahren. Grinsend stand Kelysar in der anderen Ecke des Raumes und rieb sich seine knochigen Hände. »Dummkopf«, rief er kichernd, »komm nur her.«

Wutentbrannt sprang Torian auf ihn zu und hieb mit dem Schwert nach ihm, doch wieder traf seine Klinge nur Luft. Als er abermals herumfuhr, stand Kelysar wieder an seinem alten Platz.

»Das … das ist Zauberei!«, keuchte Torian.

Wieder kicherte der Greis. »Nicht ganz, aber nenn es meinetwegen so. Und jetzt setz dich endlich hin, damit ich deine Wunde versorgen kann, oder verschwinde von hier. Meine Geduld ist nicht unerschöpflich.«

Am liebsten hätte Torian wirklich auf der Stelle kehrtgemacht und wäre aus der Hütte gestürmt, aber stattdessen steckte er nach einem Moment des Zögerns sein Schwert in die Scheide zurück und setzte sich. *Was um alles in der Welt ging hier vor?*, hämmerte es in seinen Gedanken. *Das alles musste ein schlechter Traum sein. Er würde gleich aufwachen, sich verwirrt in seinem Zimmer umschauen und feststellen, dass alles nur ein verrückter Albtraum gewesen war.*

Der Alte schlurfte zu der Truhe, öffnete sie und kramte darin herum. Torian sah eine Vielzahl von vergilbten Papierrollen, Büchern, Gefäßen in allen denkbaren Formen und vieles mehr. Schließlich trat Kelysar mit zwei halbwegs sauberen Tüchern und einem kleinen Tontöpfchen an den Tisch. Wortlos säuberte er mit dem einen Lappen Torians Arm. »Das sieht nicht besonders gut aus«, murmelte er. »Es war gut, dass du gekommen bist, sonst würde sich die Wunde entzünden. Jetzt wird es etwas wehtun.« Er tauchte einen Finger in das Tontöpfchen und strich eine fremdartig riechende Salbe auf die Wundränder. Torian biss die Zähne zusammen. Die Salbe brannte wie Feuer, aber schon nach wenigen Sekunden ließ der Schmerz nach und wich einer angenehm kribbelnden Wärme. Zum Schluss band Kelysar das andere Tuch um den Arm. »Mehr kann ich nicht für dich tun«, sagte er. »Morgen spätestens ist die Wunde verheilt. Und jetzt geh!«

Torian erhob sich und trat auf die Tür zu. Dabei entdeckte er eine Papierrolle, die vor der Kiste auf dem Boden lag. Offenbar war sie Kelysar unbemerkt herausgefallen. Er bückte sich danach, hob sie hoch und rollte sie auseinander. Es handelte sich um eine Landkarte, doch war sie in geheimnisvollen Farben gemalt, und noch während er darauf starrte, schienen die Linien vor seinen Augen zu verschwimmen.

»Was ist das?«, fragte er erstaunt.

Mit einem Schrei sprang Kelysar auf ihn zu und riss ihm das Papier aus der Hand. »Gib das her!«, keuchte er. »Der *Tempel der verbotenen Träume* ist nichts für einen Narren wie dich.« Er verstaute die Karte unter seinem Gewand und gestikulierte wild mit den Händen. »Jetzt geh schon, verschwinde endlich, und ich rate dir, für dich zu behalten, was du gesehen hast. Es könnte sein, dass du meine Hilfe noch einmal brauchst, vielleicht schneller, als du glaubst. Wir werden uns wieder begegnen, schon sehr bald, und wir werden sehen, ob du dann immer noch so hochmütig bist.«

Achselzuckend verließ Torian die Hütte. Es war das erste Mal, dass er vom *Tempel der verbotenen Träume* hörte, aber gerade durch das sonderbare Verhalten des Greises prägte sich der Name unauslöschlich tief in seinem Gedächtnis ein.

☆

Mit einem unwilligen Kopfschütteln verscheuchte Torian die Erinnerungen an die Vergangenheit. Er wollte sich nicht an seine Jugend erinnern und daran, was für ein kindischer Narr er damals gewesen war; jetzt so wenig wie in den vergangenen vier Jahren. Und doch gelang es ihm niemals, die Erinnerung ganz abzuschütteln. Sie ließ sich für eine Weile verdrängen, doch kehrte sie immer wieder zurück; sie folgte ihm mit der Beharrlichkeit eines Spürhundes und wartete nur auf einen unachtsamen Moment, um wieder über ihn herzufallen und ihn zu quälen.

Fröstelnd zog Torian seinen Umhang fester um die Schultern und starrte in die niedergebrannten Reste des Lagerfeuers, dessen Glut der Wind nur noch gelegentlich zum Aufflackern brachte. Das bisschen Holz, das sie in dieser unwirtlichen Einöde am Westrand der Staubwüste gefunden hatten, war längst aufgebraucht, kaum dass es gereicht hatte, das Feuer einmal richtig zu nähren, und er wusste, dass es sinnlos war, nach weiterem Brennmaterial zu suchen. Sie hatten alles verbrannt, was sie im Umkreis von drei-, vierhundert Metern gefunden hatten, jeden Busch mitsamt den Wurzeln ausgerissen, jede Flechte und sogar jeden Grashalm, und mühsam ein Feuer entfacht. Jetzt gab es hier nur noch Sand. Staubfeinen, scheuernden Sand, der ihnen das Atmen zur Qual machte, und Raureif, der sich wie ein Teppich aus unzähligen im Mondlicht funkelnden Silbersplittern über die Wüste ausgebreitet hatte.

Nicht, dass das winzige Feuer viel genutzt hätte, dachte Torian bitter. Aber die Flammen hatten ihnen wenigstens die Illusion von Wärme vermittelt.

Er blinzelte müde. Der eisige Wind erfüllte die Wüste mit einem leisen Rascheln, das wie ein leiser Chor wimmernder Stimmen erklang. Er trug den Geruch von Schnee und Frost mit sich und kroch fast mühelos durch Torians Kleidung; selbst nach seiner mittlerweile vierstündigen Wache trieb er ihm noch Tränen in die Augen und schlug wie mit unzähligen winzigen Krallen nach seinem Gesicht.

Die Staubwüste schien sich keinen Deut darum zu kümmern, dass es dem Kalender nach erst Anfang Herbst war. Bei Tage herrschte immer noch Hochsommer, wenn es auch hier, an den Ausläufern der Wüste, nicht ganz so unerträglich heiß war wie in ihrem Herzen. Dafür herrschte nachts bereits die eisige Kälte des Winters.

Grimmig schüttelte Torian den Kopf. Bei der Erschaffung dieses Teils der Welt mussten wirklich eine Reihe ziemlich gravierender Fehler unterlaufen sein, und er kannte eine ganze Menge Leute, die diese Meinung teilten.

Er schloss die vor Müdigkeit brennenden Augen und wünschte sich nichts sehnlicher, als für ein paar Stunden zu schlafen. Seine Wache war längst vorbei, er hätte Garth wecken und sich selbst hinlegen können, aber er wusste, dass er in dieser Nacht keinen Schlaf finden würde; so wenig wie in der Nacht zuvor. Ein paar Mal war er in einen leichten Schlummer gesunken, doch stets nach ein paar Minuten von Albträumen gequält wieder aufgeschreckt. Etwas von den Schrecken, denen er in der *Schattenburg* begegnet war, schien sich in seinen Gedanken eingenistet zu haben und ließ ihn nicht zur Ruhe kommen. Er war Ch'tuon begegnet, dem finsteren Dämonengott der Schwarzen Magier. Eine Kreatur aus einer fremden, für Menschen tödlichen Welt, die Verkörperung aller menschlichen Ängste, das Gestalt gewordene Grauen. Auch wenn Ch'tuon ihnen nicht feindlich gesonnen gewesen war, so war Torian allein durch die Begegnung mit der Kreatur beinahe geistig zerbrochen, und selbst jetzt wurde er in seinen Träumen noch von namenlosem Schrecken heimgesucht.

Aber es gab noch anderes, was ihn nicht zur Ruhe kommen ließ.

Er erhob sich, stampfte ein paar Mal mit den Füßen auf und schlenkerte mit den Armen, um die Kälte aus seinen tauben Gliedern zu vertreiben. Es half nicht viel. Inbrünstig wünschte er die Hitze des Tages herbei, die er in ein paar Stunden ebenso inbrünstig verfluchen würde.

Die Nacht hatte sich wie eine schwarze Decke über das Land gelegt, aber trotz der herrschenden Dunkelheit waren im Westen die Umrisse von Bergen zu erkennen: schwarze, spitze Kegel, die sich wie grobe Scherenschnitte gegen das Schwarz des Nachthimmels abzeichneten. Das Gebirgsland von Scrooth, seiner Heimat. Obwohl er Scrooth erst vor wenigen Wochen verlassen hatte, kam es ihm vor, als wäre er seit Jahren nicht mehr dort gewesen. Zu vieles, das sein Leben – und nicht nur seines – von Grund auf verändert hatte, war in diesen Wochen geschehen.

Unbewusst griff er nach seiner linken Schulter, doch die kleine

Schwellung war verschwunden. Ch'tuon hatte Wort gehalten und ihn von dem Parasiten befreit, der sich in seinem Körper eingenistet und sein Denken mehr und mehr beeinflusst hatte. Die Brut der Blutspinne ... Das *Ding* hatte ihm solches Entsetzen eingeflößt, wie er es niemals zuvor verspürt hatte. Er wagte immer noch nicht, sich vorzustellen, was aus ihm geworden wäre, wenn es sich weiterhin in seinem Körper ausgebreitet und noch mehr Einfluss auf sein Denken und Handeln genommen hätte. Aber er hatte sich im Laufe der Zeit auch schon daran gewöhnt, mehr, als ihm selbst bewusst geworden war. Es hatte ihn unempfindlicher gegen Schmerzen werden lassen, und wenn er auch stets davor zurückgeschreckt war, dessen finstere Macht zu entfesseln, hatte der Parasit ihn doch mit der Zuversicht erfüllt, in höchster Not fast unbesiegbar zu sein. Das *Ding* war zu einem Teil seines Ichs geworden, und sein Verlust schmerzte fast. Er hatte das Gefühl, etwas wäre aus ihm herausgerissen worden und hätte ein Vakuum hinterlassen, eine seelische Wunde, die sich nur sehr langsam wieder schließen würde.

Wenn überhaupt ...

Torian verdrängte auch diesen Gedanken. Das alles war Vergangenheit. Die Schwarzen Magier hatten ihre Kräfte weitgehend verloren. Sie würden sterben, und mit ihnen auch ihre Magie und die Erinnerung an die schrecklichen Kreaturen, die sie aus ihrem Gefängnis hinter der Zeit hatten befreien wollen.

Wieder wandte Torian seinen Blick den fernen Berggipfeln zu. Es war seltsam: Scrooth hatte ihm niemals etwas geschenkt, im Gegenteil, die mehr als zwanzig Jahre seines Lebens, die er dort verbracht hatte, waren alles andere als schön und unbeschwert gewesen. Und doch sehnte er sich in dieses Land zurück. Vielleicht lag es daran, dass sich mit wachsendem Abstand die Erinnerungen veränderten, dass sich die seltenen schönen Augenblicke immer stärker in den Vordergrund drängten, während die Erinnerungen an alles Unangenehme mehr und mehr verblassten.

Vielleicht lag es auch einfach daran, dass er müde geworden war und sich nach einer Heimat sehnte. Selbst wenn diese Heimat ihm noch so feindlich gesinnt war.

War es das? Er erschrak beinahe. Ging es ihm unbewusst wirklich darum, Ordnung in das Chaos zu bringen, das sein Leben darstellte? Sträubte sich etwas in ihm dagegen, so wie bisher weiterzuleben? Zog ihn das Gleiche nach Scrooth, das manche Tiere dazu trieb, sich vor dem Tod in ihre heimische Höhle zu verkriechen? Oder war es noch etwas anderes? Hatte es etwas mit der Prophezeiung des närrischen Heilers zu tun, die er seit so langer Zeit erfolglos zu vergessen versuchte?

Hinter sich hörte er ein leises Geräusch. Er riss sich aus seinen Gedanken und wandte sich langsam um. Garth, die Hand, war aufgestanden und trat auf ihn zu. Mit den drei umgehängten Decken und der Fellkapuze sah der hünenhafte Dieb aus wie einer der Eismänner aus den legendenumwobenen Nordlanden.

»Verfluchte Kälte«, schimpfte Garth und rieb sich die Hände. »Warum hast du mich nicht geweckt? Deine Wache ist längst vorbei.« Er öffnete den Mund, um noch etwas zu sagen, klappte ihn dann aber wieder zu und schaute Torian nur scharf an. »Was hast du?«, fragte er nach ein paar Sekunden.

»Nichts«, erwiderte Torian ausweichend.

Garth verdrehte gekünstelt die Augen. »Fang nicht wieder mit dem alten Spielchen an. Wir kennen uns wohl ein bisschen zu gut, um uns gegenseitig etwas vorzumachen, findest du nicht?« Wieder verstummte er für einige Sekunden und wandte den Blick ebenfalls nach Westen, bevor er hinzufügte: »Es ist Scrooth, nicht wahr?«

Zögernd nickte Torian. »Ich war lange nicht mehr dort.«

»Und du wirst auch sehr lange nicht mehr dorthin gehen«, sagte Garth mit Nachdruck. »Du weißt, was geschieht, sobald du nur einen Fuß über die Grenze setzt und man dich zu fassen kriegt. So weit ich die scroothischen Gesetze kenne, springt man auch dort nicht eben sanft mit Mördern um. Oder hoffst du, dass man die Suche nach dir inzwischen aufgegeben hat? Vergiss es. Nach einem anderen vielleicht, aber nicht nach dir.«

»Ich bin kein Mörder«, widersprach Torian heftig. »Zumindest habe ich niemanden heimtückisch ermordet. Es war alles ein abgekartetes Spiel.«

»Darüber kannst du dich ja dann mit dem Henker unterhalten. Ich bin sicher, er wird sich sehr für deine Argumente interessieren«, sagte Garth trocken. »Vielleicht schreibt er es auf deinen Grabstein: *Hier ruht Torian. Er war* kein *Mörder.*« Garth schüttelte den Kopf. Als er weitersprach, war der Spott aus seiner Stimme verschwunden. »Ich kann mir vorstellen, was du empfindest. Im Grunde warte ich schon seit Tagen darauf, dass du irgendwelchen Unsinn machst. Ich wünschte, wir hätten gar nicht so nahe an der Grenze vorbeiziehen müssen, aber die einzige Alternative wäre ein Ritt direkt durch die Staubwüste gewesen, und was das bedeutet, weißt du so gut wie ich.«

»Du brauchst dich nicht zu rechtfertigen. In spätestens zwei Tagen haben wir die Berge aus den Augen verloren, und dann werde ich schon wieder vernünftig werden. Das meinst du doch?«

»So ungefähr. Aber ich wollte mit dir über etwas anderes sprechen. Du machst mir momentan viel weniger Sorgen als Shyleen. Mit ihr ist etwas.«

»Sie ist ziemlich wortkarg geworden«, stimmte Torian zu, froh, das Thema wechseln zu können.

»Junge, Junge, diese Berge müssen dir ganz schön das Gehirn vernebeln, wenn das alles ist, was dir an ihr auffällt«, sagte Garth mit einem neuerlichen Kopfschütteln. »Ich weiß nicht mal mehr, wie ihre Stimme klingt. Sie ist so wortkarg, dass sie schon fast Spinnweben am Mund bekommt. Und jede Menge Sorgenfalten. Allerdings glaube ich eher, dass es an etwas anderem liegt, das ihr verdammt zu schaffen macht.«

»Und was soll das deiner Meinung nach sein?«

Garth zuckte die Achseln. »Keine Ahnung. Aber ich finde, wir können nicht die Augen zukneifen und so tun, als würden wir nichts merken. Die Kleine hat ganz gewaltige Probleme.«

»Bei deren Lösung ihr mir aber nicht helfen könnt«, vernahmen sie Shyleens Stimme. Unbemerkt war das Mädchen zu ihnen getreten. »Wenn ihr euch schon über mich unterhaltet, dann solltet ihr nicht so laut reden, dass man euch meilenweit hört.«

Torian musterte sie. Schwarzes, lockiges Haar fiel ihr über die

Schultern und rahmte ihr ausdrucksstarkes Gesicht ein, das von den hohen Wangenknochen und den dunklen Augen beherrscht wurde. Wie stets hielt sie den Kopf stolz erhoben, und ihre Haltung spiegelte immer noch etwas von der Überheblichkeit wider, die sie ihnen zu Beginn ihrer Bekanntschaft entgegengebracht hatte. Shyleens Alter war schwer zu schätzen. Sie sah aus wie Anfang zwanzig, zumindest war sie Torian bislang so vorgekommen. Aber nachdem Garth ihn darauf hingewiesen hatte, fiel auch ihm auf, dass ihr Gesicht älter wirkte als noch vor ein paar Tagen. Es konnte allerdings auch sein, dass die Dunkelheit seinen Augen einen Streich spielte.

»Du täuschst dich nicht«, sagte sie, als würde sie seine Gedanken kennen. Es war wohl kein besonderes Kunststück, in diesem Moment in seinem Gesicht zu lesen. »Und Garth auch nicht. Ich kann es wohl nicht mehr länger geheim halten. Ich altere. Und das hundertmal schneller als ihr.« Sie sprach beinahe teilnahmslos, und ihrem Gesicht war bei diesen Worten nicht die geringste Gefühlsregung anzumerken.

Torian öffnete den Mund, aber im gleichen Moment fiel ihm die Antwort auf seine Frage von selbst ein. Seine Kehle war wie zugeschnürt.

Nach Garths verständnislosem Stirnrunzeln zu schließen, begriff dieser nicht so schnell.

»Ch'tuon war der Quell für die Kräfte der Magier«, erklärte Shyleen stockend. »Durch ihn wurden sie unsterblich. Wir haben der Kreatur geholfen, in ihre eigene Welt zurückzukehren. Dadurch wirkt aber auch ihre Magie nicht mehr.«

Garth verstand immer noch nicht. »Und?«

»Sie sterben«, sagte Torian leise. »Sie altern, Garth. Alle Magier Caracons altern seit Ch'tuons Verschwinden mit ungeheurer Schnelle.«

»Und was hat das mit Shyleen zu tun?«, fragte Garth, nicht mehr ganz so verständnislos wie bisher, aber immer noch nicht wirklich begreifend. Vielleicht wollte er es auch einfach nicht verstehen. Doch Shyleen schwieg.

»Sie ist die Tochter eines Magiers«, antwortete Torian an ihrer Stelle.

☆

Torian ritt an diesem Tag nicht mehr nach Pa'an. In seinen Gedanken herrschte Aufruhr, wenn er auch nicht wusste, wieso ihn die Begegnung mit Kelysar so verwirrt hatte. Schließlich war dieser nur ein närrischer Greis, der ein paar Zauberkunststückchen beherrschte.

Trotzdem legte sich Torians Verwirrung nicht, auch nicht, als er zusammen mit Marubur das Gehölz längst wieder verlassen und sich auf den Heimweg nach Conn gemacht hatte. Schweigend ritten sie nebeneinander her, und je weiter sie sich von der Hütte des Alten entfernten, desto unwahrscheinlicher kam Torian das Erlebte vor.

Als sie die Burg erreichten, verschwand er schnell in sein Zimmer und versuchte, Ruhe in seine aufgewühlten Gedanken zu bringen, ohne dass es ihm wirklich gelang. Er ging früh schlafen an diesem Abend, und als er am nächsten Morgen erwachte, erschien ihm alles noch unwahrscheinlicher als tags zuvor. Wäre nicht der Verband an seinem Arm gewesen, hätte er wirklich an einen Traum geglaubt. Doch seine Verwirrung hatte sich gelegt. Er ärgerte sich über sich selbst, dass er sich so hatte zum Narren machen lassen. Heißer Zorn stieg in ihm auf, als er sich an die Beleidigungen des Alten erinnerte. Wenn Kelysar ihn für einen missratenen Fürstensohn hielt, dann sollte er auch erfahren, wozu ein solcher fähig war. Der Alte hatte ja selbst gesagt, dass sie sich bald wieder sehen würden; nun ja, dann würde dieses Wiedersehen allerdings anders ausfallen, als er es sich gedacht hatte.

Hastig kleidete Torian sich an und eilte in den Speisesaal der Burg hinunter. Sein Vater saß bereits an der langen Tafel und hatte mit dem Frühstück begonnen. Dunkle Ringe lagen unter Limahrt Carr Conns Augen, und sein breitflächiges Gesicht zeigte eine ungesunde graue Farbe – ein Zeichen, dass er auch in der vergangenen Nacht – wie in so vielen, seit Torians Mutter vor knapp einem Jahr gestorben war – zu wenig geschlafen und zu viel getrunken hatte. Auch die Falten, die sich trotz seiner erst vierzig Jahre in sein Gesicht eingekerbt hatten, schienen wieder eine Spur tiefer geworden zu sein. Er sah aus, als litte er an einer unheilbaren Krankheit, die ihn langsam von innen her aufzehrte, und so war es auch. Er hatte den Verlust seiner Frau nicht verwinden können, und wenn er auch immer noch auf dem Thron von Conn saß, so war diese Bürde doch längst zu schwer für ihn geworden. Er war nur noch ein menschliches Wrack, kaum noch etwas war von seiner früheren Stärke und Lebenslust geblieben.

Noch bevor sich Torian gesetzt hatte, wurde die Tür wieder geöffnet, und Warlon trat ein. Obwohl Torian und er Brüder waren, waren sie doch so unterschiedlich, wie zwei Menschen es nur sein können. Warlon schien das zwanzig Jahre jüngere Ebenbild seines Vaters zu sein. Er besaß die gleiche bullige Statur, das gleiche grobschlächtige Gesicht und die gleichen blonden Haare wie Limahrt, während Torian fast völlig nach seiner Mutter schlug. Sein Haar war dunkel und sein Gesicht weicher geschnitten, außerdem war sein Körper schlank und durchtrainiert. Aber die Unterschiede beschränkten sich nicht nur auf Äußerlichkeiten. Während Warlon rauschende Feste liebte und sich mit der Geschicklichkeit eines Intriganten auf höfischem Parkett zu bewegen vermochte, waren Torian alle Förmlichkeiten zuwider. Zwar war er der Erstgeborene, aber Limahrt ließ keine Gelegenheit aus, ihm zu zeigen, dass ihm Warlon als Thronfolger lieber gewesen wäre.

»Marubur und ich sind gestern in einen Hinterhalt von Nork-Rebellen geraten«, wandte sich Torian ohne Begrüßung an seinen Vater.

Limahrt nickte fahrig und schob sich ein Stück Brot in den Mund. »Ich habe schon davon gehört und einige Reiter ausgeschickt, dieses Gesindel zu vertreiben«, sagte er kauend.

»Wenn du dich beeilst, kannst du sie noch einholen und dich als Feldherr mit Ruhm bekleckern«, mischte sich Warlon grinsend ein.

Torian warf ihm einen bösen Blick zu, ging aber nicht auf die Bemerkung ein und wandte sich wieder an seinen Vater. »Das sind nicht nur ein paar harmlose Rebellen«, widersprach er. »Sie sind gut ausgebildete und bewaffnete Krieger, und sie werden von Tremon unterstützt. Die Tremonen haben den Norks die Freiheit versprochen, und seither lehnen sich immer mehr von ihnen gegen uns auf. Mehr als ein Dutzend unserer eigenen Sklaven sind bereits geflohen, ohne dass wir sie wieder einfangen konnten.«

Limahrt machte eine wegwerfende Handbewegung.

»Du bildest dir etwas ein. Sie sind als Sklaven geboren und werden es immer bleiben, auch wenn sie ihre Ketten abstreifen. Sollen sie fliehen. Auf die paar kommt es nicht an, und keiner wird mehr weglaufen, wenn wir härtere Strafen androhen. Zu einer ernsthaften Gefahr werden die doch nie. Sie sind halbintelligente Tiere und haben weder gelernt zu denken noch mit dem Verstand zu kämpfen, vom Entwerfen taktischer Schlachtpläne ganz zu schweigen.«

Torian schüttelte heftig den Kopf. Er wusste, dass die Norks mehr waren als nur halbintelligente Tiere. Vielleicht waren sie das einmal gewesen, doch sie hatten von den Menschen gelernt, mehr, als sein Vater wahrhaben wollte. Marubur war das beste Beispiel dafür. Er war intelligent und hatte während seiner Ausbildung gelernt, seine Intelligenz zu nutzen. Manchmal, wenn sich Torian mit ihm unterhielt und ihn nicht direkt anschaute, musste er sich erst in Erinnerung rufen, dass er mit einem Nork und keinem Menschen sprach. Im Stillen hegte er von Zeit zu Zeit sogar den Verdacht, dass sich Marubur insgeheim über ihn amüsierte.

»Vielleicht können sie wirklich nicht so selbstständig denken wie frei geborene Wesen«, fuhr er nach einer kurzen Pause fort. »Aber sie sind auf dem besten Wege, es zu lernen. Und wenn sie es sich nicht selbst beibringen, dann sind die Tremonen ihre Lehrmeister. Ziemlich gute Lehrmeister zudem. Vielleicht wird es sogar zum Krieg kommen.«

»Vermutlich schon in den nächsten Wochen«, mischte sich Warlon wieder ein. Seine Augen zeigten bei diesen Worten einen triumphierenden Glanz, der Torian überhaupt nicht gefiel. »Ich habe in letzter Zeit mit einigen sehr einflussreichen Leuten gesprochen. Langsam scheint man auch am Königshof aufzuwachen. Wir haben uns von den Tremonen schon viel zu viel gefallen lassen. Nun werden wir den Bastarden endlich alle Demütigungen heimzahlen.«

»Wo hast du denn diese schöne Rede gehört?«, fragte Torian spöttisch. »Diesen kindischen Unsinn meinst du doch hoffentlich nicht ernst?«

»Und ob ich das ernst meine!«, rief Warlon aufgebracht und sprang auf. »Du warst schon immer ein Schwächling, was die Politik betrifft. Geh ruhig weiter in den Wald, um dich mit den Würmern und Vögeln zu unterhalten, statt dich auf deine zukünftige Rolle als Fürst vorzubereiten. Du hast ja keine Ahnung, wie es im Land wirklich aussieht, und wenn du einmal die Macht übernehmen solltest, wird es ...«

»Genug«, donnerte Limahrt und schlug mit der flachen Hand so fest auf den Tisch, dass das Geschirr zu tanzen begann. Die beiden Brüder zuckten erschrocken zusammen. Es war lange her, dass Torian seinen Vater so energisch erlebt hatte. Ein wenig von seiner alten Tatkraft war wieder in ihm erwacht, erlosch aber ebenso schnell wieder. »Genug«, sagte Limahrt noch einmal, wesentlich leiser und kraftloser als beim ersten Mal. »Ich dulde es nicht, dass meine Söhne in meinem Haus darüber streiten, was nach meinem Tode sein wird.«

»Du hast Recht, Vater. Warlon wird sich damit abfinden müssen, dass er nur der Zweitgeborene ist«, stimmte Torian mit einem triumphierenden Seitenblick auf seinen Bruder zu. Als er sah, wie sich Limahrts Gesicht bei diesen Worten wie gewohnt verfinsterte, fügte er rasch hinzu: »Lassen wir das Thema. Ich wollte eigentlich über etwas anderes mit dir sprechen. Als wir gestern von den Norks überfallen wurden, führte mich Marubur zu einem alten Mann, einem ehemaligen Heiler, der als Einsiedler einige Meilen von der Burg entfernt in dem kleinen Gehölz am Weg nach Pa'an haust.« Er stockte und hatte auf einmal Mühe, sich an das zu erinnern, was er sagen wollte. Es fiel ihm plötzlich schwer, sich zu konzentrieren. Eine unsichtbare Hand schien mit Schattenfingern in seinem Gehirn zu wühlen und seine Gedanken durcheinander zu werfen. Von irgendwoher glaubte er ein leises Lachen zu hören. Die

Luft kam ihm mit einem Mal stickig und verbraucht vor, und er hatte das Gefühl, nicht mehr richtig atmen zu können. Schweißperlen bildeten sich auf seiner Stirn.

»Was hast du?«, fragte Limahrt ungeduldig. »Warum sprichst du nicht weiter?«

Mühsam kämpfte Torian gegen den fremden Einfluss an. »Dieser Heiler ... er hat meine Wunde versorgt«, brachte er stockend hervor. Allmählich fiel ihm die Konzentration wieder leichter. »Aber dabei hat er mich gleichzeitig in unverschämter Weise beschimpft.«

»Und du konntest dich natürlich nicht einmal gegen einen alten Mann zur Wehr setzen, wie?«, warf Warlon höhnisch ein. »Dafür brauchst du wohl eine Hundertschaft Soldaten?«

»Gegen jemanden, der magische Kräfte besitzt, hätte auch jeder andere eine schlechte Figur abgegeben. Aber wir dürfen diese Beleidigungen nicht auf uns sitzen lassen. Gib mir nur ein paar Männer, Vater, und ich schaffe diesen Kelysar in Ketten hierher, damit er seine Worte bereuen und Demut lernen kann.«

Erwartungsvoll blickte er seinen Vater an. Limahrt hielt den Kopf gesenkt und schien so in Gedanken versunken, dass er die Worte offenbar nicht einmal gehört hatte. Erst nach einigen Sekunden hob er den Kopf. »Ein Heiler, der magische Kräfte beherrscht, sagst du? Und das hier, in unmittelbarer Nähe Conns? Du bist sicher, dir nichts eingebildet zu haben?«

Torian nickte.

»Die Sache interessiert mich«, sprach Limahrt weiter. »Außerdem wird mir etwas frische Luft gut tun. Ich selbst werde dich zusammen mit zehn Soldaten begleiten und mir diesen Heiler ansehen.«

»Aber das ist nicht nötig«, begann Torian, doch Limahrt bedeutete ihm mit einer Handbewegung, dass sein Entschluss feststand.

»Und ich komme auch mit«, verkündete Warlon. Torian verdrehte ergeben die Augen, wagte aber nicht zu widersprechen, und so brachen sie kaum eine halbe Stunde später auf.

Nach den Unwettern der vergangenen Tage zeigte sich das Wetter an diesem Tag von der schönsten Seite. Die Sonne schien von einem wolkenfreien blauen Himmel herab und ließ fast vergessen, dass der Herbst bereits Einzug hielt.

Marubur hatte auf Limahrts Befehl, sie zu dem Heiler zu bringen, nur genickt und Torian dabei einen seltsamen Blick zugeworfen, eine Mischung aus Trauer und unerklärlicher Heiterkeit. Limahrt, Warlon und der Nork ritten an der Spitze der kleinen Kolonne. Torian war etwas zurückgefallen; nicht nur, weil er sich dadurch die dummen Kommentare seines Bruders ersparte, sondern auch, weil er Marubur möglichst aus dem Weg gehen wollte. Er bedauerte bereits, überhaupt von Kelysar erzählt zu haben, und fühlte sich dem Nork gegenüber merkwürdig schuldig. Marubur hatte ihn zu dem Heiler geführt, weil die Wunde versorgt werden musste und weil er Vertrauen zu Torian hatte. Auch wenn die Beschimpfungen des Heilers ihn nach wie vor ärgerten, musste Torian sich selbst gegenüber eingestehen, dass manche der Äußerungen Kelysars berechtigt waren. Aber jetzt war es zu spät, noch etwas zu ändern.

Erst als sie das Gehölz erreichten, schloss er zur Spitze auf. »Hier irgendwo muss der Trampelpfad beginnen«, sagte er.

»Dort vorne«, ergänzte Marubur und deutete mit der Hand voraus. »Aber er wird nicht mehr da sein.«

»Natürlich nicht«, spottete Warlon. »Wahrscheinlich ist er über Nacht zugewuchert. Oder war er vielleicht niemals da?«

Limahrt bedeutete ihm mit einer Handbewegung zu schweigen und wandte sich an den Nork. »Was soll das bedeuten?«, fragte er.

Unbehaglich rutschte Marubur auf seinem Sattel herum. »Kelysars Geist ist zwar etwas verwirrt, aber er vermag sich zu schützen. Er war einmal ein berühmter Heiler und beherrscht viele Künste.«

»Wahrscheinlich ist er ein so begnadeter Künstler, dass er den Weg zu seiner Hütte einfach zugemalt hat«, warf Warlon ein. Torian krampfte die Hände um den Sattelknauf. Die unerträglich dummen Bemerkungen Warlons reizten ihn zur Weißglut, und nur mit Mühe konnte er sich beherrschen. Noch nie hatte er so deutlich gespürt, dass er seinen Bruder hasste, vor allem, weil er wusste, dass der Spott immer dazu diente, ihn vor Fürst Limahrt lächerlich zu machen. Er musste Warlon widerwillig zugestehen, dass dieser mit Worten mindestens ebenso gut umzugehen verstand wie er selbst mit seinem Schwert.

Missmutig ließ er seinen Blick über die grünbraune Wand zu ihrer Rechten gleiten. Von dem Pfad war nichts zu sehen, aber im Grunde überraschten ihn Maruburs Worte nicht einmal. Eine leise, hartnäckige Stimme hatte ihm schon die ganze Zeit über zugeflüstert, dass er keinen Erfolg haben würde.

Das Gefühl unwirklicher Bedrohung, das er auf dem Weg zur Hütte verspürt hatte, Kelysars furchtloses Verhalten, seine Fähigkeit zu verschwinden, um an einem anderen Ort wieder aufzutauchen – alles fügte sich zu einem Bild zusammen, zu dem möglicherweise auch Torians Schwierigkeiten gehörten, von dem Heiler zu erzählen. Er hatte bislang kaum darüber nachgedacht, doch jetzt erschien es ihm nur logisch. Auch wenn Kelysar im Kopf etwas wirr war, hatte er nicht den Eindruck eines Idioten gemacht.

Er schaute zu Marubur hinüber, doch der Nork wich seinem Blick aus. Sein Gesicht zeigte keinerlei Regung.

Zweimal ritten sie das Gehölz der Länge nach ab, ohne auch nur die kleinste Lücke im Gebüsch zu entdecken. Warlons Gesicht verzerrte sich mit jeder verstreichenden Sekunde mehr zu einer Maske des Spotts. Die toten Norks waren inzwischen weggeschafft worden, aber getrocknete Blutspuren wiesen noch auf den Kampf hin. Torian schloss die Augen und versuchte sich genau an den Weg vom Vortag zu erinnern. Es ging ihm längst schon nicht mehr darum, Kelysar wirklich zu finden. Er wollte aber seinem Bruder beweisen, dass er sich nichts eingebildet hatte, denn auch Fürst Limahrt zeigte allmählich immer deutlicheren Unmut.

»Es war hier irgendwo«, sagte er und deutete mit den Händen auf ein Gebiet von etwa einem Dutzend Schritte. »Hier begann der Trampelpfad.«

»Also gut«, entschied Limahrt. »Wir sind nicht unbedingt auf einen Pfad angewiesen.« Mit einem Ruck drehte er sich zu den Kriegern um. »Durchsucht das Gebüsch.«

Die Männer kamen seinem Befehl unverzüglich nach. Sie stiegen von den Pferden, zogen ihre Schwerter und begannen auf das Unterholz einzuschlagen. Schon um Warlon nicht die ganze Zeit sehen zu müssen und die Wut auf seinen Bruder abzureagieren, half Torian selbst mit. Die Zweige und Äste waren aber unerwartet zäh und elastisch, sodass sie nur mühsam vorankamen. Schon bald lief ihm der Schweiß übers Gesicht, und sein Schwert schien doppelt so schwer geworden zu sein. Dennoch entstanden nach und nach schmale Breschen, durch die sie tiefer in das Gehölz eindrangen.

Nach einer Weile trat Torian zurück, und ein Soldat nahm seinen Platz ein. Er wischte sich den Schweiß von der Stirn. Sie hatten nichts gefunden, nicht einmal einen der vielen Tierwechsel, die ihm beim letzten Mal aufgefallen waren. Irgendetwas stimmte nicht mit diesem Wald, der ihm *falsch* vorkam, aber auf eine ganz andere Art als am Vortag. Das Gebüsch um sie herum schien von verzerrten Schatten und vager, huschender Bewegung erfüllt zu sein. Zudem war es totenstill um ihn herum. Es herrschte eine Stille, die auch durch die Schwerthiebe der Krieger und das Brechen der Äste nicht durchbrochen, sondern eher noch betont wurde. Es war *gespenstisch,* ein passenderer Ausdruck fiel Torian dafür nicht ein.

Wäre er nicht vorher schon davon überzeugt gewesen, hätte er spätestens jetzt alle Hoffnung verloren, dass sie Kelysar oder auch nur seine Hütte finden würden. Und er war beinahe froh darüber. Limahrts Befehl war völlig sinnlos, und selbst wenn er es wirklich wollte – was Torian insgeheim bezweifelte –, hätte ihnen auch Marubur nicht helfen können. Der Nork hatte ihn am Vortag auf Wegen, die ihm wahrscheinlich selbst fremd gewesen waren, zu Kelysar führen können, weil der Heiler es gewollt hatte. Torian verstand nur wenig von Magie, doch glaubte er zu begreifen, dass ihnen ein Vorgehen mit brutaler Gewalt nichts nutzte, so wenig, wie es irgendetwas genutzt hätte, das Gehölz niederzubrennen. Vielleicht schaute Kelysar ihnen sogar auf irgendeine Art zu und schüttete sich aus vor Lachen über ihre Bemühungen.

Erst nach fast einer Stunde brach Limahrt die erfolglose Suche ab. Schweigend und nachdenklich kehrte Torian mit den anderen zur Burg zurück. Als er am Nachmittag noch einmal allein hinausritt, waren selbst die von den Soldaten in das Unterholz geschlagenen Breschen so spurlos verschwunden, als hätte es sie nie gegeben.

☆

»Das ist Wahnsinn«, murmelte Garth zum wiederholten Mal. Zwei Stunden waren inzwischen vergangen. Sein Gesicht zeigte nicht mehr die gleiche entschiedene Ablehnung wie zuvor, doch das konnte daran liegen, dass er nur des Streitens müde war, aber innerlich noch genauso stur an seiner Überzeugung festhielt.

Torian lehnte sich ein wenig zurück und genoss die ersten wärmenden Strahlen der Sonne, die über der Wüste aufging und die Schatten – und ganz langsam auch die Kälte – der Nacht vertrieb. Seine Haut prickelte, doch es war ein angenehmes Gefühl.

Nach einigen Sekunden wandte er den Blick wieder Shyleen zu. Ihr Gesicht wirkte leblos, wie aus Stein gehauen. Sie schien überhaupt nicht zuzuhören, sondern mit den Gedanken ganz woanders zu sein. Aber obwohl sie die ganze Zeit über kein Wort gesagt und mit keiner Regung zu erkennen gegeben hatte, was sie dachte, wusste Torian, dass sie auf seiner Seite war. Natürlich, schließlich ging es ja auch um sie. Aber ebenso natürlich war es, dass sie ihm nicht helfen würde, Garth zu überreden, weil sie wusste, dass es nichts nutzen würde. Dies war eine Angelegenheit, die er allein mit Garth regeln musste.

»Du weißt, dass es die einzige Möglichkeit ist«, sagte Torian. Auch er hatte bereits aufgehört, mitzuzählen, wie oft er dies eine Argument schon variiert hatte, seit er von Kelysar und dem *Tempel der verbotenen Träume* erzählt hatte und davon, dass Shyleen dort möglicherweise geheilt werden könnte. Schon wieder drehte sich das Gespräch im Kreis, und inzwischen klang der Satz selbst in seinen eigenen Ohren hohl und abgedroschen. »Vor allem bleibt uns nicht mehr die Zeit, nach einer anderen Lösung zu suchen«, fügte er hinzu. »Wir können natürlich auch noch ein paar Tage weiterreden und weiterhin jeder auf seinem Standpunkt beharren.«

»Trotzdem wäre es glatter Selbstmord, wegen der Spinnerei eines halb verrückten Greises nach Scrooth zu laufen. Mit Pferden hätten wir vielleicht noch eine kleine Chance, aber nicht zu Fuß. Und selbst wenn es uns wider alle Wahrscheinlichkeit gelingen sollte, deinen komischen Eremiten lebend zu erreichen, ist noch lange nicht gesagt, dass er uns verrät, wo dieser *Tempel der verbotenen Träume* liegt – sofern es ihn überhaupt gibt, was ich stark bezweifle. Und dann scheinen unsere Schwierigkeiten ja erst richtig anzufangen.«

Nach der fruchtlosen Debatte der letzten Stunden hätte Torian nun eigentlich auf einen besseren – oder zumindest anderen – Vorschlag des Diebes drängen müssen, aber er verzichtete darauf. Stattdessen starrte er nur verdrossen zu Boden, nahm etwas Sand auf und ließ ihn durch die Finger gleiten. Garth hatte recht, mit jedem Wort sogar, und doch konnten sie keinen anderen Ausweg versuchen als den, den Torian ihnen vorgeschlagen hatte.

Er hatte sich während der vergangenen Wochen und auch schon während der davor liegenden Jahre, während deren er sich in das scroothische Heer geflüchtet hatte, bemüht, jeden Gedanken an seine Herkunft zu verdrängen. Jetzt aber rief er sich das Gesicht Kelysars ganz bewusst in Erinnerung. Er wusste, dass es den *Tempel der verbotenen Träume* gab, vielleicht einfach, weil er es wissen *wollte,* aber er wusste ebenso gut, dass er Garth nicht davon überzeugen konnte.

»Der Tempel existiert«, sagte Shyleen plötzlich. Überrascht blickte Torian auf, aber fast gleichzeitig schlug seine Überraschung in Zorn um. Zwei Stunden lang hatte Shyleen geschwiegen und sie munter diskutieren lassen, als ginge sie das alles überhaupt nichts an, und nun plötzlich bestätigte sie ganz lapidar, dass es den Tempel wirklich gab.

»Woher willst du das wissen?«, fragte Garth scharf. Misstrauen flackerte in seinem Blick. »Du lügst nicht zufällig ein wenig, um mich zu dieser Schwachsinnsidee zu überreden?«

Ungerührt schluckte Shyleen die Beschuldigung. »Gerade um diesen Verdacht gar nicht erst aufkommen zu lassen, habe ich bislang nichts gesagt«, erwiderte sie. »Ich war lange genug Tempeldienerin Ch'tuons, und während dieser Zeit habe ich manches gehört, auch über den Tempel. In ihm soll das Geheimnis der Unsterblichkeit verborgen liegen, aber es heißt, dass er für Menschen nicht zu erreichen wäre.«

»Das behauptete man auch von der *Schattenburg*, und trotzdem sind wir hineingekommen«, sagte Torian. So sehr er sich über Shyleens langes Schweigen ärgerte, so sehr bewunderte er im Stillen auch ihre Geduld und ihr Geschick. Sie hatte genau den richtigen Zeitpunkt abgepasst, ihr Wissen preiszugeben. Garths Entschlossenheit war während der zermürbenden Diskussion geschwunden, und alles Weitere konnte nur noch ein Rückzugsgefecht sein. »Wenn wir von Kelysar erfahren, wo der Tempel liegt, dann kommen wir auch irgendwie hinein.« Torian schwieg einige Sekunden lang und schaute Garth nur an. »Was ist nun mit dir? Hilfst du uns, oder willst du allein weiter?«

Einige Minuten lang blieb der Dieb in Gedanken versunken und starrte zu Boden. Dann plötzlich stand er wortlos auf, raffte seine wenigen Habseligkeiten zusammen und stapfte los, ohne sich noch einmal umzudrehen. Nach Westen, den Bergen Scrooths entgegen. Shyleen und Torian mussten sich beeilen, um ihn einzuholen.

Sie überschritten die Grenze, als sich die Schatten der Abenddämmerung bereits wieder über das Land senkten. Die ganze Zeit über hatten sie kaum miteinander gesprochen, sondern nur ihren Gedanken nachgehangen. Torian versuchte, die Empfindungen in sich aufzuspüren, die er sich von der Rückkehr nach Scrooth erhofft hatte, doch es gelang ihm nicht. Der Schritt über die Grenze war nur einer von vielen tausend Schritten an diesem Tag, nichts, was ihn innerlich auch nur im Geringsten berührte. Vielleicht lag es an den Umständen der Rückkehr, die er sich *so* bestimmt nicht vorgestellt hatte. Vielleicht aber auch daran, dass die Grenze eben doch nur eine willkürlich auf den Karten gezogene Linie war, die in Wahrheit keine tiefe Bedeutung hatte. Jedenfalls war an ihr bestimmt nicht das, was er hatte sehen wollen.

Ihm fiel auf, dass Garth ein Stück zurückgeblieben war und ihnen missmutig hinterherstarrte, und so ging er ebenfalls langsamer, bis der Dieb ihn eingeholt hatte. Garth reagierte nicht darauf. Schweigend gingen sie eine Weile nebeneinander her, bis Torian schließlich Garth unvermittelt ansprach.

»Warum hasst du Shyleen eigentlich so?«, fragte er leise.

Überrascht schaute Garth ihn an. »Sie hassen?«, fragte er und runzelte die Stirn. Dann schüttelte er den Kopf. »Wie kommst du bloß darauf? Weil ich gegen dieses Unternehmen bin, das angeblich ihre einzige Rettung sein kann?«

»Nicht nur. Es ist nicht besonders schwer zu erkennen. Du sprichst kaum mit ihr und schaust sie dauernd nur feindselig an, wenn sie es nicht merkt. Zumindest, wenn du glaubst, dass sie es nicht merkt. Aber es fällt ihr auf, auch wenn sie nichts sagt.«

Garth lachte, sehr leise und rau und ohne die geringste Spur von Humor. »Du täuschst dich«, murmelte er. »Wenn ich dagegen bin, dass wir uns wegen einer verschwindend kleinen Chance hier abschlachten lassen, so hat das ganz andere Gründe. Shyleen hassen? Das genaue Gegenteil ist richtig, Torian, und gerade das macht alles so schwierig. Ich liebe sie.«

Diesmal schaute Torian überrascht auf und starrte den Freund einige Sekunden lang verständnislos an. Dann plötzlich begriff er.

Shyleen war dem Äußeren nach eine schöne und begehrenswerte Frau. Er hatte selbst eine Weile gebraucht, um herauszufinden, dass er ihr gegenüber nur rein freundschaftliche Gefühle hegte. Aber das war nur ihr äußerer Schein. Es war schwer, zu erkennen, was sie wirklich dachte und fühlte, doch er war sich beinahe sicher, dass sie das Wort *Liebe* höchstens vom Hörensagen kannte. Vielleicht lag es an ihrer Herkunft, daran, dass in ihren Adern kein menschliches Blut floss. Vielleicht lag es auch einfach nur an ihrer Erziehung zur Tempelpriesterin, die bewusst darauf ausgerichtet gewesen war, alle Gefühle in ihr abzutöten. Sie war emotional ein Eisblock, und das wusste auch Garth. Wenn er sie wirklich liebte, so war es eine Liebe ohne jede Hoffnung.

Mit einem Mal wurde Torian vieles klar. Verlegen scharrte er mit den Füßen im Sand und trat einige Steine zur Seite. Er wusste nicht, was er sagen sollte. Jedes Wort wäre ihm hohl vorgekommen. Dies war etwas, bei dem er Garth nicht helfen konnte. Als er nach kurzer Zeit wieder aufblickte, sah er, dass der Dieb längst wieder in seine Grübeleien versunken war. Torian ging schneller, bis er Shyleen wieder erreicht hatte. »Was ist mit ihm?«, fragte sie.

Er zuckte nur die Schultern. »Er schmollt«, erwiderte er ausweichend. Obwohl ihm das Schweigen schwer fiel, wollte er nichts von dem preisgeben, was er gerade gehört hatte. Etwas anderes beschäftigte ihn ebenfalls schon die ganze Zeit, aber er wusste nicht, wie er es richtig ausdrücken sollte. »Du bist bislang erst um ein paar Jahre gealtert«, begann er schließlich. »Wie lange ... ich meine, wie viel –«

»Wie viel Zeit mir noch bleibt?«, vollendete Shyleen den Satz. »Sprich es ruhig aus. Ich kann dir ohnehin keine Antwort geben, denn ich weiß es selbst nicht. Ein paar Wochen, vielleicht zwei Monate, würde ich schätzen.«

Torian konnte sein Erschrecken nicht ganz verbergen. Er hatte nicht geglaubt, dass es so schnell gehen würde. Vergeblich versuchte er sich vorzustellen, was er empfinden würde, wenn er wüsste, dass er nur noch ein paar Wochen zu leben hätte, wenn nicht ein mittleres Wunder geschähe. Es gelang ihm nicht, aber plötzlich bewunderte er Shyleens Stärke.

»Wenn du so rasch alterst, musst du wesentlich älter sein, als ich bislang geglaubt habe«, fuhr er nach ein paar Minuten fort. »Wie alt bist du?«

»Möchtest du das wirklich wissen?«

»Sonst hätte ich wohl kaum gefragt«, entgegnete Torian unwirsch. »Wie viele sind es? Achtzig Jahre? Hundert?«

»Nicht ganz«, erwiderte sie spöttisch, aber ihr Spott wirkte nicht echt. Er begriff, dass sie nur ihre Unsicherheit dahinter zu verbergen versuchte, und mit einem Mal war er nicht mehr sicher, ob er die Antwort wirklich hören wollte. »Es sind etwa vierhundert Jahre. Dreihundertzweiundneunzig, um genau zu sein.«

»Oh«, sagte Torian.

Und dann sagte er für eine ganze Weile nichts mehr.

Zwei Stunden nach Sonnenuntergang erreichten sie einen Gasthof an der Straße nach Scrooth. Torian war zwar noch nie in der Schenke gewesen, aber vor Jahren einmal daran vorbeigeritten, und er hatte die Gefährten hierher geführt, weil er hoffte, dass sie hier Pferde finden würden, ohne gleich in eine Stadt zu müssen. Außerdem hatten sie am Morgen ihre letzten Streifen gedörrtes Fleisch gegessen und unterwegs nur einige Beeren gefunden, sodass ihre Mägen immer vernehmlicher knurrten.

»Ich sehe im Stall nach«, flüsterte Shyleen und tauchte in der Dunkelheit unter. Ein paar Sekunden später kehrte sie bereits zurück. »Sechs Pferde. Was machen wir nun? Nehmen wir die Pferde und versuchen, irgendwo anders etwas zu essen zu stehlen, oder essen wir erst hier einen Happen?«

»Außer vielleicht von Steckbriefen dürfte mich hier eigentlich niemand kennen«, überlegte Torian. »Sechs Reiter, dazu vielleicht noch einige Zecher, die zu Fuß gekommen sind. Die Gefahr ist hier nicht größer als irgendwo anders, sogar kleiner, als wenn wir eine Speisekammer ausplündern.« Er schlug seine Kapuze hoch und zog sie weit in die Stirn. »Wagen wir es.«

»Einen Moment mal«, sagte Garth und hielt ihn am Arm zurück. »Allmählich glaube ich, dass ihr euch nach dem Galgen geradezu sehnt. Keine zehn Pferde bringen mich in diese Rattenfalle hinein.«

»Schade«, seufzte Torian mit gespielter Bekümmerung. »Ich hatte mich schon so auf ein paar Krüge Wein und einen leckeren, saftigen Braten gefreut. Aber wenn du absolut nicht willst, können wir natürlich auch weiter...«

»So war das nun auch wieder nicht gemeint«, unterbrach Garth hastig und schnalzte genießerisch mit der Zunge. »Wir können ja zumindest noch mal über die Sache reden. Vielleicht lasse ich mich doch noch überzeugen.«

Keine zehn Sekunden später stieß der Dieb als Erster die Holztür auf und trat ein. Shyleen folgte ihm, und Torian ging als Letzter. Hastig schaute er sich um. Nur zehn Gäste hielten sich in der Schenke auf. Sie saßen grölend in zwei Gruppen zusammen, die restlichen Tische waren frei. Einige gelangweilte Blicke trafen die Ankömmlinge. Vier der Männer waren am Würfeln und schienen überhaupt nicht wahrzunehmen, was um sie herum vorging. Nichts deutete auf eine Gefahr hin.

Sie setzten sich an einen Ecktisch, von dem aus sie den ganzen Schankraum gut überblicken konnten, aber selber kaum gesehen wurden. Hinter dem Tresen wurde eine Tür geöffnet, und ein rundlicher kleiner Mann mit schütter gewordenem Haar trat an ihren Tisch.

»Drei Krüge guten Wein und einen ebenso guten Braten«, bestellte Torian, ohne aufzublicken. Mochte der Wirt ihn für einen seltsamen Kauz halten, dass er nicht einmal hier drinnen seinen Umhang ablegte, das war immer noch besser, als ein unnötiges Risiko einzugehen.

Der Wirt lachte, als hätte er einen besonders guten Witz gemacht. Einige der anderen Zecher schauten zu ihnen herüber. Torian sah, wie sich Garth neben ihm spannte. »Was ist daran so lustig?«, fragte er barsch. Er hob nun doch etwas den Kopf, um den Wirt ansehen zu können, drehte sein Gesicht aber gleichzeitig aus dem Lichtschein der Petroleumlampe auf dem Tisch.

»Nichts für ungut, Freunde«, brummte der Wirt und strich sich mit der Hand über den feisten Nacken. »Ihr kommt wohl nicht aus dieser Gegend, wie? Sonst wüsstet ihr, dass ein guter Braten in dieser Gegend nicht zu kriegen ist. Vor ein paar Jahren, da konnte ich meinen Gästen noch vorsetzen, was immer sie wollten. Aber durch den Krieg hat sich vieles verändert. Die Soldaten haben jedes Stück Vieh ...«

»Also gut«, unterbrach Torian den Redefluss und holte eine Goldmünze aus der Tasche, wohlweislich verschweigend, dass es seine einzige war. »Wie viel?«

Ein gieriger Glanz trat in die Augen des Wirtes und zeigte Torian, dass er das ganze Gesülze richtig verstanden hatte. »Welch ein Glück, dass uns einige Schweine entlaufen sind, bevor die Soldaten kamen. Hinterher konnten wir die Tiere wieder einfangen. Aber ihr werdet verstehen, dass ich für jeden Braten mindestens ein

Goldstück verlangen muss. Gold kann man nämlich nicht essen, wisst ihr?« Erwartungsvoll blickte er sie an.

Torian wechselte einen knappen Blick mit Garth. Der Dieb schaute zu den anderen Zechern hinüber und nickte zögernd und fast unmerklich. »Ich hatte nicht vor, das Haus zu kaufen«, sagte Torian grob. »Zwei Goldstücke für alles zusammen, und das ist schon das Zehnfache zu viel. Wir sind weit geritten, und es macht uns auch nichts aus, noch eine weitere Stunde bis Coar zu reiten, wo wir mit Sicherheit etwas zu essen bekommen«, fügte er unmissverständlich hinzu. »Und zwar zu einem vernünftigen Preis.«

Der Wirt schluckte, nickte hastig und kehrte hinter seinen Tresen zurück.

»Zwei Goldstücke«, stieß Shyleen empört hervor. »Dafür kann man ja zehn ganze Schweine kaufen.«

»Fragt sich nur, wo«, gab Torian zurück. »Er hat Recht, Gold kann man nicht essen. Außerdem ist es ja nicht unser Geld. Garth, du wirst deine Künste wohl wieder einmal unter Beweis stellen müssen. Hoffentlich haben diese Kerle wirklich genug Geld dabei.« Er verstummte, als der Wirt die Weinkrüge vor sie hinstellte, und sprach erst weiter, als der Dicke sich wieder entfernt hatte. »Soll er sich freuen, ein paar Dummköpfe zum Ausnehmen gefunden zu haben. Wer gut zahlt, dem werden auch eher ein paar Macken zugestanden.«

»Wie weit ist es von hier bis zu diesem Kelysar?«, fragte Garth leise, damit niemand seinen tremonischen Akzent hörte.

»Die Pferde sahen nicht gerade edel aus«, fügte Shyleen hinzu. »Alte Schindmähren, aber immer noch besser als gar keine.«

»Etwa vier Tagesritte mit guten Tieren«, erwiderte Torian nach kurzem Überlegen. »Wir werden uns schon irgendwo welche besorgen. Die Gegend hier ist einsam, und wenn wir die großen Straßen meiden, müssten wir gut vorankommen.«

»Dein Wort in Ch'tuons Ohr«, seufzte Garth. »Ich halte das Ganze immer noch für ausgesprochene Idiotie. Noch können wir zurück.«

Niemand antwortete ihm, und Garth schien auch nicht damit

gerechnet zu haben, denn er murmelte nur noch etwas Unverständliches vor sich hin und trank einen großen Schluck Wein. Auch Torian trank. Der Wein war schwer und süß und würde ihm auch ohne das Schlafkraut, das sich möglicherweise darin befand, rasch zu Kopf steigen. Es war besser, wenn er sich trotz seines Durstes etwas zurückhielt. Außerdem hatte ihm das Grinsen des Wirtes ganz und gar nicht gefallen. Es war durchaus möglich, dass sich der gierige Fettwanst überlegt hatte, dass drei Fremde, die so bereitwillig zwei Goldstücke verschenkten, vermutlich noch einiges Gold mehr bei sich trugen, um das man sie im Rausch mühelos erleichtern konnte.

Als er ein paar Minuten später einen weiteren Schluck trank, wurde die Tür wuchtig aufgestoßen. Torian verschluckte sich fast, als er die roten Umhänge und blitzenden Silberhelme scroothischer Uniformen sah. Sein Schrecken wuchs mit jeder Sekunde, in der ein Soldat nach dem anderen die Schenke betrat. Erst der neunte schloss die Tür hinter sich. Torian zog die Kapuze noch etwas tiefer in die Stirn und legte Garth rasch die Hand auf den Arm, bevor sich der hitzköpfige Dieb zu einer Unbesonnenheit hinreißen ließ.

»Ganz ruhig«, zischte er. »Wir tun so, als wäre nichts. Wenn wir jetzt überhastet aufbrechen, erregen wir nur Aufsehen.« Garth nickte abgehackt, aber der angespannte Ausdruck wich nicht von seinem Gesicht. Misstrauisch blinzelte er in Richtung der Soldaten. Diese warfen ihnen nur einige knappe Blicke zu, setzten sich dann an den größten Tisch – und den am weitesten entfernten, wie Torian erleichtert registrierte – und brüllten lautstark nach dem Wirt, der beinahe augenblicklich hinter seinem Tresen hervorgeschossen kam.

»Verdammt, jetzt wird es brenzlig«, flüsterte Shyleen. »Wenn wir wie geplant die Pferde klauen, haben wir die ganze Meute im Genick, sobald man den Diebstahl entdeckt.«

»Ich war ja von Anfang an dagegen«, fügte Garth resignierend hinzu.

Torian antwortete nicht, sondern beobachtete die Soldaten nur weiterhin unauffällig. Es waren kräftige Männer, die zudem noch kampferfahren aussahen, nicht die halbwüchsigen Burschen, die in letzter Zeit bevorzugt an der Front verheizt wurden. Falls es Ärger gab, sahen die Chancen alles andere als gut aus. Dazu kam, dass die Soldaten bereits ordentlich angeheitert waren und ein blondhaariger Hüne immer wieder begehrlich zu Shyleen herüberschaute.

Gerade der Blick des Blonden ließ ihn seine Meinung ändern. »Wir verschwinden doch besser«, sagte er, aber gerade in diesem Moment kam der Wirt wieder auf sie zugewatschelt und stellte drei mit Fleisch und Brot wohl gefüllte Holzteller vor sie hin. Torian fluchte lautlos, und als der Wirt ihnen auch noch mit dem freundlichsten Lächeln der Welt einen guten Appetit wünschte, hätte er ihm das Grinsen am liebsten aus dem Gesicht geprügelt. Stattdessen begann er damit, Fleischfetzen aus dem Braten zu reißen und sich in den Mund zu stopfen. Es schmeckte nicht einmal schlecht, aber der immer lüsternere Blick des blonden Soldaten verdarb ihm trotz seines Hungers den Appetit.

Garth stand auf und verließ das Gasthaus. Kaum eine halbe Minute später kam er wieder herein. Er ging dicht am Tisch der würfelnden Männer vorbei, stolperte und hielt sich kurz an einem der Männer fest. Nicht durch Zufall war es der, der am wohlhabendsten aussah. Einige grinsten über den scheinbar betrunkenen Burschen, der nicht einmal mehr gerade gehen konnte. Garth murmelte eine Entschuldigung und kehrte an ihren Tisch zurück. Er hatte den Mann höchstens eine Sekunde lang berührt, aber als er sich setzte und kurz die Faust öffnete, lag eine Goldmünze auf seinem Handteller. »Der Kerl hatte noch wesentlich mehr Geld, aber wenn seine ganze Börse verschwunden wäre, hätte er es vielleicht zu früh gemerkt«, flüsterte Garth. »Also habe ich sie ihm wieder in die Tasche gesteckt.«

Torian rang sich ein flüchtiges Lächeln ab. Die Fingerfertigkeit des Diebes würde ihm wohl immer ein Rätsel bleiben. Garth war nicht ohne Grund über die Grenzen Tremons hinaus als Meisterdieb berüchtigt.

Lautes Lachen schallte vom Tisch der Soldaten zu ihnen herüber.

»Wirklich verdammt langweilig hier ohne Frauen«, rief einer der Männer. Als Torian hinüberschaute, sah er, wie der blonde Soldat aufstand und einige schon recht unsichere Schritte in Shyleens Richtung machte, dann aber von einem Kameraden zurückgehalten wurde. »Lass den Unsinn! Du weißt, dass wir keinen Ärger machen sollen.« Mit einem widerwilligen Brummen ließ sich der Blonde auf seinen Stuhl zurückfallen, wobei er fast hintenübergekippt wäre, wie Torian schadenfroh beobachtete.

»Wirt!«, rief er laut, stopfte sich einen letzten Bissen Fleisch in den Mund, spülte mit einem Schluck Wein nach und stand auf. Er warf dem heranwatschelnden Wirt die beiden Goldmünzen zu, der sie geschickt auffing und sich spöttisch verbeugte.

Auf dem Weg zur Tür mussten sie an dem Tisch der Soldaten vorbei, was Torian gar nicht gefiel. Garth und er nahmen Shyleen in die Mitte, trotzdem packte der Blonde nach ihrem Arm und hielt sie fest. »Warum willst du denn schon gehen, Süße?«, fragte er grinsend. »Setz dich doch lieber ein Weilchen zu uns.«

Torian schlug seinen Arm zur Seite und trat ihm gleichzeitig den Stuhl unter dem Körper weg, sodass der Soldat unsanft zu Boden stürzte. Mit der anderen Hand schob er seinen Umhang etwas zur Seite und schloss die Finger drohend um den Griff des Schwertes. »Lass das Mädchen in Ruhe!«, befahl er scharf.

Mit zornrotem Gesicht sprang der Soldat auf und packte nach seinem eigenen Schwert. Er hatte es noch nicht halb aus der Scheide gezerrt, als Torian ihm die Spitze seiner Klinge an die Brust setzte. »Ich will keinen Ärger«, sagte er. »Also mach besser auch keinen!« Dabei ließ er seinen Blick rasch über die Gesichter der anderen Soldaten gleiten. Keiner machte Anstalten, dem Blonden zu helfen, im Gegenteil, die meisten schienen alles für einen köstlichen Spaß zu halten und lachten aus voller Kehle. Shyleen und Garth hatten bereits die Tür erreicht. Torian ließ seine Klinge tiefer sinken, zerschnitt seinem Gegner blitzschnell den Gürtel und sprang zurück. Der Soldat wollte ihm folgen, stolperte über seine plötzlich herabrutschenden Hosen und schlug in voller Länge hin.

Noch bevor er sich wieder aufrappeln konnte, hatte Torian mit den Gefährten die Schenke bereits verlassen. Aufatmend sog er die frische Nachtluft ein. Dann folgte er den Freunden zum Stall.

»Na also, da haben wir ja vernünftige Pferde«, sagte Garth, rieb sich zufrieden die Hände und deutete auf die Pferde der Soldaten. »Diese Kerle werden mir ja fast sympathisch.« Er band drei Tiere mit dem scroothischen Wappen auf den Satteltaschen los und drückte Shyleen und Torian die Zügel in die Hand. Sie führten die Pferde aus dem Stall, und Torian wollte gerade aufsteigen, als ihn eine Hand an der Schulter packte und hart herumwirbelte.

Vor ihm stand der blonde Hüne. Sein vom Wein gerötetes Gesicht war von Hass verzerrt, und seine Klinge befand sich nur noch eine Handbreit von Torians Hals entfernt.

»Das wirst du büßen«, stieß er zornbebend hervor. »Du hast mich vor meinen Freunden lächerlich gemacht und ...« Erst in diesem Moment fiel sein Blick auf die Pferde. »Bei Ch'tuon, das sind doch uns...«

»Ch'tuon gibt es nicht mehr«, unterbrach ihn Torian mit gespieltem Ernst. Gleichzeitig duckte er sich unter dem Schwert hindurch und versetzte dem Soldaten einen harten Tritt in den Magen, der ihn mit dem Oberkörper nach vorne klappen ließ. Torian riss sein Knie hoch und rammte es ihm mit aller Kraft unters Kinn. »Reitet vor!«, rief er den Gefährten zu und wandte sich sofort wieder seinem Gegner zu. Der Hüne taumelte benommen zurück. Sein Unterkiefer war gebrochen und hing schief herab, aber Wut und der berauschende Wein gaben ihm die Kraft, seine Schmerzen zu ignorieren.

Sein Schwert zuckte hoch, und Torian konnte sich nur mit einem raschen Sprung in Sicherheit bringen. Sofort schlug der Soldat wieder zu, und abermals gelang es Torian nur um Haaresbreite, dem Hieb auszuweichen. Er kam nicht einmal dazu, sein eigenes Schwert zu ziehen. Immer rascher kamen die Schläge des Soldaten. Torian musste alle Kraft und Konzentration darauf verwenden, ihnen auszuweichen. Er hatte seinen Gegner ganz gewaltig unterschätzt, und im Kampf gegen einen nüchternen Mann hätte ihn dieser Fehler schon längst das Leben gekostet. So gelang es ihm mit einem bizarren Tanz immer wieder, der Klinge gerade noch rechtzeitig auszuweichen. Er merkte nicht einmal, wie ihm die Kapuze vom Kopf rutschte.

Dafür merkte es der Soldat. Ungläubiges Staunen glitt plötzlich über sein Gesicht. »Dich kenne ich doch«, keuchte er. Der gebrochene Kiefer ließ seine Worte zu einem fast unverständlichen Gebrabbel werden. »Du bist …« Für einen Sekundenbruchteil war er unaufmerksam, doch diese Zeit reichte Torian. Er sprang vor, umklammerte die Waffenhand des Soldaten und riss ihm mit einem heftigen Ruck das Schwert aus den Fingern. Er drehte die Waffe herum und wollte den Soldaten mit der flachen Seite bewusstlos schlagen, doch im gleichen Moment warf dieser sich nach vorne. Die Klinge glitt beinahe sanft über seine Kehle und trennte ihm den Kopf von den Schultern.

☆

Der sonst eher karge Festsaal von Burg Conn hatte sich in ein Lichtermeer aus Tausenden von Kerzen verwandelt. Der Strom der Gäste riss nicht ab, und obwohl bereits mehr als hundert Besucher eingetroffen waren, wirkte der riesige Saal noch fast leer. Einige Dutzend Diener – Menschen, keine Norks, wie Warlon ausdrücklich angeordnet hatte – eilten mit Tabletts voller Gläser zwischen den Gästen hin und her, Gaukler vollführten ihre Späße an der Stirnwand des Raumes. Dort war auch ein Podest für die Musikanten errichtet.

Gelangweilt beobachtete Torian das Treiben. Von Zeit zu Zeit wurde er angesprochen, doch er gab nur knappe Antworten und brach jedes Gespräch schnell wieder ab. Dies war Warlons Geburtstagsfeier, und Warlon hatte die Gäste eingeladen. Torian mochte die Leute nicht, und er gab sich auch keine Mühe, seine Abneigung zu verbergen. Die Frauen waren ihm zu herausgeputzt mit all ihrem protzig zur Schau gestellten Schmuck und die Männer nicht mehr als überhebliche Höflinge, die wie aufgeblasene Gockel herumspazierten, gelegentlich eine schlüpfrige Bemerkung fallen ließen und über ihre eigenen dummen Witze am lautesten lachten.

Nein, dachte Tonan zynisch, wenn dies die herrschende Schicht Scrooths darstellte, dann durfte er sich über den unaufhaltsamen Niedergang des Landes wirklich nicht wundern. Und wenn dies die Gesellschaft war, zu der er seinem Geburtsrecht zufolge eines Tages gehören würde, dann sollte er sich vielleicht noch einmal ernsthaft überlegen, auf die Fürstenkrone zu verzichten. Möglicherweise war es wirklich nur ein Versehen der Götter, dass er und nicht Warlon der Erstgeborene war. Warlon jedenfalls passte entschieden besser in diese Runde, und er fühlte sich hier ganz offensichtlich so wohl wie eine Fliege auf einem frischen Pferdeapfel. Torian versuchte sich vorzustellen, wie einer dieser Wichtigtuer an der Spitze des scroothischen Heeres in eine Schlacht zog, und konnte nur mit Mühe ein Grinsen unterdrücken.

»Was habt Ihr?«, hörte er plötzlich eine Stimme hinter sich. Er schrak aus seinen Gedanken auf und drehte sich um. Eine glutäugige, dunkelhaarige Schönheit war zu ihm getreten. Sie war so mit Gold und Rubinen behangen, dass Torian sich einen Moment ernsthaft fragte, warum sie unter der Last nicht schlichtweg zusammenbrach. Mit einem koketten Augenaufschlag sah sie zu ihm hoch und verbarg ihr Gesicht halb hinter einem Fächer. »Gefällt Euch das Fest nicht, Prinz Torian?«, fragte sie mit rauchiger Stimme.

Er seufzte lautlos. »Natürlich gefällt es mir. Seht Ihr nicht, wie ich mich amüsiere?«

»Ich hatte eher einen anderen Eindruck. Die ganze Zeit steht Ihr mit gelangweiltem Gesicht in irgendeiner Ecke herum.« Wieder schwenkte sie kokett ihren Fächer und beugte sich in einer genau einstudierten Bewegung ein wenig vor, sodass der ohnehin tiefe Ausschnitt ihres Kleides noch weiter auseinander klaffte und Torian ungehinderten Einblick bis fast zu ihren Fußspitzen gestattete.

Er schluckte. Sein Hals wurde plötzlich trocken, und er spürte, wie ihm der Schweiß ausbrach. Dieses verdammte – aber leider auch verdammt hübsche – Luder! »Sie haben mich durchschaut«, gab er widerstrebend zu und hüstelte. »Es sind viel zu viele hübsche Frauen im Saal, sodass ich nicht weiß, mit welcher ich zuerst tanzen soll.«

»Wie wäre es denn mit mir? Ich habe noch keinen Galan für heute Abend.« Ihre Stimme war eine einzige Lockung und sagte mehr als ihre Worte.

»Ich fürchte, Ihr würdet anschließend eine Woche nicht mehr stehen können«, gab er zurück. »Ich bin nicht gerade der beste Tänzer.«

»Dann könnten wir vielleicht einen Spaziergang im Garten machen?«, schlug sie unschuldig vor. »Ihr seht ziemlich blass aus, Prinz. Etwas frische Luft wird Euch gut tun.«

Wieder stöhnte Torian innerlich auf. Dieses raffinierte Biest war wirklich eine Sünde wert. Er ließ seinen Blick durch den Raum wandern und atmete erleichtert auf, als er Lyn am Eingang entdeckte. Im gleichen Moment verlor die glutäugige Schönheit an seiner Seite jeden Reiz für ihn. »Entschuldigt mich, ich habe gerade jemanden gesehen, den ich unbedingt begrüßen muss«, sagte er, ließ sie achtlos stehen und eilte zum Eingang.

Lady Lyn von Pa'an sah fantastisch aus in ihrem weißen Ballkleid; nicht wie ein Mensch, sondern wie eine Fleisch und Blut gewordene Göttin. Goldenes Haar fiel ihr in sanften Locken über die Schultern bis zur Hüfte und umschmeichelte ihr zartes, fast zerbrechlich aussehendes Gesicht. Sie lächelte, und ihre dunklen Augen schienen noch stärker zu strahlen, als sie Torian sah. Er sank vor ihr auf die Knie, ergriff ihre Hand und küsste sie. Seine Uniform war bewusst schlicht gehalten, da er nicht in einem vor Gold und Silber nur so strotzenden Prunkgewand umherstolzieren wollte wie Warlon, aber jetzt kam er sich Lyn gegenüber klein und unbedeutend vor. Er schaute ihr noch einen Moment tief in die Augen, dann wandte er sich ihren Eltern und dem anderen Gefolge von Burg Pa'an zu, um alle zu begrüßen.

Als er sich wieder umwandte, verbeugte sich Warlon gerade übertrieben formvollendet vor Lyn und bat sie um den ersten Tanz. Hilfe suchend schaute sie zu ihm herüber. Mit zwei Schritten war Torian bei ihr, trat seinem Bruder nicht ganz so versehentlich, wie es aussah, auf den Fuß und griff nach Lyns Hand.

»Bedaure, aber diesen Tanz hat sie mir bereits versprochen. Du kannst währenddessen ja deine Gäste begrüßen, wie es die Etikette vorschreibt. Schließlich ist es deine Geburtstagsfeier.« Ohne sich weiter um Warlon zu kümmern, führte er Lyn zur Tanzfläche in der Mitte des großen Festsaales.

»Wie bist du nur an einen solchen Bruder gekommen?«, flüsterte sie. »Er ist einfach widerlich.«

Torian grinste und drohte ihr scherzhaft mit dem Finger. »Es würde ihn sehr betrüben, das zu hören, denn er denkt ganz anders über dich. Außerdem, wie sprichst du denn über meine Familie? So etwas sagt man nicht, man denkt es höchstens.«

»So wie du?«

Er zuckte viel sagend mit den Schultern. Fast eine Woche hatte er Lyn nicht mehr gesehen, und er hatte wahrhaftig keine Lust, mit ihr über seinen Bruder zu sprechen. Sein Verhältnis zu Warlon hatte sich in den vergangenen Wochen beständig verschlechtert und in dem Spott über die angebliche Begegnung mit Kelysar einen vorläufigen Höhepunkt erreicht. Seither waren sie sich so weit irgend möglich aus dem Weg gegangen, doch er hatte auch so bemerkt, dass Warlon hinter seinem Rücken munter weiterspottete und den Eindruck zu erwecken versuchte, der zukünftige Fürst sei nicht ganz richtig im Kopf. Ohne Lyn wäre Torian wahrscheinlich nicht einmal zu dieser Feier gekommen, und fast bedauerte er sogar, dass sie die Einladung nicht abgelehnt hatte. Es machte alles nicht gerade einfacher, dass sich Warlon auch noch in dieselbe Frau verliebt hatte – wenn es auch in *diesem* Kampf keinen Zweifel über den Sieger geben konnte. Irgendwie musste er das ganze Problem lösen, auf die eine oder andere Art. Und ihm blieb nicht mehr viel Zeit, alles zu einem einigermaßen guten Ende zu führen, das hatten ihre Worte ihm bewusst gemacht.

»Bitte, warte einen Moment«, sagte er. Verwundert schaute sie ihn an. »Es wird nur ein paar Minuten dauern«, fügte er hinzu. »Ich habe eine Überraschung für dich.« Sie runzelte die Stirn noch ein wenig mehr, sagte aber nichts. Mit großen Schritten eilte er auf das Portal zu. Die halb erstaunten, halb belustigten Blicke der anderen Gäste beachtete er nicht einmal. Er ging erst langsamer, als er einen Trakt der Burg erreicht hatte, zu dem die Gäste keinen Zutritt hatten. Was war plötzlich los mit ihm? Er hatte sich diesen Moment Hunderte Male in Gedanken ausgemalt, und doch fühlte er sich jetzt so unsicher wie selten zuvor in seinem Leben. Der Entschluss war ganz spontan entstanden, wenngleich er die Entscheidung schon vor langer Zeit gefällt hatte. In seinem Zimmer angekommen, trat er ans Fenster, starrte einige Sekunden in die beginnende Abenddämmerung hinaus und versuchte, Ruhe in seine Gedanken zu bringen. Dann öffnete er ein Schrankfach und nahm ein kleines Kästchen heraus, das er in einer Tasche seiner Uniform verschwinden ließ.

Lyn tanzte gerade mit einem der Höflinge, als er in den Ballsaal zurückkehrte. Ungeduldig wartete er, bis die Musikanten ihr Lied beendet hatten und sie auf ihn zukam. »Lass uns in den Garten gehen«, bat er. »Ich muss mit dir reden. Allein.«

Sie nickte.

Die Sonne war bereits zu einem Drittel hinter den Bergen versunken, sodass die Gipfel wie kleine spitze Zähne um den glühenden Ball aussahen. Der Himmel leuchtete in einem hellen Rot, das den Bäumen und Büschen im Garten sonderbare Farben und Formen verlieh. Schweigend gingen die beiden auf den verwinkelten Wegen zwischen den Hecken und Blumenbeeten nebeneinander her. Ohne sich dessen bewusst zu sein, schlug Torian den Weg zu seinem Lieblingsplatz ein, einem marmornen Springbrunnen in einem abgelegenen Teil des Gartens, der zum größten Teil von einer alten, mächtigen Trauerweide überschattet wurde.

»Schön ist es hier«, sagte Lyn leise, als sie auf der Einfassung des Brunnens Platz genommen hatten. Sie tauchte eine Hand ins Wasser und schleuderte aufblitzende Tropfen von ihren Fingern. Dann wurde sie schlagartig ernst. »Du hast mich wohl kaum hierher geführt, nur um mir den Brunnen zu zeigen. Was ist los?«

»Ich möchte dir etwas schenken«, erwiderte Torian ebenso leise. Er hatte das Gefühl, den Zauber des Augenblicks durch lautes Reden zu zerstören. Die untergehende Sonne ließ Lyns Haar wie Gold aufleuchten und zauberte tanzende Schatten auf ihr Gesicht.

Sie erschien Torian begehrenswerter als je zuvor. Verlegen räusperte er sich. So oft er sich diesen Moment vorgestellt hatte, so oft hatte er sich auch die passenden Worte zurechtgelegt, doch nicht ein einziges davon fiel ihm jetzt mehr ein. Er holte das kleine Kästchen aus der Tasche und öffnete es. »Dieser Ring gehörte meiner Mutter. Sie schenkte ihn mir auf … auf ihrem Totenbett.« Er griff nach Lyns Hand und streifte ihr den Ring vorsichtig auf einen Finger. Der goldgefasste Diamant daran funkelte, als wäre er von einem inneren Feuer erfüllt. Erwartungsvoll schaute Torian sie an. »Gefällt er dir nicht?«, fragte er, als er sah, wie ernst Lyns Gesicht war.

»Doch, er … er ist wunderschön«, antwortete sie stockend. »Aber ich verstehe nicht –«

»Es war der Verlobungsring meiner Mutter. Er befindet sich seit Urzeiten im Besitz unserer Familie.«

»Soll das heißen –«

»Ja. Wir lieben uns, warum also sollten wir nicht heiraten, solange wir es noch können?«

»Was meinst du damit, *solange wir es noch können*?«

»Es wird Krieg geben«, sagte er traurig. »Sehr bald. Und wenn diese Narren da drinnen es auch nicht wahrhaben wollen – dieses Land wird nicht mehr dasselbe sein, sobald der erste Soldat seinen Fuß über die Grenze nach Tremon setzt. Ich möchte dich nicht heiraten, während Scrooth um uns herum in Schutt und Asche sinkt. Wir haben schon viel zu lange gewartet.«

Einige Sekunden lang herrschte Schweigen. Torian glaubte ein Rascheln in den Büschen hinter sich zu hören und fuhr herum, aber er konnte nichts entdecken. Wahrscheinlich war es nur der Wind.

»Ich … Das kommt alles so überraschend für mich«, sagte Lyn schließlich stockend. »Hast du schon mit meinem Vater gesprochen?«

»Nein, aber ich werde es gleich tun. Er wird nichts gegen diese Hochzeit haben, im Gegenteil. Er weiß, dass wir uns lieben, und auch alle äußeren Umstände sprechen für mich. In ein paar Jahren werde ich Fürst sein. Wir sind eine angesehene und reiche Familie. Er wäre ein Narr, wenn er nicht seine Einwilligung geben würde.«

Erneut hörte Torian ein leises Rascheln in den Büschen, und wieder schob er es auf den Wind oder ein kleines Tier. Er stand auf. »Am besten spreche ich gleich mit ihm«, sagte er.

Lyn versuchte nicht, ihn zurückzuhalten.

In dieser Nacht lag Torian lange wach. Seine Gedanken befanden sich in Aufruhr, und er fand keine Ruhe. Er lag angezogen auf seinem Bett, die Arme hinter dem Kopf verschränkt, und starrte zur Decke hinauf, an die das Mondlicht verwirrende Muster malte. Er fühlte sich berauscht wie lange nicht mehr, und es lag nur zum geringsten Teil an dem übermäßig genossenen Wein.

Das Gespräch mit Fürst Kronos, Lyns Vater, war nur kurz gewesen. Wie erwartet hatte der Fürst keine Einwände gegen die Hochzeit gehabt. Er hatte die Zuneigung seiner Tochter zum künftigen Herrscher über Burg Conn schon lange erkannt und insgeheim gefördert, weil er hoffte, dass diese Hochzeit den Zusammenhalt ihrer beider Familien noch weiter festigen würde. Das gestand er freimütig ein, als der Wein im Laufe des Abends seine Zunge lockerte. Außer ihnen wusste bislang nur Fürst Limahrt von der Verlobung. Man würde sie erst am nächsten Morgen bekannt geben. Die meisten Gäste übernachteten auf Burg Conn, sodass ein feierlicher Rahmen gewahrt blieb.

Torian wusste nicht, wie lange er noch wach im Bett lag und zur Decke emporstarrte, als die Tür seines Zimmers unvermittelt aufgerissen wurde und Marubur hereingestürmt kam. Torian schluckte den scharfen Tadel hinunter, der ihm auf der Zunge lag, als er erkannte, wie aufgeregt der Nork war. »Was ist geschehen?«, fragte er stattdessen nur.

»Der Fürst«, stieß Marubur hervor. »Euer Vater … er wurde ermordet.«

Torian sprang auf. »Was redest du?«, keuchte er. »Du sprichst irre.«

»Nein, Herr, es stimmt. Ich machte meinen üblichen Rundgang durch die Burg, als ich eine vermummte Gestalt aus dem Gemach Eures Vaters huschen sah. Dann hörte ich ein Stöhnen, und als ich in das Gemach trat, sah ich, wie der Fürst starb. Jemand hat ihm einen Dolch in die Brust gestoßen.« Marubur atmete tief durch, bevor er hinzufügte: »Den Schlangendolch.«

Fassungslos starrte Torian den Nork an. Er spürte kein Entsetzen, keinen Schreck, nichts. Etwas in ihm weigerte sich, wirklich zu begreifen, was er gehört hatte. Den Schlangendolch hatte sein Vater ihm zum zehnten Geburtstag geschenkt. Einige Sekunden lang blieb Torian wie erstarrt stehen, dann war er mit einem Satz am Schrank und riss das Fach auf, in dem er all die Dinge aufbewahrte, an denen er besonders hing. Er war sicher, dass der Dolch noch darin gelegen hatte, als er am Abend das Kästchen mit dem Ring herausgenommen hatte. Nun war die kunstvoll gearbeitete Waffe verschwunden.

Ganz langsam ergriff das Entsetzen von Torian Besitz, obwohl ihm immer noch eine beharrliche lautlose Stimme zuflüsterte, dass alles nur ein Albtraum sei.

»Das ist eine Falle. Ihr müsst fliehen, Herr«, drängte Marubur und holte ihn damit in die Wirklichkeit zurück. Ohne ihn weiter zu beachten, stürmte Torian an ihm vorbei. So schnell er nur konnte, rannte er den Korridor entlang, über die Haupttreppe und über einen weiteren Korridor. Schwer atmend erreichte er das fürstliche Schlafgemach und stürmte hinein. Wie angewurzelt blieb er stehen, als er sah, dass Marubur die Wahrheit gesprochen hatte. Sein Vater war tot, im Schlaf ermordet. Aus seiner Brust ragte der Griff eines Dolches, um den sich zwei silberne Schlangen wanden. Wie in Trance trat Torian näher. In sich verspürte er nur Leere; eine Leere, die schlimmer als Trauer oder Schrecken war. Es war eine Betäubung, die seine wahren Empfindungen für den Augenblick verdrängte. Aber der Schmerz würde kommen, und er würde umso entsetzlicher sein. Eine Welt brach für ihn zusammen. Er hatte seinen Vater nicht geliebt, aber –

Von der Tür her erklang ein Schrei. Einer der Leibdiener Limahrts, der offenbar durch die lauten Schritte aus dem Schlaf gerissen worden war, hatte ihn ausgestoßen. Torian wollte etwas sagen, aber er war unfähig, sich zu bewegen oder auch nur einen Ton hervorzubringen. Reglos starrte er auf die Leiche seines Vaters. Limahrts Züge waren noch im Tode zu einer Maske des Schreckens erstarrt, sein Mund zu einem Schrei geöffnet, den er nie ausstoßen würde.

Schwere Tritte und das Klirren von Waffen erklangen von der Tür her, gleich darauf gellte Warlons Stimme: »Er hat den Fürsten ermordet. Ergreift ihn!«

Langsam schaute Torian auf. Keiner der Soldaten machte Anstalten, dem Befehl zu folgen. Auch sie waren vor Entsetzen wie gelähmt. Warlons Gesicht war vor Hass verzerrt, aber weder Überraschung noch Trauer waren darin zu lesen. Und im gleichen Moment begriff Torian alles. Das Rascheln, das er in den Büschen gehört hatte, das Verschwinden des Dolches, Warlons rasches Erscheinen – alles fügte sich zu einem fein gewobenen Spinnennetz zusammen. Und er begriff auch, dass alles, aber auch wirklich alles gegen ihn sprach. Es war *sein* Dolch, und *er* war scheinbar auf frischer Tat ertappt worden. Niemand würde ihm glauben, und wenn er noch so oft seine Unschuld beteuerte.

Als wäre dieser Gedanke ein Signal gewesen, überwanden die Soldaten plötzlich ihre Erstarrung und drangen in den Raum ein. Torian rannte zwei von ihnen schlichtweg über den Haufen und stürmte zur Tür hinaus. So schnell er konnte, rannte er den Korridor entlang und glaubte zu hören, wie die Soldaten hinter ihm die Sehnen ihrer Bögen spannten.

»Torian!« Die helle Stimme Lyns ließ ihn herumfahren. Lyn trat aus ihrem Zimmer auf den Gang und starrte ihn verständnislos an. Im nächsten Moment schien eine unsichtbare Faust sie zu packen und nach vorne zu schleudern, als zwei Pfeile gleichzeitig ihren Rücken trafen. Sie war bereits tot, bevor sie zu Boden stürzte.

*»Nein!«, s*chrie Torian, von unsäglichem Schmerz erfüllt. Vielfach gebrochen hallte sein Schrei von den Wänden des Korridors wider. Eine schwarze Hand schien nach seinem Denken zu greifen und es auszulöschen; gleichzeitig spürte er mehrere Schläge, die ihn zurücktaumeln ließen. Er glaubte die Bisse formloser Ungeheuer zu spüren, die dolchartige Reißzähne in sein Fleisch bohrten, ohne zu begreifen, dass es sich um weitere Pfeile handelte.

Jemand packte ihn am Arm und zerrte ihn in einen Nebengang. Ohne sein Zutun bewegten sich seine Füße vorwärts. Irgendwie erreichten sie die Eingangshalle und das Hauptportal der Burg. »Ich habe ein Pferd für Euch gesattelt«, keuchte Marubur. »Ich werde versuchen, sie etwas aufzuhalten, damit Ihr fliehen könnt.«

»Wozu?«, murmelte Torian resignierend. »Lyn ist tot, und Warlon –«

»Wollt Ihr, dass sie umsonst gestorben sind – Lyn und Euer Vater? Nur wenn Ihr flieht, könnt Ihr die Morde rächen!«

»Rache«, echote Torian dumpf. Der finstere Nebel in seinem Kopf schien sich ein wenig zu lichten, und er klammerte sich an dieses Wort, auch wenn es keinen wirklichen Sinn für ihn ergab. Ein Glitzern trat in seine Augen. Als der Nork das Portal aufriss und ihn hinausstieß, sträubte er sich nicht mehr. »Ihr irrt Euch!«, hörte er Marubur hinter sich den Soldaten entgegenrufen. »Torian ist kein –« Seine weiteren Worte gingen in einem erstickten Wimmern unter.

Torian zögerte nicht mehr. Die Pfeilspitzen jagten bei jeder Bewegung neue Schmerzwellen durch seinen Körper, blutige Kreise tanzten vor seinen Augen. Das Pferd, von dem Marubur gesprochen hatte, stand direkt vor dem Portal. Er wusste selbst nicht, wie er es schaffte, sich in den Sattel zu ziehen und dort zu halten. In halsbrecherischem Galopp jagte er über die enge Gebirgsstraße, während er hinter sich wütende Befehle hörte. Immer dichter wurden die tanzenden Schatten vor seinen Augen. Er ritt fast blind, krallte sich an den Zügeln und der Mähne des Pferdes fest und kämpfte mit aller Kraft gegen die beginnende Ohnmacht an. Ohne sich dessen bewusst zu sein, wählte er den Weg nach Burg Pa'an, und als sich der Nebel vor seinen Augen für wenige Sekundenbruchteile lichtete, erkannte er, dass er sich fast genau an der Stelle befand, wo er vor wenigen Tagen von den Norks überfallen worden war. Plötzlich wusste er, was er zu tun hatte. Mit einem harten Ruck an den Zügeln brachte er das Pferd zum Stehen und ließ sich aus dem Sattel fallen. Er schrie vor Schmerz, als einer der Pfeile abbrach und die Spitze sich noch tiefer in seine rechte Körperhälfte bohrte, quälte sich wieder auf die Beine und taumelte auf die Büsche am Wegrand zu.

Der schmale Pfad, nach dem er und ein Dutzend Soldaten zuvor erfolglos gesucht hatten, lag direkt vor ihm, doch das wunderte ihn nicht. Er hatte nichts anderes erwartet. Irgendetwas hatte ihm, schon als er auf das Pferd gestiegen war, gesagt, dass alles genau so kommen würde. Genau genommen hatte Kelysar es ihm schon vor Tagen gesagt, doch er hatte die Prophezeiung nicht verstanden und leichtfertig in den Wind geschlagen.

Es gelang Torian noch einmal, Kraftreserven zu mobilisieren, von denen er selbst nichts gewusst hatte. Schritt für Schritt quälte er sich weiter, bis er irgendwann nicht mehr konnte und zusammenbrach. Den Aufprall spürte er bereits nicht mehr.

☆

»Sie sind immer noch hinter uns her«, keuchte Shyleen und hieb ihrem Pferd die Stiefelabsätze in die Flanken. Das Fell des Tieres glänzte vor Schweiß. Sie hatten den Pferden alles abverlangt, und lange würden diese den mörderischen Ritt nicht mehr durchhalten können. Ihre Flucht aus dem Gasthaus lag rund eine Stunde zurück, und vor einer halben Stunde hatten sie die Verfolger zum ersten Mal entdeckt. Natürlich war das Fernbleiben des blonden Soldaten nicht lange unbemerkt geblieben. Torian hatte sich nicht einmal die überflüssige Mühe gemacht, den Toten zu verstecken, sondern war nur noch auf sein Pferd gesprungen und wie besessen hinter den Gefährten hergejagt.

Er wandte den Kopf. Weit hinter ihnen brach sich das Mondlicht blitzend auf den Uniformen der Soldaten. Noch hatten sie einen ausreichend großen Vorsprung, aber der Abstand zwischen ihnen und den Verfolgern war bereits kleiner geworden, wenn auch fast unmerklich. Der Boden war aufgeweicht wie nach tagelangem Regen, und ihre Pferde hinterließen deutliche Spuren. Torian bedauerte schon lange, nicht auf Garth gehört, sondern wegen seines knurrenden Magens so unvorsichtig gehandelt zu haben. Natürlich hatten sie den Ärger mit den Soldaten nicht voraussehen können, aber das waren eben die Risiken, deretwegen sie bei halbwegs klarem Verstand auf den gottverdammten Braten hätten verzichten müssen.

Er verdrängte diese Gedanken. Es half ihnen nicht, darüber nachzugrübeln, was sie besser getan *hätten.* Er sollte sich lieber Gedanken darüber machen, was sie *jetzt* tun konnten. Verzweifelt schaute er sich um. Wenn sie so nur blindlings weiterflohen, konnten sie sich genauso gut selbst in ihre Schwerter stürzen. Sie brauchten ein Versteck, um die Soldaten von ihrer Spur abzubringen.

»Dort hinüber!«, rief er und deutete auf einen Einschnitt zwischen zwei hohen Hügeln. Verbissen versuchte er sich an die Umgebung zu erinnern, aber er war zu selten in diesem Teil Scrooths gewesen, um sich zurechtzufinden, und bei dem planlosen Querfeldeinritt hatte er die Orientierung vollends verloren.

Sie jagten in das schmale Tal hinein, das schon bald zu einer engen Schlucht zusammenlief. Steile, meterhohe Steinwände ragten seitlich von ihnen auf und schienen sich nach oben gegeneinander zu neigen, sodass vom Himmel nur ein schmaler, dunkler Strich zu sehen war, in dessen Mitte das helle Rund des Mondes wie ein großes böses Auge auf sie herabstarrte. Sein Licht reichte bis auf den Grund des Felsspaltes herab und schuf unheimliche, geisterhafte Schatten. Unbehaglich schaute sich Torian um. Die Schlucht machte eine Biegung – und dann endete der Weg plötzlich vor einer massiven, lotrecht aufsteigenden Wand. Torian fluchte lauthals, hatte sich aber sofort wieder in der Gewalt und sprang aus dem Sattel. »Wir müssen zu Fuß weiter. Jagt die Tiere weg!«, rief er und hieb selbst auf sein Pferd ein, das erschrocken davonstob, den gleichen Weg zurück, den sie gekommen waren. »Vielleicht bringt sie das von unserer Spur ab. Mit ein wenig Glück kommen die Tiere noch aus dem Talkessel heraus und führen die Soldaten in die Irre.«

»Mittlerweile gefallen mir deine Ideen immer besser«, maulte Garth, tat es ihm und Shyleen aber gleich. Mühsam begannen sie, an einer der steilen Wände hinaufzuklettern. Immer wieder gab lockeres Geröll unter ihren Füßen nach, und mehr als einmal entgingen sie nur um Haaresbreite einem Sturz. Trotzdem kletterten sie verbissen weiter, bis Garth schließlich auf eine kleine, halb hinter Dornenranken verborgene Höhle deutete, die erst aus unmittelbarer Nähe zu entdecken war. Das Loch im Berg war kaum groß genug, sie aufzunehmen, doch im Moment wäre Torian auch mit einem Kaninchenbau zufrieden gewesen, solange sie sich nur darin verkriechen konnten.

Es dauerte fast eine Stunde, bis sie Hufschlag vernahmen, ein Zeichen, dass sein Plan aufgegangen war. Die Soldaten waren nur den Spuren der Pferde gefolgt, und die Tiere schienen noch eine ganze Weile gelaufen zu sein. Torians Nerven waren zum Zerreißen gespannt, als er die gepanzerten Krieger aus der Deckung der Dornenranken heraus beobachtete. Es waren sechs Soldaten, schwarze Schattenrisse in der Dunkelheit, die langsam näher kamen und nicht den Eindruck machten, als glaubten sie noch an einen Erfolg ihrer Suche. Dennoch ließen sie ihre Blicke misstrauisch an den steilen Felswänden entlangwandern, und einen schrecklich langen Augenblick glaubte Torian den Blick des Anführers auf sich zu spüren. Er verkrampfte sich noch mehr, doch dann wandte der Mann den Kopf wieder ab, beobachtete einige Sekunden lang scharf die gegenüberliegende Wand und gab schließlich das Zeichen zum Rückzug. Torian atmete erleichtert auf, als die Soldaten die Schlucht langsam wieder verließen.

»Das war's dann wohl«, flüsterte er leise, doch etwas sagte ihm, dass diese Worte mehr einem Wunschdenken entsprangen. Er hatte nicht irgendeinen dahergelaufenen Mann erschlagen, sondern einen Soldaten, und die Suche würde nicht so einfach im Sande verlaufen. Man würde in den nächsten Tagen verstärkt nach zwei Männern und einer Frau Ausschau halten, und zumindest Garths und Shyleens Aussehen war bekannt.

Keiner von ihnen schlief in dieser Nacht, und schon vor dem Morgengrauen brachen sie auf. Während der nächsten zwei Tage hielten sie sich noch weiter von allen befestigten Straßen fern und ernährten sich nur von Beeren und einigen wild wachsenden Früchten. Sie entdeckten ein einsam gelegenes Gehöft, wo sie drei frische Pferde stahlen, auf denen sie fortan wieder etwas schneller vorwärts kamen.

Trotzdem aber legten sich Torians Furcht und Nervosität nicht, sondern wuchsen im Gegenteil mit jeder Meile, die sie zurücklegten. Für seinen Geschmack ging alles etwas zu einfach, zu glatt, wenn er die Umstände bedachte, unter denen sie sich durch die Gegend schlichen. Er wurde das Gefühl nicht los, dass sie direkt in eine Falle ritten und mit jeder Sekunde tiefer und tiefer in die Maschen eines vorerst noch unsichtbaren, aber dennoch sehr straff gespannten Netzes gerieten, obwohl es keinen einzigen wirklichen Hinweis darauf gab. Das Gefühl war einfach da und ließ sich durch logische Überlegungen nicht verscheuchen.

Gerne hätte er mit jemandem darüber gesprochen, doch Shyleen würde ihm kaum zuhören und seine Befürchtungen nur zu zerstreuen versuchen, während ihm Garth eifrig zustimmen und erneut auf eine sofortige Umkehr drängen würde. *Freunde,* dachte er resignierend.

Gegen Abend des dritten Tages erreichten sie unbehelligt die Gegend um Burg Conn. *Sein Land,* schoss es Torian durch den Sinn. *Sein Land und seine Burg.* Sie waren noch einige Dutzend Meilen von der Festung entfernt, doch wie unmöglich das auch war, glaubte er, die Zinnen und Türme hinter den Hügeln und Bergen sehen zu können. *War das alles?*, dachte er bitter. *War die Rückkehr wirklich so einfach, und war er deshalb jahrelang auf der Flucht gewesen?*

Sie ritten durch ein schmales Tal, als die Felsbrocken zu beiden Seiten des Weges plötzlich lebendig wurden. Jedenfalls war dies Torians erster Eindruck, doch gleich darauf erkannte er, dass es sich um Norks handelte, die hinter den Felsen gelauert hatten und ihnen nun den Weg verstellten. Es mussten annähernd zwanzig der affenartigen Wesen sein, und bei ihnen befanden sich noch einmal halb so viele Soldaten, gekleidet in die beiden blauen Umhänge Conns.

»Eine Falle! Zurück!«, schrie Torian, riss sein Pferd brutal am Zügel herum und griff gleichzeitig nach seinem Schwert. Sie kamen nicht einmal zehn Schritte weit, bevor ihnen auch auf dieser Seite Dutzende von Norks und Soldaten den Weg verstellten. Torians Pferd bäumte sich auf, und er musste alle Kraft aufbringen, nicht abgeworfen zu werden. Gehetzt blickte er sich um. Es gab keinen Fluchtweg mehr, und das Schwert in seiner Hand kam ihm auf einmal wie ein Spielzeug vor.

Sie hätten vielleicht gegen eine zwei- oder dreifache Übermacht kämpfen können, aber auf jeden von ihnen kamen mehr als zwanzig Gegner! Kein besonders faires Kräfteverhältnis, fand Torian.

Noch griffen Warlons Schergen nicht an, sondern beschränkten sich darauf, mit gezogenen Waffen dazustehen und ihnen den Weg zu versperren, als warteten sie auf jemanden. Dann plötzlich teilten sich ihre Reihen, um einem Mann auf einem besonders prächtigen schwarzen Hengst Platz zu machen. Er war von Kopf bis Fuß in eine schimmernde Rüstung gehüllt, deren übertriebener Prunk fast schon lächerlich war. Selbst sein Gesicht war hinter einem geschmückten Visier verborgen, doch Torian wusste auch so, wen er vor sich hatte. Gebannt starrte er dem Reiter entgegen, bis dieser sein Pferd dicht vor ihnen zügelte, sich an den Kopf griff und das Visier mit einem Ruck nach oben klappte. Torian stöhnte leise auf.

»Wer ist das?«, fragte Garth gepresst.

»Der Herr von Schloss Conn«, antwortete Torian fast lautlos und ohne den Blick auch nur eine Sekunde vom Gesicht seines Gegenübers abzuwenden. Die Worte klangen nicht halb so ironisch, wie sie klingen sollten. »Das ist Warlon. Mein Bruder.«

»Es freut mich, dass du mich wenigstens noch erkennst«, sagte Warlon. Es klang weder boshaft noch spöttisch; Torian glaubte höchstens einen schwachen Triumph aus Warlons Stimme herauszuhören. »Ich hätte dich nicht für so dumm gehalten, hierher zurückzukommen, aber es war abzusehen, nachdem du den Soldaten in dem Gasthaus getötet hast.«

»Woher weißt du …«

Warlon schnitt ihm mit einer knappen Handbewegung das Wort ab. »Du dürftest allmählich gelernt haben, dass man mich nicht unterschätzen sollte. Ich habe viele Augen und Ohren, selbst in Tremon. Ich wusste, dass du dich mit Garth und diesem Mädchen zusammengetan hast. Dann der Vorfall in der Schenke: Ein vermummter Mann, ein Mädchen und ein Hüne, dessen Beschreibung genau auf Garth, die Hand, passte – es war nicht schwer, die richtigen Schlüsse zu ziehen. Ich brauchte nur noch auf euch zu warten.«

Widerwillig musste Torian nicken. Das Gefühl, direkt in eine Falle zu reiten, hatte ihn also nicht getrogen, aber Warlon hatte er bei seinen Überlegungen völlig vergessen. Ein einziger Fehler nur, doch dieser würde sie das Leben kosten. Er stellte es ruhig fest und spürte dabei nicht einmal mehr Angst. Sie hatten verloren, und alles, was er noch fühlte, war Leere. Es fiel ihm mit jeder Sekunde schwerer, sich zu beherrschen. Unauffällig schloss er die Faust noch fester um den Griff seines Schwertes und hoffte, dass niemand es bemerkte. Natürlich war ein Kampf völlig aussichtslos, doch trotzdem würde er sich nicht einfach ergeben. Auch war er längst über die heroischen Heldenmärchen hinweg, dass es so etwas wie einen ehrenvollen Tod auf dem Schlachtfeld gäbe. Aber es war wenigstens ein schneller und schmerzloser Tod, während sein Bruder ihm nicht einmal diese Gnade gönnen würde. Nein, wenn er schon sterben musste, würde er wenigstens Warlon und ein paar seiner Speichellecker mit in den Tod nehmen. Wenn schon nicht für sich, konnte er damit vielleicht wenigstens noch etwas für die Menschen dieses Landes tun.

»Was soll das alles bedeuten?«, fragte Garth scharf.

»Das bedeutet, dass ihr sterben werdet«, erwiderte Warlon leichthin. »Nicht jetzt sofort, das wäre zu einfach. Ich werde euch nach Moran-Dur bringen. In der Arena des Todes könnt ihr zeigen, wie gut ihr kämpfen könnt.«

»Du warst schon immer ein Ungeheuer«, stieß Torian hervor. Gleichzeitig machte er mit seiner linken Hand, die Warlon nicht sehen konnte, einige knappe Gesten. Er konnte nur hoffen, dass Garth sie bemerkte und die richtigen Schlüsse zog. »Aber in den letzten Jahren scheinst du eher noch schlimmer geworden zu sein«, fuhr er fort. »Du wolltest mich und hast mich bekommen, aber lass wenigstens Garth und Shyleen frei. Sie haben mit der ganzen Angelegenheit nichts zu tun.«

Amüsiert verzog Warlon das Gesicht. »So würde ich das nicht sagen«, entgegnete er gedehnt. »Es ist mir gelungen, zwei tremonische Spione zu fangen, zwei Landesverräter. Einer davon ist auch noch Garth, die Hand, ein ebenfalls steckbrieflich gesuchter Dieb und Deserteur. Die Strafe für Spionage ist die gleiche wie für Mord. Und jetzt werft endlich eure Waffen weg.«

Torian starrte ihn hasserfüllt an und tat so, als würde er zögern. Dann nickte er, senkte das Schwert, als wollte er es fallen lassen, riss es aber urplötzlich wieder hoch – und ließ es mit fürchterlicher Wucht auf Warlons Schulter herabfahren. Die Klinge glitt an der Panzerung ab, doch allein die Wucht des Hiebes reichte aus, Warlon aus dem Sattel zu schleudern. Torian hämmerte seinem Pferd die Absätze in die Flanken. Schmerzerfüllt kreischte das Tier auf, stieg hoch und schlug mit den Vorderhufen aus. Zwei Soldaten wurden getroffen und sanken reglos zu Boden.

Shyleen und Garth reagierten sekundenschnell und sprengten auf die Reihen der Gegner zu. Zwei, drei Soldaten und einige Norks wurden einfach niedergeritten, aber gleich darauf geriet ihr Angriff ins Stocken. Sie hatten den bisherigen Erfolg nur dem Überraschungsmoment zu verdanken, doch nun schlossen sich die Reihen ihrer Gegner wieder. Torian sah nur noch Schemen, metallene Uniformen und die zottigen Gestalten der Norks. Wie besessen hieb er mit dem Schwert um sich. Auch Garth wütete wie ein Berserker unter den Norks, und für einen Moment sah es sogar so aus, als hätte er Erfolg, als es ihm gelang, den Ring ihrer Gegner zu durchbrechen. Er trieb sein Pferd an und jagte in halsbrecherischem Galopp den Weg zurück, den sie gekommen waren.

Torian sah noch, wie sich ein Dutzend Norks, die bislang abseits geblieben waren, ihre Bögen von den Schultern rissen und auf den Dieb anlegten. Er wollte eine Warnung schreien, doch es war schon zu spät. Mehr als die Hälfte der Pfeile traf ihr Ziel. Haltlos stürzte Garth aus dem Sattel. Trotz des Klirrens der Waffen hörte Torian seinen gellenden Schrei.

Das war seine letzte bewusste Wahrnehmung. Das Schwert eines Soldaten durchbrach seine Deckung und riss ihm den Arm vom

Ellbogen bis zur Hand auf. Er stürzte zur Seite, und noch während er fiel, traf ihn ein weiterer Schlag und löschte sein Denken endgültig aus.

☆

Ich bin tot!, dachte Torian.

Er musste tot sein, es gab keine andere Möglichkeit. In ihm wühlte immer noch der unvorstellbar grausame Schmerz, mit dem ihn *irgendetwas* getroffen hatte. Es hatte etwas mit Warlon zu tun und mit seinem Vater und mit Lyn, aber der Gedanke entglitt ihm fast sofort wieder. Mühsam versuchte er sich zu erinnern, wo er war und wie er hierher gekommen war, doch seine verzweifelten Anstrengungen liefen ins Leere. Wo seine Erinnerungen sein sollten, gähnte nur dunkles Nichts, als hätte jemand eine undurchdringliche Wand in seinem Geist errichtet.

Dann, von einer Sekunde zur anderen, rissen die Nebel um seinen Verstand ein wenig auf. »Kelysar«, murmelte er. Er wusste nicht, warum er ausgerechnet diesen Namen nannte. Er bedeutete ihm nichts; es gab kein Gesicht dazu in seiner Erinnerung, kein Bild, kein Gefühl. Es war nur ein Name.

Und doch …

Er *war* wichtig.

Stöhnend richtete er sich in eine halbwegs bequeme Lage auf. Der Schmerz war ein wenig abgeklungen, erwachte durch die Bewegung jedoch sofort zu neuem Leben. Er glaubte, sich übergeben zu müssen. Dennoch zwang sich Torian mit ungeheurer Kraft, die Augen zu öffnen. Im ersten Moment sah er nur Nebelschlieren vor seinen Augen wallen, aus denen sich langsam das Gesicht eines Mannes schälte, der ganz und gar nicht so aussah, wie sich Torian einen Gott vorstellte – abgesehen davon, dass er ohnehin nicht an Götter glaubte. Das Gesicht war vom Alter gezeichnet, und tiefe Falten hatten sich hineingegraben. Der Greis lächelte flüchtig.

»Bleib liegen, oder willst du dich umbringen?«, fragte er mit krächzender Stimme. »Du musst dich schonen.«

Der Alte streckte die Hand nach ihm aus und berührte mit den

Fingerspitzen seine Schläfen. Ein angenehmer Schauer durchfuhr Torian, eine Woge wohltuender Schläfrigkeit. Er ließ sich zurücksinken und schloss die Augen, als sich das Gesicht des Greises vor seinen Augen verzerrte und zu verschwimmen begann. Auch jetzt konnte er sich noch an nichts erinnern und wusste nicht, wer der Alte war, aber er spürte instinktiv, dass ihm keine Gefahr drohte.

Wieder glitt er in einen tiefen, von Fieberträumen gequälten Schlaf. Er wusste nicht, wie lange er ohne Bewusstsein war, bis er das nächste Mal aufwachte, aber er ahnte, dass es *sehr* lange gewesen sein musste. Er war immer noch müde und erschöpft, doch es war diese Art scheinbarer Müdigkeit, die durch zu viel Schlaf hervorgerufen wird. Seine Glieder waren taub und beinahe gefühllos, als hätte er sich seit Tagen nicht mehr bewegt. Die Wunden schmerzten kaum noch, dagegen spürte er den festen Druck eines Verbandes. Wieder wurde es Torian schwindelig, als er sich aufrichtete, doch nicht so schlimm wie beim letzten Mal, und es gelang ihm, gegen die Übelkeit anzukämpfen. Seine Augen waren verklebt, und in seinem Mund schmeckte es, als hätte er in einen verschimmelten Apfel gebissen.

Im Gegensatz zum ersten Erwachen war es diesmal Tag. Durch ein kleines Fenster fiel grelles Sonnenlicht herein und blendete ihn so stark, dass er die Augen gequält zusammenkniff. Es dauerte Minuten, bis er sie wieder öffnen und sich umsehen konnte. Er befand sich in einem kleinen Raum, voll gestopft mit Möbeln, denen das Wort *Müll* noch geschmeichelt hätte. Eine vage Erinnerung blitzte in ihm auf. Er war schon einmal hier gewesen, vor einer Zeit, die ihm wie eine Ewigkeit erschien. Da war ein Gehölz gewesen, von tanzenden Schatten erfülltes Unterholz … ein schmaler Pfad … der Greis …

Torian schaute sich noch einmal um, sorgfältiger als beim ersten Mal. Er war allein, von dem Greis war nichts zu sehen. Kelysar. Torian erinnerte sich plötzlich, dass das der Name des Alten war. Aber wie – und vor allem *warum* war er hergekommen?

Neben seinem notdürftigen Lager aus Stroh und Moos stand eine Schale mit Wasser. Erst bei ihrem Anblick spürte er, wie durstig er war. Seine Lippen waren rau und gesprungen; die Zunge lag wie ein pelziger Lappen in seinem Mund. Vorsichtig trank er ein paar Schlucke und wartete, bis sich die Verkrampfung in seinem Hals löste, dann trank er die Schale gierig leer. Das Wasser hatte einen eigenartig bitteren Geschmack, es mussten sich Kräuter darin befinden.

Es fiel Torian nun etwas leichter, sich zu konzentrieren. Die unsichtbare Mauer in seinem Gedächtnis bekam Risse, die sich immer mehr vergrößerten. Er erinnerte sich wieder, wer er war, unter welch sonderbaren Umständen er Kelysar zum ersten Mal begegnet war, dass das Gehölz an der Straße nach Burg Pa'an lag, wo Lyn wohnte –

– und dann, so plötzlich, dass die Erkenntnis fast körperlich wehtat und ihn gequält aufstöhnen ließ, fiel ihm auch alles andere wieder ein.

Die Geburtstagsfeier, der feige Mord Warlons, die Falle, in die er blindlings hineingetappt war, schließlich Lyns Tod ... Wieder stöhnte Torian auf. Er war nicht in der Lage, einen halbwegs klaren Gedanken zu fassen. Minutenlang starrte er einfach nur vor sich hin ins Leere. Er war auf dem Höhepunkt des Glücks gewesen, als Warlon zugeschlagen und alles mit einem so einfachen, so durchsichtigen Plan zerstört hatte. Alles war ihm wie Sand zwischen den Fingern zerronnen, weil er Warlons Hass und Skrupellosigkeit unterschätzt und nicht auf Marubur gehört hatte. Marubur und Fürst Limahrt waren tot, und indirekt durch seine Schuld auch Lyn, der einzige Mensch, den er jemals wirklich geliebt hatte – aber wie er den Schmerz über ihren Tod während der Flucht nicht wirklich gespürt hatte, spürte er auch jetzt bei dem Gedanken an sie nur Leere. Und dann begriff er, dass es Kelysars sonderbare Kräfte waren, die ihn davor bewahrten, schlichtweg wahnsinnig zu werden, sich vor Schmerz und Trauer selbst aufzugeben. Vielleicht hätte er sich einfach in sein Schwert gestürzt, wenn Kelysar nicht gewesen wäre, aber er wusste auch, dass der Heiler ihn höchstens für eine gewisse Zeit schützen konnte. Dann würde er mit sich selbst ins Reine kommen müssen.

Mühsam stemmte er sich hoch. Ihm wurde schwarz vor Augen, und beinahe wäre er wieder zurückgefallen, aber mit eiserner Willenskraft hielt er sich aufrecht. Eine Armee von Ameisen schien über seine Beine zu kriechen. Torian wartete, bis das Kribbeln nachließ, dann taumelte er mit ungelenken Schritten auf die Tür zu und öffnete sie. Wieder blendete ihn das Sonnenlicht im ersten Moment so stark, dass er die Augen mit der Hand abschirmen musste. Vorsichtig blinzelte er zwischen den Fingern hindurch, bis sich seine Augen an die Helligkeit gewöhnt hatten.

Auch die Lichtung schien sich seit seinem ersten Besuch nicht verändert zu haben. Alles machte einen so friedlichen und idyllischen Eindruck, dass es für sein Empfinden schon fast *zu* schön war, um wahr zu sein.

Doch das war nur der erste Eindruck. Vielleicht war es nichts weiter als Einbildung, aber die braungrüne, etwas mehr als mannshohe Wand aus Gebüsch, die die knapp fünfzig Schritte durchmessende freie Fläche umschloss, schien um ein Vielfaches dichter, ja fast *massiv* geworden zu sein. Wo nach seiner Erinnerung blühende Büsche gestanden hatten, erhob sich nun dorniges Gestrüpp, das einen nahezu undurchdringlichen Wall um die Lichtung bildete. Unbehaglich schaute Torian in die Richtung, aus der er damals gekommen war, doch den Pfad entdeckte er nicht. Auch dort streckte sich ihm das verschlungene, dornengespickte Unterholz wie eine stachelige Barriere entgegen. Sein Blick reichte kaum zwei Schritte weit, dann wurde er von den düsteren Schatten verschluckt.

Torian blinzelte ein paar Mal und wischte sich mit der Hand über das Gesicht, als könne er so seine Benommenheit vollends vertreiben, dann begann er, die Hütte zu umrunden. Das mit Moos durchsetzte Gras der Lichtung federte sanft unter seinen Füßen, und er hatte das Gefühl, auf einem weichen Polster zu gehen. Wieder spürte er einen Herzschlag lang, dass alles beinahe zu schön war, um Teil der wirklichen Welt zu sein, aber der Gedanke entglitt ihm sofort wieder.

Hinter der Hütte teilte ein Bach die Lichtung in zwei Hälften, und dort fand er auch Kelysar. Der Heiler saß zusammengesunken am Ufer des Baches, in der Hand eine selbst gebastelte Angelrute: ein Stock mit einer Schnur daran, an deren Ende ein gebogenes Stück Draht mit einer Brotkrume ins Wasser hing. Er schien eingeschlafen zu sein, doch als Torian näher trat, sah er, dass der Heiler die Augen weit geöffnet hatte. Langsam wandte er ihm den Kopf zu. »Wie fühlst du dich?«

»Es geht«, antwortete Torian – was wirklich eine schamlose Übertreibung war – und setzte sich neben ihn. »Wie lange habe ich geschlafen?«

Kelysar zögerte einen Moment mit der Antwort. »Acht Tage«, sagte er schließlich leise.

»Acht Tage?« Ungläubig schaute Torian den alten Mann an.

»Viel hat nicht gefehlt, und du hättest noch sehr viel länger geschlafen«, sagte Kelysar mit einem amüsierten Funkeln in den Augen. »Es ist das reinste Wunder, dass du lebend hier angekommen bist.«

Acht Tage. Obwohl es Torian gerade noch erschreckt hatte, dass er so lange geschlafen hatte, kam ihm diese Zeit mit einem Mal sehr kurz vor. Kelysar hatte Recht. Er war mehr tot als lebendig aus der Burg geflohen. »Und du hast mich in acht Tagen so weit geheilt, dass ich wieder aufstehen kann«, sagte er nachdenklich. Es war eine Feststellung, keine Frage, trotzdem nickte Kelysar. Ein wehmütiger Ausdruck trat in sein Gesicht.

»Es hat lange gedauert, ich weiß. Früher hätte ich nur drei oder vier Tage gebraucht, aber ich habe vieles vergessen und verlernt.«

Torian schüttelte fassungslos den Kopf. Er hatte das genaue Gegenteil gemeint. Kelysar blieb ein Rätsel für ihn. Rasch wechselte er das Thema, weil er befürchtete, sonst doch noch den Verstand zu verlieren. »Warum machst du das?«

»Angeln? Ich dachte mir, du hättest vielleicht Appetit auf einen kräftigen Happen.«

»Das meine ich nicht«, entgegnete Torian unwirsch. Kelysar war nicht nur ein wandelndes Rätsel, sondern auch wirklich mindestens so verrückt, wie es bei ihrer ersten Begegnung geschienen hatte, wenn er glaubte, dass es in dem kristallklaren, kaum knöcheltiefen Bach auch nur einen einzigen Fisch gab. »Ich meine, warum du mir überhaupt geholfen hast.«

»Ich habe es schon einmal getan, wie du dich wohl noch erinnerst. Wer mich um Hilfe bittet, der erhält sie auch.«

»Du hast mich damals davongejagt.«

»Und dir prophezeit, dass wir uns schon bald wieder sehen würden.«

»Danach wollte ich als Nächstes fragen. Aber das beantwortet meine erste Frage noch nicht. Warum hast du mir geholfen?«

»Allmählich frage ich mich das auch«, erwiderte Kelysar mürrisch. »Wahrscheinlich wollte ich mal wieder mit jemandem sprechen, der nur dumme Fragen stellt, statt sich zu freuen, dass er noch am Leben ist. Vielleicht werde ich sie dir irgendwann einmal beantworten. Jetzt solltest du lieber schon mal ein Feuer machen. Holz findest du neben dem Eingang.«

Einen Moment lang schaute Torian ihn noch zornig an und überlegte, ob er Kelysar einfach packen und zum Antworten zwingen sollte, aber dann dachte er daran zurück, was passiert war, als er zum ersten Mal versucht hatte, Gewalt gegen den Greis anzuwenden. Gleichzeitig schämte er sich, diese Möglichkeit überhaupt erwogen zu haben. Immerhin verdankte er Kelysar sein Leben. So stand er kopfschüttelnd auf und ging zur Hütte zurück. Er hatte wirklich bohrenden Hunger.

Er fand nicht nur das aufgestapelte Holz, sondern auch eine kleine Feuerstelle wenige Schritte von der Hütte entfernt. Als er die Scheite aufgeschichtet und mit etwas Reisig zum Brennen gebracht hatte, trat Kelysar auch schon zu ihm. In der Hand hielt er einen Fisch, der mindestens vier Pfund wiegen musste und ungefähr doppelt so breit war wie der ganze Bach. Torian beschloss, sich über nichts mehr zu wundern, was er hier erlebte.

Schweigend beobachtete er, wie Kelysar den Fisch zubereitete und briet, und auch während des Essens sprachen sie kein Wort. Dann aber konnte Torian seine Neugier nicht länger bezwingen. »Du weißt, was auf Burg Conn geschah?«

»Ja. Dein Bruder hat den Fürsten umgebracht und dir die Schuld zugeschoben. Mittlerweile sucht man dich überall im Land.«

»Warlon wird nicht eher ruhen, bis er mich gefunden hat. Solange ich hier bleibe, bist auch du nicht sicher.«

Kelysar lächelte und schüttelte den Kopf. »Unsinn, Junge. Sagen wir es andersherum: Du bist sicher, solange du hier bleibst. Niemand findet den Weg zu mir, wenn ich es nicht will. Und ich glaube nicht, dass ich Besuch von deinem Bruder bekommen möchte.« Er kicherte leise.

»Nachdem ich zum ersten Mal hier war, bin ich am nächsten Tag mit einigen Soldaten zurückgekommen«, murmelte Torian. »Ich war wütend, weil du mich so herablassend behandelt hast. Wir haben überall gesucht, doch wir konnten den Pfad nicht finden.«

»Ich weiß. Du musst lernen, dein Temperament zu zügeln. Ich habe dich behandelt wie jeden anderen auch, aber du wolltest etwas Besseres sein. Es gibt niemals einen Grund, andere Menschen herablassend zu behandeln, auch wenn sie schwächer sind – das wollte ich dir zeigen. Damals hattest du die Macht deines Vaters hinter dir – in Zukunft hast du sie gegen dich. Also lerne, dich zu beherrschen, sonst wirst du keine Woche dort draußen überleben.«

Torian verzog das Gesicht. Er hatte sich keine Predigt anhören, sondern etwas über das Gehölz in Erfahrung bringen wollen. »Dieser Pfad«, unternahm er einen neuen Anlauf, »wie kommt es, dass er so spurlos verschwinden kann? Und die Büsche …«

»Sie sind schön, nicht wahr?«, unterbrach ihn Kelysar in einem Tonfall, der deutlicher als seine Worte zeigte, dass er nicht weiter über dieses Thema sprechen wollte. Wieder schwiegen sie eine Weile, bis der Heiler unvermittelt fragte: »Was willst du nun tun?«

Torian zuckte die Achseln. »Warten, bis ich wieder ganz bei Kräften bin. Und dann wird Warlon für alles bezahlen. Ich werde um mein Erbe kämpfen!«

»Unsinn«, sagte Kelysar ruhig. »Vergiss es! Einen solchen Kampf wird es nicht geben. Dein Bruder ist längst als neuer Fürst anerkannt. Er hatte mehr als eine Woche Zeit, seine Macht zu festigen und auszubauen. Niemand zweifelt mehr daran, dass alles so gewesen ist, wie er gesagt hat, und er hat mächtige Freunde. Du bist überall als Vatermörder verschrien und verhasst. Aber selbst wenn es nicht so wäre und ein Teil des Volkes dir glauben würde – willst du einen blutigen Bürgerkrieg anstiften und Hunderte Menschen in den Tod schicken, nur um dich an einem einzigen zu rächen? Genügtes dir nicht, dass ein Krieg gegen Tremon bevorsteht?«

»Aber ich kann Warlon doch nicht einfach so davonkommen lassen«, begehrte Torian auf. »Er hat meinen Vater umgebracht – und meine Braut. Soll er zum Lohn die Fürstenkrone erhalten?«

»Er hat sie bereits«, korrigierte Kelysar und fuhr mit sanfterer Stimme fort: »Ich weiß, wie dir zu Mute ist, aber du kannst nichts mehr ändern, sondern musst an dich selbst denken. Es geht dir doch nicht wirklich um Gerechtigkeit, sondern nur darum, deinen Hass zu stillen. Willst du ebenso werden wie dein Bruder, nur dass du sagen kannst, er hätte angefangen? Was wäre das für ein Leben? Hass und Gewalt rufen nur neuen Hass und neue Gewalt hervor, wenn niemand diesen Kreis durchbricht. Es ist schon zu viel Blut geflossen; einmal muss Schluss sein.«

Torian schwieg eine Weile. »Es wäre nicht richtig«, sagte er dann. »Ich kann nicht einfach so die Augen verschließen und meiner Wege gehen, als wäre nichts geschehen. Wenn schon nicht meinem Vater, so bin ich es wenigstens Lyn schuldig, ihren Tod zu rächen. Alles andere käme mir wie ein Verrat an ihr vor.«

»Nichts und niemand kann sie dir zurückgeben, und es hilft ihr kein bisschen, wenn du sie rächst«, widersprach Kelysar, und diesmal klang ungeduldiger Zorn in seiner Stimme. »Wenn du aber wirklich gegen deinen Bruder ankämpfen willst, könnte es sein, dass du Lyn sehr bald wieder gegenüberstehst – falls du an die Götter und ein Weiterleben nach dem Tode glaubst. Also denk ein paar Tage über meine Worte nach und versuch, dir ein neues Leben aufzubauen.«

»Aber –«

»Kein *Aber*«, unterbrach Kelysar und stand auf. »Die Sonne geht unter. Wir sollten schlafen gehen.«

Torian gab es auf. Der Heiler vermochte mit Worten mindestens ebenso gut umzugehen wie Warlon. Wenn er nichts sagen wollte, würden wohl nicht einmal die für ihre Grausamkeit berüchtigten tremonischen Folterknechte etwas aus ihm herausbekommen.

Während der nächsten Tage schonte sich Torian so weit wie möglich und ließ seine Wunden richtig ausheilen. Er konnte sich zwar fast schmerzfrei bewegen, aber er fühlte sich noch schwach, und nur langsam kehrten seine Kräfte zurück. Im gleichen Maße begann er, die Dornenbarriere nicht nur als Schutz, sondern auch als Gefängnis zu betrachten, obwohl er wusste, dass er noch nicht stark genug war, ohne den Schutz des Heilers zu überleben. Er würde keinen Tagesritt durchstehen, geschweige denn eine Flucht vor den Häschern seines Bruders oder gar einen Kampf gegen sie. Also fand er sich vorläufig mit seinem einsiedlerischen Leben ab. Er dachte oft an Lyn und lernte, ihren Tod als Tatsache hinzunehmen. Der Gedanke tat weh, doch er konnte den Schmerz auch ohne die Hilfe des Heilers ertragen. Kelysar hatte Recht, er musste versuchen, die Vergangenheit abzuschütteln und sich ein neues Leben aufzubauen, so schwer es ihm auch fiel. Torian hatte sich die Worte wieder und wieder durch den Kopf gehen lassen und eingesehen, dass Rache wirklich niemandem half. So schloss er den Hass tief in seinem Inneren ein und versuchte ihn zu vergessen.

Von Zeit zu Zeit gelang es ihm, Kelysar Bruchteile seines Wissens zu entlocken. So erfuhr er, dass es erwartungsgemäß zum Krieg gegen Tremon gekommen war und dass sich die Norks überall in Scrooth erhoben, um gegen die Sklaverei zu kämpfen. Nur wenn er die Rede auf das Gehölz oder Kelysars Kräfte brachte, wechselte der Heiler sofort das Thema.

Nach sechs Tagen beschloss Torian, auf eigene Faust etwas herauszufinden. Er war beinahe sicher, dass Kelysar nicht ganz so selbstlos handelte, wie er vorgab, sondern irgendetwas mit ihm vorhatte, und Torian ahnte, dass es nichts Angenehmes war. Wenn es ihm gelang, von hier zu entkommen, würde er sich in die Söldnerlisten eintragen lassen. Es gab viele Torians, und bei der Armee würde niemand lange nach seinem vollständigen Namen oder seiner Herkunft fragen. Irgendwann würde es ihm dann vielleicht gelingen, dorthin zu fliehen, wo niemand ihn kannte und er frei leben konnte.

Zuvor aber musste er erst einmal von hier weg, und das bedeutete, dass er ein Druckmittel gegen Kelysar brauchte. Er erinnerte sich noch an die heftige Reaktion des Greises, als er beim ersten Besuch die Karte entdeckt hatte. Vielleicht ergab sich hier ein Anhaltspunkt. Er wartete, bis Kelysar die Hütte verließ. Jeden Tag verschwand der Heiler für ein paar Stunden spurlos, ohne jemals zu sagen, wohin er ging und was er tat. Gewissensbisse plagten Torian, dem alten Mann seine Hilfe und sein Vertrauen dadurch zu vergelten, dass er heimlich herumschnüffelte, aber er tröstete sich damit, dass Kelysar ihm auch nicht ausdrücklich verboten hatte, sich umzusehen. Nach kurzem Zögern trat er an die große Truhe. Sie war verriegelt, aber nicht abgeschlossen. Er zog den kleinen Riegel am Scharnier zurück und klappte den Deckel auf.

Die Karte lag gleich zuoberst, auf einem Bündel alter Kleider. Torian erkannte sie sofort wieder, als er sie auseinander rollte, obwohl er damals nur einen flüchtigen Blick darauf geworfen hatte. Sie war in Farben gezeichnet, wie er sie noch nirgendwo sonst gesehen hatte. Sie schienen sich vor seinen Augen zu verändern, wie sich auch die zunächst scheinbar völlig sinnlose Anordnung von Strichen, Kreisen und bizarren Symbolen ständig zu verformen schien. Er hatte sogar das Gefühl, als würde sich das Papier in seinen Händen bewegen, als wäre es von einem unheimlichen Eigenleben erfüllt.

Erst nach Sekunden merkte er, dass es keine Einbildung war. Die Karte war nicht einmal auf Papier gezeichnet, sondern auf etwas, das vage Ähnlichkeit mit hauchdünn gegerbter Haut hatte.

Und das Ding *bewegte sich …*

Torian hatte dergleichen noch nie zuvor erlebt. Das Blatt wand sich beinahe unmerklich in seiner Hand hin und her, versuchte, seinen Fingern zu entgleiten, als wollte es verhindern, dass er die Karte genauer betrachtete. Es raschelte und knisterte, doch in Torians Ohren klang es wie ein spöttisches und zugleich drohendes Wispern, das aus weiter Ferne zu kommen schien. Ein eisiger Schauer lief über seinen Rücken. Instinktiv wollte er das Blatt von sich schleudern, doch obwohl sich alles in ihm dagegen sträubte, hielt er es nicht nur weiterhin fest, sondern ging sogar zum Tisch, breitete es aus und beschwerte die Ecken mit Steinen, sodass sie sich nicht mehr aufrollen konnten. Das Wispern wurde noch eine Spur drohender. Er ignorierte es und konzentrierte sich stattdessen auf die Karte. Es war schwer, unglaublich schwer. Immer noch verschwammen die Farben und Formen vor seinen Augen. Etwas wie Nebel schien über dem Blatt zu hängen und seinen Blick stets aufs Neue abzulenken, wenn auch jetzt nicht mehr so stark wie noch vor ein paar Sekunden. Er wusste nicht, wie lange er das *Ding* anstarrte. Irgendwann gelang es ihm, vertraute Punkte auf der Karte zu entdecken. Sie bezeichnete ein Gebiet Scrooths, das nur wenige Tagesritte entfernt im Westen lag. Es musste sich um ein Tal handeln. Was er für sinnlose Kritzeleien gehalten hatte, verwandelte sich nun in die Namen ihm bekannter Berge und Landstriche.

Torian schaute verwirrt auf und wischte sich mit dem Handrücken über die Stirn. Er schwitzte. Seine Augen brannten, und ein dumpfer Schmerz pochte in seinem Kopf. Was auch immer er hier tat, es war nicht richtig. Mehr noch – es war gefährlich, wenn er auch nicht wusste, worin diese Gefahr bestand. Nur eines wusste er mit absoluter Sicherheit: dass dies alles andere als eine normale Karte war. Er rührte an Dinge, die den Menschen besser für immer verschlossen blieben. Eine innere Stimme riet ihm, die Karte schnellstens zusammenzurollen und in die Truhe zurückzulegen, doch stattdessen beugte er sich wieder darüber und konzentrierte sich erneut auf die bizarren Symbole, von denen sein Blick geradezu magisch angezogen wurde. Er konnte sie auch jetzt noch nicht wirklich lesen – aber er konnte sie *verstehen*, ihren Sinn begreifen.

Der Tempel der verbotenen Träume – *Verborgen hinter einem unüberwindlichen Labyrinth des Wahnsinns – Das Tor zur Unsterblichkeit –*

Der Schmerz in seinem Kopf wurde stärker. Es war, als ob feurige Finger in seinem Geist umhertasteten, und mit ihnen kam die Angst. Er wollte nicht mehr wissen, welches Geheimnis sich hinter der Karte verbarg, doch die gleiche Kraft, die er geweckt und die ihm bislang geholfen hatte, die sinnverwirrenden Kritzeleien zu verstehen, hielt ihn nun gefangen. Von irgendwoher vernahm er einen schrillen Schrei und in panischer Angst hervorgestoßene Worte, die wie ein glühendes Messer in seine Gedanken schnitten. Plötzlich war die Karte verschwunden. Im gleichen Moment erlosch der fremde Bann.

Torian schrie. Die Welt um ihn herum war hinter einem Vorhang aus Flammen und bizarr verschlungenen Schatten verschwunden. Unvorstellbare Schmerzen wüteten in seinem Körper und seinem Geist; Lava schien statt Blut durch seine Adern zu rinnen. Er stürzte und wälzte sich, immer noch schreiend und von Krämpfen geschüttelt, auf dem Boden hin und her. Er wünschte sich nur noch zu sterben, jetzt sofort, um den unerträglichen Qualen zu entfliehen, doch nicht einmal diese Gnade wurde ihm gewährt.

Irgendwann, nach einer zeitlosen, von Schmerz und Wahnsinn und namenlosen Schrecken erfüllten Ewigkeit, verlor er endlich das Bewusstsein.

☆

Als Torian wieder zu sich kam, lag er auf einem einfachen Strohlager. Mit einem Ruck fuhr er in die Höhe und schaute sich um. Neben ihm hockte Shyleen und starrte besorgt auf ihn herab. Sie befanden sich in einem etwa fünf auf zwanzig Schritte messenden Raum mit gewölbter Decke und nur rau bearbeiteten Felswänden. Durch einige schmale, mit massiven Eisenstäben gesicherte Fenster direkt unter der Decke fiel trübes Licht herein.

»Ich dachte schon, du würdest überhaupt nicht mehr aufwachen«, sagte Shyleen. Die Erleichterung in ihrer Stimme war nicht zu überhören. »Wie fühlst du dich?«

»Habe mich schon wohler gefühlt«, stöhnte Torian und massierte seine Schläfen. Sein rechter Arm war verbunden, tat aber nicht allzu weh und ließ sich fast mühelos bewegen. »Wir sind in Moran-Dur, nicht wahr?«

Hilflos zuckte Shyleen mit den Schultern. »Ich weiß nicht einmal, was dieses Moran-Dur überhaupt ist. Das Letzte, woran ich mich erinnere, ist der Kampf, und dann bin ich vor zwei oder drei Stunden hier aufgewacht.«

»Es *ist* Moran-Dur«, beantwortete Torian seine Frage selbst und verzog schmerzlich das Gesicht. »Das sicherste und zugleich schlimmste Gefängnis von Scrooth. Hierher kommen nur Mörder und andere, für die man selbst den Henker noch für zu schade hält, und die Wächter sind nicht viel besser als die Gefangenen. Wer nach Moran-Dur gebracht wird, ist im Grunde schon tot, und spätestens nach ein paar Tagen wünscht man sich, dass man es wirklich wäre.«

»Aber die anderen Gefangenen. Wo sind sie?«, fragte Shyleen und deutete auf die mindestens zwanzig weiteren Schlafstellen in dem Raum.

»Ich habe selbst nur Gerüchte über Moran-Dur gehört«, antwortete Torian ausweichend. Das war zwar nur die halbe Wahrheit, aber er wollte nicht mehr sagen. Shyleen würde alles Weitere noch früh genug erfahren. »Was ist mit Garth?«, wechselte er das Thema. Der hünenhafte Dieb war nirgendwo zu sehen.

»Er ist tot«, erklang eine Stimme hinter ihnen. Torian fuhr herum. Er hatte nicht einmal gehört, wie die schwere eisenbeschlagene Tür geöffnet wurde. In Begleitung von vier Soldaten traten zwei Männer ein. Der eine von ihnen war Warlon, den anderen – ein schmächtiger, kleiner Mann mit braunem Haar und stechenden Augen – kannte Torian nicht. »Er starb, als er zu fliehen versuchte«, fuhr Warlon fort. »Leider. Ich hätte ihn gerne ebenfalls hier gesehen.«

»Du lügst!«, schrie Torian. Einen Herzschlag lang starrte er seinen Bruder fassungslos an, dann war er mit einem Satz auf den Beinen und sprang auf Warlon zu, doch gleich zwei der Soldaten packten ihn und stießen ihn grob auf sein Lager zurück. Ein stechender Schmerz fuhr durch seine rechte Körperhälfte, als er auf den verletzten Arm fiel. Er spürte den Schmerz trotzdem kaum, sondern sprang sofort wieder auf. Nur die gezogenen Schwerter der Wächter hinderten ihn daran, Warlon sofort wieder anzugreifen. »Du lügst!«, schrie er noch einmal. »Garth ist nicht tot!«

»Glaub meinetwegen, was du willst«, gab Warlon hochmütig zurück. »Ich bin nur gekommen, um es dir persönlich zu sagen. Dieses Vergnügen wollte ich mir nicht entgehen lassen. Das ist übrigens Barul-Konos, Kommandant von Moran-Dur. Ich habe ihm geraten, besonders gründlich auf dich Acht zu geben.« Der schmächtige Mann lächelte auf eine Art, die Torian überhaupt nicht gefiel.

»Irgendwann werde ich hier herauskommen«, stieß Torian hervor. »Und dann wirst du für alles bezahlen, selbst wenn ich dich bis zum Ende der Welt jagen müsste. Das schwöre ich dir, und bislang habe ich meine Versprechen noch alle gehalten.«

Warlon wurde eine Spur blasser im Gesicht. Ohne ein weiteres Wort fuhr er herum und verließ den Kerker. In Gedanken legte ihm Torian die Hände um den Hals und drückte genüsslich zu, bis auch der letzte Lebensfunke in diesem Ungeheuer erloschen war. Leider war das im Moment nur ein Wunschtraum.

Barul-Konos schaute ihn noch einen Moment bedauernd an. Sein Mitleid wirkte fast echt. »An deiner Stelle würde ich nicht so große Töne spucken«, sagte er dann kalt. »Wir haben lange auf dich warten müssen. Wir sehen das so, dass du eigentlich noch vier Jahre nachzuholen hast.« Sein Gesicht wurde steinern. »Ab morgen werdet ihr ebenfalls in den Minen arbeiten. Wir werden sehen, ob du dein Maul in ein paar Tagen immer noch so weit aufreißen wirst.« Mit einer übertrieben energischen Bewegung wandte er sich ab und folgte Warlon. Die Tür schlug hinter ihm zu.

Wie erstarrt blieb Torian auf seinem Lager sitzen. Die Gedanken überschlugen sich in seinem Kopf, und er war dankbar, dass Shyleen nichts sagte. Es gab keine Worte, um auszudrücken, was er empfand, keine Worte, die dem entsetzlichen Schmerz gerecht wurden, der in seiner Seele wütete.

Garth – *tot?*

Etwas in ihm weigerte sich standhaft, daran zu glauben. Mit aller Verzweiflung klammerte er sich an die Hoffnung, dass dies nur eine weitere Lüge war, mit der Warlon ihn quälen wollte, doch er wusste gleichzeitig, dass er sich damit selbst etwas vormachte. In rasendem Tempo schossen die Erinnerungen an alles, was er mit dem Dieb zusammen erlebt hatte, durch seinen Kopf. Sie kannten sich erst seit wenigen Wochen, und doch kamen sie ihm wie Jahrzehnte vor. Genau wie er hatte sich Garth vor seinen Verfolgern in die Armee geflüchtet, wo man nicht viele Fragen nach der Herkunft stellte, allerdings war es bei ihm das tremonische Heer. Torian sah noch einmal, wie sie sich am Anfang gegenseitig fast umgebracht hätten und dann allmählich Freundschaft schlossen, war noch einmal mit Garth zusammen in der Ruinenstadt Rador, in den *Katakomben der Letzten Nacht*, befreite mit ihm zusammen Shyleen aus der Gewalt der Schwarzen Magier, überwand die *Straße der Ungeheuer* und rettete Garth aus der *Schattenburg*, wobei sie gleichzeitig die jahrtausendealte Herrschaft der Schwarzen Magier und ihres Götzen Ch'tuon endgültig brachen. Sie hatten einfach zu viel zusammen durchgestanden, und der Tod war zu einem fast vertrauten Begleiter geworden, dem sie ein paar Mal zu viel in letzter Sekunde ein Schnippchen geschlagen hatten, als dass der Gedanke an den Verlust eines von ihnen irgendwie im Bereich des Möglichen zu liegen schien. So gefährlich, wie sie gelebt hatten, war ihnen beiden klar gewesen, dass sie nicht irgendwann als tatterige Greise vor einem gemütlichen Kaminfeuer an Altersschwäche sterben würden. Aber trotzdem konnte sich Torian einfach nicht damit abfinden, dass Garth tot sein sollte – wie ein fliehendes Tier hinterrücks von Soldaten, die eigentlich *ihm* dienen sollten, aus dem Sattel geschossen. Nein, es durfte einfach nicht wahr sein, dass Warlon ihm nach allem nun auch noch einen der letzten beiden Menschen genommen hatte, die ihm *wirklich* etwas bedeuteten.

Seine Augen brannten, halb von Tränen, die er nicht ganz zurückhalten konnte, halb von abgrundtiefem Hass auf seinen Bruder. Es waren keine leeren Worte gewesen, dass er Warlon umbringen würde, sobald er nur Gelegenheit dazu hätte, und wenn er nur noch für die Rache lebte, wie er es vor Jahren schon einmal gewollt hatte. Dieser Tag würde kommen, und diesmal gab es keinen Kelysar, der ihn mit großspurigen Worten davon abbringen würde.

Torian wusste nicht, wie lange er nur dasaß und seinen Erinnerungen nachhing, als die Tür erneut geöffnet wurde. Eine Gruppe zerlumpter Gestalten kam herein, unter ihnen auch drei Frauen und einige Norks. Abschätzende Blicke trafen Shyleen und Torian, doch die meisten Gefangenen waren so müde, dass sie sich sofort auf ihr Lager fallen ließen. Nur einer der Männer kam auf sie zu und musterte Shyleen auf so abwertende und entwürdigende Art, dass Torian heißen Zorn in sich aufsteigen fühlte. Nach einigen Sekunden wandte sich der Mann ihm zu. Ungerührt erwiderte Torian seinen Blick. Sein Gegenüber war etwas kleiner als er selbst, dafür außerordentlich muskulös. Sein Gesicht war grobschlächtig, die Nase an mehreren Stellen gebrochen und nicht mehr richtig zusammengewachsen.

»Ich bin Kawilas«, sagte der Mann mit kaum verhohlener Provokation in der Stimme.

»Torian. Und das ist Shyleen.«

»Der große Torian Carr Conn, sieh an. Ich habe schon von dir gehört. Wir können gut miteinander auskommen, wenn ihr ein paar ganz einfache Regeln befolgt«, fuhr Kawilas fort und streckte kampfeslustig das Kinn vor. »Die erste davon ist, dass ihr tut, was ich sage. Ich bin nämlich der Anführer dieses großartigen Haufens hier.«

»Und wohl auch mächtig stolz darauf, wie?« Torian spürte die Blicke der anderen Gefangenen fast körperlich. Selbst hier in Moran-Dur, wo sie alle Gefangene und den Wächtern mehr oder weniger hilflos ausgeliefert waren, gab es einen, der versuchte, sich auf Kosten der anderen einige kleine Freiheiten zu verschaffen und sich als Anführer aufzuspielen, und wie überall war es natürlich der Stärkste. Hier herrschten allerdings nur noch die einfachsten Regeln des Überlebens. Torian legte es nicht auf einen Streit an, aber er wusste, dass er untergehen würde, wenn er sich jetzt einschüchtern ließ. Jedes Nachgeben würde ihm in Zukunft als Schwäche ausgelegt werden. Er kannte Menschen wie Kawilas. Viel Muskeln und wenig Gehirn. »Deine Spielregeln interessieren mich nicht«, fügte er hinzu. »Wenn du unbedingt den großen Meister spielen willst, dann tu es meinetwegen, aber lass mich in Ruhe, in Ordnung?«

Totenstille breitete sich aus. Es dauerte einige Sekunden, bis Kawilas überhaupt begriff, dass diese Antwort ganz und gar nicht die war, die er erwartet hatte. Wütend trat er einen weiteren Schritt vor und ballte die Hände zu Fäusten. »Du bist wohl lebensmüde, wie?«, zischte er. Gleichzeitig schlug er zu.

Torian reagierte, fast ohne zu denken. Sein Arm zuckte hoch und blockte den Schlag ab. Ein grausamer Schmerz lähmte ihn fast, als die Faust über seinen Verband schrammte, doch er kämpfte gegen den Schmerz an und packte den Arm seines Gegners. Er versuchte, Kawilas über seine Hüfte zu schleudern, aber es war, als wollte er ein Gebirge mit bloßen Händen bewegen. Mit seiner puren Muskelkraft blockte Kawilas den Griff ab. Torian keuchte und konnte sich kaum vorstellen, wie er dieses Kraftpaket im direkten Kampf besiegen sollte.

Aber Kawilas war von der seltsamen Art des Angriffs überrascht worden, deshalb setzte er nicht sofort nach, sondern riss sich lediglich los. Doch schon allein durch dieses Losreißen wurde Torian von den Beinen gerissen und einige Schritte weit durch die Luft gewirbelt. Durch eine halbe Rolle verwandelte er seinen Sturz in einen halbwegs zielgerichteten Sprung. Gleichzeitig riss er seinen Fuß hoch, beschrieb einen Halbkreis und traf seinen Gegner mit ungeheurer Wucht an der Brust.

Kawilas taumelte zurück und keuchte schmerzerfüllt, doch sofort ging sein Keuchen in ein wütendes Brüllen über, und wie ein gereizter Stier stürzte er wieder vor.

Seinem nächsten Schlag konnte Torian nicht mehr richtig ausweichen. Kawilas' Faust traf ihn an der Schulter, wirbelte ihn herum und schleuderte ihn hart gegen die Wand. Torians Versuch, den Schwung abermals in eine Drehung und einen Tritt zu verwandeln, scheiterte, weil er den Fuß um einen Sekundenbruchteil zu spät hochriss. Kawilas wich dem Tritt mühelos aus und bekam sein Bein zu packen. Ein heftiger Ruck warf Torian zu Boden. Schmerzhaft schlug er mit dem Kopf auf den Steinen auf und war für mehrere Sekunden benommen. Er hörte auf, klar zu denken, und versuchte nicht mehr, seine Bewegungen bewusst zu steuern. Stattdessen ließ er sich von seinen Reflexen treiben.

Als sich Kawilas siegessicher auf ihn stürzte, zog er instinktiv die Beine an und stemmte sie gegen dessen massigen Leib. Durch seinen Sprung gab Kawilas selbst sein Gleichgewicht auf. Torian hebelte ihn mit aller Kraft über sich hinweg. Im Fallen riss Kawilas noch einige andere Gefangene mit sich, die das Pech hatten, ihm im Weg zu stehen, und nicht schnell genug zurückgewichen waren. Wütend brüllte Kawilas auf. Gleichzeitig mit Torian kam er wieder auf die Beine.

Torian wusste, dass er den Kampf nicht mehr lange würde durchhalten können. Kräftemäßig war er Kawilas unterlegen, das konnte er auf Dauer auch nicht durch seine größere Geschicklichkeit wettmachen. Dazu kam, dass ihn sein verletzter Arm doch stärker behinderte. Er musste den Kampf zu einem schnellen Ende bringen.

Scheinbar ruhig erwartete er seinen Gegner und wich erst im letzten Augenblick zur Seite aus. Mit einer blitzschnellen Drehung gelangte er in Kawilas' Rücken und hämmerte ihm die Handkante mit aller Kraft ins Genick. Der Boden schien zu erbeben, als Kawilas von dem Hieb und seinem eigenen Schwung vorwärts getrieben wurde und mit Kopf und Schultern gegen die Felswand prallte. Sofort sprang Torian ihm nach, klammerte sich von hinten an ihn und schlang Arme und Beine um seinen muskulösen Körper. Seine Finger tasteten nach der kleinen Vertiefung neben dem Schlüsselbein. Als er sie gefunden hatte, bohrte er beide Daumen, so fest er nur konnte, hinein und unterbrach so den Blutkreislauf zum Gehirn.

Kawilas schüttelte sich und versuchte ihn abzuschütteln, doch Torian umklammerte ihn mit den Beinen wie eine Zange und machte jede seiner Bewegungen mit. Glücklicherweise kam Kawilas nicht auf die Idee, sich rückwärts gegen eine Wand zu werfen. Sein Gehirn wurde schon nicht mehr richtig durchblutet, und sein Widerstand erlahmte. Langsam begann sich sein Gesicht zu verfärben, und er gab seine Gegenwehr ganz auf. Kawilas schnappte noch einige Sekunden lang röchelnd nach Luft, dann sackte er vornüber und blieb regungslos liegen.

Auch Torian keuchte, und für Sekunden drehte sich alles vor seinen Augen. Völlig erschöpft ließ er sich auf das Stroh sinken und atmete ein paar Mal tief durch. Die Wunde an seinem Arm war wieder aufgeplatzt, und langsam färbte sich der Verband rot. »Idiot«, raunte Shyleen so leise, dass nur er es hören konnte. »Jetzt fühlst du dich wohl besonders stark?«

»Es ... ging nicht anders«, presste Torian ebenso leise hervor. Shyleen tat irgendetwas mit seinem Arm, und der Schmerz raubte ihm fast das Bewusstsein. Es dauerte Sekunden, bis er weitersprechen konnte. »Begreifst du denn nicht, dass das alles von meinem Bruder oder Barul-Konos geplant war? Dieser Kerl hätte mich in jedem Fall fertig gemacht, selbst wenn ich mich ihm völlig unterworfen hätte.«

»Das wird er schon noch nachholen«, prophezeite Shyleen. »Du hast ihn blamiert, und jemand wie er wird das nicht auf sich sitzen lassen. Er wird sich bei nächster Gelegenheit zu rächen versuchen. Aber du hast ja scheinbar noch nicht genug Feinde.«

Torian antwortete nichts mehr. Die anderen Gefangenen musterten ihn halb ängstlich, halb erleichtert. Kawilas war offenbar nicht sehr beliebt gewesen, und jetzt war man gespannt, was weiter geschehen würde. »Nun kümmert euch schon um ihn«, fauchte Torian und deutete auf den Bewusstlosen. Er spürte keinen Triumph wegen seines Sieges; eher das Gegenteil. Shyleen hatte nicht ganz Unrecht. Kawilas würde die Niederlage nicht so einfach hinnehmen, doch über den hirnlosen Muskelprotz machte er sich noch am wenigsten Sorgen. Viel mehr beunruhigte ihn, dass er durch seinen Sieg so etwas wie Kawilas' Nachfolge angetreten hatte, eine Rolle, die ihm überhaupt nicht behagte. Je unauffälliger er sich verhielt, desto größer waren seine – trotzdem verschwindend geringen – Chancen, aus Moran-Dur zu fliehen.

Aber auch dieser Gedanke entglitt ihm sofort wieder und wurde von der Erinnerung an Garth verdrängt.

☆

»Tu das nie wieder!«, schrie Kelysar bestimmt zum zwanzigsten Mal, seit Torian vor ein paar Minuten aufgewacht war. Händeringend lief er im Zimmer auf und ab. Sein Gesicht glänzte wie eine überreife Tomate, und in seinen Augen spiegelte sich ein Entsetzen, das Torian noch im Nachhinein schaudern ließ. Noch nie hatte er den Heiler so aufgebracht erlebt.

»Was ... was war das überhaupt für ein ... *Ding*?«, wagte er schließlich stockend zu fragen. »Es ... schien zu leben. Und dann diese Kopfschmerzen ...« Er massierte seine Schläfen. Selbst jetzt schien ein bösartiger Gnom noch mit sadistischer Freude wieder und wieder auf einen riesigen Amboss in seinem Kopf zu hämmern, aber der Schmerz war wenigstens auf ein erträgliches Maß herabgesunken. »Ich dachte, es wäre nur eine Karte«, fügte er nach ein paar Sekunden hinzu.

»Du dachtest, du dachtest«, äffte Kelysar ihn nach. »Hast du auch daran gedacht, dass ich dich bestimmt nicht zusammengeflickt habe, damit du dich selbst umbringst, sobald du wieder einigermaßen gesund bist?«

»Also war es doch nicht so uneigennützig?«

»Natürlich nicht, ich –« Kelysar brach ab. Sein Gesicht verzerrte sich vor Zorn, als er merkte, dass er mehr verraten hatte, als er wollte.

»Warum also?«, hakte Torian lauernd nach. »Was willst du von mir?«

»Dazu komme ich, wenn es an der Zeit ist«, schnappte Kelysar. »Ja, ich will, dass du etwas für mich tust, aber das ist jetzt nicht wichtig. Du hast Recht, dieses *Ding*, wie du es nennst, ist eine Karte, doch sie ist nur für den Eingeweihten zu lesen. Jeder andere verliert den Verstand, wenn er sich zu lange damit beschäftigt. Du wärest tot, wenn ich nur ein paar Sekunden später gekommen wäre, weißt du das?« Kelysar ließ sich auf einen Stuhl sinken und funkelte ihn wütend an. »Was hast du gesehen? Wie viel davon weißt du noch?«

Torian versuchte sich zu konzentrieren. Er wusste noch genau, wie er die Karte auseinander gerollt und gemerkt hatte, dass es sich nicht um normales Papier handelte, erinnerte sich daran, wie schwer es ihm gefallen war, die Zeichnungen und fremdartigen

Schriftzüge länger als ein paar Sekunden zu betrachten, an den Schrecken, die Schmerzen und daran, dass es sich um die Darstellung eines Tales handelte – aber er vermochte sich beim besten Willen nicht zu erinnern, wo es lag und wie die Berge hießen, die es umschlossen. Er glaubte auch nicht, dass der Heiler für die Gedächtnislücken verantwortlich war. Es war dieses *Ding* selbst, das der Karte innewohnte.

»Ich … ich weiß nichts mehr«, murmelte er nach einer Weile. »Es ging um einen Tempel. Und er hatte etwas mit Unsterblichkeit zu tun. Das ist alles, woran ich mich erinnere.«

»Alles?«, kreischte Kelysar. Er schien auf dem Stuhl in sich zusammenzusinken und vergrub das Gesicht in den Handflächen. »Es ist unmöglich«, stieß er hervor. »Kein Mensch kann auch nur eines der verbotenen Symbole entschlüsseln. Woher weißt du, was es mit der Karte auf sich hat?« Er schüttelte den Kopf, dann schoss seine gichtige Hand pfeilschnell vor, und seine so dürr und gebrechlich aussehenden Finger gruben sich mit einer Kraft in seine Schulter, die Torian dem Greis niemals zugetraut hätte. »Ich hatte geglaubt, ich könnte dir vertrauen, du wärest der Richtige für diese Aufgabe, stattdessen bist du nur zum Spionieren hergekommen. Gib es zu! Wer hat dich geschickt? War es Baarolam? Oder ein anderer der Schwarzen? Sag es mir!«

Der Griff des Heilers schmerzte. Torian versuchte die Hand abzustreifen, doch es gelang ihm nicht. Er verstand kein Wort von dem, was Kelysar sagte. »Lass mich los«, keuchte er. »Du tust mir weh. Ich kenne keinen Baarolam. Wer soll das sein?«

Wie schon beim Betrachten der Karte hatte er das Gefühl, unsichtbare Finger würden in seinem Geist herumstochern, doch diesmal wusste er, dass es Kelysar war, der sich auf diese Art die Antworten auf seine Fragen zu holen versuchte. Es war Ekel erregend, entwürdigend. Kelysar schien sein Gehirn zu packen und es auszuwringen, er tastete bis in die verborgensten Winkel seiner Seele hinab und las in seinen Gedanken wie in einem offenen Buch.

Nach einer Zeit, die Torian wie eine Ewigkeit vorkam, löste er endlich seinen Griff. Torian starrte ihn entsetzt an. Er begriff nicht, was der Heiler eben mit ihm gemacht hatte, aber es erfüllte ihn mit beinahe ebenso großem Schrecken wie zuvor die Karte. Vielleicht, weil beide Vorgänge einander so ähnlich waren …

»Es ist unmöglich«, murmelte Kelysar noch einmal. »Du hast die Karte entschlüsselt, ohne den Verstand zu verlieren. Du musst noch um ein Vielfaches stärker sein, als ich gedacht habe.«

»Was … was hat das alles zu bedeuten?«, fragte Torian verständnislos. Immer noch fühlte er sich innerlich leer und ausgebrannt. Die seelische Wunde, die Kelysar ihm geschlagen hatte, würde nur langsam heilen.

»Du weißt ohnehin schon zu viel, also kannst du auch den Rest erfahren«, antwortete der Heiler nach einer kurzen Pause dumpf. »Ich war früher nicht nur ein einfacher Heiler, wie du wohl schon längst vermutet hast. Ich gehörte zum Orden der Schwarzen Magier.« Er machte eine knappe Handbewegung, als er sah, dass Torian etwas sagen wollte. »Ich weiß, dass ihr glaubt, alle Magier wären damals bei den Troll-Kriegen getötet worden, aber das stimmt nicht. Die Schwarzen haben sich nur zurückgezogen, aber es gibt den Orden noch, und er ist stärker als je zuvor. Nur hier in Scrooth haben die Magier keine Macht, noch nicht. Aber auch nach diesem Land strecken sie längst schon ihre Klauen aus, ohne dass ihr es merkt. Ich vermute, die Schwarzen werden Tremon im Krieg gegen euch beistehen, aber das ist jetzt egal. Vor vielen Jahren habe ich dem Orden angehört, doch ich sagte mich davon los, als ich die Karte in die Hände bekam. Ich wollte den *Tempel der verbotenen Träume* finden. Dort liegt seit Äonen das Geheimnis des Lebens verborgen, das dem, der es kennt, nicht nur die Unsterblichkeit, sondern auch unbegrenzte Macht verschafft, und für diese Macht war ich bereit, alles zu wagen. Es gelang mir, die Karte zu entschlüsseln und das Tal zu erreichen, den Tempel selbst aber konnte ich nicht betreten. Er wird durch eine Magie geschützt, gegen die meine eigene wirkungslos ist. Bei dem Versuch, die Fallen des Labyrinths zu überwinden, büßte ich den größten Teil meiner Kräfte ein und verlor fast den Verstand.«

Kelysar machte eine kurze Pause und atmete tief durch, bevor er fortfuhr: »Meine früheren Brüder hätten mich getötet, wenn sie mich zu fassen bekommen hätten. Also verkroch ich mich hier, wo ich vorläufig noch sicher vor ihnen bin. Im Laufe der Zeit gewann ich Macht über die Büsche und Bäume und konnte sie nach meinem Willen beeinflussen, um mir einen undurchdringlichen Schutzwall zu schaffen. Es gibt nur wenige, die überhaupt von mir wissen. Marubur war einer von ihnen.«

Er schwieg und lehnte sich, von der langen Rede erschöpft, zurück. Sein Blick schien in weite Ferne gerichtet zu sein. Torian ließ sich das Gehörte immer wieder durch den Kopf gehen und verstand einiges nun besser als zuvor. Doch Kelysar hatte beinahe mehr Fragen aufgeworfen als beantwortet, und vor allem die für ihn wichtigste Frage war immer noch nicht geklärt. »Was hat das alles mit mir zu tun?«, fragte er nach einer Weile, als Kelysar nicht von allein weitersprach.

Er bekam keine Antwort und glaubte schon, Kelysar hätte ihn überhaupt nicht gehört, als der Heiler schließlich doch noch den Kopf hob. »Ich habe lange auf dich gewartet, genauer gesagt, auf jemanden wie dich. Dein Geist ist ungewöhnlich stark. Du könntest vollenden, was ich begonnen habe. Das ist es, was ich als Lohn dafür verlange, dass ich dir das Leben gerettet habe: Ich möchte, dass du zum *Tempel der verbotenen Träume* gehst und das Geheimnis des Lebens für mich ergründest, sobald du dich vollends erholt hast.«

Einige Sekunden herrschte Schweigen. Entgeistert starrte Torian den Greis an, dann lachte er gekünstelt auf.

»Das … das ist ein Scherz«, stammelte er. Seine eigene Stimme klang schrill in seinen Ohren. »Das kannst du nicht ernst meinen. Wie soll mir etwas gelingen, das du als Magier nicht geschafft hast?«

»Du kannst es schaffen«, behauptete Kelysar. »Meine Kräfte haben mir nichts genutzt, weil ich es mit einer völlig fremden Magie zu tun hatte, und ohne meine Kräfte bin ich nur ein schwacher, alter Mann. Du wirst nicht allein gehen, sondern mit mir zusammen. Was ich brauche, ist deine Kraft, dein Schwert. Immerhin verdankst du mir dein Leben«, erinnerte er.

Ungläubig starrte Torian den alten Mann an. Kelysars Gesicht war ernst und zeigte eine gespannte Erwartung; er meinte wirklich, was er sagte.

»Du musst verrückt sein«, murmelte Torian betroffen. »Und wenn du mir tausendmal das Leben gerettet hättest, würde ich mich auf diesen Wahnsinn trotzdem nicht einlassen. Ich verstehe nichts von Magie, und ich will auch überhaupt nichts darüber wissen oder damit zu tun haben. Was ich mit der Karte erlebt habe, reicht mir. Wenn du das als Lohn forderst, dann wäre mir lieber, du hättest mich sterben lassen.«

»Ich verlange nicht, dass du dich sofort entscheidest«, sagte Kelysar. »Ich habe Jahrhunderte gewartet, was machen da ein paar weitere Monate oder Jahre aus? Meinetwegen geh. Ich halte dich nicht zurück. Irgendwann wirst du zurückkommen, das weiß ich.«

»Ist das eine Drohung oder wieder eine Prophezeiung?«

Kelysar zuckte mit den Schultern und lächelte vieldeutig. »Such dir aus, was dir lieber ist. Die erste Prophezeiung ist in Erfüllung gegangen. Ich zwinge dich zu nichts.«

Misstrauisch schaute Torian ihn an. »Du lässt mich einfach so gehen, wenn ich will? Irgendwo ist doch ein Haken an der Sache.«

Kelysar schüttelte den Kopf. »Kein Haken. Ich weiß nur einfach, dass du nicht der Mann bist, der eine offene Schuld sein Leben lang mit sich herumschleppt. Deshalb wirst du zurückkommen.«

»Und wenn ich auf eigene Faust versuche, in den Tempel zu gelangen? Oder wenn ich jemandem davon erzähle?«

»Ich habe die Karte«, erinnerte Kelysar sanft. »Niemand kann das Tal ohne sie finden, und sie ist noch mehr als nur ein Wegweiser. Sie ist auch der Schlüssel, der den Weg zum Tempel erst öffnet.«

Torian schwieg. Er glaubte nicht, dass der Heiler ihn so einfach gehen lassen würde. Er glaubte es auch weiterhin nicht, obwohl er die Dornenbarriere am nächsten Morgen ungehindert durchschreiten konnte und sich noch am gleichen Tag in die Söldnerliste des scroothischen Heeres eintragen ließ.

Aber schon bald darauf bekam er ganz andere Probleme, als sich den Kopf über einen närrischen alten Heiler zu zerbrechen. Es dauerte nicht einmal lange, bis er Kelysar vergaß.

Zumindest fast.

☆

Am nächsten Morgen lernte Torian die Minen von Moran-Dur zum ersten Mal kennen – und hassen!

Man brachte ihnen ein karges Frühstück, das er nur mit Widerwillen hinunterwürgte. Gegen das ranzige, harte Brot erschienen ihm selbst die Beeren und Wurzeln der letzten Zeit köstlich, und das Wasser wäre ihm normalerweise selbst zum Waschen zu brackig gewesen. Nach dem Essen trieben einige Wächter sie aus dem Kerker und einen langen steinernen Gang entlang, an dessen Ende sie durch ein großes Portal ins Freie gelangten. Nach der trüben Dämmerung im Inneren schmerzte das grelle Sonnenlicht in Torians Augen und ließ ihn einige Sekunden blind werden. Als er die Augen schließlich wieder öffnete, bot sich ihm ein ungeheuerlicher Anblick. Er war zuvor nie selbst in Moran-Dur gewesen, sondern kannte es nur aus den Erzählungen seines Vaters – die ausgesprochen dürftig und der Wahrheit nicht einmal nahe gekommen waren, wie er nun feststellte. Er wusste von den halbjährlichen Festspielen und dass beinahe der ganze Bedarf Scrooths an Erzen aus Moran-Dur stammte, sodass er sich eine vage Vorstellung von der Anlage gemacht hatte. *Das* allerdings hatte er nicht erwartet!

Sie befanden sich im Krater eines längst erloschenen Vulkans. In jahrzehnte-, wenn nicht jahrhundertelanger Arbeit war der Berg immer tiefer ausgehöhlt worden, sodass die Wände des gigantischen Kessels ringsum Dutzende von Metern in sanfter Neigung aufragten. Um den Eindruck eines ins Absurde vergrößerten Freilichttheaters noch zu verstärken, hatte man terrassenförmig ansteigende Sitzplätze für buchstäblich Tausende von Menschen aus der Lava der Trichterwände geschlagen. Und am Grunde des Kraters lag das Herzstück Moran-Durs: die Arena des Todes.

Aus den Augenwinkeln sah Torian einen Schatten heranspringen, doch er reagierte zu langsam, um noch ausweichen zu können. Die Peitsche des Wächters zog eine Spur aus brennendem Schmerz über seinen Rücken. Mit einem sadistischen Grinsen im Gesicht hob der Mann die Peitsche sofort wieder, und Torian lief schnell weiter. Wie auch einige andere Gruppen von Gefangenen wurden sie ein Stück über die Tribünen getrieben, bis sie ein weiteres weit geöffnetes Portal erreichten, das ihn an ein steinernes Maul erinnerte. Torian zögerte einen Moment, doch die drohend erhobene Peitsche des Wächters ließ ihn rasch weitergehen. Hinter dem Portal lastete wabernde, erstickende Schwärze, als werde das Licht dort gefressen. Erst als er die Schwelle überschritten und seine Augen sich umgewöhnt hatten, erkannte er, dass dieser Eindruck trog. Vor ihm erstreckte sich ein weiterer Gang, der von Fackeln notdürftig erhellt wurde. In sanften Windungen führte der Stollen immer tiefer in die Erde hinab, und mit jedem Meter, den sie tiefer gelangten, wurde es wärmer, bis sie schließlich einen unterirdischen Felsendom erreichten, der ebenso gewaltig war wie beinahe alles andere an Moran-Dur. Fast zehn Meter über ihnen wölbte sich das steinerne Dach der Halle, so hoch, dass das flackernde Licht der Fackeln kaum bis hinauf reichte und Torian das Gefühl hatte, unter einem Himmel ewiger Finsternis zu stehen. Dabei war es heiß wie in einem Backofen.

Der Peitschenstriemen auf seinem Rücken erinnerte ihn schmerzhaft daran, dass er besser nicht zu lange untätig herumstand. Er wollte wie die anderen Gefangenen zu den Hacken und Schaufeln greifen, die an einer Wand aufgereiht standen, doch derselbe Wächter, der ihn zuvor geschlagen hatte, schüttelte den Kopf und führte ihn zu einem weiteren Stollen, der etwa dreißig Meter tief in den Fels hineinführte. Ein Nork hieb bereits mit einer Hacke auf die Wand am Ende des Stollens ein, während ein anderer Gefangener das herausgebrochene Gestein in eine halb mannshohe hölzerne Lore schaufelte.

»Du bringst den vollen Wagen hinaus und einen leeren hinein«, befahl der Wächter barsch. Torian nickte knapp und wartete, bis die erste Lore gefüllt war. Sie war nicht gerade leicht, aber auch nicht übermäßig schwer, und er wunderte sich bereits, dass man ausgerechnet ihm diese verhältnismäßig leichte Arbeit übertragen hatte.

Erst nach der dritten Lore begriff er allmählich, dass es alles andere als eine Gnade war, und nach der sechsten oder siebten erkannte er, dass es die wohl schlimmste Arbeit überhaupt hier unten war. Jede Lore schien schwerer als die vorige zu sein, und kaum hatte er eine leere zurückgebracht, wartete bereits der nächste volle Wagen auf ihn, sodass er keine Sekunde mehr zur Ruhe kam. Die Zeit verlor jede Bedeutung für ihn. Der Boden war uneben und die hölzernen Räder nicht gerade groß. Bei jeder Fuhre schienen die Risse und Vorsprünge schwerer zu überwinden zu sein. Dazu kam die fast unerträgliche Hitze, die seinen Schweiß in Strömen fließen ließ. Seine Muskeln verkrampften sich, und bei jeder Bewegung jagten Wellen feurigen Schmerzes durch seinen Körper. Sein Herz raste. Lava schien statt Blut durch seine Adern zu fließen.

Irgendwann konnte er einfach nicht mehr und lehnte sich erschöpft gegen eine Wand, aber sofort trieb ihn ein Wächter mit wuchtigen Peitschenhieben wieder an die Arbeit. Nach einer Weile verlor Torian auch das letzte Gefühl für die Zeit. Jede Sekunde dehnte sich zu Stunden, jede Minute zu unerträglichen Ewigkeiten. Er wusste nicht mehr, was ihn überhaupt noch aufrecht hielt und weiterarbeiten ließ. Seine Erschöpfung wurde so gewaltig, dass er nicht einmal mehr den Schmerz spürte. Jedes Gefühl in ihm war erstorben. Auf eine seltsame Art schien er außerhalb seines Körpers zu schweben und ein unbeteiligter Zuschauer zu sein, der zwar alles wahrnahm, aber nicht mehr selbst handelte. Er überhörte sogar den Gongschlag, der irgendwann durch die Stollen hallte. Erst als sich eine Hand auf seine Schulter legte, schrak er auf. Er blickte in das Gesicht des Norks, der das Gestein aus dem Berg geschlagen hatte.

Sein Fell war schmutzverkrustet, und so sah er wie ein leibhaftiger Dämon aus. Der schwache Versuch eines Lächelns geriet durch die Erschöpfung zu einer Furcht einflößenden Grimasse. »Es ist Pause«, sagte der Nork. Seine Worte drangen wie aus weiter Ferne an Torians Ohr. Er nickte nur schwach, taumelte und wäre gestürzt, wenn der Nork nicht gerade noch rechtzeitig zugepackt und ihn aufgefangen hätte.

»Ich heiße Faron«, murmelte er mitleidig und ließ Torian vorsichtig zu Boden sinken. »Warte hier, ich hole dir etwas zu essen.« Er eilte durch den Stollen davon. Torian lehnte sich mit dem Rücken gegen die Wand und schloss die Augen. Jetzt, wo er sich ein wenig Ruhe gönnen konnte, spürte er den Schmerz doppelt schlimm. Es schien keine Faser seines Körpers zu geben, die *nicht* wehtat. Er musste einige Sekunden lang eingeschlafen sein, denn plötzlich war Faron wieder neben ihm und reichte ihm einen Holzteller mit einer dampfenden Flüssigkeit. Torian griff danach und löffelte die heiße Suppe gierig in sich hinein. Sie war verwässert und schmeckte nach nichts, und die wenigen Brotkrumen darin sahen ekelhaft unappetitlich aus; aber sie stillte seinen schlimmsten Hunger. »Danke«, murmelte er, als er die Suppe bis auf den letzten Tropfen ausgelöffelt hatte.

»Diese Schweine haben dich ja unmenschlich geschunden«, sagte Faron erschüttert und warf einen hasserfüllten Blick in Richtung des Wächters, der gleichgültig den Kopf abwandte. »Aber das machen sie bei jedem Neuen, um zu sehen, wie viel er aushält. Du hättest zusammenbrechen und liegen bleiben sollen.«

»Das habe ich versucht«, erwiderte Torian bitter. »Sie haben mich ausgepeitscht.«

»Ich weiß. Du hättest ein paar Hiebe ertragen müssen, dann hätten sie geglaubt, dass du wirklich nicht mehr kannst. Es nutzt ihnen nichts, uns zu Tode zu hetzen.« Faron verzog grimmig das Gesicht. »Schließlich wollen sie möglichst lange etwas von uns haben.«

Torian sagte nichts darauf. Natürlich hatte Warlon dafür gesorgt, dass ihm nichts zustieß. Man würde ihn quälen, so schlimm es nur irgendwie ging, aber man würde ihn auf keinen Fall umbringen. Er musterte Faron genauer. Der Nork unterschied sich von den anderen Gefangenen, und das nicht nur durch seine freundliche Art. Auch er war von der harten Arbeit gezeichnet, aber selbst unter diesen Umständen schaffte er es noch, auf eine seltsame Art würdevoll und gepflegt auszusehen – soweit man bei einem Nork überhaupt davon sprechen konnte. Auch zeigte seine Haltung einen ungebeugten Stolz, während die Bewegungen der meisten anderen Gefangenen abgehackt und nervös waren, wie immer bei Menschen, die sich mit ihrem Schicksal abgefunden hatten und einen Großteil ihres Lebens in Sklaverei und unter dem Druck ständiger Demütigungen verbringen, sodass die Angst zu einem ständigen Begleiter geworden ist und deutliche Spuren nicht nur in ihren Gesichtern, sondern ihrer ganzen Haltung und ihrem Auftreten hinterlassen hat. Selbst Kawilas trug diese Spuren der Tyrannei der Aufseher wie ein unsichtbares Stigma, während Faron noch frei davon war. Er erinnerte ein wenig an Marubur. Wahrscheinlich weckte gerade das Torians Interesse, doch gleichzeitig erwachte auch Misstrauen in ihm. Es war durchaus denkbar, dass Barul-Konos Spione bei den Gefangenen eingeschleust hatte, um über alles rechtzeitig informiert zu werden, und es konnte sich dabei auch um Norks handeln.

Vieles hatte sich in den vergangenen Jahren verändert. Die Nork-Aufstände waren zu einer ernsthaften Gefahr geworden, und um keinen Krieg an zwei Fronten führen zu müssen, hatten die Könige Scrooths den Forderungen schließlich nachgegeben. Die Sklaverei war per Gesetz verboten worden, was aber nicht viel daran änderte, dass man die Norks vielerorts immer noch als halbintelligente Tiere betrachtete. Aber Faron …

»Wer bist du?«, fragte Torian.

Verständnislos starrte der Nork ihn an. »Ich habe doch schon gesagt …«

»Ich weiß, was du gesagt hast«, unterbrach ihn Torian. »Und du weißt genau, was ich meine. Du bist anders als die übrigen Gefangenen, und vor allem anders als die übrigen Norks.«

Faron schüttelte den Kopf. »Unsinn«, sagte er, doch sein Gesicht verfinsterte sich für den Bruchteil einer Sekunde. »Du täuschst dich. Ich bin auch nicht mehr als jeder andere hier.«

»Natürlich nicht.« Torian grinste flüchtig. Er glaubte selbst nicht richtig an seinen Verdacht, Faron könnte ein Spitzel sein. Wahrscheinlich ging es dem Nork genauso wie ihm auch. Keiner vertraute dem anderen, dafür kannten sie sich zu wenig. Dabei hatte sich gerade Torian in den vergangenen Jahren einen sehr zweifelhaften Ruf erworben, der ihm hier nur vorteilhaft sein konnte.

»Du sollst Fürst Limahrt umgebracht haben«, sagte Faron, als hätte er seine Gedanken gelesen. »War Limahrt wirklich dein Vater?«

»Ja. Aber ich habe ihn nicht umgebracht. Es war Warlon, mein Bruder. Er wollte selber Fürst werden.«

»Was er ja auch geschafft hat. Gibt es keine Möglichkeit, deine Unschuld zu beweisen?«

»Nein. Alles deutet auf mich hin, und der einzige Zeuge ist tot.« Torian machte eine kurze Pause, dann wechselte er rasch das Thema: »Und weshalb bist du hier?«

»Ich war einer der Führer des Nork-Aufstandes vor ein paar Jahren. Vor drei Monaten haben sie mich geschnappt und hierher gebracht.« Sein Gesicht verhärtete sich. »Man versprach, uns zu begnadigen, wenn wir die Waffen niederlegen. Als wir es taten, konnte sich plötzlich niemand mehr an das Versprechen erinnern, und man jagte uns genauso schlimm wie zuvor, bis sie mich und die meisten anderen geschnappt hatten. Am Anfang haben sie genauso versucht, mich fertig zu machen, wie sie es jetzt mit dir machen. Aber ich habe die Spielregeln Moran-Durs ziemlich schnell durchschaut.«

Das Gespräch versiegte, und wieder drohte Torian einzuschlafen. Er massierte seine Muskeln, um sie zu entkrampfen. Faron packte die leeren Holzteller und brachte sie weg. »Vor Kawilas wirst du dich in Acht nehmen müssen«, sagte er, als er zurückkehrte. »Er versucht, die anderen gegen dich aufzuwiegeln.«

»Soll er«, murmelte Torian. »Ich bin überhaupt nicht besonders scharf darauf, den Anführer zu spielen, sondern wollte ihm nur zeigen, dass ich mich nicht so leicht einschüchtern lasse.«

»Warum erklärst du ihm das nicht?«, fragte Faron spöttisch. »Vielleicht sieht er das ja ein und hört auf, dich zu hassen. Vorausgesetzt, du kannst schneller sprechen, als er dir die Zähne einschlägt. Verstehst du nicht, dass es ihm allein um seinen Stolz geht? Er wird unter allen Umständen versuchen, sich seine Position zurückzuerobern.«

»Wenn er sich jetzt noch einmal mit mir anlegen würde, hätte er leichtes Spiel«, sagte Torian schmerzlich. »Ich würde wahrscheinlich nicht einmal seinem ersten Schlag ausweichen können.«

»Genau deshalb wird er es auch nicht tun«, versicherte Faron. »Er weiß, wie erschöpft du bist, und es würde sein Ansehen in keiner Form steigern, dich jetzt zu verprügeln. Alle würden sich geschlossen gegen ihn stellen. Nein, er wird bis kurz vor den Spielen warten.«

»Was haben die Spiele damit zu tun?«

Faron lachte leise. »Du hast wohl nicht besonders viel Ahnung von Moran-Dur, wie? Die Spiele finden zweimal im Jahr statt. Das ist ein riesiges Spektakel, zu dem zahlreiche einflussreiche Besucher aus allen Teilen Scrooths kommen. Jeder Gefangenenblock stellt einen Kämpfer. Die zehn Gesamtsieger werden teilweise begnadigt und in eine Sondertruppe der Armee gesteckt. So bleiben sie zwar auch weiterhin Gefangene, aber sie sind dieser Hölle hier immerhin entkommen. Es gibt kaum jemanden auf Moran-Dur, der nicht zu den Kämpfern gehören möchte. Selbst wenn man verliert, hat man immerhin die Hoffnung auf einen raschen Tod.«

»Und wer bestimmt über die Teilnahme?«

»Jeder Gefangenenblock stellt seinen Kämpfer selbst auf. Natürlich kann sich immer der Stärkste durchsetzen. Ein klug ausgedachtes Prinzip, das einen doppelten Sinn erfüllt. Den Gefangenen bleibt eine letzte kleine Hoffnung, von hier zu entkommen, und da immer die Stärksten Moran-Dur verlassen, verhindert man, dass ihre Macht allzu groß wird. Außerdem entsteht niemals eine für die Wächter gefährliche Gemeinschaft der Gefangenen, weil es ständig Kämpfe um die Führung und die damit verbundene Chance zum Entkommen gibt.«

Erst allmählich begriff Torian. »Soll das heißen, dass ich an den Spielen teilnehme, nur weil ich Kawilas gestern besiegt habe?«

»Genau das. Deshalb wird er mit Sicherheit alles unternehmen, um sich seine Position zurückzuerobern. Ihm bleiben noch knapp drei Wochen. Wenn du dich bis dahin behaupten kannst, ist das deine Chance, von hier wegzukommen.«

Die Gedanken jagten wie kleine bissige Ungeheuer durch Torians Geist. Einiges, was Faron ihm erzählt hatte, wusste er bereits, neu war für ihn aber das Prinzip, wie die Kämpfer ausgewählt wurden. Trotzdem glaubte er nicht, dass sich dadurch eine Chance für ihn ergab. Warlon und Barul-Konos würden verhindern, dass er auf diese Art von hier entkam.

Aber einen Versuch war es zumindest wert.

Wieder ertönte ein dumpfer Gongschlag und zeigte das Ende der Pause an.

☆

Torian wusste nicht, wie er den Nachmittag lebend überstand. Er brauchte einen Zusammenbruch gar nicht erst zu spielen. Irgendwann konnte er einfach nicht mehr. Sofort waren zwei Wächter zur Stelle, die auf ihn einpeitschten. Sie schlugen ihn halb tot, bis sie schließlich einsahen, dass er an die Grenzen seiner Kraft gestoßen war, und ihn einfach liegen ließen. Ein anderer Gefangener übernahm seine Aufgabe. Am Abend musste er sich von Faron und einem anderen Nork in ihre Unterkunft schleppen lassen. Er nahm vage wahr, dass Shyleen nicht mehr bei ihnen war, doch seine Erschöpfung war zu groß, als dass er darüber nachdenken konnte. Kaum hatte er sein Lager erreicht, war er auch schon eingeschlafen. Er schlief die ganze Nacht durch, bis die gleiche Tortur am nächsten Morgen erneut begann.

Aber auch in diesem Punkt behielt Faron Recht: Man schonte ihn etwas mehr, um ihn nicht innerhalb weniger Tage zu Tode zu hetzen, wobei auch klar war, dass dies keinesfalls aus Mitleid geschah. Shyleen sah er nicht wieder. Wahrscheinlich hatte man sie zu einer anderen Gruppe gebracht, um sie von ihm zu trennen und ihn dadurch noch zusätzlich zu quälen. Als er sich am dritten Tag bei einem Wächter nach ihr erkundigte, bestand die einzige Antwort aus einem Peitschenhieb.

Er fragte kein zweites Mal.

Allmählich gewöhnte sich sein Körper an die Strapazen. Außerdem wurde er nicht mehr auf Schritt und Tritt bewacht, sodass er während der Arbeit immer wieder kurze Pausen einlegen und seine Kräfte einteilen konnte. Mit Kawilas gab es zwar ständig kleinere Reibereien, aber keine weiteren Kämpfe mehr. Die Gefangenen seiner Gruppe waren in zwei Lager gespalten. Die einen hielten nach wie vor zu Kawilas, weil sie glaubten, dass er sich auf Dauer durchsetzen würde, doch der größere Teil hatte sich auf Torians Seite geschlagen. Kawilas wartete noch ab.

Der Vorfall ereignete sich am zwölften Tag von Torians Gefangenschaft, und er bekam selbst nicht genau mit, wie es eigentlich begann. Als sie morgens in die Minen getrieben wurden, kam es zum Kampf zwischen Kawilas und einem Wächter. Kawilas entriss dem Mann die Peitsche und erwürgte ihn, bevor irgendjemand eingreifen konnte. Als Torian Kawilas erreichte, war der Wächter bereits tot.

»Du verdammter Idiot«, keuchte Torian. Er deutete auf ein halbes Dutzend bewaffneter Wächter, das durch den Stollen herangestürmt kam. »Auf diese Art haben wir keine Chance. Die werden …« Erst jetzt erkannte er, dass Kawilas längst nicht so spontan gehandelt hatte, wie es zuerst aussah. Gefangene sprangen plötzlich aus den Türöffnungen und überwältigten die völlig überraschten Wächter. Sie waren tot, erschlagen von ihren eigenen Schwertern, bevor sie die neue Gefahr überhaupt erkannten. Keiner von ihnen hatte eine Chance. Es war kein Kampf, sondern ein Schlachten. »Das ist trotzdem Wahnsinn!«, stieß Torian hervor. Er verdrängte die Frage, wie es Kawilas gelungen war, Kontakt zu einem anderen Gefangenenblock aufzunehmen, und packte ihn am Arm. »Sag ihnen, dass sie die Waffen wegwerfen sollen, dann haben wir vielleicht noch eine Chance, alles lebend zu überstehen.«

Genauso gut hätte er gegen eine Wand sprechen können. Niemand hörte ihm wirklich zu, das zeigte ihm ein schneller Blick in die Gesichter der Gefangenen. Sie waren wie besessen. In dieser verzweifelten Rebellion entlud sich der in vielen Jahren des Sklavendaseins aufgestaute Hass. »Du kannst ja hier bleiben, wenn es dir so gut gefällt«, rief Kawilas. »Los jetzt, wir müssen hier weg. Nehmt alles an Hacken und Schaufeln, was ihr findet, alles, was sich als Waffe verwenden lässt.« Er riss seinen Arm gewaltsam los und begann zu laufen. Fast alle Gefangenen folgten ihm, nur Faron und einige weitere Norks blieben zurück. Torian warf ihnen einen knappen Blick zu. »Diese Narren«, fluchte er erbittert. »Ich werde versuchen, das Schlimmste zu verhindern. Bleibt ihr zurück!« Ohne auf Antwort zu warten, rannte er hinter den Aufständischen her und drang bis zu Kawilas vor. »Verdammt, was willst du damit erreichen?«, rief er. »Auf diese Art kommen wir hier nie heraus.«

»Das wird sich zeigen. Wir befreien die anderen und kämpfen uns den Weg frei«, schrie Kawilas mit einem fanatischen Feuer in den Augen.

»Es gibt ja auch nur ein paar hundert Wächter in Moran-Dur«, gab Torian zurück und schüttelte wütend den Kopf. Je länger dieser sinnlose Aufruhr andauerte, desto strenger würden nachher die Sicherheitsvorkehrungen sein, und dann konnte er seine eigenen Hoffnungen auf eine Flucht endgültig begraben. Irgendwie musste er diese Dummköpfe zur Vernunft bringen.

Sie erreichten eine Abzweigung und bogen in einen anderen Gang ein, wo sie auf eine weitere Gruppe Gefangener mit sieben Wachtposten trafen. Einer der Wächter sprang direkt auf Torian zu. Torian sah seine Schwertklinge in einem flimmerndem Halbkreis auf sich zurasen und duckte sich im letzten Moment. Wenige Handbreit über seinem Kopf klirrte die Klinge Funken stiebend gegen die Wand. Torian bekam den Arm des Wächters zu packen und verdrehte ihn, bis der Mann mit einem Schmerzensschrei die Waffe fallen ließ. Im gleichen Moment brach der Wächter zusammen. Auf seiner Brust breitete sich ein roter Fleck aus. Mit einem widerlichen Grinsen riss Kawilas sein Schwert zurück, mit dem er den Mann durchbohrt hatte. Auch von den übrigen Wächtern lebte keiner mehr.

»Warum hast du das gemacht?«, brüllte Torian ihn an. »Willst du vielleicht alle umbringen? Sie werden sich für jeden Toten zehnfach rächen, begreifst du das nicht?«

Kawilas wog das Schwert in der Hand. »Viel weniger begreife ich, warum ich dich nicht ebenfalls endlich umbringe. Du wärest längst tot, wenn es jetzt nicht auf jeden Einzelnen ankäme, kapierst du das vielleicht mal? Aber ich schwöre dir, dass ich dich dennoch eigenhändig erschlagen werde, wenn du nicht mit diesem Gequatsche aufhörst. Und jetzt nimm dir endlich auch ein Schwert, schließlich bist du doch so ein großer Held.«

Ein lauter Trompetenstoß schallte durch die Gänge. Beinahe gleichzeitig näherte sich ihnen eine Gruppe von gut dreißig uniformierten Soldaten. Im Gegensatz zu den meisten der bisherigen Wächter waren sie nicht nur mit Schwertern, sondern auch mit Bögen bewaffnet. Ein Hagel von Pfeilen schlug den Gefangenen entgegen. Nur die wenigstens trafen ihr Ziel, doch reichten sie bereits aus, ein Chaos zu verursachen. Entsetzens- und Schmerzensschreie erfüllten den Gang. »Zurück!«, brüllte Kawilas mit überschnappender Stimme. Sein Ruf ging in dem aufbrandenden Tumult unter, aber er wäre auch nicht nötig gewesen. Die gerade noch so siegessicheren Gefangenen stürmten voller Entsetzen in die Richtung zurück, aus der sie gekommen waren. »Dort lang!«, befahl Kawilas und wies mit dem Schwert auf ein Portal, das zu den Zuschauerrängen führte. Sie hatten es noch nicht erreicht, als hinter ihnen die Soldaten auch in den Hauptgang eindrangen und sofort einen weiteren Pfeilhagel abschossen. Mit der Kraft der Verzweiflung stürmten die Gefangenen gegen das Portal an und versuchten es aufzubrechen, doch es war von außen verriegelt und schien massiv genug, selbst einem tobenden Drachen Einhalt zu gebieten.

Mit einem weiten Satz gelangte Torian an eine seitlich abzweigende Tür, die aufflog, als er zweimal kräftig dagegen trat. Dahinter erstreckte sich ein großer, leerer Raum. »Hierhin!«, schrie er. »Aus der Schusslinie!« Die Gefangenen überrannten ihn fast. Sie waren noch achtunddreißig, also hatte es auf ihrer Seite bereits neun Tote gegeben, und auch von den Überlebenden hatten die meisten schon Verletzungen.

Er machte sich keine Illusionen. Sie saßen in der Falle, und wenn die Soldaten sie noch nicht angriffen, warteten sie wahrscheinlich nur auf Verstärkung. Vielleicht wollte man sie auch einfach aushungern. In jedem Fall hatten sie keine Chance mehr. Der Aufstand war bereits im Keim erstickt, und wenn es noch einmal zum Kampf kam, konnte es keinen Zweifel über den Ausgang geben. Die Soldaten würden sie einfach überrennen.

»War es das, was du gewollt hast?«, fauchte er Kawilas an. »Du hättest kaum eine sicherere Methode wählen können, um Selbstmord zu begehen.«

»Wenn sie uns hier angreifen, werden sie einen hohen Blutzoll bezahlen müssen«, erwiderte Kawilas. Seine siegessichere Überheblichkeit war sichtlich geschwunden, der Ausdruck in seinem Gesicht nur noch der Trotz eines Verlierers, der sich weigert, die Wahrheit anzuerkennen. »Wir werden sie zu Verhandlungen zwingen, wenn sie nicht wollen, dass Moran-Dur in einem Meer von Blut ertrinkt.«

»Wessen Blut? Wie kann man nur so verbohrt sein? Vielleicht können wir sie wirklich eine Weile aufhalten, aber das nutzt nichts. Es wird nicht mehr lange dauern, bis Verstärkung eintrifft«, schrie Torian ihn an. »Wir können nicht gegen eine zehnfache Übermacht kämpfen. Außerdem haben sie keine Eile. Sie brauchen nur zu warten, bis wir vor Hunger und Durst umfallen. Wenn wir uns aber ergeben, wird die Strafe vielleicht nicht allzu hart ausfallen.«

»Verdammt, geh doch, wenn du willst, aber lass uns mit deinem Gewäsch in Ruhe!«, brüllte ihn eine junge Frau an, deren Gesicht durch eine Narbe entstellt war.

Wütend schüttelte Torian den Kopf über so viel Ignoranz und bornierte Dummheit auf einem Haufen. Am liebsten hätte er sich den Wächtern wirklich gestellt, aber es hätte ihm nichts geholfen. Die anderen hätten es als Verrat ausgelegt, und er hätte ihr Vertrauen für alle Zeit verloren, wenn sie ihn überhaupt lebend hätten gehen lassen. Es wäre das Ende seiner Hoffnung, für die Spiele aufgestellt zu werden, und ihm blieben nur noch ein paar Tage.

»Sie kommen!«, rief Kawilas. Er hielt einen von den nur fünf erbeuteten Bögen in den Händen. Auch Torian vernahm das Hallen von harten Stiefeltritten auf dem Steinboden und spähte vorsichtig in den Gang hinaus. Mehr als fünfzig Soldaten näherten sich ihnen. Sie suchten in den Türnischen Schutz, trotzdem traf Kawilas einen der Soldaten mit einem Pfeilschuss tödlich. Ein weiterer wurde an der Schulter getroffen, die anderen Schüsse gingen fehl. Im gleichen Moment schossen die Wächter zurück. Sie deckten die Tür so mit Pfeilen ein, dass nicht einmal mehr eine Maus den Kopf auf den Gang hätte hinausstrecken können, ohne ihn zu verlieren.

Torian zog sich in die hinterste Ecke des Raumes zurück, um nicht von einem verirrten Pfeil getroffen zu werden. Nur Trotz und Hass gaben den Gefangenen noch die Kraft zum Weiterkämpfen. Der Hass auf die Wächter und der Trotz, ihre errungene Freiheit nicht kampflos wieder aufzugeben, auch wenn sie nicht einmal eine halbe Stunde gewährt hatte.

Dann tauchten die ersten Soldaten im Türrahmen auf.

Torian hob die Hände, um zu zeigen, dass er keinen Widerstand leisten würde.

Mit hassverzerrtem Gesicht warf Kawilas den nutzlosen Bogen fort, ergriff sein Schwert und streckte gleich zwei Soldaten mit einem wuchtigen Hieb nieder. Ein weiterer lief direkt in sein Schwert hinein. Sofort sprang Kawilas zurück, doch noch bevor er die Waffe wieder freibekam, waren die Soldaten über ihm. Ein Tritt prellte ihm das Schwert aus der Hand, dann ging er zwischen den Uniformierten förmlich unter.

Auch die anderen Gefangenen leisteten kaum noch Widerstand. Wer sich trotzdem wehrte, wurde von den Soldaten einfach überrannt, doch die meisten ließen entmutigt ihre Waffen fallen und ergaben sich ohne Kampf. Torian wurde gepackt und genau wie die anderen brutal auf den Gang hinausgetrieben, wo Barul-Konos bereits auf sie wartete, die Arme vor der Brust verschränkt. »Narren«, sagte er abfällig. Er sprach leise, aber auf eine Art, die Torian unwillkürlich schaudern und begreifen ließ, was die Redewendung *gefährlich leise* bedeutete. »Ihr seid allesamt Narren. Was habt ihr euch bei dieser kindischen Rebellion nur gedacht? Glaubtet ihr ernsthaft, so aus Moran-Dur entkommen zu können? Ich hoffe, das wird euch eine Lehre sein.« Er warf Kawilas einen halb bedauernden, halb spöttischen Blick zu, dann gab er den Soldaten einen Wink. »Tötet ihn!«

»Das ... das könnt ihr nicht ...!« Kawilas' Augen weiteten sich vor Entsetzen. »Ihr habt doch versprochen ...«

Das waren seine letzten Worte. Torian wandte den Kopf ab, als er sah, wie einer der Soldaten sein Schwert hob. Kawilas' Schrei riss abrupt ab. Lähmendes Schweigen breitete sich aus.

»Und jetzt schafft sie in ihre Unterkünfte zurück!«, befahl Barul-Konos kalt. Torian hörte seine Worte wie durch einen dichten Nebel. Während des ganzen Weges zurück fühlte er den Blick des Kommandanten auf sich ruhen und wusste, dass das Todesurteil für Kawilas in Wahrheit ihm galt und nur dazu diente, ihn zu warnen. Immer wieder hallten die Worte des bulligen Gefangenen in ihm wider, und nur ganz langsam begann er zu begreifen.

Es war alles geplant gewesen, auch der Aufstand war allein *seinetwegen* inszeniert worden. Ohne es zu wissen, hatte Kawilas nur als Werkzeug gedient. Barul-Konos hatte ihm etwas versprochen und ihn dann aus dem Weg geräumt. Der Aufstand *sollte* stattfinden. Aber warum? Torian konnte sich nicht vorstellen, dass es Barul-Konos nur darauf angekommen war, ihm seine Hilflosigkeit vor Augen zu führen, dass er nur deshalb mehr als zwei Dutzend Menschen, die meisten davon Wächter, sterben ließ, um ihm Hoffnung vorzugaukeln und sie anschließend umso gründlicher wieder zu zerstören.

Torian fand keine Lösung, sosehr er auch grübelte.

Er war so in Gedanken versunken, dass er den toten Nork vor der Tür des Verlieses erst entdeckte, als er fast über den Leichnam stolperte.

»Die haben es geschickter angestellt«, sagte Barul-Konos neben ihm. »Als ihr alle Aufmerksamkeit auf euch gelenkt habt, haben sie die Gelegenheit genutzt, um in aller Heimlichkeit zu fliehen. Aber meine Männer sind ihnen bereits auf der Spur. Wir werden sie ebenfalls wieder einfangen.«

Jedes seiner Worte traf Torian wie ein Schlag. Am liebsten hätte er sich selbst für seine Dummheit geohrfeigt. Statt zu versuchen, die anderen zur Vernunft zu bringen, hätte er nur bei Faron zu bleiben brauchen, und er wäre jetzt vielleicht wirklich frei. Einer kleinen Gruppe, die sich unauffällig davonschlich, konnte die Flucht viel eher gelingen als dem grölenden Haufen, der seinen Weg geradezu mit Leichen pflasterte.

Barul-Konos lachte schallend. Sein Lachen hallte Torian noch in den Ohren, als die Tür längst hinter ihm ins Schloss gefallen war. Es verklang erst, als Faron und sein Begleiter Stunden später in das Verlies getrieben wurden. Faron war übel zugerichtet und konnte sich kaum aus eigener Kraft auf den Beinen halten; man hatte ihn ausgepeitscht. Sein Fell war voller Blut, doch er schien den Schmerz kaum zu spüren. Kraftlos ließ er sich auf sein Lager fallen. Auf seinem Gesicht lag ein leises, triumphierendes Lächeln, als sich Torian neben ihm niederkauerte.

»Dein Freund lebt und ist in Sicherheit«, flüsterte der Nork beinahe unhörbar. »Ich habe gerade mit Garth gesprochen.«

Dann verlor er das Bewusstsein.

☆

Ungeduldig wartete Torian darauf, dass Faron endlich wieder aufwachte. Sein Herz raste, und die Gedanken überschlugen sich in seinem Kopf, selbst jetzt noch. Es war ihm nicht gelungen, ruhiger zu werden, obwohl Faron bereits seit mehr als einer Stunde ohne Bewusstsein war. Die anderen Norks hatten seine Wunden versorgt und verbunden, so gut es ihnen mit den wenigen Hilfsmitteln möglich war, dann hatte Torian sie zurückgescheucht, um sofort ungestört mit Faron sprechen zu können, wenn er aufwachte. Dieses Gespräch ging niemanden etwas an, es konnte sogar gefährlich werden, wenn zu viel davon bekannt wurde. Etwas sagte ihm, dass Farons Worte nicht nur einem Fieberwahn entsprangen, wenn er sich auch nicht vorstellen konnte, wie der Nork mit Garth gesprochen haben sollte. Es konnte höchstens bedeuten, dass Warlon und Barul-Konos ihn belogen hatten und sich Garth ebenfalls als Gefangener in Moran-Dur befand. Aber warum hatte Faron dann gesagt, Garth wäre in Sicherheit? Er hatte diesen verfluchten Berg bestimmt nicht verlassen und war dann freiwillig zurückgekehrt, um sich halb totschlagen und wieder einsperren zu lassen.

Torian merkte, wie seine Gedanken sich im Kreis zu drehen begannen. Er wusste einfach zu wenig, um irgendwelche Spekulationen anstellen zu können, und all seine Grübeleien endeten im Nichts.

Garth lebte, das war alles, was im Moment zählte.

Wenn sich Faron nicht doch geirrt oder schlichtweg fantasiert hat, meldete sich wieder die leise, böse Stimme des Zweifels in seinen Gedanken. Mit Macht kämpfte Torian dagegen an. Er wusste, dass es falsch war, sich allzu stark an diese Hoffnung zu klammern. Wenn sie trügerisch war, würde der Schmerz anschließend umso schlimmer sein, doch das war ihm momentan gleichgültig. Nach all den Schrecken und Rückschlägen der letzten Tage waren Farons Worte endlich einmal ein Lichtblick.

Endlos langsam verstrichen die Sekunden, jede Minute dehnte sich zu einer wahren Ewigkeit, bis Faron endlich wieder ein schwaches Lebenszeichen von sich gab. Er stöhnte leise auf und bewegte den Kopf ein wenig. Torian rüttelte ihn sanft an der Schulter und rief immer wieder den Namen des Norks, bis Faron nach einigen weiteren Minuten die Augen aufschlug und ihn verwirrt anschaute. Dann klärte sich sein Blick. »Torian«, murmelte er leise. Seine Stimme war kaum zu verstehen.

»Was ist mit Garth?«, fragte Torian voll Ungeduld mit bebender Stimme, aber ebenso leise, damit die anderen ihn nicht hörten. »Du hast gesagt, du hättest ihn gesprochen. Wo ist er? Wie geht es ihm?«

Mühsam stemmte sich Faron in die Höhe und verzog vor Schmerz das Gesicht. Torian reichte ihm einen Krug, in dem sich noch ein kleiner Rest Wasser befand. Mit einem dankbaren Nicken griff der Nork danach, trank und stellte den leeren Krug zu Boden. »Hilf mir hoch«, bat er, ohne auf Torians Frage zu antworten. »Ich muss mit dir reden, aber so, dass niemand mithören kann.«

Torian musste ihn stützen, als sie in die hinterste Ecke des Verlieses schlichen und sich dort niederkauerten. Die meisten Gefangenen schliefen und bekamen ohnehin nichts mit, die anderen, die neugierig näher kamen, scheuchte er mit einigen barschen Worten zurück. Niemand wagte es, gegen ihn aufzubegehren. »Also, was ist nun mit Garth?«, flüsterte er, als er sicher war, dass niemand hören konnte, was sie sprachen.

»Er war so schwer verletzt, dass man ihn für tot hielt und liegen ließ. Meine Leute kümmerten sich um ihn und pflegten ihn. Mittlerweile ist er außer Lebensgefahr und erholt sich sogar erstaunlich schnell. Er ist ungeheuer zäh. In ein paar Tagen wird er wieder ganz gesund sein.«

»Wer sind *deine Leute?*«, unterbrach Torian, bewusst den Tonfall seines Gegenübers nachahmend. »Willst du sagen, dass du Moran-Dur wirklich verlassen hast?«

»Ich habe dir doch erzählt, dass ich einer der Führer des Nork-Aufstandes vor ein paar Jahren war. Nicht alle von uns haben sich damals ergeben, viele konnten fliehen und sich verbergen. Wir sind nicht nach Tremon gegangen, weil wir rasch erkannten, dass wir dem Namen nach dort zwar keine Sklaven waren, ansonsten jedoch genauso unterdrückt und ausgenutzt wurden. Deshalb blieben wir hier, in unmittelbarer Nähe, wo uns niemand vermutet. Es gibt geheime Höhlen und Katakomben unter diesem Berg, die sicherer sind als jedes andere Versteck. Aber wir konnten nicht einfach nur tatenlos abwarten. Viele meiner Brüder werden in Moran-Dur gefangen gehalten. Wir werden sie befreien. Deshalb bin ich zurückgekommen.«

»Dann gibt es einen Weg herauszukommen?«

Faron nickte. »Meine Brüder haben einen unterirdischen Stollen bis zu einem stillgelegten Teil der Minen getrieben. Aber wir können ihn nicht so einfach benutzen, da wir gar nicht bis ganz heran kommen. Vorhin gelang es uns, weil alle abgelenkt waren, aber da es keinen weiteren Aufstand dieser Art geben kann, werden wir auf andere Art Unruhe stiften. Dann, wenn die Wirkung am größten sein wird. Während der Spiele.«

»Aber gerade dann werden auch die Sicherheitsvorkehrungen am schärfsten sein«, wandte Torian ein. »Man wird die zehnfache Zahl an Soldaten nach Moran-Dur schicken, als normalerweise hier sind.«

»Sie werden zu beschäftigt sein, um sich um uns zu kümmern«, erklärte Faron grinsend. »Da viele meiner Brüder seit langer Zeit in den Höhlen unter dem Berg leben, kennen wir ihn genau. Moran-Dur war früher ein Vulkan, wie du gesehen hast. Er gilt seit Jahrtausenden als erloschen, aber das ist er nicht. Wir sind auf unterirdische Lavaströme gestoßen, manche nur durch kaum einen halben Meter breite Felswände von den Minen getrennt.«

Torian zuckte zusammen, als hätte man ihn geschlagen. Er begann zu ahnen, was Faron andeuten wollte, aber etwas in ihm weigerte sich, wirklich daran zu glauben. »Ihr seid verrückt«, keuchte er. »Ihr könnt nicht wirklich vorhaben, den Vulkan wieder ausbrechen zu lassen. Es würde Tausende Tote geben.«

»Es geht nicht darum, den Vulkan ausbrechen zu lassen«, berichtigte Faron. »Das wäre unmöglich. Was wir erreichen können, sind allenfalls ein paar Erdstöße und leichte Eruptionen, aber das reicht schon. Es wird zu einer Panik kommen, niemand wird sich mehr um uns kümmern. In dem ausbrechenden Chaos können wir dann unbemerkt fliehen. Es ist unsere einzige Chance.«

»Trotzdem ist es Wahnsinn«, beharrte Torian. »Es kann einfach nicht gelingen. Wir werden alle sterben.«

Das Gesicht des Norks verfinsterte sich, und plötzlich lag ein so harter und entschlossener Zug darin, wie ihn Torian bei seinem Gegenüber noch nie bemerkt hatte. Farons Augen glitzerten auf eine Art, die ihm ganz und gar nicht gefiel. Er hatte dieses Glitzern schon oft bei anderen entdeckt. Die meisten von ihnen waren mittlerweile tot. Mit einem Mal begriff er, dass er sich auf etwas eingelassen hatte, das auch ihm selbst leicht zum Verhängnis werden konnte. Faron war ein Fanatiker, der seine Ziele unter allen Umständen durchsetzen wollte, und ebenso wenig, wie er dabei auf sein eigenes Leben Rücksicht nahm, interessierte es ihn, wie viele andere sterben mussten. Er konnte sich mit aller Kraft für einen anderen aufopfern, solange es seinen Plänen dienlich war – aber er würde notfalls auch seinen besten Freund skrupellos umbringen und behaupten, es wäre seine Pflicht gewesen. Und was das Schlimmste war: Er würde wirklich daran glauben.

Diese Gedanken schossen Torian blitzartig durch den Kopf. Nervös knetete er seine Hände, als ihm auf einmal bewusst wurde, dass er bereits zu viel wusste, um so zu tun, als ginge ihn das alles nichts an.

»Es war wohl ein Fehler, dir davon zu erzählen«, sagte Faron kalt. »Anscheinend habe ich dich falsch eingeschätzt. Feiglinge können wir nicht gebrauchen.«

»Unsinn«, schnaubte Torian. »Darum geht es überhaupt nicht. Vernunft hat nichts mit Feigheit zu tun. Natürlich will ich auch von hier weg, aber das Risiko ist einfach zu groß. So etwas wie einen begrenzten Vulkanausbruch gibt es nicht. Ihr werdet Moran-Dur vernichten.«

»Und wenn«, warf Faron ein. »Tut es dir vielleicht Leid darum? Oder um die Zuschauer? Sicherlich wird es Opfer geben, auch auf unserer Seite, aber das lässt sich nicht vermeiden. Es wird jedoch nicht zu einer Katastrophe kommen. Irgendwann in den nächsten Jahren wird der Vulkan ohnehin wieder aktiv werden, und dann werden alle sterben. Wir sorgen für einen kleinen Ausbruch, um das Schlimmste zu verhindern. Ein bisschen Rauch, einige Erdstöße, damit hat es sich. Wahrscheinlich wird die Lava nicht einmal bis zur Erdoberfläche steigen. Wir sind schließlich keine Dummköpfe.«

Torian war sich da zwar längst nicht mehr so sicher wie noch vor ein paar Minuten, aber das behielt er lieber für sich. »Hoffentlich«, knurrte er deshalb nur. »Wie soll denn das Ganze überhaupt ablaufen? Die anderen Gefangenengruppen wissen doch von nichts, oder?«

»Nur wenige. Ich habe einige Vertraute in anderen Blöcken, aber sie brauchen ein Zeichen, um alle zur gleichen Zeit zuschlagen zu können. Genau dafür brauchen wir dich. Wenn du in der Arena kämpfst, können dich alle sehen.«

»Aber ja«, erwiderte Torian spöttisch. »Vor allem die Soldaten.

Ich schätze, die werden sich beim kleinsten Zwischenfall sehr freuen, mich direkt vor ihren Pfeilspitzen zu haben.« Er schüttelte den Kopf. »Wenn du einen Märtyrer suchst, dann schau dich woanders um. Hier zu leben gefällt mir nämlich immer noch besser, als gar nicht zu leben.«

»Keiner der Soldaten wird mehr auf dich achten«, widersprach Faron. »Im gleichen Moment, in dem du das Zeichen gibst, werden wir uns auf die Wächter stürzen. Du hast vorhin bei Kawilas erlebt, wie wenige ausreichen, um die anderen mitzureißen. Unsere Brüder werden gleichzeitig die Felswände zu den unterirdischen Lavaadern zerschlagen. Du bist nicht mehr gefährdet als jeder andere von uns auch. Wir brauchen dich, Torian, und du brauchst uns, um von hier zu entkommen.«

»Ich könnte auch bei den Spielen gewinnen und auf diesem Weg von Moran-Dur entkommen«, wandte Torian ohne große Überzeugung ein.

Faron lachte nur und spie aus.

»Mach dir da keine Illusionen. Die Spiele sind nicht mehr als eine Farce, ein riesiges Spektakel für die Ehrengäste. In Wahrheit stehen die Sieger von Anfang an fest. Man mischt ihnen stärkende Drogen ins Essen. Du bist mit Sicherheit nicht dabei, und selbst wenn, so müsstest du Shyleen zurücklassen, und du machst nicht den Eindruck, als ob du dir deine Freiheit auf Kosten deiner Freunde erkaufen würdest. Nein, die Spiele sind nicht mehr als ein einziger gigantischer Betrug. Sicher, ein paar Gefangene kommen frei, aber auch sie überleben die nächsten Tage nicht, weil man sie in irgendein Selbstmordkommando hetzt, bevor sie vielleicht einmal fliehen können. Alles ist so klug ausgetüftelt, dass es nicht einmal etwas nutzen würde, wenn ich es allen sagen würde. Man würde mir nicht glauben, weil niemand mir würde glauben *wollen,* um nicht alle Hoffnungen zu verlieren.« Faron schnaubte verächtlich. »Nein, Torian. Entweder schließt du dich uns an, oder du wirst für den Rest deines Lebens hier bleiben. Du hast die Wahl. Anfangs haben wir dir nicht voll vertraut, aber Garth hat unsere Bedenken zerstreut und uns versichert, dass wir uns auf dich verlassen können.«

»Wo ist er jetzt?«, fragte Torian. Bei der Aufregung über den wahnwitzigen Fluchtplan hatte er Garth fast vergessen. Jetzt, nachdem sich seine erste Freude gelegt hatte, erwachte auch wieder sein Misstrauen. »Woher soll ich wissen, dass du die Wahrheit sagst und wirklich mit ihm gesprochen hast?«

»Ich sagte schon, dass sich Garth bei meinen Brüdern befindet, gar nicht weit von hier entfernt. Er hilft ihnen bei den Vorbereitungen und wird auch mithelfen, heimlich Waffen durch den Stollen nach Moran-Dur zu bringen, für den Fall, dass es während der Flucht doch zu Kämpfen kommen sollte. Du wirst ihn dann treffen. Und falls du mir nicht glaubst, soll ich dir Folgendes ausrichten.« Er überlegte einen Moment, schloss die Augen, um sich besser konzentrieren zu können, und zitierte dann: *»Der tausendjährige Traum, der in einer vergessenen Stadt in der Wüste begann, ist ausgeträumt, doch die Zeit holt sich zurück, was ihr zusteht.* Du wüsstest angeblich, was dieser Unsinn zu bedeuten hat.«

Torian nickte langsam. Die Ruinenstadt Rador, der vor tausend Jahren begonnene Traum der Schwarzen Magier, ihre Dämonengötzen in die Welt zurückzuholen, und der Verlust von Shyleens Unsterblichkeit – niemand außer Garth konnte davon wissen. Sein Misstrauen schmolz dahin, vielleicht allein deshalb, weil er daran glauben *wollte*, dass Faron die Wahrheit gesagt hatte. Die Neugier auf dem Gesicht des Norks war nicht zu übersehen, doch Torian dachte gar nicht daran, ihm Garths Botschaft zu erklären. Ihn beschäftigte etwas ganz anderes. »Hast du auch etwas von Shyleen erfahren? Weißt du, wo sie sich befindet?«

»Barul-Konos hat sie in einen anderen Block bringen lassen. Es geht ihr den Umständen entsprechend gut. Wenn es dich beruhigt, werde ich dafür sorgen, dass sie bei der Flucht in deiner Nähe ist. Alles wird so gut wie möglich vorbereitet. Wir haben nur diese eine Chance. Ich wäre bestimmt nicht freiwillig zurückgekommen, wenn ich nicht selbst an einen Erfolg glauben würde. Was ist nun? Hilfst du uns?«

Torian zögerte. Alles ging ihm zu schnell. Er hatte das Gefühl, in die Ecke gedrängt und von den Ereignissen überrollt zu werden, und er brauchte Zeit, um über alles nachzudenken. Es gefiel ihm nicht, vor vollendete Tatsachen gestellt zu werden, sodass er keinerlei Einfluss mehr ausüben, sondern nur noch zustimmen oder den ganzen Plan ablehnen konnte. Es gab eine ganze Menge Ungereimtheiten, die er nicht miteinander in Verbindung bringen konnte. Moran-Dur wurde seit Hunderten von Jahren als Kerker genutzt. Natürlich hatte es immer wieder kleinere Gefangenenaufstände gegeben, aber niemals einen groß angelegten – und vor allem erfolgreichen – Massenaufstand der Gefangenen. Ausgerechnet jetzt, kaum zwei Wochen nachdem er hierher gebracht worden war, sollte gelingen, was niemand zuvor geschafft hatte? Dass der Zufall ihm so schnell zu Hilfe kommen sollte, kam ihm allein schon unbegreiflich vor, aber es war nicht das Einzige. Es hatte die ganze Zeit über nicht eine einzige ernste Schwierigkeit gegeben, alles, aber auch wirklich alles ging so glatt, wie man es sich besser nicht vorstellen konnte. Von den Dutzenden von Gefangenengruppen kam er ausgerechnet in die, zu der auch Faron, der Initiator des Plans, gehörte und wo ein zwar starker, aber geistloser Schläger wie Kawilas der Favorit für die Spiele war – jemand, der auf Dauer keinen ernsthaften Gegner für ihn darstellte, sodass es fast schien, als *wollte* man, dass Torian an den Spielen teilnahm.

Und er hatte auch nicht vergessen, was Kawilas vor seinem Tod indirekt zugegeben hatte: Der von vorneherein zum Scheitern verurteilte Aufstand war von Barul-Konos inszeniert worden, gerade so, als hätte der Kommandant Torians Konkurrenten aus dem Weg räumen und gleichzeitig Faron die Gelegenheit geben wollen, mit seinen Helfern außerhalb von Moran-Dur Kontakt aufzunehmen. Natürlich war dieser Gedanke völlig abwegig. Welchen Grund sollte ausgerechnet Barul-Konos haben, ihnen indirekt zu helfen, wo eine solche Massenflucht – wenn sie tatsächlich gelingen sollte – die größte Niederlage seines Lebens wäre? Torian verdrängte den Gedanken. Vielleicht versuchte er Verbindungen aufzuspüren, wo es keine gab, vielleicht bezogen sich Kawilas' Worte auf etwas ganz anderes, als er glaubte, vielleicht …

Er merkte, dass seine Spekulationen wieder ins Uferlose abzugleiten drohten. Er rief sich selbst zur Ordnung, doch ein Rest Misstrauen blieb trotzdem. Er wandte sich wieder Faron zu, der immer noch auf eine Antwort wartete. »Ich werde es mir überlegen«, erklärte er ausweichend, obwohl er wusste, dass die Entscheidung eigentlich längst gefallen war. Er hatte so gut wie nichts zu verlieren, aber dafür eine ganze Menge zu gewinnen.

Als die Wächter sie am nächsten Morgen wieder in die Minen trieben, sagte er Faron, dass er ihm helfen würde.

☆

In der Nacht vor den Kämpfen fand Torian kaum Schlaf und wälzte sich stundenlang nur unruhig auf seinem Lager hin und her. Er war den Plan in allen Einzelheiten mehrfach mit Faron durchgegangen, und der Nork hatte ihn damit zu beruhigen versucht, dass sich bislang alles planmäßig entwickelte, weil er gar nicht ahnte, dass er Torians Nervosität gerade dadurch eher noch verstärkte. Diese wäre beruhigter gewesen, wenn es wenigstens ein paar kleine, unbedeutende Pannen gegeben hätte, aber nicht einmal das war der Fall. Faron musste ein wahres Genie sein, dass er niemals den Überblick verlor, und wie es ihm gelang, mit den Norks in den anderen Blöcken Kontakt zu halten, blieb Torian ein Rätsel. Zudem gefiel es ihm nicht, sich einem anderen so völlig auszuliefern. Zu viel hing von diesem Tag ab, und trotz aller Vorbereitungen ließen sich die Risiken nicht einmal richtig einschätzen. Immer noch hatte er das Gefühl, einen entscheidenden Punkt in ihren Planungen übersehen zu haben, aber selbst wenn er gewollt hätte, wäre es für einen Rückzieher längst schon zu spät gewesen.

Sehr früh am nächsten Morgen wurde Torian von zwei Wächtern geweckt und aus dem Schlafraum in eine kleine Kammer geführt, in der ein Tisch und ein Stuhl standen. Das Frühstück, das man ihm gleich darauf brachte, sah wesentlich appetitlicher aus als sonst; frisches Brot, sogar ein Fetzen Fleisch und ein Krug Wein, wenn dieser auch stark verwässert war. Trotzdem aß Torian kaum etwas. Sicherlich war es nicht besonders gut, mit leerem Magen in die Kämpfe zu gehen, aber er erinnerte sich an Farons Worte, dass man den als Sieger ausgewählten Kämpfern – zu denen er mit absoluter Sicherheit nicht gehörte – besondere stärkende Mittel verabreichte. Es war gut möglich, dass man ihn im Gegenzug schwächen wollte und ihm betäubende Drogen ins Essen gemischt hatte.

Nach einer Weile kam ein Wächter und brachte ihm einen Schild und ein Messer mit armlanger, aber stumpfer Klinge. »Damit soll ich tatsächlich kämpfen?«, fragte Torian zweifelnd. Er bekam keine Antwort. Ohne ein Wort schloss der Wächter die Tür wieder hinter sich. Unschlüssig betrachtete Torian das Messer. Die Kämpfe sollten möglichst unblutig verlaufen. Mit dieser stumpfen, vorne abgerundeten Klinge konnte er einem Gegner höchstens unbedeutende Verletzungen zufügen – zumindest, solange er sich an die Regeln hielt. Wenn er es bewusst darauf anlegte, konnte aber auch das stumpfe Messer zu einer tödlichen Waffe werden.

Ungeduldig wartete Torian und versuchte dabei, sich vorzustellen, wie Hunderte der einflussreichsten Männer und Frauen Scrooths, von denen er wahrscheinlich einen Teil kannte, in dem Vulkankessel zusammenströmten, um den Kämpfen zuzusehen und grölend ihre Favoriten anzufeuern. Ihm wurde fast übel bei dem Gedanken, dass er rechtmäßig ebenfalls auf den Tribünen sitzen statt in der Arena kämpfen müsste, und für einen winzigen Moment war er Warlon fast dankbar, dass er ihn wenigstens *davor* bewahrt hatte, aber der Gedanke verflog ebenso schnell wieder, wie er gekommen war. Es gab zu vieles, für das er Warlon keineswegs dankbar war.

Endlich wurde die Tür wieder geöffnet. Derselbe Wächter, der ihm Schild und Messer gebracht hatte, forderte ihn mit einer knappen Geste auf mitzukommen. Einen Augenblick lang dachte Torian daran, er könnte ihn leicht überwältigen. Vielleicht wäre es ihm sogar gelungen, aber er verwarf die Idee sofort wieder, als er sich an Kawilas' erfolglosen Fluchtversuch erinnerte. Einen einzelnen Flüchtling würden die Wächter ohne Schwierigkeiten wieder einfangen. Da erschien ihm selbst Farons Fluchtplan trotz aller Risiken erfolgversprechender.

Vor einem eisernen Fallgitter ließ der Wächter ihn allein. Wieder musste sich Torian einige Minuten gedulden. Durch die Gitterstäbe konnte er einen kleinen Teil der Arena überblicken, wo zwei Unbekannte gegeneinander kämpften. Er schaute nicht hin, um sich nicht ablenken zu lassen, sondern versuchte sich ganz auf den bevorstehenden Kampf zu konzentrieren. Faron hatte ihm nicht verraten, worin das Zeichen bestand, sondern nur gesagt, er würde es schon erkennen, wenn es so weit wäre. Torian hoffte, dass es möglichst früh kam, damit er nicht zu viel Kraft im Kampf gegen seinen Gegner vergeuden musste. Er würde sie bei der Flucht noch dringend brauchen.

Unruhig ging er in dem schmalen Gang auf und ab, bis ein Fanfarenstoß ertönte und das Fallgitter von außen geöffnet wurde. Gebückt trat er in die Arena hinaus und kniff gegen das grelle Sonnenlicht die Augen zusammen. Von den Zuschauerrängen drangen Schmährufe herab. Man erkannte ihn und hatte den angeblichen Mord an Fürst Limahrt nicht vergessen. Vielleicht war ein Teil der Gäste sogar nur seinetwegen gekommen. Nur kurz blickte Torian zu den Tribünen hinauf. Der größte Teil der Ränge wurde von den Ehrengästen belegt, nur auf der linken Seite hatte man die Gefangenen zusammengepfercht, eingekesselt durch mehrfach hintereinander gestaffelte Ringe schwer bewaffneter Soldaten. Nach Torians flüchtiger Schätzung mussten es annähernd tausend sein, aber schnell wandte er den Kopf wieder ab und bemühte sich, auch die Rufe zu ignorieren. Er durfte sich nicht nervös machen lassen und versuchte darum, sich auch weiterhin nur auf den bevorstehenden Kampf zu konzentrieren. Die Geräusche wurden zu einem fernen Rauschen, und außer dem Oval der Arena schien nichts anderes mehr zu existieren. Einige dunkle Flecken im Sand bewiesen, dass die bisherigen Kämpfe nicht ganz so unblutig verlaufen waren, wie sie eigentlich sollten.

Auch auf der anderen Seite der Arena öffnete sich ein Gitter, durch das sein erster Gegner den Kampfplatz betrat. Torian sah sich einem Nork gegenüber, einem wahren Giganten, der ihn um mehr als einen Kopf überragte. Sein Fell war verfilzt und glänzte mindestens ebenso speckig wie seine dunkle Ledermontur. Bewaffnet war er mit einem armlangen, dicken Schlagstock, den er fast spielerisch in der Hand wog. Torian packte den Schild mit der linken und das Messer mit der rechten Hand fester und trat ihm entgegen. Ein weiterer Fanfarenstoß eröffnete den Kampf. Die Rufe der Zuschauer verstummten, gespanntes Schweigen breitete sich aus. Lauernd umkreisten sich Torian und der Nork. Beide versuchten, eine Schwachstelle des anderen zu entdecken.

Der Nork griff als Erster an. Er gab sich gar nicht erst die Mühe, seinen Angriff anzutäuschen. Mit einem lauten Brüllen riss er seine Waffe hoch, überwand die trennende Distanz mit zwei gewaltigen Sätzen und schlug zu.

Torian riss den Schild hoch und hielt ihn gleichzeitig so, dass der Schlag seinen Schutz nicht voll traf, sondern abgelenkt wurde und beinahe wirkungslos an dem Schild abglitt. Dennoch zuckte ein feuriger Schmerz durch seinen linken Arm und seine Schulter. Er taumelte und hätte den Schild unter der Wucht des Hiebes beinahe fallen gelassen. Der Nork verfügte über ungeheure Kräfte, die er keinesfalls unterschätzen durfte. Auch wenn er gespürt hatte, dass der Schlagstock etwas elastisch und seine Oberfläche gedämpft war, so war die Waffe doch alles andere als ein Spielzeug. Ein allzu leichtfertiger Kampf konnte gut sein letzter sein.

Die Überraschung über die unerwartete Härte des Schlages kostete ihn wertvolle Sekundenbruchteile. Als er sich von dem Schreck erholte und mit dem Messer zustieß, war der Nork längst wieder zurückgesprungen.

Trotzdem hatte Torian die Schwäche seines Gegners erkannt. Seine große Chance lag in seiner Beweglichkeit. Bei seiner Größe und Masse war der Nork schwerfälliger und wesentlich langsamer als er selbst. Torian startete den nächsten Angriff von sich aus. Er täuschte mit der linken Hand an, wich blitzschnell zur Seite und stach zu, doch die Finte war zu durchsichtig. Mühelos wehrte der Nork den Stich mit seinem Schlagstock ab. Torian ließ seinen Schild fallen, packte den Arm seines Gegners und hebelte ihn herum. Benommen stürzte der Nork zu Boden.

Sofort warf sich Torian mit zum Stoß erhobenem Messer auf ihn, doch es gelang dem Nork, sich zur Seite zu rollen. Dicht neben seinem Oberkörper hackte die Messerklinge wirkungslos in den Sand des Kampfplatzes.

Ohne zu zögern, griff der Nork wieder an, und diesmal so schnell, dass Torian die Bewegung kaum sah. Er wusste selbst nicht, wie er es schaffte, dem blitzartigen Hieb auszuweichen. Wo gerade noch sein Kopf gewesen war, traf der Schlagstock mit solcher Wucht den Boden, dass Sand aufspritzte. Im ersten Moment war Torian vor Schreck wie gelähmt, sodass er reglos liegen blieb. Der Hieb hätte ihm glatt den Schädel gespalten, wenn er getroffen hätte. Entgegen den Regeln ging es dem Nork nicht darum, ihn nur zu betäuben.

Er wollte ihn töten!

»Du bist verrückt!«, keuchte er. »Verdammt, wir –«

Das behaarte Gesicht des Norks verzerrte sich zu einer hasserfüllten Grimasse, und Torian schluckte den Rest seiner Worte hinunter. War der Nork nur ein wahnsinniger Amokläufer, der einfach nur Spaß am Töten hatte, oder steckte mehr dahinter? Hatte man ihm möglicherweise befohlen, seinen Gegner zu töten? Torian warf einen flüchtigen Blick zu den Zuschauertribünen, und obwohl er genau wusste, dass das absolut unmöglich war, glaubte er doch, Barul-Konos' grinsendes Gesicht in der Menge zu sehen. Bei allen Göttern, was ging hier vor?

Torian war einen Sekundenbruchteil lang abgelenkt, und dieser Moment der Unachtsamkeit wäre ihm um ein Haar zum Verhängnis geworden. Wieder sauste der Schlagstock heran, und diesmal blieb ihm keine Zeit zum Ausweichen mehr. Er ließ sich nur noch von seinen Instinkten leiten, warf sich nicht, wie sein Gegner wohl erwartet hatte, nach hinten, sondern sprang im Gegenteil mit größter Kraftanstrengung nach vorne, genau auf den Nork zu. Er tauchte unter dem Schlagstock durch, wechselte das Messer blitzschnell in die andere Hand und rammte dem Nork den Knauf der Waffe mit aller Kraft ins Gesicht. Mit einem erstickten Schrei taumelte das Affenwesen zurück. Seine wulstige Lippe war aufgeplatzt; Blut rann ihm über das Kinn.

Torian sprang auf die Beine. Wieder wechselte er das Messer in die andere Hand und stieß den Arm vor. Der Stich war auf die Schulter des Norks gezielt, und wenn die Klinge ihn auch nicht schwer verletzt hätte, so hätte sie seinen rechten Arm zumindest gelähmt und ihn fast wehrlos gemacht, was ein paar Sekunden später das Ende des Kampfes bedeutet hätte.

Erst im letzten Moment begriff Torian, dass genau das nicht passieren durfte. Fast hätte er vergessen, dass es für ihn um Wichtigeres ging, als zu gewinnen. Faron hatte ihm immer noch kein Zeichen gegeben, und deshalb durfte er den Kampf nicht beenden. Gerade noch rechtzeitig gelang es ihm, den Stich zu verreißen, sodass das Messer die Schulter seines Gegners nicht mit voller Wucht traf, sondern nur streifte und ihm trotz der stumpfen Klinge eine blutende Schnittwunde zufügte.

Er tat, als ob er stolperte, um nicht zu deutlich zu zeigen, dass er seinen Gegner bewusst schonte, und wich ein paar Schritte zurück. Wieder umkreisten sie sich gegenseitig lauernd. Hastig schaute sich Torian um. Weder von Faron war etwas zu entdecken noch von irgendeinem Zeichen. Wie lange sollte dieser verdammte Kampf denn noch dauern? Torian merkte, dass seine Kräfte allmählich nachließen, und er hatte keine Lust, sich noch weiter im Kampf gegen diesen hirnlosen Fanatiker zu schwächen, der es sich – aus welchen Gründen auch immer – in den Kopf gesetzt hatte, ihm unbedingt den Schädel einzuhauen.

»Hör auf!«, beschwor er seinen Gegner, obwohl er sich reichlich albern dabei vorkam. »Es nutzt niemandem, wenn wir uns umbringen.«

Der Nork schien nicht einmal zuzuhören. Wie ein Spielzeug schwang er den schweren Schlagstock, ließ ihn mit einem widerlichen Geräusch mehrmals in seine freie Hand klatschen. Der Hass in seinem Gesicht war blanker Mordlust gewichen. »Vor allem nutzt es Faron nichts«, stieß er plötzlich hervor. »Man hat mir gesagt, ich soll nicht mit ganzer Kraft gegen dich kämpfen, weil ihr irgendetwas vorhabt, aber ich habe euren Plan durchschaut. Ich soll verlieren, damit du freikommst, aber darauf falle ich nicht herein.«

»Nein!«, keuchte Torian. »Darum geht es –«

Der Nork ließ ihm nicht einmal Zeit zum Ausreden. »Ich erschlage dich wie einen tollwütigen Hund!«, schrie er und griff gleichzeitig an. Er ließ den Schlagstock heranpfeifen, und es gelang Torian gerade noch rechtzeitig, mit einem raschen Satz zurückzuweichen. Der Schlagstock verwandelte sich in einen dunklen, flirrenden Schemen. Wieder und wieder schlug der Nork zu, so schnell, dass Torian die einzelnen Bewegungen kaum sah. Ihm blieb nichts anderes übrig, als immer weiter zurückzuweichen. Der Nork trieb ihn vor sich her, ohne dass Torian auch nur die kleinste Gelegenheit zu einem Gegenangriff fand. Er war vollauf damit beschäftigt, die nächsten Sekunden lebend zu überstehen. Jeder einzelne der Hiebe war kraftvoll genug, ihn zu töten, und er hatte nichts, womit er sich verteidigen konnte. Der Schild lag unerreichbar weit entfernt, fast am anderen Ende der Arena, und sein Messer war nicht mehr als ein Zahnstocher gegen den Schlagstock, ein Spielzeug, das beim ersten Treffer wie Glas zersplittern musste.

Ein leises, kaum merkliches Beben durchlief den Boden. Torian erstarrte und wäre in diesen Sekunden ein leichtes Opfer gewesen, wenn der Nork nicht ebenso erschrocken gewesen wäre. Torian erholte sich einen Sekundenbruchteil schneller von seiner Überraschung und erkannte seine Chance. Sein Fuß zuckte hoch und durchbrach die notdürftige Deckung des Norks. Noch in der gleichen Bewegung trat er nach der Waffenhand seines Gegners.

Er erkannte die Falle den tausendsten Teil einer Sekunde zu spät.

Zu sehr hatte er sich auf den Schlagstock konzentriert und die freie Hand des Norks nicht beachtet. Er sah einen Schatten und versuchte noch, den Kopf zur Seite zu reißen. Es gelang ihm nicht ganz, aber wenigstens traf die Faust ihn nicht mit voller Wucht, sondern streifte seine Schläfe nur. Trotzdem hatte er das Gefühl, von einem auskeilenden Pferd getroffen worden zu sein. Ein ganzer Sternenhimmel zerplatzte vor seinen Augen. Er schrie auf, ließ das Messer fallen und taumelte zurück, wodurch er dem nachfolgenden Hieb des Norks die schlimmste Wucht nahm. Er spürte, wie der Schlagstock seine Brust traf und gleich zwei Rippen auf einmal brach, aber er war zu benommen, um den Schmerz wirklich zu fühlen.

Torian fiel und prallte mit schrecklicher Wucht zu Boden. Mit allerletzter Kraft schaffte er es, sich irgendwie auf den Rücken zu wälzen, aber das war alles, wozu er noch fähig war. Seine Glieder schienen mit einem Mal Tonnen zu wiegen, und schon der bloße Gedanke an weitere Gegenwehr kam ihm absurd vor. Ein dunkler Schleier senkte sich über sein Bewusstsein; schwarz und warm und verlockend. Seine Sinne schwanden allmählich, doch irgendetwas in ihm kämpfte immer noch gegen die beginnende Ohnmacht an. Vielleicht war es nur falscher Stolz und der Wunsch, dem Tod offen entgegenzusehen, statt nur in einen Schlaf zu sinken, aus dem er nie wieder aufwachen würde.

Wie ein Gebirge wuchs der hünenhafte Nork über ihm auf, das Gesicht zu einer widerlichen Grimasse aus Hass und Mordgier verzerrt und den Schlagstock mit beiden Händen zum tödlichen Hieb über dem Kopf erhoben.

Aber er schlug nicht zu.

Einige Herzschläge lang starrte er noch reglos auf Torian hinab, dann lief ein Zittern durch seine Gestalt. Ein ungläubiger Ausdruck trat in seine Augen, und seine Beine knickten ein. Wie ein gefällter Baum stürzte er zu Boden, kaum eine Handbreit neben Torian, die Hände noch im Tode um den Schlagstock geklammert. Aus seinem Rücken ragte der gefiederte Schaft eines Pfeils.

Einen Moment herrschte Totenstille, dann plötzlich brach Tumult aus. Gestalten bewegten sich um Torian herum. Er erkannte sie nicht, sondern sah nur Schemen. Immer noch tanzten Schatten vor seinen Augen; Lichter, die bunt und lautlos zerbarsten. Hinter seinen Gedanken begann sich eine tiefe Kluft von bodenloser Dunkelheit zu öffnen. Er war nur noch müde und sehnte sich nach etwas Ruhe.

Eine Hand berührte ihn und rüttelte ihn so lange, bis er die Augen wieder aufschlug. Er blickte direkt in das Gesicht eines dunkelhaarigen Riesen. Für die Dauer von ein, zwei Herzschlägen weigerte er sich schlichtweg zu glauben, was er sah.

»Steh endlich auf!«, schrie Garth ihn an. Seine Worte schienen aus weiter Ferne zu kommen. Eine weitere Gestalt schob sich in Torians sonderbar verengtes Blickfeld, ein behaartes, affenartiges Gesicht. Faron legte ihm die Hand aufs Gesicht, tastete nach seinen Schläfen und tat *irgendetwas.* Es war gleichzeitig unbeschreiblich fremd wie auch auf eine Art vertraut, über die nachzudenken Torian zu erschöpft war.

Und die Berührung tat gut.

Der entsetzliche Schmerz in seinem Körper ließ nach, und im gleichen Maße schwand auch die Müdigkeit. Neue Kraft durchpulste ihn, und der Nebel vor seinen Augen lichtete sich vollends.

Auf den Zuschauertribünen tobte das Chaos. In panischer Angst versuchten die Menschen, die Ausgänge zu erreichen, und trampelten sich dabei gegenseitig nieder. Längst schon hatten die Soldaten die sinnlosen Versuche aufgegeben, so etwas wie Ordnung zu schaffen, im Gegenteil, sie flohen genauso kopflos wie alle anderen. Niemand kümmerte sich mehr um die Gefangenen. Zumindest so weit war Farons Plan gelungen, aber Torian gab sich keinen falschen Hoffnungen hin. Der schwerste Teil der Flucht lag noch vor ihnen. Als Garth ihn wie eine Puppe hochriss und auf die Füße stellte, gelang es ihm, sich aus eigener Kraft auf den Beinen zu halten.

Zumindest für einen Augenblick.

Dann erschütterte ein weiterer, ungleich härterer Erdstoß den Boden und ließ ihn erneut stürzen. Gellende, vieltausendstimmige Entsetzensschreie drangen an seine Ohren. Wellenbewegungen liefen durch den Sand der Arena. Risse bildeten sich und vergrößerten sich rasend schnell. Kaum eine Armlänge von Torian entfernt klaffte der Boden auseinander. Schwefeliger Rauch quoll aus dem Spalt und brannte in seinen Lungen. Auf dem Grund der schmalen Kluft sah er etwas Rötliches, Glosendes. Hitze schlug ihm entgegen, eine feurige Hand strich über seinen Körper. Wieder bebte die Erde wie ein bockiges Tier. Die Schreie steigerten sich zu einem schrillen Crescendo.

Torian wälzte sich herum und kam taumelnd wieder auf die Beine. Die Bewegung rettete ihm das Leben.

Wo er gerade noch gelegen hatte, zerbarst die Erde in einer gewaltigen Explosion. Sand und Gestein wurden meterhoch in die Luft geschleudert, dann schoss eine doppelt mannshohe Lavafontäne aus dem Spalt. Blindlings rannte Torian in die Richtung, in der er den Ausgang vermutete. Sand und Staub nahmen ihm die Sicht, glühende Lavaspritzer trafen ihn und brannten sich in seine Haut, sodass er vor Schmerz aufschrie. Seine Kleidung fing an zu schwelen. Weitere Spalten brachen vor und hinter ihm auf, manche ebenfalls mit brodelnder Lava gefüllt. Er wich ihnen in wildem Zickzacklauf aus. Einige waren so schmal, dass er sie überspringen konnte, auch wenn die sengende Hitze ihm wie der feurige Atem eines Drachen entgegenfauchte und seinen unzähligen Brandblasen weitere hinzufügte. Seine Haare und Augenbrauen waren verbrannt und zu Staub zerfallen, aber die nackte Todesangst trieb ihn immer weiter, ebenso wie Garth und Faron, die dicht neben ihm rannten. Die Schreie der Zuschauer bildeten eine höllische Begleitmusik zu dem Inferno, und immer noch bebte die Erde, als würde der ganze Berg einstürzen. Vielleicht war es ja sogar so.

Irgendwann wichen die Hitze und das grelle Licht einer wohltuenden Dunkelheit. Es dauerte Minuten, bis sich Torians Augen umgestellt hatten und er wenigstens wieder Umrisse wahrnehmen konnte. Erschöpft lehnte er sich gegen eine Felswand und sog die Luft in keuchenden Atemzügen in seine geschundenen Lungen. »Ist das dein *kleines Ablenkungsmanöver*?«, schrie er Faron mit überschnappender Stimme an und packte den Nork.

»Wir müssen weiter«, drängte Faron anstelle einer Antwort. Sein Fell war zu einer dunklen, verfilzten Masse zusammengeschmolzen, aber die Anstrengung schien ihm dennoch am wenigsten ausgemacht zu haben. Scheinbar mühelos streifte er Torians Hand ab und versetzte ihm einen Stoß, der ihn vorwärts taumeln ließ.

Die Schreie hinter ihnen waren verklungen, dafür klangen vor ihnen welche auf, und als sie einen der breiten Hauptgänge erreichten, die den ganzen Berg durchzogen, befanden sie sich plötzlich mitten zwischen den anderen Flüchtenden. Gefangene, Soldaten, Menschen in kostbaren Gewändern, die nur als Ehrengäste nach

Moran-Dur gekommen sein konnten – alle rannten in panischer Angst durcheinander, niemand achtete auf den anderen, sondern versuchte nur, sein eigenes Leben zu retten. Kleine Steinchen und Felssplitter regneten von der Decke herab. Ein Stück weit ließen sich Torian und seine Begleiter von der Menge einfach mitreißen, bis Faron schließlich auf eine Abzweigung deutete und irgendetwas rief, das in dem infernalischen Schreien der Flüchtenden unterging. Torian verstand zwar nicht, was er rief, aber dafür sah er die Gestalt, die zusammen mit einem Nork einige Schritte weit in der schattigen, nur von einigen Fackeln notdürftig erhellten Dunkelheit des Nebenganges stand.

Shyleen.

Im gleichen Moment schrie Garth neben ihm ihren Namen, schaufelte die Menschen mit den Armen zur Seite und rannte auf sie zu. Auch Torian stemmte sich gegen den Sog der Menge und bahnte sich mit den Ellenbogen brutal einen Weg, um die Abzweigung zu erreichen. Er stolperte über irgendetwas und wäre um ein Haar gestürzt, als ein neuerliches Beben durch den Boden lief. Von jäher Angst gepackt, klammerte er sich an dem Mann vor ihm fest. Er wusste, dass ein Sturz einem Todesurteil gleichgekommen wäre. Die Menge hätte ihn zu Tode getrampelt. Mühsam konnte er das Gleichgewicht halten, und dann hatte er den Nebengang erreicht. Mit einem knappen Blick überzeugte er sich, dass Shyleen unverletzt war, und ließ sich wie die anderen von ihr eine Fackel geben. Er wollte weiterrennen, als er hörte, wie hinter ihm jemand seinen Namen schrie. Es war eine Stimme, die er unter Tausenden erkannt hätte: Warlon.

Torian fuhr herum. Sein Bruder war wie er zuvor zwischen den anderen Flüchtenden eingekeilt und versuchte ebenfalls, den Nebengang zu erreichen.

Mit einem urwelthaften Donnern brach die Decke des Haupteinganges ein. Eine tonnenschwere Gesteinsplatte stürzte dort herab, wo Warlon stand, und begrub ihn und die anderen Flüchtenden unter einem Mantel aus Schwärze und ewigem Schweigen. Wie gelähmt starrte Torian in den Schleier aus aufwölkendem Staub und Gestein. Warlon hatte ihm fast alles genommen, was ihm etwas bedeutete, und eine Weile hatte nur der Hass auf diesen Mann Torian am Leben erhalten, aber dennoch spürte er in diesem Moment einen schmerzhaften Stich. Trotz allem war Warlon doch sein Bruder gewesen.

Innerhalb der wirbelnden Schleier begann es rötlich zu glosen, dann schoss eine weiß glühende Feuerlohe aus dem gezackten Loch, das einmal der Durchgang gewesen war. Ihr folgte ein Strom einer zähflüssigen, rot glühenden Masse, die sich in den Gang ergoss und langsam näher kroch. Die Lavaglut riss Torian aus seiner Benommenheit. Der Boden hob und senkte sich jetzt beinahe ununterbrochen in schnellen, krampfartigen Stößen. Auch hier lösten sich erste kleine Steinchen aus Decke und Wänden und erinnerten ihn unmissverständlich daran, dass er längst noch nicht in Sicherheit war.

Garth und die anderen waren bereits vorausgeeilt und ein ganzes Stück entfernt. Kalte Wut packte Torian bei dem Gedanken an Faron. Er hatte die Katastrophe vorausgeahnt, ja ganz sicher gewusst, dass sich ein Vulkanausbruch nicht planen und in Grenzen halten ließ. Er hatte den Nork gewarnt, aber Faron hatte nicht auf ihn hören wollen. Jetzt erst begriff Torian, dass dieses Inferno von Anfang an beabsichtigt gewesen war. Das Schicksal der Gefangenen war Faron völlig egal. Nahezu alle wichtigen Personen Scrooths waren nach Moran-Dur gekommen. Es gab keine günstigere Gelegenheit, beinahe die ganze verhasste Führungsspitze des gesamten Landes auf einen Schlag zu töten, auch wenn gleichzeitig Hunderte von Unschuldigen sterben mussten; ganz abgesehen davon, dass gleichzeitig auch die größte Erzmine Scrooths vernichtet wurde. In ohnmächtiger Wut ballte Torian die Fäuste, während er rannte, so schnell er nur konnte. Alles war so klar und offensichtlich gewesen, dass er im Nachhinein nicht begriff, wie er sich derart hatte täuschen lassen können. Er war als Werkzeug missbraucht worden, doch Faron würde für alles büßen. Eines verstand Torian allerdings immer noch nicht: warum der Nork nicht nur sich selbst, sondern auch ihn und Shyleen zu retten versuchte.

Aber im Grunde war ihm das auch egal. Er wusste nur, dass Faron damit seinen vielleicht einzigen, auf jeden Fall aber entscheidenden Fehler begangen hatte.

Denn Torian schwor sich, ihn zu töten, sobald sie dieser Hölle entkommen waren.

☆

Das Grollen und Beben folgte ihm mit der Unerbittlichkeit eines Schweißhundes, und es schien näher zu kommen, so schnell er auch lief. Es klang fast wie ein fernes Gewitter im ersten Augenblick. Aber wenn man genauer hinhörte, dachte Torian, dann konnte man es auch für das Brüllen eines zornigen Drachen halten oder für das Bersten zusammenstürzender Berge, das es in Wahrheit auch war. Risse durchzogen die Felswände zu beiden Seiten des Stollens und ließen sie wie riesige steinerne Spinnennetze aussehen. Das Gestein stöhnte und ächzte wie unter Schmerzen. Selbst hier unten brachen noch kleine Splitter und Steinchen aus der Decke: huschende, Angst machende Schatten im flackernden Licht seiner Fackel.

Staub hing dicht wie körniger grauer Nebel in der Luft und brachte Torian zum Husten. Immer wieder warf er furchtsame Blicke über die Schulter zurück, doch hinter ihm gab es nur undurchdringliche Schwärze, und das rötliche Glühen, das er gelegentlich zu sehen glaubte, entsprang nur seiner eigenen Einbildung. Vor sich sah Torian die tanzenden Lichtpunkte der anderen Fackeln. Sie hatten die Minen bereits hinter sich gelassen und hasteten durch gewundene, endlos lange Stollen, gewaltige Höhlen, die wie unterirdische Felsdome wirkten, über Treppen und durch schmale Spalten, die manchmal gerade breit genug waren, dass sie sich hindurchzwängen konnten, tiefer, immer tiefer in den Leib der Erde hinein. Manchmal stieg die Hitze für ein kurzes Stück heftig an, und das Gestein begann fast zu glühen. Als Torian wieder einmal stolperte und sich an der Wand abstützen wollte, riss er die Hand mit einem Schmerzensschrei zurück. Er taumelte weiter. Bei jedem Schritt fuhr ein stechender Schmerz durch seine Beine, und er wusste selbst nicht, wie er es noch schaffte, immer wieder einen Fuß vor den anderen zu setzen. Er glaubte, das Gewicht der Tausenden und Abertausenden Tonnen von Gestein über seinem Kopf zu spüren, sodass es ihm den Atem nahm, und er holte das Letzte aus seinem geschundenen Körper heraus, um die anderen endlich einzuholen. Er hatte es fast geschafft, als ein weiterer Erdstoß den Boden erschütterte. Dicht vor seinen Füßen wölbte sich das Gestein über der gesamten Breite des Stollens auf und zerriss mit peitschendem Knall. Ein gezackter Blitz fuhr durch den Boden und verbreitete sich in rasendem Tempo zu einer Schlucht voll brodelnder Schwärze, deren Grund in düsterem Rot glühte.

Shyleen fuhr herum. Ihre Augen weiteten sich vor Entsetzen, als sie sah, was geschah.

»Spring, Torian!«, schrie sie.

Er stieß sich im gleichen Moment ab, in dem auch unter seinen Füßen der Boden zerbarst. Der Abgrund gähnte plötzlich wie ein gierig aufgerissenes Maul unter ihm. Verzweifelt ließ er die Fackel fallen und warf die Arme nach vorne, um zusätzlichen Schwung zu bekommen, und wusste doch, dass er es nicht mehr schaffen konnte. Die gegenüberliegende Seite des Stollens schien im gleichen Tempo vor ihm zurückzuweichen, in dem er auf sie zuflog. Unter sich sah er die Fackel in einem Funkenregen immer noch tiefer fallen. Hitze loderte wie feuriger Höllenatem zu ihm herauf.

Irgendwie bekam er die Felskante zu packen. Er spürte, wie mehrere seiner Fingernägel auf einmal abbrachen. Ein entsetzlicher Ruck schien ihm die Arme aus den Schultern zu reißen. Seine Hände schienen in Flammen zu stehen. Die Schmerzen explodierten in seinem Rücken, und dann prallte sein Körper durch die Wucht des Sprunges gegen die Felswand. Er hatte das Gefühl, jeder Knochen in seinem Leib würde mehrfach gebrochen. Die scharfkantigen Felszacken gruben sich wie spitze Zähne in seine Haut, ließen die Brandblasen aufplatzen und fügten den unzähligen Wunden, die er bereits davongetragen hatte, weitere hinzu.

Torian schrie vor unerträglichem Schmerz. Die Erde bebte noch immer, als wollte sie ihn abschütteln, und seine Finger glitten von dem Gestein ab; Stück für Stück, immer weiter. Er hatte das Gefühl, als ob die Tiefe mit gierigen Klauen an ihm zerrte, und krallte sich mit der Kraft der Verzweiflung an der Kante fest; er schloss die Augen. Die Sekunden dehnten sich zu Ewigkeiten, bis sich endlich grobe Hände um seine Arme schlossen und ihn mit einem Ruck in die Höhe rissen, dann spürte er wieder festen Boden unter sich. Garths breitflächiges Gesicht formte sich aus den Schleiern vor seinen Augen.

Völlig ausgelaugt blieb Torian liegen und schnappte keuchend nach Luft. Jeder Atemzug brannte wie Feuer in seiner Lunge. Der Boden vibrierte und wellte sich in Schlangenlinien unter ihm, und das Grollen der einstürzenden Felsmassen klang mit jeder Sekunde näher und bedrohlicher. Faron war bereits ein Stück vorausgeeilt, wartete aber entgegen aller Logik auf sie. Wieder hatte Torian das Gefühl, die ganze Wahrheit noch längst nicht erkannt zu haben.

»Wir müssen weiter«, drängte Shyleen und rüttelte ihn an der Schulter. Ihr Gesicht war zu einer Grimasse verzerrt. Panische Angst stand in ihren Augen. »Komm schon hoch, jetzt komm doch endlich!«

»Ich kann nicht«, stöhnte Torian. Übelkeit stieg in ihm auf, und in seinem Mund war ein säuerlicher Geschmack wie nach Erbrochenem, aber er konnte nicht einmal brechen, da er nichts gegessen hatte. Er spie Staub und bittere Galle aus und versuchte sich hochzustemmen, doch die Arme knickten unter dem Gewicht seines Körpers ein. Ein Stück hinter ihm löste sich ein Felsbrocken von der Decke und stürzte mit ohrenbetäubendem Krachen zu Boden, Schutt und kleinere Steine unter sich zermalmend. Erneut wallte Staub in einer dichten Wolke auf.

»Ich … kann nicht«, stammelte Torian noch einmal. »Ihr … ihr müsst allein weiter!«

Wortlos packte Garth ihn und zog ihn hoch. Sein Gesicht war schweißüberströmt. Auch an dem hünenhaften Dieb waren die Anstrengungen nicht spurlos vorübergegangen. Dennoch schaffte er es, Torian auf seine Schulter zu wuchten und mit der zusätzlichen Last weiterzulaufen, während ihnen das Grollen wie ein unsichtbarer Verfolger nacheilte, zornig, dass das sicher geglaubte Opfer ihm doch noch zu entkommen schien.

Torian kämpfte gegen die Ohnmacht an, die seinen Geist zu umnebeln begann. Es schien keine Stelle an seinem Körper zu geben, die *nicht* wehtat, doch er erkannte mit unerbittlicher Grausamkeit, dass sie zu langsam waren. Garths Lauf ging mehr und mehr in ein erschöpftes Taumeln über, bis er Torian schließlich von seiner Schulter gleiten ließ.

»Es geht nicht mehr«, keuchte er. »Du musst laufen. Schaffst du es?«

Torian nickte mühsam, obwohl er durchaus nicht davon überzeugt war. Er machte ein paar Schritte und zwang sich weiterzulaufen. Die Todesangst half ihm, noch einmal Kraftreserven zu mobilisieren, von denen er selbst nichts gewusst hatte, obwohl ihn jeder Schritt über glühende Kohlen zu führen schien; im wahrsten Sinne des Wortes. Es war so heiß, dass er kaum atmen konnte.

Irgendwann blieb Faron stehen und hob in einer beschwörenden Geste die Hand. Er hatte es als Einziger geschafft, den ganzen Weg über sogar noch ein Schwert mit sich zu schleppen. Sein Gesicht war eingefallen und verbrannt, aber in seinen Augen brannte selbst jetzt noch ein fanatisches Feuer.

Torian nahm es kaum wahr. Er war im Moment sogar zu erschöpft, um Hass gegen ihn zu empfinden. Sein ganzer Körper schien nur noch aus Schmerz zu bestehen. Obwohl die Beine sein Gewicht kaum noch zu tragen vermochten, blieb er stehen und lehnte sich nur gegen eine Wand. Er wusste, dass er nicht mehr aufstehen würde, wenn er sich jetzt setzte. Gierig schnappte er nach Luft, obwohl jeder Atemzug in seinen Lungen brannte. Wenigstens war es hier nicht mehr ganz so heiß, und auch die Erschütterungen des Bodens hatten aufgehört. Seine Augen tränten. Er hob die Hand, um die Tränen fortzuwischen, und zog sie schnell wieder zurück, als er an eine der unzähligen Brandblasen auf seiner Stirn stieß, die unter der Berührung sofort aufplatzte.

Shyleen lehnte sich neben ihn und musterte ihn besorgt. Ihr Gesicht glänzte vor Schweiß. Ihr lockiges, schwarzes Haar war mehr als zur Hälfte verkohlt und ihr Gesicht so von Brandblasen entstellt, dass es kaum noch menschlich aussah. Einige der Blasen waren bereits aufgeplatzt, und darunter kam rohes Fleisch zum Vorschein, aber über etwas anderes erschrak Torian viel mehr. Shyleen war gealtert. Nicht um wenige Monate oder Jahre, so wie zuvor, sondern um *Jahrzehnte.* Es musste an den Anstrengungen liegen, dass sie ihre verbliebene Lebensenergie schneller verbrauchte, sehr viel schneller. Sie sah aus wie eine Sechzigjährige, das war trotz der Entstellungen durch das Feuer deutlich zu sehen. Und der Prozess setzte sich immer noch weiter fort. Sie würde sterben, wenn kein Wunder geschah und sie den *Tempel der verbotenen Träume* nicht schnellstens fanden, begriff Torian mit jäher Deutlichkeit. Nicht in ein paar Wochen, wie sie bisher geglaubt hatten, auch nicht in ein paar Tagen, sondern jetzt und hier. Ihr blieben nur noch Minuten, höchstens Stunden. Er wollte etwas sagen, doch sie kam ihm zuvor. Die verbrannte Öffnung, die einmal ihr Mund gewesen war, öffnete sich, und sie stieß einige unartikulierte Laute aus, bis es ihr gelang, verständliche Worte zu formen. »Wo … sind wir hier?«

Auch Garth musste die Frage verstanden haben und trat auf Faron zu. »Was soll das alles bedeuten?«, zischte er. »Das ist doch nicht der Gang, durch den wir gekommen sind. Wo sind die anderen Gefangenen?«

»Er … hat alle betrogen«, stöhnte Torian. Sein Mund war trocken, und das Sprechen bereitete ihm Mühe, aber es fiel ihm schließlich nicht so schwer, wie er befürchtet hatte. »Uns und die anderen. Sie sollten … sterben. Alle … wichtigen Leute von Scrooth.«

»Die anderen Gefangenen waren mir von Anfang an egal«, gab Faron zu. »Aber es ging mir auch nicht um die Ehrengäste. Politik war mir schon immer egal. Ich wollte nur euch hierher bringen, alles andere ist unwichtig. Diese Sache geht nur uns vier etwas an.«

Der zweite Nork begriff einen Augenblick zu spät, was das bedeutete, um noch zu reagieren. Faron tötete ihn mit einem einzigen wuchtigen Hieb. Einen Moment wog er die blutige Klinge in seiner Hand, dann warf er sie achtlos fort. Der kaltblütige Mord schockierte Torian, und dann loderte der Hass heiß wie eine Stichflamme in ihm hoch und ließ ihn sogar seine Schwäche vergessen. Wieder ein Toter, wieder ein unschuldiges Opfer mehr, das Faron vertraut hatte und sinnlos gestorben war, nur weil es das Pech hatte, zur falschen Zeit am falschen Ort zu sein.

»Warum?«, schrie Torian. »Warum hast du das getan, verfluchter Mörder?« Er machte ein paar unsichere Schritte, dann überwältigte der Hass sein Denken vollends, und er warf sich auf Faron. Wenn er schon keine Waffe hatte, würde er den Nork eigenhändig erwürgen. Es war ihm plötzlich egal, welche Gründe Faron für sein Tun hatte. Er wollte keine Erklärungen hören, sondern sich nur noch für den grausamen Verrat rächen, und wenn es das Letzte war, was er in seinem Leben tat.

Faron schaute ihn fast belustigt an. Sein Gesicht war so verunstaltet, dass eine Grimasse daraus wurde. Mühelos schlug er Torians Hände beiseite und versetzte ihm einen Stoß, der ihn zurücktaumeln ließ.

»Noch immer der gleiche temperamentvolle Dummkopf wie damals«, sagte Faron amüsiert. »Ich hatte gehofft, du wärest in den letzten Jahren vernünftiger geworden.«

Seine Worte ernüchterten Torian etwas. Er musterte den Nork genauer und kramte vergeblich in seinem Gedächtnis, aber er war sicher, Faron noch nie gesehen zu haben, bevor er nach Moran-Dur kam. Und doch ... Er spürte instinktiv, dass Faron weder log noch dass es sich um einen Irrtum handelte. »Was ... meinst du?«, fragte er verwirrt.

Faron lachte, leise und böse und ohne eine Spur von Gefühl in der Stimme. »Ich habe lange darauf warten müssen, dass du zurückkommst, aber ich wusste, dass es eines Tages geschehen würde. Vielleicht hast du es vergessen, aber ich habe es dir gesagt, vor mehr als vier Jahren.«

»Nein!«, stöhnte Torian. Ein Verdacht keimte in ihm auf, doch er schien zu fantastisch, um weiter darüber nachzudenken. »Es ist unmöglich«, murmelte er, aber das war jetzt nur noch ein schwacher Versuch, die Augen vor der Wahrheit zu verschließen. Alles war Lüge, Teil eines grausamen Plans. Nichts von dem, was in den vergangenen Wochen – und vielleicht auch davor – passiert war, war Zufall gewesen. Er hatte geglaubt, den Sinn hinter Farons Handeln bereits durchschaut zu haben, doch jetzt begriff er, wie sehr er sich die ganze Zeit über getäuscht hatte. Mit einem Mal wunderte es ihn überhaupt nicht mehr, dass alle Vorbereitungen so problemlos geklappt hatten. Manche Geheimnisse offenbaren ihren wahren Schrecken erst, wenn man sie lüftet, das wurde ihm in diesem Moment bewusst.

»Auch wenn du mir vielleicht nicht geglaubt hast, ist alles eingetreten, was ich geplant hatte«, fuhr Faron *(Faron???)* ungerührt fort. »Du schuldest mir noch etwas, Torian: dein Leben. Und jetzt bin ich gekommen, um meinen Lohn von dir zu fordern. Sieh mich an!«

Torian wollte den Kopf abwenden, um die Augen noch ein paar Sekunden länger vor der Wahrheit zu verschließen, aber er konnte es nicht. Gegen seinen Willen hielt er den Blick unverwandt auf das Wesen gerichtet, das bislang die Gestalt eines Norks hatte. Nun verwandelte er sich in seine ursprüngliche Gestalt zurück. Seine Konturen verschwammen, das verbrannte Fell löste sich in nichts auf, und an seiner Stelle zeigte sich die faltige, von Runzeln übersäte Haut eines Greises, in dessen Augen ein fanatisches, böses Feuer glomm, das allein noch an Faron erinnerte.

»Kelysar«, murmelte Torian mit brüchiger Stimme.

☆

Schweigen hing wie eine schwere, beinahe greifbare Spannung in der Luft. Torian konnte seinen Blick nicht von dem Heiler abwenden. Auch Kelysar hatte sich verändert und war seit ihrer letzten Begegnung gealtert, wenn auch längst nicht so stark wie Shyleen. Mehr denn je sah er wie ein lebender Leichnam aus, aber er wirkte zugleich auch *stärker* als damals. Macht umgab ihn wie eine unsichtbare, aber deutlich spürbare Aura, die Torian mehr als alles andere erschreckte. Er hatte das Gefühl, sie berühren zu können, wenn er nur die Hand danach ausstreckte.

»Ich will eure Wiedersehensfeier ja nicht stören«, brach Garth schließlich das Schweigen und ballte angriffslustig die Fäuste. »Aber es wäre nett, wenn mir endlich mal jemand erklären würde, was überhaupt los ist. Natürlich nur, wenn es euch nicht zu viel Mühe macht«, fügte er nach ein paar Sekunden hinzu. Seine Stimme bebte und zeigte, dass seine Nerven trotz des schwachen Scherzes bis zum Zerreißen gespannt waren.

Torian beachtete ihn nicht. »Warum?«, fragte er bitter. »Warum das alles, Kelysar? All diese Toten ... Es war so unnötig, so ...«, er stockte einen Moment und suchte nach Worten, »... so sinnlos. Wir waren ohnehin auf dem Weg zu dir. Du hättest –«

»Nichts war unnötig«, unterbrach ihn Kelysar. »Und nichts war Zufall. Nicht einmal meine erste Prophezeiung. Ich habe für den Überfall der Norks gesorgt, damals, als du mit Marubur zu mir kamst, und dann brachte ich dich dazu, zu mir zurückzukommen. Warlon hat deinen Vater nicht getötet. Ich tat es in seiner Maske, weil ich wusste, dass man dich verdächtigen würde und du nur zu mir flüchten konntest. Ich musste dich zu einem flüchtigen Mörder und Gejagten werden lassen, um dich vollends in meine Hand zu bekommen. Nur so konnte ich hoffen, dass du jemals zum *Tempel der verbotenen Träume* gehen würdest. Ich hätte dich zwingen können, aber dann wärst du keine wirkliche Hilfe gewesen.«

Was er hörte, überraschte Torian jetzt nicht mehr besonders. Er hatte all die einzelnen Mosaiksteinchen mühsam zu einem stimmigen Bild zusammengesetzt, und nun warf Kelysar sie mit wenigen Worten wieder durcheinander und formte ein ganz anderes Muster daraus. Hätte er behauptet, eigenhändig die Welt erschaffen zu haben, so hätte Torian ihm auch das geglaubt. »Aber du hast mich fortgehen lassen, statt mich zu zwingen, dir zu helfen«, wandte er verständnislos ein.

Kelysar lachte leise.

»Ich habe dich niemals ganz gehen lassen, sondern dich bewusst gegen die Schwarzen gehetzt. Was glaubst du, wer den Tremonen und ihrem Magier den Hinweis gab, wo sie deine Abteilung finden konnten bei dem Kampf um den Pass an den Geistersümpfen, als du Garth kennen lerntest? Ich wusste, dass du dem Magier begegnen, und hoffte, dass du ihn besiegen würdest. Es war eine Art Probe, wenn du so willst, eine Prüfung.«

»Und?«, knurrte Torian. »Habe ich sie bestanden?«

»Besser, als ich gedacht hatte. Mit dem, was dann geschah, habe ich allerdings nichts zu tun. Dass du bis in die *Schattenburg* vordringen und Ch'tuon befreien würdest, konnte ich nicht vorhersehen, und es fällt mir auch heute noch schwer, es zu glauben. Aber es ist nur ein Beweis mehr, dass ich die richtige Wahl getroffen habe. Gemeinsam werden wir bis in den *Tempel der verbotenen Träume* vordringen, und ich werde das Geheimnis des Lebens erfahren. Durch euch habe ich meine Unsterblichkeit verloren, aber durch euch werde ich sie auch wiedererlangen.«

»Du kannst sie haben!«, schrie Torian. »Du hättest sie auch haben können, ohne all die Menschen umzubringen. Du siehst doch, dass auch Shyleen altert. Ihretwegen wollten wir zum Tempel und waren bereits auf dem Weg zu dir. Verdammt noch mal, wir hätten alles freiwillig getan, begreifst du das nicht?«

»Und du glaubst, wir hätten nur die Karte zu nehmen brauchen und einfach so hingehen können, wie?«, höhnte Kelysar. »Es gibt keinen normalen Weg in das Tal hinein. Um die Berge zu überwinden, brauchtet ihr schon Flügel.« Er schüttelte verächtlich den Kopf. »Die Karte war nur dazu gedacht, dich neugierig zu machen. Der einzige Weg zum Tempel beginnt hier.« Er drehte sich um und trat durch eine schmale Öffnung in der Wand, ohne sich noch einmal umzusehen, ob sie ihm folgten.

Es war auch nicht nötig.

Er wusste genauso gut wie Torian, dass sie ihm nachgehen würden, weil es keine andere Möglichkeit für sie gab. Torian wechselte einen raschen Blick mit Shyleen und Garth. »Ich habe von Anfang an gesagt, dass es Wahnsinn ist«, stieß der Dieb hervor. »Ein Magier! Und ich hatte gehofft, wir hätten endlich Ruhe vor ihnen. Wir sollten ihn töten, bevor er uns umbringt.« Er bückte sich nach dem Schwert, das Kelysar weggeworfen hatte, und versuchte es aufzuheben. Es ging nicht. Die Waffe lag so fest am Boden, als wäre sie damit verwachsen. Garth fluchte wütend, doch sein Gesicht verriet, dass auch er nichts anderes erwartet hatte. Kelysar war schließlich kein Dummkopf.

Torian wandte sich zu Shyleen um. »Du hast uns belogen«, sagte sie leise. Sie sprach leidenschaftslos, ohne jedes Gefühl in der Stimme, doch in ihrem Blick lag ein stummer Vorwurf, der Torian schlimmer traf, als jedes Wort es gekonnt hätte. Fast wünschte er sich, sie würde schreien oder ihn verfluchen. Stattdessen schüttelte sie nur traurig den Kopf. »Warum hast du uns nicht gesagt, was er wirklich ist? Es war doch völlig klar, dass durch den Verlust seiner Unsterblichkeit der Tempel auch für ihn die einzige Hoffnung darstellt. Hättest du uns gesagt, dass er ebenfalls ein Magier ist, hätten wir die Falle vielleicht früher durchschaut.«

Einen Moment hielt Torian ihrem Blick noch stand, dann senkte er den Kopf und wandte sich ab. Es war sinnlos, zu versuchen, ihr zu erklären, dass er selbst *vergessen* hatte, dass Kelysar ein Magier war und seine Lebenskraft wie die anderen nur Ch'tuon zu verdanken hatte, auch wenn er sich vom Orden der Schwarzen losgesagt hatte. Kelysar war für Torian nur ein harmloser, greiser Heiler gewesen, und er hatte nicht einmal mehr an ihn gedacht, seit sie nach Moran-Dur gekommen waren – und schon gar nicht hatte er ihn mit ihrem Hiersein oder mit Faron in irgendeine Verbindung gebracht. Aber er wusste, dass er sein Verhalten damit nicht entschuldigen konnte. Er hatte sich nicht erinnern *wollen,* wer Kelysar war, und selbst wenn es anders gewesen wäre, hätte er es nicht gesagt, weil Garth wahrscheinlich lieber auf direktem Wege in die Staubwüste zurückgerannt wäre, statt sie unter diesen Umständen noch zu begleiten. Garth hasste die Schwarzen ebenso wie er, aber er fürchtete sie sogar noch mehr.

Wortlos folgte Torian dem Magier durch den Riss in der Wand und gelangte in eine kleinere Höhle. Was er sah, traf ihn wie ein Schlag. Er schrie auf, konnte den Blick aber nicht von dem wabernden *Ding* abwenden, das die hintere Wand der Höhle bildete. Es war ein gigantisches Portal mit Säulen aus finsterem Feuer, zwischen denen vielfarbige Blitze unablässig zuckten und wirbelten, ein Schlund, der wie ein unendlich langer Tunnel direkt ins Nichts zu führen schien, gemalt in den Farben des Wahnsinns. Schattenhafte Nebel trieben durch den Schlund, ohne dass die Umrisse genau zu erkennen waren, aber wenn es sich wirklich um Schatten handelte, so waren es nicht die Schatten von Menschen oder irgendetwas, das einer menschlichen Gestalt auch nur nahe kam. Torian meinte peitschende tentakelartige Fühler zu sehen, die wie gereizte Schlangen blindlings hin und her zuckten, Kreaturen mit unförmig aufgedunsenen Leibern und viel zu vielen Armen und Beinen.

Noch einmal schrie er auf und schlug die Hände vor die Augen, um den Anblick nicht länger ertragen zu müssen.

»Ein *Tor«,* flüsterte Shyleen hinter ihm schaudernd. Torian nickte; er brachte kein Wort heraus. Es war nicht das erste Mal, dass er ein *Tor* sah, einen unersättlichen Moloch, der alles verschlang, was in seine Nähe geriet, selbst eine ganze Stadt. Eines dieser *Tore* hatte den Untergang der Stadt Armar verursacht, und um es zu stoppen, waren sie überhaupt erst in die *Schattenburg* vorgedrungen.

»Ganz recht, ein Tor«, sagte Kelysar. »Es erfordert gewaltige Kräfte, es zu erwecken, Kräfte, die die meinen um ein Vielfaches übersteigen. Deshalb ließ ich den Vulkan ausbrechen. Ich brauchte die Lebenskraft der Menschen, um es zu erwecken.«

»Du willst sagen, sie … sie sind alle nur wegen dieses *Dinges* gestorben?«, keuchte Torian fassungslos.

»Genau das«, erwiderte Kelysar ungerührt. »Es war die einzige Möglichkeit. Aber wenn es dein albernes Gewissen beruhigt: Moran-Dur wurde nicht ganz zerstört, und es gab auch nicht so viele Tote, wie du vielleicht befürchtest. Nur etwa hundert.«

»Nur?«, schrie Torian. »Sagtest du wirklich *nur hundert*?« Er versuchte sich diese Zahl vorzustellen: hundert einzelne Schicksale, hundert Menschen, die wie er gelebt, die gedacht, gefühlt und gehofft hatten und von diesem wahnsinnigen alten Mann skrupellos ermordet worden waren. Die Zahl ging über sein Vorstellungsvermögen und blieb für ihn nur eine abstrakte Ziffer. Hilflos hob er die Arme und ließ sie gleich darauf wieder sinken. »Hundert«,

wiederholte er noch einmal leise. Ein bitterer Geschmack war in seinem Mund. »Du sprichst von ihnen, als ob es Tiere oder leblose Spielfiguren wären. Aber es geht um *Menschen.*«

»Eben«, sagte Kelysar und lächelte. Es war ein so eisiges, so unmenschliches Lächeln, dass es Torian mit namenlosem, lähmendem Entsetzen erfüllte. Er wollte einfach nicht wahrhaben, dass Kelysar so zynisch über die Menschen dachte, aber er gestand sich ein, dass er sich selbst etwas vormachte. Sie hatten es mit einem Schwarzen Magier zu tun, gleichgültig, ob er sich von den anderen getrennt hatte oder nicht. Skrupel an den Machenschaften des Ordens waren sicherlich der allerletzte Grund dafür gewesen. Kelysar hatte seine Worte ganz bewusst gewählt, um ihn zu verletzen. Und das Schlimmste war, dass der Magier genau das meinte, was er sagte.

»Es ging nicht anders«, ergänzte Kelysar. »Sie mussten sterben, damit ich leben kann. Wie viele Menschen hast du schon getötet, um zu überleben, Torian? Oh, ich weiß, das war etwas völlig anderes. Du hast sie im ehrlichen Kampf getötet, aber frag doch die Menschen, die du erschlagen hast, ob sie diesen Unterschied auch machen. Wenn sie antworten könnten, würden sie dir sicherlich zustimmen und sich freuen, im fairen Kampf von deiner Hand gefallen zu sein, nicht wahr? Oder vielleicht doch nicht?«

Torian schwieg. Die Worte des Magiers hatten einen wunden Punkt in seinem Inneren getroffen. Es stimmte, er hatte diese Frage schon mehrfach gehört, ein paar Mal zu oft, um sich nicht selbst mit Zweifeln zu plagen, ob er wirklich etwas anderes als nur ein Mörder war. Er spürte unbewusst, dass es einen Unterschied zwischen seinem und Kelysars Tun gab, aber er war unfähig, diese Ahnung in Worte zu kleiden, und wie schon oft zuvor fragte er sich, ob er sich diesen Unterschied nicht vielleicht doch nur einbildete, um sein Gewissen zu beruhigen. Nervös leckte er sich mit der Zungenspitze über die Lippen.

»Ich verstehe es trotzdem nicht«, sagte er mit mühsam erzwungener Ruhe und bemühte sich zu vergessen, was er gerade gehört hatte. Er durfte sich nicht auf die Wortspielereien des Magiers einlassen. Dies war ein Gebiet, auf dem er nur verlieren konnte. »Was hat das *Tor* mit dem Tempel zu tun?«

»Es ist der Weg dorthin, du Narr, der einzige Weg, der in das Tal führt. Das *Tor* wird uns hinbringen.«

Hinter ihm stieß Garth ein ersticktes Keuchen aus, fast wie ein Schrei. Torian brauchte ein paar Sekunden länger, um zu begreifen, was die Worte des Magiers bedeuteten.

»Du meinst, wir sollen durch dieses ... dieses *Ding* gehen?«, fragte er fassungslos. »Du musst doch selbst am besten wissen, dass es unmöglich ist. Es wird uns verschlingen und alle umbringen – wenn nicht Schlimmeres.«

Wie zur Bestätigung seiner Worte flackerte das wabernde Feld hinter dem Magier plötzlich stärker. Glutfäden leckten wie gierige Zungen daraus hervor, lösten sich aber wieder in nichts auf, bevor sie Schaden anrichten konnten.

»Das *Tor*, das Armar vernichtet hat, war eine Ausnahme«, erklärte Kelysar mit der scheinbar geduldigen Stimme eines Erwachsenen, der die törichten Fragen eines Kindes zu beantworten versucht. »Es wurde bewusst zum Zerstören erschaffen. Aber in Wahrheit sind die *Tore* etwas ganz anderes. Niemand weiß, wer sie geschaffen hat und wie viele es noch gibt; sie sind Überbleibsel aus der Zeit der Alten Rasse, vielleicht sogar noch älter. Eine Art Transportsystem, um Entfernungen von Hunderten oder gar Tausenden von Meilen binnen eines Sekundenbruchteils zurückzulegen. Korridore durch den Raum und vielleicht sogar durch die Zeit. Auch ich habe ihr Geheimnis noch längst nicht ergründen können. Aber man kann sie benutzen, selbst ein Mensch. Dieses *Tor* hier führt in das Tal, in dem der *Tempel der verbotenen Träume* liegt, aber ich kann es nicht mehr lange aufrechterhalten. Wenn wir noch länger hier herumstehen und schwatzen, dann wird es wirklich höchstens noch in den Tod führen.«

Hilflos wandte sich Torian um und schaute Shyleen an. Ihr Vater war ebenfalls ein Magier gewesen, und sie selbst immerhin eine Tempelpriesterin Ch'tuons. Vielleicht verstand sie nicht so viel von Magie wie Kelysar, aber jedenfalls eine ganze Menge. Sie würde wissen, wenn Kelysar log, doch sie wich seinem Blick aus. Nach zwei, drei Sekunden nickte sie. »Es stimmt«, flüsterte sie kaum hörbar. Dann ging ein sichtlicher Ruck durch ihren Körper. »Trotzdem verschweigt er uns etwas«, fügte sie wesentlich lauter und bestimmter hinzu. »Etwas stimmt nicht. Ich spüre, dass er noch etwas anderes im Schilde führt, von dem wir nichts wissen sollen.«

Wütend fuhr Torian herum. Er hatte schon mehrfach erlebt, dass es unmöglich war, Shyleen zu belügen. Sie konnte zwar keine Gedanken lesen, aber sie spürte instinktiv, wenn jemand nicht die Wahrheit sagte. »Was ist es, Kelysar?«, schnappte er. »Was wird noch geschehen, wenn wir durch das *Tor* gehen?«

»Nichts«, sagte Kelysar eine Spur zu schnell, um noch glaubhaft zu wirken. Plötzlich war er nervös. »Ihr täuscht euch. Ich habe –«

Torian sprang. Die Bewegung kam so schnell, dass sie nicht einmal im Ansatz zu erkennen war, und doch reagierte Kelysar noch schneller. Eine unsichtbare Faust traf Torian im Sprung und schleuderte ihn zurück. Mit einem Schmerzensschrei stürzte er zu Boden.

»Also gut«, fauchte Kelysar. »Jetzt ist es für euch ohnehin zu spät, noch etwas zu ändern. Die bisherigen Toten waren nötig, um das *Tor* zu erwecken, aber damit allein gibt es sich nicht zufrieden. Es fordert noch ein Opfer für die Benutzung. Einen von euch wird es nicht wieder freigeben.« Er riss die Arme beschwörend in die Höhe. Bläuliche Funken zuckten aus seinen Fingerspitzen und schlugen in das wabernde Feld. »Nichts wird mich mehr daran hindern, die Unsterblichkeit wiederzuerlangen!«, schrie Kelysar. Er wollte noch mehr sagen, konnte es aber plötzlich nicht mehr. Nur ein Schwall Blut kam aus seinem Mund.

Alles war so schnell gegangen, dass Torian nicht einmal richtig mitbekommen hatte, was überhaupt geschehen war. Der Griff eines Dolches ragte aus Kelysars Kehle. Haltlos taumelte der Magier zurück. Eine weitere Feuerlohe schlug aus dem *Tor*, hüllte ihn ein und riss ihn mit sich fort, direkt in den brodelnden Schlund hinein.

Nein, dachte Torian. *Nicht das!* Es war Wahnsinn, einen Magier während einer Beschwörung zu töten, eine besonders sichere Methode, Selbstmord zu begehen.

Wie betäubt wandte er sich um. »Ich musste es tun«, stieß Shyleen hervor, die Hand, mit der sie die Waffe geschleudert hatte, noch erhoben. »Ich habe den Dolch heimlich einem Soldaten abgenommen und …«

Ihre weiteren Worte wurden von einem gewaltigen Donner verschluckt. Das *Tor* verwandelte sich schlagartig in eine Miniatursonne. Unerträglich grelle Helligkeit zerriss das Halbdunkel der Höhle. Torian fühlte sich mit grausamer Wucht in die Höhe gerissen und wie eine Puppe umhergeschleudert. Er öffnete den Mund zu einem Schrei, aber kein Laut kam über seine Lippen. Verzweifelt versuchte er, sich irgendwo festzuklammern. Es gelang ihm nicht. Die unsichtbare Titanenhand hielt ihn gepackt und riss ihn unbarmherzig mit sich fort.

Direkt auf das wie eine Sonne lodernde *Tor* zu …

Ich sterbe!, dachte er. Das war sein letzter Gedanke, ehe er in die sengende Glut eintauchte und spürte, wie die Flammen seinen Körper binnen eines Sekundenbruchteils verzehrten.

Und um ihn herum erlosch die Welt.

Der Tempel der verbotenen Träume

Prolog

Torian wusste nicht, wie lange der Sturz dauerte. Es konnten ebenso gut Sekunden wie Jahre sein; er hatte jedes Gefühl für Zeit verloren.

Um ihn herum war das absolute Nichts, eine so vollkommene Schwärze, wie er sie noch niemals erlebt hatte. Nicht einfach nur Leere, sondern wirklich NICHTS. Er versuchte sich zu bewegen, doch es ging nicht. Sein Körper war taub und gefühllos, erfüllt von nichts anderem als einer eisigen Kälte, die auch seine Gedanken zu lähmen drohte. Er hatte Angst.

Vielleicht ist das der Tod, dachte er. Eigenartig – dieser Gedanke erschreckte ihn nicht einmal. Alles erschien ihm seltsam unwirklich, irgendwie … traumhaft. Nur flüchtig erinnerte er sich auch, wer er gewesen war, wie er in den Katakomben unter Moran-Dur von dem auseinander berstenden Tor aufgesogen und in diese zeitlose Unendlichkeit geschleudert worden war. Er war müde und wollte nur noch schlafen und mit diesem Nichts verschmelzen, um ewigen Frieden zu finden, aber irgendetwas tief in ihm sträubte sich noch dagegen.

Und dann, von einem Augenblick zum anderen, rissen die Nebel um seinen Geist ein wenig auf, und er erkannte die Gefahr, in der er schwebte. Die samtene Schwärze um ihn herum erschien ihm plötzlich nicht mehr beruhigend, sondern kalt und abstoßend, und er begriff, dass ihre Verlockung nichts weiter als den Tod – den wirklichen Tod – verbarg.

Er war verloren, wenn er sich weiterhin nur treiben ließ, mit jeder Sekunde ein bisschen weiter ins Nichts abglitt. Vielleicht war es schon zu spät, den Rückweg zu finden.

Verzweifelt versuchte er sich zu erinnern. Ununterbrochen wiederholte er in Gedanken seinen Namen, klammerte sich daran wie *an den rettenden Strohhalm. Er zwang sich, an wichtige Ereignisse seines Lebens zu denken, an die Begegnung mit Garth und Shyleen und ihren Kampf gegen Kelysar, den wahnsinnigen Magier, dessen Tod schließlich dazu geführt hatte, dass das* Tor *außer Kontrolle geriet und sie verschlang.*

Torian meinte zu fühlen, dass sich sein Sturz verlangsamte, aber es war nur ein vages Gefühl, da es um ihn herum nichts gab, woran er sich orientieren konnte.

Torian verstärkte seine Bemühungen noch. Wieder glaubte er ein abgrundtiefes böses Lachen zu hören, doch es klang nicht mehr triumphierend wie zuvor, sondern wütend, fast enttäuscht. Unsichtbare Hände griffen nach ihm, kalt und körperlos und unmenschlich stark. Die Dunkelheit um ihn herum zerfloss, formte sich neu, gerann zu dämonischen Fratzen: Wesen mit aufgedunsenen Leibern und Papageienschnäbeln und viel zu vielen Armen, die in mörderischen Klauen endeten, Bestien, die nur in seiner Fantasie existierten und ihn trotz dieses Wissens bis ins Mark erschreckten, denn es waren seine Gestalt gewordenen Urängste, gegen die er wehrlos war.

Torian wollte schreien und sich herumwerfen, aber sein Körper gehorchte ihm immer noch nicht.

Er wiederholte seinen Namen wie ein Gebet, wieder und immer wieder.

Irgendwo vor ihm glomm ein winziger roter Punkt auf und wurde rasend schnell größer. Blitze zuckten durch die Schwärze, griffen nach ihm und rissen ihn vorwärts. Der rote Lichtfleck wuchs zu wabernder Glut heran, unter deren Oberfläche es unablässig zuckte und wallte. Flammenfinger tauten die eisige Kälte auf, die Torian erfüllt hatte.

Dann stürzte er direkt durch den Vorhang aus Flammen und Hitze.

Als er urplötzlich wieder festen Boden unter den Füßen spürte, gelang es ihm nicht, das Gleichgewicht zu halten. Instinktiv versuchte er, den Sturz mit vorgestreckten Armen abzufangen, aber seine Reaktion kam zu spät. Mit entsetzlicher Wucht prallte er auf den steinernen Boden. Er überschlug sich ein paar Mal, sah die Felswand wie einen gigantischen schwarzen Schatten auf sich zurasen, und dann löschte ein harter Schlag gegen die Schläfe sein Bewusstsein endgültig aus.

Eine kühle Hand lag auf seiner Stirn, als er erwachte. Sein Körper schien nur aus pochendem Schmerz zu bestehen. Er musste tot sein, dachte er, aber wenn dies hier das Jenseits war, dann war es ein verdammt ungemütlicher Ort, und die Unsterblichkeit der Seele vielleicht doch nicht ganz so erstrebenswert. Jemand flüsterte mit sehr leiser, angenehmer Stimme Worte. Worte, deren Wahl nicht zum Klang der Stimme passte. Torian verstand ihren Sinn nicht, aber sie wirkten auf sonderbare Weise beruhigend. Trotzdem dämpften sie den Schmerz und vor allem die Angst, die ihn aus dem Schlaf in diesen Dämmerzustand zwischen Traum und Wachsein hinüberbegleitet hatte. Seine Furcht verschwand fast augenblicklich und machte einem Gefühl wohligen Behütetseins Platz. Nur langsam, fast widerwillig lichteten sich die Schleier, die sich um sein Bewusstsein gelegt hatten, und aus den verschwommenen Umrissen vor seinen Augen schälte sich das Gesicht Shyleens.

Torian richtete sich auf. Und im gleichen Moment erwachte der Schmerz in seinem Kopf wieder zu neuem Leben, als hätte er nur auf eine unvorsichtige Bewegung gewartet. Stöhnend ließ sich Torian zurücksinken und massierte seine Schläfen. Als er die Hand zurückzog, klebte halb geronnenes Blut an seinen Fingerspitzen. Er blinzelte ein paar Mal, als könnte er die Benommenheit auf diese Art vertreiben, kämpfte die Übelkeit und das sie begleitende Schwindelgefühl nieder und setzte sich erneut auf, diesmal wesentlich vorsichtiger als beim ersten Mal. »Was ist passiert?«, fragte er mühsam.

»Du wolltest wieder einmal mit dem Kopf durch die Wand«, erwiderte Garth spöttisch. »Aber du musst noch etwas üben, du hast nämlich verloren, weißt du?«

Torian schluckte die scharfe Entgegnung hinunter, die ihm auf der Zunge lag. »Wie lange war ich bewusstlos?«

»Etwa eine halbe Stunde«, antwortete Shyleen, ebenfalls lächelnd, aber auf weitaus ernstere Weise als Garth. Ihr Blick war voller Sorge. »Aber was ist vorher gewesen?«

»Was meinst du?« Torian sah sie fragend an.

»Ich meine die Zeit, die du im *Tor* gewesen bist. Garth und ich kamen gleichzeitig hier an, aber eben nur wir beide. Du nicht.« Sie zuckte mit den Achseln, um eine Gleichgültigkeit vorzutäuschen, die sie nicht empfand. »Minutenlang passierte gar nichts.«

»Wir hatten schon gehofft, dich endlich los zu sein«, fügte Garth seufzend hinzu. »Dann plötzlich kamst du aus dem *Tor* gewankt und bist über deine eigenen Füße gestolpert. Wo hast du dich also in der Zwischenzeit wieder herumgetrieben, mein lieber Torian Carr Conn?«

»Ich habe mich nur ein bisschen in der Unendlichkeit umgesehen«, erwiderte Torian und versuchte zu grinsen, brachte aber nur eine Grimasse zu Stande. »Aber da war es mir zu langweilig.« Es gelang ihm nicht, seine Stimme so spöttisch klingen zu lassen, wie er es eigentlich wollte.

Der Wächter des Tores *verlangt ein Opfer,* hatte Kelysar gesagt. Torian schauderte noch im Nachhinein, als ihm bewusst wurde, wie nah er daran gewesen war, für immer im *Tor* verschollen zu bleiben.

Er verdrängte den Gedanken und sah sich um. Sie befanden sich in einem kaum drei Schritte messenden Stollen, der sich nach wenigen Schritten in undurchdringlicher Dunkelheit verlor. Shyleen und Garth hielten immer noch die Fackeln in Händen, die sie beim Betreten des *Tores* getragen hatten. Sie waren kaum kürzer geworden; es schien tatsächlich nicht sehr viel Zeit vergangen zu sein. Unruhig tanzte der Lichtschein über die rauen Wände des Stollens, brach sich an unzähligen Kanten und riss kleine, flackernde Sterne aus Rot und Gelb aus den Kristalleinschlüssen im Fels; warf bedrohlich anmutende Schatten, die Leben zu schaffen schienen, wo keines war. Es war ein unheimlicher Ort, fand Torian, ein Ort, der ihm Angst machte.

Er zwang sich in Gedanken energisch zur Ordnung. Er durfte

sich nicht gestatten, jetzt in Panik zu geraten. Er wusste ja nicht einmal, wo sie waren und ob hier die gleichen Gesetze wie anderswo galten; ob dieser Ort überhaupt ein *Hier* war.

Nervös tastete er nach seinem Schwert, und seine Nervosität wurde zu eisigem Schrecken, als ihm einfiel, dass keiner von ihnen eine Waffe bei sich hatte. Ihre Umgebung flößte ihm ein körperlich spürbares Unbehagen ein. Es war ein schwer in Worte zu fassendes Gefühl, aber etwas an dieser unterirdischen Steinwelt kam ihm sonderbar *falsch* vor. Es schien hier Winkel zu geben, die es gar nicht gab, Formen, die bei genauem Hinsehen in den Augen schmerzten, Linien, die mit menschlichen Sinnen nicht richtig zu erkennen waren, ohne dass er zu sagen vermochte, was all diese beunruhigenden Gedanken verursachte. Torian war sich nicht sicher, ob ihm seine überreizten Nerven nur einen Streich spielten. Aber ob eingebildet oder nicht, machte keinen großen Unterschied, dachte er höchst verunsichert. Letztlich war es vollkommen egal, ob er nun durch eine *eingebildete* Gefahr oder eine *reale* den Verstand verlor.

Er hatte Ähnliches schon erlebt: beim Betrachten der sinnverwirrenden Karte, die Kelysar als Köder gedient hatte, und zum Teil auch in der *Schattenburg.* Doch obwohl die Architektur dort ebenfalls menschlichem Vorstellungsvermögen Hohn sprach, war sie auf unmöglich in Worte zu fassende Art *anders* gewesen.

Auf jeden Fall war dieser Platz *fremd*, und er war weder von Menschen noch für Menschen geschaffen. Es war falsch, dass sie sich hier aufhielten. Sie hätten sich niemals hierher wagen sollen.

Torian drehte sich um und erwartete, das *Tor* zu sehen, durch das sie gekommen waren. Aber hinter ihnen war nur eine massive Felswand. Davor lag etwas auf dem Boden, das entfernt menschliche Konturen aufwies. Als Torian näher trat, erkannte er ein Skelett. Es zerfiel zu Staub, als er sich darüber beugte. Kelysar.

Schaudernd wandte sich Torian wieder zu Garth und Shyleen um – und fuhr ein zweites Mal zusammen. Erst jetzt, als er Shyleen genauer ansah, fiel ihm auf, dass etwas mit ihr ganz und gar nicht stimmte. Sie war die Tochter eines Magiers, und wie alle Magier hatte sie ihre Unsterblichkeit verloren. Bevor sie das *Tor* durchschritten hatten, war sie binnen weniger Tage zu einer Greisin gealtert, deren Lebenserwartung nur noch wenige Stunden, höchstens Tage betragen konnte.

Nun hatte sich ihre Haut wieder geglättet, ihr grau gewordenes Haar, soweit es nicht verbrannt war, wieder schwarz gefärbt. Es schien, als wäre sie kaum zwanzig Jahre alt. So, wie sie immer ausgesehen hatte. In Wahrheit jedoch waren es dreihundertzweiundneunzig Jahre, wie sie Torian verraten hatte.

»Deine Haut«, murmelte er fassungslos. »Wie –«

»Ich weiß es nicht«, erwiderte sie hastig, fast erschrocken. Unsicherheit schlich sich in ihre gerade noch so feste Stimme. »Es muss etwas mit dem *Tor* zu tun haben, aber wie es nun geschehen ist –« Sie brach ab und machte eine hilflose Handbewegung. »Es betrifft übrigens nicht nur mich. Eure Wunden sind verheilt. Sehr viel schneller als normal«, fügte sie nach einer kurzen Pause hinzu.

Torian nickte. Auf der Flucht aus Moran-Dur hatte er Verletzungen und Brandblasen davongetragen, die unter normalen Umständen Wochen zum Heilen benötigt hätten. Jetzt waren nur noch ein paar kleine Narben zurückgeblieben. Es war verwirrend. Es machte ihm Angst, wie alles an diesem Ort. »Wo sind wir hier?«

»In einem Stollen«, antwortete Garth.

»Ach ja?«, gab Torian ärgerlich zurück. »Bei dir ist die Heilung ganz offensichtlich zu Lasten des Gehirns gegangen.« Er funkelte Garth an und wurde übergangslos wieder ernst. »Habt ihr euch im Stollen wenigstens ein bisschen umgesehen, während ich bewusstlos war?«

»Nein.« Shyleen schüttelte den Kopf. »Solange wir nicht wissen, wo wir sind und was uns hier erwartet, sollten wir zusammenbleiben.« Sie deutete in die Dunkelheit des Stollens hinein. »Es gibt sowieso nur diese Richtung, in die wir gehen können. Das *Tor* ist zusammengebrochen, kaum dass es dich freigegeben hat.«

»Das gefällt mir nicht«, murmelte Torian. »Wenn dies wirklich der Weg zum *Tempel der verbotenen Träume* ist, dann wird er auch bewacht. Zumindest in diesem Punkt glaube ich Kelysar aufs Wort. Dieses Rattenloch ist wie geschaffen für eine Falle.«

»Dieses Risiko müssen wir wohl eingehen. Du kannst natürlich auch hier sitzen bleiben und warten, bis du verhungert bist – oder verdurstet.« Garth stand auf. »Mir wäre wohler, wenn ich wenigstens eine Waffe hätte.«

»Mir auch«, stimmte Torian zu. Er trat an das zerfallene Skelett Kelysars. Dicht neben dem Schädel des Magiers lag noch der silberne Dolch, mit dem Shyleen ihn getötet hatte. Torian hob ihn auf und steckte ihn in den Gürtel. Der kaum handlange Dolch würde ihnen nicht viel nutzen, wenn es zu einem Kampf kommen sollte, aber er war besser als gar keine Waffe. Auch wenn er ihm nur das *Gefühl* gab, sich wehren zu können. »Gehen wir«, entschied Torian.

Vorsichtig drangen sie in den Stollen vor. Er war breit genug, um nebeneinander gehen zu können, trotzdem verzichteten sie darauf und hielten sich gestaffelt hintereinander. Torian bezweifelte allerdings, dass ihnen dies irgendetwas nutzte – wenn es hier Fallen gab, dann bestimmt keine, die so simpel zu durchschauen waren. Es genügte ja, dachte er zynisch, wenn der Erste sie zu spüren bekam.

Am liebsten hätte er Shyleen gebeten, ihm den Platz an der Spitze zu überlassen, aber er wusste, dass das sinnlos gewesen wäre. Shyleen hatte oft genug gezeigt, was sie davon hielt, wenn er sich als Beschützer aufzuspielen versuchte – nämlich nichts. Dies war sicherlich nicht die passende Gelegenheit, mit ihr über ein Rollenverhalten zu streiten, das weniger seiner Überzeugung als vielmehr seiner Erziehung entsprang. Außerdem hatte sie mehr als einmal bewiesen, dass sie sich ihrer Haut ebenso gut zu wehren verstand wie er. Vielleicht sogar ein bisschen besser. Schließlich hatte sie einige Jahrhunderte Zeit zum Üben gehabt. Torian fragte sich, ob sie mit ihrer Jugend wohl auch ihre magischen Kräfte zurückbekommen hatte.

Nervös spielte er mit dem Dolch. Sein Unbehagen steigerte sich mit jedem Schritt. Er wurde das Gefühl nicht los, dass sie nicht allein waren, sondern aus dem Dunkel heraus beobachtet wurden. Immer wieder glaubte er, aus den Augenwinkeln rasche, huschende Bewegungen wahrzunehmen, aber jedes Mal, wenn er den Kopf wandte und genauer hinsah, entdeckte er nur ihre eigenen, vom flackernden Licht der Fackeln herrührenden Schatten. Abgesehen vom Geräusch ihrer Schritte und ihren leisen Atemzügen war es totenstill. Torian fragte sich, wie tief sie unter der Erde sein mochten, wie weit es bis zum Ausgang war und ob es überhaupt einen Ausgang gab. Vielleicht hörte dieser Stollen nach weiteren zehn Schritten oder auch zehn Meilen einfach auf; nichts als ein gewaltiges Wurmloch im Stein, ohne Ein- oder Ausgang. *Das* wäre doch endlich einmal eine originelle Falle, dachte er sarkastisch.

Trotzdem ließ seine Wachsamkeit nicht nach, auch wenn bisher nichts auf eine wie auch immer geartete Gefahr hindeutete. Der Stollen hätte Teil eines ganz normalen, seit langem stillgelegten Bergwerks sein können, wären nicht die sinnverwirrenden Winkel und Kanten gewesen, die deutlich zeigten, dass die Konstrukteure dieser Anlage keine Menschen gewesen waren. Kelysar hatte einen großen Teil seines Lebens der Suche nach dem *Tempel der verbotenen Träume* gewidmet und war trotz seiner magischen Kräfte schon beim ersten Versuch gescheitert. Er hatte ungeheure Anstrengungen unternommen, um Torian zu zwingen, diese Aufgabe für ihn zu erfüllen, und das bestimmt nicht, weil der Weg zum Tempel nur ein harmloser Spaziergang war und er sich allein so einsam fühlte. Was mochte einen Mann von einer Macht, wie Kelysar sie gehabt hatte, aufhalten können?, dachte Torian schaudernd.

Shyleen blieb so plötzlich stehen, dass er fast gegen sie geprallt wäre. »Ihr wolltet doch unbedingt Waffen«, flüsterte sie.

Überrascht starrte Torian auf das, was vor ihnen lag: eine Ansammlung von mehr als zwei Dutzend Schwertern, Äxten und anderen Waffen, die wie achtlos liegen gelassen vor ihnen auf dem Boden lagen. Misstrauisch ließ er seinen Blick weiter durch den Stollen wandern, doch alles, was mehr als ein paar Schritte entfernt lag, verlor sich in undurchdringlicher Dunkelheit.

»Ich hätte nicht gedacht, dass unsere Wünsche so prompt erfüllt werden«, bemerkte Garth unsicher.

Torian hielt den Dieb zurück, als dieser an ihm vorbeigehen wollte. »Das gefällt mir nicht«, murmelte er. »Die Waffen hat bestimmt niemand als freundliche Gabe an uns hier hingelegt. Das riecht förmlich nach einer Falle.«

»Der ich aber mit einem Schwert in der Hand wesentlich lieber entgegentrete«, versetzte Garth schnell und auf seine gewohnt flapsige Weise. Aber seine Stimme klang eine Spur zu unsicher, um den Spott darin glaubhaft zu machen.

Torian schüttelte bedächtig den Kopf. »Den ursprünglichen Besitzern haben die Waffen auch nicht viel genutzt.« Vorsichtig trat er näher und betrachtete sie genauer, hütete sich aber, sie zu berühren. Erst jetzt wurde er gewahr, dass es sich nicht nur um Schwerter und Äxte handelte, sondern auch um Gegenstände, die er nie zuvor gesehen hatte. Einige schienen noch recht neu zu sein, andere mussten schon sehr lange hier liegen. Das Metall war stumpf und blind geworden.

»Sieht so aus, als wären wir nicht die Ersten, die es bis hierher geschafft haben«, stellte Shyleen fest. »Torian hat Recht. Die Waffen scheinen ihnen nicht viel genutzt zu haben. Und was oder wer immer sie überfallen hat, hatte offenbar kein Interesse daran.«

Wieder lauschten sie einige Sekunden, doch abgesehen von ihren eigenen Atemzügen herrschte nach wie vor Totenstille. Garth zuckte die Achseln und bückte sich nach einer Streitaxt. Nichts geschah, als er die Waffe berührte. Nach kurzem Zögern bedienten sich auch Torian und Shyleen. Torian entschied sich für ein beidseitig geschliffenes Schwert, das zwar nicht optimal ausgewogen war, aber recht gut in der Hand lag. Er ließ es ein paar Mal durch die Luft zischen und nickte einigermaßen zufrieden. Nicht *gut,* aber akzeptabel.

Mit einem letzten unbehaglichen Blick in die Richtung, aus der sie gekommen waren, ging er weiter, noch vorsichtiger als zuvor. Aber es erfolgte kein Angriff. Der wahre Feind, begriff Torian, waren ihre eigenen Ängste, welche die Realität um eine winzige Nuance in den Bereich des Geisterhaften verschoben, ins Reich der Schatten und Albträume.

Und dann wurde es dunkel, warnungslos und von einem Augenblick auf den anderen. Um sie herum herrschte plötzlich Finsternis, eine tiefe, lastende Schwärze, in der etwas Erstickendes zu sein schien. Torian fuhr erschrocken zusammen. Im ersten Moment glaubte er, ihre Fackeln wären erloschen, aber das stimmte nicht. Sie brannten noch, allerdings sehr viel schwächer als bisher, als ob etwas den Flammen die Kraft entzog. Die Wände um sie herum schienen verschwunden zu sein, einer so gewaltigen Höhle Platz gemacht zu haben, dass die Fackeln nicht ausreichten, sie zu erhellen. Dann senkte Torian den Blick und entdeckte, dass er auch den Boden nicht mehr sehen konnte. Er spürte den harten, völlig ebenen Grund weiter unter den Füßen, doch war das Gestein ebenso wie das der Wände und der Decke so finster, dass es das Licht zu verschlingen schien. Es gab nicht den kleinsten Reflex.

Zögernd ging Torian weiter. Obwohl Shyleen kaum einen Schritt von ihm entfernt stand, sah er sie nur noch schemenhaft. Etwas wie ein diffuser, finsterer Nebel umgab ihre Gestalt und verlieh ihr ein unwirkliches Aussehen, als wäre sie selbst nur ein Gespenst aus grauen Schwaden.

Aber es war nicht nur das Licht; ganz und gar nicht. Da war noch etwas. Torian spürte deutlich die Anwesenheit von etwas unsagbar *Fremdem.* Inmitten des Nebels um sie herum trieb etwas, ohne dass er es zu definieren vermochte. Die Dunkelheit schien sich in ständiger, ungreifbarer Bewegung zu befinden, als wohne ihr ein unheimliches Eigenleben inne. Als er noch einmal zu Boden blickte, glaubte er dicht vor seinen Füßen etwas wie eine pechschwarze Wurzel zu erkennen. Er blinzelte, und die vermeintliche Wurzel verwandelte sich in etwas, das wie ein Nest aus unzähligen schleimig glänzenden Schlangen aussah, zu einem unentwirrbaren Knäuel ineinander verschlungen. Mit einem Keuchen prallte Torian zurück, und die widerliche Masse verschwand. Nichts weiter als ein neuerliches Trugbild, wie alles hier.

Er schaute sich nach Shyleen und Garth um, konnte sie aber nirgendwo erkennen. Rauchige Schattenarme schienen im Schutz des Nebels auf ihn zuzugleiten, und plötzlich war er sich fast sicher, dass es sich keineswegs nur um Einbildung handelte. Etwas Massiges, Großes verbarg sich hinter den tanzenden Schwaden. Aber er wusste noch nicht, was.

Etwas berührte ihn an der Schulter, ganz leicht nur und tastend, kaum wahrnehmbar.

Torian fuhr herum. Er sah nichts, aber er spürte immer deutlicher, dass irgendetwas *da* war. Die Dunkelheit war nicht leer. Sie war ein Versteck. Vielleicht war sie die Gefahr selbst. Vielleicht war sie keine Dunkelheit, sondern etwas anderes, Lebendes, Böses …

»Verdammt, was soll das?«, sagte Garth hinter ihm. Torian drehte sich um. Ein schwacher Lichtpunkt, kaum mehr als ein flackerndes Glimmen, alles, was von Garths Fackel geblieben war, schälte sich vor ihm aus der Dunkelheit. Die Flamme brannte noch weiter, aber sie spendete kaum noch Licht, als fresse etwas die Helligkeit. Trotzdem – gegen ihren matten Schein nahm Torian plötzlich eine schattenhafte Bewegung wahr.

Es war wirklich kaum mehr als ein Schatten, ein dünnes, nicht einmal armstarkes Ding, das von der Decke herabhing und sich geschmeidig wie ein Tentakel auf ihn zubewegte, aber dicht vor ihm wieder zurückwich. Als Torian nach oben sah, erblickte er eine kleine, nur handtellergroße Fläche normalen Felsgesteins inmitten der Licht schluckenden Schwärze.

Aber das war nur der erste Eindruck, und er hielt auch nur eine Sekunde an. Was er für Fels gehalten hatte, war keiner.

Und im gleichen Augenblick begriff er, in welch eine hinterhältige Falle sie getappt waren!

Er schrie auf und taumelte wie unter einem Hieb zurück. »*Weg hier!*«, brüllte er mit überschnappender Stimme. Der unsichtbare Fels rings um ihn herum warf seine Worte verzerrt zurück und ließ sie zu monotonem Hohngelächter zersplittern. Er taumelte los. Torian kam nicht einmal drei Schritte weit. Die Finsternis um ihn herum erwachte zu schrecklichem, peitschendem Leben. Der Boden unter seinen Füßen verwandelte sich, *wurde zu einem Ding*, das sich wie ein hauchdünner, dunkler Film über den Boden, die Wände und sogar die Decke gebreitet hatte, einem Wald zuckender, peitschender Wurzelfäden, wie kleine, gierige Schlangen. Der gerade noch harte Untergrund, den er fälschlicherweise für Stein gehalten hatte, wurde von einem Augenblick zum anderen zu einer zähflüssigen, sirupartigen Masse, die nach seinen Stiefeln griff und sich langsam an seinen Beinen höher tastete, einem Gewirr schwarzer und grauer, widerhakenbesetzter Pflanzenstengel, jeder einzelne von widerlichem, pulsierendem Eigenleben erfüllt.

Torian schrie, sah eine Bewegung aus den Augenwinkeln und schlug blindlings mit dem Schwert um sich. Er traf – ein lianenartiges, schwarzes Ding mit gebogenen Dornen und kleinen, schnappenden Mündern, das zerschnitten zu Boden fiel und in der ungeheuerlichen Pflanzenmasse verschwand. Aber es war nur eines von unzähligen, die wie ein ganzer Wald schwarzer Schlangen vor ihm emporwuchsen. Das flackernde Licht der Fackeln verlieh dem wogenden Licht der Pflanzenmasse zusätzlich etwas Unheimliches, ließ ihre Bewegungen abgehackter und noch widernatürlicher erscheinen, als sie ohnehin waren.

Ein harter Schlag traf Torian zwischen die Schulterblätter und ließ ihn nach vorne stolpern. Mit Mühe konnte er einen Sturz verhindern und sprang zurück. Etwas wickelte sich um seine Taille und begann sich zusammenzuziehen, Tausende winziger nadelspitzer Dornen bohrten sich in seine Haut. Torian zerschnitt den Pflanzenstengel und hieb verzweifelt weiter um sich. Hinter ihm gellte ein entsetzter Schrei auf. Torian fuhr herum, duckte sich unter einer peitschenden schwarzen Wurzel hindurch und schlug nach einer anderen, die nach seinen Beinen griff. Dann hatte er Garth erreicht.

»Hau ab!«, schrie Garth mit überschnappender Stimme. »Rette dich!« Er war zu Boden gegangen und bereits bis zu den Hüften von der wogenden schwarzen Masse verschlungen. Und trotz seiner verzweifelten Gegenwehr wanden sich die züngelnden Schlangenarme immer mehr um seinen Körper. Ein Strang glitt über sein Gesicht und tastete nach seinen Augen. Garth riss ihn ab. Wo die Wurzel seine Stirn berührt hatte, blieb eine Reihe kleiner blutiger Wunden zurück, wie Nadelstiche.

Torian packte das Schwert mit beiden Händen und ließ es mit aller Kraft niedersausen. Sein Hieb durchtrennte ein halbes Dutzend Fangarme, die Garth hielten. Er schlug sofort noch einmal zu und noch einmal, wieder und wieder und immer wieder, und er hörte auch nicht auf, als er Garth längst befreit hatte.

»Danke!«, keuchte Garth. Er hieb mit der Axt nach einem Tentakel, der von oben auf ihn herabstieß. In der gleichen Bewegung schwang er die Fackel gegen einen weiteren Fangarm, der blitzschnell zurückzuckte.

Auch Torian schlug blindlings um sich. So dicht, dass sie fast schon wie eine massive Mauer aussah, wuchs die Wurzelmasse vor ihnen in die Höhe und versperrte ihnen den Fluchtweg. Für einen Moment drohte Panik Torian zu übermannen, als ihm klar wurde, dass sie eingeschlossen waren. Torian *dachte* in diesem Moment nicht mehr – er handelte einfach, blind, seinen Instinkten gehorchend und einem verzweifelten Plan, der seinem Unterbewusstsein entsprang und den Umweg über sein Denken erst gar nicht machte.

»Springt!«, schrie er, stieß sich gleichzeitig mit aller Kraft vom Boden ab – und sprang mitten in die peitschende Pflanzenmasse hinein! Wie rasend hieb er mit dem Schwert um sich.

Und das schier Unmögliche gelang! Dicht neben Garth kam er auf, wurde von seinem eigenen Schwung weiter nach vorne geschleudert und rollte sich ungeschickt ab. Sekundenlang blieb er liegen und rang nach Luft, schwindelnd vor Anstrengung, dann riss ihn Garth auf die Beine und versetzte ihm einen Stoß, der ihn weiter vorwärts taumeln ließ.

»Shyleen«, keuchte Torian. »Wo ist Shyleen?«

Statt einer Antwort versetzte ihm Garth einen weiteren Stoß. Sie rannten den Stollen entlang, bis sie nach einigen Dutzend Metern eine große Höhle erreichten. Torian lief noch ein paar Schritte weiter, bevor er schwer atmend stehen blieb. Im Stollen hinter ihnen war nichts zu entdecken, das formlose *Ding* folgte ihnen offensichtlich nicht, sondern gab sich zumindest für den Augenblick mit seinem Opfer zufrieden.

Erst als er wieder einigermaßen zu Atem gekommen war und sich genauer umsah, begriff Torian, dass die Höhlenwände nicht leer waren.

Garth stieß ein ersticktes Krächzen aus, doch Torian nahm es kaum wahr. Fassungslos starrte er auf die zahllosen nischenartigen Vertiefungen, die wie riesige leere Augenhöhlen in den Felsen gähnten. Dann, als er genauer hinsah, erkannte er seinen Irrtum: Der allergrößte Teil der Nischen war *nicht* leer – aber im ersten Moment weigerte er sich fast, zu glauben, was sich ihm da darbot. Langsam, wie gegen einen unsichtbaren, zähen Widerstand ankämpfend, trat er näher, immer noch hoffend, dass der flackernde Schein der Fackeln und das dämmerige Licht, das durch kleine Öffnungen in der Decke hereinfiel, seinen Augen einen Streich gespielt hatten.

Aber es war keine Täuschung.

In den Vertiefungen standen Tote, säuberlich aufgereiht wie Statuen, eine neben der anderen, eine endlose Reihe bleicher, erstarrter Gesichter mit toten Augen, die Garth und ihn blicklos anglotzten. Es mussten Hunderte sein, und nur bei den wenigsten handelte es sich um Menschen oder auch nur *menschenähnliche* Wesen. Es gab insektenartige Kadaver mit Körperpanzern aus Chitin, andere besaßen ein Federkleid, wie absurd große humanoide Vögel, und gewaltige Schwingen, wieder andere dichtes Fell. Einige waren Kreaturen, die ganz aus glasartigem Kristall zu bestehen schienen, etwas sah aus wie eine riesige Larve, daneben befand sich ein Wurm mit überraschend geschickt aussehenden Händen und großen, klugen Augen, und darüber hinaus waren unzählige Lebensformen zu erkennen, die sich mit nichts mehr vergleichen ließen, was Torian je gesehen hatte. Nur eines hatten all die Geschöpfe gemeinsam: den Ausdruck namenlosen Entsetzens, der sich im Augenblick ihres Todes in ihre Gesichter eingegraben hatte. Und keiner von ihnen war verwest, dachte Torian schaudernd. Es war, als hätte hier zwar nicht der Tod, wohl aber der Zerfall seine Macht verloren.

Erst als er dicht an die Nischen herangetreten war, entdeckte Torian den hauchdünnen, durchsichtigen Film, der sich über die Leichen spannte, wie eine zweite, durchsichtige Haut, die jeden Zoll ihrer Körper bedeckte und sie vermutlich luftdicht konservierte.

Mit wachsendem Entsetzen lief Torian an der Phalanx der Toten entlang. Schließlich entdeckte er wieder einige Gestalten, die unzweifelhaft Menschen waren: vier Männer und eine Frau. Sie waren in fremdartige Gewänder gehüllt, und auch in ihren Gesichtern war fassungsloses Grauen eingefroren.

»Sag mir, dass ich träume«, flüsterte Garth hinter ihm. Sein Gesicht sah grau und ungesund aus, wächsern. Seine Lippen zitterten. Sein Blick flackerte unstet. »Was sind das für Kreaturen?«

»Wahrscheinlich die Besitzer der Waffen, die wir gefunden haben. Jetzt wissen wir, was aus ihnen geworden ist«, murmelte Torian. Er dachte daran, in welchem Zustand sich einige der Waffen befunden hatten, und versuchte sich vorzustellen, wie lange die Toten schon hier stehen mussten. Das Ergebnis ließ ihn schaudern.

Einige der menschenähnlichen Wesen waren ihm nicht unbekannt. Er hatte sie schon einmal gesehen, wenn auch nur in einer Vision auf dem Weg zur *Schattenburg.* Sie gehörten einem Volk an, das vor langer Zeit nach Caracon gekommen war. Die meisten von ihnen waren in der Staubwüste gestorben. Die meisten, aber nicht alle, wie ihr Hiersein bewies.

Ihr Götter!, dachte Torian beklommen, *das war vor mehr als zehntausend Jahren!*

»Was … was ist das hier?«, stammelte Garth. »Welchen Sinn hat dieses … dieses Museum? Wer hat es eingerichtet? *Warum?!«* Als Torian ratlos die Achseln zuckte, fügte er hinzu: »Und warum hat man die Waffen einfach liegen lassen?«

»Vielleicht als Warnung«, vermutete Torian.

Garth sah sich demonstrativ um. »Es scheinen nicht viele die Warnung beachtet zu haben.«

Torian schwieg. Sein Herz schlug schwer und hart und sehr langsam, er fühlte sich benommen, auf sonderbar unkörperliche Weise *gelähmt,* als wäre der Tod nun auch in Person hinter sie getreten und hätte mit eisigen Knochenfingern etwas in seiner Seele berührt.

»Wir müssen nachsehen, wo Shyleen geblieben ist«, drängte Garth.

»Ich glaube kaum, dass wir ihr helfen können«, erwiderte Torian leise. Er erschrak selbst über die Kälte und Gefühllosigkeit, mit der er über Shyleens Tod sprach – oder ein Schicksal, das noch schlimmer war. Aber er fühlte weder Trauer noch Schmerz. In seinen Gedanken war nur Leere. Er stand immer noch unter dem Schock dessen, was er beim Durchschreiten des *Tores* erlebt hatte. Es war, als hätte er etwas von dem, was sein Menschsein ausgemacht hatte, in dem kalten, stillen Reich zwischen Leben und Tod zurückgelassen.

Er verscheuchte den Gedanken.

»Kelysar hat uns gewarnt, der Wächter des *Tores* würde ein Opfer fordern«, fuhr er fort. »Ich dachte, es ... es hätte etwas mit mir zu tun. Damit, dass ich fast in dem *Tor* geblieben wäre, oder Kelysar selbst wäre das Opfer gewesen. Ich fürchte, ich verstehe erst jetzt, was er wirklich gemeint hat.«

Garth schloss stöhnend die Augen. Für einen Moment stand er reglos da, die Hände zu Fäusten geballt und jeden einzelnen Muskel seines mächtigen Körpers bis zum Zerreißen gespannt. »Ich verstehe. Er hätte einen von uns vorgeschickt. Während dieses Monstrum sein Opfer hierher gebracht hätte, wäre der Stollen frei gewesen. Aber das bedeutet ...« Er brach ab und fuhr herum.

Torian hörte das Geräusch im selben Augenblick. Es war ein leises Rascheln, wie von hornigen Schuppen, die gegeneinander rieben, ein Kratzen und Scharren wie von winzigen, krallenbewehrten Füßen. Gebannt starrte er in die Richtung, aus der sie gekommen waren. Es sah aus, als dringe eine Wolke lebendig gewordener Finsternis aus dem Gang. Die gestaltlose Kreatur, die ihnen aufgelauert hatte, erschien ihnen jetzt in einer humanoiden Form, die grausame Verhöhnung eines menschlichen Lebens. Auch jetzt noch war sie eine tentakelbewehrte Scheußlichkeit, riesig, fast drei Meter groß, ohne wirklichen Körper, sondern aus Tausenden und Abertausenden einzelner dünner Wurzelfäden gewoben. Es war die Karikatur eines ins Absurde verzerrten Menschen, ganz offensichtlich ihrem letzten Opfer nachempfunden.

Shyleen.

Mit hoch erhobenem Kopf ging sie dicht neben der unglaublichen Kreatur. Ihr Gesicht zeigte keine Regung, ihr Blick war kalt, leblos. Ihre Augen erinnerten an gläserne Kugeln, in denen nie Leben gewesen war. Sie bewegte sich wie in Trance, mit den langsamen, mechanisch wirkenden Schritten eines Menschen, der seinen eigenen Willen verloren hatte.

Aber sie war noch am Leben.

Torian riss seinen Blick mühsam von ihr los und betrachtete wieder die Kreatur an ihrer Seite. Seine Finger schlossen sich fester um den Griff des Schwertes, doch obwohl er und Garth deutlich sichtbar vor der Felswand standen, schien das Albtraumgeschöpf sie nicht einmal wahrzunehmen. Und wenn doch, so kümmerte es sich nicht um sie.

»Es sieht uns nicht«, flüsterte Garth. Die Kreatur wandte ihr groteskes Gesicht in seine Richtung. Das Peitschen ihrer dünnen pflanzlichen Arme wurde unruhiger, schneller.

Torian warf Garth, dem Dieb, einen raschen warnenden Blick zu. Vielleicht hatte er Recht – aber dafür schien die Kreatur über ein umso schärferes Gehör zu verfügen. So leise wie möglich glitt er einige Schritte zur Seite, den Blick unverwandt auf das ohne Hast näher kommende Ungeheuer gerichtet, statt auf den Boden zu achten. Und diese Unaufmerksamkeit rächte sich sofort. Er stieß mit dem Fuß gegen einen Stein, der zur Seite kollerte. Torian fluchte lautlos, doch seine Wut schlug gleich darauf in Überraschung um, als er sah, dass das bizarre Monstrum nicht im Geringsten reagierte. Unbeirrt setzte es seinen Weg fort.

»Es hat uns gar nicht gehört«, murmelte er. »Es will nur an die Nischen.«

»Ja, um seine Sammlung zu vergrößern«, erwiderte Garth bitter. »Um Shyleen.«

Torian wich ganz langsam weiter vor dem Ungeheuer zurück. Wahrscheinlich, dachte er, besaß diese Kreatur nicht einmal wirkliche Sinnesorgane. Sie reagierte einfach auf Berührung, ein simpler, aber tödlicher Mechanismus, der sie zu einem fast unüberwindlichen Wächter machte. Vielleicht *lebte* es nicht einmal im wirklichen Sinne des Wortes. Es existierte, aber es war nicht einmal ein *Es*, sondern nur ein *Etwas,* ein Ding, dessen einziger Daseinszweck das Töten war.

Vorsichtig näherte er sich dem Monster wieder. Es reagierte nicht einmal, als er sich ihm bis auf Armeslänge genähert hatte. Willenlos trat Shyleen in eine der freien Nischen und drehte sich herum. Ihr Gesicht war leer.

Im gleichen Moment veränderte sich die Kreatur. Sie ähnelte plötzlich kaum noch einem Menschen, verlor ihre feste Form und verwandelte sich in ein wogendes, gestaltloses Etwas. Nur im Zentrum der zitternden Masse, ungefähr dort, wo bei einem Menschen das Herz schlug, entdeckte Torian ein dunkles, kaum kopfgroßes Etwas, das auch jetzt noch aus nichts als kompakter Schwärze zu bestehen schien.

»Was bedeutet das?«, fragte er ratlos. Garth antwortete nicht.

Das Unwesen berührte Shyleen mit einem seiner zahllosen Pflanzenarme am Kopf und glitt beinahe sanft über ihr Gesicht. Wo der dünne schwarze Strang ihre Haut berührte, blieb ein feiner, kaum sichtbarer Film zurück, glitzernd und klebrig, wie die schreckliche Haut, welche die anderen Toten umhüllte. Torians Herz machte einen schmerzhaften Sprung.

»Torian!«, brüllte Garth mit überschnappender Stimme. *»Tu etwas!«*

Shyleen war bereits bis zu den Hüften von der durchsichtigen Masse eingehüllt, als Torian ihre vielleicht einzige Chance erkannte. Blitzartig riss er den Dolch aus dem Gürtel, zielte kurz und schleuderte ihn dann mit aller Kraft. Mühelos drang der Dolch in die wirbelnde Masse ein und traf das schwarze, herzähnliche Etwas.

Ein unerträglich hoher Schrei drang an Torians Ohren. Das Ungeheuer bäumte sich auf, fuhr mit einer erstaunlich raschen Bewegung herum und griff mit einem Dutzend Armen, die eine halbe Sekunde zuvor noch nicht da gewesen waren, gleichzeitig nach ihm. Torian duckte sich zur Seite, schlug blindlings mit dem Schwert zu und packte im selben Moment Shyleen. Verzweifelt riss er sie aus der Felsnische heraus und damit aus der Reichweite des tobenden Monstrums. Sie wehrte sich nicht gegen ihn, sondern blieb weiterhin völlig apathisch.

Das Ungeheuer leider nicht.

Torians Dolch hatte das finstere Zentrum in seiner Mitte getroffen, aber es war keineswegs tot, sondern raste vor Schmerz und Wut. Dutzende von dünnen Fühlern tasteten nach Torian und Shyleen, immer mehr und schneller, als er sie zerschneiden konnte, denn er wurde zusätzlich durch Shyleen behindert, die wie in Trance neben ihm herstolperte. Garth sprang mit einem wütenden Schrei neben ihn und schwang seine Axt.

Wahrscheinlich war es pures Glück, das sie rettete.

Die Klinge der riesigen Streitaxt traf das pulsierende Herz des Ungeheuers, ebenso zielsicher wie Torians Dolch zuvor, aber mit ungleich größerer Wucht. Die Kreatur schrie erneut auf, ein grässlicher Laut, der Torians Schädel zum Zerbersten zu bringen schien. Sie taumelte zurück. Plötzlich wurde aus den wütenden Hieben ihrer zahllosen Arme ein zielloses Peitschen, als sie in irrsinniger Wut in die Luft schlug. Dann, taumelnd und sehr langsam, sackte sie zu Boden.

Im gleichen Moment erwachte Shyleen aus ihrer Trance. Sie sackte in Torians Armen zusammen, konnte aber das Gleichgewicht halten. Einen Herzschlag lang sah sie sich verwirrt um, dann verzerrte sich ihr Gesicht vor Schreck; sie begann gellend zu schreien. Blindlings schlug und trat sie um sich, dann zuckte ihre Hand hoch. Die Finger waren wie Klauen gekrümmt.

Torian schlug ihr zweimal mit der flachen Hand ins Gesicht. Ihre Gegenwehr erlosch. Erst jetzt kam Shyleen zur Besinnung und erkannte ihn. Sie schluchzte und klammerte sich Hilfe suchend an ihn. Diese Reaktion überraschte Torian fast noch mehr als ihr Angriff zuvor. Es war das erste Mal, dass er so etwas wie ein menschliches Gefühl an ihr entdeckte.

Eine Sekunde später schämte er sich fast für seine eigenen Gedanken. Shyleen musste Entsetzliches durchgemacht haben, und plötzlich sah Torian sie mit anderen Augen. Durch ihr Verhalten hatte sie ihn beinahe vergessen lassen, dass sie mehr war als nur irgendein Mensch, mit dem er zufällig in den letzten Wochen zusammen gereist war, und auch nicht nur ein Kampfgefährte. Er sah sie plötzlich als die Frau, die sie war, wenn sie sich auch durch ihre Unnahbarkeit alle Mühe gab, dies völlig in den Hintergrund treten zu lassen. Sie hasste alle Schwäche und hatte in den vergangenen Wochen mehr Stärke gezeigt als die meisten Männer, die Torian kennen gelernt hatte und die sich für besonders hart hielten. Aber sie hatte diese Härte auch gegen sich selbst gezeigt, und es war abzusehen gewesen, dass ihre Nerven irgendwann versagen würden. Stärke war nicht immer nur von Vorteil. Diese Gedanken schossen ihm in Bruchteilen von Sekunden durch den Kopf. Nicht weil sie eine Frau war und seine Beschützerinstinkte weckte, sondern weil sie als Mensch seine Hilfe brauchte, hob er den Arm, um ihn ihr um die Schultern zu legen, führte diese Bewegung aber nicht zu Ende.

Garths Schrei ließ ihn herumfahren.

Das Ungeheuer war zu Boden gestürzt, aber nicht einmal Garths mit aller Gewalt geführter Axthieb hatte es wirklich vernichtet. Torian beobachtete ungläubig, wie sich das finstere *Etwas* in seinem Zentrum neu formte: Es war fast in zwei Hälften gespalten, aber er sah jetzt, dass auch dieses Herz-Gehirn-Nervenzentrum oder was immer es sein mochte, kein wirklicher Körper war, sondern seinerseits wieder aus Millionen und Abermillionen einzelner dünner Fäden bestand, wie mikroskopisch feine Nerven, die sich zu einem monströsen Etwas zusammengeschlossen hatten. Garths Axthieb hatte einige Hunderte oder auch Tausende davon zertrennt, aber der Rest begann, emsig aufeinander zuzukriechen; es sah aus wie zwei Bündel schwarzer Haare, die in einem unfühlbaren Wind wogten und sich dabei mehr und mehr ineinander verhedderten.

»Verschwinden wir lieber von hier, bevor das Ding aufsteht und sein Frühstück sucht«, drängte Torian. Der Klang seiner Stimme machte die bewusst scherzhafte Wahl seiner Worte zunichte, und auch Garth rang sich nur ein gequältes Lächeln ab, ehe er zustimmend nickte und sich nach seiner Axt bückte.

Torian behielt sein Schwert in der Hand, als sie zum Ende der Höhle gingen, und sah sich noch einmal misstrauisch um, bevor er den anderen durch das doppelt mannshohe Loch in der Felswand folgte. Sie waren jetzt zu weit von dem Pflanzenungeheuer entfernt, als dass er es deutlicher denn als amorphe, wogende Masse erkennen konnte; aber die Regeneration schien nicht ganz so schnell zu gehen, wie im ersten Moment zu befürchten war. Trotzdem hatte er das sichere Gefühl, dass es besser war, sich möglichst weit weg von diesem Ort zu befinden, wenn das Ungeheuer wieder völlig erwacht war. Er hatte keine Ahnung, ob dieses *Ding* so etwas wie Rachegefühle kannte – aber er hatte auch keine Lust, es herauszufinden. So, wie es aussah, dachte er, waren sie hier auf einen Gegner gestoßen, den sie mit ihren Waffen nicht besiegen konnten. Vielleicht konnte man es nicht töten.

Er verscheuchte den Gedanken und beeilte sich, den anderen zu folgen. Sie gelangten in einen Stollen, der sich in nichts von dem unterschied, durch den sie gekommen waren, ein weiteres Loch im Berg, das ins Unbekannte führte; vielleicht in die Freiheit, vielleicht in eine weitere, noch hinterlistigere Falle.

☆

Keiner von ihnen sprach ein Wort. Shyleen hatte sich wieder gefangen, aber sie wich seinem Blick aus, und Torian musste seine Fantasie nicht besonders strapazieren, um nachzuempfinden, was in ihr vorging; zu der Gefahr, der sie im buchstäblich allerletzten Moment entronnen war, kam noch die Erniedrigung, als die sie die Tatsache empfinden musste, sich vor Torian so gehen gelassen zu haben. Sie würden darüber reden müssen; bald.

Schweigend drangen sie tiefer in die Dunkelheit des Ganges vor, alle drei von dem gleichen, mit Furcht gepaarten Unbehagen erfüllt. Diesmal beobachteten sie die Wände und die Decke genauer, prüften sorgsam den Boden vor jedem Schritt. Allein die Angst vor einer neuen Falle zerrte schon mehr an ihren Nerven, als es ein wirklicher Angriff vielleicht getan hätte. Torian überlegte, ob dies vielleicht schon die nächste Falle war – wenn es hier unten Pflanzen gab, die dachten, warum dann nicht auch Angst, die tötete?

Aber ihre Vorsicht erwies sich als unnötig. Bereits nach wenigen Minuten wurde es vor ihnen hell. Torian erkannte einen münzgroßen, unregelmäßigen Fleck irgendwo am Ende des Tunnels und ging unwillkürlich schneller, und auch Shyleen und Garth beschleunigten ihre Schritte, bis sie das Ende des Stollens erreicht hatten. Grelles Sonnenlicht ließ Torian die Augen zusammenkneifen, unwillkürlich hob er die freie Linke vor das Gesicht.

Als sich seine Augen schließlich an die Helligkeit gewöhnt hatten, blickte er in ein Tal hinab, das von hoch aufragenden Bergen wie von einer Mauer umgeben war. Es war gewaltig, so groß, dass sich die hügelige Landschaft irgendwo in nebliger Ferne verlor, und vielleicht war es auch kein Tal, sondern das Vorland eines zyklopischen Gebirges. Über ihnen wölbte sich ein Himmel von schmutzig grauer Farbe, vor dem Wolken träge dahinzogen. Ein kühler, aber sanfter und nicht einmal unangenehmer Wind wehte ihnen entgegen. Er trug den Geruch von Gras und blühenden Blumen mit sich, der Torian nach der verbrauchten Luft im Stollen doppelt erfrischend erschien. Er atmete ein paar Mal tief durch.

Sie standen fast am Fuß eines Berges, dessen Flanke hinter ihnen lotrecht in die Höhe ragte, so hoch, dass sie den Himmel zu berühren schien und Torian den Gipfel nur ahnen konnte, als er den Kopf in den Nacken legte. Wind und Regen hatten das Gestein nicht verwittern lassen, sondern es so glatt geschmirgelt, dass es wie poliert aussah. Torian musste erneut an eine Mauer denken, und es war eine unangenehme Assoziation; er kam sich gefangen vor, eingesperrt. Nirgendwo in der Wand gab es Vertiefungen oder Vorsprünge. Die gigantische Felsplatte war einfach eine einzige ebene Fläche. Nur der Eingang zum Stollen klaffte darin. Aber es war nicht einfach nur ein Loch im Berg; Torian musste an das aufgerissene Maul eines Untiers denken, in dessen unmittelbarer Nähe selbst das Gras verdorrt war. Es vermittelte den Eindruck, als ob sich ein Stück Nacht aus der unterirdischen Felswand ins Sonnenlicht herüberzuziehen versuchte, um ihnen zu folgen.

Torian runzelte die Stirn. Der Anblick erfüllte ihn mit Unbehagen, und er wandte den Blick rasch wieder ab. Was er auf der anderen Seite sah, war schon angenehmer.

Vor ihnen führte ein sanfter Abhang in das Tal hinunter. Nicht weit entfernt erstreckte sich ein ausgedehntes Waldstück; eine kompakte grüne Fläche auf die große Entfernung, deren bloße Farbe dem Auge wohl tat. Ein Fluss schlängelte sich wie ein blaues, in sanften Windungen und Schleifen hingeworfenes Band durch das Tal und verschwand in der Ferne.

»Sieht ziemlich einladend aus«, kommentierte Shyleen. »Hier lässt es sich eine Weile aushalten.« Sie runzelte die Stirn und blickte erst Garth, dann Torian unsicher an. »Vielleicht ein bisschen *zu* einladend«, fügte sie hinzu, allerdings sehr leise und mehr zu sich gewandt.

Garth schnitt eine Grimasse und ignorierte ihren letzten Satz. »Wenn ich mal ein gemütliches Plätzchen fürs Alter suche, komme ich hierher zurück«, sagte er. »Vorausgesetzt, es gibt hier irgendwo ein paar reiche Händler, die ich beklauen kann.«

»Voraussetzung ist erst mal, dass wir hier überhaupt wieder herauskommen«, entgegnete Torian ärgerlich. Garths spöttische Art ging ihm auf die Nerven. Der für Humor zuständige Teil seines Bewusstseins war irgendwo in der Höhle zurückgeblieben. »Und zwar möglichst, *nachdem* wir den *Tempel der verbotenen Träume* gefunden haben.« Noch einmal ließ er seinen Blick durch das paradiesisch anmutende Tal schweifen. »Shyleen hat Recht. Für meinen Geschmack sieht mir das alles schon eine Spur *zu* harmlos und idyllisch aus.«

»Miesmacher«, knurrte Garth. »Du hast eine wirklich reizende Art, einen aufzumuntern.«

»Ich denke nur realistisch. Der Weg zum Tempel soll mindestens ebenso mit Fallen gespickt sein wie die *Straße der Ungeheuer.* Entweder hat uns das *Tor* ganz woandershin geschleudert, oder diese Idylle ist ungefähr so echt wie dein Versprechen, gut auf einen Geldbeutel aufzupassen, den man dir anvertraut.«

Garth verzog beleidigt sein Gesicht. »Jetzt tust du mir unrecht«, schmollte er. »Ich schwöre bei der Unschuld meiner Mutter, dass mir noch nie etwas gestohlen worden ist.«

»Soll ich euch beiden vielleicht ein paar Bauklötzchen bringen?«, fragte Shyleen scharf.

Garth grinste, sagte aber nichts mehr, sondern trat auf ein paar

Büsche zu, die dicke, rote Beeren trugen. Er pflückte eine Hand voll. »Ich weiß, sie könnten giftig sein«, kam er Torians Warnung zuvor. »Aber vergiftet werden geht schneller als verhungern.«

»Na wunderbar, ein Versuchskaninchen haben wir schon mal«, bemerkte Shyleen spöttisch. »Wenn du in einer halben Stunde noch nicht tot umgefallen bist, können wir es wohl auch wagen.«

»Darauf würde ich mich nicht verlassen«, erklärte der Dieb kauend. »Mein Magen verträgt nämlich einiges mehr als eurer, ihr halben Portionen.«

Er pflückte eine weitere Hand voll Beeren und stopfte sie der ersten hinterher, und Torian fügte hastig hinzu: »Außerdem sind in einer halben Stunde wahrscheinlich schon keine Beeren mehr da.«

Garth nickte. »Die Dinger schmecken gut.«

»Überredet«, seufzte Shyleen, und nach kurzem Zögern griff auch Torian zu. Er hatte das Gefühl, seit einer halben Ewigkeit nichts mehr gegessen zu haben, und sein Magen knurrte immer stärker. Die Beeren schmeckten wirklich; ein wenig säuerlich zwar, aber sie waren durchaus genießbar. Nicht weit entfernt entdeckten sie auch einen kleinen Bach, an dem sie ihren Durst stillen konnten.

Anschließend ließen sie sich ins Gras sinken, um zu rasten. Torian verschränkte die Arme hinter dem Kopf und starrte zu den Wolken hinauf. Sie hatten keinen Anhaltspunkt, wo der *Tempel der verbotenen Träume* lag, mussten sich also blindlings auf die Suche machen. So riesig in seinen Ausmaßen, wie das Tal war, würden sie wahrscheinlich Wochen brauchen, es zu Fuß zu durchqueren. Und auch das nur, wenn sie nicht angegriffen oder aufgehalten wurden, überlegte er. Und immer vorausgesetzt, dass das *Tor* sie überhaupt an den richtigen Ort geschleudert hatte. Aber nach den Erlebnissen im Berg war er beinahe sicher, dass sie hier richtig waren.

Er hob den Kopf ein wenig. Das grüne Blätterdach des Waldes erschien ihm mit einem Mal wie ein undurchdringlicher Vorhang, der ihnen den Blick auf alles verwehrte, was darunter lag und möglicherweise nur darauf wartete, dass ein paar Narren der Kreatur im Stollen entkamen. Aber es würde sie mindestens zusätzliche vier oder fünf Tage kosten, den Wald zu umgehen.

»Woran denkst du?«, drang Garths Stimme in seine Gedanken.

»Daran, was uns in diesem Tal noch alles erwartet«, antwortete er. »Und wie wir hier wieder herauskommen, falls es uns tatsächlich gelingt, den Tempel lebend zu erreichen.«

»Das wird sich dann schon finden.«

Torian schüttelte bedächtig den Kopf, riss einen Grashalm aus und kaute darauf herum. »Ich glaube nicht, dass es etwas zu finden gibt«, meinte er nach einer Weile. Er deutete in den wogenden Dunst, der das gegenüberliegende Ende des Tales verschlungen hatte. »Wenn die Berge dort nicht anders aussehen als hier, werden wir schon fliegen lernen müssen. Kelysar hatte Recht. Man braucht Flügel, um auf normalem Wege herein- oder hinauszukommen. Jemand hat sich ziemlich große Mühe gegeben, das Tal nach außen abzuschirmen.«

»Wer sagt dir, dass es ein Tal ist?«, fragte Garth ruhig.

»Wovon sprecht ihr eigentlich?«, mischte sich Shyleen ein.

»Davon, dass hier irgendetwas nicht stimmt«, antwortete Torian. »Diese Berge sind … unheimlich.« *Es kommt mir beinahe vor, als hätte sie jemand gemacht,* fügte er in Gedanken hinzu. Aber das sprach er lieber nicht laut aus.

Einige Sekunden herrschte Schweigen.

»Die Berge sehen nicht nur so aus«, fuhr er nach einer Weile fort. »Sie *sind* eine Mauer.«

»Vielleicht war das *Tor* der einzige Zugang«, fügte Garth düster hinzu. »Und genial, wie wir nun mal sind, haben wir es geschafft, es hinter uns zu schließen und den Schlüssel zu verlieren.« Seine Stimme nahm einen spöttischen Tonfall an. »Bei dem Glück, das wir in den letzten Wochen hatten, wäre es ja auch mal an der Zeit für ein bisschen Pech. Wir finden den *Tempel der verbotenen Träume,* lösen das Geheimnis des ewigen Lebens und bleiben für alle Zeit in diesem Tal gefangen. Wäre doch wunderbar, oder? Einfach wunderbar.«

»Ich finde das gar nicht komisch«, fauchte Shyleen. »Irgendwann sorge ich einmal dafür, dass dir die blöden Späße ein für alle Mal vergehen.«

»Bei den Dämonen«, stieß der Dieb mit gespieltem Schrecken hervor. »Dann wäre ich ja arbeitslos.«

Torian hörte nicht länger hin. In letzter Zeit benahm sich Garth Shyleen gegenüber wie ein zu groß geratenes Kind. Die Liebe ließ eben selbst erwachsene Männer zu Narren werden, dabei hatte diese Liebe, die er ihr gegenüber insgeheim empfand, keinerlei Aussicht auf Erwiderung. Das Schlimmste war, dass er das genau wusste und seine wahren Gefühle hinter Spott und dummen Bemerkungen zu verbergen versuchte. Wahrscheinlich hatte auch Shyleen sein Verhalten längst durchschaut und gab sich ihm gegenüber deshalb besonders abweisend. Während ihrer Ausbildung zur Tempelpriesterin der Schwarzen Magier musste man ihr irgendwann das Herz herausgeschnitten und es durch einen Kaktus ersetzt haben. Aber vielleicht lag es auch nicht an der Ausbildung, sondern einfach an ihrem Alter. Ihr hübscher, jugendlicher Körper täuschte leicht darüber hinweg, dass der Altersunterschied zu Garth die unbedeutende Kleinigkeit von mehr als dreihundertfünfzig Jahren betrug. Für sie *war* Garth ein Kind. Und Torian auch.

Torian seufzte. Als ob sie noch nicht genügend Probleme hätten!

Er stand auf, ging noch einmal zum Bach hinüber und trank einige Schlucke. »Gehen wir weiter«, schlug er vor, als er zurückkehrte. Er warf einen besorgten Blick zur Sonne hinauf, die den höchsten Punkt ihrer Bahn längst überschritten hatte und sich den Berggipfeln näherte. »Es wird bald dunkel, dann müssen wir ohnehin wieder rasten. Bis dahin sollten wir versuchen, den Wald zu erreichen.«

Niemand widersprach ihm. Und so machten sie sich umgehend an den Abstieg. Da es keinen Weg gab, nicht einmal einen Trampelpfad, dem sie folgen konnten, stapften sie einfach in direkter Linie durch das mehr als kniehohe Gras auf den Wald zu. Der Boden war uneben und ließ das Gehen schwer werden. Immer wieder stolperten sie über Erdbuckel oder blieben an Dornenranken hängen, die im Gras verborgen lagen. Nervös führte sich Torian vor Augen, dass auch Schlangen oder andere gefährliche Kleintiere unter der dichten Bewachsung lauern konnten. Er bedeutete

Shyleen und Garth, hinter ihm zu bleiben, und stocherte vor jedem Schritt mit dem Schwert im Gras vor seinen Füßen. Eine Art der Fortbewegung, die vielleicht sicher war, aber ganz bestimmt nicht *schnell*.

Sie hatten die Strecke bis zum Waldrand erst knapp zur Hälfte bewältigt, als die Sonne hinter den Berggipfeln zu versinken begann. Unbehaglich sah sich Torian um. Der Gedanke, im offenen Gelände zu übernachten, gefiel ihm gar nicht. Das Gras war so niedrig, dass man sie auch beim Sitzen schon von weitem sehen konnte, andererseits aber wieder hoch genug, um heranschleichende Raubtiere oder andere Feinde zu verbergen. Bislang machte alles hier einen friedlichen Eindruck, und abgesehen von einigen Vögeln hatten sie nicht ein einziges Tier zu Gesicht bekommen. Aber das konnte sich nach Einbruch der Nacht rasch ändern. Er rief sich ins Gedächtnis, dass diese Umgebung nur dazu geschaffen war, Eindringlinge wie sie am Erreichen des Tempels zu hindern.

»Wer war es?«, murmelte er.

»Wer war was?«, fragte Garth.

Torian begriff, dass er seine Gedanken, ohne es zu merken, laut ausgesprochen hatte, und wandte sich um. »Ich frage mich, wer unbedingt verhindern will, dass jemand den Tempel findet«, gab er zur Antwort. »Und warum?«

Garth zuckte mit den Schultern. »Keine Ahnung, wer es war, ganz so alt bin ich nämlich noch nicht, weißt du? Außerdem – wenn dir das Geheimnis ewigen Lebens bekannt wäre, würdest du es jedem erzählen? Junge, Junge, auf der Welt würde es bald ziemlich eng, wenn alle Menschen unsterblich wären.«

»So weit war ich auch schon. Die Erklärung klingt im ersten Moment nämlich so schön einleuchtend«, gab Torian lächelnd zurück. »Im zweiten klingt sie allerdings mindestens genauso blödsinnig.«

»Ach ja? Dann wäre es nett, wenn du einen ungebildeten Dummkopf wie mich an deiner Weisheit teilhaben ließest. Ich sehe nämlich beim besten Willen nicht, was an dieser Erklärung so blödsinnig sein soll.«

»Der Grund«, sagte Torian ruhig. »Alles ist völlig unlogisch.

Wenn du etwas wüsstest, das niemand sonst erfahren soll, würdest du dieses Geheimnis dann in einem Tempel verewigen und ein solch gewaltiges System von Fallen und Sicherungen aufbauen, nur damit es dann doch niemand findet?« Er machte eine kurze Pause und lachte leise. »Es gibt eine wesentlich einfachere Methode. Du behältst dieses Geheimnis einfach für dich, und da es sich um die Unsterblichkeit handelt, wird es trotzdem nicht verloren gehen.«

Garth kratzte sich verblüfft am Kopf und dachte schweigend darüber nach, dafür ergriff Shyleen das Wort. »Wenn ihr beiden fertig seid, können wir vielleicht weitergehen, ja? Ich habe keine Lust, hier zu übernachten. Der Wald bietet uns besseren Schutz.«

»Wovor?«, fragte Garth trocken. »Vor dem Wald?«

Shyleen warf ihm einen bösen Blick zu, und Torian unterdrückte ein Grinsen. Aber sie setzten sofort ihren mühsamen Marsch fort. Die Sonne war bereits zur Hälfte hinter den Bergen versunken, sodass es aussah, als ob die Gipfel spitze Zacken aus dem rot glühenden Ball herausbeißen würden. In ein paar Augenblicken würde es hier vollends dunkel sein. Da bislang nichts passiert war, verzichtete Torian darauf, vor jedem Schritt den Untergrund mit dem Schwert zu untersuchen. So schnell es das Gelände zuließ, hasteten sie vorwärts – was nicht sehr schnell war. Das Gras wuchs hier noch üppiger, reichte ihnen stellenweise schon bis zur Hüfte. Es schien höher und fester zu werden, je näher sie dem Wald kamen, stellte Torian besorgt fest.

Garth stieß einen leisen Schrei aus, dann begann er zu fluchen.

»Was ist?«, fragte Torian.

»Ich habe mich an irgendetwas geschnitten«, erklärte er, verzog das Gesicht und schlenkerte seine Hand. Torian grinste, doch im nächsten Moment verspürte er ebenfalls einen schneidenden Schmerz am Bein. Er bückte sich, schob mit der Hand einige Grashalme zur Seite – und riss die Hand mit einem Schmerzenslaut wieder zurück. Aus drei kleinen Schnitten am Handrücken drang Blut.

»Das Gras!«, schrie Shyleen. »Was ist mit dem verdammten Gras los?«

Torian sah es im gleichen Moment. Obwohl der Wind immer noch so schwach wie zuvor war, wogte das Gras plötzlich stärker. Das Licht der untergehenden Sonne verlieh ihm ein irgendwie … *blutiges* Aussehen. Die einzelnen Halme schwangen hin und her, als wären sie von eigenem, unheimlichem Leben erfüllt. Zugleich schienen sie breiter zu werden, irgendwie *fleischiger*, mit Kanten, die scharf wie Messer waren. Einer der Halme berührte Torians Arm, knickte ein wenig ab und schlang sich wie zufällig um sein Handgelenk.

Torian wollte sich losreißen, besann sich im letzten Moment und durchtrennte den Halm mit dem Schwert. Vorsichtig griff er nach der abgeschlagenen Spitze und warf sie weg. Der Halm fühlte sich fast metallisch an. Ein Blutstropfen quoll aus dem haarfeinen Schnitt.

Entsetzt schaute sich Torian um. Je tiefer die Sonne sank, desto stärker bewegte sich das Gras. *Ihr Götter!*, dachte er. *Es ist das Ding aus dem Berg. Es ist uns gefolgt!*

Garth überwand seinen Schreck als Erster. Mit einem Keuchen riss er Torian das Schwert aus der Hand und schlug wild um sich. Er führte die Klinge wie eine Sense, mähte das Gras vor ihnen mit wuchtigen Hieben nieder. »Kommt endlich!«, schrie er.

Shyleen packte Torians Hand und zog ihn mit sich. Sie folgten der Bresche, die Garth schlug, dennoch wurden sie immer wieder von den wild hin und her peitschenden Grashalmen getroffen. Die hauchdünnen Kanten bissen wie mit winzigen Zähnen in ihre Haut und fügten ihnen schmerzhafte Schnitte zu. Keine der Verletzungen war wirklich gefährlich, aber Hunderte von Nadelstichen konnten schließlich ebenso tödlich sein wie ein Schwerthieb. Jede Wunde zehrte an ihren Kräften, und jede neue tat ein klein wenig mehr weh. Torian hatte das Gefühl, die Haut würde ihm in Streifen vom Körper gerissen werden.

Grashalme, dachte er. *Das Ding aus dem Berg.* Es musste überall hier sein, vielleicht mit jedem Fußbreit Boden in diesem ganzen verdammten Tal verbunden, wie ein ungeheuerliches Spinnennetz. Es gab keinen greifbaren Gegner, sie kämpften gegen nichts weiter als *Gras,* das durch eine teuflische Macht zu einer entsetzlichen Waffe geworden war.

Der hünenhafte Garth wütete wie ein Berserker, aber es war unverkennbar, dass seine Bewegungen bereits an Geschmeidigkeit und Kraft verloren. Auch er blutete aus unzähligen kleinen Wunden, und sein Gesicht glänzte vor Schweiß. Seine Muskeln traten wie dicke, knotige Stränge unter der Haut hervor. Er atmete schwer und stoßweise.

»Lass mich nach vorne«, keuchte Torian und nahm ihm das Schwert aus der Hand. Das Heft war voller Blut. Erleichtert taumelte der Dieb einen Schritt zurück und wäre vor Schwäche gestürzt, hätte Shyleen nicht rechtzeitig zugepackt und ihn aufgefangen.

Als *wüsste* das Gras um seine Schwäche, nutzte es den Moment, bis Torian das Schwert richtig gepackt hatte. Ein ganzer Wald der lebenden Messerklingen schlug nach seinem Gesicht und brachte ihm blutende Schnitte an der Wange bei. Er ignorierte den Schmerz und schlug die Halme fluchend zur Seite.

Der Waldrand lag nicht mehr weit entfernt, vielleicht zwanzig normale Schritte. Aber es war ein Spießrutenlauf durch die Hölle. Die Sonne verschwand vollends hinter den Berggipfeln, sodass der Mond, der zuvor nur schwach und verschwommen zu sehen war, das Tal mit seinem silbernen Licht übergoss.

Im gleichen Moment gerieten die Pflanzen in Raserei.

Schwerfällig anmutende, in Wahrheit aber ungeheuer schnelle Bewegungen durchliefen die Wiese. Die Halme verwandelten sich in wild umherzuckende Peitschenschnüre, die sich ihnen von vorne wie eine messergespickte Barriere entgegenstreckten und von der Seite auf sie einschlugen. Entsetzt erkannte Torian, dass sie nicht nur metallisch aussahen, sondern sich im Mondlicht wirklich in dünnes, ungemein biegsames Metall verwandelt zu haben schienen, zumindest in etwas, das so hart und schneidend und vielleicht härter als Metall war.

Wie zuvor Garth, führte er das Schwert nun beidhändig und hieb mit aller Kraft um sich. Es klirrte, wenn er die schmalen Gräser traf, und gelegentlich sprühten sogar Funken auf. Die Klinge war mit Scharten übersät und wurde mit jedem Hieb stumpfer. Wo vorher ein einziger Schlag genügt hatte, eine halbmeterbreite Bresche zu mähen, brauchte er nun drei oder vier. Seine Muskeln sandten bei jeder Bewegung neue Wellen von Schmerz durch seinen Körper. Er hatte das Gefühl, glühende Lava zu atmen. Schweiß rann über sein Gesicht und brannte in den Augen.

Verzweifelt schaute Torian zum Waldrand hinüber. Die Bäume schienen während der letzten Minuten keinen Deut näher gekommen zu sein, als wiche der Wald im gleichen Maße vor ihnen zurück, wie sie vorwärts drangen. Für einen Sekundenbruchteil war Torian abgelenkt, und sofort schnitten ein halbes Dutzend Grashalme in seinen Schwertarm und ließen ihn erneut vor Schmerz aufschreien.

Die Welt um ihn herum versank in Nebel. Er konzentrierte sich mit aller Energie auf die Schwerthiebe. Nichts anderes als die Klinge und die peitschenden Gräser existierten mehr für ihn. Und irgendwann, nach Stunden, wie es ihm schien, legte ihm Shyleen die Hand auf den Arm. Verwirrt blickte Torian auf und sah, dass er nur noch auf Gestrüpp und niedrig hängende Äste einschlug. Aber es dauerte noch einige Sekunden, bis er begriff, dass sie den Wald erreicht hatten.

Die Schwäche sprang ihn an wie ein Raubtier. Das Schwert schien mit einem Mal Tonnen zu wiegen und entglitt seinen kraftlosen Händen. Es klirrte, als schlüge Stahl auf Stahl, als die Waffe zu Boden fiel. Torian seufzte erleichtert und versuchte zu lächeln, aber selbst dafür war er schon zu schwach. Er stürzte dicht an Shyleens hilfreich ausgestreckten Armen vorbei und verlor das Bewusstsein, noch bevor er auf dem Boden aufschlug.

☆

Ein Albtraum: Er erinnerte sich an den Lauf durch eine Hölle aus Schmerz und Blut und funkelnden, lebenden Messern. Er erinnerte sich, wie das Leben aus unzähligen kleinen Wunden aus seinem Körper hinausgeströmt war, wie die metallischen Gräser ihn bei lebendigem Leibe fast gehäutet hatten, und er erinnerte sich, etwas wie ein lautloses Hohnlachen zu hören, das bösartige Kichern des *Dinges,* dem sie im Berg entkommen waren, nur um tiefer in sein Netz hineinzulaufen, sich tiefer in den Maschen seines unsichtbaren Gespinstes zu verstricken, mit dem es dieses Tal, vielleicht dieses Land, vielleicht schon die ganze Welt eingesponnen hatte. Von dieser Stelle an wurde der Traum verwirrend; seine Handlung geriet vollends zu der irrealen, sinn- und regellosen Choreografie eines Albtraumes: Er sah sich – wie durch die Augen eines unbeteiligten Beobachters – weiter durch die peitschenden Grashalme taumeln, blutüberströmt, längst tot, ein zerfetztes Etwas, das kaum mehr Ähnlichkeit mit einem menschlichen Wesen hatte, wurde gewahr, wie die Gräser höher wurden, *wuchsen,* bis sich schließlich einzelne Halme aus dem Boden lösten und mit schwerfälligen Bewegungen zur Seite kippten. Im Traum schaffte er es irgendwie, obwohl längst tot, ein blutiges Etwas ohne Gesicht, ohne Fleisch und ohne Augen, in den Wald zu kommen, auf die Knie zu fallen und weiterzukriechen, aber das nutzte nichts, denn das Gras folgte ihm; die Halme lösten sich aus dem Boden, krochen und zuckten wie grüne, schneidende Schlangen hinter ihm her und –

Torian erwachte. Der letzte Ton eines Schreis verhallte in seinen Ohren, eines Schreis, den er selbst ausgestoßen und der ihn vermutlich auch geweckt hatte. Instinktiv fühlte er, dass etwas nicht so war, wie es sein sollte. Er sah sich um.

Aber es dauerte eine ganze Weile, bis er begriff.

Er war nicht verletzt.

Aber das ist doch unmöglich!, dachte er. Seine Arme, seine Brust, sein Hals und sein Gesicht waren eine einzige entsetzliche Wunde gewesen! Aber er spürte – nichts!

Alles, was er überhaupt fühlte, war der gewaltigste Muskelkater seines Lebens.

Fassungslos hob er die Hand vors Gesicht und betrachtete sie. Einige wenige Schnittwunden, die von dunklem Schorf bedeckt waren, außerdem eine Reihe winziger, kaum noch sichtbarer Stiche. Es war, als hätte er tage-, wenn nicht gar wochenlang geruht, um seine Verletzungen auszukurieren. Aber er wusste, dass es nicht so war. Sein Gefühl sagte ihm, dass er nicht mehr als ein paar Stunden ohne Bewusstsein gewesen war.

»Das … das gibt es nicht«, murmelte er.

»So?«, fragte Shyleen. Sie saß einige Schritte von ihm entfernt und musterte ihn. Der Spott in ihrer Stimme konnte nicht völlig über ihre Unsicherheit hinwegtäuschen.

Torian starrte sie an. »Wie … hast du das gemacht?«

Shyleen zuckte mit den Schultern. Die Bewegung war in dem herrschenden Zwielicht mehr zu erahnen als zu sehen. »Ich habe nichts damit zu tun«, versicherte sie. »Aber es ist ja nicht das erste Mal. Die Gegend scheint hier außerordentlich gesund zu sein. Wenn wir einen Weg hinaus finden, können wir eine Menge Geld verdienen, wenn wir Kranke oder Verletzte hierher bringen – natürlich nur die, welche zu zahlen in der Lage sind. Allerdings«, ergänzte sie und machte eine kurze Pause, als müsse sie nachdenken, »müsste erst mal jemand das Unkraut da hinten ausreißen.«

»Hör auf mit dem Unsinn«, erboste sich Torian. Aber er versuchte vergeblich, wirklichen Zorn zu empfinden. Alles, was er spürte, war Verwirrung. »Mir ist absolut nicht nach dummen Späßen zu Mute. Ich will wissen, was das zu bedeuten hat.«

»Ich auch«, erwiderte Shyleen, plötzlich sehr ernst. »Ich habe nämlich wirklich keine Ahnung. Unsere Wunden scheinen einfach schneller zu heilen. Deine Verletzungen haben nach ein paar Augenblicken zu bluten aufgehört.« Hilflos zuckte sie abermals mit den Schultern. »Ich bin sicher, dass bis zum Morgengrauen höchstens noch ein paar Narben übrig sind. Wenn überhaupt. Aber frag mich bitte nicht, wieso.«

Torian schüttelte fassungslos den Kopf und schwieg einige Minuten lang. Er wusste nicht recht, ob er lachen oder weinen – oder schlichtweg den Verstand verlieren sollte. Trotzdem fragte er sich, welchen Sinn es hatte, sie in dieses System mörderischer Fallen zu locken und gleichzeitig dafür zu sorgen, dass sie keine dauerhaften Verletzungen davontrugen.

Shyleen blickte ihn eine Weile stumm und sehr nachdenklich an.

»Da ist noch etwas«, nahm sie zögernd das Gespräch wieder auf. »Ich altere auch nicht mehr, seit wir hier sind. Zumindest glaube ich es. Seit wir aus dem *Tor* kamen und ich so plötzlich wieder jung war, bin ich es geblieben. Keine Falte, nichts.«

»Wenn das stimmt und wir den Tempel nicht finden sollten, würde es also reichen, wenn du hier bliebest«, führte er den Gedanken weiter und schüttelte dann den Kopf. »Aber das nützt nichts, denn du wärest für immer hier gefangen. Lassen wir das also. Wie lange war ich bewusstlos?«

»Ein paar Stunden. Ich weiß es nicht genau – ich habe selbst geschlafen. Ich war erschöpft, und die Schmerzen wurden zu schlimm«, fügte sie entschuldigend hinzu.

»Und Garth?« Er sah zu dem reglos Daliegenden hinüber.

»Schläft immer noch. Aber seine Wunden sind ebenfalls verheilt.«

Torian stand auf, schlenkerte mit den Armen und ließ sie langsam kreisen, um die verkrampften Muskeln zu lockern. Durch die Bresche, die sie ins Unterholz geschlagen hatten, konnte er die Wiese sehen, über die sie bis hierher vorgedrungen waren, eine im Mondlicht silbern glänzende Fläche. Die Pflanzen waren wieder zur Ruhe gekommen, wogten nur noch wie vom Wind bewegt sanft hin und her. Nichts deutete mehr auf die tödliche Gefahr hin, die sich hinter dem harmlosen Anblick verbarg.

Er bückte sich nach einem morschen Holzstück und schleuderte es auf die Wiese hinaus. Im gleichen Moment, in dem es die Spitzen der Halme berührte, erwachten diese erneut zu dämonischem Leben, verwandelten sich in peitschende Schlangenleiber aus dünnem Stahl und kamen ebenso schnell wieder zur Ruhe, als sie merkten, dass sie es mit keinem lebenden Wesen zu tun hatten. Torian zweifelte nicht mehr daran, dass ihnen eine eigene, unbegreifliche Form von Intelligenz innewohnte. Zumindest *Empfinden.*

Er drehte sich einmal um die eigene Achse und schaute sich um, doch sein Blick reichte nur wenige Schritte weit, dann wurde er von der Dunkelheit verschluckt.

»Es ist überhaupt nichts passiert, seit wir hier sind?«, wunderte er sich.

»Solange ich wach war nicht das Geringste. Warum? Ist dir langweilig?«

»Ich traue dem Frieden nicht«, erwiderte Torian ruhig, den Spott in ihrer Stimme bewusst überhörend. Sie war nervöser, als sie zugeben wollte, ihr aufgesetzter Hohn nur ein Ventil für ihre überreizten Nerven.

Torian zog eine Grimasse. »Erst dieses Monstrum im Stollen, dann das Feld – und dann das hier? Irgendetwas stimmt nicht.« Torian schüttelte den Kopf, um seinen Worten Nachdruck zu verleihen, und machte eine weit ausholende Handbewegung. »Wer einfaches Gras in eine tödliche Falle verwandeln kann, der dürfte dies auch bei Bäumen und anderen Pflanzen schaffen.«

»Wer sagt dir, dass es einfaches Gras war?«, versetzte Shyleen spöttisch, winkte aber rasch ab, als er widersprechen wollte. »Du hast Recht«, gab sie zu. »Offenbar hat er es aber nicht getan. Vielleicht liebt unser Freund die Abwechslung. Und noch sind wir lange nicht aus dem Wald wieder heraus. Lassen wir uns überraschen.«

Torian setzte zu einer scharfen Entgegnung an, beließ es dann aber bei einem Achselzucken. Noch einmal suchte er mit seinen Blicken die Umgebung ab. Er glaubte, Bewegungen im Dunkel um sie herum zu erkennen, Albtraumgestalten, die aus ihrem Versteck aus Schatten und Finsternis heraus ihr Spiel mit ihm trieben. Aber er wusste, dass es nur Einbildung war, seine Nerven ihm etwas vorgaukelten, und so wandte er sich nach ein paar Sekunden wieder Shyleen zu. Er durfte sich nicht selbst verrückt machen und Gefahren sehen, wo – zumindest im Augenblick noch – keine waren.

»Unterhalten wir uns weiter darüber, wenn du ausgeruht bist. Versuch, noch ein paar Stunden zu schlafen«, riet er ihr sanft. »Ich werde solange aufpassen.«

»Ich bin nicht müde«, erwiderte sie und strich sich eine Haarsträhne aus der Stirn.

»Natürlich nicht. Deshalb siehst du auch aus wie das blühende Leben.« Torian machte eine ärgerliche Handbewegung. »Wir wissen alle, wie stark du bist, Shyleen. Du musst weder mir noch dir selbst irgendetwas beweisen. Also hör endlich auf, deine Kräfte so unnötig zu vergeuden.«

Shyleen blickte zu dem schlafenden Garth hinüber, ehe sie antwortete. »Darum geht es nicht. Ich werde nachher schlafen. Jetzt bin ich ganz froh, dass wir einmal für eine Weile ungestört sind. Ich muss mit dir reden. Allein.« Sie machte eine kurze Pause. »Ich frage mich schon die ganze Zeit, warum du das alles tust.«

Verwirrt hob Torian den Kopf. »Was?«

»Stell dich doch nicht dümmer, als du sowieso bist«, entgegnete Shyleen ärgerlich. »Du weißt genau, was ich meine. Du hast mehr als einmal dein Leben riskiert, um mich zu diesem Tempel zu begleiten, und die Chancen, dass wir die nächsten Tage überleben, sind nicht gerade hoch. Also, warum?«

»Ich habe dich nicht allein begleitet«, antwortete Torian ausweichend.

»Aber Garth war von Anfang an dagegen. Er hätte mich allein reiten lassen, wenn du ihn nicht umgestimmt hättest. Eigentlich seltsam. Umgekehrt hätte ich es besser verstanden.«

»Was willst du damit sagen?«, fragte er.

Zu seiner Überraschung begann Shyleen zu lachen, und einen Moment später kam er sich ebenfalls albern vor, dass sie wie kleine Kinder um den heißen Brei herumredeten. »Es muss dir wirklich Spaß machen, dich selbst zum Narren zu machen. Du weißt genau, was Garth für mich empfindet. Wenn er mir helfen würde, weil er bis über beide Ohren verliebt ist, würde ich es begreifen. Aber warum du?« Sie legte den Kopf auf die Seite und sah ihn abschätzend an. »Ich bin nicht sicher, ob du mich wirklich hasst, Torian Carr Conn, aber ich bin sehr sicher, dass du mich *nicht* liebst. Also warum das alles hier? Ist es die Unsterblichkeit?«

Torian schwieg und starrte zu Boden. Merkte sie denn nicht, dass er nicht darüber sprechen wollte? Sie hatte Recht, dieses Gespräch war nötig, doch nicht jetzt und nicht hier. Sie hatte ihn mit ihrer Frage im unpassendsten Moment überrascht. Er war noch immer erschöpft, und das Denken fiel ihm schwer, doch das war es nicht allein.

Die Wahrheit war ganz einfach die, dass er die Antwort nicht wusste.

Er hatte sich die Frage selbst schon gestellt, mehr als einmal, ohne zu einem Ergebnis zu gelangen. Es wäre einfach, sich damit herauszureden, dass das Geheimnis des ewigen Lebens jedes Risiko wert wäre. Er könnte vorgeben, dass es ihm um Kelysar gegangen sei, oder er könnte das Gespräch mit der Behauptung, es nur um seiner Freundschaft zu Garth willen getan zu haben, abblocken – aber nichts davon wäre der Wahrheit auch nur nahe gekommen. Letzteres vielleicht noch am ehesten. Aber er wusste, dass sie nur mitleidig lächeln würde, wenn er das sagte.

»Nein«, fuhr Shyleen fort, als er nicht antwortete. »Dir geht es nicht um die Unsterblichkeit. Du wusstest mehr als vier Jahre lang, welches Geheimnis der Tempel verbirgt, und du hast nicht einmal versucht, ihn zu erreichen. Es ist meinetwegen.«

Torian fuhr sich mit der Zungenspitze über die Lippen. Es war erst einen halben Tag her, dass er zuletzt getrunken hatte, aber sein Mund fühlte sich trocken an, die Lippen waren rau. Er setzte sich ein wenig bequemer hin und lehnte sich mit dem Rücken gegen einen Baumstamm. Shyleen würde nicht eher Ruhe geben, bis sie eine Antwort bekommen hätte. Vielleicht ging es ihr nicht einmal darum, die Wahrheit zu erfahren, sondern sie wollte etwas ganz Bestimmtes hören, nämlich das, was sie für die Wahrheit hielt. »Du hättest es umgekehrt nicht getan, oder?«, fragte er nach einer Weile.

Sie seufzte.

»Du hast ein bewundernswertes Talent, jeder klaren Frage mit einer Gegenfrage zu begegnen«, warf sie ihm vor. Es klang nicht ärgerlich, eher amüsiert. »Ich weiß nicht, wie ich an deiner Stelle gehandelt hätte. Wahrscheinlich genauso wie du. Aber hier steht auch nicht zur Debatte, was *ich* getan hätte.«

Höchst verwundert hob Torian die Augenbrauen, was Shyleen noch einmal flüchtig lächeln ließ.

»Du hältst mich wohl für eine gefühllose Bestie, wie? Aber das bin ich nicht, Torian. Du vergisst nur ständig mein Alter. Ich bin mehr als zehnmal so alt wie du. Ich habe ganze Generationen überlebt.«

»Und dabei das Lieben verlernt?«, fragte er. Die Worte kamen fast ohne sein Zutun über seine Lippen, und er war beinahe selbst überrascht, aber Shyleen antwortete ganz ruhig:

»Nein. Aber ich habe miterlebt, wie alle Menschen, die mir etwas bedeutet haben, neben mir gealtert und schließlich gestorben sind. Ich *habe* geliebt, Torian Carr Conn, öfter und heftiger und tiefer, als du dir auch nur vorzustellen vermagst. Aber sie sind alle gestorben, einer nach dem anderen. Glaubst du, das hätte keine Spuren hinterlassen?« Sie lächelte bitter. »Du denkst, ich würde die Menschen verachten, aber das stimmt nicht. Ich habe mich selbst dazu erzogen, den Menschen gleichgültig gegenüberzustehen, weil jedes Gefühl ihnen gegenüber nur neuen Schmerz geboren hätte.«

Torian schwieg auch jetzt noch. Er begann zu ahnen, worauf sie hinauswollte, aber etwas in ihm weigerte sich immer noch beharrlich, ernsthaft darüber nachzudenken. Zum Teufel, er hatte selbst genügend Probleme. Es war einfacher, stur an einer gefassten Meinung festzuhalten, als seine Ansichten zu ändern. Er wünschte, er hätte sich dieses Gespräch erst gar nicht aufzwingen lassen. Er hatte Angst vor dem, was am Ende dabei herauskommen mochte. Vielleicht, weil er es eigentlich schon wusste. Und nicht erst seit jetzt.

»Ich habe alle Gefühle kennen gelernt«, sprach Shyleen weiter. »Alle Gefühle eines Lebens, und das fast ein Dutzend Mal. Die Unsterblichkeit ist nicht ganz so erstrebenswert, wie du vielleicht glaubst. Und du bekommst sie nicht geschenkt, Torian. Sie kann zu einem Fluch werden, einer Strafe, denn sie erhält zwar den Körper jung, aber sie tötet deine Seele, wenn du nicht aufpasst. Ein Unsterblicher ist einsam. Vielleicht habe ich mich in den letzten Jahren und Jahrzehnten zu sehr hinter einer Mauer versteckt, habe vergessen zu leben. Das hat sich erst geändert, als ich euch traf. Es ist nicht schön, immer allein zu sein.«

»So?«, murmelte Torian widerwillig. »Wenn du jetzt noch erzählst, dass du in Liebe zu uns entbrannt wärest, fange ich zu weinen an.« Er war absichtlich grob, und er spürte, dass Shyleen das ganz genau erkannte. Verdammt, es war einfach müßig, mit jemandem zu streiten, der über eine zwölfmal längere Lebenserfahrung verfügte.

»Idiot«, sagte Shyleen, aber sie lächelte dabei. »Du begreifst gar nichts – oder willst nichts begreifen. Ich spreche von Freundschaft, nicht von Liebe, aber ich frage mich allmählich ernsthaft, was ich ausgerechnet an einem Ekel wie dir mag. Also gut, lassen wir das.« Ihre Stimme klang plötzlich hart, spröde. Die seltene Spur von Gefühl, die sich zuvor darin gezeigt hatte, war verschwunden.

»Wenn es uns gelingt, den Tempel zu erreichen, werden sich unsere Wege anschließend trennen. Ich möchte nicht zusehen müssen, wie ihr an meiner Seite altert. Das war alles, was ich dir sagen wollte.« Sie wandte den Kopf demonstrativ in eine andere Richtung.

Nein, dachte Torian. *Das war nicht alles.* Er hatte die Bitte, die sich hinter ihren Worten verbarg, sehr wohl verstanden. Und er spürte auch, dass er ihr sehr wehgetan hatte.

Erst jetzt wurde er sich der Folgen seines Verhaltens ganz bewusst, und seine Worte taten ihm Leid. Sie hatte ihm vertraut und die Maske, hinter der sie ihr wahres Ich verbarg, weiter als jemals zuvor freiwillig gelüftet, aber er hatte sie vor den Kopf gestoßen, anstatt ihr zu helfen. Dabei wäre es so leicht gewesen! Sie hatte ihm beide Hände entgegengestreckt – er hätte sie nur zu ergreifen brauchen!

In letzter Zeit entwickelte er wirklich ein beachtliches Talent, im richtigen Moment das Falsche zu tun.

Shyleen gab sich, als hätte sie das Interesse an ihm verloren, aber er wusste, dass dem nicht so war. Sie hoffte, dass er etwas sagte. Es brauchte nicht einmal eine Entschuldigung zu sein, ein freundliches Wort, ein Lächeln oder eine Geste der Freundschaft würde bereits reichen.

Aber er tat nichts dergleichen, sondern blieb nur reglos und stumm sitzen. Es verschaffte ihm fast ein absurdes Gefühl der Befriedigung, an dieser so stolzen, unnahbaren Frau eine Schwäche entdeckt und ihr seine momentane Überlegenheit deutlich vor Augen geführt zu haben, und er hasste sich selbst dafür. Vielleicht verspielte er gerade die für lange Zeit letzte Chance, die *wahre* Shyleen kennen zu lernen.

Einige Minuten saßen sie sich noch schweigend gegenüber, einer dem Blick des anderen fast krampfhaft ausweichend, dann streckte sich Shyleen mit einem schwer zu definierenden Laut auf dem Boden aus und versuchte, eine einigermaßen bequeme Lage zum Schlafen zu finden.

Beinahe gegen seinen Willen wiederholte Torian in Gedanken ihre letzten Worte. Sie wollte sich nicht wirklich von ihm trennen, und doch zweifelte er nicht daran, dass sie es tun würde, wenn sie den Tempel erreicht hatten. Aber das war es nicht, was sie mit ihren Worten gemeint hatte. Ohne es ausgesprochen zu haben, hoffte sie, dass Garth und er sich ebenfalls für die Unsterblichkeit entscheiden würden.

Ewiges Leben …

Torian schauderte. *Die Unsterblichkeit.* Bisher war das nichts als ein leerer Begriff für ihn gewesen, und der Gedanke an Menschen, die Jahrhunderte oder gar Jahrtausende lebten, hatte in ihm höchstens ein Gefühl der Unbehaglichkeit hervorgerufen.

Und doch …

Die Unsterblichkeit war ein uralter Menschheitstraum, dessen Verlockung auch er spürte. Torian war sich nicht sicher, ob er ihm wirklich widerstehen würde, überhaupt widerstehen wollte. Wie jeden Menschen erfüllte der Gedanke an den Tod auch ihn mit verständlicher Angst. Bei dem gefährlichen Leben, das er führte, hatte er sich oft genug einzureden versucht, dass es anders war, dass er den Tod als ganz natürlichen Abschluss des Lebens betrachtete. Aber das war nicht mehr als eine Selbsttäuschung gewesen. Vielleicht fürchtete er den Tod selbst sogar wirklich nicht allzu sehr, aber dafür das Sterben.

Aber wäre es eine Lösung, nach der Unsterblichkeit zu streben? Shyleens Worte hatten ihm deutlich gezeigt, welchen Preis er dafür zahlen müsste. Wenn der *Tempel der verbotenen Träume* wirklich das Geheimnis des ewigen Lebens barg und sie es lösen konnten, würde es seinen Körper vor dem Altern bewahren. Vor einem gewaltsamen Tod, der ihm viel wahrscheinlicher erschien als ein Dahinsiechen als zahnloser, hoffnungslos vertrottelter Greis, würde es ihn auch nicht schützen können.

Wenn, wenn, wenn, dachte Torian zornig. Noch hatten sie den Tempel längst nicht erreicht, wussten nicht einmal mit Sicherheit, ob sie nicht in Wahrheit vielleicht nur einer Legende hinterherliefen. Es war müßig, sich jetzt mit solchen Fragen zu quälen. Dafür blieb später noch genügend Zeit.

Er wurde wieder müde. Um nicht einzuschlafen, stand er auf, machte einige Lockerungsübungen und lief ein paar Schritte auf und ab. Dann hockte er sich vor Garth hin und beobachtete ihn einige Sekunden lang. Der Dieb schlief immer noch tief und fest, sein Atem ging regelmäßig und ruhig. Bis auf einige Narben waren die Verletzungen verheilt. Sein Gesicht zeigte selbst im Schlaf noch Trotz und unbeugsamen Stolz.

Torian verspürte ein kurzes, heftiges Gefühl der Zuneigung. Im Grunde war er Shyleen ziemlich ähnlich. Auch er war lange allein gewesen, hatte die Einsamkeit kennen gelernt. Selbst als er sich in das scroothische Heer geflüchtet hatte, war er immer ein Außenseiter geblieben und hatte sich von den anderen abgesondert. Erst die Begegnung mit Garth hatte alles geändert. Der hünenhafte Dieb war in den wenigen Wochen ihrer Bekanntschaft wie ein Bruder für ihn geworden. Vielleicht mehr.

Aber was empfand er für Shyleen? Ärgerlich stellte Torian fest, dass er die Frage nicht loswurde, sie vielleicht verdrängen, aber nicht wirklich *vergessen* konnte. *Liebe?* Kaum. Es war keine Liebe, dessen war er sich als Einziges völlig sicher. Er hatte geglaubt, Shyleen wäre unfähig, jemanden zu lieben.

Aber, dachte er, in Wahrheit war er selbst es. Er hatte geliebt, ein einziges Mal, und obwohl es erst vier Jahre zurücklag, schien es in einem anderen Leben gewesen zu sein: Lady Lyn. Sie war Kelysars Intrigen zum Opfer gefallen. Sie war nicht einmal absichtlich umgebracht worden, sondern fand den Tod durch eine Verkettung unglücklicher Zufälle. Ein Pfeil, der für ihn, Torian, bestimmt war, hatte sie getötet, als sie in die Schusslinie lief. Er wusste nicht einmal, wo ihr Grab lag.

Möglicherweise, überlegte er, war das der Grund für seine sonderbare Hassliebe zu Shyleen. Er fühlte sich zu ihr hingezogen, weil sie ihn an Lyn erinnerte, obwohl sie ihr weder äußerlich noch charakterlich ähnelte. Auf den ersten Blick schien die beiden nichts, aber auch wirklich nichts miteinander zu verbinden. Lyn war warmherzig und sanft und fast immer fröhlich gewesen, hatte weder Shyleens Kälte noch ihre amazonenhafte Stärke und Männlichkeit besessen. Auch in Aussehen und Verhalten waren sie grundverschieden. Und doch glaubte Torian manchmal, etwas von Lyn an Shyleen zu entdecken. Eine vertraute Geste, einen Blick ... Er wusste nicht, was es war, und im Grunde war es auch gleichgültig.

Er liebte Shyleen, weil sie ihn an Lyn erinnerte.

Und aus dem gleichen Grund hasste er sie.

Und plötzlich glaubte er zu begreifen, was sie gemeint hatte, als sie sagte, die Unsterblichkeit könne zu einem Fluch werden.

Lyn war tot, aber Shyleen lebte. Wenn er ihr half, war es nichts weiter als ein Versuch, an ihr einen Teil der Schuldgefühle wettzumachen, die ihn seit Lyns Tod quälten.

Im gleichen Moment, in dem ihm dies bewusst wurde, hasste er sie noch mehr.

Ein leises Geräusch schreckte Torian aus seinen Grübeleien auf. Er fuhr herum und griff zum Schwert. Erst als er nur den Stoff seiner Hose zu fassen bekam, fiel ihm wieder ein, dass er die Waffe ja beim Erreichen des Waldes fallen gelassen hatte. Hastig sah er sich um, fand die Klinge dicht neben Shyleen auf dem Boden liegen und hob sie auf.

Mit angehaltenem Atem lauschte er in die Dunkelheit. Es blieb alles ruhig. Torian wusste nicht genau, was er gehört hatte, aber es hatte an das Rascheln von Laub erinnert. Er glaubte, aus den Augenwinkeln huschende Bewegungen im Unterholz wahrzunehmen, entdeckte aber nie etwas, wenn er genauer hinschaute.

Erst als sich das Geräusch nach ein paar Minuten noch nicht wiederholt hatte, ließ er das Schwert erleichtert wieder sinken. Es schien hier lange nicht geregnet zu haben, denn der Boden war trocken, und es war so gut wie unmöglich, sich lautlos über Laub und trockene Zweige an sie heranzuschleichen.

Trotzdem legte sich seine Unruhe nicht völlig. Er vermochte sich immer noch nicht richtig vorzustellen, dass dieser Wald wirklich so harmlos war, wie es den Anschein hatte, nicht in diesem Tal und nach dem, was sie bislang hier erlebt hatten.

Aber all seinen Befürchtungen zum Trotz passierte nichts. So wie sich das Gras erst bei Einbruch der Dämmerung verwandelt hatte, würde ihnen der Wald sein wahres Gesicht vielleicht erst im Morgengrauen zeigen, dachte er sarkastisch, aber auch daran wollte er nicht recht glauben.

Ereignislos verstrichen die Minuten und Stunden. Immer häufiger musste Torian gähnen. Wenn seine Wunden auch verheilt waren, hatten sie ihn doch geschwächt; mehr, als er anfangs angenommen hatte. Sein Körper brauchte Ruhe und Schlaf, um sich zu erholen, und so trat er schließlich zu Garth und rüttelte ihn an der Schulter.

Verwirrt schlug der Dieb die Augen auf, blinzelte ein paar Mal und strich sich mit der Hand übers Gesicht, als wolle er seine Benommenheit fortwischen. »Was'n los?«, nuschelte er mit vom Schlaf belegter Stimme.

»Du bist dran mit Wacheschieben«, eröffnete ihm Torian. Er wartete ein paar Sekunden, und erst als er den Ausdruck jähen Schreckens im Gesicht des Diebes sah, fügte er mit einem flüchtigen Grinsen hinzu: »Und frag mich nicht, was hier passiert ist.«

»Mach ich nicht«, versprach Garth. »Was ist passiert? Wo sind ... deine Verletzungen geblieben!?«

Torian seufzte. »Darüber habe ich mit Shyleen schon erfolglos diskutiert. Unsere Wunden sind eben verheilt, basta.«

»Aber –«

»Du hast ja jetzt genug Zeit, darüber nachzugrübeln«, unterbrach Torian. »Wenn du eine Lösung findest, dann sag mir Bescheid. Ach ja, bei Tagesanbruch sollten wir weiterziehen. Wäre nicht schlecht, wenn du ein vernünftiges Frühstück organisieren könntest. Gute Nacht.«

Er drückte Garth das Schwert in die Hand und amüsierte sich noch einen Moment über dessen verdutztes Gesicht. Dann raffte er etwas Laub zu einem halbwegs bequemen Lager zusammen und streckte sich darauf aus.

Es dauerte nur Sekunden, bis er eingeschlafen war.

☆

Der zweite Schlaf in dieser Nacht war frei von Albträumen, aber kaum erfrischender als der erste. Als Garth ihn weckte, hatte er das Gefühl, gerade erst vor ein paar Minuten die Augen geschlossen zu haben, so müde fühlte er sich noch immer. Seine Glieder waren schwer wie Blei, und in seinem Mund bemerkte er einen sehr schlechten, trockenen Geschmack. Seine Augen brannten, als hätte er die Nacht in einem kleinen, verräucherten Raum zugebracht und nicht unter freiem Himmel. Die Sonne ging schon über den Bergen auf, und selbst hier unten im Wald war bereits die Wärme des kommenden Tages zu spüren. Ein unangenehmer Geruch hing in der Luft, und die Erinnerung an die schrecklichen Geschehnisse vom vergangenen Abend war noch überdeutlich in seinem Gedächtnis. Die scheinbare Friedlichkeit seiner Umgebung nahm den Bildern nichts von ihrem Schrecken; ganz im Gegenteil.

Torian verscheuchte den Gedanken, stand auf und klopfte sich Schmutz und Laub aus der Kleidung. »Was gibt es zum Frühstück?«, fragte er ironisch.

»Siehst du doch«, erwiderte Garth mit todernstem Gesicht, aber im gleichen Tonfall. »Jede Köstlichkeit, die dein Herz begehrt, o großer Meister.« Er machte eine weit ausladende Bewegung mit der Linken. »Ihr habt die Wahl, Herr – zwischen Laub, Laub oder Laub. Ihr könnt aber auch Laub haben, wenn Euch Laub nicht schmeckt. Mehr habe ich nicht gefunden.«

Torian lächelte pflichtschuldig, verzichtete aber auf eine Antwort. Er sah kurz zu Shyleen hinüber, doch sie wich seinem Blick aus. Garths ohnehin etwas lahme Witzigkeit schien an diesem Morgen noch weniger bei ihr zu verfangen als sonst. »Dann nehme ich Laub«, sagte er. »Aber nicht, dass du mir zu viel Laub hineintust.«

Er drohte Garth mit dem Zeigefinger und drehte sich um. Er fühlte sich mit jedem Augenblick frischer. Die bleierne Schwere wich rasch aus seinen Gliedern, und die frische Luft schuf eine lang vermisste Klarheit hinter seiner Stirn. Der Wald kam ihm auch jetzt nicht mehr so düster und bedrohlich vor wie in der Nacht. Er unterschied sich in nichts von Hunderten anderer Wälder, in denen er gewesen war, und er hatte auch nichts von der stummen Feindseligkeit mehr an sich, die er erwartet hatte. Vereinzelt zwischen den Blättern hereinfallende Sonnenstrahlen malten helle Flecken auf den Boden und die Büsche. Das Unterholz wucherte nicht besonders dicht; obwohl nirgendwo ein Weg zu sehen war, würde es sie beim Gehen kaum behindern. Und doch – oder vielleicht gerade deswegen – blieb Torian misstrauisch. Dieser Wald war ihm eine Spur zu einladend.

Er schaute in die andere Richtung, und sein Herz schlug unwillkürlich ein wenig schneller. Aber der Anblick war von fast enttäuschender Normalität: Das Gras hatte seinen metallischen Glanz verloren, die Halme sahen jetzt wieder wie ganz normale Pflanzen aus. Nichts, aber auch gar nichts erinnerte mehr an den Albtraum vom vergangenen Abend; die Wiese war eben eine Wiese und nicht mehr. Trotzdem fühlte sich Torian nicht unbedingt *wohl* bei dem Gedanken, noch einmal durch dieses Gras gehen zu müssen.

»Worauf warten wir noch?«, drängte Shyleen. »Wollt ihr hier Wurzeln schlagen?«

Torian deutete auf die Grasebene hinaus. »Warum gehst du nicht vor?«, fragte er.

Shyleen setzte zu einer ärgerlichen Antwort an, presste aber dann nur die Lippen aufeinander und ballte stumm die Faust. Dann drehte sie sich abrupt um.

»Marschieren wir am Waldrand entlang«, schlug sie vor, ohne ihn oder Garth anzublicken. »Sobald es dämmert, könnten wir unter den Bäumen rasten. Hier am Rand scheint es harmlos zu sein.«

»Ja, so harmlos, dass wir höchstens verhungern und verdursten würden«, entgegnete Garth trocken.

Torian widersprach nicht mehr, und so brachen sie kurz darauf auf. Sie hatten jeder Recht auf seine Weise, aber Streiten allein brachte sie nicht weiter; und schon gar nicht in die Nähe des Tempels – falls er überhaupt existierte. Das Einzige, was sie tun konnten, war, sich weiter auf ihr Glück, auf die Schärfe seines Schwertes, auf die Kraft von Garths Muskeln und – vielleicht – auf Shyleens magische Fähigkeiten zu verlassen.

Garth ging voraus, doch er brauchte sein Schwert kaum einzusetzen, um sich einen Weg zu bahnen; sie hatten die Nacht recht nahe am Rand des Waldes verbracht, aber der Busch wurde auch nicht dichter, als sie tiefer in ihn eindrangen. Es gab kaum Unterholz, und schon nach wenigen Augenblicken stießen sie auf einen schmalen Tierwechsel, dem sie folgten, sodass sie noch leichter vorankamen. Vogelgezwitscher war zu vernehmen, das leise Flüstern des Windes in den Zweigen und das Rascheln des Laubs unter ihren Füßen. Weder von Raubtieren noch von irgendwelchen anderen Feinden war etwas zu hören oder zu sehen. Einmal scheuchten sie einen Hasen auf, der sich im Unterholz verbarg und ohne sonderliche Hast vor ihnen davonhoppelte; nicht *floh,* wie Torian sehr wohl registrierte. Das Tier schien Menschen nicht als Feinde zu betrachten. Er begann sich zu fragen, ob es hier überhaupt Menschen gab.

»Horcht mal!«, rief Shyleen plötzlich.

Torian blieb stehen und lauschte, und fast im selben Augenblick hörte auch er das leise, aber charakteristische Murmeln und Plätschern eines Wildwasserbaches.

»Das ist Wasser«, murmelte Garth, fuhr sich mit der Zungenspitze über die Lippen und verdrehte in genießerischer Vorfreude die Augen. »Scheint von dort zu kommen.« Er deutete nach rechts.

Noch schneller als bisher gingen sie weiter. Das Plätschern wurde lauter, und nach wenigen Minuten erreichten sie den Bach. Es war nur ein schmales Rinnsal, das sich sprudelnd seinen Weg über Wurzeln und Steine bahnte. Sie knieten am Rand nieder, löschten ihren ärgsten Durst und erfrischten sich etwas. Der schlechte Geschmack wich nicht aus Torians Mund, obwohl das Wasser köstlich war und dazu eiskalt. Er spürte erst jetzt richtig, wie heiß es geworden war, selbst im Schatten des Waldes.

Garth seufzte. »Jetzt noch einen saftigen Braten und …«

»Still!«, zischte Torian und fuhr herum. Er hatte ein Rascheln in den Büschen hinter sich gehört, und anders als in der Nacht war er sich diesmal sicher, sich nichts eingebildet zu haben. Shyleens angespanntes Gesicht zeigte, dass auch ihr das fremde Geräusch nicht entgangen war.

»Was ist?«, fragte Garth.

Torian schüttelte ärgerlich den Kopf. »Still«, zischte er. »Bitte, Garth.«

Diesmal antwortete Garth nicht mit einer Frotzelei. Er kannte den ernsten Unterton, der plötzlich in Torians Stimme war, zu genau. Auch er lauschte. Seine Hand kroch zum Stiel der gewaltigen Axt, die er in den Gürtel geschoben hatte, wie andere es mit einem Dolch tun mochten.

Nach ein paar Sekunden wiederholte sich das Rascheln. Torian glaubte, für den Bruchteil einer Sekunde eine aufrecht gehende, schlanke Gestalt in den Büschen gesehen zu haben. Aber sie war zu schnell verschwunden, als dass er sie deutlicher denn als huschenden Schemen hätte ausmachen können. Vielleicht nur ein Streich, den ihm seine Nerven spielten.

Irgendwo knackte ein Ast. In der Stille klang das Geräusch scharf und laut wie ein Peitschenhieb. Als er herumfuhr, schien es Torian erneut, als erkenne er den Umriss einer Gestalt.

Er bedeutete Garth, zurückzubleiben und sich ruhig zu verhalten, stand auf und trat mit gezücktem Schwert durch das struppige Unterholz. Das ungute Gefühl, mit dem er aufgewacht war, hatte ihn nicht getrogen, dachte er düster. Sie waren nicht allein; etwas ging um sie herum vor.

Er erreichte die Stelle, wo er die Gestalt gesehen hatte. Zögernd blickte er um sich, dann entdeckte er etwas Grünes, Funkelndes auf dem Boden und bückte sich danach.

Die Bewegung rettete ihm das Leben. Etwas Dunkles, sehr Massiges zischte durch die Luft, wo sich sein Kopf befunden hätte, wäre er einen Schritt weiter gegangen, und irgendetwas Riesiges, scheinbar Formloses flog auf ihn zu.

Er warf sich zur Seite, konnte dem Hieb aber nicht mehr ganz ausweichen. Ein entsetzlicher Schmerz explodierte in seinem Nacken und ließ ihn nach vorne taumeln. Bunte Sterne zerplatzten vor seinen Augen. Er versuchte, sich herumzudrehen, doch sein Körper gehorchte ihm nicht mehr. Übermenschlich starke Finger, die sich irgendwie *feucht* anfühlten, rissen ihm das Schwert aus der Hand. Aus den Augenwinkeln nahm er ein säulenartiges, mit grünlichen Panzerschuppen statt Haut bedecktes Bein wahr, das in einem Fuß mit krallenartigen Zehen endete.

Torian versuchte noch einmal, sich auf den Rücken zu wälzen oder wenigstens auf die Seite. Es misslang ebenso kläglich wie beim ersten Mal. Der Fuß mit den entsetzlichen Krallen hob sich, näherte sich seinem Gesicht, ein halbes Dutzend gebogener, messerscharfer Dolche aus Horn – und verschwand.

Drei, vier Sekunden lang blieb Torian einfach reglos liegen. Er begriff nicht ganz, dass er noch lebte, und vor allem nicht, wieso. Er hörte leise, sich entfernende Schritte, dann das Brechen von Ästen, und im nächsten Moment kniete Garth neben ihm nieder und starrte ihn aus schreckgeweiteten Augen an.

»Was ist passiert?«

»Das siehst du doch«, beantwortete Shyleen hinter ihm seine Frage. Ihre Stimme klang fast zornig. »Dieser verdammte Narr ist direkt in einen Hinterhalt gelaufen! Wir hätten noch ein paar Sekunden warten sollen, dann wären wir ihn vielleicht auch los.«

Torian ignorierte ihre Feindseligkeit einfach. Vielleicht war er auch zu verblüfft, um sie wirklich zu begreifen. *Was* er begriff, das war, dass sich Shyleen irrte, und zwar gründlich. Der Unbekannte hatte ihn nicht töten wollen. Er hatte Zeit und Gelegenheit genug gehabt, es zu tun.

Benommen setzte er sich auf und fasste Garths hilfreich ausgestreckte Hand. Der Dieb zog ihn unsanft auf die Füße und sah ihn prüfend an. »Alles in Ordnung mit dir?«, fragte er noch einmal.

Torian nickte, und Garth machte eine Geste auf den Wald. »Hast du etwas gesehen?«

»Eine Art ... Kralle«, murmelte Torian verstört.

»Kralle?«

Torian zuckte mit den Achseln und bedauerte die Bewegung sofort wieder, denn das Schwindelgefühl in seinem Kopf meldete sich prompt zurück. »Ich ... weiß nicht, was es war, aber ... es war kein Mensch.«

»Wie sollte auch ausgerechnet ein Mensch hierher kommen?«, fragte Shyleen giftig. »Jedenfalls ist das Schwert weg. Gut gemacht, Torian Carr Conn.«

»Ich bin ohnehin nicht davon überzeugt, dass es uns gegen diese Wesen etwas genutzt hätte«, erwiderte Torian.

»Wie meinst du das?«

Torian öffnete die Faust und zeigte Shyleen das Ding, das er gefunden hatte. Es war eine grünliche, handtellergroße Hornschuppe, die sich hart wie Stahl anfühlte. Und wenn er den Schmerz zwischen seinen Schulterblättern bedachte, dann war sie es vermutlich auch.

»Was ist das?«, fragte Garth verblüfft.

»Ich habe das Ding hier gefunden. Es gehört zu der Uniform dieses Wesens. Zumindest die Beine waren damit gepanzert.«

Er vermied es, seinen Verdacht auszusprechen, aber auch Shyleen erkannte, dass es noch eine zweite Möglichkeit gab. Sie wurde eine Spur blasser.

»Zur Uniform – oder einem natürlichen Panzerkleid, wie es beispielsweise Echsen tragen«, murmelte sie und nahm ihm die Schuppe aus der Hand. »Scheint wirklich hart genug, um einem Schwerthieb zu widerstehen.«

»Lassen wir es lieber nicht darauf ankommen«, empfahl Torian. »Verschwinden wir von hier, bevor sie zurückkommen.«

»Und vielleicht noch ihre Verwandtschaft mitbringen«, fügte Garth düster hinzu. Shyleen schien etwas sagen zu wollen, beließ es aber dann bei einem ebenso zornigen wie hochmütigen Blick und drehte sich abrupt um.

Noch vorsichtiger als bisher drangen sie weiter vor. Immer wieder hielten sie an und lauschten, aber alles blieb ruhig. Vielleicht war es den seltsamen Schuppenwesen wirklich nur um das Schwert gegangen, dachte Torian. Gleichzeitig spürte er, dass das ganz bestimmt *nicht* der einzige Grund für diesen Angriff gewesen war. *Falls* es sich überhaupt um einen Angriff gehandelt hatte. Vielleicht war dieses ... *Ding* einfach nur genauso erschrocken gewesen wie er und hatte einfach aus einem Reflex heraus zugeschlagen.

Shyleen ging zunächst an der Spitze, Torian hatte den gefährlichen Posten am Schluss ihrer kleinen Kolonne übernommen. Wenn sie überhaupt noch da waren, dann befanden sich die Echsenwesen hinter ihnen und würden auch aus dieser Richtung angreifen. Nach dem Verlust des Schwertes hatte sich Torian mit einem armlangen, ziemlich harten Knüppel bewaffnet; eine erbärmliche Waffe gegen ein Wesen mit einem solchen Fuß, wie er ihn gesehen hatte, aber besser als gar keine. Immerhin vermittelte ihm das Stück Holz das Gefühl, nicht ganz wehrlos zu sein.

Garth verringerte etwas sein Tempo, bis sie sich auf gleicher Höhe befanden. »Was hältst du davon?«, fragte er. »Warum genügt es diesen Schuppenmonstern, uns zu entwaffnen?«

»Sie hätten mich töten können, wenn es ihnen darauf angekommen wäre«, gab Torian zurück, allerdings nicht, ohne zuvor einen sichernden Blick zu Shyleen geworfen und sich davon überzeugt zu haben, dass sie seine Worte nicht verstehen konnte. »Also haben sie etwas anderes vor.«

»Oder sie hatten einfach Angst«, wandte Garth ein. »Wir haben nur eines dieser Wesen zu Gesicht bekommen. Vielleicht wollte es uns nur beobachten. Möglicherweise weiß es nicht einmal, was Menschen sind.«

Torian antwortete nicht, aber Garth schien Gefallen an seiner eigenen Theorie zu finden, denn er spann den Faden nach einer Weile weiter: »Oder es hat verdammten Respekt vor uns. Da wir den Wächter des *Tores* und das mörderische Gras überwunden haben, müssen sie wohl annehmen, dass wir nicht so harmlos sind, wie wir vielleicht aussehen.«

»Wer sieht hier harmlos aus?«, fragte Torian.

Garth schenkte ihm einen bösen Blick. »Sie könnten magische Kräfte fürchten. Deshalb wollen sie sichergehen und holen erst Verstärkung«, sinnierte er.

»Möglich.« Torian zuckte die Achseln. »Oder auch nicht.« Er lächelte matt. »Ich glaube nicht, dass die Erklärung ganz so einfach ist. Höchstwahrscheinlich steckt da noch etwas ganz anderes dahinter.«

»Jedenfalls scheinst du von ihrer Friedfertigkeit auch nicht überzeugt zu sein«, sagte Garth und deutete mit einem amüsierten Grinsen auf den Knüppel. »Falls diese Wesen wirklich mit solchen Schuppen gepanzert sind, tust du dir höchstens selbst weh, wenn du mit dem Zahnstocher zuschlägst.«

»Kann sein. Trotzdem fühle ich mich mit dem Zahnstocher wohler.«

»Meinetwegen. Trag das Ding ruhig spazieren, wenn es dir Spaß macht.« Garth schüttelte den Kopf, schwieg einen Moment und wechselte übergangslos das Thema. »Was hast du eigentlich mit Shyleen angestellt? Seit heute Nacht ist sie nicht mehr besonders gut auf dich zu sprechen. Sie macht den Eindruck, als ob sie dich am liebsten auf der Stelle fressen würde.«

»Wir hatten eine kleine Meinungsverschiedenheit«, gab Torian zögernd zu. »Nichts Ernstes.«

»Und nichts, was mich etwas anginge, wie?«, hakte der Dieb nach, als Torian nicht von allein weitersprach. »Es hatte wohl nicht zufällig etwas mit mir zu tun?«

»Du nimmst dich ein wenig zu wichtig, mein Lieber«, hielt Torian ihm lächelnd vor. »Nein, wir haben nur darüber gestritten, ob man mir ein Gespräch aufzwingen sollte, wenn ich es nicht will, oder ob man es besser bleiben lässt. Ich habe gewonnen.«

»Schon gut. Ich habe verstanden«, knurrte Garth beleidigt. »Von mir aus spiel ruhig weiter den Geheimnisvollen.«

Er wollte schneller gehen, doch Torian hielt ihn am Arm zurück. »So war das nicht gemeint. Das war keine Spitzfindigkeit, sondern das war wirklich unser Problem. Shyleen wollte mit mir reden, aber nachdem wir gerade den Pflanzen entkommen waren, war ich wirklich nicht in der Stimmung, mir ihre Probleme anzuhören. Also habe ich mich stur gestellt und ein paar dumme Bemerkungen gemacht, die sie mir wohl übel nimmt.«

»Sie wollte über ihre Probleme reden?« Garth schluckte hörbar. »Und ausgerechnet so ein Jahrhundertereignis muss ich verschlafen.« Von einem Moment zum anderen wurde er wieder ernst. »Das war nicht gerade eine Heldentat. Du weißt, wie sie ist. Es muss sie eine gehörige Portion Überwindung gekostet haben, überhaupt zuzugeben, so etwas wie Probleme zu haben. Vor zwei Wochen hat sie noch behauptet, dieses Wort nicht einmal zu kennen.«

»Verdammt, das ist mir auch klar«, gab Torian gereizt zurück. »Ich weiß selbst nicht, was in mich gefahren ist. Es tut mir ja schon Leid, wie ich mich verhalten habe. Aber soll ich mich vielleicht bei ihr *entschuldigen*?«

»Nein«, entgegnete Garth ruhig. »Das ist ein Wort, das nicht zu deinem Sprachschatz gehört, ich weiß. Trotzdem wäre es vielleicht nicht die schlechteste Idee. Aber wie ich deinen verdammten Dickkopf kenne, würdest du dir wohl lieber die Zunge abbeißen.« Er machte eine kurze Pause. »Es ist ja nicht so, dass ich neugierig wäre – aber was für Probleme hat sie denn?«

»Es ist ja nicht so, dass ich geschwätzig wäre«, erwiderte Torian im gleichen Tonfall. »Aber es geht um ihr Alter. Eine Art Generationskonflikt, wenn du so willst. Hast du schon mal darüber nachgedacht, was du machst, wenn wir den Tempel wirklich erreichen und ebenfalls die Möglichkeit haben, unsterblich zu werden?«

Garth runzelte die Stirn und sah ihn fragend an. Diesmal war seine Verblüffung nicht gespielt. »Wie kommst du jetzt darauf?«

»Sie hat ein paar Schwierigkeiten, sich mit gewöhnlichen Sterblichen abzugeben, weißt du? Ich bin sicher, als Unsterblicher würdest du viel mehr Eindruck auf sie machen. Und jetzt lass mich in Ruhe. Ich habe keine Lust, noch mal eins über den Kopf gehauen zu bekommen, weil du mit deinem Gerede alle Geräusche übertönst.«

Aber seine Vorsicht war unnötig. Ohne noch einmal angegriffen zu werden, erreichten sie um die Mittagsstunde den breiten, sandigen Uferstreifen des Flusses, der den Wald in zwei Teile zerschnitt.

»Nein«, stöhnte Garth laut auf. Er musste fast schreien, um das Donnern der Wassermassen zu übertönen. »Sag mir jemand, dass ich träume. Das kann doch nur ein Albtraum sein.«

Torian tat ihm den Gefallen nicht. Er war viel zu sehr damit beschäftigt, den Fluss anzustarren.

Er war fast eine viertel Meile breit. Was aus der Ferne schmal und wie ein ruhig dahinplätscherndes Gewässer ausgesehen hatte, so harmlos, dass sie anfänglich glaubten, mühelos hindurchwaten zu können, erwies sich aus der Nähe als fast unüberwindliches Hindernis. In Wahrheit strömten die Fluten mit der Wucht und Geschwindigkeit eines Sturzbaches dahin, brachen sich tosend an den überall im Flussbett verstreuten Felsbrocken und bildeten tödliche Strudel, so viele er sich nur wünschen konnte und noch ein paar mehr. Es sah aus, als koche das Wasser. Hochsprühende Gischt hing wie ein brodelnder weißer Schleier über dem Fluss und spritzte noch meterweit ans Ufer. Der Wald auf der gegenüberliegenden Seite war nur schemenhaft zu erkennen.

Minutenlang starrten sie schweigend auf den reißenden Strom, der ein schier unüberwindliches Hindernis bildete und jeden Gedanken, hindurchzuwaten oder auch zu schwimmen, von vornherein ausschloss. Selbst wenn sie Werkzeug hätten, sich ein Boot oder wenigstens ein Floß zu bauen, würde es unweigerlich an den Stromschnellen zerschellen.

Shyleen überwand ihre Erstarrung als Erste.

»So viel zum Thema *Schwimmen«,* sagte sie. »Wer fliegen kann, hebe bitte die Hand. Den anderen würde ich vorschlagen, mit mir am Ufer entlangzugehen, bis wir eine Furt oder möglichst einen Übergang finden.«

»Oder verhungern, wenn niemand so freundlich war, einen Weg für uns zu schaffen«, ergänzte Garth grimmig und stapfte los. »Worauf warten wir noch?«

Sie waren seit zwei Stunden unterwegs, ohne dass sich das Bild sonderlich geändert hatte. Es lagen nicht mehr ganz so viele Felsbrocken im Wasser, aber dafür schoss der Fluss nur noch schneller dahin. Obwohl sie sich dicht am Waldrand hielten, waren sie längst bis auf die Knochen durchnässt, denn die hoch aufspritzende Gischt tränkte nicht nur den Ufersand, sondern auch die Luft mit Feuchtigkeit, sodass nach einer Weile selbst das Atmen mühsam wurde. Der Ufersand hatte sich schon seit Urzeiten in Morast verwandelt, in den sie bei jedem Schritt bis an die Knöchel versanken, sodass jeder Schritt ein winziges bisschen mühsamer war als der vorhergehende, und manchmal wurde der Dunst so dicht, dass sie kaum noch sahen, wohin sie gingen.

Als wäre dies alles noch nicht genug, kam am frühen Nachmittag Nebel auf; zuerst nur dünne, treibende Schwaden, die durchsichtigen Fingern gleich vom Fluss heraufkrochen und sich wie eine Decke über den Uferschlamm breiteten. Dann aber verdichteten sie sich immer rascher zu grauweißen, wattigen Wolken, sodass man meinen konnte, der Himmel wäre zur Erde herabgesunken.

Unbehaglich sah sich Torian um. Alles, was weiter als sieben, allerhöchstens acht Schritte entfernt lag, verschwand in milchigem Dunst, und das donnernde Tosen des Flusses verschluckte jeden anderen Laut. Es war längst unmöglich geworden, sich anders als durch Zeichen und Grimassen zu verständigen. Wenn sie wirklich noch verfolgt wurden, gab es für ihre Gegner keine günstigere Möglichkeit, sich unbemerkt anzuschleichen, dachte er nervös. Dazu kam, dass sie eine deutliche Spur hinterließen; bei jedem Schritt blieben kleine Löcher im Boden zurück, die sich rasch mit nachsickerndem Wasser füllten und ihren Weg wie eine sechsfache Kette kleiner, blitzender Spiegelscherben markierten.

Aber das war nicht der einzige Grund für Torians Unruhe. Der Nebel *roch* sonderbar, schien den Geruch von Gefahr und Tod mit sich zu führen, ohne dass Torian sagen konnte, was dieses Gefühl in ihm auslöste. Unbewusst ging er noch ein wenig schneller als bisher. Etwas Körperloses, Finsteres schien sich in den treibenden Schwaden zu verbergen, aber es waren nicht die Schuppenwesen.

Nein, korrigierte sich Torian gleich darauf selbst. Wenn es eine Bedrohung gab, so lauerte sie nicht *im* Nebel. Es *war* der Nebel selbst – und das, was seine Fantasie aus den ineinander verschlungenen Schwaden machte. Er glaubte, dämonische Fratzen zu sehen, unförmig aufgeblähte Riesenquallen, geifernde Albtraumwölfe, die mit Mäulern voller fingerlanger Reißzähne nach ihnen schnappten und …

Mit Gewalt verdrängte Torian die Vorstellung. Er blinzelte ein paar Mal, und die Angst machenden Trugbilder wurden wieder zu dem, was sie in Wirklichkeit waren: harmlose Nebelschwaden.

Er wandte sich zu Garth um, der nur als schemenhafter Umriss zu erkennen war, und trat ein paar Schritte auf ihn zu. Der hünenhafte Körper des Diebes schälte sich aus den Schwaden, war nun deutlicher zu erkennen.

Mit einem gellenden Schrei sprang Torian zurück.

Die Gestalt vor ihm war nicht Garth.

Sie war nicht einmal ein Mensch, sondern ein missgestaltetes Monstrum mit drei Beinen und mindestens einem halben Dutzend Armen zu viel. Und darüber –

Torian sah das Gesicht einer nur vage menschenähnlichen Missgeburt, die aller Logik nach überhaupt nicht leben dürfte. Der Kopf war auf schreckliche Weise deformiert, in sich verdreht. Während die eine Wange fett und aufgequollen war, sah die andere eingefallen aus, trockene, pergamentartige Haut spannte sich über den Knochen. Der Mund mit den schwulstig aufgeworfenen Lippen verlief auf eine unmöglich anmutende Art schräg durchs Gesicht, sodass er vom Kinn bis fast zu einem der froschartigen Augen reichte. Das andere Auge war zu einer widerlichen weißlichen Masse zusammengesunken. Die Kreatur öffnete den Mund. Zwei Reihen nadelspitzer Zähne kamen darunter zum Vorschein. Mit einem leisen Knistern riss die pergamentartige Haut über der rechten Wange. Bleiche, wie Elfenbein schimmernde Knochen kamen darunter zum Vorschein.

Einige Sekunden lang war Torian vor Schrecken unfähig, sich zu rühren. Erst als das Monstrum ihn fast erreicht hatte, gelang es ihm, die Lähmung abzuschütteln. Mit einem entsetzlichen Schrei riss er den Knüppel hoch und schlug zu. Scheinbar mühelos fing das Ungeheuer seinen Hieb ab, schmetterte ihm das Holzstück aus der Hand und schleuderte es achtlos zur Seite. Torian sah den Schlag der Albtraumkreatur kommen, und irgendwie schaffte er es, sich im letzten Moment zur Seite zu werfen. Er nutzte seinen Schwung, um sich abzurollen und sofort wieder auf die Beine zu springen.

Torian sah den Ansatz des nächsten Schlages, und irgendwie konnte er gerade noch rechtzeitig den Kopf zur Seite reißen. Ganz auszuweichen war nicht mehr möglich, dafür kam der Hieb zu schnell, aber wenigstens verfehlte die klauenartige Hand sein Kinn.

Dafür traf sie ihn an der Schulter. Torian wurde von den Füßen gerissen und zurückgeschleudert. Himmel und Erde führten plötzlich einen rasenden Tanz um ihn herum auf. Obwohl der schlammige Boden seinen Sturz dämpfte, raubte ihm der Aufprall fast das Bewusstsein. Für einige Sekunden wunderte er sich einfach nur darüber, dass er noch am Leben war und sich nicht sämtliche Knochen im Leib gebrochen hatte. Wo der Schlag seine Schulter getroffen hatte, tobte ein pulsierender, klopfender Schmerz, als hätte etwas sein Blut in Lava verwandelt, aber mit zusammengebissenen Zähnen konnte er den Arm noch bewegen.

Unbeirrt kam die Kreatur näher gestapft. Ein höhnisches Grinsen lag auf dem Gesicht des lebenden Toten. Der Riss in seiner Wange hatte sich noch verbreitert. Es war schier unglaublich, dass das Wesen noch lebte, aber offensichtlich kümmerte es sich keinen Deut um menschliche Logik.

Torians Atem ging keuchend und stoßweise. Der Schmerz ließ ihn schwindeln. Er versuchte, die dunklen Schleier vor seinen Augen wegzublinzeln, und quälte sich stöhnend wieder auf die Beine, nur um in dem glitschigen Schlamm sofort wieder den Halt zu verlieren und erneut im Matsch zu versinken.

Dieses Missgeschick rettete ihm das Leben. Er fiel geradezu unter dem nächsten Schlag der Kreatur hindurch und glaubte, noch den Luftzug zu spüren. Instinktiv wälzte er sich zur Seite, als sich der massige Schatten auf ihn stürzte, um ihn allein durch sein Gewicht zu zerquetschen. Der Boden schien zu beben, als das hünenhafte Monstrum dicht neben ihm aufprallte. Torian wollte auf die Beine springen, aber eine Klauenhand bekam seinen Arm zu packen und riss ihn wieder zurück.

Torian schrie auf und versuchte, sich aus dem Griff zu befreien, aber die halb skelettierte Klaue hielt sein Handgelenk wie ein Schraubstock umklammert. Fauliger, nach Tod stinkender Atem traf sein Gesicht. Blindlings schlug er mit dem freien Arm zu, mitten in die teigige Gesichtshälfte des Monstrums. Von irgendwo her drang eine Stimme an sein Ohr, ohne dass er die Worte verstand. Etwas packte seinen Arm, gleichzeitig wurde die Stimme lauter und eindringlicher.

»Torian, Garth, hört auf! Seid ihr wahnsinnig geworden?«

Er verstand die Worte, aber auch jetzt begriff er ihren Sinn nicht. Eine weitere Kreatur war hinter ihm aufgetaucht, ebenso schrecklich wie die erste. Voller Panik schlug er nach ihr, doch sie wich seinem Hieb aus und versetzte ihm ihrerseits eine schallende Ohrfeige.

Im gleichen Moment zerplatzten die Schleier vor seinen Augen. Aus der Kreatur hinter ihm wurde Shyleen, die gerade die Hand zu einem weiteren Schlag hob, sie aber wieder sinken ließ, als sie seine Verwirrung erkannte.

Auch das zweite Albtraummonster zerfloss binnen eines Herzschlages, wurde zu der vertrauten Gestalt von Garth. Sein linkes Auge begann zuzuschwellen und färbte sich dunkel.

»Bei den Dämonen!«, keuchte der Dieb. »Was soll das? Bist du jetzt völlig übergeschnappt?«

Torian stand mühsam auf, half Garth, ebenfalls auf die Beine zu kommen, und massierte seine schmerzende Schulter.

»Habt ihr denn beide den Verstand verloren, so aufeinander loszugehen und euch halb totzuprügeln?«, fauchte Shyleen.

Torian beachtete sie nicht. Der Nebel um sie herum hatte sich etwas gelichtet, war längst nicht mehr so dicht wie zuvor. Die milchigen Schwaden wirbelten stärker durcheinander. Es kam Torian vor, als würden sie einen höhnischen Tanz aufführen. Wieder begann die Umgebung um ihn herum unwirklich zu flimmern, Garths rechte Gesichtshälfte schien einzufallen, *auszutrocknen* …

»Der Nebel …«, stieß er gepresst hervor. »Etwas stimmt nicht damit. Er … er lässt uns Dinge sehen, die nicht wahr sind.«

»Ich habe geglaubt, ein Ungeheuer vor mir zu haben«, erklärte Garth. Sein Blick flackerte. »Das warst nicht du. Es war …« Er brach ab. Vorsichtig, als fürchte er, durch eine unbedachte Bewegung den Schrecken der vergangenen Augenblicke aufs Neue heraufzubeschwören, hob er die Hand, betastete sein verquollenes Auge und zuckte vor Schmerz zusammen. »Verdammt, hättest du nicht etwas weniger hart zuschlagen können?«

»Du warst auch nicht gerade sanft zu mir«, gab Torian trocken zurück. »Du hättest mir fast die Schulter gebrochen. Eine Minute mehr, und wir hätten uns gegenseitig umgebracht. Wenn ich das Schwert noch gehabt hätte …«

Garths Gesicht wurde noch eine Spur blasser, aber er sagte nichts.

Ein absurder Gedanke schoss Torian durch den Kopf. Erst im Nachhinein begriff er, was er unbewusst mit seinen Worten angedeutet hatte: dass die Schuppenwesen ihnen durch den Raub des Schwertes wirklich das Leben gerettet hatten. Aber er verwarf diese Idee gleich darauf wieder. Wenn die gepanzerten Wesen eines *nicht* gemacht hatten, dann den Eindruck, ihnen besonders wohlgesinnt zu sein.

»Die Träume der schlafenden Göttin«, murmelte Shyleen. »Wir dürfen uns nicht …«

Torian sah auf. »Was hast du gesagt?«

Sie zuckte erschrocken zusammen, fast schuldbewusst. »Nichts«, antwortete sie, ebenso hastig wie wenig überzeugend. »Ich habe nur laut gedacht. Wir dürfen uns von den Trugbildern hier nicht beirren lassen, sonst sind wir verloren. In diesem Nebel muss etwas sein, das unsere Sinne narrt. Vielleicht ein Gas.«

»Ich will wissen, was du gemeint hast«, wiederholte Torian scharf und packte ihren Arm. »Was hat das Gerede von *Träumen* und einer *schlafenden Göttin* zu bedeuten? Antworte!«

Shyleen sträubte sich gegen seinen Griff und versuchte erfolglos, sich zu befreien. »Verdammt, lass mich los!«, schrie sie. »Du tust mir weh.«

»He!«, mischte sich Garth ein und streckte die Hand nach ihm aus. Torian versetzte ihm einen Stoß vor die Brust, der ihn meterweit zurücktaumeln ließ, und funkelte Shyleen an. »Ich werde dir noch wesentlich mehr wehtun, wenn du uns nicht endlich alles sagst, was du weißt«, knurrte er. »Allmählich habe ich das Gefühl, dass du uns eine ganze Menge verschwiegen hast.«

Einige Sekunden lang starrten sie sich feindselig an. Etwas Schwarzes, Pelziges war plötzlich in Shyleens Mund. Dünne, haarige Beine tasteten über ihre Lippen, dann kroch eine Spinne aus ihrem Mund. Torian blinzelte, kämpfte gegen das Trugbild an, und die Spinne löste sich in nichts auf. Er krampfte seine Hand noch fester um Shyleens Arm. Erst als sie vor Schmerz aufschrie, lockerte er erschrocken seinen Griff.

Shyleen duckte sich unter ihm hindurch. Im nächsten Moment fühlte er sich gepackt und über ihre Schulter gewirbelt. Unsanft landete er erneut im Schlamm. Es dauerte ein paar Sekunden, bis er sich aufrichtete und benommen den Modder aus dem Gesicht wischte. Verblüfft sah er zu Shyleen hoch.

»Tu das nie wieder«, fauchte sie. »Greif mich nie wieder an. Beim nächsten Mal kratze ich dir die Augen aus!« Ihr Blick sprühte vor Zorn und ließ keinen Zweifel daran, dass sie ihre Drohung – zumindest im Augenblick – todernst meinte. Ihre Hand lag in einer ganz und gar nicht zufälligen Geste auf dem Gürtel, dort, wo normalerweise ihr Schwert hing.

»Das werden wir ja sehen!«, gab Torian wütend zurück. Ohne ihre Warnung zu beachten, wollte er sich sofort wieder auf sie stürzen, doch Garth vertrat ihm rasch den Weg.

»Wer ist jetzt hier verrückt geworden?«, rief er. »Kommt endlich zur Besinnung! Wir müssen hier weg!«

Torians Wut verrauchte so schnell, wie sie gekommen war. Entsetzt bemerkte er, dass sie wirklich drauf und dran waren, sich gegenseitig umzubringen. Auch Shyleen schüttelte benommen den

Kopf, dann machte der Zorn in ihrem Blick Betroffenheit und Verwirrung Platz.

Übertrieben hastig wandte sie sich um und begann zu laufen. Torian und Garth folgten ihr.

Die Nebelschwaden vor ihnen lichteten sich zusehends und blieben schließlich ganz hinter ihnen zurück. Torian atmete erleichtert auf, warf einen letzten Blick auf die milchige Brühe und sah rasch wieder nach vorne.

»Machen wir eine kurze Rast«, schlug er vor, als sie eine weitere Meile zurückgelegt hatten und seine Kleidung in der Sonnenhitze getrocknet war. Bleigewichte schienen an seinen Beinen zu hängen. Das Gehen im nachgiebigen Morast war anstrengend, und abgesehen von ein paar Stunden Schlaf in der vergangenen Nacht hatte er seit Tagen kaum geruht. Er suchte eine möglichst trockene Stelle und setzte sich.

Garth nickte zustimmend, klopfte sich den halb eingetrockneten Schlamm von den Beinen und ließ sich neben ihm zu Boden sinken.

Nur Shyleen protestierte heftig. »Lasst uns lieber zusehen, dass wir einen Übergang finden. Ausruhen können wir uns später.«

»Nein«, entschied Torian. »Ich will endlich wissen, was du uns verschwiegen hast. Vorher mache ich keinen Schritt mehr.«

»Dieser verdammte Nebel hat mich nervös gemacht«, wich Shyleen aus. »Was ich gesagt habe, hat nichts zu bedeuten.«

»Keine Ausflüchte mehr«, warnte Garth mit für ihn ungewöhnlicher Härte in der Stimme. »Wenn wir schon den Kopf für dich riskieren, dann haben wir wohl wenigstens ein Recht auf die Wahrheit.«

»Ihr habt überhaupt kein Recht, irgendetwas zu fordern«, erwiderte Shyleen gereizt. »Ich habe euch nicht gebeten, mich zu begleiten.« Sie erkannte im gleichen Moment, dass sie damit zu weit gegangen war. »Entschuldigt«, murmelte sie, fuhr sich verlegen mit der Hand durch das Haar und setzte sich nach kurzem Zögern ebenfalls. »Also schön, ich habe einige Legenden gehört, aber das ist auch alles. Dummes Gerede.«

»Ich liebe Legenden«, hakte Torian ein. »Besonders, wenn sie von einer schlafenden Göttin und ihren Träumen handeln. Was hat sie mit dem *Tempel der verbotenen Träume* zu tun?«

»Er wurde ihretwegen erbaut«, erklärte Shyleen widerstrebend. »Niemand kennt ihren wahren Namen. Sie wurde nur Kristallfürstin genannt. Vor Urzeiten war sie eine mächtige Herrscherin, bis sie ihren Feinden *zu* mächtig wurde und diese sich gegen sie zusammenschlossen. Sie konnten die Kristallfürstin zwar nicht töten, aber sie versetzten sie in einen magischen Schlaf. Angeblich soll sie immer noch im *Tempel der verbotenen Träume* ruhen. Sie kennt das Geheimnis der Unsterblichkeit. Von ihr werden wir es erfahren. Das ist alles, was ich gehört habe, und wahrscheinlich stimmt nur ein Bruchteil davon.«

»Möglich«, gab Torian nach kurzem Nachdenken zu. »Aber was hat diese Kristallfürstin mit dem Nebel zu tun?«

»Ihre Macht war die der Illusion. Es scheint, als ob sie ihre Kräfte selbst im Schlaf noch zu entfesseln vermag.«

»Ziemlich unwahrscheinlich«, brummte Garth. »Eher dürfte es eine Falle ihrer Gegner sein, die verhindern wollen, dass irgendjemand sie erreicht und aus ihrem Schlaf erweckt. Ich verstehe nur nicht, warum du uns das unbedingt verschweigen wolltest. Und jetzt sag nicht, weil du es für unwichtig gehalten hast.«

Shyleen raffte sich zu einem Lächeln auf. »Nein«, erwiderte sie. »Ich habe aus einem anderen Grund nichts davon erwähnt. Nehmen wir an, die Legenden stimmen und es gelingt uns, die Kristallfürstin zu erwecken.« Sie sah Garth und Torian abwechselnd an, als erwarte sie eine ganz bestimmte Reaktion auf diese Worte. »Nehmen wir an, sie ist wirklich so mächtig und grausam, wie es heißt. Ich glaube nicht, dass sie sich freiwillig wieder schlafen legt, nachdem wir von ihr erfahren haben, was wir wissen wollen.«

☆

Sie fanden die Brücke am späten Nachmittag. Bereits seit einiger Zeit war der Boden unter ihren Füßen felsiger geworden, und das Ufer stieg beiderseits des Flusses sanft, aber beständig an, sodass dazwischen eine mehrere Meter tiefe Schlucht entstanden war, an deren Grund das Wasser dahinschoss.

Die Brücke war bereits von weitem zu sehen, doch zumindest Torians erste Freude war beim Näherkommen rasch einer Ernüchterung gewichen. Zweifelnd betrachtete er den aus Seilen und grob behauenen Brettern gefertigten Steg, der einen alles andere als Vertrauen erweckenden Eindruck machte. Die Seile, welche die ganze Konstruktion trugen, ließen befürchten, dass sie bei der geringsten Belastung reißen würden; die dazwischengelegten Bretter waren zum größten Teil morsch und verrottet. Viele fehlten ganz, sodass Lücken wie klaffende Wunden im Skelett der Brücke entstanden waren.

»Das grenzt fast an Selbstmord«, murmelte er. »Ich habe Flüsse schon auf sicherere Art überquert.«

»Siehst du hier eine? Wenn du unbedingt willst, kannst du ja auch schwimmen«, gab Shyleen zurück und wandte sich dann an Garth: »Geh du zuerst. Wenn die Brücke dein Gewicht trägt, wird sie uns wohl auch aushalten.«

»Und wenn nicht, bekomme ich nasse Füße«, brummte der Dieb. »Versprecht mir, wenigstens einen schönen Grabstein aufzustellen: *Hier ruht Garth, die Hand. Er opferte sich für seine Freunde.*«

»Und darunter schreiben wir: *Er war zu fett für diese Brücke*«, fügte Torian grinsend hinzu. »Versprochen. Halt dich an den Seilen fest. Wenn sie an einer Stelle reißen, kannst du dich mit ein bisschen Glück noch zum anderen Ufer schwingen.«

Garth musterte ihn von oben bis unten. »Habe ich dich gerade wirklich als *Freund* bezeichnet?« Er schüttelte den Kopf und wandte sich wieder der Brücke zu. Beide Hände fest um die Sicherheitsleinen zu beiden Seiten geklammert, trat er vorsichtig auf die schwankende Konstruktion hinaus. Vor jedem Schritt prüfte er sorgsam die Bretter vor sich mit dem Fuß. »Stabiler, als sie aussehen«, rief er und blickte über die Schulter zu ihnen zurück. Sein Gesicht verzerrte sich vor Schreck. »Passt auf, hinter euch!«

Torian fuhr herum. Für Sekunden hatte er nur auf den Dieb geachtet und alles andere um sich herum vergessen. Nun schien der Waldrand hinter ihnen lebendig zu werden.

Mehr als ein Dutzend der geschuppten Gestalten, die er zuvor schon gesehen hatte, kamen aus dem Gebüsch gestürmt. Es zeigte sich nun, dass die gefundene Schuppe wirklich kein Teil einer Uniform war. Bei den Wesen vor ihnen handelte es sich um Echsen, aufrecht gehende Titanen, von denen jeder einzelne Torian um mindestens drei Haupteslängen überragte. Sie waren von Kopf bis zu den stämmigen, im Vergleich zum übrigen Körper zu kurz geratenen Beinen mit den grünlichen Schuppen gepanzert. Sie schwangen gewaltige Krummschwerter, doch im Vergleich zu ihren Besitzern wirkten die Waffen fast harmlos. Die ovalen Schädel der Echsen bestanden fast zur Hälfte aus einem geschlitzten Maul mit mörderischen Zähnen, die aussahen, als ob sie einem Menschen mühelos mit einem Biss den Arm abtrennen könnten. Ihre muskelbepackten Körper schienen die ledernen, mit unzähligen dolchartigen Dornen gespickten Riemenpanzer sprengen zu wollen, in die sie hineingezwängt waren.

»Die Brücke!«, keuchte Shyleen. »Wir müssen über die Brücke und sie hinter uns zerstören!«

Mühsam schüttelte Torian die Lähmung ab, mit der ihn der Anblick der gewaltigen Echsen erfüllte, und rannte hinter ihr auf die Brücke hinaus. Ihnen blieb fast keine Zeit, erst die Festigkeit der Bretter zu prüfen. Sie konnten nur darauf hoffen, dass das Schicksal es wenigstens einmal ein bisschen gut mit ihnen meinte, statt dauernd nur nach ihnen zu beißen, wenn sie versuchten, einen Zipfel vom Glück zu packen.

Natürlich war es nicht so, im Gegenteil, diesmal tat der Biss besonders weh.

Garth hatte fast das andere Ufer erreicht, als Shyleen aufschrie und so plötzlich stehen blieb, dass Torian es erst zu spät merkte und gegen sie prallte. Die Brücke begann zu schwanken; er rutschte ab und konnte sich erst im letzten Moment an einer der Sicherheitsleinen festhalten. Die scharfe Bemerkung blieb ihm im Halse stecken, als sein Blick auf das gegenüberliegende Ufer fiel – und auf das zweite Dutzend Echsenkrieger, das auch dort aus dem Wald getreten war und auf sie wartete.

Aus, schoss es ihm durch den Sinn. So also sah sein Ende aus. Vor und hinter ihm erwartete ihn der Tod in Form von Krummschwertern und nadelspitzen Krokodilzähnen, und vier Meter unter ihm das tosende Wasser, das nur darauf wartete, ihn zu packen und gegen die Felswände der Schlucht zu schmettern. Das glorreiche Ende eines großen Helden, dachte er in einem Anflug von Galgenhumor. Er hätte wissen müssen, dass sich das Schicksal auf Dauer nicht ungestraft in die Suppe spucken lassen würde.

»Tiere«, keuchte Shyleen. »Verdammt, ich lasse mich nicht einfach von ein paar Riesensalamandern abschlachten. Bevor ich mich lebend von diesen Kreaturen fangen lasse, stürze ich mich lieber in den Fluss.«

»Ich glaube, in ein paar Minuten wird dir ziemlich egal sein, wer dich umgebracht hat«, gab Torian zurück. Er war plötzlich ganz ruhig. Es gab keine Hoffnung mehr, diesmal konnte sie höchstens ein Wunder retten, vielleicht die Hand eines freundlichen Gottes, die sie hochhob und irgendwo anders sanft wieder absetzte. Aber er glaubte weder an Götter noch an Wunder.

»Außerdem sind es keine Tiere. Schau dir ihre Kleidung und die Waffen an. Diese Wesen besitzen Intelligenz.«

»Vielleicht wollen sie uns gar nicht umbringen, und wir können uns irgendwie mit ihnen verständigen.«

»Der letzte Ausweg, wie?«, höhnte Torian. »Wenn man mit Gewalt nicht weiterkommt, könnte man es ja mal friedlich versuchen. Bitte sehr, frag sie, ob sie so freundlich wären, uns den Weg freizugeben. Vielleicht geleiten sie uns ja sogar –«

Er brach ab und wäre um ein Haar wieder gestürzt. Erneut geriet die Brücke in Schwingung, als eine der Echsen hinter ihm auf die Planken trat. Es war ein besonders großes und muskulöses Exemplar seiner Art. Auf seinem Lederwams prangte ein Dreieck mit einem stilisierten Auge. Langsam kam der Echsenkrieger mit gezogenem Schwert näher. Hinter ihm drängten weitere heran. Tückische Reptilienaugen musterten Torian.

Er wich einen Schritt zurück und suchte mit den Füßen halbwegs sicheren Stand. Kampflos würde er sich nicht ergeben. Jetzt bedauerte er, den Knüppel nach dem Kampf mit Garth nicht wieder aufgehoben zu haben, obwohl er nur zu gut wusste, dass ihm die jämmerliche Waffe gegen *diesen* Gegner ohnehin nichts nützen würde.

Zwei Schritte vor ihm blieb die Echse stehen. Einige Sekunden lang starrte sie ihn nur an, dann streckte sie den in messerscharfen Klauen endenden freien Arm nach Torians Gesicht aus, führte die Bewegung aber nicht zu Ende. Krachend brach eines der Bretter unter ihrem Gewicht aus der Halterung. Einen Moment wankte die Echse und kämpfte um ihr Gleichgewicht.

Torian erkannte seine Chance. So gut es der schwankende Boden erlaubte, stieß er sich ab. Noch im Sprung schnellte er die Beine nach vorne und trat mit aller Kraft nach dem Kopf der Echse, der einzigen Stelle ihres Oberkörpers, die nicht von dem dornengespickten Harnisch geschützt war.

Es war, als hätte er gegen einen Felsen getreten.

Ein grauenhafter Schmerz zuckte durch seinen Fuß. Jedem anderen Gegner hätte der Tritt das Genick gebrochen, aber der Echsenkrieger wankte nicht einmal. Dafür wurde Torian von der Wucht seines Angriffs zurückgeschleudert, über das Halteseil hinweg. Die Klauenhand schoss vor und bekam sein Leinengewand an der Schulter zu fassen. Wie Messer schnitten die Krallen in Torians Haut. Schmerz und panische Angst überfluteten sein Bewusstsein, löschten sein Denken aus. Er warf sich herum und schlug blindlings um sich.

Knirschend riss der Stoff, und nur ein Fetzen blieb zwischen den Krallen hängen. Torian versuchte, das Halteseil zu packen, aber er war zu langsam und streifte es nur mit den Fingerspitzen. Mit einem Schrei stürzte er in die Tiefe und krümmte seinen Körper instinktiv zusammen.

Wer auch immer behauptet hatte, Wasser hätte keine Balken, hatte gelogen. Eine Titanenfaust schien Torian zu treffen und ihm sämtliche Knochen gleichzeitig zu brechen. Durch die schiere

Wucht seines Sturzes verwandelte sich die Wasseroberfläche in eine Glasscheibe, die beim Aufprall unter ihm zerbarst. Eisiges Wasser schlug über ihm zusammen; dann riss ihn die gleiche Titanenfaust mit sich fort. Ein Wasserschwall drang in seinen Mund und seine Nase und ließ ihn würgen.

Wie ein Stein sank er in die Tiefe und verschwendete nur einen flüchtigen Gedanken daran, dass der Fluss tiefer als erwartet war und allein dieser Umstand ihm zumindest für ein paar Sekunden das Leben rettete. Dann aber spürte Torian den entsetzlichen Wasserdruck wie einen stählernen Reif um seine Brust und wollte schreien, bekam aber nur einen Mund voll Wasser. Ein ungeheurer Sog packte ihn, wirbelte ihn herum, schleuderte ihn wieder in die Höhe und schnippte ihn wie ein lästiges Insekt einen halben Meter aus dem Fluss heraus.

Er fiel so schnell zurück, dass er kaum Zeit für einen hastigen Atemzug fand.

Diesmal versank er nicht ganz so tief, und er war geistesgegenwärtig genug, hastige Schwimmbewegungen zu machen, die ihn wieder an die Oberfläche tragen sollten.

Es ging nicht.

Eine unsichtbare Kraft zerrte an seinen Beinen, riss ihn herum und weiter in die Tiefe und ließ ihn abwechselnd kopfstehen und aufrecht und mit ebenso wild wie vergebens rudernden Armen weitersinken. Ein immer stärkerer Schmerz pochte in seiner Lunge. Sein Bewusstsein begann zu schwinden. Blutiger Nebel breitete sich vor seinen Augen aus und legte sich schwer auf seine Gedanken. Das Denken fiel ihm von Sekunde zu Sekunde schwerer. Gewaltsam musste Torian gegen den immer stärker werdenden Impuls ankämpfen, den Mund aufzureißen und nach Luft zu schnappen, was den sicheren Tod bedeutet hätte. In ein paar Augenblicken würde er es tun, das wusste er.

Der Druck auf seine Lungen wurde unerträglich. Seine Sinne begannen zu schwinden. Er spürte, wie seine Bewegungen schwächer wurden und der Sog ihn immer heftiger herumwirbelte, sah Farben und Formen in einem irrsinnigen Kaleidoskop um sich tanzen, dann ergriff irgendetwas seinen Fuß und zerrte daran. Die Wasseroberfläche glänzte wie ein zerbrochener Silberhimmel über ihm. Unendlich weit über ihm. Und sie entfernte sich immer weiter. Erst jetzt erkannte er, dass er so ziemlich das Falscheste tat, was er überhaupt tun konnte. Er verschwendete seine Kraft sinnlos damit, gegen die reißende Strömung anzukämpfen, und kam deshalb nicht aus dem Strudel heraus. Er gab seinen Widerstand auf, wurde noch rascher herumgewirbelt –

Und dann wurde er vom Schwung der Drehbewegungen aus dem Strudel herausgeschleudert. Der unbarmherzige Sog ließ schlagartig nach.

Torian raffte die letzten Kraftreserven zusammen, die er noch aufbringen konnte, um wieder in die Höhe zu kommen; diesmal der Strömung des Wassers folgend, statt dagegen anzukämpfen.

Dann, als er glaubte, es gar nicht mehr aushalten zu können, war es vorbei. Er riss den Mund auf und schnappte gierig nach Luft. Es dauerte einen Herzschlag lang, bis er merkte, dass er kein tödliches Wasser, sondern wirklich Luft in seine gequälte Lunge sog. Keuchend atmete er den herrlichen Sauerstoff ein, spürte, wie die tödliche Klammer um seine Rippen brach, und spuckte Wasser. Die Luft schien mit Eiskristallen durchsetzt zu sein und stach wie Nadeln in seine Lunge, doch er beachtete es nicht.

Aber noch war die Gefahr längst nicht vorbei.

Schäumend raste eine neue Welle heran und schlug über ihm zusammen. Erneut wurde er nach unten gedrückt, kämpfte sich wieder hoch und spie Wasser aus. Um ihn herum tanzte und brodelte der Fluss, sprudelnder Schaum und kochendes Wasser waren alles, was er sah. Löcher in der Flussoberfläche rissen auf, brüllende Strudel, die sich mit irrsinniger Geschwindigkeit drehten, bis sie von den zusammenschlagenden Wassermassen wieder eingeschlossen wurden. Gischt sprühte meterhoch in die Luft, verband sich mit den roten Kreisen vor Torians Augen zu einem dichten, blutigen Schleier. Wie mit gigantischen Fäusten schlug die Strömung ohne Unterlass auf ihn ein. An zielgerichtete Schwimmbewegungen war gar nicht zu denken. Eine unsichtbare Kraft zerrte an seinen Beinen. Der Sog riss ihn wie eine ungeheuer starke Hand vorwärts. Konturlose Dinge tauchten vor ihm auf. Er unternahm erst gar nicht den Versuch, danach zu greifen, sondern ließ sich treiben.

Harter Fels schrammte an seinem Gesicht entlang. Er prallte gegen ein Hindernis und versuchte noch einmal, den blutigen Nebel vor seinen Augen mit Blicken zu durchdringen. Ein weiterer Schlag traf ihn, und er spürte, wie er sich die Haut abschürfte, ohne den Schmerz zu empfinden. Unbewusst begriff Torian, dass die gleiche Strömung, die ihn zu ersticken drohte, ihn zumindest vor den hier nur vereinzelt im Flussbett liegenden Felsen rettete, indem sie ihn, dem Weg des geringsten Widerstandes folgend, einfach zwischen den Hindernissen hindurchschleuderte. Aber er wurde sich auch klar, dass dieser Schutz trügerisch war und spätestens in ein paar Minuten enden würde, wenn das Wasser ihn bis zum Gebiet der Stromschnellen gespült hatte, wo sie erstmals auf den Fluss getroffen waren und wo die Felsen stellenweise regelrechte steinerne Barrieren bildeten, an denen er zerschmettert würde.

Einige Sekunden lang ließ sich Torian einfach nur treiben, sammelte Kraft und versuchte sich einigermaßen zu orientieren. Dann begann er, sich mit zielgerichteten Bewegungen auf das Ufer zuzuarbeiten. Es war ein mühsames, kräftezehrendes Unterfangen. Immer wieder riss ihn die Strömung zurück, machte in Sekundenbruchteilen die Arbeit von Minuten zunichte.

Trotzdem bekam er irgendwann etwas unangenehm Weiches, fast Schleimiges zu fassen, das zwischen seinen Fingern zerrann. Torian packte fester zu, grub seine Finger tiefer in den nachgiebigen Uferschlamm. Eine besonders mächtige Welle zerrte an ihm und versuchte ihn zurückzureißen, als spürte der Fluss, dass sein sicher geglaubtes Opfer ihm zu entkommen drohte. Mit verbissener Kraft, von der er selbst nicht mehr wusste, wo er sie hernahm, krallte sich Torian fest, stemmte seine Füße gegen den morastigen Boden und zog sich ans Ufer. Sein Körper schien plötzlich Tonnen zu wiegen, aber er ließ nicht locker, kroch Stück für Stück weiter auf den Uferstreifen hinauf.

Etwas in Torian weigerte sich beharrlich, daran zu glauben, dass er wirklich gerettet war. Auch als er selbst mit den Füßen längst aus dem Wasser heraus war, schleppte er sich noch weiter, von der panischen Furcht getrieben, der Fluss könnte ihn sogar hier noch einholen. Seine Arme und Beine bewegten sich fast von alleine.

Erst als er den Sandstreifen hinter sich gelassen hatte und mehrere Meter in das Unterholz des Waldes gekrochen war, brach er vollends zusammen und blieb zu Tode erschöpft liegen. Sekunden später schlug die Schwäche wie eine gewaltige schwarze Woge über ihm zusammen und löschte sein Bewusstsein aus.

☆

Es war immer noch Tag, als er erwachte; und im ersten Moment dachte Torian, dass er nur kurz bewusstlos gewesen sein konnte.

Aber nur im ersten Moment. Dann bemerkte er, dass die Sonne zu hoch am Himmel stand, viel höher als zu dem Moment, in dem sie die Brücke betreten hatten, und mit eisigem Schrecken wurde ihm bewusst, dass es nicht *immer noch* Tag war, sondern *schon wieder.* Er musste die ganze Nacht und fast einen halben Tag geschlafen haben. Erstaunlich, dass er noch am Leben war, dachte er.

Deutlich erinnerte er sich noch an die Ereignisse auf der Brücke, aber alles, was sich *nach* seinem Sturz ins Wasser ereignet hatte, war in einem einzigen Durcheinander aus sinnlosen Bildern und Eindrücken in seinem Gedächtnis verschwunden. Wenn er sich selbst gegenüber ehrlich war, dann *wollte* er sich gar nicht genau daran erinnern.

Torian rieb sich den Schlaf aus den Augen und stand auf. Die Beine wollten ihm noch nicht richtig gehorchen, doch seine Schritte wurden mit jeder Sekunde fester. Der Schlaf, auch wenn er nicht freiwillig gewesen war, hatte ihn erfrischt.

Dafür machte sich auch der Hunger immer deutlicher bemerkbar. Torian ging zum Fluss und wusch sich das Gesicht mit dem eisigen Wasser, um die Benommenheit vollends zu vertreiben; dann trank er so lange, bis ihm fast übel wurde. Das Wasser gab ihm das Gefühl, etwas im Magen zu haben; es stillte seinen Hunger nicht, aber half ihm für eine Weile, ihn zu vergessen.

Aufmerksam sah er sich um. Das Gelände war hier flach, von der Brücke meilenweit nichts zu sehen. Er war weiter abgetrieben worden, als er ursprünglich angenommen hatte, und noch im Nachhinein konnte er kaum fassen, dass er mit dem Leben davongekommen war. In Zukunft, dachte Torian, würde er etwas ehrfurchtsvoller über Wunder sprechen.

Was war mit Shyleen und Garth? Er klammerte sich an die Hoffnung, dass auch sie überlebt hatten und es eine Möglichkeit gab, sie zu retten. Die einzige Chance, etwas über ihr Schicksal herauszufinden, war die Brücke. Er musste dorthin zurück. Wenn die Echsen seine Gefährten verschleppt hatten, würde er dort möglicherweise Spuren finden. Und wenn nicht …

Torian weigerte sich, den Gedanken zu Ende zu denken.

Mit weit ausholenden Schritten ging er los, dem gewundenen Band des Flusses folgend. Jede Minute konnte kostbar sein. Er hatte bereits fast einen ganzen Tag verloren und würde wahrscheinlich weitere Stunden brauchen, um die Brücke zu erreichen.

Das war der letzte klare Gedanke, den er fasste.

Eine gigantische schwarze Hand schien nach seinem Gehirn zu greifen und fegte sein Denken mit feurigen Fingern hinweg. Dann sah er …

Es war eine Vision, und er war sich dieses Umstandes auf einer unbewussten Ebene seines Denkens völlig bewusst, und trotzdem war sie so echt, dass er glaubte, die Realität zu erleben. Er sah eine Stadt, aber eine Stadt, wie er sie noch niemals zuvor erblickt hatte. Die Gebäude schimmerten silbern. Sie waren von unvergleichlicher Feinheit, schmal und hoch, mit unzähligen Erkern und kristallenen Türmchen. Es gab Parks mit Teichen und munter plätschernden Springbrunnen und Blumen von einer Pracht und Farbenvielfalt, die ihresgleichen suchte.

Dann verblasste das Bild, als lege sich ein milchiger Schleier darüber. Enttäuscht stöhnte Torian auf. Noch nie zuvor hatte er einen Ort von solcher Schönheit gesehen, und er wusste, dass er dorthin gelangen musste, koste es, was es wolle. Die Vision grub sich mit unzähligen winzigen Krallen in sein Gehirn und verdrängte jeden anderen Gedanken daraus. Mit einem Schlag wurde alles andere bedeutungslos, er vergaß alles, woran er zuvor gedacht hatte. Nur noch die Stadt in ihrer unvergleichlichen Pracht existierte – der Ort, den er unbewusst sein ganzes Leben lang gesucht und nach dem er sich all die Jahre hindurch gesehnt hatte; der Ort ewigen Friedens, der die Antworten auf alle Fragen seines Lebens für ihn bereithielt. Keine Anstrengung würde zu groß sein, um die Stadt zu erreichen.

Torian kehrte dem Fluss den Rücken zu und begann zu laufen; rannte von brennender Sehnsucht getrieben durch den Wald, ohne etwas von seiner Umgebung wahrzunehmen, rannte stundenlang, ohne dass ihm das Verstreichen der Zeit bewusst wurde, rannte immer weiter, von einer lautlosen Stimme geführt, ohne Schwäche oder Erschöpfung zu spüren, rannte, rannte, rannte …

Irgendwann ließ er den Wald hinter sich. Die lockende Stimme in seinem Kopf verstummte. Er hatte sein Ziel erreicht. Keuchend blieb er stehen. Vor ihm erhob sich inmitten von sanft ansteigenden, mit einem Blumenteppich bedeckten Hügeln die Stadt.

Und ihre wirkliche Schönheit übertraf die Vision noch um ein Vielfaches.

Der Anblick der filigranen, zerbrechlich anmutenden Türme und kunstvoll ineinander verschachtelten Häuser raubte Torian den Atem. Mit ihren gepflegten Parks, den Teichen und unzähligen Springbrunnen wirkte die Stadt wie gemalt, als wäre sie ein Gestalt gewordener Traum, der verblassen musste, sobald man nach ihm zu greifen versuchte. Kein Baumeister konnte eine Stadt wie diese entwerfen, die Arbeit von Jahrtausenden würde nicht ausreichen, auch nur einen einzigen Straßenzug fertig zu stellen. Es konnte sich nur um einen Traum handeln. Und doch war die Stadt real. Torian versuchte die Vision wegzublinzeln, aber der unglaubliche Anblick blieb.

Langsam, wie in Trance, trat er näher an die Häuser heran. Alles, was er zuvor erlebt hatte, kam ihm wie ein ferner, verschwommener Schatten vor, ohne jede Bedeutung an diesem Ort des Friedens. Er konnte nicht erkennen, aus welchem Material die Gebäude erbaut waren, jedenfalls nicht aus Stein. Mal schimmerten sie wie polierter Marmor, dann wieder wie blankes Silber, und gelegentlich blitzten sie in allen Farben des Regenbogens, sodass es aussah, als handele es sich um einen einzigen riesigen Edelstein. Fast schien es, als wäre die Stadt ganz aus Glas errichtet worden; kunstvoll geschliffenes Glas, das sein Aussehen je nach Lichteinfall änderte. Vorsichtig ging er weiter. Aus der Nähe betrachtet, wirkte sie noch beeindruckender, noch fantastischer.

Sein erster Eindruck bestätigte sich. Die Häuser und Türme schimmerten tatsächlich gläsern, wenngleich sie undurchsichtig waren und ihre Farbe ständig zu ändern schienen. Die unglaublich zarten Türme und kühn geschwungenen Brücken schienen der Schwerkraft zu trotzen. Sie machten den Eindruck, als müssten sie beim leichtesten Lufthauch in sich zusammenbrechen, doch als Torian mit der Hand über eine der glasierten Wände strich, fühlte sie sich kalt und ungemein hart an.

Und doch stimmte etwas nicht …

Torian brauchte Minuten, um sich aus dem Bann zu lösen, in den ihn der Anblick der bizarren Bauwerke geschlagen hatte. Die paradiesische Umgebung machte es ihm schwer, an irgendeine Gefahr zu denken. Nur langsam, fast widerwillig begann sein Verstand wieder zu arbeiten. Alle Schönheit konnte nicht darüber hinwegtäuschen, dass dieser Ort tot war, nicht mehr als eine Geisterstadt. Er streifte durch die Straßen, ohne irgendwo auf eine Menschen- oder was auch immer für eine Seele zu treffen. Keine Vogelstimme war zu hören, keinerlei Schmutz auf den Straßen zu sehen, kein herangewehtes Laub; auf den Mauervorsprüngen lag nicht einmal Staub. Abgesehen vom leisen Plätschern eines Springbrunnens waren seine eigenen, hohl von den Wänden widerhallenden Schritte das einzige Geräusch, das die geisterhafte Stille durchbrach.

Und noch etwas fiel ihm auf. Einige der Türme ragten Hunderte von Metern hoch in den Himmel, es schien einfach unmöglich, dass er sie nicht zuvor schon gesehen hatte, als er vom Ende des Stollens aus den größten Teil des Tals überblicken konnte.

Auch die Lösung dieses Problems verschob er auf später. Es war sinnlos, sich in einer Welt, deren Grundlagen und Gesetzmäßigkeiten er nicht einmal in Ansätzen verstand, mit Fragen zu quälen, auf die er doch keine Antworten fand. Magie stand außerhalb der menschlichen Logik; sie ermöglichte vieles, das den normalen Naturgesetzen Hohn zu sprechen schien.

Vor ihm erstreckte sich eine von funkelnden Arkaden überdachte Gasse. Es gab zahlreiche Eingänge, und er trat willkürlich auf einen zu. Eine Tür war nicht vorhanden, nur eine rechteckige Öffnung, die ins Innere des Gebäudes führte. Er blickte in einen großen, sonnendurchfluteten Raum, der genauso leer war wie der ganze Stadtteil, den er bislang durchstreift hatte. Es fehlte jegliche Einrichtung, einfach alles, bis auf eine Treppe, die sich im Hintergrund des Raumes in bizarrer Form in die Höhe wand. Torian lauschte, und erst als sich nichts regte, stieg er vorsichtig die Stufen hinauf. Sie führten in ein weiteres Zimmer, das ebenfalls ein ganzes Stockwerk ausfüllte und ebenso leer war wie das untere. Nur gab es hier zusätzlich noch Durchgänge zu den Nachbarhäusern. Das gleiche Bild bot sich mit jedem Stockwerk, das er höher stieg, nur gab es gelegentlich noch Öffnungen zu den unzähligen Brücken, die auch weiter entfernt liegende Straßenzüge miteinander verbanden. Je höher er kam, desto mehr wurde Torian erst bewusst, welch ein gigantisches Labyrinth diese Stadt bildete.

Eine nahezu ideale Falle …

Die Stadt schien unbewohnt zu sein, aber das musste nicht viel zu bedeuten haben. Er hatte erst einen winzigen Ausschnitt in Augenschein genommen. Hier konnte sich mühelos eine ganze Armee verbergen.

Torian überlegte, ob er umkehren sollte, da es hier ganz offenbar nichts gab, das für ihn von Interesse war. Er hatte wahrlich dringendere Probleme, als sich ein paar leere Häuser anzusehen; mochte die Stadt auch noch so schön sein. Aber es musste irgendetwas Besonderes hier geben, schließlich war er auf nicht gerade normale Art in die Stadt gelockt worden.

Die Neugier war jedoch nicht der einzige Grund für seinen Entschluss, sich noch weiter umzuschauen. Er war blindlings durch den Wald gerannt, ohne im Geringsten auf seine Umgebung zu achten. Torian wusste nicht einmal, in welche Richtung er sich wenden musste. Von einem der Türme aus musste der Fluss zu sehen sein.

Er trat in eines der Nebenhäuser und von dort in ein weiteres. Sie glichen exakt dem ersten, und das Bild änderte sich auch nicht, als er auf einer Brücke eine breite Allee überquerte und in eines der Häuser auf der anderen Straßenseite eindrang. Nirgendwo entdeckte er Spuren von Leben. Die Bauwerke waren nichts weiter als eine zwar prachtvolle und wunderbar anzusehende, aber nichtsdestoweniger leere Fassade.

Nach ein paar Minuten erreichte er ein Gebäude, das in einen hoch aufragenden Turm überging. Im Inneren führte eine Treppe in die Höhe. Entschlossen machte er sich an den Aufstieg.

Einige hundert Treppenstufen höher war er nicht mehr ganz so entschlossen. Seine Füße schmerzten, und jede Stufe schien beschwerlicher als die vorherige zu sein. Trotzdem stieg er weiter und freundete sich immer weniger mit dem Gedanken an, die Treppe in umgekehrter Richtung noch einmal bewältigen zu müssen. Es schien nichts anderes als die Stufen und die Wände des engen Schachtes mehr zu geben. Seltsamerweise war es auch hier hell, obwohl die Wände immer noch undurchsichtig waren.

Endlich, nach einer halben Ewigkeit, in der er sich mehr als einmal ernsthaft die Frage gestellt hatte, ob diese Treppe überhaupt jemals irgendwo enden würde, kam er zu einer schmalen Plattform an der Spitze des Turmes. Bislang hatte sich Torian immer für schwindelfrei gehalten. Aber bislang hatte er auch noch nie auf einem mehr als zweihundert Meter hohen Turm gestanden. Schmerzlich wurde ihm bewusst, dass es auch in dieser Hinsicht für jeden Menschen eine Grenze seiner Unempfindlichkeit gab. Die seine wurde hier um ein gutes Stück überschritten.

Es war bei weitem nicht der einzige Turm, der diese Höhe erreichte, nicht einmal der höchste. Dutzende, wenn nicht gar Hunderte gleich hohe oder noch höhere Gebilde ragten um ihn herum auf. Ein Großteil der Gebäude aber schien sich unter ihm wie winzige Spielzeughäuser flach an den Boden zu pressen. Der Anblick übertraf alles, was er jemals gesehen hatte, aber dennoch hielt sich seine zuvor noch fast grenzenlose Bewunderung für die unbekannten Erbauer dieser Stadt jetzt in Grenzen.

In sehr engen Grenzen.

Torian glaubte, jeden leichten Luftzug wie eine Orkanbö zu spüren. Der Turm schien unter ihm zu zittern und im Wind hin und her zu schwingen, und jede Bewegung des Gerüsts übertrug sich vielfach verstärkt auf seinen Körper. Mit dem rein gefühlsmäßigen Teil seines Bewusstseins, gegen den jede logische Überlegung machtlos war, bildete er sich ein, die ganze Konstruktion würde sich vornüberneigen und müsste jeden Augenblick abknicken oder in sich zusammenbrechen. Himmel und Erde verschmolzen in immer schnelleren Drehungen um ihn herum zu einer Einheit. Minutenlang schloss er von Schwindel geplagt die Augen, aber es half nicht viel, denn immer noch spürte er die Schwingungen des gläsernen Materials unter seinen Füßen.

Schließlich musste er sich fast gewaltsam zwingen, die Augen wieder zu öffnen und sich umzusehen. Die Stadt wurde rundum vom Wald eingeschlossen, aber von einem Wald, der sich in alle Richtungen bis zum Horizont erstreckte. Torian keuchte, schloss die Augen und riss sie nach ein paar Sekunden wieder auf.

Der Anblick blieb gleich.

Er hatte vom Ende des Stollens aus erkennen können, dass der Waldstreifen nicht breiter als zehn, zwölf Meilen war. Nun aber war alles verschwunden, die flachen Ebenen, die Berge, die das ganze Tal einschlossen, selbst der Fluss, an dessen Ufer er noch vor wenigen Stunden gestanden hatte. Es gab nur noch ein scheinbar unendliches Meer von Baumkronen – und die Stadt. Torians Blick blieb an einer gewaltigen Kuppel hängen, die nur wenige Straßenzüge von dem Turm entfernt aufragte. Inmitten der filigranen Bauwerke wirkte sie so deplatziert, wie es überhaupt nur ging; eine glatte, gut hundert Meter durchmessende Halbkugel ohne irgendwelche Verzierungen oder Unebenheiten. Und sie bestand auch nicht aus dem kristallartigen Material, aus dem die ganze übrige Stadt erbaut zu sein schien, sondern aus tiefer, Licht schluckender Schwärze, als wäre sie nicht mehr als ein Loch in der Wirklichkeit. Jemand schien einen riesigen, schwarzen Ball in zwei Hälften zersägt und die eine davon über einen Teil der Stadt gestülpt zu haben.

Im nächsten Augenblick flossen die Konturen der Gebäude vor Torians Augen wieder ineinander, und bevor das Schwindelgefühl übermächtig werden konnte, wandte er sich hastig um und kletterte in den Treppenschacht zurück. Wieder kam es ihm wie Ewigkeiten vor, bis er das untere Ende der Treppe erreichte. Im Nachhinein wusste er kaum noch, wie er es überhaupt geschafft hatte. Seine Füße schienen sich in unförmige Klumpen verwandelt zu haben und seine Beinmuskeln zu verkrampften, knotigen Strängen geworden zu sein, die seinen Körper bei jeder Bewegung mit einem Geflecht feuriger Schmerzen durchzogen.

Er gönnte sich einige Minuten Rast, um wieder zur Ruhe zu kommen und seine Muskeln zu entspannen, bevor er sich auf den Weg zur Kuppel machte. Vielleicht würde er dort Antworten auf einige der Fragen finden, die ihn am meisten quälten.

Trotz des verwirrenden Labyrinths an Straßen, Gassen und Abzweigungen war der Weg nicht zu verfehlen. Er brauchte die Straße direkt vor dem Turm nur einige Dutzend Schritte weit entlangzugehen, dann sah er die gigantische Kuppel bereits über die Dächer der anderen Gebäude hinweg, und nach kaum hundert weiteren Schritten hatte er sie erreicht. Sie schien wie ein Berg vor ihm aufzuragen, und als er den Kopf in den Nacken legte, verschmolz der schwarze Granit irgendwo über ihm mit dem Blau des Himmels.

Tief in seinem Inneren meldete sich eine leise warnende Stimme. Diese ganze Stadt war sonderbar unwirklich, aber die Kuppel war mehr als das – sie war *fremd,* wenn auch auf eine ganz andere Art als die übrigen Gebäude. Sie wirkten fremd durch ihre feine Bauweise, ihre Verspieltheit, den unglaublichen Reichtum an Details, die Kuppel hingegen durch ihre Schlichtheit und bloße Existenz. In ihrer unmittelbaren Nähe schien es merklich kühler geworden zu sein, als atmete das schwarze Gestein Kälte und Gefahr aus.

Im ersten Moment wäre Torian am liebsten wirklich umgekehrt, aber dann siegte seine Neugier. Er ignorierte seine Angst und die warnende Stimme in seinem Kopf. Langsam begann er die Kuppel zu umrunden. Ihm fiel auf, dass sie an keines der anderen Gebäude stieß, sondern diese sich sorgsam um sie herum gruppierten, als wären sie eine Herde verängstigter Tiere, die sich Schutz suchend in ihre Nähe kauerten.

Nirgendwo schien es einen Eingang zu geben, und wenn doch, so fand er ihn nicht, nicht einmal nach zweifacher Umrundung der Kuppel. Resignierend gab Torian die Suche auf. Die Sonne begann bereits tiefer zu sinken. Wütend trat er gegen die schwarze Wand und wurde von seinem eigenen Schwung nach vorne gerissen, als er auf keinen Widerstand traf. Sein Fuß drang durch die Wand, als wäre sie gar nicht vorhanden. Torian verlor das Gleichgewicht. Er versuchte instinktiv, sich abzustützen, doch auch unter seinen Händen spürte er keinen Widerstand. Er stürzte auf die Wand zu – *und durch sie hindurch!*

Verblüfft schaute er sich um. Er befand sich in einem riesigen Raum. Es gab weder ein Fenster noch eine erkennbare Lichtquelle, und doch war es nicht dunkel. Düsteres, violettes Licht schien unmittelbar aus den schwarzen Wänden zu dringen. Die gewaltige Halle war nicht leer. In ihrer Mitte erhob sich ein schwarzer, altarähnlicher Klotz. Torian schrie vor Entsetzen auf. Wie mit gierigen Krallen griff die Angst nach ihm. Vor dem Sockel kauerte eine mehr als vierfach mannshohe Kreatur, die geradewegs einem Albtraum entsprungen zu sein schien. Am ehesten ließ sie sich mit einem Drachen vergleichen, aber gegen dieses Ungetüm nahmen sich selbst die gefürchteten Eidechsen aus den Nordlanden wie harmlose Haustiere aus. Die Ähnlichkeit beschränkte sich auf ein Paar überdimensional großer Schwingen und einen weit vorgereckten Schädel, dessen aufgerissenes Maul den Blick auf zwei Reihen furchtbarer Reißzähne freigab. Der Körper war der eines Giganten aus Gestalt gewordener Nacht, gespickt mit messerscharfen Klauen und hornigen Stacheln und geschützt durch schwarz glänzende Panzerplatten. Mehr als ein Dutzend meterlanger, schuppenbedeckter Tentakel schienen mitten in der Bewegung erstarrt zu sein. Jetzt durchlief ein leichtes Zittern das Ungetüm, als erwache es aus einem tiefen Schlaf.

Torian schrie noch einmal auf. Zwei, drei Sekunden lang starrte er die Kreatur an, dann fuhr er herum, um den Raum auf gleichem Weg, auf dem er hereingekommen war, wieder zu verlassen, und prallte schmerzhaft gegen das schwarze Gestein der Kuppel. In seinem Kopf schien sich alles zu drehen, ihm wurde schwindelig. Hinter ihm erklang ein Scharren wie von hornigen Krallen und ließ ihn seine Schwäche vergessen.

Voller Panik tastete Torian mit den Händen die Wand ab. Der unsichtbare Durchgang konnte nicht weit entfernt sein, er war schließlich unmittelbar dahinter zu Boden gestürzt. *Es sei denn, die Kuppel war nur von einer Seite aus durchlässig!*, dachte er entsetzt. Mit aller Gewalt unterdrückte er den Gedanken.

Der Drache stieß ein heiseres Fauchen aus.

Erneut widerstand Torian der Versuchung, sich umzudrehen. Er wusste, dass er verloren war, wenn er das Ungeheuer noch einmal anschaute, wenn er sah, wie es die Fesseln des Schlafes abstreifte und auf ihn zukam. Seine Finger glitten in rasender Hast über das schwarze Gestein, bis sie plötzlich widerstandslos darin einsanken.

Im gleichen Moment spürte Torian einen heißen Luftzug im Nacken. Ohne zu denken, ließ er sich nach vorne fallen. Die Schwärze um ihn wich zurück, dann war plötzlich wieder helles Sonnenlicht um ihn herum, und er sah das steinerne Pflaster des Platzes vor der Kuppel auf sich zurasen. Instinktiv krümmte er sich zusammen, nahm dem Aufprall durch eine Drehung die schlimmste Wucht und sprang sofort wieder auf die Beine. Die Angst hielt ihn immer noch gepackt und trieb ihn voran. Torian lief einige Schritte weit, dann blieb er stehen und beobachtete minutenlang die Kuppel. Erst, als er sicher war, dass die Kreatur ihm nicht folgte, atmete er erleichtert auf.

Seine Erleichterung verschwand einige Sekunden später jedoch ebenso schnell wieder, als er plötzlich spürte, dass er nicht mehr allein war. Er wusste nicht, woher dieser Eindruck stammte: Vielleicht war es einfach nur das Gefühl, eine Bewegung, die er aus den Augenwinkeln wahrgenommen hatte, ein leises Geräusch – jedenfalls war er sicher, dass sich irgendjemand in seiner Nähe aufhielt.

Torian fuhr herum.

Der Platz und die Straßen hinter ihm waren so leer wie zuvor, und trotzdem wusste er, dass er sich nicht getäuscht hatte. Etwas war da gewesen, und es hielt sich immer noch in seiner Nähe versteckt. Wieder einmal wurde ihm schmerzlich bewusst, dass er völlig unbewaffnet war. Einige Sekunden lang schaute er sich misstrauisch um, dann trat eine Gestalt aus einem Hauseingang und kam langsam auf ihn zu.

Seine Beine begannen zu zittern, er hatte das Gefühl, dass sie sein Gewicht nicht länger tragen könnten. Er wollte stöhnen, schreien, doch sein Körper gehorchte ihm nicht. Er war wie gelähmt, blieb völlig reglos stehen. Alles verschwamm vor seinen Augen, er sah nur die Gestalt mit beinahe überdeutlicher Klarheit.

Es war ein junges, kaum zwanzigjähriges Mädchen mit weichem, von goldenem Haar umrahmtem Gesicht, das so zerbrechlich schien, als wäre es aus Glas modelliert. In ihren dunklen Augen mischten sich Trauer, Schmerz und eine unbändige, fassungslose Freude.

Torians Atem stockte. Er kannte das Mädchen, kannte es vielleicht besser als jeden anderen Menschen. Er hatte es geliebt und geglaubt, es niemals mehr wieder zu sehen, denn es war vor mehr als vier Jahren vor seinen Augen gestorben.

Lyn.

Er erforschte ihr Gesicht mit seinen Blicken, suchte nach einem Hinweis, dass er sich täuschte, dass es sich um eine Unbekannte handelte, die Lyn nur durch eine Laune der Natur ähnlich sah.

Es gab keinen. Der Ausdruck ihrer Augen, der Schwung ihres Mundes, jede Linie und jedes kleine Fältchen stimmten mit dem Bild Lyns überein, das sich unauslöschlich tief in seine Erinnerung eingegraben hatte.

Aber es *konnte* nicht sein. Es war schlichtweg unmöglich. *U-n-m-ö-g-l-i-c-h!* Er war dabei gewesen, als sie starb; hatte die schrecklichen Wunden gesehen, welche die Pfeile in ihren Körper gerissen hatten, das Entsetzen in ihrem Gesicht in den wenigen Sekundenbruchteilen, bis ihre Augen brachen.

Und jetzt stand sie vor ihm.

»Lyn!«, keuchte er. Es klang fast wie ein erstickter Schrei. Seine eigene Stimme dröhnte fremd in seinen Ohren. »Du …«

Lyn trat noch einige Schritte weiter auf ihn zu und blieb erst dicht vor ihm stehen. Ein schmerzliches Lächeln glitt über ihr engelhaftes Gesicht.

»Ja, ich bin es, Torian«, sagte sie.

Ihre Stimme ließ ihn erneut zusammenzucken. Wie oft hatte er sich danach gesehnt, sie noch einmal zu hören. Sein Herz begann wild und unkontrolliert zu schlagen. Er zögerte noch einen Moment, von plötzlicher irrsinniger Furcht gepackt, sie könnte sich als trügerische Illusion entpuppen, wenn er sie zu berühren versuchte, dann hielt er es nicht mehr länger aus und riss sie mit einem Schrei in die Arme; spürte, dass sie aus Fleisch und Blut war und kein körperloser Geist, der sich unter der Berührung wieder in nichts auflöste. Torian presste sie so fest an sich, dass es ihr wehtun musste, aber daran dachte er in diesem Moment nicht. Er war zu keinem klaren Gedanken mehr fähig, sondern spürte nur noch Lyns Nähe. Wie ein Ertrinkender klammerte er sich an sie, hätte sie am liebsten überhaupt nicht mehr losgelassen. Nach menschlichem Ermessen mochte diese Wiederbegegnung unmöglich sein, aber diese Logik war ihm im Augenblick herzlich egal. Lyn lebte, das war alles, was zählte, und er wollte das Wunder des Augenblicks nicht durch Fragen und die Suche nach Erklärungen zerstören.

Und doch empfand er weniger, als er nach all den Jahren der Trennung, in denen er sie für tot gehalten hatte, eigentlich hätte empfinden müssen. Alles war zu überraschend gekommen, und ein Teil seines Denkens weigerte sich anzuerkennen, was er sah und fühlte.

Es dauerte Minuten, bis sie sich aus seinem Griff wand. Torian wollte wieder nach ihr greifen, doch sie schob seine Hände sanft, aber bestimmt zurück. Nur langsam, ganz langsam begann sein Gehirn wieder normal zu arbeiten, und damit kehrten auch die quälenden Fragen zurück, die ihm auf der Zunge lagen.

»Wie kannst du … ich meine, du bist doch …«, stotterte er, rang nach Worten, um das Unfassbare auszusprechen, und brach schließlich hilflos ab.

»*Tot,* willst du sagen«, vollendete Lyn den Satz.

Torian nickte beklommen. Ein Kloß saß ihm im Hals und hinderte ihn am Sprechen. Einen Herzschlag lang erwog er ernsthaft den Gedanken, sich sein Entkommen aus dem Fluss lediglich eingebildet zu haben, während er in Wahrheit ertrunken war und es allem zum Trotz, was er bislang geglaubt hatte, wirklich so etwas wie ein Weiterleben nach dem Tode gab.

»Nein, Torian, du lebst«, sagte sie leise, als hätte sie seine Gedanken gelesen. Es war wohl nicht schwer gewesen zu erraten, was er gerade dachte. »Du lebst, und ich bin tot, aber Kelysar hat dafür gesorgt, dass ich keinen Frieden finde. Er brachte mich hierher, um mich irgendwann als Druckmittel gegen dich einzusetzen.«

Sie legte ihm rasch die Hand auf die Lippen, als er den Mund öffnete. »Verlang keine Erklärung von mir«, bat sie. »Ich kann sie dir nicht geben. Wichtig ist nur, dass wir wieder zusammen sind. Vieles hat sich für mich geändert, aber ich liebe dich noch genauso wie früher, das musst du mir glauben. Komm, lass uns in eines der Häuser gehen. Es wird kühl hier draußen, und drinnen können wir besser über alles sprechen.«

Sie griff nach seinem Arm, aber diesmal wich Torian ihrer Berührung aus. Es fiel ihm seltsam schwer, sich auf ihre Worte zu konzentrieren. Er hätte vor Freude schreien und toben müssen, aber er war unfähig, etwas anderes zu empfinden als nur Verwunderung über das unerwartete Zusammentreffen mit ihr. Ansonsten fühlte er nur Leere in sich, gepaart allerhöchstens mit ein wenig Erleichterung, dieser bizarren Umwelt nicht mehr allein gegenüberzustehen.

»Wo sind wir hier überhaupt?«, fragte er nach einigen Sekunden.

Sie dachte einen Moment angestrengt nach, dann schüttelte sie den Kopf. Ein gequälter Ausdruck erschien auf ihrem Gesicht.

»Bitte, Torian, frag nicht. Ich kann dir keine Antworten geben, die ich selbst nicht weiß. Ich bin einfach hier und habe gewartet, weil ich wusste, dass du irgendwann kommen würdest. Das ist alles.«

Nein, dachte er. Das war ganz und gar nicht alles. Trotzdem nickte er gedankenverloren. Im Grunde hatte er keine andere Antwort erwartet, auch wenn ihm nicht klar war, woher dieses Wissen stammte. Etwas an allem hier war auf unbegreifliche Art absurd und *falsch,* doch er wusste nicht, was es war. Etwas in ihm schrie danach, Lyn einfach zu folgen, und der Wunsch, sich ihr hinzugeben, wurde fast übermächtig. Dennoch kämpfte er dagegen an.

»Was ist das für eine Stadt?«, unternahm er einen letzten Versuch, doch noch etwas aus ihr herauszubekommen. »Wer hat sie erbaut? Und warum stehen die Gebäude alle leer?«

Ihre Finger strichen zärtlich über sein Gesicht, liebkosten seine Lippen, und sein Widerstand schmolz dahin. »Was sollen wir in dem leeren Haus?«, begehrte er noch einmal auf, während er sich schon widerstandslos von ihr in das Gebäude ziehen ließ.

»Wieso leer?«, fragte Lyn verständnislos und machte eine weit ausholende Bewegung mit der Hand. Torian ließ seinen Blick über die luxuriöse Einrichtung gleiten. Der Boden wurde von flauschigen Teppichen bedeckt, im Kamin flackerte ein Feuer. In der Mitte des Raumes plätscherte ein Springbrunnen. An den Wänden standen mit kunstvollen Schnitzereien versehene Schränke, es gab einen Tisch, mehrere Stühle und ein großes Bett, dessen weiche Kissen und Decken geradezu zum Ausruhen einluden.

Aber Lyn schien nicht nur ans Ausruhen zu denken, ganz und gar nicht. Beinahe willenlos ließ er sich von ihr zum Bett führen. Ihre Finger massierten sanft seinen Nacken. Sie zog Torian zu sich heran und küsste ihn. Die Berührung ihrer Lippen wühlte wie Feuer in ihm, und für eine Weile vergaß er alles andere um sich herum. Er schloss die Augen und gab sich ganz ihren Händen und Lippen hin.

»Endlich sind wir wieder vereint«, flüsterte sie. »Ich werde dich glücklich machen, Torian. Ich kann dich alles vergessen machen, was dich bedrückt.«

Ihre Worte bewirkten genau das Gegenteil dessen, was sie sollten – sie zerbrachen das süße Gift der Illusion.

Mit einem Ruck fuhr Torian hoch und löste sich abrupt aus ihrer Umarmung. Lyn wollte wieder nach ihm greifen, doch er stieß ihre Arme zurück. Immer noch brannte das Verlangen wie Feuer in ihm, aber diesmal war sein Verstand stärker als ihre Verlockung. Sie befanden sich noch im gleichen prachtvoll eingerichteten Raum, aber etwas an der Umgebung schien auf unbegreifliche Art falsch zu sein. Mit dem Einbruch der Dämmerung waren die Schatten im Raum länger und dichter geworden. Die Dunkelheit lockte sie aus den Winkeln und Ecken, in die das Sonnenlicht sie verbannt hatte, und verlieh ihnen ein bedrohliches Eigenleben. Manche der dräuenden Schatten schienen fast schon ein wenig zu dicht, zu *stofflich*, um allein durch die Abwesenheit von Licht hervorgerufen zu werden. Und mit jeder verstreichenden Minute ergriffen sie mehr Besitz von dem Zimmer; eine Armee der Nacht, welche die Wirklichkeit eroberte. Es war, als würde irgendwo in ihm ein Schleier zerreißen, der seinen Blick bislang getrübt hatte. Die Gegenstände schienen zu flackern und mit jeder Sekunde mehr an Realität zu verlieren.

»Was hast du gemacht?«, stieß Torian hervor.

Fragend schaute sie ihn an. »Ich verstehe nicht, was du meinst. Ich –«

»Du verstehst mich sehr gut«, unterbrach er sie barsch, obwohl er spürte, dass seine Worte ihr Schmerzen bereiteten.

»Ich will wissen, was das alles zu bedeuten hat. Und ich will wissen, wer du bist. Du siehst zwar aus wie Lyn, aber du bist es nicht. Sie ist tot, und keine Macht der Welt kann sie wieder zum Leben erwecken.«

»Du irrst dich, Torian«, widersprach sie leise. »Ich bin Lyn, und ich lebe, weil du es dir so sehnlich gewünscht hast. Ich habe nur getan, was du gewollt hast«, fuhr sie rasch fort. Tränen glitzerten in ihren Augen. Als Torian den Kopf hob, war das Zimmer wieder zu dem geworden, was es in Wirklichkeit war. Nicht mehr als ein leerer Raum in einem leeren Gebäude. »Du bist erschöpft, auch wenn du es nicht wahrhaben willst. Und außerdem haben wir uns so lange nicht gesehen, und ich …«

Ihre Ruhe und ihr mitleidiges Lächeln trieben ihn fast zur Raserei. Torian kam nicht gegen den Zorn an, der plötzlich in ihm aufwallte. Das Gefühl, dass einiges hier nicht stimmte, hatte sich mit dem Verschwinden der Möbel keineswegs verringert.

Das Wesen, das vor ihm stand, war nicht die Lyn, die er gekannt hatte. Er konnte die mit ihr vorgegangenen Veränderungen spüren, unterschwellig nur, aber dennoch deutlich genug, um sie nicht als bloße Einbildung abtun zu können. Aber er fühlte zugleich auch, dass sie mehr war als nur ein Wesen, das ihr ähnlich sah, denn diese Ähnlichkeit bezog sich nicht nur auf ihr Äußeres. Nichts unterschied sie von Lyn.

Es war eher so, als ob ihr etwas *fehlte,* dachte Torian schaudernd. Selbst der Ausdruck von Schmerz, der wieder auf ihrem Gesicht lag, erschien ihm noch gespielt, wie bei einer äußerlich makellosen Puppe, der man nur eines nicht hatte mitgeben können: eine Seele.

Einige Sekunden lang starrte sie ihn noch verzweifelt an, dann schlug sie mit einem erstickten Wimmern die Hände vors Gesicht und stürmte aus dem Raum. Torian versuchte nach ihr zu greifen, um sie festzuhalten, aber er war zu langsam. Fluchend rannte er ihr nach. Er durfte sie nicht verlieren, sie war die Einzige, die vielleicht etwas Licht in all die Rätsel bringen konnte.

Die Sonne war merklich tiefer gesunken und hatte sich rötlich verfärbt. Sie schien den ganzen Himmel in flüssiges Feuer zu tauchen. Auch auf die Gebäude blieb die Veränderung nicht ohne Wirkung. Ihr vormals strahlender Glanz hatte sich auf den unteren, in Schatten getauchten Metern in ein mattes Grau verwandelt und jeden Rest von Schönheit verloren. Vielleicht kam es Torian auch nur so vor, weil er gar nichts anderes sehen wollte. Bei allem, was ihn beschäftigte, machte er sich nicht auch noch darüber Gedanken, wie gut ihm diese Totenstadt nun gefiel.

Lyn – oder wer auch immer sie war – lief ein Stück vor ihm. Er folgte ihr durch das Labyrinth der verwinkelten, toten Straßenschluchten. Die Fenster der Gebäude erschienen ihm wie höhnisch starrende Augen, die türlosen Eingänge wie gierig aufgerissene Mäuler. Lyns Gestalt schien sich der veränderten Umgebung anzupassen, ebenfalls dunkler und grau zu werden. Ihm fiel auf, dass sie immer wieder den Kopf zum Himmel wandte. Man konnte das Sinken der Sonne fast mit bloßem Auge verfolgen. Es sah aus, als würde der glutrote Ball von den spitzen Türmen aufgespießt, und mit jeder Handbreit, die er sich tiefer senkte, schien Lyn ein wenig von ihrer Stofflichkeit einzubüßen.

Er rannte, so schnell er nur konnte. Sein Körper war durchtrainiert und Strapazen gewöhnt, Lyn hingegen wurde beim Laufen durch ihre zierlichen Schuhe und das weit geschwungene Kleid behindert. Trotzdem gelang es ihm nicht, sie einzuholen. Eine unerklärliche Schwäche hatte ihn gepackt, und für einen Moment wurde ihm sogar so schwindelig, dass er fast das Gleichgewicht verlor, doch der Schwächeanfall verging sofort wieder.

Die Sonne versank hinter dem Dach eines Hauses und hing nur noch dicht über dem Horizont. In der Straße wurde es dunkel.

Im gleichen Moment brach Lyn zusammen. Sie taumelte und versuchte sich an einer Hauswand abzustützen, bevor sie vollends den Halt verlor und zu Boden stürzte. Mit wenigen Schritten war er bei ihr und ließ sich neben ihr auf die Knie sinken. Ihr Gesicht war von Schmerz verzerrt.

»Flieh, Torian«, wimmerte sie. »Du musst raus aus dieser Stadt. Es … es ist nicht mehr weit. Lauf … bis zum Ende der Straße. Lauf weg.«

Er schüttelte den Kopf. Wie fortgewischt war aller Zorn, den er zuvor für sie empfunden hatte. Er wusste nicht, was mit ihr geschah, aber er würde sie jetzt nicht allein lassen, nicht um alles in der Welt.

»Nein«, stöhnte sie mit ersterbender Stimme. Sie zitterte am ganzen Körper, dennoch bäumte sie sich auf und hob die Hand, als versuchte sie, ihn fortzuscheuchen. Die Bewegung war so schwach, dass er sie fast nur ahnen konnte.

»Lauf«, hauchte sie noch einmal. *»So lauf doch endlich!«*

Wieder schüttelte er den Kopf, beugte sich über sie und versuchte, sie aufzurichten. Es blieb beim Versuch. Bläuliche Funken rasten über ihren Körper. Ein Blitz zuckte auf und fuhr wie ein feuriges Schwert durch Torians Arm, als er sie berührte.

Er schrie auf und wurde von einer unsichtbaren Faust zurückgeschleudert. Ein stechender Schmerz fuhr durch seinen Rücken, als er auf das Pflaster prallte. Stöhnend richtete er sich auf und kroch auf Händen und Knien zu Lyn zurück.

Zu dem Wesen, das einmal Lyn gewesen war.

☆

Wie ein Geflecht blutig roter Flammen trafen die letzten Sonnenstrahlen Lyns Körper und hüllten ihn ein. Aber die grauenvolle Veränderung, die sie durchmachte, war nicht allein darauf zurückzuführen. Ihre Haut schien in Sekundenschnelle um Jahre zu altern, schien vor seinen Augen zu zerfließen und sich in nichts aufzulösen, und irgendetwas anderes, Rötliches kam unter der Maske ihrer engelhaften Züge zum Vorschein.

»Flieh doch, Torian«, brachte sie noch einmal mit letzter Kraft hervor. Ihre Stimme klang zischend; die Stimmbänder waren nicht für menschliche Worte gedacht.

Entsetzt prallte er zurück. *Nein*!, hämmerte eine Stimme in ihm. »Lyn!«, schrie er und wusste gleichzeitig, dass sie ihn nicht mehr hörte.

Einige Sekunden war er unfähig, sich zu rühren, erstarrte mitten in der Bewegung. Es waren genau die Sekunden, die sie brauchte, um ihre Verwandlung zu beenden.

Als sich Torian endlich wieder aus der Erstarrung löste, war es bereits zu spät, um noch zu fliehen. Vor ihm kauerte eine verkleinerte Ausgabe der Albtraumkreatur aus der Kuppel, die ihn immerhin auch noch um gute zwei Köpfe überragte. Mit einem Fauchen sprang sie auf ihn zu.

Ein Hieb ihrer mit Hornschuppen gepanzerten Klaue traf ihn mit aller Wucht. Er wurde von den Füßen gerissen und meterweit zurückgeschleudert. Einige Herzschläge lang wusste er nicht mehr, wo oben und wo unten war. Instinktiv nahm er blitzschnell die

Arme hoch und schützte seinen Kopf, während er seinen Körper zusammenkrümmte.

Diese Reaktion rettete ihm das Leben. Er prallte auf den Boden und überschlug sich mehrmals. Der Aufschlag betäubte ihn fast, schien ihm das Rückgrat zu brechen. Für Sekunden bestand sein Körper nur noch aus brennendem, verzehrendem Schmerz.

Torian ahnte den dunklen Schatten über sich mehr, als dass er ihn sah. Verzweifelt schrie er auf und warf sich abermals zur Seite.

Die dolchartigen Klauen verfehlten sein Gesicht nur um eine Handbreit. Dicht neben seinem Kopf bohrten sie sich in den Boden, rissen Steine aus dem Erdreich und zermalmten sie. Die Drachenkreatur stieß einen wuterfüllten, unmenschlichen Schrei aus.

Andere schattenhafte Gestalten waren plötzlich um sie herum. Mühsam kämpfte Torian gegen den Schmerz an und blinzelte die Benommenheit fort. Erst dann erkannte er, dass es sich bei den anderen um Menschen handelte, die mit Schwertern und Speeren gegen das Monstrum kämpften. Grobe Hände zerrten Torian hoch, dann versetzte ihm jemand zwei schallende Ohrfeigen.

Die Drachenkreatur, die einmal Lyn gewesen war, verschwand. Sie war nicht geflohen oder von den Unbekannten getötet worden – sie war einfach nicht mehr da. Der Platz, an dem sie noch vor einer Sekunde gestanden hatte, war leer, als hätte es sie nie gegeben. Verwirrt schaute sich Torian um. Nirgendwo war eine Spur des Monstrums zu sehen. Nur die mehr als zwei Dutzend Unbekannten standen noch in einem Kreis um ihn herum. Sie trugen derbe Hosen, die von einem breiten, metallbeschlagenen Gürtel zusammengehalten wurden, darüber ein stählernes Kettenhemd. Immer noch hielten sie ihre Waffen in den Händen, und sie beobachteten ihn lauernd, aber nicht feindselig. Immer wieder schauten sie sich besorgt um. Ihre Haltung war sprungbereit; eine fast greifbare Spannung lag in der Luft, doch Torian spürte, dass sie nicht gegen ihn gerichtet war.

Er trat auf einen der Unbekannten zu, einen schlanken Mann mit dunkelblondem Haar, der im Gegensatz zu den anderen auch noch einen knielangen schwarzen Umhang trug und so etwas wie der Anführer zu sein schien.

»Ich bin Torian Carr Conn«, stellte er sich vor.

Der Angesprochene stieß einen Schwall unverständlicher Worte aus und blickte ihn dabei fragend an.

Torian zuckte mit den Schultern. »Tut mir Leid, Freunde, aber ich verstehe kein Wort.« Er legte sich die Hand auf die Brust, und mit besonders deutlicher Betonung wiederholte er noch einmal: »Torian.«

Sein Gegenüber begriff. Auch er klopfte sich gegen die Brust. »Marodon«, sagte er. Dann machte er eine Bewegung, die ihn und seine Begleiter einschloss. »Laa.«

Anscheinend der Name des Volkes. Torian wiederholte die Worte und entsprechenden Gesten, um zu zeigen, dass er verstanden hatte.

Marodon sprudelte wieder einige fremdartige Worte hervor, dann kniete er dort nieder, wo die Echse den Straßenbelag aufgerissen hatte, nahm noch einige lose Steine aus dem Loch und begann mit seinem Schwert in den Sand darunter zu kritzeln. Torian erkannte einige Hütten, die anscheinend das Dorf der Laa darstellen sollten.

Er nickte, und Marodon wischte die Skizze hastig aus. Dafür zeichnete er die Umrisse zweier Menschen, von denen der eine ein Hüne, der andere unzweifelhaft eine Frau war. Torians Herz schlug schneller. Mit ein wenig Fantasie konnte man in den Gestalten Shyleen und Garth vermuten.

Er nannte die Namen, doch Marodon zuckte nur mit den Schultern und stand wieder auf. Noch einmal schaute er sich mit deutlichen Anzeichen der Besorgnis um, dann bedeutete er Torian mit einigen Gesten, ihnen zu folgen.

Er zögerte einen Moment, dann schloss er sich den Laa an. Sie schienen ihm nicht feindlich gesonnen zu sein, hatten ihn im Gegenteil vor dem Drachen gerettet. Wenn sie ihn umbringen wollten, hätten sie das einfacher haben können. Und die Aussicht, von ihnen vielleicht zu Shyleen und Garth geführt zu werden, rechtfertigte jedes Risiko.

Noch einmal sah er sich unbehaglich um, versuchte herauszufinden, was mit dem Drachen passiert war, der sich ihm erst in Gestalt von Lyn gezeigt hatte, dann wandte er sich mit einem neuerlichen Schulterzucken wieder um und folgte den Laa.

Voller Unbehagen wurde ihm klar, dass er sich längst nicht so frei bewegen konnte, wie ihm lieb gewesen wäre. Trotz aller Freundlichkeit bewachten ihn die Laa, hielten ihn in einem weiten Kreis eingeschlossen, den sie in Sekundenschnelle schließen konnten, wenn er auszubrechen oder sonst etwas gegen sie zu unternehmen versuchte. Dabei hasteten sie so schnell vorwärts, dass es fast einer Flucht gleichkam, und mit einem Mal begriff Torian, dass sie ihn nicht nur bewachen, sondern auch vor einem plötzlichen Angriff beschützen wollten, indem sie ihn in die Mitte nahmen. Hoffentlich nicht einfach nur deshalb, um sich ihre Beute nicht von anderen streitig machen zu lassen, dachte er düster, dann verdrängte er auch diesen Gedanken und beschloss, zumindest so lange auf ein kleines Stück Glück zu hoffen, bis sich etwas anderes herausstellte. Für den Augenblick hatte er nichts zu befürchten, und das war schon mehr, als er noch vor ein paar Minuten zu hoffen gewagt hatte.

Sie brauchten nur ein paar Minuten, um die Stadt zu verlassen und wieder in den Wald zu gelangen. Als sich Torian umdrehte, kamen ihm die Gebäude im letzten Licht der untergehenden Sonne wie gigantische, drohend gegen den Himmel gestreckte Krallen vor.

Wenig später versank die Sonne vollends, und es wurde fast schlagartig dunkel. Das Licht des Mondes drang kaum durch das dichte Blätterdach, und selbst als sich Torians Augen umgewöhnt hatten, konnte er kaum weiter als ein paar Schritte sehen.

Dafür schienen sich die Laa hier umso besser auszukennen, und sie verstanden es, sich nahezu lautlos zu bewegen. Mit traumwandlerischer Sicherheit fanden sie ihren Weg durch das Unterholz, nutzten schmale Pfade und Tierwechsel, die Torian allein bestimmt entgangen wären, und schafften es dabei, ihn weiterhin ständig nach allen Seiten hin abzuschirmen. Er schien der Einzige zu sein, dem die Dunkelheit etwas ausmachte. Alle paar Schritte stolperte er über Wurzeln und Baumstümpfe, Zweige peitschten ihm ins Gesicht, Dornen zerrissen die Fetzen, die von seiner Kleidung noch übrig geblieben waren, und zerkratzten seine Haut.

Am liebsten hätte er Marodon gebeten, eine Fackel für ihn anzuzünden, doch ganz abgesehen von den Schwierigkeiten, dem Laa seinen Wunsch begreiflich zu machen, hatte dieser sicherlich seine Gründe, im Dunkeln zu marschieren. Die fast greifbare Spannung und Furcht der Laa hatte sich bislang nicht gelegt, schien sich während der letzten Minuten sogar eher noch verstärkt zu haben. Immer noch hielten sie ihre Waffen kampfbereit, als rechneten sie jeden Moment mit einem Angriff.

Torian fragte sich, wovor sie solche Angst hatten. Vor den Echsen oder vor noch etwas anderem, einem Feind, den er noch nicht kannte?

Die Nacht war von mannigfaltigen Geräuschen erfüllt, und nur die wenigsten gefielen ihm. Laub raschelte, der Wind wisperte in den Baumkronen, Zweige knackten. Es half Torian auch nicht viel, dass er sich einzureden versuchte, dass es sich dabei um nichts weiter als die ganz normalen Laute der Nacht und des Waldes handelte. Etwas von der Nervosität seiner Begleiter schien auf ihn abzufärben. Seine angespannten Nerven machten aus jedem Geräusch das leise Scharren von Waffen und das Tappen von krallenbewehrten Füßen, hinter jeder Bewegung eines Zweiges glaubte er das matte Schimmern von Horn zu entdecken, und wenn plötzlich ein Baumstamm oder ein besonders großer Busch vor ihm auftauchten, zuckte er erschrocken zusammen und wähnte sich im ersten Moment einem Echsenkrieger gegenüber.

Mehrmals war er nahe daran, Marodon wenigstens um ein Schwert zu bitten, doch etwas hielt ihn immer wieder davon ab. Er wusste nicht, wer die Laa waren und was sie von ihm wollten, und sie konnten auch nicht viel mehr über ihn wissen, selbst wenn sich Shyleen und Garth in ihrem Dorf befanden. Wüssten sie mehr, würden sie seine Sprache wenigstens ansatzweise sprechen. Unter diesen Umständen wunderte es ihn ohnehin, dass sie ihm so freundlich gegenübertraten. Bevor er nicht mehr über sie erfahren hatte, wollte er sich möglichst zurückhalten. Die dreiste Bitte um ein Schwert, die nichts anderes bedeutete, als dass einer der Laa selbst auf eine Waffe verzichten müsste, könnte den Bogen ihres

Entgegenkommens überspannen. Zumindest im Augenblick befanden sie sich ja nicht in direkter Gefahr, und es war unwichtig, ob er eine Waffe besaß oder nicht.

Nach einer Weile verlor er jedes Gefühl für die Zeit; stolperte einfach nur immer weiter vorwärts und wäre mehr als einmal gestürzt, wenn nicht einer der Laa ihn jeweils noch gerade rechtzeitig gepackt und festgehalten hätte. Es gelang ihm immer weniger, sich auf seine Umgebung zu konzentrieren.

Irgendwann öffnete sich der Wald vor ihm und machte einer großen Lichtung Platz, auf der sich zahllose Holz- und Lehmhütten mit strohgedeckten Dächern erhoben. Mit einer knappen Geste bedeutete Marodon ihnen, stehen zu bleiben, und lauschte.

Auch Torian wachte aus seinem seltsamen Dämmerzustand zwischen Wachen und Schlafen und blindem Vorwärtstaumeln auf. Auch er vernahm jetzt gedämpfte Schreckensschreie.

Noch vorsichtiger als bisher gingen sie weiter, näherten sich dem Ursprungsort der Schreie.

Torian bemerkte die Bewegung im buchstäblich allerletzten Moment: ein rasches Huschen und Wogen, an einer Stelle schräg vor und neben ihm, die einen Sekundenbruchteil zuvor noch absolut leer gewesen war. Etwas Gigantisches, Schwarzes schälte sich aus den Schatten, Mondlicht blitzte auf Stahl, und dann fühlte er sich gepackt und herumgewirbelt. Jemand schrie. Ein schlanker, in ein Kettenhemd gekleideter Mann tauchte vor ihm auf, das Gesicht vor Schrecken verzerrt, aber hoch aufgerichtet und mit weit ausgebreiteten Armen, wie um ihn zu beschützen.

Und genau das tat er auch.

Der stählerne Blitz, in den sich das niedersausende Krummschwert des Angreifers verwandelte und der mit tödlicher Zielsicherheit auf Torian zuschoss, traf den Laa vor ihm, der nicht einmal den – wahrscheinlich ohnehin sinnlosen – Versuch machte, seine eigene Waffe zum Schutz hochzureißen. Sein Mund war zu einem stummen Todesschrei geöffnet, als er starb.

Diesmal überwand Torian seine Schrecksekunde beinahe augenblicklich. Noch bevor der Echsenkrieger Zeit zu einem weiteren

Hieb fand, ließ sich Torian fallen, rollte zweimal um seine eigene Achse und packte das Schwert des Toten. Noch aus der Bewegung schlug er nach den geschuppten Beinen. Der Schlag hätte ihm die Waffe fast aus der Hand geprellt. Die Klinge fraß sich ein kleines Stück in eine der Panzerschuppen, prallte dann ab, ohne sie durchschlagen zu haben, und hinterließ nicht mehr als eine kaum sichtbare Kerbe.

Ein brennender Schmerz zuckte durch Torians Arm. Er sprang zurück, sah durch einen Schleier der Benommenheit, wie sich die Laa gemeinsam auf die Echse stürzten und sie durch ihre erdrückende Übermacht nach kurzem Kampf töteten, und kam wieder auf die Beine.

Der Echsenkrieger war nicht der einzige. Sie kamen an zerstörten Hütten vorbei und erreichten einen kleinen Platz, der von Fackeln erhellt wurde. Und überall erblickten sie plötzlich Echsen und Laa, die den gepanzerten Titanen verzweifelten Widerstand entgegensetzten. Es war mehr ein Schlachten als ein echter Kampf. Die Laa mussten völlig überrascht worden sein.

Ein Stück vor sich erkannte Torian einen der Angreifer mit einer reglosen Gestalt auf den Armen.

Shyleen.

Blindlings stürmte er vorwärts, wich reaktionsschnell einem Schwerthieb aus, den er im letzten Moment aus den Augenwinkeln sah, und dann hatte er sein Ziel erreicht. Er packte das Schwert mit beiden Händen und schlug in vollem Lauf zu.

Diesmal war der Hieb hart genug, und durch seine Last fand der Echsenkrieger keine Gelegenheit, ihm auszuweichen oder ihn mit seinem eigenen Schwert zu parieren. Mit einem trockenen Knacken zerbrachen seine Panzerplatten.

Hastig beugte sich Torian zu Shyleen herab. Erleichtert stellte er fest, dass sie noch lebte und nur ohnmächtig geworden war, dann musste er sich einem weiteren Gegner zuwenden.

Der Kampf war ein einziger Albtraum. Ohne die Hilfe seiner Begleiter hätte er nicht einmal die ersten zwei Minuten überlebt. Die Laa trugen mit Abstand die Hauptlast dieses Kampfes. Sie wüteten schrecklich unter den Angreifern, aber für jede getötete Echse blieben zwei oder drei von ihnen selbst liegen, und längst schon wunderte sich Torian, dass er nicht selbst auch dazugehörte.

Obwohl die Laa einen lebenden Schutzwall um ihn bildeten, wurde er trotzdem ununterbrochen getroffen. Klauen, die hart und scharf wie Stahl waren, rissen seine Kleider auf und fügten ihm tiefe, blutende Wunden zu, Schwertklingen hieben nach ihm, ein paar Mal begriff er selbst nicht, wie er es immer wieder im letzten Moment schaffte, ihnen auszuweichen. Es war, als hielte ein besonders aufmerksamer Schutzengel die unsichtbare Hand über ihn. Blindlings schlug er um sich. Die meisten seiner Hiebe glitten wirkungslos an den hornigen Panzerschuppen ab, nur selten gelang es ihm, eine der Echsen wirklich zu verletzen.

Aber schließlich verebbte der Kampf rings um ihn herum, und plötzlich war nur noch ein einziger Echsenkrieger übrig. Sein Schwert war zerbrochen, und er zog sich – nun mit deutlichen Anzeichen von Angst – bis zur Wand einer zerstörten Hütte zurück und schlug mit seinen Klauen nach allem, was sich ihm zu nähern wagte. Eine ganze Salve von Pfeilen traf ihn, aber nur drei oder vier durchschlugen die stahlharten Panzerschuppen. Der Gigant wankte, riss die Geschosse wütend aus seinem anscheinend nahezu schmerzunempfindlichen Körper und hieb mit schier unerschöpflicher Kraft nach den Laa, die ihn mit ihren Speeren festzunageln versuchten.

Torian wankte vor Schwäche. »Gib auf!«, keuchte er in einem letzten Versuch, dem sinnlosen Morden ein Ende zu bereiten.

Die Echse kümmerte sich nicht um ihn, wenn sie seine Worte überhaupt verstand. Sie bekam einen der Laa zu packen, der sich unvorsichtigerweise etwas zu nah an sie herangewagt hatte, und riss ihm mit einem einzigen Hieb die Kehle auf.

Torian trat einen Schritt auf sie zu, konzentrierte sich ein letztes Mal –

Und schleuderte sein Schwert wie einen Dolch.

Die Waffe flog auf den Echsenkrieger zu, überschlug sich ein paar Mal in der Luft und traf mit tödlicher Präzision die schmale verwundbare Stelle zwischen dem Hornkopf und den Panzerschuppen des Rumpfes.

Torian empfand keinen Triumph, nicht einmal Genugtuung. Alles, was er noch spürte, waren Entsetzen – und Schwäche. Er wankte, brach in die Knie und stürzte schwer zu Boden. Erfolglos kämpfte er gegen die beginnende Ohnmacht an.

Als er nach Minuten wieder die Augen öffnete, machten sich weiche, kundige Hände an seinen Wunden zu schaffen. Er versuchte, sich aufzurichten, wurde aber mit sanfter Gewalt zurückgehalten und blickte in das lächelnde Gesicht einer noch sehr jungen Frau mit langem, dunklem Haar.

»Ich bin Ayla, Herr«, sprach sie ihn an.

»Du … du sprichst meine Sprache?«

»Wir haben sie von deinen Begleitern erlernt. Die Krieger, die nach dir gesucht haben, hatten noch keine Zeit dazu.«

So schnell?, durchfuhr es ihn. Ayla sprach ohne jeden Akzent; wie konnte sie die Sprache binnen weniger Stunden erlernt haben? Aber das interessierte ihn momentan nur am Rande.

»Shyleen und Garth … was ist mit ihnen?«

»Sie sind verletzt, aber es geht ihnen einigermaßen gut.«

»Ich muss sie sehen«, verlangte er und richtete sich auf, doch das Mädchen drückte ihn mit sanfter Gewalt zurück.

»Bleib noch einen Moment liegen, bis ich deine Wunden versorgt habe. Du bist noch sehr schwach, Herr.«

Herr?, dachte er verwirrt. Wieso bezeichnete sie ihn als *Herr*?

Aber er sagte nichts mehr, sondern blieb still liegen, bis sie alle seine Wunden mit einer übel riechenden, brennenden Salbe eingeschmiert hatte. Dann stemmte er sich wieder in die Höhe, ignorierte sowohl ihren erneuten Widerspruch als auch seine Schwäche, stand vollends auf und schaute sich entsetzt um.

Der Platz bot einen Anblick des Schreckens. Wo vor wenigen Stunden noch ein Dorf gestanden hatte, erstreckte sich nun ein Ruinenfeld, übersät mit Trümmern, Unrat, Asche und – Leichen. Die Toten lagen wie Teile eines grässlichen Todesmosaiks über- und nebeneinander. Einige davon waren schuppige Echsenkrieger, aber viele der reglos ausgestreckten Gestalten hatten auch die menschlichen Gesichter der Laa.

Zu viele.

Dabei hatte eine richtige Schlacht eigentlich gar nicht stattgefunden. Der Kampf – soweit man das Gemetzel, das die Echsen unter den Laa angerichtet hatten, so nennen konnte – hatte sich auf ein relativ kleines, halbkreisförmiges Terrain vor dem Eingang der niedergebrannten Hütte beschränkt.

Eine große Zahl von Opfern hatte auch die Panik gefordert, die beim Überfall der Echsen ausgebrochen sein musste. Und nur die allerwenigsten Toten trugen Uniformen. Es waren wieder einmal die Unbeteiligten gewesen, die den Preis für diesen Wahnsinn bezahlten: die Kinder, die Alten, die Schwachen und Kranken, die der in Panik geratenen Menge nicht mehr hatten ausweichen können und zu Tode getrampelt worden waren. Das Stöhnen und Wehklagen der Verletzten erfüllte den Platz.

Der Anblick erfüllte Torian mit einem Gefühl rasenden, hilflosen Zornes, in den sich noch etwas anderes mischte: Verzweiflung und Resignation.

Mühsam riss er sich von dem Anblick der Toten los. Die Überlebenden waren inzwischen wieder zurückgeströmt. Torian spürte, wie sich alle Blicke auf ihn konzentrierten, was er als ausgesprochen unangenehm empfand, obgleich er ebenso deutlich fühlte, dass keine Feindseligkeit darin lag, sondern –

Ja – was eigentlich?

Verwirrt wandte er sich zu Ayla um und öffnete den Mund, um eine Frage zu stellen.

Aber er kam nicht mehr dazu, denn im gleichen Augenblick sank das Mädchen vor ihm auf die Knie und beugte das Haupt fast bis zum Boden herab.

»Herr«, flüsterte sie.

Und dann, ganz schnell und beinahe lautlos, ließen sich auch die übrigen Laa zu Boden sinken. Es waren immer noch mehr als zweihundert.

»Herr«, flüsterten auch sie.

Das Gefühl vager Erleichterung, das Torian angesichts der Gräuel bisher über sein Überleben und das von Shyleen und Garth verspürt hatte, verging. Plötzlich war ihm nur noch kalt.

Sehr kalt.

☆

»Nein«, sagte er, nicht zum ersten und wahrscheinlich auch nicht zum letzten Mal, seit er gegen Aylas Willen an ihrer Seite über das Schlachtfeld schritt und ihr half, die Qualen der Verletzten zu lindern, so gut es ging. Es ging allerdings nicht sehr gut: Sie besaßen weder Medikamente noch ausreichend Verbandszeug, und der Begriff *Arzt* schien nicht einmal zum Wortschatz der Laa zu gehören. Meist beschränkte sich Torians Hilfe auf ein aufmunterndes Lächeln, und manchmal nicht einmal darauf. Und das Schlimmste war, dass er die ganze Zeit über das Gefühl nicht loswurde, dass dies alles hier *seine* Schuld war.

Ayla widersprach nicht, aber der Blick ihrer großen, dunklen Augen war voller Trauer. Allein dieser Blick ließ ihn schon wieder Schuldgefühle empfinden. Obwohl er sich fest vorgenommen hatte, es nicht mehr zu tun, fügte Torian hinzu: »Du musst mich verstehen, Ayla. Dies alles hier ist entsetzlich, aber es …«

»Du glaubst, es ginge dich nichts an, Herr, ich weiß«, unterbrach ihn Ayla leise. Ihre Stimme war so traurig wie ihr Blick. Sie rang sich ein Lächeln ab, aber er sah Tränen in ihren Augen schimmern und fühlte sich hilflos wie selten zuvor in seinem Leben. Dabei – absurd genug – war er zum ersten Mal seit vielen Jahren überhaupt in einer Position, in der er *wirkliche* Macht hatte. Noch vor wenigen Stunden war er nicht mehr als ein Gejagter in einem fremden Land gewesen.

Jetzt war er der König dieser Menschen.

Mehr noch – ihr Gott.

So ganz hatte er die Geschichte, die ihm Ayla im Verlauf der letzten Stunde erzählt hatte, noch immer nicht verstanden; vielleicht, weil sie einfach zu fantastisch war, um wahr zu sein.

Es war die Geschichte der Laa; soweit man eine Geschichte, deren Anfänge Jahrhunderttausende in die Vergangenheit reichte, in weniger als einer Stunde erzählen konnte: Es hatte eine Zeit gegeben, in der sie friedlich in diesem Tal gelebt hatten. Irgendwann dann, vor Äonen von Jahren, waren fremde Wesen erschienen, über die Ayla nicht mehr wusste, als dass es sie gegeben hatte. Sie hatten begonnen, das paradiesische Tal zu verändern, unmerklich zuerst, dann immer stärker und stärker, bis aus dem Paradies der Laa eine Todesfalle geworden war, und dabei versucht, die Laa zu vertreiben. Als ihnen das nicht gelang, hatten sie einen grausamen Vernichtungsfeldzug gegen sie begonnen.

Und mit den fremden Eroberern waren auch die Echsen erschienen, und sie waren geblieben, als die Eindringlinge nach einiger Zeit wieder verschwanden. Seither tobte ein erbitterter Krieg zwischen den Echsen und den Laa. Das war die grob zusammengefasste Geschichte der Laa –

Und ihres Befreiers.

Es muss wohl eine Art Naturgesetz sein, dass Menschen, die in Not sind, sich stets nach einem Befreier sehnen, einem Gott, der vom Himmel herabsteigt und sie rettet, und es gab auch hier diese Legende, wie überall. Mit einem Unterschied:

Den Laa war dieser Befreier wirklich erschienen: ein Fremder, der sie vor den Echsen retten und ihr Volk ein für alle Mal von ihnen befreien würde.

Er hieß Torian.

Natürlich war er *kein* Gott, nicht einmal ein ganz kleiner – aber er hatte nun einmal gegen die Echsen gekämpft und den Laa allein durch seine Existenz und ihre Hoffnung auf eine Erfüllung der alten Prophezeiung den Mut zum Weiterkämpfen gegeben, auch wenn er dabei vor Angst fast gestorben wäre. Und deshalb hielten ihn Ayla und die anderen für ihren Gott, den Befreier, von dem ihre alten Legenden berichteten. Es hatte herzlich wenig Sinn, den Laa klar machen zu wollen, dass ihre Vermutungen nicht stimmten und er alles andere als ein Gott war, denn auch dafür hatten sie praktischerweise die richtige Legende parat – nämlich die, dass ihr Erretter selbst nichts von seiner Bestimmung ahnte …

Torian ballte hilflos die Faust, hatte plötzlich nicht mehr die Kraft, Aylas vorwurfsvollem Blick standzuhalten, und wandte sich mit einem Ruck ab. »Hör endlich auf, mich *Herr* zu nennen«, fauchte er. »Ich heiße Torian, also nenn mich auch so.«

Um sie herum stöhnten die Verwundeten. Viele von ihnen würden sterben, noch bevor die Nacht verging, obwohl sich mittlerweile überall andere Laa um ihre Wunden kümmerten. Aber für viele würde jede Hilfe zu spät kommen. Der Platz wurde von unzähligen Fackeln und brennenden Feuern fast taghell erleuchtet. Es war nicht die erste Kampfstatt, die Torian sah, er hatte in seinem Leben schon mehr Schlachten geschlagen, als er sich überhaupt erinnern konnte.

Und doch traf ihn der Anblick immer wieder wie beim ersten Mal und erinnerte ihn daran, dass das Wort *Schlacht* von *schlachten* kam. Tiere wurden geschlachtet, und der Krieg machte jeden Menschen zum Tier. Noch nie war ihm dies so deutlich bewusst geworden.

»Nun, wie fühlt man sich als Gott?«, fragte Shyleen spöttisch.

Sie war unbemerkt herangekommen und hatte anscheinend die letzten Worte mitgehört. Torian musterte sie kurz. Als einzige Verletzung hatte sie eine Platzwunde an der Stirn davongetragen, wo sie die flache Seite eines Schwertes getroffen hatte.

Garth hatte es schlimmer erwischt; die Klaue einer Echse hatte ihm die Brust aufgerissen und ihm mehrere Rippen gebrochen, aber er würde es überleben. Bei seiner Zähigkeit und der Schnelligkeit, mit der alle Wunden hier heilten, würde er wahrscheinlich schon bald wieder auf den Beinen sein.

»Hör auf mit dem Unsinn«, gab Torian schärfer als beabsichtigt zurück. Nachdem sich seine Überraschung gelegt hatte, war es ihm für einige Minuten fast angenehm gewesen, von diesen Leuten als eine Art Halbgott verehrt zu werden – wenn er auch noch immer nicht ganz genau wusste, warum eigentlich. Jetzt aber erfüllte ihn der Gedanke nur noch mit Schrecken. »Mir ist wirklich nicht nach dummen Späßen zu Mute.«

Ayla kniete einige Schritte vor ihnen bei einem Verletzten nieder, sodass er sich für eine Weile mit Shyleen allein unterhalten konnte.

»Für diese Leute hier scheint es kein Spaß zu sein. Du bist ihr Befreier, ob du es willst oder nicht.« Ihre Stimme war ganz ernst, aber in ihren Augen blitzte es spöttisch, während sie diese Worte aussprach.

»Ja, auch wenn ich nichts davon weiß«, fügte Torian säuerlich hinzu. »Verdammt, die müssen mir doch eine Möglichkeit geben, da wieder rauszukommen.«

»Sieht aber nicht so aus. Gegen die Überlieferungen dieses Volkes scheint selbst der berüchtigte Torian Carr Conn machtlos. Du wirst es erleben, bald kommen die Ersten an und bitten dich, sie durch Handauflegen von ihren Gebrechen zu heilen.«

Wider Willen musste Torian grinsen. »Noch ein paar solcher Bemerkungen, und ich verkünde lauthals, du würdest mich ärgern. Mal sehen, welche Strafe hier auf Gotteslästerung steht.« Er seufzte und schüttelte verdrossen den Kopf. »Warum hat man bloß nicht dich oder Garth als Befreier auserkoren?«

Shyleen hatte ihm erzählt, was ihnen zugestoßen war. Wenige Sekunden nach seinem Sturz in den Fluss waren sie von den Echsen überwältigt und niedergeschlagen worden. Während ihrer Bewusstlosigkeit hatten die Laa die Echsen angegriffen und überwältigen können. Als sie wieder erwacht waren, hatten sie sich bereits im Dorf befunden. Ayla und einige andere Laa verfügten offenbar über schwache magische Fähigkeiten, denn sie hatten ihre Sprache allein dadurch erlernt, dass sie ihnen einige Minuten lang die Hände auf die Stirn gelegt hatten. Zumindest behaupteten sie es. In der Nacht war das Dorf dann von den Echsen überfallen worden, und die weiteren Ereignisse hatte Torian ja schmerzhaft am eigenen Leib erfahren.

»Wir waren eben so schlau, uns im Gegensatz zu dir von den Echsen überwältigen zu lassen«, erwiderte Shyleen lächelnd. »Das sah wohl nicht besonders göttlich aus.«

»Dann kannst du als einfacher Mensch vielleicht einem verzweifelten, hilflosen Gott raten, was er tun soll, um ebenfalls wieder zum Menschen zu werden. Ich denke ja gar nicht daran, dieses Volk in einen Rachefeldzug gegen die Echsen zu führen, in dem sie wahrscheinlich alle umkommen würden. Zum Teufel, was sollen wir bloß tun?«

»Ganz einfach: Hör auf, dir wegen dieser Leute Sorgen zu machen. Benutzen wir unseren Verstand, und türmen wir wie brave kleine Feiglinge, oder besser noch, denk daran, weshalb wir hergekommen sind und wie du deine Macht für dieses Ziel einsetzen kannst.« Bevor er etwas erwidern konnte, drehte sie sich um und ging davon. »Ich sehe nach, wie es Garth geht«, rief sie ihm über die Schulter nach, dann war sie verschwunden.

Nachdenklich starrte Torian ihr nach und bemerkte kaum, wie sich Ayla wieder aufrichtete und neben ihn trat. Traurig schüttelte sie den Kopf. »Er wird sterben. Ich kann nichts für ihn tun. Aber wir werden wohl alle bald sterben. Diese Bestien werden wiederkommen, vielleicht nicht heute, vielleicht nicht morgen, aber irgendwann werden sie uns wieder angreifen.«

In ihr Gesicht trat plötzlich ein harter Zug, der ihn beinahe mehr erschreckte als ihre Worte. Es tat ihm weh, dieses blutjunge Mädchen über das Sterben sprechen zu hören, aber dann stellte er fest, dass er in genau den Bahnen zu denken begann, in die Ayla seine Gedanken lenken wollte. Einen Moment lang wurde der Wunsch, sie an den Schultern zu packen und anzuschreien, dass sie damit aufhören sollte, übermächtig in ihm, doch er kämpfte dagegen an und ballte nur in stummer Verzweiflung die Fäuste. Was hier geschah, war schrecklich; ein entsetzliches Blutbad, das seit Jahrtausenden anhielt und wider jede Natur war. Aber es ging ihn nichts an. Er durfte sich nicht in die Angelegenheiten dieser Leute mischen, auch wenn dies vielleicht den Tod Hunderter Menschen bedeutete! Wenn er tat, was die Laa von ihm wollten, würde er ebenfalls hundertfaches Leid verbreiten.

Aber das war nicht der einzige Grund, und er versuchte sein Tun auch nicht damit zu rechtfertigen, dass sie den *Tempel der verbotenen Träume* unbedingt erreichen mussten. Wenn Shyleen nicht alterte, solange sie sich in diesem Tal aufhielten, kam es auf ein paar Tage oder Wochen auch nicht mehr an. Es gab einen anderen Grund: Er war des Kämpfens einfach müde. Zum Teufel, er konnte nicht überall, wo er zufällig einen Brand entdeckte, diesen zu löschen versuchen. Zum Helden fühlte er sich nicht berufen, mochten die Laa in ihm sehen, was sie wollten.

Es hatte einmal eine Zeit gegeben, als er anders darüber dachte. Im Kampf gegen die Schwarzen Magier hatte er sich eingebildet, seinen Teil zur Rettung der Welt beizutragen, und vielleicht war es sogar wirklich so gewesen. Aber mittlerweile hatte er auch erkannt, dass ihn weder Pflichtgefühl noch Heldentum oder etwas ähnlich Albernes dazu getrieben hatten, sondern nur der Hass. Er war sein Leben lang ausgenutzt worden, hatte immer nur Kämpfe ausgetragen, die nicht seine eigenen waren. Erst durch die Begegnung mit der Kreatur, die sich als Lyn ausgegeben hatte, war ihm dies wieder bewusst geworden.

»Ayla«, begann er stockend, sprach aber nicht weiter, sondern drehte sich wieder um und sah das Mädchen mit einem verlegenen Lächeln an. »Diese Stadt, in der Marodon mich gefunden hat«, wechselte er schließlich das Thema. »Was ist mit ihr?«

»Es ist ein böser Ort. Normalerweise wagen wir uns nicht dorthin, aber Marodon hat deine Spuren bis dorthin verfolgt und dich gerade noch rechtzeitig entdeckt. Die Stadt ist von einer fremden Magie erfüllt. Sie vermag deine Träume wahr zu machen, wenigstens ist es bei Tage so. Doch sobald die Sonne untergeht, verwandelt sich jeder Traum in einen Albtraum, alles Schöne wird zu einem mörderischen Ungeheuer. Was ist dir dort passiert?«

Torian antwortete nicht. Was Ayla sagte, klang einleuchtend. Wenn Lyn nur eine Traumgestalt gewesen war, erklärte das ihr sonderbares Verhalten, und es passte auch zu dem, was Shyleen über die Kristallfürstin erzählt hatte, deren Waffe die Träume waren. Wenn die Stadt nicht viel mehr als ein Form gewordenes Traumgespinst war, eine optische Illusion, dann erklärte das auch, wieso er nicht einmal von dem Turm aus ein Ende des Waldes hatte erkennen können. Möglicherweise hatte er sich sogar nur eingebildet, auf den Turm hinaufzusteigen. Er würde wohl nie erfahren, wo genau dort die Trennlinie zwischen Traum und Wirklichkeit verlief.

»Es gab ein seltsames Gebäude dort, eine schwarze Kuppel«, fuhr er fort. »Weißt du etwas darüber?«

Ayla schüttelte den Kopf, nickte gleich darauf und zuckte mit den Schultern. »Wenig«, erwiderte sie. »Als die Fremden damals in unser Tal kamen, errichteten sie als Erstes die Kuppel, die Stadt selbst entstand erst später. Sie wird von den Echsen besonders bewacht. Nur weil sie unser Dorf angegriffen haben, bist du unbemerkt bis dorthin gekommen.« Sie schaute ihn an, und er glaubte, einen lauernden Ausdruck in ihren Zügen zu entdecken. »Warum interessierst du dich dafür?«

»Vielleicht liegen unsere Ziele doch nicht ganz so weit auseinander«, murmelte er ausweichend. Dann fuhr er herum und eilte ohne ein weiteres Wort davon, um ungestört über alles nachdenken zu können.

»Torian, warte!«, rief sie ihm nach. »Ich muss dir noch etwas sagen.«

»Später«, antwortete er. Er hatte erfahren, was er wissen wollte, und ging schneller, bis er bemerkte, dass Ayla ihm folgte; in respektvollem Abstand zwar, aber beharrlich wie ein Schatten, und schließlich kehrte er in seine Unterkunft zurück, die sie ihm direkt nach dem Kampf gezeigt hatte. Es schien der einzige Ort zu sein, an dem er für ein paar Minuten allein sein konnte – und selbst das nur, nachdem er Ayla die Tür demonstrativ vor der Nase zugeschlagen hatte. Vielleicht hatte er sie sogar getroffen. Torian wusste es nicht sicher, und es war ihm auch egal. Auf jeden Fall hatte er endlich seine Ruhe.

Es war eine der größten Hütten. Sie wurde nur noch von einem lang gestreckten Gebäude im Zentrum des Dorfes übertroffen, dem einzigen, das aus Stein erbaut war und wo jetzt die Verletzten untergebracht worden waren. Torians Hütte gehörte eigentlich Marodon, doch auch dieser war schwer verletzt worden. Es gab in der Hütte nur wenige Möbelstücke. Sie waren schlicht und zweckmäßig. In einer Halterung blakte eine Fackel und erfüllte den Raum mit flackerndem Licht.

Torian ließ sich auf das Bett sinken und starrte mit hinter dem

Kopf verschränkten Armen zur Decke hinauf. Erst jetzt wurde ihm wieder bewusst, wie müde er war. Er glitt für einige Minuten in einen Dämmerzustand zwischen Schlafen und Wachen, aus dem ihn das Knarren der Tür aufschrecken ließ. Er öffnete den Mund, um Ayla zurechtzuweisen, dann erkannte er, dass es sich bei den Besuchern um Shyleen und Garth handelte. Um die Brust des Diebes lag ein dicker Verband. Sein Gesicht war blass und sein Gang unsicher. Seine Augen glänzten fiebrig, aber es lag eine Entschlossenheit in seinem Blick, die Torian zeigte, dass alle Ermahnungen, sich hinzulegen und zu schonen, vergebens wären. Garth hatte schon immer seinen eigenen Dickkopf gehabt.

»Dieser Narr scheint sich unbedingt selbst umbringen zu wollen«, begann Shyleen, um dann die Frage anzuschließen: »Hast du etwas herausgefunden?«

Torian nickte.

»Ich glaube, ich weiß, wo der *Tempel der verbotenen Träume* liegt. Ich habe es vorher schon geahnt, war mir aber nicht sicher. Jetzt gibt es kaum noch einen Zweifel. Ich war sogar schon im Tempel drin.«

Er machte eine Pause und genoss den Ausdruck ungeduldiger Spannung auf Shyleens Gesicht, bis sie es schließlich nicht mehr aushielt. »Ich schwöre, dass ich dir die Augen auskratze, wenn du nicht sofort sagst, was du weißt«, drohte sie. Und er war ganz und gar nicht sicher, dass diese Worte so scherzhaft gemeint waren, wie er im ersten Moment glaubte.

Torian berichtete von der Kuppel und seinen Erlebnissen in der Stadt und wiederholte, was ihm Ayla erzählt hatte.

»Das muss der Tempel sein«, stieß Shyleen aufgeregt hervor, als er geendet hatte. »Und die Echsen dienen als Wächter, falls jemand die anderen Fallen überwindet. Ist dir sonst nichts im Tempel aufgefallen?«

»Ich habe nur den Drachen und diesen Klotz gesehen. Wahrscheinlich handelt es sich um eine Art Schrein.«

»Dann müssen wir uns also nur noch etwas einfallen lassen, um den Drachen zu besiegen. Alles andere erledigen die Laa für uns.

Etwas Besseres konnte uns kaum passieren. Sie werden uns bereitwillig den Weg ebnen, schließlich haben wir den gleichen Feind. Du brauchst ihnen nur zu befehlen, gegen dieses Echsengezücht zu ziehen. Sie freuen sich ja geradezu auf den Kampf.«

»Langsam«, dämpfte Torian ihren Überschwang. »Wenn es so einfach wäre, hätten sie diesen Krieg schon längst gewonnen. Auf ein Schwert mehr oder weniger sind sie wohl kaum angewiesen. Ich glaube nicht, dass es ihnen allein um den Kampf geht. Sie erwarten etwas anderes von mir, etwas, wovon sie glauben, dass nur ich es tun kann.«

»Oh, verzeih, ich vergaß deine Göttlichkeit, Herr«, spottete Shyleen, wurde aber sofort wieder ernst. »Und was soll das sein, weißt du das auch?«

Torian schüttelte den Kopf.

»Ich konnte Aylas Unterwürfigkeit nicht mehr ertragen und habe mich hierhin verdrückt, bevor sie mir alles erklären konnte. Außerdem wollte ich gar nichts mehr davon hören. Aber wir können sie ja suchen, damit sie mich über meine Aufgaben als Erretter aufklärt.«

»Nicht nötig«, schaltete sich Garth ein und deutete auf einen Schatten, der sich vor der schmalen Ritze zwischen Tür und Boden abzeichnete. »Sie wartet bereits auf dich. Scheint ja eine besonders eifrige Verehrerin zu sein.«

Torian verdrehte die Augen und stieß einen lautlosen Fluch aus, ging zur Tür und forderte das Mädchen barsch auf hereinzukommen. »Also gut, ich werde versuchen, euch zu helfen«, teilte er ihr mit.

Ihre Augen leuchteten vor Freude auf. »Wirklich, Herr?« Sie sah den Unmut in seinem Gesicht und verbesserte sich sofort selbst: »Torian.«

»Aber erst muss ich wissen, was ich tun soll. Ich nehme nicht an, dass ihr so verrückt seid, die Echsen in einer offenen Schlacht anzugreifen. Sonst schlagt euch diesen Unfug nämlich ganz schnell wieder aus dem Kopf.«

»Nein, natürlich nicht. Du erinnerst dich noch an die Kuppel, von der wir zuletzt gesprochen haben? Eine uralte Prophezeiung besagt, dass dort der Schlüssel zur Rettung unseres Volkes verborgen liegt, dass aber nur ein Fremder, der die Echsen besiegt, ihn finden kann. Wir haben versucht, selbst in die Kuppel einzudringen, immer wieder, aber erfolglos.«

Torian kaute nachdenklich auf seiner Lippe herum. Die alte Legende konnte sich nur auf die Kristallfürstin beziehen. Wenn sie aus ihrem Schlaf erwachte, brauchten die Echsen den Tempel nicht mehr zu bewachen. Vielleicht würden sie sogar sterben, wenn ihr Auftrag erfüllt war.

»Der Zugang ist unsichtbar«, sagte er.

»Wir haben jeden Zentimeter der Kuppel abgetastet, ohne eine Öffnung zu finden«, widersprach Ayla. »Du musst für uns hineingehen, Herr – Torian.«

»Das werden wir, verlass dich darauf!«, versprach Shyleen triumphierend. »Genau deshalb sind wir hergekommen.«

Torian beachtete sie nicht. »Haben die Echsen nicht versucht, euch aufzuhalten?«, hakte er stirnrunzelnd nach. »Du hast doch behauptet, sie würden gerade die Kuppel besonders scharf bewachen.«

»Das tun sie auch, aber sie werden uns diesmal nichts anhaben können«, erwiderte Ayla eifrig. »Wir werden am Siegestag aufbrechen.«

»Siegestag?«

Sie nickte. »Wir machen uns den Lebensrhythmus der Echsen zu Nutze. Schon vor langer Zeit haben wir durch Zufall herausgefunden, dass sie in regelmäßigen Abständen, nämlich alle zweiundsiebzig Tage, für einen Tag und eine Nacht so gut wie hilflos sind. Es muss irgendetwas mit ihrer ursprünglichen Heimat und der Umwelt dort zu tun haben. In dieser Zeit verkriechen sie sich jedenfalls irgendwo, weil sie sonst wehrlose Opfer für uns wären. Wir nennen es den Siegestag. In neun Tagen ist es wieder so weit, und dann werden wir unser Ziel ungehindert erreichen können.«

Shyleen begann schallend zu lachen, und auch Garth strahlte über das ganze Gesicht. »Sieht so aus, als hätten wir endlich mal ein ganz dickes Ende vom Glück zu fassen bekommen«, rief er fröhlich.

Nur Torian schaute sich unbehaglich um. *Neun Tage,* dachte er.

Neun Tage, in denen sie zur Untätigkeit verurteilt waren. Eine lächerlich kurze Zeit, aber er war sich plötzlich gar nicht mehr so sicher, ob das, was Ayla gesagt hatte, wirklich eine so gute Nachricht war.

☆

Torian saß auf einem Felsen am Ufer und starrte lächelnd auf den kleinen See in der Nähe des Dorfes hinaus. Shyleen und Garth und einige Laa tollten wie Kinder im Wasser herum. Es war noch früh, doch die Kühle der Morgendämmerung war bereits verflogen und hatte der angenehmen Wärme des Tages Platz gemacht. Dem Kalender nach war es Herbst, aber der Rhythmus der Jahreszeiten schien hier ohne Bedeutung zu sein: Es hatte nicht einen einzigen regnerischen oder kühlen Tag gegeben, seit sie in dieses Tal gekommen waren, so wenig, wie es einmal wirklich heiß geworden war.

Acht Tage waren mittlerweile seit dem Überfall der Echsen vergangen, ohne dass es zu einem neuen Angriff gekommen war. Bereits am zweiten Tag hatten die Laa ihr altes Dorf verlassen und einen halben Tagesmarsch entfernt ein neues errichtet, in der Hoffnung, dass die Echsen sie hier wenigstens für eine Weile nicht finden würden. Mittlerweile kam Torian die Erinnerung an den Kampf und alles, was davor geschehen war, beinahe nur noch wie ein böser Traum vor. Er hatte viel Zeit zum Nachdenken gehabt und nach all der Hetze und den Gefahren der vergangenen Wochen endlich wieder so etwas wie Ruhe und Frieden gefunden.

Die Laa faszinierten ihn immer mehr, denn ein Volk wie sie hatte er noch nie erlebt. Sie führten ein einfaches Leben, ernährten sich von der Jagd und dem Ackerbau. Die Felder waren dank des Flusses überaus fruchtbar, und zahlreiche Tiere lebten im Wald. Dass er zuvor keins zu Gesicht bekommen hatte, lag daran, dass die meisten scheu waren und bei Annäherung eines Menschen sofort flohen, sodass man sie fast nur in Fallen fangen konnte. Abgesehen von den halbintelligenten Echsen gab es keine Raubtiere.

Jeder Tag war für die Laa ein Fest der Lebensfreude. Sie besaßen keinen Herrscher, alle Entscheidungen wurden nach gemeinsamen

Diskussionen durch Mehrheitsbeschluss gefällt. Im Grunde waren sie ein friedliches Volk, was wohl daran lag, dass sie seit Urzeiten in dem Tal weitgehend von der Außenwelt abgeschirmt waren und es hier alles zum Leben Notwendige im Überfluss gab. Bis zum Auftauchen der Echsen war ihnen Krieg weitgehend unbekannt gewesen. Aber auch seither bestand ihr Dasein weniger aus Kampf als vielmehr aus Flucht. Sie blieben selten länger als ein paar Monate an einem Ort, sondern suchten sich stets neue Verstecke im Wald. Von Zeit zu Zeit verwüsteten die Echsen ihre Felder, doch da ihre Hauptaufgabe im Bewachen des Tempels bestand, verließen sie die unmittelbare Umgebung der Stadt nur selten. Ohne die Bedrohung durch sie hätte das Leben der Laa paradiesisch sein können. Torian konnte gut verstehen, warum sie so inbrünstig hofften, dass er ihnen den Frieden bringen würde.

Aber was wäre das für ein Frieden, der nur durch die Vernichtung des Feindes errungen wurde?, dachte er bitter. Im Grunde wäre es nicht mehr als ein gewaltsam errungener Sieg, selbst wenn die Echsen den Krieg begonnen hatten und durch ihren Auftrag ein friedliches Nebeneinander der beiden Völker unmöglich wurde. Nicht gerade die beste Grundlage, um eine friedliche Zukunft darauf zu errichten. Aber wie er selbst erlebte, stellten die Laa einen Unsicherheitsfaktor im System der Fallen um den *Tempel der verbotenen Träume* dar; die Echsen *mussten* versuchen, sie zu vertreiben oder auszurotten.

Tief im Inneren verabscheute sich Torian selbst für das, was er tun wollte. Im Gegensatz zu den Echsen waren die Laa Menschen, und sie hatten diesen Krieg nicht gewollt, aber das gab ihnen nicht automatisch das Recht, die Angreifer nun ihrerseits zu vernichten. Und vor allem durfte er ihnen nicht dabei helfen. Es war nicht mehr als ein Zufall, dass er und sie das gleiche Ziel verfolgten, wenn auch aus unterschiedlichen Motiven. Wenn er zum Tempel ging und die Kristallfürstin zu erwecken versuchte, bestand die Möglichkeit, dass er eine unbekannte Gefahr aus der Vergangenheit auf die Menschen losließ, aber wenn er es nicht tat, würde Shyleen sterben und das Morden in diesem Tal weitergehen. Auch wenn er nicht wirklich daran glaubte, hoffte er insgeheim, dass es noch eine andere Möglichkeit gab, dass alles vielleicht ganz anders verlaufen würde, wenn er den Tempel erreichte. Konnte es wirklich sein, dass alles, was er tat, falsch war, dass sein Handeln nur neues Grauen heraufbeschwören würde, egal, wie er sich entschied?

Er hatte sich in den vergangenen Wochen und gerade in den letzten Tagen mehr verändert, als ihm selbst bislang bewusst geworden war. Die Zeit, da er Söldner im scroothischen Heer gewesen war und für Geld fast bedenkenlos getötet hatte, schien Jahrzehnte zurückzuliegen. Er wollte nicht mehr töten; weder eigenhändig noch durch seine Entscheidungen. Vielleicht würde er bei den Laa bleiben, wenn alles vorbei war und es noch so etwas wie ein *Später* für ihn gab. Ein friedliches Leben als Bauer und Jäger führen, endlich die Ruhe mit sich und seiner Umwelt finden, die er sein Leben lang gesucht hatte. Der Gedanke ließ ihn lächeln, erschien ihm aber längst nicht mehr so lächerlich wie noch vor ein paar Tagen.

»Woran denkst du?«, riss ihn Aylas Stimme aus seinen Grübeleien. Torian hatte sie nicht herankommen hören, aber sie musste schon seit einiger Zeit neben ihm gestanden und ihn beobachtet haben, so wie sie seit seiner Ankunft kaum von seiner Seite gewichen war, sobald er seine Hütte verließ. Durch ihre ständige Anwesenheit fühlte er sich längst nicht mehr so belästigt wie zu Beginn. Es war schwer, sich in einem so kleinen Dorf aus dem Weg zu gehen und irgendwo ungestört zu sein. Auch das hatte er erst lernen müssen. Mittlerweile empfand er es als etwas völlig Normales.

»An nichts Bestimmtes«, antwortete er. »Mich würde interessieren, ob es eigentlich einen Ausgang aus diesem Tal gibt.«

»Schließlich seid ihr ja auch hereingekommen.«

»Ja, aber diesen Weg gibt es nicht mehr.«

Sie zögerte kurz. »Am Ende des Tals gibt es einen schmalen Pass zwischen zwei Bergen«, erklärte sie dann. »Ich weiß nicht, ob er begehbar ist, aber ich glaube schon.« Jähes Misstrauen flackerte in ihren Augen auf. »Warum fragst du? Du willst doch nicht –«

»Nein, ich werde nicht weggehen«, beruhigte er sie. »Aber ich verstehe nicht, warum ihr das Tal nicht irgendwann einfach verlassen habt, statt jahrtausendelang gegen die Echsen zu kämpfen. Hängt ihr so sehr an diesem Stück Land?«

Wieder zögerte sie eine Weile, und erst als Torian schon glaubte, sie wolle ihm nicht antworten, brach sie ihr Schweigen.

»Wir leben in diesem Tal, so lange die Geschichte unseres Volkes zurückreicht, und haben jeden Fußbreit Boden mit Blut bezahlt. Das Land ist fruchtbar und gibt uns alles, was wir brauchen. Natürlich lieben wir es und hängen daran, doch das ist es nicht allein. So grausam manches hier ist, beschützen die Berge uns doch auch vor der Welt, die hinter ihnen liegt und die kaum weniger grausam ist, nach allem, was wir darüber gehört haben.«

»Gehört? Von wem?«

Ayla lachte leise. »Ihr seid nicht die ersten Fremden, die zu uns kommen.«

»Und was ist mit den anderen geschehen?«

»Sie wurden von den Echsen getötet. Aber sie haben uns erzählt, wie es jenseits dieses Tals aussieht, dass es auch dort Hass und Kriege gibt. Warum sollten wir von hier fortgehen? Wir haben immer gehofft, dass eines Tages jemand kommen würde, der uns vor den Echsen rettet. Und nun bist du da.«

Torian verzichtete auf eine Antwort. Einige Minuten lang saßen sie schweigend nebeneinander, dann ergriff Ayla erneut das Wort. »Du bist seltsam«, murmelte sie.

Verwundert hob er den Kopf. »Was meinst du damit?«

»Nun, seltsam eben. Anstatt dein Leben zu genießen, grübelst du ständig über alles Mögliche nach und ziehst dich in dich selbst zurück. Manchmal glaube ich fast, du bist überhaupt kein richtiger Mensch, sondern ...« Sie überlegte einen Moment und suchte nach einem passenden Wort, dann machte sie eine hilflose Geste.

»Ein Gott?«, schlug Torian mit mildem Spott vor.

Ayla schüttelte den Kopf. »Das meine ich nicht. Ich weiß, dass du kein Gott bist, und so haben wir uns unseren Erretter auch nie vorgestellt. Aber manchmal kommst du mir fast wie ... wie eine Puppe vor, nicht wie ein Wesen aus Fleisch und Blut. Du kapselst dich ab und lässt niemanden an dich herankommen. Es ist, als ob du eine Mauer um dich herum gebaut hättest, hinter der keine Gefühle, sondern nur klare, nüchterne Überlegungen Platz finden.«

Torian schwieg. Sie deutete zu Shyleen und Garth hinüber, die immer noch im Wasser umhertollten. »Was sind die beiden für dich? Nur flüchtige Bekannte? Jedenfalls scheint es so. Selbst mit ihnen sprichst du kaum noch. Seid ihr nur zusammen gereist, oder bedeuten sie dir mehr?«

Immer noch schwieg Torian verbissen und kniff die Lippen noch ein wenig fester zusammen. Ayla schien auch keine Antwort erwartet zu haben, denn sie sprach von allein weiter, ohne ihm überhaupt Zeit für eine Erwiderung zu lassen. »Ist ja egal und geht mich auch nichts an. Aber sie sind so anders als du. Zumindest Garth. Er lacht und feiert und lebt einfach so in den Tag hinein; er spricht und scherzt mit jedem, während ich dich in der ganzen Zeit kein einziges Mal wirklich fröhlich gesehen habe. Irgendetwas bedrückt dich. Warum stehst du dir selbst und deiner Umwelt so feindselig gegenüber?«, fragte sie sanft.

»Das stimmt nicht«, erwiderte Torian ohne rechte Überzeugung. In Wahrheit sprach sie nur aus, was ihm selbst seit langer Zeit im Kopf herumspukte. »Vielleicht ist Garth offener als ich, aber er hat auch einen Grund, sich zu freuen und glücklich zu sein.«

»Shyleen?«

Er nickte. Seit sie bei den Laa waren und der *Tempel der verbotenen Träume* in greifbare Nähe gerückt war, hatte sich Shyleens Verhalten gegenüber dem Dieb geändert. Sie waren fast unzertrennlich geworden und bewohnten auch eine gemeinsame Hütte. Seit sie seine Liebe erwiderte, zumindest aber nicht mehr verschmähte, verströmte Garth eine dermaßen gute Laune, als ob er für das Lachen bezahlt würde. Torian gönnte ihm die Freude, aber gerade das Glück der beiden führte ihm seine eigene Einsamkeit mit schmerzlicher Deutlichkeit vor Augen. Immer stärker begann er sich wie ein fünftes Rad am Wagen zu fühlen.

»Die beiden lieben sich, doch du scheinst kalt und hart wie ein Stein zu sein«, fuhr Ayla fort.

Er erinnerte sich, dass er noch vor kurzem genau das über Shyleen gedacht hatte. »Worauf willst du hinaus?«, fragte er mit einer Heftigkeit, die ihn selbst ein wenig überraschte.

Anstelle einer Antwort legte sie ihm die Hand auf den Arm. Er erschauerte unter der Berührung. Eine kribbelnde Wärme ging von ihren Fingerspitzen aus. Einem ersten Impuls folgend, wollte er ihre Hand zurückstoßen, entspannte sich dann aber sofort wieder. Sie hatte ihn überrumpelt, hatte seinen Schutzpanzer mit dieser winzigen Geste durchbrochen und ihn an einer Stelle getroffen, an der er sich für unverwundbar gehalten hatte. Ihre Nähe erregte ihn plötzlich auf eine unbekannte, irritierende Art. Sie weckte etwas in ihm, das er bereits für alle Zeiten vergessen geglaubt hatte. Unsicher musterte er sie, und zum ersten Mal, seit er sie getroffen hatte, sah er nicht das kleine Mädchen, sondern sah sie als die junge Frau, die sie in Wahrheit schon war.

Ihre Hand tastete sanft über seinen Arm und ließ eine Gänsehaut über seinen Rücken kriechen. Wieder sträubte sich etwas in ihm gegen die Berührung, und wieder unterdrückte er dieses Gefühl. Er war ein erwachsener Mann und niemandem für seine Empfindungen und Gedanken Rechenschaft schuldig – auch nicht seiner Erinnerung an Lyn, wie er fälschlicherweise so lange geglaubt hatte.

Aylas Hand erreichte seine Schulter, seinen Hals, tastete über sein Gesicht. Seine Haut schien zu brennen, wo ihre Finger sie berührten. Ihr warmer Atem traf seine Wange.

Ein fast schmerzhaftes Verlangen erwachte in ihm und spülte auch den Rest seines Widerstandes fort. Er presste sie an sich und küsste sie; hart und besitzergreifend. Seine Finger glitten über ihren heißen Körper, streichelten ihre Brüste, glitten tiefer.

Sie löste sich aus seiner Umarmung, stand auf und griff nach seiner Hand.

»Komm«, sagte sie und führte ihn zu seiner Hütte.

Torian wehrte sich nicht.

☆

Die Schatten der Abenddämmerung tanzten im Inneren der kleinen Hütte, nisteten in den Ecken, aus denen sie das Kerzenlicht nicht zu vertreiben vermochte, und erfüllten sie mit düsterem Leben, aber zum ersten Mal seit langer Zeit fürchtete sich Torian nicht vor ihnen. Ayla war an seiner Schulter eingeschlafen. Ihr Kopf ruhte auf seinem Arm, ließ ihn schwer und taub werden, doch er zog ihn nicht weg, um sie nicht aufzuwecken.

Auch Torian fühlte sich müde und auf eine wohlige Art erschöpft. Abgesehen von einem kurzen Spaziergang um die Mittagsstunde hatten sie die Hütte den ganzen Tag nicht mehr verlassen. Sie hatten sich geliebt; anfangs mit einer fast ekstatischen Leidenschaft, später zärtlich und liebevoll. Ayla war keine Jungfrau mehr, aber noch ziemlich unerfahren gewesen; sie kannte nicht die zahlreichen Varianten und Tricks der Dirnen, mit denen er in den letzten Jahren das Bett geteilt hatte, aber sie war die Erste gewesen, die nicht nur sein körperliches Verlangen hatte stillen können, sondern auch die brennende Gier in seinem Inneren. Anders als all die anderen Male zuvor waren seine Empfindungen nach dem Geschlechtsakt nicht in Schuldgefühle und Verachtung gegen seine Gespielin und sich selbst umgeschlagen. Im Gegenteil. Ayla hatte die Sehnsucht nach mehr in ihm geweckt.

Sie schlief nicht sehr fest, von Zeit zu Zeit murmelte sie leise, unverständliche Worte, die ihn an das behagliche Schnurren einer Katze erinnerten. Er ließ seinen Blick liebevoll über ihren Körper schweifen. Ihre Haut war weich und sonnengebräunt. Das dunkle Haar fiel ihr wie ein Schleier über das Gesicht, konnte aber nicht verbergen, dass sie noch im Schlaf lächelte.

Ganz vorsichtig bewegte er den Arm, trotzdem spürte Ayla die Bewegung und schlug die Augen auf.

»Tut mir Leid. Ich wollte dich nicht aufwecken.«

»Und ich wollte gar nicht einschlafen.« Sie gähnte. »Es ist spät geworden. Haben wir noch etwas Wein?«

Torian griff nach dem Tonkrug, dann schüttelte er den Kopf. »Leer.«

Sie stand auf, griff nach ihrem Gewand und streifte es in einer anmutigen Bewegung über. »Ich hole neuen. Und etwas Braten.«

Torian nickte und stemmte sich halb auf die Ellenbogen hoch.

Wortlos sah er zu, wie Ayla die Hütte verließ, aber er blickte selbst dann noch zum Ausgang, als ihre Schritte schon längst draußen verklungen waren. Er fühlte sich ... sonderbar auf eine Art, die er kaum in Gedanken, geschweige denn in Worte fassen konnte. Aber es war eine angenehme Art von Verwirrung, mit der ihn die Geschehnisse des letzten Tages erfüllten. Sicherlich war es nicht die große Liebe, die Aylas Küsse in ihm entfacht hatten, da machte er sich nichts vor, und sie sich bestimmt auch nicht. Aber er verspürte in der Nähe des Mädchens etwas, das fast ebenso wichtig war, vielleicht wichtiger: Geborgenheit. Geborgenheit und Freundschaft, ein Wort, das so simpel klang und doch so unendlich wehtat, wenn es fehlte.

Torian lächelte still in sich hinein, schlug die dünne Decke zur Seite und schlüpfte ebenfalls in seine Kleider.

Ziellos verließ er die Hütte und sah sich auf dem Dorfplatz um. Nach allem, was in den letzten Tagen hier geschehen war, bot die Siedlung der Laa einen fast absurd friedlichen Anblick; die wenigen Menschen, denen er überhaupt begegnete, verrichteten ihre Arbeiten ohne Hast und mit guter Laune – Torian hörte Lachen, Scherzworte flogen hin und her, nicht weit von Aylas Hütte spielten zwei Kinder am Boden, aus der Ferne und diskret beobachtet von einer jungen Frau, die Torians Blick mit einem Heben der Hand und einem herzlichen Lächeln beantwortete. Ein paar Männer kamen von der Jagd oder beladen mit hohen Körben voller Früchte vom Feld. Es war sehr warm, aber die Hitze hatte noch nicht jenes Maß erreicht, ab dem man sie als störend empfand. Das Sonnenlicht brannte nicht in seinen Augen, sondern war zwar sehr hell, aber trotzdem mild. Vielleicht war es das erste Mal seit ... ja, seit *Jahren,* überlegte Torian, dass er sich wirklich zufrieden fühlte. Nicht glücklich, wenn man damit jene überschwängliche Art von Glück meinte, die Verliebte manchmal spüren und die rasch und unversehens zu einem verzehrenden Feuer werden konnte; aber *zufrieden.* Vielleicht war das mehr, denn dies war ein Zustand, der durchaus dauerhaft anhalten konnte.

Torian lächelte bei diesem Gedanken, sah sich nach Ayla um und schlenderte zu Shyleens Hütte hinüber, als er sie draußen nirgends entdeckte. Der Eingang war verschlossen, aber als Torian stehen blieb und lauschte, hörte er eindeutige Geräusche: Garths Stimme, Shyleens glockenhelles Lachen und das Klappern und Klirren von Essgeschirr, sodass er sicher war, nicht etwa zu stören oder gar in einem peinlichen Moment hineinzuplatzen.

Er räusperte sich übertrieben laut, trat mit gesenktem Kopf in die Hütte und erwiderte Garths fröhlichen Gruß mit erhobener Hand. Shyleen sah ihn nur an, aber vielleicht zum allerersten Mal überhaupt, seit er sie kannte, bemerkte er einen Ausdruck wirklicher Freundschaft in ihrem Blick. Es tat gut, dachte er, Freunde zu haben.

»Hallo, Torian«, begrüßte ihn Garth lächelnd, in fast aufgeräumter Stimmung, und begleitete seine Worte mit einer einladenden Geste auf die dünne Bastmatte, die den Boden bedeckte. Torian dachte an Ayla, die jetzt vielleicht schon zurück sein und ihn vermissen mochte, folgte der Einladung aber dann trotzdem; immerhin brauchte er ja nicht lange zu bleiben. Er setzte sich und nahm einen Schluck von dem leichten Wein, den Shyleen ihm reichte.

»Wir planen gerade den morgigen Tag«, sagte Garth. Seine riesige Hand legte sich bei diesen Worten auf Shyleens Schulter, und Torian registrierte mit einem leisen Gefühl von Verwirrung, dass sich die Magierin wie selbstverständlich an Garths Seite kuschelte. Warum irritierte ihn dieser Anblick eigentlich so?

»Shyleen und ich wollen einen Ausflug in die Berge unternehmen«, fuhr Garth fort, als Torian nicht auf seine Worte reagierte. »Warum begleitest du uns nicht?«

»Morgen?« Erneut spürte Torian ein sonderbares Gefühl von Irritation, und erneut konnte er es sich nicht erklären. Irgendetwas Besonderes war morgen. Aber er hatte vergessen, was.

Garth nickte geschäftig. »Wieso nicht?«, fragte er. »Wir sind bis zum Abend zurück. Immerhin«, fügte er mit einem fast verschmitzten Lächeln hinzu, »wollen wir ja das große Fest nicht verpassen, oder?«

»Was für ein … Fest?«, fragte Torian schleppend. Das Denken fiel ihm immer schwerer. Garths Worte waren falsch, falsch, falsch, aber er wusste einfach nicht, wieso.

»Was für ein Fest?« Garth schürzte die Lippen und lachte, ein bisschen zu laut und ein bisschen zu abfällig, als dass es echt klingen konnte. »Du machst Scherze, wie?«, fragte er. »Shyleens Krönung natürlich.«

»Shyleens *Krönung*!«, wiederholte Torian verwirrt. »Was für eine … Krönung?« Seine Gedanken liefen immer schleppender ab. Er konnte sich nicht mehr konzentrieren, hatte Mühe, Garths Worte überhaupt noch zu *verstehen,* geschweige denn, ihnen irgendeinen Sinn abzugewinnen. Er spürte nur, dass irgendetwas falsch war, irgendetwas ganz und gar nicht so lief, wie es sein sollte. Was war nur mit dem nächsten Tag?

Garth runzelte übertrieben gekünstelt die Stirn und legte den Kopf schräg. »Sag mal – ist das jetzt ein Scherz, oder hat man dir wirklich nichts gesagt?«, fragte er.

»Was – gesagt? Ich weiß von nichts.« Er tauschte einen fast Hilfe suchenden Blick mit Shyleen, aber auch in ihren Augen war nur eine leise Verwunderung zu erkennen; und der gleiche mühsam unterdrückte Spott wie in Garth' Blick.

»Sie machen unsere kleine Shyleen zu ihrer Königin«, erklärte Garth. »Heute Morgen war eine Abordnung der Ältesten hier, während du …« – er grinste anzüglich – »… nun ja, mit Ayla *beschäftigt* warst.«

»Ihrer Königin«, echote Torian dümmlich. »Wieso? Sie sind doch bislang sehr gut ohne …«

Garth grinste und drohte ihm spielerisch mit dem Zeigefinger. »Jetzt beschwer dich nicht«, sagte er. »Immerhin hast du die Stelle als Obergott nicht haben wollen, oder? Und wieso auch nicht? Sie ist eine Magierin.« Er zuckte mit den Achseln, als wäre dies nicht allein Begründung genug. »Die Laa brauchen einen Führer«, fuhr er fort, ehe Torian irgendetwas einwenden konnte. »Sie brauchen ihn schon lange.«

»Aber sie –«

»Sie sind ein gutes Volk«, fiel ihm Shyleen ins Wort. »Aber sie werden den Krieg gegen die Echsen verlieren, wenn sie niemanden finden, der ihnen hilft.«

»Und du bist dieser *Jemand*?«, vergewisserte sich Torian.

Shyleen nickte. »Warum nicht? Mit Garths und deiner Hilfe sollte es uns gelingen, diese Schuppengesichter zum Teufel zu jagen, oder?«

Echsen?, dachte Torian. Der Schleier, der sich über seine Erinnerungen gelegt zu haben schien, riss ein ganz kleines Stück auf. Es gab diese Echsenkrieger. Er hatte nicht mehr an sie gedacht, hatte sie schlichtweg vergessen. Aber da war noch etwas, etwas, das mit den Echsen eng verbunden war. Mühsam versuchte er sich zu erinnern.

»Und … der Tempel?«, fragte er zögernd. Es kostete ihn Mühe, die Worte auszusprechen. Es war, als wollte ihn irgendetwas daran *hindern,* es zu tun.

»Tempel?« Shyleen sah ihn einen Moment lang irritiert an; und für die gleiche, unendlich kurze Zeitspanne hatte Torian das Gefühl, dass sie nicht einmal wusste, wovon er eigentlich sprach. Dann lächelte sie flüchtig und nervös und machte eine wegwerfende Handbewegung. »Sicher, der Tempel«, ging sie auf seine Frage ein. »Wir finden ihn. Sobald wir mit diesen Echsen fertig sind. Es wird nicht lange dauern.«

Nicht lange dauern?!, dachte er entsetzt. *Aber sie –*

Etwas fuhr wie ein unsichtbarer stählerner Besen in seinen Kopf und wischte den Gedanken beiseite, und plötzlich kam er sich selbst lächerlich und dumm vor. Natürlich hatte Shyleen Recht – sie hatten so viele Mühen auf sich genommen, so viele Gefahren überlebt und so viele Strapazen durchlitten, um den Tempel der Unsterblichkeit zu finden, dass es wirklich keine Rolle mehr spielte, ob sie ihn ein paar Tage früher oder später aufsuchten. Bei allen Göttern, die Unsterblichkeit wartete auf sie – spielte es da irgendeine Rolle, ob sie jetzt oder in einer Woche oder in einem Monat ans Ziel gelangten?

Er lächelte. »Natürlich«, sagte er. »Ich begleite euch gerne morgen. Aber jetzt entschuldigt mich – Ayla wartet sicher schon.«

Garth grinste breit. »Lass dich nicht aufhalten. Wir beide vertreiben uns die Zeit schon allein. Morgen bei Sonnenaufgang. Und bring einen guten Wein mit, damit wir unterwegs nicht verdursten.«

»Das werde ich«, versprach Torian.

Ohne ein weiteres Wort verließ er die Hütte. Wie er befürchtet hatte, wartete Ayla bereits auf ihn. Torians schlechtes Gewissen rührte sich spürbar, als ihm klar wurde, dass das Mädchen in Sorge um ihn gewesen sein musste, schließlich hatte er ihr weder gesagt, wohin er ging, noch, wie lange er ausblieb. Aber sie verlor kein Wort über seine Abwesenheit, und auch in ihrem Blick war nicht einmal die Spur irgendeines Vorwurfes, als sie aufsah und ihn anlächelte.

Ja, dachte Torian, während er sich neben sie sinken ließ und die Hände nach ihr ausstreckte. Es tat gut, Freunde zu haben. Und er hatte sich geirrt vorhin – er war nicht nur *zufrieden.* Er war glücklich. Und er wünschte sich, dass dieser Moment nie, nie vorüberging.

☆

In dieser Nacht träumte er; einen Albtraum, so entsetzlich, dass er die Furcht nicht einmal dann abschütteln konnte, als er mitten in diesem Traum begriff, dass er träumte: Er träumte, mitten in der Nacht aufzuwachen, geweckt durch ein Geräusch oder vielleicht auch nur durch die tiefe Stille, die sich über der Hütte ausgebreitet hatte, und er träumte, dass er die Augen aufschlug und Ayla nackt und zusammengekuschelt wie ein Kind neben sich schlafen sah. Aber es war nicht mehr die Ayla, die er kannte, sondern ein Zerrbild des Mädchens: alt und verbraucht, ausgemergelt bis zum Skelett und mit Wunden und großen, eiternden Stellen voller Ausschlag und Grind übersät. Ein schrecklicher Geruch nahm ihm den Atem, und als er aufschaute, erkannte er auch, woher er kam: Er war nicht länger in Aylas Hütte, auch nicht mehr im Dorf der Laa, sondern lag auf einem Lager aus faulendem Laub unter dem Kuppeldach einer gigantischen, feuchten Höhle, die nur trübe von ei-

nem halben Dutzend kleiner Feuer erhellt wurde. Andere Gestalten, Männer und Frauen und Kinder, alle so schrecklich ausgezehrt und krank wie Ayla, lagen schlafend um diese Feuer herum, und dann und wann war ein leises Stöhnen zu vernehmen. Dann fiel sein Blick auf zwei Gestalten, die nur wenige Schritte von ihm entfernt waren, schlafend und zum Schutz vor der beißenden Kälte eng aneinander gekuschelt wie Ayla und er, und im ersten Moment begriff er gar nicht, warum ausgerechnet diese beiden seine Aufmerksamkeit erregten; bis er erkannte, dass es Shyleen und Garth waren, die der Traum als Einzige nicht zu Schreckgespenstern gemacht hatte.

Voller Entsetzen richtete er sich ganz auf und sah an sich herab, darauf gefasst, auch seinen Körper gealtert und fast zum Greis verfallen zu erblicken – aber es war wie bei Garth und Shyleen: Er selbst schien nicht Teil dieses Albdruckes zu sein; er war jung und kräftig wie immer, mit ein paar neuen Wunden, die bereits zu heilen begannen, aber unverändert.

Seine abrupte Bewegung weckte Ayla – oder das, wozu sie sich in diesem Traum verändert hatte. Mühsam setzte sie sich auf und sah ihn einen Augenblick lang aus trüben, blutunterlaufenen Augen an; Augen, in die Hunger und Resignation und Schmerz unauslöschliche Spuren gegraben hatten. Torian versuchte vergeblich, das Entsetzen zu unterdrücken, mit dem ihn ihr Anblick erfüllte.

»Ihr Götter!«, stammelte er. »Ayla! Was ist … mit dir … geschehen?!«

Für den Bruchteil einer Sekunde erschrak sie. Panik lag in ihrem Blick. Ihre dürren, mit kleinen, eiternden Wunden übersäten Hände hoben sich, tasteten zitternd nach seinem Gesicht und erstarrten mitten in der Bewegung. Dann lächelte sie.

»Geschehen?«, fragte sie. »Was meinst du?«

»Dein … dein Gesicht!«, keuchte Torian. Seine Stimme drohte zu versagen. »Ayla, was ist hier –«

»Nichts«, unterbrach ihn Ayla. Sie lächelte, aber ihre Lippen waren so dünn und blutleer und der Mund dahinter so rot, dass es aussah, als entstünde eine breite, blutige Wunde in ihrem Gesicht. To-

rian unterdrückte mit aller Kraft den Impuls, zu schreien und sie einfach von sich zu stoßen.

»Nichts ist geschehen, Torian«, beruhigte sie ihn kichernd. »Du träumst. Manchmal schicken uns die Echsen böse Träume, um uns zu quälen, weißt du? Schlaf weiter.«

Torian gehorchte.

☆

Als er am nächsten Morgen erwachte, hatte er den Traum vergessen, aber etwas blieb zurück; etwas wie ein schlechter Geschmack in seinen Gedanken, den er den ganzen Vormittag über nicht loswurde, ganz gleich, wie sehr er versuchte, sich abzulenken, oder wie sehr Garth und Shyleen oder auch Ayla – denen seine gedrückte Stimmung natürlich keineswegs entging – auch versuchten, ihn aufzuheitern.

So war es denn auch mehr sein eigenes Bedürfnis, sich auf andere Gedanken zu bringen, als wirkliches Interesse, das ihn bewog, seine Zusage vom vergangenen Tag einzuhalten und Garth und Shyleen bei ihrem Ausflug in die Berge zu begleiten. Die Laa erhoben keine Einwände, als sie das Dorf verließen – immerhin war heute der *Siegestag*, sodass mit einem Angriff der Echsen nicht zu rechnen war, und auch die mörderische Natur des Tales konnte ihnen nichts anhaben, solange sie sich vom Fluss fern hielten und nicht etwa auf die Idee kamen, ihn überschreiten zu wollen.

Aber ihr Weg führte in die entgegengesetzte Richtung, und schon nach weniger als einer halben Stunde hatten sie alles vergessen, was jenseits der Trennlinie aus Wasser lag, die dieses Tal in eine bewohnbare und eine tödliche Hälfte teilte.

Es war wie ein Ausflug ins Paradies.

Der Weg war anstrengend, aber nicht zu schwer, und die Müdigkeit, die sich bald in ihren Gliedern breit machte, war von sehr angenehmer, entspannender Art.

Stundenlang wanderten sie durch eine unberührte Gegend, die von einer wilden, bizarren Schönheit erfüllt war: Gigantische Felslandschaften wechselten mit kleinen, von verträumten Hainen erfüllten Tälern ab, tosende Wasserfälle mit sprudelnden Bächen von kristallener Klarheit, sanft abfallende Hänge mit jähen Schluchten, in deren Tiefe sich ihr Blick verlor, ohne auf einen Grund zu treffen. Nichts von alledem war Torian fremd oder neu – er hatte all dies und tausend andere Wunder der Natur schon hundertfach gesehen, an hundert verschiedenen Orten auf der Welt, aber niemals in solcher überschwänglichen Fülle, und niemals in solcher Reinheit. Es war, als sähe er zum ersten Mal *wirkliche* Schönheit, es schien keine Zwischentöne zu geben: In die majestätische Größe dieser Berge mischte sich keine Gefahr, in den wild wuchernden Wuchs der Wälder kein Verfall, in das kristallklare Wasser der Bäche kein Sandkorn. Er kam sich vor, als wandere er durch ein Bild, das ein begnadeter Maler unmittelbar nach seinen Träumen gemalt und ein Magier zur Wirklichkeit erweckt hatte.

Sie strichen fast ziellos durch die Berge, bis die Sonne ihren höchsten Stand erreicht hatte und weiterwanderte, dann rasteten sie eine Stunde, ehe sie sich auf den Rückweg machten. Obwohl keiner von ihnen besondere Acht auf die Strecke gegeben hatte, fanden sie den Weg zurück mit nahezu traumwandlerischer Sicherheit. Müde und auf sehr angenehme Art erschöpft kehrten sie mit dem letzten Licht der untergehenden Sonne ins Dorf der Laa zurück.

Sie platzten mitten in die letzten Vorbereitungen der Krönungszeremonie hinein. Der Platz zwischen der Hand voll kleiner Hütten hatte sich verändert. In seiner Mitte brannte jetzt ein hell loderndes Feuer, die Hütten selbst und auch der Weg zum See hinunter waren mit Blüten und kunstvoll geflochtenen Girlanden geschmückt, und von der anderen Seite des Ortes wehte ein Durcheinander scheinbar wahllos gespielter Musikinstrumente zu ihnen. Es dauerte einen Augenblick, bis Torian begriff, dass er vergeblich versuchen würde, eine Melodie zu identifizieren: Offensichtlich probten einige Laa einfach auf ihren Instrumenten, und in kindlicher Unbefangenheit war es ihnen ziemlich gleichgültig, dass drei Dutzend andere in ihrer unmittelbaren Umgebung dasselbe taten.

Torian verabschiedete sich flüchtig von Shyleen und Garth und trat in seine Hütte, in der Ayla bereits auf ihn wartete. Sie saß mit dem Rücken zur Tür da und war damit beschäftigt, sich einen Blütenkranz ins Haar zu flechten. In der linken Hand hielt sie einen Spiegel, und für den Bruchteil eines Herzschlages fiel Torians Blick in diesen Spiegel.

Er erstarrte, als er das Gesicht darin sah.

Es war nicht Aylas Gesicht.

Im gleichen Moment, in dem er über Aylas Schulter hinweg in den Spiegel blickte, erinnerte er sich wieder an seinen Albtraum, und es war das Gesicht aus diesem Traum, eine zerfallene graue Fratze, in die Krankheit und Not ihre Spuren gegraben hatten und aus der blutunterlaufene, trübe Augen voller Hass und gleichzeitigem Erschrecken seinem Blick begegneten.

Dann senkte Ayla den Spiegel und drehte sich gleichzeitig herum, und die Illusion zerplatzte; ihr Gesicht war wieder normal, das zarte, immer zu einem leisen Lächeln verzogene Antlitz des Mädchens, das ihn zum ersten Mal seit Jahren wieder das Wort *Geborgenheit* gelehrt hatte.

Aber Torian wäre nicht Torian gewesen, hätte er irgendwie anders reagiert, als er es tat: Ohne auf Aylas verwunderten Blick zu achten, trat er an ihr vorbei, nahm ihr den Spiegel aus der Hand und schaute hinein.

Er sah sein eigenes Gesicht. Und es war ganz genau so, wie er es in Erinnerung hatte. Keine Albtraumvisage.

»Was hast du?«, fragte Ayla. Ihre Stimme klang gleichzeitig verwirrt wie alarmiert.

Torian ließ den Spiegel wieder sinken, lächelte verlegen und schüttelte hastig den Kopf. »Nichts«, antwortete er. »Entschuldige. Ich … hatte heute Nacht einen üblen Traum, das ist alles.«

»Und mein Spiegel spielte darin eine Rolle?«, fragte Ayla spöttisch.

Torians Lächeln wurde noch ein wenig verlegener. »Natürlich nicht«, log er. »Vergiss es. Ich bin nervös, das ist alles.«

»Sicher«, pflichtete Ayla verständnisvoll bei. »Du hast viel durchgemacht auf dem Weg hierher. Aber das wird sich geben.« Sie stand auf, schob mit der linken Hand die Blüten in ihrem Haar zurecht und küsste ihn flüchtig. Aber als er nach ihr greifen und sie fester an sich ziehen wollte, entschlüpfte sie ihm mit einer fließenden Bewegung und schüttelte lächelnd den Kopf.

»Dazu ist jetzt keine Zeit«, erklärte sie, während sie ihm spielerisch mit dem Zeigefinger drohte. »Die Zeremonie beginnt, sobald die Sonne vollends untergegangen ist. Du willst doch nicht den glücklichsten Moment im Leben deiner Freunde verpassen, oder?«

»Natürlich nicht«, erwiderte Torian hastig. Er trat einen Schritt zurück, bückte sich, um den Spiegel wieder zu Boden zu legen – und ertappte sich dabei, ihn für einen winzigen Moment so zu halten, dass sich Aylas Gestalt in dem polierten Silber brach.

Aber nichts daran hatte sich verändert. Sie war jung und schön und unschuldig wie immer.

Torian legte den Spiegel hastig endgültig aus der Hand und schalt sich in Gedanken einen misstrauischen Narren. Wenn er nicht Acht gab, würde er alles zerstören. Diese Menschen hier – und allen voran Ayla – hatten nichts anderes im Sinn, als Shyleen, Garth und ihn glücklich zu machen, und er suchte fast krampfhaft nach …

Ja – wonach eigentlich?

Verwirrt richtete er sich auf, blickte auf den zierlichen Silberspiegel zu seinen Füßen hinab und zerbrach sich vergebens den Kopf darüber, was daran sein Misstrauen erweckt haben mochte. Irgendetwas war nicht in Ordnung gewesen, als er hier hereingekommen war – aber *was*? Etwas hatte sein Misstrauen geweckt, etwas, das mit diesem Spiegel zusammenhing oder dem, was er darin gesehen hatte, aber er konnte sich einfach nicht mehr daran erinnern, was es gewesen war …

Torian fühlte sich wie betrunken. In seinem Kopf drehte sich alles. Er machte einen Schritt auf Ayla zu, blieb wieder stehen und streckte die Hände nach ihr aus. Er wankte. Ayla machte keine Anstalten, ihn zu stützen, sondern sah ihn nur an, auf eine sehr sonderbare, fragende Art, in der nichts Feindseliges, aber auch ganz und gar nichts Warmes mehr war.

»Was ist mit dir?«, fragte sie. »Fühlst du dich nicht wohl?«

»Doch«, log Torian. »Es ist … nichts. Ich bin … ein wenig müde – glaube ich. Der Tag war anstrengend.«

»Warum ruhst du dich nicht aus?«, fragte Ayla. »Schlaf. Ich wecke dich, wenn das Fest beginnt.« Sie lächelte, ihre Stimme war warm und sanft wie immer, aber etwas war … *falsch* daran. Auf entsetzliche Weise falsch. Er schaute sie an, und für den Bruchteil einer Sekunde war ihr Gesicht wieder das Gesicht einer alten Frau, dann zerplatzte die Illusion abermals. Torian stöhnte.

»Du solltest dich wirklich hinlegen«, riet Ayla. Sie klang jetzt wirklich besorgt – aber etwas an dieser Sorge war *nicht richtig.* Es war keine Sorge, die *ihm* galt. »Ruh dich aus, Torian. Ich rufe jemanden, der dir hilft.«

»Nein!«, sagte – nein, *schrie* – Torian. Ayla riss verblüfft die Augen auf, und Torian versuchte, seinen ungewollt scharfen Ton durch ein hastiges Lächeln zu mildern. »Ich … brauche vielleicht einfach nur ein wenig frische Luft«, gab er vor und deutete mit einer Kopfbewegung zur Tür zurück. »Ich gehe noch ein wenig zum See hinunter. Nicht lange.«

Ayla sah ihn nachdenklich an. Dann, nach einer geraumen Weile, nickte sie. Sie lächelte wieder, aber ihr Blick blieb ernst. Torian war nicht sicher, ob der Ausdruck in ihren schmalen Augen Sorge oder etwas völlig anderes war. »Tu das«, stimmte sie zu. »Ich hole dich, sobald das Fest beginnt.«

Torian floh mehr aus der Hütte, als er ging. Im Sturmschritt durchquerte er den Ort und lief die wenigen Dutzend Schritte bis zum Ufer des kleinen Sees hinunter. Aber selbst dort angekommen, fand er keine Ruhe, zumindest nicht sofort. Alles in ihm war aufgewühlt, seine Gefühle ein tobender Ozean, ohne dass er überhaupt sagen konnte, *was* es war, das ihn so erregte.

Fast gewaltsam zwang er sich zur Ruhe. *Was war nur mit ihm los?* War er schon so sehr daran gewöhnt, immerzu zu kämpfen und davonzulaufen, dass er vielleicht gar nicht mehr in der Lage war, echte Gefühle zu genießen? War er vielleicht einfach nicht mehr fähig, jemandem zu vertrauen, uneingeschränkt und blind zu vertrauen, wie es Menschen, die sich lieben, nun einmal tun? Oder …

Ja, dachte er, plötzlich ganz ruhig, oder stimmte hier *wirklich* etwas nicht?

Mit erzwungen ruhigen Schritten ging Torian zu einem der rund geschliffenen Felsen, die das Ufer des kleinen Sees säumten, und setzte sich darauf. Es war derselbe Felsen, auf dem er vorgestern gesessen und mit Ayla geredet hatte, während sie Garth und Shyleen zusahen, die im Wasser tollten, und die Erinnerung an diese kurze Szene stieg rasch und bitter in Torian auf. Er kam sich schäbig vor, und er schämte sich seiner eigenen Gefühle, denn Ayla und ihrer Aufrichtigkeit zu misstrauen, das bedeutete gleichzeitig – ob er es wollte oder nicht –, an Shyleens und Garths Glück zu zweifeln. Wenn falsch war, was er erlebte, war auch falsch, was sie erlebten, und …

Er spürte, dass seine Gedanken begannen, sich im Kreise zu drehen, und schloss mit einem Stöhnen die Augen. Torian ballte die Fäuste, so fest er konnte, und wartete auf den Schmerz, der ihn ablenken würde. Aber er kam nicht.

Nach einer Weile öffnete er die Augen wieder und starrte auf den See hinab. Sein eigenes Gesicht spiegelte sich auf der Oberfläche des schwarzen Wassers, nicht viel mehr als ein Umriss, in dem das Weiß der Augen wie zwei winzige weiße Sterne zu leuchten schien.

Wie *die einzigen Sterne* auf diesem See.

Es war wie ein Schlag.

Drei, vier Sekunden lang saß Torian einfach da und starrte auf den See hinab, und dann, endlich, begriff er, was mit diesem See nicht stimmte. Vielleicht mit diesem ganzen Tal.

Es gab keine Sterne.

Er wusste, dass der Himmel über ihm voller glitzernder Sterne war, viel mehr und viel klarere Sterne, als er es vom Himmel seiner Heimat her gewohnt war, aber auf dem still daliegenden Wasser *spiegelte sich nichts*, nicht der winzigste Lichtschimmer!

Torians Kopf flog mit einem Ruck in die Höhe.

Über ihm prangte das silberweiße Band der Milchstraße wie ein achtlos hingeworfenes Diadem der Götter. *Aber der See war leer.*

Er war leer, weil es am Himmel über ihm in Wahrheit keine Sterne gab. *Weil es in Wahrheit überhaupt keinen Himmel über ihm gab!*

Und endlich begriff Torian wirklich …

Noch einmal vergingen drei, vier kostbare Sekunden, ehe es ihm gelang, die ganze schreckliche Tragweite seiner Entdeckung zu verarbeiten, dann fuhr er mit einem Schrei herum und rannte los, auf das Dorf und den lodernden Feuerschein in seiner Mitte zu. Er musste Garth und Shyleen warnen, ihnen sagen, dass …

Er kam nur wenige Schritte weit.

Die Gestalten lösten sich aus den Schatten der Bäume, die keine Bäume waren, traten auf den Weg hinaus, der kein Weg war, und bildeten eine Mauer aus Leibern zwischen ihm und dem Dorf, das keines war.

Es waren viele, ein Dutzend, vielleicht anderthalb, und obwohl sie waffenlos waren, spürte Torian die stumme Drohung, die von ihnen ausging. Er wich einen Schritt zurück, hörte ein Rascheln und Schleifen hinter sich und wusste, dass die ewige Nacht hier unten nun auch hinter seinem Rücken Gestalten ausgespien hatte, mörderische Schatten, die nur in der Wirklichkeit lebten und verblassen würden, sobald er sich der Verlockung der Träume wieder hingeben würde.

Aber das konnte er nicht. Er hätte es nicht einmal mehr gekonnt, wenn er es gewollt hätte.

Einer der Schatten trat langsam auf ihn zu und wurde von einem flachen Schemen zu einer Gestalt. Ayla. Die Ayla aus seinem Traum, der Wirklichkeit war, nicht die Ayla der Wirklichkeit, die Illusion gewesen war.

»Tu es nicht, Torian Carr Conn«, krächzte sie. Ihre Stimme war ein heiseres Fisteln, verzerrt und kaum mehr menschlich, kaum mehr zu verstehen. Allein ihr Klang ließ Torian einen eisigen Schauer über den Rücken laufen. Er war plötzlich fast froh, ihr Gesicht nicht genau erkennen zu können.

»Du würdest deine Freunde töten, wenn du versuchtest, sie zu warnen.«

Torian starrte sie an. Er wollte etwas erwidern, aber seine Stimme versagte ihm den Dienst. Plötzlich dachte er an all die Stunden, die er mit Ayla verbracht hatte, an all die Dinge, die sie miteinander getan hatten, und ein Gefühl unbeschreiblichen Entsetzens stieg in ihm auf. Kein Ekel, kein Widerwillen, nichts von dem, was er erwartete, sondern nur Entsetzen.

»Wer seid ihr?«, flüsterte er.

»Die Laa«, antwortete Ayla. »Das verlorene Volk. Suchende wie ihr, die einem Traum gefolgt sind.«

»Wer bist du?«, keuchte Torian. »Ayla, wer –«

»Ich bin Ayla«, antwortete Ayla. »Die Ayla, die du kennen gelernt hast. Ich …« Sie stockte, machte eine vage Handbewegung, deren genaue Bedeutung Torian nicht erkannte, und fügte etwas leiser hinzu: »…wie sie. Wie wir alle. Wie auch du und deine Freunde.«

»Dann war alles … Lüge?«, stammelte Torian. »Alles nur Illusion? Alles, was –«

»Nein«, unterbrach ihn Ayla. Obgleich ihre Stimme noch immer dieses entsetzliche Keuchen und Kreischen war, glaubte Torian doch so etwas wie echte Trauer darin zu erkennen, ein Bedauern, das ihm galt und zwar ohne Gnade, aber nichtsdestoweniger echt war.

»Nein«, bekräftigte Ayla noch einmal. »Nichts war erlogen, Torian. Ich *war* Ayla, als ich hierher kam, so wie alle anderen die waren, als die du sie kennen gelernt hast. Wir waren wie du. Auch wir waren auf der Suche nach der Unsterblichkeit. Dem großen Traum der Menschen – und nicht nur der Menschen. Unsterblichkeit. Das ewige Leben.« Sie lachte bitter. »Unsterblichkeit«, wiederholte sie noch einmal.

»Aber warum?«, murmelte Torian. Er machte einen Schritt auf Ayla zu, und die Mauer der Schatten kam näher. Torian blieb wieder stehen. »Warum, Ayla?«, fragte er ein zweites Mal. »Warum … tut ihr uns das an?«

»Nicht wir sind es, die euch all diese Dinge antun«, widersprach Ayla. »Ihr selbst seid es.« Sie machte eine heftige Handbewegung. »Die Unsterblichkeit ist hier«, sagte sie. »Begreif doch! *Dies* ist der

Tempel der Unsterblichkeit. Ich bin seit Jahrzehnten hier, so wie andere seit Jahrhunderten und wieder andere seit Jahrtausenden. Und auch ihr werdet bleiben.«

Alles in Torian weigerte sich zu glauben, was er hörte. Es war unmöglich. *UNMÖGLICH!* Es konnte nicht sein, weil es nicht sein *durfte*!

»Das ist eine Falle«, behauptete er. Ayla widersprach nicht, und so fuhr er fort: »Es ist die letzte Falle, nicht wahr? Ich meine, ihr alle habt den gleichen Weg hinter euch gebracht wie wir. Ihr habt das Pflanzenmonster besiegt, ihr seid dem Gras entkommen und den Echsen, und ihr habt auch die Stadt überlebt. Aber das, was ihr gesucht habt, gibt es hier in Wahrheit nicht, hat es nie gegeben. Die Kristallfürstin, ihr Geheimnis – das ist alles nur Legende.«

Ayla antwortete noch immer nicht, und Torian wertete ihr Schweigen als Zustimmung. Plötzlich sah er alles ganz deutlich vor sich: Ayla und all diese anderen Zerrbilder ihres früheren Selbst waren wie sie gewesen, die Zähesten der Zähen, die alle Gefahren irgendwie gemeistert und den Tempel der Unsterblichkeit – fast – gefunden hatten. Aber es gab eine letzte Falle, und in dieser waren sie alle hängen geblieben: diesen Ort. Seine Gefahren waren nicht tödlich. Er vernichtete seine Opfer nicht, sondern lullte sie in einem Netz von Illusionen ein, er tötete nicht, sondern besänftigte wie ein Gift, das seine Opfer nicht umbringt, sondern zu lallenden Idioten macht.

»Wir alle haben bekommen, was wir wollten, nicht wahr?«, fuhr er fort, als Ayla immer noch schwieg und ihn nur weiter stumm und voller Trauer ansah. »Garth hat Shyleen bekommen, Shyleen die Macht, die sie sich immer gewünscht hat. Und ich habe dich bekommen.« Seine Stimme wurde bitter. »Aber es ist doch nichts als Illusion.« Und nach kurzer Pause fügte er hinzu: »Das hier ist die Wirklichkeit. Diese … diese Höhle, Ayla. Dieses stinkende Loch. Eure verfallenden Körper. Euer …«

»Du verstehst nichts«, unterbrach ihn Ayla sanft. »Was ist Illusion, was Wirklichkeit? Was ist schlimm daran, sich einem Traum hinzugeben, wenn dich dieser Traum glücklich macht?«

»Die Tatsache, dass du irgendwann einmal erwachst«, antwortete Torian.

»Hier nicht«, widersprach Ayla. »Du hast uns gesehen, wie wir wirklich sind, Torian. Ja, dein Traum heute Nacht war die Wahrheit. *Jetzt* ist die Wahrheit. Wir sind erwacht, aber nur für einen kurzen Augenblick.«

»Und nur, um mich daran zu hindern, auch Garth und Shyleen aufzuwecken, nicht wahr?«, fragte Torian.

Ayla nickte. »Du würdest alles zerstören«, warnte sie.

»Ich würde sie retten!«, widersprach Torian heftig.

»Aber du hast nicht das Recht dazu«, beharrte Ayla. »Du hast kein Recht, ihnen ihre Träume zu stehlen, Torian. Niemand hat dieses Recht. Du hast es selbst gesagt – alles, was Garth sich wünschte, war Shyleen. Er hat sie bekommen. Und alles, was Shyleen sich je wünschte, war Macht. Sie wird sie bekommen, sobald sie zu unserer Königin gekrönt ist.«

»Und alles, was ich bekomme, bist du?«

Ayla lächelte. Sie wirkte verletzt, aber nicht gekränkt. »Ich kann Lady Lyn für dich sein«, gab sie ihm zu bedenken. »Oder irgendeine andere Frau, die du dir wünschst.«

Und für einen Moment wollte er es wirklich. Für den Bruchteil einer Sekunde zerlief ihr Schattengesicht und formte sich zu den engelsgleichen Zügen Lady Lyns, der einzigen Frau, die er jemals *wirklich* geliebt hatte, und für die gleiche Zeitspanne *wollte* er es.

Aber es war eine Illusion. Nichts als ein Traum, und er würde es immer wissen. Er war kein Mann, der Träume lieben konnte.

»Nein«, sagte er hart. »Ihr belügt euch selbst, Ayla. Ihr seid nicht unsterblich. Seht euch an. Ihr seid alt. Ihr seid krank. Ihr sterbt. Wahrscheinlich zehnmal schneller als wir.«

»Das stimmt«, gestand Ayla mit erstaunlicher Offenheit. »Unser wirkliches Leben hier unten zählt nach Monaten, nicht einmal nach Jahren. Aber was macht das? In unseren Träumen leben wir Jahrtausende, und wir altern nur, wenn wir aufwachen. Die Zeit verliert jede Wirkung. Wir erträumen uns die Unsterblichkeit. Eine Nacht ist wie hundert Jahre, wie tausend, wenn du willst. Du wirst ewig leben, wenn du willst, und schnell sterben, wenn du des Lebens überdrüssig bist.« Sie lächelte. »Gefällt dir diese Welt nicht? Dann erträume dir eine andere, Torian. Ich zeige dir, wie man es macht.«

»Und wenn ich mich weigere?«, fragte Torian ruhig.

»Werden wir dich töten«, antwortete Ayla. »Wir werden nicht zulassen, dass du alles zerstörst. Für dich steht nur dein Leben auf dem Spiel, Torian. Für uns die Ewigkeit. Ein Preis, um den zu kämpfen sich lohnt.«

Torian blickte das zerfallene Greisinnengesicht vor sich lange und sehr traurig an. Er verstand Ayla sogar, und er spürte, dass ihre Feindseligkeit nicht gegen ihn gerichtet war. Sie hasste ihn nicht, so wenig, wie sie ihn wirklich liebte. Für sie und diese anderen bedauernswerten Geschöpfe stand einfach zu viel auf dem Spiel. Und von ihrem Standpunkt aus gesehen hatte sie vermutlich sogar Recht – schließlich: Wo war der Unterschied, ob man wirklich ein Jahrtausend lebte oder es sich in einer Nacht erträumte? Beinahe traurig nickte er, trat einen halben Schritt zurück und hob die Fäuste.

»Dann kämpft«, forderte er.

Und das taten sie.

Es war die Hölle. Die Laa waren unbewaffnet, und nicht einer von ihnen war auch nur im Entferntesten in der Lage, es mit Torian aufzunehmen; aber sie waren *viele,* und sie kämpften mit der Verbissenheit von Menschen, für die mehr als nur *ein* Leben auf dem Spiel stand.

Schon ihr erster Ansturm riss Torian einfach von den Beinen. Dürre, knochige Finger griffen nach ihm, scharrten über sein Gesicht und zerrten an seinem Haar, versuchten, ihm die Augen auszukratzen und ihm Mund und Nase zuzuhalten. Torian schlug und trat verzweifelt um sich, und er spürte, wie entsetzlich seine Hiebe unter den ausgemergelten Gestalten wirkten – die Laa wurden zurück- und zu Boden geschleudert und blieben reglos liegen oder krochen wimmernd davon. Aber für jeden Angreifer, den er abschüttelte, spie die Nacht drei neue aus, und so ausgemergelt und krank die grauen Gestalten aussahen, so zäh waren sie. Es schien nicht möglich zu sein, sie *wirklich* zu verletzen; ausgenommen vielleicht, wenn er mit aller Kraft kämpfte und in Kauf nahm, seine Gegner zu töten. Und das wollte er nicht.

Die Frage war, ob er eine andere Wahl hatte.

Irgendwie gelang es ihm, auf die Füße zu kommen, und irgendwie glückte es ihm auch, sich mit ein paar wütenden Hieben für einen Moment Luft zu verschaffen. Aber es war wirklich nur eine Atempause; als er sich umwandte, begriff er, dass er nun endgültig eingekreist war – und es waren sehr viel mehr Angreifer, als er im ersten Augenblick geglaubt hatte. Gut zwei, wenn nicht drei Dutzend in Lumpen gehüllter Gestalten umgaben ihn wie eine Mauer aus Leibern, aus der sich ihm Dutzende von dürren, fast zum Skelett abgemagerten Händen entgegenstreckten. Und nur die wenigsten von ihnen waren einmal Menschen gewesen.

»Hör auf, Torian!«, forderte Ayla noch einmal. »Wir sind nicht deine Feinde. Wir wollen dich nicht töten! Aber wir müssen es, wenn du nicht aufgibst!«

Das Schlimmste war, dachte er, dass er ganz genau spürte, dass sie Recht hatte – von ihrer Sicht aus. Die Laa *waren* nicht seine Feinde, ebenso wenig wie die Garths oder Shyleens. Sie taten einfach, was sie tun mussten, und sie begriffen wahrscheinlich noch nicht einmal, dass sie nur Werkzeuge waren, ein weiterer winziger Teil der gigantischen Todesmaschinerie, in die irgendetwas dieses Tal verwandelt hatte.

Der Ring aus Körpern zog sich enger zusammen. Torian sah sich wild um. Er war nicht weit vom Dorf entfernt – oder der Stelle, an der er bisher ein Dorf zu sehen *geglaubt* hatte –, aber er wusste, dass sie über ihn herfallen würden, wenn er auch nur *versuchte,* einen Schritt in diese Richtung zu tun. Aber auf der anderen Seite gab es nur Felsen und zerschundenen Boden und – den See.

Als einziger Teil dieser gigantischen Illusion schien er Wirklichkeit zu sein; wenngleich er sich von einem verträumten See in ein ölig schimmerndes Loch verwandelt hatte, dessen bloßer Geruch ihm den Magen herumdrehte.

»Gib auf!«, wiederholte Ayla noch einmal. »Wir sind nicht deine Feinde.«

»Dann lasst uns gehen«, verlangte Torian.

»Das dürfen wir nicht«, antwortete Ayla. Sie klang fast traurig. »Ihr würdet alles zerstören, wenn ihr ginget.«

Völlig warnungslos sprang sie ihn an. Torian reagierte ganz automatisch: Er beugte sich ein wenig zur Seite, duckte sich unter Aylas ausgestreckten Armen hindurch und unterdrückte im letzten Moment den Impuls, ihr die Faust in den Leib zu schlagen. Stattdessen versetzte er ihr noch ein wenig mehr Schwung und ließ sie über seinen gekrümmten Rücken abrollen, sodass sie wie ein lebendes Geschoss in die Menge hinter ihm flog. Vier, fünf Laa gleichzeitig wurden von ihrem Anprall zu Boden gerissen, und die anderen wichen ganz instinktiv ein Stück zurück.

Und Torian nutzte die Chance. Mit einer fast unmöglichen Bewegung fuhr er herum, setzte über die gestürzten Laa hinweg und rannte los, so schnell er konnte. Dürre, mit scharfen Nägeln versehene Klauen griffen nach ihm und hinterließen blutige Kratzer auf seiner Haut, eine Hand klammerte sich an seinen Fuß und versuchte ihn festzuhalten, und etwas traf mit schrecklicher Wucht zwischen seine Schulterblätter, aber Torian lief einfach weiter. Ein Laa wollte ihm den Weg verstellen und wurde glattweg über den Haufen gerannt.

Gehetzt blickte sich Torian um. Die Laa, die nicht unter Aylas Anprall zu Boden gegangen waren, hatten wie ein Mann zu seiner Verfolgung angesetzt, und diesmal, das war ihm klar, würden sie ihn töten, wenn sie ihn einholten. Und trotz ihres gebrechlichen Äußeren waren sie schnell, sehr schnell – sogar schneller als er. Als er das Ufer des Sees erreichte, waren sie kaum mehr eine Armeslänge hinter ihm.

Torian stieß sich mit aller Kraft ab und sprang.

Der Aufprall raubte ihm fast die Besinnung. Der Sprung hatte ihn weit hinausgetragen, aber er war schlecht berechnet gewesen; er tauchte nicht elegant ins Wasser ein, sondern durchbrach seine Oberfläche wie ein flach geworfener Stein. Die Luft wurde ihm aus den Lungen getrieben, und für eine einzelne schreckliche Sekunde hatte er Angst, das Bewusstsein zu verlieren.

Keuchend und mit schwarzen Schleiern vor den Augen kam er wieder an die Oberfläche und holte gierig Luft. Erst dann drehte er sich Wasser tretend um und sah zum Ufer zurück.

Die Laa folgten ihm nicht. Sie waren am Ufer stehen geblieben und starrten hasserfüllt auf ihn herab, aber nicht einer machte auch nur einen Versuch, ihm nachzukommen. *Aber warum nicht?*, dachte er. Torian war eigentlich sicher, dass die Laa schwimmen konnten, letztendlich waren es Männer und Frauen vom Kaliber eines Garth und einer Shyleen gewesen, ehe sie hierher gekommen waren.

Als ihm die Erklärung für das Zögern der Laa einfiel, war es fast zu spät.

Etwas bewegte sich im See. Tief unter ihm, sehr tief, aber nicht tief genug, als dass er die Bewegung nicht spürte. Etwas Riesiges begann zur Wasseroberfläche emporzusteigen.

Torian warf sich herum und begann zu kraulen.

Er hatte die Mitte des Sees erreicht, als er die Wellen bemerkte. Das Wasser war nicht mehr ruhig, selbst da, wo es nicht von seinen eigenen Schwimmbewegungen aufgewühlt wurde. Ein sanftes, fast geometrisches Wellenmuster begann sich auf der schwarzen Wasseroberfläche zu bilden, fast unmerklich zuerst, dann immer stärker und stärker, und auch die Bewegungen der unsichtbaren eisigen Fluten unter ihm wurden heftiger.

Dann berührte etwas seinen Fuß; ganz sacht, tastend, beinahe zärtlich. Etwas Warmes, Schlankes, etwas, das sich – absurd genug – irgendwie *trocken* anfühlte und das vor seiner Berührung ebenso erschrocken zurückprallte wie er umgekehrt vor der seinen. Torian blickte instinktiv nach unten, und für einen Moment glaubte er, einen ungeheuerlichen Schatten wahrzunehmen, einen formlosen Klumpen aus noch tieferem Schwarz vor der Farbe des Wassers. Sein Herz machte einen schmerzhaften Sprung.

Er kraulte noch schneller, und für einige kurze Augenblicke sah es fast so aus, als könnte er es schaffen. Der See war nicht besonders breit an dieser Stelle, und das jenseitige Ufer kam jetzt schnell näher.

Torian war vielleicht noch fünf oder sechs Züge davon entfernt, als etwas wie eine schwarze Schlange vor ihm aus dem Wasser brach. Instinktiv warf er sich zur Seite und herum, schluckte Wasser und kam hustend und würgend wieder nach oben – und sah sich einer zweiten Schlange gegenüber, dann einer dritten, vierten, fünften – bis er begriff, dass es keine Schlangen waren.

Es waren Fangarme.

Und das im wahrsten Sinne des Wortes, denn Torian hatte den Gedanken noch nicht ganz zu Ende gedacht, als sich einer der schwarzen Tentakel um seine Hüfte wickelte und ihn festhielt. Ein zweiter schlängelnder Arm glitt durch das Wasser auf ihn zu und tastete nach seinen Beinen.

Das Ding aus dem Berg!, dachte er entsetzt. Es war kein Krake, es war das Monster aus dem Berg, dessen Nervenfäden dieses ganze Tal umfassten und das sie die ganze Zeit über beobachtet hatte!

Sie hatten den Tempel der Unsterblichkeit gefunden. Das *Tor* hatte sie nicht in seine *Nähe,* sondern unmittelbar in sein *Herz* geschleudert, und Ayla hatte die Wahrheit gesagt: *Dies hier* war die einzige Unsterblichkeit, die sie finden konnten, die Ewigkeit der Träume.

Torian schrie in höchster Todesangst auf und warf sich herum. Der Griff des Tentakels lockerte sich für einen winzigen Moment und verstärkte sich dann wieder, und plötzlich fühlte er sich auch an den Beinen gepackt. Etwas wie eine weiche, aber unmenschlich starke Hand ergriff sein Fußgelenk und zerrte daran, etwas anderes, trockenes, übermenschlich Starkes begann, seine Waden emporzukriechen …

Torian kämpfte mit der Kraft der Verzweiflung, aber gegen den Giganten im Wasser hatte er keine Chance. Langsam, unendlich langsam, aber unbarmherzig wurde er in die Tiefe hinabgezogen.

Das Letzte, was er sah und hörte, waren Aylas schreckverzerrtes Gesicht und ihre Stimme, die wieder und immer wieder schrie: *»Komm zu uns, Torian! Noch kannst du es! KOMM ZU UNS!«*

Aber er kam nicht einmal mehr dazu, auch nur in Gedanken zu antworten.

Das Wasser schlug wie eine eisige Decke über ihm zusammen. Dunkelheit hüllte ihn ein, und seine Lungen begannen schon nach Sekunden zu brennen. Dem pressenden Tentakel um seine Brust gesellte sich ein zweiter, unsichtbarer Reif hinzu, ein Ring aus purem Schmerz, der sich unbarmherzig zusammenzog und ihn dazu zwingen wollte, den Mund zu öffnen und Atem zu holen, auch wenn dies den sicheren Tod bedeutete. Feurige Kreise begannen vor seinen Augen zu tanzen, und er wusste, dass er den Druck nur noch Sekunden aushalten würde.

Er spürte, wie seine Sinne zu schwinden begannen.

»Komm zu uns!«, glaubte er noch einmal Aylas Stimme zu hören. Es war ihm klar, was sie meinte. Er brauchte nur die Augen zu schließen und sich in die Welt der Träume zu flüchten. Die Zeit würde bedeutungslos werden und …

Nein!, schrie etwas in seinem Innern voller panischer Angst. Lieber würde er sterben, jetzt und hier, als ein ewiges Schattenleben zu führen, in jenem düsteren Traumreich zwischen Leben und Tod. Aber er wusste auch, dass er den Kampf gegen die verlockende Illusion verlieren würde, ebenso wie den gegen das Ungeheuer in dem See. Noch war er Herr über seine Gedanken, aber in dem winzigen Moment, bevor er starb, würde er seinen freien Willen verlieren und sich selbst aufgeben.

Noch einmal griff Torian nach einem der Tentakel und stemmte sich mit bereits kraftlosem Griff gegen den mörderischen Druck – und dann hielt er ein Stück des Fangarms plötzlich in der Hand. Bewegungen waren mit einem Mal um ihn herum. Gestalten, die er in dem trüben, aufgewühlten Wasser nur als düstere Schemen wahrnahm und im ersten Moment für eingebildete Schatten hielt, Trugbilder, vielleicht Vorboten des nahenden Todes.

Aber dann entdeckte er inmitten der trüben Schwärze etwas Grünliches, und er begriff, dass die Gestalten real und das, was er sah, hornige Panzerschuppen waren. Die feurigen Kreise vor seinen Augen drehten sich immer schneller, und er wusste, dass es nur noch Sekunden dauern konnte, bis er das Bewusstsein verlieren und für immer in Aylas schreckliches Schattenreich eingehen würde, aber das unverhoffte Auftauchen der Echsen weckte noch einmal Kraftreserven in ihm, von denen Torian selbst nichts geahnt hatte.

Er stemmte sich gegen den letzten Tentakel, der noch um seine Brust lag – und plötzlich war er frei. Irgendwo, entsetzlich weit über ihm, befand sich die Wasseroberfläche. Torian machte einige unbeholfene Schwimmbewegungen und erkannte, dass er auf diese Weise niemals rechtzeitig würde auftauchen können. Sein Brustkorb schien zu platzen, als eine der Echsen ihn von hinten umklammerte und pfeilschnell mit ihm in die Höhe schoss.

Und dann war es vorbei.

Torian riss den Mund auf und atmete. Gierig schnappte er nach Luft, in tiefen, rasend schnellen Zügen, zwischen denen kaum Zeit zum Ausatmen blieb. Immer wieder drang ihm ein Schwall fauligen, nach Moder und Blut schmeckenden Wassers in Mund und Nase und ließ ihn würgen. Nur undeutlich nahm er wahr, dass die Echse ihn weiter in Richtung Ufer schleppte. Gleichzeitig kämpfte er weiterhin gegen die Ohnmacht an, die seine Sinne zu umnebeln versuchte. Er wusste, dass er das Bewusstsein nicht verlieren durfte, nicht in seinem jetzigen Zustand, oder er würde nie mehr wieder aufwachen. Ayla hatte noch zu viel Macht über ihn, und wenn er schlief, würde er nicht mehr genügend Kraft aufbringen, ihren Träumen weiterhin zu widerstehen.

Dazu kam, dass er nicht wusste, was die Echsen mit ihm vorhatten. Zwar war er von ihnen vor dem Ungeheuer im See gerettet worden, aber das musste noch lange nicht bedeuten, dass sie ihm sonderlich wohlgesinnt waren.

Sie erreichten das Ufer. Der Echsenkrieger nahm Torian hoch und trug ihn weiter. Erst als sie ein ganzes Stück vom See entfernt waren, ließ er ihn vorsichtig zu Boden gleiten. Ganz langsam beruhigte sich Torians Atem, und der stechende Schmerz in seiner Lunge ließ nach. Am liebsten wäre er noch liegen geblieben, um sich ganz zu erholen, aber stattdessen stemmte er sich mühsam in die Höhe und schaute sich um.

Mehr als ein Dutzend Echsen standen um ihn herum. Einige von ihnen waren verletzt. Der Kampf gegen das *Ding* im See hatte auch von ihnen Opfer gefordert, und Torian konnte nicht einmal ahnen, wie viele von ihnen überhaupt nicht mehr aus dem Wasser zurückgekehrt waren. Schwankend kam er ganz auf die Beine und schaute die Echsen der Reihe nach an. Aus intelligenten Augen erwiderten sie seinen Blick und bestätigten seine schon beim ersten Zusammentreffen gehegte Vermutung, dass sie keineswegs nur wilde Tiere waren. Eines der geschuppten Reptiliengesichter sah für ihn aus wie das andere, und es war ihm unmöglich, irgendeine Gefühlsregung darin abzulesen. Trotzdem war er sich sicher, dass die Haltung der Echsen keine Feindseligkeit ausdrückte.

Eine besonders große Gestalt trat auf ihn zu. Etwas an ihr kam Torian bekannt vor, doch erst als er das Dreieck mit dem stilisierten Auge darin auf ihrem Lederwams sah, erinnerte er sich, dass es die Echse war, gegen die er auf der Brücke gekämpft hatte. Sie stieß einige zischende, unangenehm schrille Laute aus. Erst nach Sekunden begriff Torian, dass es Worte waren – fast bis zur Unkenntlichkeit verzerrt zwar, aber zweifellos Worte.

»Du ... du sprichst!«, stieß er ungläubig hervor.

Der Echsenkrieger nickte. »Hab keine Angst«, sagte er zischend. »Ich heiße Ssain. Wir sind nicht deine Feinde, Torian Carr Conn.«

Erneut lief ein Schauer über Torians Rücken. »Woher ...?«

»Wir beobachten euch, seit ihr hergekommen seid, und eine Weile haben wir euch auch belauscht.« Ssain machte eine kurze Pause und schaute Torian unsicher an, als wollte er sich vergewissern, dass seine Worte ihn nicht erzürnten. Aber Torian war viel zu müde, als dass dieses harmlose Geständnis irgendein Gefühl in ihm hätte hervorrufen können. Er musste seine ganze Konzentration aufbringen, um den Echsenkrieger überhaupt zu verstehen. »Zwei unserer Späher entdeckten euch als Erste«, sprach Ssain weiter. »Sie entwaffneten dich, bevor ihr euch im Todesnebel selbst gegenseitig umbringen konntet. An der Brücke haben wir versucht, euch zurückzuhalten, bevor ihr den Laa in die Falle gehen konntet, aber ihr habt uns sofort angegriffen. Ich habe noch versucht, dich zu retten, bevor du in den Fluss stürztest.«

Torian erinnerte sich, dass er für einen kurzen Moment das Gefühl gehabt hatte, der Gigant wolle ihn vor dem Sturz bewahren, aber er hatte es für Einbildung gehalten. Jetzt, da er mehr über die wahren Hintergründe wusste, erschien vieles in ganz anderem Licht.

»Der Überfall auf das Dorf«, murmelte er. »Ihr habt versucht, uns zu befreien, nicht wahr?«

»Wie wir es schon so oft versucht haben«, bestätigte Ssain. »Jedes Mal, wenn Fremde herkamen. Aber sie haben nie begriffen, so wenig wie ihr. Auch wir kamen vor langer Zeit auf der Jagd nach der Unsterblichkeit in dieses Tal. Aber wir waren die Ersten, die erkannten, welchen Preis wir dafür hätten zahlen müssen. Seither unternehmen die Laa alles, um uns zu vernichten.«

Das Denken fiel Torian noch immer schwer. Die Müdigkeit hüllte seinen Geist wie ein klebriges Spinnennetz ein. Nur mit Mühe konnte er das Gehörte verarbeiten. Das Gespräch kam ihm immer absurder vor. Einen Herzschlag lang fragte er sich ernsthaft, ob es überhaupt wirklich stattfand. Vielleicht war in Wahrheit längst das geschehen, was er unter allen Umständen hatte verhindern wollen: Er hatte seine Rettung nur geträumt, und dies war nur eine Traumwelt, die er sich selbst erschaffen hatte; anders als die von Ayla, aber ebenso wenig real.

Er verdrängte diesen Gedanken sofort wieder, weil er befürchtete, sonst den Verstand zu verlieren. An irgendetwas musste er glauben, wollte er nicht wahnsinnig werden.

»Garth«, murmelte er. »Garth und Shyleen. Ich muss sie finden und ihnen die Wahrheit sagen.«

»Nein«, zischte Ssain erschrocken. »Du kannst nicht zurück. Die Laa würden dich töten. Du würdest in deinem Zustand keinen Kampf gegen sie mehr durchstehen. Und selbst wenn du an ihnen vorbeikämst, könntest du deinen Freunden nicht helfen. Sie würden nicht auf dich hören. Sie sind längst schon viel zu tief in ihre Träume verstrickt, um sich noch daraus befreien zu können, selbst wenn sie es wollten.«

»Aber ich kann sie nicht ihrem Schicksal überlassen«, erwiderte

Torian verzweifelt. »Sie sind noch nicht verloren, ich weiß es.« Flehend schaute er den Echsenkrieger an. »Mit eurer Hilfe kann ich bis zu ihnen …«

»Nein!« Ssain schrie das Wort beinahe und schaute Torian entsetzt an. »Das … geht nicht«, fügte er gleich darauf etwas ruhiger hinzu. »Auf gar keinen Fall. Nicht heute.«

»Nicht heute?«, wiederholte Torian stirnrunzelnd. Dann verstand er. »Der Siegestag«, sagte er leise.

»In dieser Hinsicht haben die Laa die Wahrheit gesprochen«, bestätigte Ssain. »Zwar sind wir nicht hilflos, aber es ist ein heiliger Tag für uns. Deshalb fliehen wir an diesem Tag vor den Laa, weil wir unseren Göttern gelobt haben, nicht zu kämpfen.«

»Aber ihr habt doch gerade gekämpft. Ihr habt mich …«

»Das Monstrum im See ist kein lebendes Wesen«, unterbrach ihn Ssain in einem Tonfall, der zeigte, dass jeder weitere Widerspruch sinnlos war. »Es ist ein totes *Ding*, nicht mehr. Aber die Laa leben. Wir *dürfen* nicht gegen sie kämpfen. Bleib bis morgen bei uns, dann werden wir dir helfen. Vielleicht haben wir gemeinsam eine kleine Chance.«

Das Angebot war verlockend. Torian dachte einige Sekunden ernsthaft darüber nach, dennoch schüttelte er schließlich den Kopf. »Es geht nicht«, entschied er gequält. Die Gefahr war zu groß. Er wusste nicht, was geschehen würde, wenn er einschlief, und er konnte nicht die ganze Nacht hindurch wach bleiben.

Aber das war es nicht allein. Etwas sagte ihm, dass ihm keine Zeit mehr bis zum nächsten Morgen bleiben würde. Er war sich plötzlich sicher, dass die Laa Shyleens Krönung keineswegs zufällig auf diesen Abend gelegt hatten. Es war nicht nur irgendein sinnloses Ritual, sondern die Erfüllung ihres innigsten Wunsches, auch wenn sie selbst sich dessen vielleicht nicht einmal bewusst war und ihn tief in ihrem Inneren vergraben hatte. Aber anschließend würde es für sie wirklich keine Rückkehr mehr geben, und wahrscheinlich auch nicht für Garth. Er musste die beiden warnen.

»Dann musst du alleine gehen.« Ssains Stimme klang so ausdruckslos wie vorher, aber Torian glaubte, einen Unterton von

Trauer darin zu erkennen. Es war die Art, wie man mit einem Todgeweihten sprach, durchfuhr es ihn. Er zögerte noch einige Sekunden und ließ seinen Blick über die Gesichter der Echsenkrieger gleiten, dann wandte er sich mit einem übertrieben heftigen Ruck um und stürmte ohne ein weiteres Wort davon. Er wusste, wie undankbar sein Verhalten erscheinen musste, aber er war sich auch im Klaren, dass er nachgeben und seinen Aufbruch bis zum nächsten Tag verschieben würde, wenn er noch eine einzige Sekunde länger wartete.

Er lief nur ein kurzes Stück und ging dann langsamer, aber selbst das Gehen fiel ihm schwer. Seine Beine schmerzten. Tonnenschwere Gewichte schienen an seinen Füßen zu hängen und mit jedem Schritt schwerer zu werden, und schon nach ein paar Minuten war er schweißüberströmt. Dennoch quälte sich Torian weiter voran. Er musste den ganzen See umrunden, was einen Fußmarsch von mindestens zwei, eher sogar drei Stunden bedeutete – falls er das Dorf überhaupt erreichte. Er hatte die Grenzen seiner körperlichen und geistigen Leistungsfähigkeit längst überschritten und hielt sich nur noch mit der puren Kraft seines Willens aufrecht. Trotz der Erschöpfung gönnte er sich keine Pause. Jede Minute war kostbar. Schon jetzt hatte er kaum noch eine Chance, rechtzeitig zu kommen, doch er weigerte sich, diesen Gedanken zu Ende zu denken. Es *musste* ihm einfach gelingen.

Torian folgte dem Verlauf des Ufers, achtete jedoch sorgsam darauf, mindestens fünf, sechs Meter Abstand zum See zu halten. Manchmal glaubte er, dicht unter der Wasseroberfläche einen gewaltigen schwarzen Schatten von unbestimmbarer Form zu erkennen, und dieser Anblick trieb ihn an, noch schneller zu gehen.

Wenn nur diese entsetzliche Müdigkeit nicht wäre!

Längst schon waren seine Bewegungen in ein mühsames Taumeln übergegangen. In seinen Ohren war ein so lautes Rauschen, dass er kaum glauben konnte, dass es sich nur um sein eigenes Blut handelte. Manchmal glaubte er, eine Gestalt an seiner Seite zu spüren: den Schlaf, der zu seinem stummen, unsichtbaren Begleiter geworden war und nach ihm zu greifen versuchte. Immer häufiger spielte Torian mit dem Gedanken, wenigstens für ein paar Sekunden Rast zu machen, und einmal ertappte er sich sogar dabei, dass er zu Boden gesunken war, während er sich einbildete, immer noch in Bewegung zu sein.

Nein!, dachte er entsetzt und riss die Augen auf. Er dachte an Garth und Shyleen, und der Gedanke gab ihm die nötige Kraft, sich wieder auf die Beine zu quälen. Er durfte sich nicht setzen, und schon gar nicht durfte er die Augen schließen, auch nicht für ein paar Sekunden, denn dann würde er einschlafen. Er musste weiter.

Weiter!, hämmerte er sich ein. Weiter, weiter, weiter, und im Rhythmus des Wortes setzte er einen Fuß vor den anderen.

In endloser Langsamkeit verstrichen die Minuten. Jede einzelne dehnte sich für Torian zu Stunden. Immerhin war er mittlerweile so weit, dass er die Schmerzen in seinen Beinen schon nicht mehr spürte. Aber er war immer noch müde. Wie eine monotone, sich ständig wiederholende Litanei spukte das Wort durch seinen Kopf.

Er war müde. Er war so müde. So … müde.

So … mü … de.

So …

Epilog

Der Tag versprach schön zu werden – über den Bergen im Osten zeigte sich das Rot der aufgehenden Sonne als schmaler, lodernder Streifen, der die Gipfel in ein verwirrendes Muster aus Schatten und allen nur denkbaren Rot- und Orangetönen tauchte, und selbst der Wind, der die Flanken des Gebirges herabwehte, war warm.

Torian streifte den leichten Mantel ab, den er um seine Schultern gelegt hatte, ehe er den Palast verließ, und sank auf einen Felsen nieder. Sein Blick tastete über das Tal, das im letzten Grau der Dämmerung wie ein in dunklen, aber nicht düsteren Farben gemaltes Bild vor ihm lag. Der Fluss, der längst keine reißende Todesfalle mehr war, sondern ein mächtiger, ruhig dahingleitender Strom, schien das Bild in zwei ungleiche Hälften zu zerschneiden. Aber dieser Eindruck war jetzt wirklich nur noch eine Täuschung. Selbst im schwachen Licht des Morgens konnte Torian die Umrisse des neuen Palastes erkennen, der drüben, auf der anderen Seite der Ebene, im Entstehen begriffen war. Es war zwanzig Jahre her, seit er eigenhändig seinen Grundstein gelegt hatte, und es würde weitere zwanzig Jahre dauern, ehe er fertig war, aber welche Rolle spielte schon Zeit?

Torian lächelte, als ihm bewusst wurde, wie sehr sich sein Leben verändert hatte, seit es nichts mehr gab, was er hätte versäumen können. Zwei Sekunden oder zweihundert Jahre, was bedeutete das schon für einen Mann wie ihn, der in Äonen rechnen konnte? Sie hatten fast ein Jahrhundert gebraucht, um die letzten Echsen aus dem Tal zu vertreiben, und ein weiteres, um das mörderische Gras und all die anderen tödlichen Gefahren zu beseitigen, die sich hinter dem vermeintlich paradiesischen Äußeren des Tales verbargen, und diese Zeit war ihm lang vorgekommen, unendlich lang. Er hatte erst sehr, sehr viel später begriffen, dass es gar nicht wichtig ge-

wesen wäre, ob sie nun ein oder hundert Jahrhunderte brauchten. Am Ende würden sie siegen, ganz einfach, weil sie alle Zeit der Welt für sich hatten.

Er kam oft hierher, meist in den frühen Morgenstunden, wenn in Laa'an noch alles schlief, um ein wenig allein zu sein, denn dies – allein zu sein, Zeit nur für sich und sonst nichts und niemanden zu haben – war das Einzige, was er manchmal vermisste. Aber dieser Verlust war ein geringer Preis für das, was er bekommen hatte. Er war glücklich, zum ersten Mal in seinem Leben – obwohl er sich kaum noch, und wenn, dann nur sehr ungern, an das erinnerte, was vor seiner Ankunft in diesem Tal gewesen war – wirklich glücklich, und das nicht nur für wenige Augenblicke, sondern jeden Tag, jede Woche, jedes Jahr. Er war am Ende einer Suche angekommen, deren Einzelheiten ihm längst entfallen waren, von der er nur noch wusste, dass sie sehr lang gewesen war.

Und doch spürte er manchmal ein Gefühl der Unrast, ein Drängen tief in seinem Inneren, das er sich nicht erklären konnte. Vielleicht war es einer der Gründe, weshalb er so oft hierher kam, an diesen Ort, an dem er sich stärker als sonst irgendwo eins mit seiner Umwelt fühlte. Er liebte diese Stunden der Einsamkeit und Melancholie, obwohl er manchmal einen leichten Hauch von Trauer verspürte, so, als hätte er etwas verloren, das ihm einmal viel bedeutet hatte.

Oft schweiften seine Gedanken in solchen Momenten ziellos umher und tasteten in die Unendlichkeit hinaus; zum Himmel hinauf, an dem selbst jetzt bei genauem Hinsehen noch schwach und vereinzelt Sterne sichtbar waren, welche die Morgendämmerung nicht hatte fortwischen können, aber auch zu den hohen Bergen und dem, was dahinter liegen mochte.

Manchmal – und jetzt war wieder so ein Augenblick – grübelte er auch einfach nur so vor sich hin, ließ seine Gedanken treiben und versuchte, einen Sinn hinter allem zu erkennen. Es gab Zeiten, da kam ihm die Welt, sein Leben wie ein Traum vor, ein flüchtiger Rausch der Sinne, und er begriff sich als das, was er war: ein winziges Rädchen im gewaltigen Werk der Schöpfung. Torian mochte diese Gedankenspielereien, das Suchen nach Wirklichkeiten, und er ließ seiner Fantasie freien Lauf, sich unzureichende Erklärungen für die Existenz der Welt auszudenken und fremde Welten zu ersinnen. Er hatte manchmal das vage Gefühl, dass es noch etwas anderes gab, ein Dasein, das sich von seinem jetzigen unterschied, aber das waren nur Tagträume und Spinnereien, die zu keinem Ergebnis führten. Irgendwann stießen seine Gedanken stets an eine Mauer, die er nicht zu durchdringen vermochte, wenn er versuchte, das Wesen der Unendlichkeit zu erfassen. Der Geist des Menschen war eben nicht dazu geeignet, den Sinn der Schöpfung zu begreifen.

Das Geräusch leiser Schritte drang in seine Gedanken. Torian sah überrascht auf – und auch ein wenig verärgert, denn er schätzte es gar nicht, wenn er hier oben gestört wurde – und blinzelte gegen das helle Rot des Sonnenaufganges. Aber sein Ärger wurde zur Freude, als er erkannte, wer *es war, der den gewundenen Weg von der Stadt heraufkam: niemand anderes als Ayla, in deren Begleitung sich zwei vielleicht zehnjährige Kinder befanden: Relay und Bell, sein eigener Sohn und Shyleens und Garths Tochter.*

Er stand auf, ging den dreien entgegen und küsste Ayla flüchtig, ehe er die beiden Kinder auf die Arme nahm und ihre stürmische Begrüßung genoss. Ayla ließ die beiden eine Weile gewähren, ehe sie sie mit sanfter Gewalt von ihm löste und den Jungen mit einem Klaps auf den Rücken davonscheuchte.

»Manchmal sind die beiden eine Plage«, bemerkte sie. Aber sie lächelte dabei, und Torian spürte, wie wenig ernst sie diese Worte meinte.

»Aber sie geben einmal ein hübsches Paar ab«, sagte er.

»So hübsch wie wir?«, wollte Ayla wissen.

»Mindestens«, erwiderte Torian. »Irgendwann.« Er legte Ayla den Arm um die Schulter, drehte sich wieder herum und führte sie zu der Stelle zurück, an der er gesessen hatte, ehe sie gekommen war. Eine Weile standen sie einfach schweigend da und sahen dem Weichen der Nacht zu, dann fragte Ayla:

»Wirst du gehen?«

»Gehen?« Torian runzelte die Stirn. »Was meinst du damit?«

Ayla zog eine Schnute. »Behandle mich nicht wie ein dummes Kind«, bat sie. »Ich habe gehört, was Garth und du besprochen habt.«

»Die Kundschafter.« Torian nickte und sah wieder nach Westen. Auch am anderen Ende des Tales wurde es jetzt Tag. Er sprach nicht weiter.

»Sie haben endlich den Weg über die Berge gefunden«, sagte Ayla schließlich. Sie seufzte. »Ihr wollt ein Heer aufstellen.«

»Vielleicht«, gab Torian zu. »Vielleicht irgendwann einmal. Zuerst einmal werden ein paar Männer reichen, welche die Welt dort draußen erkunden.«

»Und du wirst einer dieser Männer sein, vermute ich.«

»Und wenn es so wäre?«

Ayla schwieg lange. In ihrer Stimme war eine leise Spur von Trauer, als sie endlich fortfuhr. »Ich ... wäre nicht sehr glücklich. Aber ich würde dich gehen lassen.«

»Ich würde zurückkommen«, versprach Torian. »Aber ich muss wissen, wie es dort aussieht – auf der anderen Seite der Berge.«

»Und warum?«

Diesmal war es Torian, der nicht sofort antwortete; ganz einfach, weil er die Antwort nicht wusste. »Vielleicht, weil es meine Natur ist«, erklärte er schließlich. »Ich bin lange genug Gott gewesen.« Er machte eine Geste mit der freien Hand, die das gesamte Tal einschloss. »Es gibt hier nicht mehr sehr viel für mich zu tun, weißt du?«

Ayla nickte. »Ich weiß es schon lange. Du hast ... viel geschaffen. Aus unserem Dorf ist eine mächtige Festung geworden, und wir haben endlich Frieden gefunden.« Sie lächelte. »Erträgst du es nicht?«

»Frieden?« Torian nickte und schüttelte gleichzeitig den Kopf. »Doch. Aber ich ertrage es nicht, untätig zu sein.« Er deutete nach Westen. »Es gibt neue Aufgaben dort. Und neue Herausforderungen.«

Er spürte, wie Ayla traurig zu werden begann, und drückte sie fester an sich. »Irgendwann einmal«, sagte er. »Es ist meine Natur, Ayla. Nur so kann ich glücklich werden.«

»Und das sollst du auch«, räumte Ayla ein. Plötzlich lächelte sie wieder. »Aber noch ist es nicht so weit.«

»Ja«, bestätigte Torian. Er küsste Ayla, sanft und zärtlich, aber sehr lange, und für einen ganz kurzen Moment spürte er wieder dieses Gefühl von Geborgenheit und Wärme, das sie ihm vom allerersten Moment an vermittelt hatte und das nicht weniger geworden war in all den Jahrhunderten, die seither vergangen waren. Er lächelte, als er sich von Ayla löste und sie ansah, und er lächelte erneut, als er an die unbekannte Welt dachte, die hinter den Bergen im Westen lag und nur darauf wartete, von Garth und ihm erobert und von Shyleen beherrscht zu werden.

Irgendwann einmal. Was zählten schon ein paar Jahre oder auch Jahrhunderte? Er hatte viel Zeit.

Alle Zeit der Welt.